목마름

THE THIRST

JO NESBØ

목마름

요 네스뵈 장편소설 | 문희경 옮김

비채

01 박쥐 🔴

오스트레일리아에서 노르웨이 여성이 살해당한다. 해리는 사건 수사를 위해 파견되지만, 저항의 흔적도, 범행 패턴도, 목격자도 없다. 올림픽을 앞두고 모두가 쉬쉬하며 사건을 덮는 와중에 해리만이 사건의 심연을 들여다보고, 그런 그를 비웃듯 살인이 이어진다. 너무 덥고 눈부시고 익숙해질 수 없는 땅 오스트레일리아. 그곳에서 해리는 하루아침에 백인에게 삶의 터전과 가족을 빼앗긴 '애버리지니'의 슬픈 전설을 만난다. 한편, 함께 수사하던 동료 경찰마저 죽고, 미끼가 되기를 자청한 해리의 연인은 실종되는데……. 얼음의 나라를 떠나 태양의 나라에서, 반항하고 부딪히고 사랑을 잃으며 마침내 형사 해리가 태어난다.

02 바퀴벌레 🔴

오스트레일리아의 연쇄살인사건을 해결하고 오슬로로 돌아온 해리는 상처와 상실을 회복하지 못한 채 짓눌려 살아간다. 어느 날, 주태국노르웨이대사가 방콕 사창가에서 시체로 발견되고, 경찰청은 슈뢰데르에 틀어박혀 있던 해리를 호출한다. 동생 쇠스의 사건을 재조사하는 조건으로 태국으로 향한 해리. 좌충우돌하며 수사에 매진하는 그는 풋풋하고 건방지며 세상의 선의를 믿는, 진실을 손에 넣고 싶은 청년으로 돌아간 듯하다. 그러나 진실로 가는 길은 언제나 피투성이이다.

03 레드브레스트 🟤

1944년, 나치와 레지스탕스가 대립하던 제2차 세계대전의 동부전선에서 청년들은 낙엽처럼 쓰러져갔다. 그리고 2000년의 오슬로. 전쟁에서 어렵게 살아남은 생존자들이 하나씩 살해된다. 경위로 승진한 해리 홀레는 희귀하고 비싸지만 도무지 실용적이라고는 할 수 없는 라이플의 수상한 밀매에 주목한다. 가시를 삼킨 새의 전설과 해리 앞에 나타나는 노인들, 그리고 진홍가슴새로 불리던 남자······. 연이은 죽음은 무엇을 위한 복수일까. 알코올의존증에서 간신히 빠져나온 해리는 자기 자신과 노르웨이를 지킬 수 있을까. 해리는 모두가 알고 있지만 누구도 말하지 못한 슬픈 역사와 대면한다.

04 네메시스 👤

노르웨이 오슬로에서 일어난 전대미문의 은행강도 사건. 모든 것은 치밀하게 계획되어 있었고, 범인은 창구 직원을 총으로 쏜 후 머리카락 한 올 남기지 않고 사라진다. 사건을 맡은 해리는 여기에 주목한다. 1초가 급한 상황에서 돈을 챙긴 범인이 왜 불필요한 살인을 했을까. 한편, 해리는 옛 여자친구 안나를 만난다. 안나의 집에서 시간을 보낸 다음 날, 해리의 기억은 사라졌고 안나는 죽은 채로 발견된다. 설상가상으로 모든 단서는 해리를 범인으로 지목한다. 죽음과 복수를 꿈꾸는 죄와 벌의 무간지옥이 펼쳐지고, 해리는 한 사건의 용의자가 되어 다른 사건을 수사해야 한다.

05 데빌스 스타 ✴

한여름의 오슬로. 한낮의 열기 속에서 첫 살인사건이 발생한다. 손가락이 잘린 채 발견된 여성 희생자의 눈꺼풀 속에 별 모양의 붉은 다이아몬드가 들어 있다. 얼마 후 또 다른 실종자가 보고되고, 그녀의 잘린 손가락만이 역시 별 모양의 붉은 다이아몬드 반지와 함께 배달된다. 사건을 맡은 해리는 '어떻게'가 아니라 '왜'가 중요한 사건임을 직감한다. 그는 부패 경찰 볼레르와 파트너가 되어 이 희대의 사건을 해결해야 한다. 《레드브레스트》와 《네메시스》를 잇는 오슬로 삼부작 완결편.

06 리디머 🎙️

크리스마스 시즌을 맞아 들뜬 오슬로. 구세군이 주최한 거리 콘서트에서 구세군 장교 한 명이 총을 맞는다. 용의자도, 뚜렷한 동기도, 흉기도 없는 사건. 해리의 수사는 난항을 거듭하고, 그러는 와중에도 구세군과 관계된 사람들이 연속적으로 살해당한다. 해리는 이 비극의 씨앗이 오래전에 잉태되었음을 깨닫는데……. 해리는 상처받은 끝에 스스로 고립을 택하지만, 운명은 더 잃을 게 없을 때조차 그에게 가혹하다.

07 스노우맨 🍢

첫눈이 내리는 오슬로. 퇴근한 엄마는 정원에 선 눈사람을 보고 잘 만들었다며 칭찬한다. 아이는 대답한다. "우린 눈사람 안 만들었어요. 그런데 눈사람이 왜 우리 집을 보고 있어요?" 그리고 그날 밤 엄마는 사라진다. 수사에 투입된 해리 홀레는 지난 11년 동안의 데이터를 모아 여자들이 연쇄적으로 실종되었음을 확인한다. 그때 정체불명의 '스노우맨'이 보낸 편지가 그에게 도착한다. "눈사람이 사라질 때 그는 누군가를 데려갈 것이다…… 누가 눈사람을 만들었을까?"

08 레오파드 🟠

'스노우맨 사건'으로 손가락과 연인을 한꺼번에 잃은 해리. 경찰 일을 그만두고 홍콩의 뒷골목에서 집요하게 자신을 망가뜨리던 그에게 노르웨이의 형사 카야가 찾아온다. 연쇄살인범이 또다시 노르웨이를 충격에 빠뜨렸으며, 흉기는 발견되지 않았고, 사인은 그들 자신의 피로

인한 익사라는 것. 그리고 그의 아버지가 위독하다는 것. 해리는 결국 내키지 않는 발길로 오슬로로 향하지만 수사는 더디기만 하다. 병원에서 만난 '스노우맨'은 해리에게 주변 인물부터 용의선상에 올려보라고 충고하고, 해리는 떨칠 수 없는 검고 우울한 그림자를 느낀다.

09 팬텀 ◉

손가락을 잃은 것으로도 모자라 얼굴 절반에 상처를 입은 해리. 아버지는 세상을 떠났고 연인 라켈 역시 그를 떠났다. 다시 모든 것을 내려놓고 홍콩으로 떠난 해리를 오슬로로 돌아오게 한 것은 '올레그'였다. 라켈의 아들이자 그에게만 속마음을 털어놓던, 아들보다 더 가깝던 그 소년이 다른 소년을 죽인 혐의로 체포된 것이다. 그러나 해리는 이제 경찰이 아니다. 심지어 올레그의 아버지도 아니다. 오슬로는 그를 반기지 않고 사랑하던 사람은 거의 다 죽어버린 지금, 마지막 남은 소중한 것을 지키기 위해 해리는 가혹한 대가를 치러야 한다.

10 폴리스 ⬤

오슬로 국립병원의 폐쇄된 병동. 경찰들의 밤샘 경호를 받으며 한 '환자'가 누워 있다. 깨어날 기미가 보이지 않는 혼수상태의 환자. 그리고 환자가 영원히 잠들기를 바라는 사람들. 한편, 경찰들을 노리는 새로운 연쇄살인범이 등장한다. 자신이 수사하던 미제사건 현장에서 참혹하게 죽어가는 경찰들. 오슬로는 마침내, 단 한 번도 반긴 적 없는 그 남자, 해리 홀레를 그리워한다. 대체 해리는 어디에 있는 것일까?

CHARACTERS

* 이 책에 직접 등장하거나 인물들의 입을 통해 등장하는 인물입니다. 이 목록에는 형사 해리 홀레 시리즈 제10권《폴리스》까지의 내용과 반전 일부가 드러나 있습니다. 그러나《목마름》의 내용은 포함되어 있지 않습니다.

해리 홀레 🔪🔪🖊️❗✖️✳️🗡️🔪🌑🔪🛡️

오슬로 경찰청 강력반의 형사였다. 최악의 사건들을 해결하면서 오슬로에서 가장 유능한 형사로 불렸지만, 경찰 일에 환멸을 느껴 사직하고 경찰대학에서 강의를 하고 있다. 여러 번 죽을 고비를 넘기고 오랜 연인 라켈과 결혼했다.

라켈 페우케 🖊️❗✖️✳️🗡️🌑🔪🛡️

변호사. 해리의 아내.《레드브레스트》에서 처음으로 해리와 만났다.

올레그 페우케 🔪❗✖️✳️🗡️🌑🔪🛡️

라켈의 아들. 해리에게도 아들이나 다름없는 존재이다.《팬텀》에서 마약에 찌든 모습으로 해리를 놀라게 했었다.

쇠스 홀레 🔪🔪🖊️❗✖️🌑

해리 홀레의 여동생. 다운증후군을 앓고 있다.

군나르 하겐 ✖️🌑🔪🔪🛡️

오슬로 경찰청 강력반 최고 책임자. 해리를 눈엣가시처럼 여기면서도 그를 돕는다.

비에른 홀름 ✪✪◑◐◑◯

과학수사관. 오랫동안 해리의 조력자였다.

카트리네 브라트 ◐◯◯

형사. 오랫동안 정신병원에서 치료받은 후 경찰로 복귀했고,《폴리스》에서 다시 해리를 돕는다.

베아테 뢴 ◐✪✪◑◐◑

과학수사관. 뇌의 방추상회(사람의 얼굴을 인식하는 뇌 영역)가 발달해 한번 본 사람은 모두 기억한다.《네메시스》부터 오랫동안 해리의 조력자였으나《폴리스》에서 사망했다.

망누스 스카레 ✪✪◑◐

오슬로 경찰청 소속 분석관. 해리를 좋아하지 않는다.

스톨레 에우네 ◐◑◑◐✪✪◑◯

심리학자. 오랫동안 오슬로 경찰청의 심리학 자문을 담당했다.

잉그리드 에우네 ◯

스톨레 에우네 박사의 아내.

에우로라 에우네 ◯

스톨레 에우네 박사의 딸.

미카엘 벨만 ⬤🔵⬤

크리포스(노르웨이 특별수사국)와 오륵크림(조직범죄 통합 수사 부서)의 수장을 거쳤으며,《폴리스》에서 경찰청장으로 영전했다.

울라 벨만 ⬤🔵⬤

미카엘 벨만의 아내.

트룰스 베른트센 ⬤🔵⬤

오륵크림의 경관으로, 오랫동안 미카엘 벨만의 그림자처럼 더러운 일들을 처리해온 버너(burner)였다. 특유의 웃음소리 때문에 '비비스'라는 별명으로 불린다.

이사벨레 스퀘옌 🔵⬤

오슬로 사회복지위원회 의원을 지냈다. 미카엘 벨만의 정부였다.

외위스테인 아이켈란 🔵✴✴🔵⬤🔵⬤

어린 시절부터 해리의 오랜 친구. 택시기사이다.

트레스코 ⬤⬤⬤🔵

본명은 아스비에른 트레쇼브. 외위스테인과 함께 해리의 오랜 친구이다.

시베르트 폴카이드 ✴✴🔵⬤

경찰특공대 '델타'의 대장.

10

리타 ⚪⚪⚪⚪⚪⚪

해리의 단골 술집 '슈뢰데르'의 웨이트리스. 언뜻 무심해 보이지만, 해리를 깊이 이해하고 아낀다.

프롤로그

그는 아무것도 없는 하얀 공간을 응시했다.

3년 가까이 그렇게 지냈다.

아무도 그를 보지 않았다. 그 역시 아무도 보지 않았다. 이따금 문이 열리고 김이 빠져나가면 벌거벗은 남자들의 형체가 언뜻 보이다가 다시 문이 닫히면 모든 것이 희부연 안개 속으로 사라졌다.

목욕탕이 곧 문을 닫을 것이다. 그는 혼자였다.

그는 흰 목욕 가운을 여미고 나무 벤치에서 일어나 밖으로 나갔다. 아무도 없는 탕을 지나 탈의실로 갔다.

샤워실의 물 떨어지는 소리도, 터키인들의 말소리도, 맨발로 타일을 밟는 소리도 없었다. 그는 거울 속의 자기를 보았다. 마지막 수술 후 남은 흉터를 손끝으로 더듬었다. 새 얼굴에 적응하기까지는 시간이 걸렸다. 손이 목으로 내려가고 가슴을 가로질러 문신이 시작되는 지점에 머물렀다.

그는 로커에서 자물쇠를 벗기고 바지를 꺼내 입고 축축한 목욕 가운 위에 코트를 걸쳤다. 신발 끈을 묶고 주위에 아무도 없는지 다시 확인한 후 파란색 페인트 한 방울이 찍힌 자물쇠가 달린 또 다른 로커로 갔다. 번호를 돌려 0999에 맞추었다. 자물쇠를 벗기고 문을 열었다. 그 안에 든 큼직하고 아름다운 리볼버를 잠시 감상하고는 붉은 총자루를 잡고 코트 주머니에 넣었다. 그리고 봉투를 꺼내서 뜯었다. 열쇠 하나, 주소, 약간의 정보.

로커에는 한 가지가 더 들어 있었다.

검게 칠해진, 쇠로 된 물건.

그는 조명을 향해 연철로 주조된 물건을 들고 감탄하며 바라보았다.

일단 닦고 문질러야 하지만 그 물건을 쓸 생각에 벌써부터 흥분이 일었다.

3년. 아무것도 없는 하얀 공간에서, 사막처럼 공허한 3년.

때가 되었다. 다시 삶의 우물에서 물을 길어 마실 때.

다시 돌아갈 때.

해리는 흠칫 놀라 잠에서 깼다. 어둑어둑한 방을 바라보았다. 다시 그였다. 그가 돌아와서 여기에 있었다.

"나쁜 꿈 꿨어?" 옆에서 속삭이는 목소리가 따스하게 달래주었다.

그는 그녀 쪽으로 돌아누웠다. 그녀의 갈색 눈동자가 그를 살폈다. 유령이 흐릿해지다가 사라졌다.

"나 여기 있어." 라켈이 말했다.

"나도 여기 있어." 그가 말했다.

"이번엔 누구였어?"

"아무도 아냐." 그는 거짓으로 둘러대고는 그녀의 볼을 어루만졌다. "더 자."

해리는 눈을 감았다. 라켈이 눈을 감을 때까지 그대로 있다가 다시 눈을 떴다. 그는 라켈의 얼굴을 들여다보았다. 이번에는 숲이었다. 희부연 안개에 감싸인 황량한 곳. 그가 손을 들고 해리를 향해 뭔가를 가리켰다. 해리는 그의 맨 가슴에 새겨진 악마 문신을 알아보았다. 안개가 짙어지고 그가 사라졌다. 다시 사라졌다.

"나도 여기 있다." 해리 홀레가 나직이 중얼거렸다.

THE THIRST

PART 1

1

수요일 밤

젤러시^{jealousy} 바에는 손님이 거의 없었다. 그런데도 숨쉬기가 갑갑했다.

메메트 칼라크는 카운터 자리의 남자와 여자를 보면서 두 사람의 술잔에 와인을 따라주었다. 손님은 모두 네 명이었다. 세 번째로 들어온 남자는 늘 앉는 테이블 자리에서 맥주를 홀짝였고, 네 번째 손님은 부스석에 있어 카우보이 부츠만 보였다. 어둑한 부스가 전화기 화면 불빛으로 간간이 환해졌다. 9월의 밤 11시 반, 그 뤼네르뢰카의 번화한 술집 골목인데도 손님은 단 네 명이다. 상황이 심각하다. 계속 이렇게 둘 수는 없다. 시내에서 제일 근사한 호텔의 바 매니저 자리를 내팽개치고 나와 어쩌다가 술꾼들이나 드나드는 허름한 바를 인수할 생각을 했는지 문득문득 스스로도 의아했다. 가격대를 올리면 단골 술꾼 대신 그 동네의 부유하고 무난한 젊은이들로 물갈이가 될 거라 생각했는지도 모른다. 어쩌면 사귀던 여자와 헤어진 후라 죽도록 매달릴 일이 필요했는지도 모른다. 또 어쩌면 은행에서 대출 신청을 거절당한 후 사채업자 다니알 뱅크스의 제안이 솔깃하게 들렸는지도 모른다. 이도 저도 아니고 단순히 젤러시 바에서는 자신이 고른 음악을 마음껏 틀 수 있어서 였는지도 모른다. 음악이라고는 금전등록기 울리는 소리밖에 모르는 망할 호텔 매니저가 아니라. 사실, 단골들이 발길을 끊게 만드는 건 어렵지 않았다. 그들이 세 블록 떨어진 싸구려 술집으로 발길을 돌린 지도 이미 오래였다. 하지만 새로운 손님을 유치하는 건 훨씬 까다로웠다. 바의 콘셉트 자체를 완전히 다시 잡아야 할지도 모른다. 대형 TV로 터키 축구 리그 중계를 틀어주는 정도로는 '스포츠바' 분위기가 나지 않는 듯했다. 플레이리스트를 완전히 바꾸어서 남자 손님용으로는 U2나 스프링스턴을, 여자 손님용으로는 콜드플레이 같은 확실한 고전을 틀어야 하는 건지도.

"제가 틴더로 사람을 많이 만난 건 아니지만요." 게이르가 와인 잔을 카운터에 내려놓았다. "거기 이상한 사람이 많은 것 같더라고요."

"그런가요?" 여자가 하품을 참으며 대답했다. 짧은 금발. 날씬한 몸매. 나이는 서른 중반? 메메트는 짐작했다. 민첩하고 다소 스트레스를 받은 듯한 몸짓. 지친 눈빛. 업무량이 많고 피트니스 센터에 다니는 여자. 그렇게라도 하면 애초에 타고나지 못한 장점을 장착할 수 있을까 싶어서겠지. 메메트는 게이르가 와인잔 기둥을 세 손가락으로 잡고 드는 걸 보았다. 여자가 하는 것처럼. 게이르는 틴더로 셀 수 없이 많은 여자를 만나면서 늘 여자와 같은 음료를 주문했다. 여자가 뭘 시키든, 위스키든 녹차든. 그런 식으로라도 서로 잘 통한다는 신호를 보내고픈 절박한 심정으로.

게이르가 헛기침을 했다. 여자가 바에 들어온 지 6분이 지났고, 이쯤 되면 그가 한 수를 둘 때였다.

"프로필 사진보다 아름다우시네요, 엘리세." 게이르가 말했다.

"그 얘긴 아까 했잖아요. 그래도 또 고마워요."

메메트는 유리잔을 닦으며 아무 말도 못 들은 척했다.

"저기요, 엘리세, 인생에서 원하는 게 뭐예요?"

그녀는 다소 체념한 듯 미소 지었다. "외모로만 사람을 판단하지 않는 남자."

"내 생각도 딱 그래요, 엘리세, 중요한 건 마음이죠."

"농담이에요. 난 프로필 사진이 훨씬 낫고, 솔직히 그쪽도 그래요, 게이르."

"하하." 게이르는 다소 기가 눌린 듯 와인잔을 내려다보았다. "다들 실물보다 잘 나온 걸로 올리잖아요. 어떤 남자를 찾으세요?"

"애 셋 데리고 집에 있는 거 좋아하는 남자." 여자가 시계를 흘끔거렸다.

"하하." 아직 이마에 맺히지는 않았지만 게이르의 짧게 민 커다란 머리통에 땀이 나기 시작했다. 잠시 후에는 검은 슬림핏 셔츠의 겨드랑이가 둥그렇게 젖을 것이다. 그 셔츠야말로 날씬하지도, 건강하지도 않은 그가 한 이상한 선택이었다. "딱 내가 좋아하는 농담이네요, 엘리세. 난 당분간은 개 한 마리면 족해요. 동물 좋아해요?"

맙소사, 메메트는 속으로 외쳤다. 왜 포기를 모르는 거야?

"잘 맞는 사람을 만나면, 난 느낄 수 있어요. 여기…… 여기로." 게이르는 씩 웃으며 목소리를 낮추고 자신의 사타구니를 가리켰다. "당신도 그런지 물어봐야겠죠. 어때요, 엘리세?"

메메트는 진저리를 쳤다. 게이르는 패를 다 보여줬고, 다시 한번 자존감이 처참하게 무너질 참이었다.

여자는 와인잔을 옆으로 치우고 몸을 살짝 앞으로 숙였다. 메메

21

트도 귀를 기울였다. "약속 하나 해줄래요, 게이르?"

"그럼요." 그의 목소리와 눈빛이 개의 그것처럼 간절했다.

"내가 지금 여기서 나가고 나면 두 번 다시 연락하지 말아줘요."

메메트는 이 와중에도 미소를 쥐어짜는 게이르를 존경해 마지않았다. "그럼요."

여자는 다시 몸을 뒤로 뺐다. "그쪽이 스토커 같아서가 아니에요. 안 좋은 일을 몇 번 당해서요. 어떤 남자가 날 쫓아다니기 시작했거든요. 같이 있는 사람들한테도 협박을 했고요. 좀 예민하게 굴어도 이해해주면 좋겠어요."

"이해하죠." 게이르는 잔을 비웠다. "얘기했잖아요. 이상한 사람들이 많다고. 걱정하지 마세요. 그래도 당신은 안전한 편이에요. 통계상 남자가 살해당할 확률이 여자보다 네 배 높으니까."

"와인 고마워요, 게이르."

"우리 남자들은 세 명 중 한 명이―"

메메트는 게이르가 돌아보는 것을 느끼고 얼른 고개를 돌렸다.

"오늘 밤에 살해당한다면 당신네가 살해당할 확률은 여덟 명 중 한 명꼴이거든요. 아니지, 잠깐, 그걸 다시 나눠야 하니까……."

여자가 일어섰다. "잘 계산해보세요. 잘 사시고요."

게이르는 여자가 떠난 후 한동안 그녀의 와인잔을 바라보고는 콜드플레이의 "Fix You"에 맞춰 고개를 까딱거렸다. 옆에서 지켜보던 메메트와 다른 누군가에게 자기는 이미 그 상황을 떨쳐냈고 그 여자는 3분짜리 팝송에 지나지 않으며 금세 잊힐 거라고 말하려는 것처럼. 그리고 일어나서 나갔다. 메메트는 바를 둘러보았다. 카우보이 부츠도, 맥주를 홀짝이던 남자도 어느새 떠나고 없었다. 그는 혼자였다. 공기 중에 산소도 돌아왔다. 그는 스마트폰으로 플레이리스트를 바꾸었다. **그의** 플레이리스트로. 배드컴퍼니. 프리와 모트 더 후플, 킹 크림슨의 멤버들이 모여서 만든 그룹이라 결코 나쁜 친구들일 리 없었다. 게다가 폴 로저스가 보컬이므로 실패할 수도 없었다. 메메트는 바 뒤의 유리잔이 부딪혀서 달가닥거릴 정도로 볼륨을 키웠다.

엘리세는 토르볼 메위에르스 가를 따라 평범한 4층 건물들을 지나쳤다. 한때는 가난한 도시, 가난한 동네의 노동 계급이 거주하던 건물이지만 이제는 이런 건물의 1제곱미터당 가격이 런던이나 스톡홀름 못지 않았다. 9월의 오슬로. 마침내 어둠이 돌아왔다. 날이 점점 길어져 짜증스러울 정도로 환하던 여름밤도 여름의 온갖 히스테리와 쾌활하고 어리석은 자기표현과 함께 물러갔다.* 9월이 되자 오슬로는 본연의 모습으로 돌아왔다. 우울하고 내성적이고 효율적인 모습으로. 외관은 견고해 보여도 음침한 구석과 비밀을 간직한 모습으로. 그녀도 다르지 않았다. 그녀는 걸음을 재촉했다. 비가 안개처럼, 하느님이 재채기할 때 나오는 비말처럼 공기 중에 떠 있었다. 전에 데이트 상대 하나가 시적으로 표현한답시고 한 말이었다. 틴더는 이제 그만둘 것이다. 내일부터. 이만하면 됐다. 바에서 만날 때 그녀를 매춘부 보듯 쳐다보는 음탕한 남자들도 이제 됐다. 진흙처럼 들러붙어 시간과 에너지와 안전을 빨아먹는 미친 사이코패스와 스토커들도 이제 됐다. 그녀도 같은 처지인 것처럼 느끼게 만드는 한심한 루저들도 이만하면 됐다.

인터넷 만남이 새로운 사람을 만나는 근사한 방법이고 더는 부

---

* 북유럽 대부분의 도시에서는 여름(5월~7월)에 낮이 20시간 넘게 지속된다.

끄러워할 일이 아니며 요새는 다들 그렇게 만난다고들 했다. 그런데 아니었다. 남들은 직장에서, 강의실에서, 친구 소개로, 피트니스 센터에서, 카페에서, 비행기에서, 버스에서, 기차에서 서로를 만났다. 원래 만나는 방식으로 느긋하고 압박감 없이 서로를 만나고, 그래서 순수하고 순결하고 운명적인 만남에 대한 낭만적 환상을 간직할 수 있었다. 그녀는 그런 환상을 **원했다.** 정말이다. 이제 틴더 프로필을 삭제할 것이다. 전에도 그러겠다고 몇 번 다짐했지만 이번에는 반드시 할 것이다. 오늘 밤 당장.

그녀는 소피엔베르그 가를 건너고 열쇠를 찾아 청과물가게 옆의 공동현관을 열었다. 문을 밀고 아치형 어둠으로 들어섰다. 그리고 우뚝 멈췄다.

그곳에 두 사람이 있었다.

어둠에 눈이 익는 데에는 시간이 걸렸다. 그러다 두 사람이 손에 쥔 것이 보였다. 두 남자 모두 바지를 풀고 성기를 꺼내 들고 있었다.

그녀는 움찔했다. 돌아보지 않고 그저 뒤에 누가 서 있지 않기만 빌었다.

"아이씨, 미안합니다." 어린 목소리가 욕설과 사과를 섞어 말했다. 열아홉이나 스무 살 정도일 거라고 엘리세는 짐작했다. 취하지는 않은 목소리.

"야." 다른 남자가 말했다. "너 내 신발에다가 싸잖아!"

"놀라서 그런 거야!"

엘리세는 코트를 단단히 여미고 청년들을 지나쳤고, 그들은 다시 벽으로 돌아섰다. "여긴 공중화장실이 아니에요." 그녀가 말했다.

"미안해요, 급해서 그랬어요. 다신 안 그럴게요."

게이르는 급히 슐레페그렐스 거리로 갔다. 골똘히 생각에 잠겼다. 남자가 둘이고 여자가 하나인데 여자가 살해당할 확률이 8분의 1이라는 계산은 틀렸다. 계산은 그보다 훨씬 복잡했다. **세상사가** 원래 그렇게 훨씬 복잡했다.

그는 막 롬스달스 가를 지나다가 뭔가로 인해 돌아보았다. 50미터쯤 뒤에 어떤 남자가 걸어오고 있었다. 확실치는 않지만 아까 젤러시 바에서 나올 때 건너편에서 쇼윈도를 바라보고 있던 남자가 아닐까? 게이르는 걸음을 재촉해 동쪽의 델레넹아와 초콜릿 공장쪽으로 향했다. 길거리엔 아무도 없고 버스 한 대가 정시보다 일찍 도착한 듯 정류장에 서 있었다. 게이르는 흘끔 돌아보았다. 그 남자가 아직 뒤에, 같은 거리만큼 떨어져 있었다. 게이르는 예전부터 피부색이 검은 사람들을 무서워했고, 뒤에 오는 남자의 피부색은 잘 보이지 않았다. 그들은 새하얀 고급 주택가를 벗어나 공공주택과 이민자들이 훨씬 많은 동네로 향했다. 100미터 앞에 그의 아파트 출입문이 보였다. 돌아보니 그 남자가 뛰기 시작했다. 모가디슈*에서 심각한 정신적 외상을 입은 소말리아인이 쫓아온다는 생각에 그도 뛰기 시작했다. 뛰어본 지 몇 년 됐고 발뒤꿈치가 아스팔트에 닿을 때마다 덜컹거리는 충격이 뇌를 통과해 시야를 흔들었다. 그는 아파트 출입문 앞에 이르러 단숨에 열쇠를 꽂고 앞으로 몸을 내던지며 육중한 나무문을 쾅 닫았다. 눅눅한 나무에 기대어 문 위에 붙은 유리창으로 바깥을 내다보았다. 거리에는 아무도 없었다. 소

* 아프리카 소말리아의 수도. 1990년대 소말리아 내전 당시 격전지였다.

말리아인이 아니었는지도 몰랐다. 실소가 터졌다. 살인 얘기 좀 했다고 이렇게 겁을 먹다니 스스로도 우스꽝스러웠다. 엘리세가 그 스토커에 관해 뭐라고 했더라?

아직 숨이 찬 채로 게이르는 아파트 문을 열었다. 냉장고에서 맥주를 꺼내고, 거리 쪽으로 난 창이 열려 있는 걸 보고 닫았다. 서재로 가서 전등을 켰다.

컴퓨터 자판의 키를 하나 치자 20인치 모니터가 켜졌다.

"Pornhub"를 검색해 들어가 "french"를 입력했다. 섬네일을 훑다가 헤어 스타일과 머리색이 엘리세와 비슷한 여자를 찾아보았다. 이 아파트는 벽이 얇으므로 컴퓨터에 헤드폰을 꽂은 다음 섬네일을 더블클릭하고 바지를 풀어 허벅지 아래로 내렸다. 여자가 엘리세와 닮은 구석이 거의 없어서 게이르는 그냥 눈을 감고 그녀의 신음에 집중하면서 엘리세의 앙다문 작은 입술과 냉소적인 눈빛과 진지하면서도 섹시한 블라우스를 떠올리려 했다. 그녀를 가질 방법이 없었다. 전혀. 이런 거 말고는.

게이르는 멈추었다. 눈을 떴다. 그가 성기를 내려놓는데 등 뒤에서 찬바람이 들어와 목덜미의 털이 쭈뼛 섰다. 꽉 닫은 줄 **알았던** 문으로 들어온 걸까. 그는 손을 들어 헤드폰을 벗었지만 이미 늦었다.

엘리세는 현관문에 안전체인을 채우고 신발을 벗어 던지고는 평소처럼 거울 한쪽에 붙여놓은, 조카 잉빌과 함께 찍은 사진을 손으로 쓸었다. 사실 그녀 자신도 잘 이해가 가지 않는 의식으로, 인간의 뿌리 깊은 욕구를 충족시켜주는 행위 정도로 여겼다. 사람이 죽은 뒤 어떻게 되는지에 관한 이야기와 같은 맥락의 의식이었다. 그

녀는 거실로 들어가서 작지만 안락한 방 두 개짜리 아파트의 소파
에 누웠다. 그래도 그 집만큼은 그녀의 소유였다. 그녀는 전화기
를 확인했다. 직장에서 문자가 한 통 와 있었다. 내일 오전 회의가
취소되었다는 문자. 그녀는 아까 만난 남자에게 자신이 변호사이
고 성폭행 사건을 전담한다고 말하지 않았다. 남자가 살해당할 확
률이 더 높다는 통계는 반쪽짜리 진실이라고도 말하지 않았다. 성
적 동기에 의한 살인에서 희생자가 여자일 가능성이 네 배 높았다.
그래서 이 집을 사고 맨 처음 한 일이 잠금장치를 바꾸고 안전체인
을 단 것이다. 안전체인이란 것 자체가 노르웨이에는 흔치 않고 요
즘도 그걸 채울 때마다 서툴게 더듬거렸다. 그녀는 틴더 앱을 열었
다. 아까 저녁에 오른쪽으로 스와이프한 남자들 가운데 세 명과 매
칭되었다. 아, 이게 이 앱의 묘미다. 만나지 않고도 그들이 거기 있
고 그녀를 원한다는 사실을 아는 것. 마지막으로 한번 메시지로 추
파를 던져볼까? 계정을 삭제하고 앱을 지우기 전에 마지막으로 낯
선 남자 둘과 가상의 스리섬을 즐겨볼까?

아냐. 당장 삭제해.

메뉴로 들어가 옵션을 클릭하자 정말로 계정을 삭제하고 싶으냐
는 질문이 떴다.

엘리세는 검지를 보았다. 검지가 떨렸다. 맙소사, 중독됐나? 누
군가가, 실제로 그녀가 어떤 사람인지 어떻게 생겼는지 전혀 모르
면서도, 그래도 누군가가 그녀의 있는 그대로의 모습을 원한다고
말해주는 것에 중독된 걸까? 그러니까 프로필 사진 속 있는 그대
로의 모습을 말이다. 완전히 중독된 걸까? 아니면 조금 중독된 걸
까? 일단 계정을 삭제하고 한 달간 틴더 없이 살아보면 알 수 있을
지도. 한 달도 버티지 못한다면 상태가 심각한 것이다. 떨리는 손

가락이 삭제 버튼에 다가갔다. 그런데, 혹여 중독됐다고 해도 이게 그렇게 나쁜가? 누구나 누군가를 원하고 누군가가 자기를 원한다는 느낌을 받으면서 살아야 한다. 아기가 최소한의 신체 접촉을 받지 못하면 죽을 수도 있다는 글을 어디선가 읽었다. 그게 정말인지 의문이 들기는 했지만. 그래도 혼자 힘든 일을 하고 의무감에 친구들과 어울리는 삶이 무슨 의미가 있을까? 아이들이나 남편 문제로, 아니면 둘 중 하나가 없다고 지겹게 투덜대는 친구들을 참아주는 고통보다 외로움에 대한 공포가 더 커서가 아닐까? 혹시 그녀에게 꼭 맞는 남자가 지금 이 순간 틴더에 있지는 않을까? 그래, 그렇다면 마지막으로 한 번만 더. 첫 번째 사진이 떴고, 왼쪽으로 스와이프했다. 쓰레기 더미로, '난 당신을 원하지 않아' 리스트로. 두 번째 사진 역시 왼쪽으로 넘겼다. 세 번째도.

마음이 다시 정처 없이 배회했다. 노르웨이에서 가장 악질인 범죄자들을 가까이에서 만난 심리학자의 강의에서 남자들은 섹스와 돈과 권력 때문에 사람을 죽이고 여자들은 질투와 두려움 때문에 사람을 죽인다는 말을 들은 적이 있다.

엘리세는 사진들을 계속 왼쪽으로 넘기다가 멈추었다. 사진 속 야윈 얼굴이 어딘가 낯이 익었다. 사진이 어둡고 초점이 맞지 않았는데도. 전에도 이런 적이 있었다. 틴더 앱이 근처에 있는 사람들을 연결해주기 때문일 것이다. 게다가 틴더에 이 남자가 1킬로미터 이내에 있다고 뜨는 걸 보면, 어쩌면 같은 건물에 있을지도 모를 일이었다. 사진의 초점이 맞지 않는 것은 이 남자가 인터넷에서 틴더 전략을 검색해보지 않았다는 뜻이고, 그렇다면 점수를 더 줄 수 있었다. 프로필 메시지는 지극히 간단했다. '안녕.' 돋보이려는 시도가 없다. 창의적이지는 않을지 몰라도 적어도 어떤 자신감이 묻어났다. 그래. 파티에서 어떤 남자가 다가와 '안녕' 하고 말을 건네면서 '우리 더 나가도 될까요?'라고 물어보는 듯한 눈빛으로 물끄러미 바라봐준다면 당연히 기분이 좋을 것이다. 그녀는 사진을 오른쪽으로 넘겼다. '당신이 궁금해요' 리스트로.

그리고 아이폰에서 기분 좋은 핑 소리가 났다. 매칭되었다는 알람 소리.

게이르는 코로 거칠게 숨을 쉬었다.

바지를 추슬러 올리고 천천히 의자를 돌렸다.

방 안의 유일한 조명인 컴퓨터 모니터의 불빛이 뒤에 선 사람의 몸통과 손만 비추었다. 얼굴은 보이지 않고 그를 향해 뭔가를 들고 있는 흰 손만 보였다. 검은 가죽끈. 한쪽 끝에 고리가 달린.

그 형체가 한발 다가오고 게이르는 흠칫 뒤로 물러났다.

"당신보다 더 역겨운 게 하나 있는데, 그게 뭔지 알아?" 그 형체가 어둠 속에서 속삭이며 두 손으로 가죽끈을 팽팽하게 잡아당겼다.

게이르는 침을 삼켰다.

"개." 목소리가 말했다. "그 빌어먹을 개, 당신이 무슨 일이 있어도 꼭 돌보기로 약속한 개. 밖에 데리고 나가줄 사람이 없어서 주방 바닥에 똥 싸는 놈."

게이르는 기침을 했다. "카리, 제발……."

"데리고 나가. 그리고 침대로 들어와서 괜히 나 건드리지 말고."

게이르는 개줄을 받았고, 그녀의 등 뒤로 문이 쾅 닫혔다.

그는 어둠 속에 앉아서 눈을 끔뻑거렸다.

아홉이야. 남자 둘, 여자 하나, 살인사건 하나. 여자가 살인사건의 희생자가 될 가능성은 아홉 중 하나야, 여덟 중 하나가 아니라.

메메트는 낡은 BMW를 몰고 도심의 거리를 빠져나가 셀소스로,
빌라들과 피오르와 맑은 공기가 있는 곳으로 향했다. 그가 사는 동
네의 고요하게 잠든 거리로 들어갔다. 차고 앞에 검은색 아우디
R8이 서 있었다. 메메트는 속도를 줄였다. 순간 액셀러레이터를 밟
고 그냥 지나쳐 가버릴까 싶었다. 그래 봤자 잠시 미루는 것뿐이었
다. 그런데 바로 지금 그에게 필요한 일이었다. 미루기. 하지만 뱅
크스가 다시 그를 찾아낼 것이고 어쩌면 지금이 적당한 때인지도
몰랐다. 어둡고 조용하고 보는 사람 하나 없었다. 메메트는 인도
옆에 차를 세웠다. 조수석 사물함을 열었다. 지난 며칠, 특히 이런
때를 대비해서 넣어둔 물건을 보았다. 메메트는 그 물건을 재킷 주
머니에 넣고 숨을 깊이 들이쉬었다. 그리고 차에서 내려서 집으로
걸었다.

아우디 문이 열리고 다니알 뱅크스가 내렸다. 펄 오브 인디아 식
당에서 처음 만났을 때 파키스탄식 이름과 영국식 성은 방금 둘이
서명한 의심스러운 계약서의 서명만큼이나 위조된 것일 수 있다고
생각했다. 하지만 뱅크스가 테이블 너머로 내민 상자에 든 현찰은
엄연한 사실이었다.

차고 앞 자갈이 메메트의 구두창에 밟혔다.

"집 좋네." 다니알 뱅크스가 아우디에 기대어 팔짱을 꼈다. "은
행에서는 이 집을 담보로 잡으려고 하지 않나?"

"세 들어 사는 거예요. 지하실에." 메메트가 말했다.

"나한테는 나쁜 소식이군." 뱅크스가 말했다. 그는 메메트보다
한참 작았지만 말쑥한 재킷 안에 이두박근을 부풀린 채 서 있어서

인지 결코 작다고 느껴지지 않았다. "보험금을 노리고 집에 불을 질러도 빚을 갚을 만큼 돈이 나오지 않는다면야, 우리 둘 다한테 좋을 게 없지. 안 그런가?"

"그래요. 그렇겠죠."

"당신한테도 나쁜 소식이야. 그렇담 내가 더 고통스러운 방법을 써야 할 거라는 뜻이니까. 어떤 방법인지 알고 싶나?"

"그전에 내가 그 돈을 갚을 수 있는지부터 알고 싶지 않습니까?"

뱅크스는 고개를 저으며 주머니에서 뭔가를 꺼냈다. "납기일이 사흘 전이었어. 시간 엄수가 철칙이라고 말했을 텐데. 그래서 **모든** 고객이, 당신뿐 아니라, 그런 게 용납되지 않는 걸 잘 안다고. 예외를 둘 수는 없어." 뱅크스는 차고 불빛을 향해 무언가를 들었다. 메메트는 거칠게 숨을 쉬었다.

"이게 그렇게 독창적인 방법이 아닌 건 알지만." 뱅크스가 고개를 모로 기울이고 펜치를 보면서 말했다. "그래도 효과는 있어."

"하지만—"

"손가락 하나 골라. 참고로 다들 왼쪽 약지를 선호하던데."

메메트는 뭔가가 올라오는 걸 느꼈다. 분노. 가슴이 팽창하면서 폐에 공기가 차는 느낌이었다. "더 나은 방법이 있어요, 뱅크스."

"응?"

"이게 그렇게 독창적인 방법이 아닌 거 알아요." 메메트는 재킷 주머니에 오른손을 넣었다. 그것을 꺼냈다. 그것을 뱅크스를 향해 들고 두 손으로 움켜잡았다. "그래도 효과는 있어요."

뱅크스는 놀라서 쳐다보았다. 천천히 고개를 끄덕였다.

"맞는 말이지." 뱅크스는 메메트가 내민 지폐 뭉치를 받아들고 고무줄을 뺐다.

"이자까지 쳐서 넣은 겁니다. 마지막 한 푼까지 정확히." 메메트
가 말했다. "세어봐요."

핑.
틴더 매칭.
내가 오른쪽으로 스와이프한 사람도 **내** 사진을 오른쪽으로 스와
이프할 때 스마트폰에서 울리는 승리의 소리.
엘리세의 뇌가 빠르게 돌아가고 심장이 마구 뛰었다.
틴더의 매칭 소리가 날 때마다 일어나는 익숙한 반응이었다. 심
장박동이 빨라지는 건 흥분한 결과였다. 행복한 화학물질이 마구
분출하는 그 느낌은 중독되기 쉬웠다. 하지만 엘리세의 심장이 마
구 뛴 건 그 이유가 아니었다. 핑 소리는 **그녀의** 스마트폰에서 나
는 소리가 아니었다.
엘리세가 사진을 오른쪽으로 스와이프하자마자 핑 소리가 울렸
다. 그 사진은, 틴더에 의하면 1킬로미터 안에 있는 사람의 사진이
었다.
그녀는 닫힌 침실 문을 쳐다보았다. 마른침을 삼켰다.
옆집에서 나는 소리일 것이다. 이 아파트에는 독신이 많이 살고
그만큼 틴더 이용자도 많을 터였다. 다시 사방이 조용해졌다. 아까
이른 저녁에 외출할 때 아래층 여자애들이 파티를 열었는데 지금
은 조용했다. 그래도 상상의 괴물을 제거할 방법은 하나밖에 없었
다. 확인하기.
엘리세는 거실 소파에서 일어나 침실 문 쪽으로 네 걸음 다가갔
다. 잠시 망설였다. 직장에서 일어난 두 가지 폭행 사건이 머릿속
에 맴돌았다.

그러다 마음을 다잡고 문을 열었다.

엘리세는 문간에 서서 거칠게 공기를 마셨다. 방 안에 공기가 없어서였다. 숨 쉴 공기가 없었다.

침대 위의 전등이 켜져 있었다. 제일 먼저 눈에 들어온 건, 침대 발치 쪽에 튀어나온, 카우보이 부츠 한 켤레의 밑창이었다. 청바지와 길게 꼰 다리. 거기 누워 있는 남자는 마치 사진 같았다. 반은 어둠 속에 있고 반은 초점에서 벗어났다. 남자는 셔츠를 풀고 맨가슴을 드러냈다. 가슴에는 얼굴을 새긴 그림 혹은 문신이 있었다. 그것이 그녀의 눈길을 사로잡았다. 소리 없이 비명을 지르는 얼굴. 붙잡힌 채로 벗어나려고 몸부림치는 것 같은 얼굴. 엘리세도 비명을 지를 수 없었다.

침대 위의 남자가 일어나 앉는 동안 그의 스마트폰 불빛이 그의 얼굴을 가로질렀다.

"또 보네, 엘리세." 그가 속삭였다.

그 목소리를 듣자 프로필 사진이 낯익은 이유를 깨달았다. 그가 머리색을 바꾸었다. 얼굴은 성형수술을 받은 듯했다. 꿰맨 자국이 아직 남아 있었다.

그는 손을 들어 뭔가를 입속에 집어넣었다.

엘리세는 그를 쳐다보면서 뒷걸음질 쳤다. 그리고 뒤돌아서 폐에 공기를 채우고, 그 공기로 달아나야 한다는 것을 알았다. 비명을 지를 게 아니라. 현관문까지 다섯 걸음, 많아야 여섯 걸음이었다. 침대에서 삐걱거리는 소리가 났지만 그는 더 멀리 있었다. 계단까지만 가면 도와달라고 비명을 지를 수 있었다. 그녀는 당장 현관으로 뛰어가 문 앞까지 가서 손잡이를 아래로 내려서 밀었다. 문이 확 열리지 않았다.

안전체인. 엘리세는 다시 문을 닫고 체인을 잡았지만 너무 지체됐다. 악몽처럼. 이미 늦었다. 그녀는 뭔가로 입이 틀어막힌 채 뒤로 끌려갔다. 절박하게 안전체인 위쪽 문틈으로 손을 뻗어 문틀 바깥쪽을 잡고 비명을 지르려 했지만 니코틴에 찌든 큼직한 손에 입이 막혔다. 그러다 휙 풀려났고, 곧바로 눈앞에서 문이 쾅 닫혔다. 그녀의 귀에 대고 속삭이는 목소리. "내가 마음에 들었나 봐? 자기도 프로필 사진보다는 못하네. 서로 좀 더 알아봐야 할 것 같기는 하지만 마지막으로 티, 티타임을 가질 시간도 없었어."

그 목소리. 그리고 마지막에 한 음절을 더듬는 말투. 전에 한번들은 적이 있다. 그녀는 발버둥을 치면서 벗어나려 했지만 그가 있는 힘껏 움켜잡았다. 그는 그녀를 현관 거울 앞으로 끌고 갔다. 그리고 그녀의 어깨에 자기 머리를 얹었다.

"내가 너 때문에 유죄가 된 건 아니었어, 엘리세. 어차피 증거가 너무 많았어. 그걸로 여기 온 건 아니야. 우연이었다고 하면 믿어주려나?" 그가 씩 웃었다. 엘리세는 그의 입을 보았다. 치아가 시커멓고 녹슨 철로 된 것 같고, 곰 사냥 덫처럼 위턱과 아래턱에 뾰족한 것이 붙어 있었다.

그가 입을 열자 부드럽게 삐걱거렸다. 용수철이 달린 걸까?

이제야 그 사건이 자세히 기억났다. 범죄현장 사진도. 그리고 자신이 곧 죽으리라는 것도 알았다.

그가 물었다.

엘리세 헤르만센은 그의 손에 입이 틀어막힌 채 비명을 지르면서 자기 목에서 뿜겨져 나오는 피를 보았다.

그가 고개를 들었다. 거울을 보았다. 그의 눈썹, 머리에 그녀의 피가 튀어서 턱으로 흘렀다.

"난 그걸 매, 매칭이라고 생각하는데, 자기야." 그가 속삭였다. 그리고 다시 물었다.

엘리세는 머리가 핑 돌았다. 그는 그녀를 움켜잡고 있지 않았다. 그럴 필요가 없었다. 몸을 마비시키는 냉기가, 낯선 어둠이 서서히 그녀를 덮치고 몸속으로 스며들었다. 그녀는 풀려난 한 손을 거울 옆 사진으로 뻗었다. 사진을 더듬으려 했지만 손끝이 닿지 않았다.

2
목요일 아침

오후의 쨍한 햇살이 거실 창으로 들어와 현관까지 길게 뻗었다.

카트리네 브라트 경위는 거울 앞에 서서 조용히 생각에 잠긴 채 거울 틀에 끼워진 사진을 보았다. 여자와 어린 소녀가 바위에 앉아 끌어안고 있었다. 둘 다 머리가 젖었고 커다란 수건으로 몸을 감싸고 있었다. 지나치게 선선한 노르웨이의 여름날, 수영하러 갔다가 꼭 붙어서 서로의 체온으로 몸을 녹이려는 것처럼. 그런데 지금은 둘 사이가 갈라졌다. 거울 위로 검은 핏줄기가 거울과 사진 위를, 환하게 웃는 두 개의 얼굴 사이를 정확히 갈랐다. 카트리네 브라트는 아이가 없었다. 전에는 갖고 싶었는지 몰라도 지금은 아니었다. 다시 독신의 직장인이 되었고, 현재의 상태에 만족했다. 그런가?

카트리네는 나직한 기침 소리에 눈을 들었다. 깊이 팬 흉터, 특이한 눈썹, 이마의 머리선이 유독 높이 올라간 얼굴과 눈이 마주쳤다. 트룰스 베른트센.

"뭐예요, 순경?" 카트리네가 말했다. 경찰 조직에 15년이나 몸담고도 아직 순경을 달고 있다는 사실을 일부러 일깨워주는 그 말에 그의 안색이 흐려졌다. 그뿐 아니라 다른 몇 가지 이유에서도 트룰스 베른트센은 애초에 강력반에 지원조차 하지 못할 사람이었다. 어릴 때부터 친구인 미카엘 벨만 경찰청장이 꽂아주지 않았다면.

트룰스는 어깨를 으쓱했다. "별건 아니고, 이번 사건 책임자시잖아요." 그가 고분고분하면서도 적대적인, 냉혹한 개 같은 표정으로 그녀를 보았다.

"이웃들을 만나봐요." 카트리네가 말했다. "아래층부터 시작하세요. 특히 어제 낮이나 밤에 보거나 들은 게 있는지 물어봐요. 엘리세 헤르만센은 혼자 살던 사람이니, 어떤 남자들과 어울렸는지도 알아보고요."

"범인이 남자라고 보시는 거군요? 원래 알던 사이고?" 그제야 카트리네는 트룰스 옆에 서 있는 청년을 보았다. 정직한 얼굴. 금발. 잘생긴 청년. "안데르스 뷜레르입니다. 오늘이 첫 근무입니다." 고음의 목소리에 눈웃음치는 걸 보고 카트리네는 그가 주변 사람들을 매료시키는 데 자신만만한 사람이라는 인상을 받았다. 트롬쇠 경찰서장의 추천서는 무슨 사랑의 맹세처럼 보였다. 그래도 공정하게 말하면 그의 이력은 그 자리에 적합했다. 2년 전에 경찰대학을 최고 성적으로 졸업하고 트롬쇠에서 순경으로 일하면서 괜찮은 성과도 올렸다.

"가서 시작해요, 베른트센." 카트리네가 말했다.

그녀는 트룰스가 발을 질질 끌며 나가는 모습을 보면서 자신보다 어린 여자 상사에게 명령받는 것에 대한 수동적인 저항이라고 생각했다.

"잘 왔어요." 그녀는 안데르스에게 손을 내밀었다. "미안해요. 첫날인데 인사도 못 했네요."

"죽은 사람이 산 사람보다 먼저죠." 안데르스가 말했다. 카트리네는 그 말이 해리 홀레의 말인 걸 알았다. 그러다 안데르스가 그녀의 손을 그냥 바라만 보는 걸 보고 자신이 아직 라텍스 장갑을 끼고 있다는 것도 알았다.

"아직 역겨운 건 만지지 않았어요." 그녀가 말했다.

그가 웃었다. 하얀 치아. 보너스 10점.

"제가 라텍스 알레르기가 있어서요." 그가 말했다.

마이너스 20점.

"그래요, 안데르스." 카트리네 브라트가 계속 손을 내민 채로 말했다. "이 장갑은 분말이 붙지 않는 재질에 알레르기 유발 물질과 내독소 수준이 낮아요. 강력반에서 일할 거면 자주 껴야 할 겁니다. 하긴 언제든 경제사범반으로 갈 수도 있는 거니까……."

"그건 안 됩니다." 그가 웃으면서 손을 마주 잡았다. 카트리네는 라텍스를 통해 그의 온기를 느꼈다.

"카트리네 브라트, 이번 사건을 맡은 책임 수사관이에요."

"알죠. 해리 홀레팀에서 일하셨잖아요."

"해리 홀레팀?"

"보일러실요."

카트리네는 고개를 끄덕였다. '해리 홀레팀'이라고 생각해본 적은 없었다. 살인사건 수사를 위해 얽힌 세 명의 소규모 수사팀……. 하지만 그 이름이 제법 어울렸다. 그 후 해리는 경찰대학에서 강의만 하고, 비에른은 브륀 구의 과학수사과로 자리를 옮겼고, 그녀는 강력반으로 돌아와 경위가 되었다.

안데르스가 눈빛을 반짝이며 아직 미소 짓고 있었다. "안타까워요. 해리 홀레가―"

"얘기할 시간이 없어서 안타깝네요, 안데르스. 사건을 수사해야 하니까. 베른트센하고 같이 가서 듣고 배워요."

안데르스 뷜레르는 그녀에게 쓴웃음을 지었다. "베른트센 순경한테 배울 게 많다는 말씀인가요?"

카트리네는 눈썹을 올렸다. 젊고 자신만만하고 겁 없는 청년. 다 좋지만 부디 또 한 명의 해리 홀레 열혈팬은 아니기를.

트룰스 베른트센은 엄지로 초인종을 누르고 집 안에서 벨이 울리는 소리를 들으며 손톱 물어뜯는 버릇을 고쳐야 한다고 생각했다. 이제 버려야 한다고.

강력반에 보내달라고 했을 때 미카엘이 이유를 물었다. 트룰스는 솔직하게 대답했다. 먹이사슬 위쪽으로 좀 더 올라가고 싶은데 용쓰면서 올라가고 싶지는 않다고. 다른 경찰청장이라면 당장 내쫓았을 테지만 미카엘은 그럴 수 없었다. 그들은 서로의 치부를 너무 많이 알았다. 어릴 때는 우정 비슷한 뭔가로 이어진 일종의 공생 관계로, 흡사 빨판상어와 상어처럼 지냈다. 하지만 이제 그들은 범죄와 암묵적인 계약으로 묶였다. 따라서 트룰스 베른트센은 요구를 말할 때 요구가 아닌 것처럼 보이려고 신경 쓰지도 않았다.

그런데 이제 그 요구가 얼마나 분별 있는 판단이었는지 의문이 들기 시작했다. 강력반 업무는 두 가지로 나뉘었다. 수사와 분석. 강력반의 군나르 하겐 반장이 트룰스에게 어느 쪽을 맡을지 선택하라고 했을 때 트룰스는 자신이 책임 있는 자리를 얻지 못하리란 걸 알았다. 거기까지는 괜찮았다. 그런데 카트리네 브라트 경위가 그에게 강력반을 소개하면서 내내 그를 "순경"이라고 부르고 커피 머신 작동법을 유독 열심히 설명할 때는 솔직히 자존심이 상했다고 인정하지 않을 수 없었다.

문이 열렸다. 젊은 여자 셋이 겁먹은 얼굴로 서서 그를 보았다. 무슨 일이 있었는지 이미 들은 것이다.

"경찰입니다." 트룰스가 신분증을 들었다. "여쭤볼 게 있습니다. 혹시 간밤에 무슨 소리를—."

"저희에게 도움이 될 만한 정보가 있는지 여쭤보려는 겁니다." 뒤에서 목소리가 들렸다. 새로운 친구. 안데르스. 트룰스는 공포에 질려 있던 여자들의 얼굴이 환하게 밝아지는 것을 보았다.

"물론이죠." 문을 열어준 여자가 말했다. "저기요, 누가…… 누가…… 그런 건지 아세요?"

"아무것도 말씀드릴 수 없습니다." 트룰스가 말했다.

"그래도 무서워하실 이유가 없다는 건 말씀드릴 수 있습니다." 안데르스가 말했다. "여기서 학생들끼리 같이 사는 거 맞죠?"

"네." 그들이 합창하듯, 자기가 먼저 말하고 싶은 것처럼 대답했다.

"잠깐 들어가도 될까요?" 안데르스가 물었다. 미카엘 벨만만큼이나 환한 미소로군. 트룰스는 생각했다.

여자들이 그들을 거실로 안내했다. 그중 둘은 급히 테이블에서 맥주병과 술잔을 치우고 거실에서 나갔다.

"어젯밤에 파티를 열었거든요." 문을 열어준 여자가 멋쩍은 듯 말했다. "정말이지 끔찍해요."

트룰스는 이웃이 살해당한 걸 말하는 건지, 그런 일이 벌어졌을 때 아래층에서 파티를 하고 있던 걸 말하는 건지 알 수 없었다.

"지난밤 10시에서 자정 사이에 무슨 소리를 들으셨습니까?" 트룰스가 물었다.

여자가 고개를 저었다.

"엘세가—."

40

"엘리세예요." 안데르스가 고쳐 말하면서 수첩과 펜을 꺼냈다. 트룰스는 문득 자기도 저랬어야 했나, 하고 생각했다.

트룰스는 헛기침을 했다. "윗집 여자한테 남자친구, 그러니까 여기서 시간을 많이 보낸 사람이 있었습니까?"

"모르겠어요." 여자가 말했다.

"고맙습니다. 이만 됐습니다." 트룰스가 이렇게 말하고 현관으로 돌아서는데 다른 두 여자가 거실로 돌아왔다.

"두 분께도 여쭤봐야 할 것 같군요." 안데르스가 말했다. "여기 친구분은 어젯밤에 아무 소리도 듣지 못했고 엘리세 헤르만센이 자주 만났거나 최근에 만나는 사람을 모른다고 하시네요. 혹시 두 분은 아시는 게 있나요?"

두 여자는 서로 바라보다가 안데르스를 향해 동시에 금발 머리를 저었다. 트룰스는 모두의 관심이 젊은 수사관에게 쏠린 걸 알았다. 그렇다고 거슬리는 건 아니었다. 이런 식으로 소외당하는 데에는 이골이 났다. 가슴에 일어나는 작은 통증에도 익숙했다. 고등학교 시절에 망레루드에서 울라가 마침내 그에게 눈길을 주고는 기껏 한다는 소리가 미카엘 어디 있는지 아느냐였을 때처럼. 휴대전화가 없던 시절이라 미카엘에게 메시지를 전할 수 있는지 물어본 것이다. 한번은 미카엘이 여자친구하고 캠핑 가서 전해주기 어렵겠다고 답한 적이 있다. 캠핑 얘기는 사실이 아니었지만 단 한 번이라도 울라의 눈에서 그와 같은 고통, 자신의 고통을 보고 싶었다.

"엘리세를 마지막으로 본 게 언제였나요?" 안데르스가 물었다.

세 여자가 다시 서로를 보았다. "**저희가** 본 건 아니고……."

한 여자가 키득거리다가 부적절한 행동임을 깨닫고 손으로 입을 막았다. 아까 문을 열어준 여자가 헛기침을 했다. "아침에 엔리케가 전화해서는, 자기랑 알파가 간밤에 집에 가다가 공동현관 안쪽에서 소변을 봤다고 했어요."

"원래 멍청한 애들이거든요." 제일 키 큰 여자가 말했다.

"술도 좀 취했고요." 세 번째 여자가 말했다. 그러고는 다시 키득거렸다.

문을 열어준 여자가 '정신 좀 차려' 하는 표정으로 두 여자를 쏘아보았다. "아무튼. 걔들이 거기 서 있는데 어떤 여자가 들어오더래요. 혹시라도 자기네 때문에 저희가 이상해 보일까 봐 미안해서 전화한 거고요."

"사려 깊은 친구들이네요." 안데르스가 말했다. "그럼 그 친구들이 보기에는 그 여자가?"

"**확실하대요.** '30대 여자'가 살해당했다는 인터넷 기사에서 우리 아파트 사진을 보고는, 구글에서 그 여자 사진을 찾았대요."

트룰스가 툴툴거렸다. 그는 기자들을 혐오했다. 쓰레기더미나 뒤지고 다니는 쓰레기들. 대다수가 그랬다. 그는 창가로 가서 거리를 내려다보았다. 저 아래에 그들이 있다. 경찰 저지선 밖에서 기다란 렌즈를 장착한 카메라를 독수리 부리처럼 얼굴에 붙이고 시체가 나오면 조금이라도 더 가까이 찍을 요량으로 기다리고 있다. 대기 중인 구급차 옆에는 초록과 노랑과 빨강 줄무늬의 라스타파리안 비니를 쓴 남자가 흰 작업복을 입은 동료들과 대화를 나누고 있었다. 과학수사과의 비에른 홀름. 그는 동료들에게 고개를 끄덕이고는 다시 건물 안으로 들어왔다. 배가 아픈 사람처럼 어정쩡하고 구부정한 자세였다. 트룰스는 생선 눈깔에 달덩이 같은 얼굴의 저 촌뜨기가 최근에 카트리네 브라트에게 차였다는 말이 돌던데, 혹시 그것 때문인가 하고 생각했다. 좋다. 남들도 갈가리 찢기는 그 느낌이 어떤 건지 알기만 한다면. 안데르스의 새된 목소리가 뒤에서 앵앵거렸다. "그러니까 그 친구들 이름이 엔리케하고?"

"아뇨, 아뇨!" 여자들이 웃었다. "헨리크요. 알프랑."

트룰스는 안데르스와 눈을 마주치고 문 쪽으로 고개를 까딱했다. "고마워요, 숙녀분들, 이제 됐습니다." 안데르스가 말했다. "아, 아무래도 전화번호를 받아두는 게 좋겠네요."

여자들은 두려움과 기쁨이 뒤섞인 표정으로 그를 보았다.

"헨리크와 알프 거요." 안데르스가 쓴웃음을 지었다.

카트리네는 침실에서 침대 옆에 쭈그리고 앉은 과학수사과 의료요원 뒤에 서 있었다. 엘리세 헤르만센이 이불 위에 쓰러져 있었다. 하지만 블라우스의 혈흔은 피가 뿜어져 나올 때 서 있었다고 말해주는 방향으로 퍼져 있었다. 현관 거울 앞에 서 있었을 것이다. 현관 러그가 피에 흠뻑 젖어서 쪽모이세공 마룻바닥에 달라붙었다. 현관에서 침실 사이의 핏자국과 혈액 양이 얼마 안 되는 것으로 보아 심장박동은 이미 현관에서 멈췄을 것이다. 의료요원은 체온과 사후 경직을 근거로 사망 시각을 23시에서 새벽 1시 사이로 추정했다. 사인은 왼쪽 어깨 바로 위의 목 옆에 난 하나 이상의 절개 부위로 인한 경동맥 천공으로 말미암은 과다출혈로 추정되었다.

엘리세의 바지와 팬티가 발목까지 내려와 있었다.

"손톱 밑을 긁고 잘라두긴 했지만 일단 육안으로는 피부조직이 보이지 않아요." 의료요원이 말했다.

"여러분이 언제부터 과학수사과 일을 했나요?" 카트리네가 물었다.

"비에른이 해달라고 해서요." 의료요원이 대답했다. "워낙 좋은 말로 부탁하셔서."

"그래요? 다른 상처 부위는요?"

"왼팔 밑에 긁힌 상처가 있네요. 왼손 중지에 나뭇조각이 박혀 있고요."

"성폭행 흔적은요?"

"성기에는 폭행의 흔적이 보이지 않지만 이런 게……." 의료요원이 시신의 복부에 확대경을 댔다. 카트리네는 확대경으로 가늘고 번들거리는 선을 보았다. "희생자나 다른 누군가의 타액일 수도 있지만 쿠퍼액이나 정액에 더 가까워 보이네요."

"그러길 바랍시다." 카트리네가 말했다.

"성폭행이길 **바라자는** 거야?" 어느새 들어와 카트리네 뒤에 서 있던 비에른 홀름이 말했다.

"그렇다 해도 모든 증거로 볼 때 성폭행은 사후에 일어났을 거야." 카트리네가 돌아보지도 않고 말했다. "사망한 후의 일이니 솔직히 정액이면 좋겠어."

"농담이야." 비에른이 정겨운 토텐 지방 억양으로 말했다.

카트리네는 눈을 감았다. 물론 비에른도 이런 사건에서는 정액이 '열려라, 참깨' 주문과 같다는 것을 안다. 그리고 아까는 물론 농담이었다. 카트리네가 함께 살던 집에서 나간 후 석 달간 둘 사이에 흐르는 어색하고 상처받은 분위기를 가볍게 풀어보려는 나름의 노력이었을 것이다. 카트리네도 나름대로 노력하는 중이었다. 잘되지 않을 뿐이었다.

의료요원이 그들을 보았다. "여긴 다 됐습니다." 그러고는 히잡을 고쳐 썼다.

"구급차가 와 있어요. 시신은 우리 쪽 친구들한테 옮기라고 할게요." 비에른이 말했다. "도와줘서 고마워요, 자흐라."

의료요원은 고개를 끄덕이고 둘 사이의 껄끄러운 기류를 눈치챈 듯 급히 나갔다.

"그래서?" 카트리네가 비에른을 보았다. 애원이라기보다는 슬퍼 보이는 침울한 눈빛을 애써 모른 척했다.

"딱히 할 말이 없어." 비에른이 비니 밑으로 삐져나온 북슬북슬 한 붉은 수염을 긁적였다.

카트리네는 가만히 기다리면서 그들이 아직 살인사건에 관해 말 하고 있는 것이기를 바랐다.

"살림에 신경 쓰는 부류는 아니었던 거 같아. 여러 사람의 머리 카락이 나왔는데, 대부분 남자고, 모두가 어젯밤에 여기 있었던 것 같지는 않아."

"이 여자는 변호사였어." 카트리네가 말했다. "일에 치여 사는 독신 여성이라면 당신만큼 청소를 최우선에 두지 않을 수도 있어."

비에른은 설핏 웃었지만 대꾸하지 않았다. 카트리네는 그가 늘 그녀에게 심어주려 하는 양심의 가책을 알아챘다. 그렇다고 둘이 청소 문제로 다툰 적은 없었다. 비에른이 항상 먼저 나서서 설거지 를 하고 계단을 쓸고 세탁기에 빨래를 넣고 욕실을 청소하고 시트 를 말리면서도 한 번도 책망하거나 따진 적이 없었다. 다른 모든 일처럼. 같이 산 1년 동안 단 한 번도 싸운 적이 없다. 비에른이 늘 잘 피해 빠져나갔다. 게다가 카트리네가 그를 실망시키거나 그를 귀찮아할 때마다, 비에른은 배려하고 희생하면서 지칠 줄 모르고 옆에 있어주었다. 떠받들어줄수록 더 얼간이 공주처럼 느끼게 만 드는 귀찮고 성가신 로봇처럼.

"머리카락이 남자들 건지는 어떻게 알아?" 카트리네가 한숨을 쉬었다.

"일에 치여 사는 독신 여성이……." 비에른은 카트리네를 보지 않고 말했다.

카트리네는 팔짱을 끼었다. "무슨 말을 하려는 거야, 비에른?"

"뭐?" 그가 흰 얼굴을 조금 붉혔고, 두 눈이 평소보다 더 튀어나왔다.

"내가 헤픈 여자라는 거야? 좋아, 정 그렇게 궁금하다면 난―."

"아냐!" 비에른은 자기를 방어하려는 듯 두 손을 들었다. "그런 뜻으로 한 말이 아니야. 그냥 재미없는 농담이었어."

카트리네는 그에게 연민을 느껴야 한다는 걸 알았다. 어느 정도는 그런 마음도 있었다. 다만 안아주고 싶은 종류의 연민이 아니었다. 이런 유형의 연민은 오히려 조롱에 가까웠다. 그의 따귀를 때리고 수모를 주는 조롱. 그래서 그를 떠난 것이다. 비에른 홀름, 완벽하게 착하고 굴욕당하는 남자를 더는 보고 싶지 않았다. 카트리네 브라트는 숨을 깊이 들이쉬었다.

"그래서, 남자들이라고?"

"머리카락 길이가 대부분 짧아." 비에른이 말했다. "일단 분석 결과를 기다려봐야 해. DNA가 잔뜩 나와서 국립과학수사연구소가 한동안 바빠질 거야."

"좋아." 카트리네는 시신을 향해 돌아섰다. "범인이 뭐로 찌른 것 같아? 아니, 절개 부위가 가까이 붙어 있는 것으로 보아 난도질했다고 해야겠군."

"잘 보이지는 않지만 절개 부위가 어떤 패턴을 이루고 있어. 두 가지 패턴."

"응?"

비에른은 시신으로 다가가 짧은 금발 아래의 목 부위를 가리켰다. "절개 부위가 작은 타원 두 개가 겹친 모양인 거 보여? 하나는 여기, 하나는 여기."

카트리네는 고개를 모로 기울였다. "듣고 보니······."

"물린 자국처럼."

"아, 젠장." 카트리네가 불쑥 내뱉었다. "동물이란 말야?"

"어쩌면? 그래도 위턱과 아래턱이 만날 때 피부가 접혀서 함께 눌렸다고 상상해봐. 그럼 이런 자국이 남는데······." 비에른은 주머니에서 반투명 종이를 꺼냈고, 카트리네는 그가 매일 도시락을 싸던 종이인 것을 바로 알아보았다. "어쨌든 토텐 출신의 누군가가 문 자국과 일치하는 듯 보여."

"사람의 치아로는 시신 목에 있는 저런 자국이 나오지 않지."

"동의해. 그래도 패턴은 사람 것이 맞아."

카트리네는 입술에 침을 발랐다. "치아를 갈아서 뾰족하게 만드는 사람들이 있어."

"치아라면 상처 부위에서 타액이 검출될지도 모르지. 어느 쪽이든 범인이 물 때 두 사람이 현관 러그 위에 서 있었다면 물린 자국으로 보아 범인은 여자 뒤에 있었고 여자보다 키가 커."

"아까 의료요원이 시신의 손톱 밑에서 아무것도 나오지 않았다고 하는 걸 보면 범인이 여자를 꽉 붙잡고 있었던 거 같아." 카트리네가 말했다. "평균보다 힘이 세거나 키가 큰 남자이고 포식동물의 이를 가지고 있지."

그들은 묵묵히 서서 시신을 보았다. 미술관에서 어떤 의견을 말해서 남들에게 깊은 인상을 줄까 고민하는 젊은 커플 같군, 카트리네는 생각했다. 차이가 있다면 비에른은 남에게 깊은 인상을 주려고 한 적이 없다는 거였다. 그런 걸 하는 사람은 그녀였다.

카트리네는 현관에서 발소리를 들었다. "여긴 들어오면 안 돼요!" 그녀가 소리쳤다.

"이 아파트 건물에서 두 집에만 사람이 있었고, 뭘 보거나 들은 사람이 없다는 말을 전하려고요." 안데르스가 새된 목소리로 말했다. "방금 엘리세 헤르만센이 어젯밤에 집에 들어올 때 마주친 청년 두 명과 통화했어요. 그 친구들 말로는 엘리세가 혼자였대요."

"그럼 그 사람들은?"

"전과는 없고, 택시 영수증에 11시 30분 직후에 여길 떠난 걸로 나왔어요. 그 친구들이 공동현관 앞에서 소변을 볼 때 엘리세가 들어왔대요. 불러서 조사할까요?"

"그 사람들은 아니야, 그래도 그렇게 해."

"네."

안데르스의 발소리가 멀어졌다.

"희생자가 혼자 집에 돌아왔고, 누가 침입한 흔적은 없다." 비에른이 말했다. "스스로 범인을 집으로 들인 걸까?"

"잘 아는 사람이 아니라면 아니겠지."

"그럴까?"

"엘리세는 변호사고, 위험을 인지했어. 문에 안전체인도 새로 단 걸로 보이고. 조심성이 많은 젊은 여자였을 거야." 카트리네가 시신 옆에 쪼그리고 앉았다. 엘리세의 중지에 박힌 나뭇조각을 보았다. 팔 밑에 긁힌 상처도 보았다.

"변호사라." 비에른이 말했다. "어디?"

"홀룸센 앤드 스키리. 그 회사 사람들이 경찰에 신고했어. 엘리세가 공판에 나타나지 않고 전화도 받지 않는다면서. 변호사가 희생자가 되는 일이 그리 흔하지는 않지."

"그럼 혹시?"

"아니, 말했듯이 엘리세 스스로 누굴 집에 들이지는 않았어. 그런데……" 카트리네는 인상을 찌푸렸다. "이 가시가 분홍빛을 띤 흰색으로 보이는 거 맞아?"

비에른이 그녀를 향해 몸을 숙였다. "흰색, 맞아."

"분홍빛 흰색." 카트리네가 일어서면서 말했다. "따라와봐."

그들은 현관으로 나갔고, 카트리네가 문을 열고 문틀 바깥쪽의 움푹 팬 부분을 가리켰다. "분홍빛 흰색."

"그렇다고 하니까." 비에른이 말했다.

"그렇게 안 보여?" 카트리네가 믿기지 않는 듯 물었다.

"연구에 따르면 여자가 남자보다 미묘한 색 차이를 더 잘 본대."

"그럼 **이건** 보여?" 카트리네가 문 안쪽에 매달린 안전체인을 들었다.

비에른이 가까이 다가왔다. 그의 냄새를 맡고 카트리네는 흠칫 놀랐다. 그저 갑작스러운 친밀감에 불편해진 것일 수도 있었다.

"긁힌 피부." 그가 말했다.

"시신의 팔 밑에 긁힌 상처. 알겠어?"

그가 천천히 고개를 끄덕였다. "안전체인에 긁힌 거군. 체인이 채워져 있었다는 뜻이고. 그러니까 범인이 밀치고 들어오려던 게 아니라 희생자가 나가려고 애쓴 거네."

"노르웨이 사람들은 안전체인을 잘 안 써. 자물쇠만 쓰지. 그리고 여자가 범인을 집에 들인 거라면, 이렇게 힘센 남자가 아는 사람이었다면, 이를테면……."

"문을 열어서 범인을 집에 들어오게 한 다음에 다시 체인을 채울 생각을 하지는 않았겠지. 안전하다고 생각했을 테니까. 그러므로……."

"그러므로." 카트리네가 말을 받았다. "범인은 이미 집에 들어와 있었고, 여자는 그다음에 들어온 거야."

"여자는 몰랐고."

"그래서 체인을 채웠으니 위험이 **바깥에** 있다고 안심한 거지."

카트리네는 몸을 떨었다. '몸서리치게 만드는 기쁨'을 드러내는 몸짓이었다. 살인사건 수사관이 불현듯 **알아채고 이해할** 때 느끼는 감정.

"해리라면 지금쯤 함께 기뻐해줬겠지." 비에른이 말했다. 그리고 웃었다.

"뭐?"

"당신 얼굴이 빨개졌어."

나도 참 엉망이네, 카트리네가 생각했다.

3
목요일 오후

카트리네는 경찰이 희생자의 신원과 나이, 발견된 시각과 장소를 간략히 발표하는 기자회견에 집중하지 못했다. 내용은 별것 없었다. 살인사건이 발생한 직후의 첫 기자회견은 정보를 최대한 공개하지 않는 것이 중요한 자리이기에 현대의 열린 민주주의라는 이름으로 치러지는 요식행위에 불과했다.

옆에는 강력반 책임자 군나르 하겐이 앉아 있었다. 머리통 가장자리에 짙은 색 머리카락이 빙 둘러 있고 정수리가 플래시 조명을 받아 번들거리는 군나르가 함께 짜낸 짧은 문장을 읽었다. 카트리네는 군나르에게 발표를 맡겨서 다행이라고 생각했다. 스포트라이트를 받는 게 싫어서가 아니라, 진정한 스포트라이트의 순간은 나중에 올 수 있어서였다. 아직은 수사 책임자 역할이 낯설었고, 군나르가 발표를 맡고 나니 마음이 놓였다. 지금은 성공한 선배 경찰이 실질적인 내용보다는 몸짓과 어조로 대중에게 경찰이 주도권을 쥐고 있다고 확신을 심어주는 장면을 지켜보면서 말하는 기술을 익힐 때였다.

카트리네가 앉은 자리에서 5층 패럴홀에 모인 서른 명 남짓한 기자들의 머리 뒤, 벽 전체를 덮은 대형 그림이 보였다. 벌거벗은 사람들, 주로 깡마른 소년들이 헤엄치는 그림이었다. 세상사가 가능한 최악의 방식으로 쌓이고 해석되기 이전 시대의 아름답고 순수한 장면이었다. 그녀도 다를 게 없었다. 그 작품의 화가가 소아성애자일 거라고 짐작했으니. 군나르가 기자들에게 같은 말을 되풀이했다. "현재로서는 그 질문에 답할 상황이 아닙니다." 다만 약간씩 변주하면서 오만하거나 우스꽝스럽게 들리지 않게 대답했다. "현재로서는 그 점에 대해 말씀드릴 수 없습니다." 아니면 좀 더 호의적으로, "그 문제는 다시 말씀드리겠습니다."

카트리네는 기자들이 펜과 키보드로 경찰의 답변보다 훨씬 구체적이고 정교하게 질문을 입력하는 소리를 들었다. "시신이 심각하게 손상되었습니까?", "성폭행 흔적이 있었습니까?", "용의자가 있습니까? 있다면 희생자와 가까운 사람인가요?" 심사숙고해서 짜낸 질문들 덕분에 그나마 '노코멘트'라는 답변에도 고민하고 신중을 기했다는 의미가 담겼다.

뒤쪽 문가에 낯익은 형체가 나타났다. 한쪽 눈을 검은 안대로 가렸고, 늘 새로 다림질해서 사무실 벽장에 걸어두는 제복을 입고 있었다. 경찰청장 미카엘 벨만. 그는 안으로 들어오지 않고 그냥 거기 서서 관찰했다. 군나르도 자기보다 젊은 청장의 시선을 의식한 듯 등을 곧게 펴고 앉았다.

"그럼 이만 정리하겠습니다." 커뮤니케이션 책임자가 말했다.

카트리네는 미카엘이 그녀와 얘기하고 싶다고 손짓하는 것을 보았다.

"다음 기자회견은 언제죠?" 〈VG〉*의 범죄전문기자 모나 도가 물었다.

"그건—."

"새로운 소식이 들어올 때죠." 군나르가 커뮤니케이션 책임자의 말을 잘랐다.

'들어올 때', 카트리네는 이 말을 수첩에 적었다. '들어오면'이 아니라. 국가의 녹을 먹는 사람들이 지칠 줄 모르고 밤낮으로 일하고 있으며 정의의 수레바퀴가 돌아가고 있고 범인이 잡히는 것은 시간문제라고 알리는, 작지만 중요한 어휘 선택이었다.

"새로운 소식?" 미카엘이 경찰청 아트리움을 지나며 물었다. 전에는 예쁘장한 얼굴에 긴 속눈썹, 조금 긴 듯한 단정한 머리, 햇볕에 잘 그은 피부와 특유의 탈색된 듯한 하얀 반점 덕에 사랑스럽고 나약한 인상까지 풍기던 그가 연극적으로 보이는 안대를 착용하면서 정반대의 인상을 풍기기 시작했다. 힘. 한쪽 눈을 잃고도 무너지지 않는 남자.

"과학수사과에서 시신에 남은 물린 자국에서 뭔가를 발견했습니다." 카트리네가 미카엘을 따라 로비 안내실 앞 이중문을 지나면서 말했다.

"타액 말인가?"

"녹이었어요."

"녹?"

"네."

---

* 노르웨이의 타블로이드 신문. 매체명인 베르덴스강(Verdens Gang)을 축약한 'VG'로 흔히 불린다.

"그게 무슨?" 미카엘이 엘리베이터 버튼을 눌렀다.

"모릅니다." 카트리네가 그의 옆에 섰다.

"범인이 어떻게 집 안으로 들어갔는지도 아직 모르고?"

"네. 잠금장치를 밖에서 여는 건 불가능하고, 문과 창문 모두 침입 흔적이 없습니다. 희생자가 스스로 문을 열어 범인을 집 안으로 들였을 가능성이 남아 있지만 그건 아닌 것 같습니다."

"범인이 열쇠를 가지고 있었을 수도 있지."

"그 아파트 주택조합에서는 같은 열쇠로 공동현관과 자기 집을 여는 방식을 채택했습니다. 주택조합 열쇠 등록부를 확인해보니 엘리세 헤르만센의 집 열쇠는 하나뿐이었고요. 엘리세가 가지고 있던 열쇠요. 그날 엘리세가 귀가할 때 공동현관 입구에서 만난 청년 둘을 베른트센과 빌레르가 만나봤는데, 둘 다 엘리세가 본인 열쇠로 문을 열고 들어왔다고 확인해줬습니다. 인터폰으로 집 안에 있는 사람에게 문을 열어달라고 하지 않았다는 뜻이죠."

"범인이 열쇠를 복사했을 수도 있잖아?"

"그러려면 원본 열쇠를 손에 넣고, 같은 종류의 열쇠를 제작하는 기술을 가진 데다 주택조합의 허락 없이 무단으로 열쇠를 복사할 만큼 부도덕한 열쇠공을 찾아야 했을 겁니다. 그럴 가능성은 낮아 보여요."

"알겠네. 실은 그 얘기를 하려고 보자고 한 게 아니고……." 엘리베이터 문이 열리고 안에서 내리려던 경찰 둘이 웃다가 청장을 보고 웃음을 멈췄다.

"트룰스 얘기야." 미카엘은 말을 꺼내고 카트리네를 빈 엘리베이터에 먼저 들여보냈다. "트룰스 베른트센."

"네?" 카트리네는 옅은 애프터셰이브 향을 맡았다. 요새 남자들은 습식 면도와 면도 후 알코올을 흠뻑 적시는 과정을 포기했나 보다고 생각하던 터였다. 비에른은 전기면도기를 쓰고 몸에 일체의 향을 더하는 데 관심이 없었고, 이후 만난 남자들도…… 음, 두 번 정도 만날 때도, 그녀는 그들의 자연스러운 체취보다 강한 향수 냄새를 맡고 싶었다.

"그 친구는 어쩌고 있나?"

"베른트센요? 괜찮아요."

엘리베이터 문을 향해 나란히 서 있었지만 카트리네는 침묵 속에서 시야의 가장자리로 얼핏 음흉한 미소를 본 것 같았다.

"괜찮아?" 그가 한참 뒤에 되물었다.

"맡은 일은 잘합니다."

"별로 어렵지 않은 임무를 줬겠지?"

카트리네는 어깨를 으쓱했다. "수사관으로 일한 경력이 없잖아요. 게다가 지금은 크리포스*를 제외하면 이 나라에서 제일 큰 수사반에 들어왔고요. 운전석에 앉을 생각은 말아야죠. 솔직히 말해서."

미카엘은 고개를 끄덕이고 턱을 문질렀다. "실은 그 친구가 잘 처신하고 있는지 궁금했어. 규칙을 잘 따르지 않는…… 규칙을 잘 따르는지."

"제가 알기론 그래요." 엘리베이터의 속도가 느려졌다. "그런데 정확히 무슨 규칙을 말씀하시는 건가요?"

"자네가 그 친구를 잘 지켜봐줘, 브라트. 트룰스 베른트센은 우여곡절을 겪은 친구라."

---

* 오슬로의 중앙 범죄 수사 기구.

"폭발사고로 입은 부상 말인가요?"

"그 친구 인생 자체가 그래, 브라트. 그 친구가 좀…… 뭐라고 해야 하나?"

"엉망이라고요?"

미카엘은 피식 웃고는 열린 문을 향해 고갯짓했다. "자네가 내릴 층이야, 브라트."

강력반으로 걸어가는 카트리네 브라트의 균형 잡힌 뒷모습을 물끄러미 바라보면서 미카엘은 엘리베이터 문이 다시 닫히기 전 몇 초간 상상의 나래를 펼쳤다. 그러다 다시 **그 문제**에 생각을 모았다. 물론 그에게는 문제가 아니라 기회였다. 딜레마가 있기는 하지만. 총리실에서 철저히 비공식적인 문의가 들어왔다. 정부에서 개각을 단행할 예정이고 그중 법무부장관 자리가 열려 있다는 소문이 돌던 터였다. 총리실의 문의는 (순전히 만약의 상황이지만) 그에게 요청이 간다면 어찌할 것인지에 관한 것이었다. 처음에는 많이 놀랐다. 그런데 좀 더 생각해보니 그 선택이 논리적으로 맞았다. 경찰청장으로서 국제적으로 유명해진 '경찰 킬러'의 정체를 밝혀냈을 뿐 아니라 한창 격전 중에 한쪽 눈까지 잃어서 어쩌다 보니 국내에서나 해외에서나 영웅이 된 그였다. 논리정연하고 법을 공부한, 이미 이 나라의 수도를 살인과 마약과 범죄로부터 지켜낸 마흔 살의 경찰청장. 이젠 더 큰 도전을 받아들여야 마땅한 때가 아닐까? 잘생긴 외모가 흠이 될까? 여자들을 그의 정당으로 더 끌어들일 수 있다. 따라서 그는 (만약의 상황이지만) 승낙하겠다고 답했다.

미카엘은 맨 꼭대기 층인 8층에서 내려 벽에 전임 청장들의 사진이 줄줄이 걸린 복도를 따라 걸었다.

확실히 결정되기 전까지 그의 포장에 흠집 하나도 나서는 안 된다. 트롤스가 멍청한 짓을 해서 그에게 불똥이 튀어서도 안 된다. 미카엘은 기사 제목 하나를 떠올리며 몸서리를 쳤다. '부패한 경찰 친구를 보호한 경찰청장.' 트롤스는 청장실에 찾아와서 책상에 발을 올리고 단도직입적으로 말했다. 만약 자신이 경찰에서 잘리면 부패한 청장도 끌어내리는 것으로 위안을 삼겠다고. 그러니 강력반에서 일하게 해달라는 요구를 받아주는 것은 어렵지 않았다. 게다가 카트리네가 방금 확인해줬듯, 어차피 당분간은 중요한 일을 맡지도 못할 터였다.

"사랑스러운 사모님이 와 계세요." 미카엘 벨만이 들어서자 레나가 말했다. 예순을 한참 넘긴 레나가 4년 전 미카엘이 청장으로 임명되었을 때 처음 한 말은, 자신은 요새 비서직을 지칭하는 PA로 불리고 싶지 않다는 거였다. 전에도 그랬듯 앞으로도 '비서'로 남고 싶다고 했다.

울라가 창문 앞 소파에 앉아 있었다. 레나의 말대로 그의 아내는 사랑스러웠다. 쾌활하고 섬세했고, 아이를 셋이나 낳고도 그런 성격이 변하지 않았다. 하지만 그보다 더 중요한 건, 울라가 그를 열심히 내조해왔으며 그가 하는 일에는 보살핌과 지지, 그리고 속박받지 않는 자유가 필요하다는 점을 이해해준다는 거였다. 또 사생활에서 가끔 실수를 저질러도, 어려운 자리에서 부담을 안고 일하다가 저지를 수 있는 인간적인 실수로 눈감아주었다.

게다가 울라에게는 때 묻지 않은, 순진하다고까지 할 수 있는 면이 있어서 모든 것이 얼굴에 그대로 드러났다. 처음에는 아이들에게 무슨 일이 생겼나 싶었다. 그렇게 물어보려는 순간 비통한 기운이 감지되었다. 아내가 뭔가를 알아챘다는 생각이 들었다. 또다시.

젠장.

"엄청 심각해 보이네, 여보." 미카엘은 차분하게 말을 건네면서 벽장 앞으로 가 제복 재킷의 단추를 풀었다. "애들한테 무슨 일 있어?"

울라는 고개를 저었다. 그는 짐짓 안도한 척 한숨을 내쉬었다. "당신 얼굴 보니까 좋기는 한데 이렇게 예고 없이 오면 조금 걱정되는 것도 사실이야." 그는 재킷을 걸고 울라의 맞은편 안락의자에 앉았다. "그럼?"

"그 여자 다시 만나더라." 울라가 말했다. 이 말을 어떻게 건넬지 연습한 말투였다. 울지 않고 말하려고 미리 연습한 것이다. 하지만 푸른 눈에 벌써 눈물이 고였다.

그는 고개를 저었다.

"아니라고 하지 마." 울라가 소리를 낮추었다. "당신 전화기를 봤어. 이번 주에만 벌써 세 번 통화했더라. 약속했잖아……."

"울라." 그는 몸을 숙여 테이블 너머 울라의 손을 잡았지만 울라가 손을 뺐다. "조언이 필요해서 통화한 거야. 이사벨레 스퀘엔이 정치 로비 전문업체에서 언론 자문으로 일하거든. 권력이 작동하는 방식에 통달한 여자야. 자기가 직접 그런 자리에 있어봤으니까. 게다가 나를 잘 알고."

"**알아**?" 울라의 얼굴이 일그러졌다.

"내가, **우리**가 이 일을 하게 되면 나한테 이익이 될 만한 건 다 이용해야 해. 그 자리를 탐내는 다른 사람들보다 앞서나가는 데 도움이 될 만한 거라면 뭐든. **나랏일**이야, 울라. 그보다 더 중요한 게 또 있겠어?"

"가족도?" 울라가 훌쩍였다.

"내가 우리 가족을 절대 실망시키지 않으리란 거 알잖아—."

"절대로 실망시키지 않아?" 울라가 날카롭게 소리를 질렀다. "이미—."

"—그리고 앞으로는 이러지 말아줬으면 좋겠어, 울라. 순전히 일로 통화한 여자한테 말도 안 되는 질투심으로 이러는 거, 하지 마."

"그 여자는 지역 정치인으로 아주 잠깐 일했을 뿐이야, 미카엘. 그런 여자가 무슨 조언을 해줄 수 있다는 거야?"

"무엇보다도 정치판에서 살아남으려면 뭘 하지 **말아야** 하는지를 알려주지. 그게 바로 의뢰인들이 그녀에게 돈을 지불하고 사는 경험이야. 이를테면 이상적인 목표를 저버리지 말 것. 가장 가까운 사람과 책임과 의무 또한 저버리지 말 것. 잘못이 있다면 즉각 사과하고 다음번에 고치려고 노력할 것. 실수는 괜찮다. 하지만 배신은 괜찮지 않다. 그리고 나도 그러고 싶지 않아, 울라." 그는 울라의 손을 다시 잡았고, 이번에는 그녀도 손을 빼지 않았다. "당신한테 그런 일들을 다 겪게 해놓고 염치없이 너무 많은 걸 부탁해선 안 된다는 거 알아. 그래도 내가 이 일을 하려면 당신의 신뢰와 지지가 필요해. 날 믿어줘."

"내가 어떻게……?"

"이리 와." 그는 울라의 손을 놓지 않은 채 일으켜 창가로 데려갔다. 그녀가 도시를 바라보도록. 그리고 그녀 뒤에 서서 어깨에 손을 얹었다. 경찰청사가 언덕 위에 있어서 저 아래, 햇살이 내리비치는 오슬로의 절반이 보였다. "변화를 이루는 데 일조하고 싶어, 울라? 내가 우리 아이들을 위해 더 안전한 미래를 만드는 데 함께하고 싶어? 우리 이웃을 위해? 이 도시를 위해? 우리 나라를 위해?"

이 말이 울라의 마음을 움직인 것 같았다. 세상에, 그의 마음조차 움직였다. 아닌 게 아니라 그 역시 자기가 한 말에 감동했다. 언론에 어떻게 말할지 구상하면서 적어둔 메모에서 가져온 말이기는 하지만. 공식적으로 장관직을 제안받고 수락하고 신문과 텔레비전과 라디오에서 인터뷰 요청이 쇄도하기까지 얼마 남지 않았다.

트룰스 베른트센은 기자회견이 끝나고 안데르스와 함께 아트리움으로 나가다가 땅딸막한 여자에게 붙들렸다.

"〈VG〉의 모나 도예요. 우리 전에 만난 적 있죠." 그러고는 트룰스를 등지고 돌아보았다. "이쪽은 강력반에 새로 오신 분 같네요?"

"맞습니다." 안데르스가 말했다. 트룰스는 모나 도의 옆모습을 찬찬히 뜯어보았다. 꽤 매력적인 얼굴이었다. 넓적한 얼굴, 사미족 혈통이리라. 그런데 그 몸은 당최 이해가 가지 않았다. 알록달록하고 펑퍼짐한 옷을 걸쳐서 흉악 범죄를 취재하는 기자라기보다는 고루한 오페라 평론가처럼 보였다. 서른을 한참 넘겼을 리가 없어 보이는데도 이 바닥에서 오래 일한 사람의 분위기를 풍겼다. 강인하고 집요하고 정력적이라 어지간해서는 흔들릴 것 같지 않았다. 게다가 그녀에게는 남자 냄새가 났다. 올드스파이스 애프터셰이브 로션을 쓴다는 말도 있었다.

"기자회견에서는 별로 나온 게 없네요." 모나 도가 웃으며 말했다. 기자들이 뭔가 원하는 게 있을 때 짓는 미소였다. 그런데 이번에는 정보만 원하는 게 아닌 듯했다. 모나의 시선이 안데르스에게 꽂혔다.

"저희도 아는 게 별로 없어서 그런 것 같습니다." 안데르스도 마주 웃어주었다.

"그 말 넣을게요." 모나 도가 메모했다. "성함이?"

"무슨 말을 넣는다는 건가요?"

"경찰도 하겐과 브라트가 기자회견에서 한 말 이상으로 아는 게 없다……."

트룰스는 안데르스의 눈에 당황한 빛이 스치는 걸 보았다. "아뇨, 아뇨. 그런 뜻이 아니라…… 전…… 그 말은 쓰지 말아주세요."

모나는 메모하면서 대답했다. "전 이미 기자라고 알렸고, 일 때문에 여기 온 거라서요."

도와달라는 눈길을 감지했지만 트룰스는 아무 말도 하지 않았다. 이번에는 어린 녀석이 여학생들에게 매력을 발산할 때만큼 나대지 못하리라.

안데르스는 쩔쩔매면서 애써 목소리를 깔았다. "그 말을 쓰시는 걸 거부합니다."

"좋아요." 모나가 말했다. "그러면 방금 그 말도 같이 써서 경찰이 언론을 입막음하려 한 정황을 밝힐게요."

"아뇨, 전 그게……" 안데르스의 얼굴이 벌겋게 달아올랐고, 트룰스는 간신히 웃음을 참았다.

"진정해요, 그냥 장난친 거예요." 모나 도가 말했다.

안데르스 뷜레르는 잠시 그녀를 쏘아보고는 다시 숨을 내쉬었다.

"게임의 세계에 오신 걸 환영합니다. 우린 거칠기는 해도 공정하게 게임에 임해요. 가능한 한 서로 도와주고요. 안 그래요, 베른트센?"

트룰스는 꿀꿀거리며 뭐라고 대꾸했고, 그 소리를 어떻게 해석할지는 두 사람에게 맡겼다.

모나는 수첩을 휘릭 넘겼다. "용의자를 찾았는지는 다시 묻지 않을게요. 그건 여러분 상관이 알아서 하겠죠. 다만 수사 전반에 관해 더 물어볼게요."

"말씀하세요." 안데르스가 웃으며 대답했다. 이제 정신을 수습한 듯했다.

"이런 살인사건에서는 항상 옛 연인이나 파트너를 주목하지 않나요?"

안데르스 뷜레르가 대답하려는 순간 트룰스가 그의 어깨에 손을 얹으며 끼어들었다. "벌써 뻔히 보이는데요. '경찰은 용의자가 있는지 밝히기를 꺼리지만, 한 경찰 정보원에 따르면 옛 연인과 파트너에 수사력을 모으고 있다.'"

"젠장." 모나 도가 계속 수첩에 적으면서 말했다. "그렇게 똑똑하신지 몰라뵀었네요, 베른트센."

"제 이름을 아는지 몰랐습니다."

"아, 경찰들은 다들 평판이 있잖아요. 강력반이 그렇게 크지는 않으니 최신 소식 정도는 따라잡을 수 있어요. 그런데 이쪽 분에 관해서는 아는 게 없네요. 새로 오신 분이라."

안데르스 뷜레르가 힘없이 웃었다.

"아무 말도 안 하기로 하셨나 본데, 그래도 이름 정도는 말해줄 수 있잖아요."

"안데르스 뷜레르입니다."

"여기로 연락해요." 모나 도는 그에게 명함을 건네고 (거의 눈에 띄지 않게 망설이다가) 트룰스에게도 한 장 건넸다. "말씀드렸다시피, 이 바닥은 서로 돕는 게 전통이잖아요. 제보를 주시면 후하게 쳐드리죠."

"**경찰**한테 돈을 준다는 얘긴 아니죠?" 안데르스가 명함을 청바지 주머니에 쩔러넣으며 물었다.

"왜 안 돼요?" 모나가 이렇게 말하고 트룰스와 잠깐 눈을 마주쳤다. "제보는 제보죠. 뭐든 나오면 전화하세요. 아니면 가인 헬스장으로 오시든가. 저녁 9시에는 거의 거기 있으니까요. 같이 땀이나 빼면서……"

"전 야외에서 땀 흘리는 걸 좋아하는 쪽이라." 안데르스가 말했다.

모나 도는 고개를 끄덕였다. "개 데리고 달리는 거. 개 좋아하실 거 같아요. 마음에 드네요."

"왜요?"

"고양이 알레르기가 있거든요. 자, 여러분, 상부상조하는 정신으로 저도 도움이 될 만한 정보를 알아내면 연락할게요."

"고맙습니다." 트룰스가 말했다.

"그러려면 전화번호를 알아야겠죠." 모나 도가 안데르스를 보면서 말했다.

"물론이죠." 그가 말했다.

"받아 적을게요."

안데르스가 숫자 몇 개를 불러주었고, 모나 도가 고개를 들었다. "이건 경찰청 안내실 번호잖아요."

"제가 여기서 일하니까요." 안데르스 뷜레르가 말했다. "참, 저 고양이 키워요."

모나 도가 수첩을 덮었다. "연락합시다."

트룰스는 모나가 펭귄처럼 뒤뚱거리면서 출구로, 둥근 창이 달린 이상하게 육중한 문으로 걸어가는 모습을 보았다.

"3분 뒤에 회의 시작해요." 안데르스가 말했다.

트룰스는 손목시계를 보았다. 수사팀 오후 회의. 강력반은 살인 사건만 없으면 참 좋을 텐데. 살인사건은 짜증 난다. 살인사건은 장시간 근무해야 한다는 뜻이다. 보고서도 쓰고 회의가 끝없이 이어지고 모두 스트레스에 지친다. 그나마 야근하면 식당에서 공짜로 한 끼 때울 수 있다. 그는 한숨을 쉬면서 이중문으로 향하다가 몸이 뻣뻣해졌다.

그녀였다.

울라.

그녀가 나가고 있었다. 지나가면서 그에게 시선이 스쳤지만 못 본 척했다. 가끔 그럴 때가 있었다. 미카엘 없이 둘이서만 만나는 게 어색해서일 수도 있었다. 사실은 어렸을 때부터 둘 다 그런 상황을 피하려 했다. 트룰스 입장에서는 진땀이 나고 심장박동이 빨라지기 때문이고, 매번 멍청한 소리나 지껄이고 똑똑하고 진솔한 말을 하지 않았다고 뒤늦게 자책하기 때문이었다. 울라 입장에서는…… 음, 아마도 그가 땀을 흘리고 심장박동이 빨라지고 말을 아예 하지 않거나 멍청한 말만 지껄여서였을 것이다.

그렇다 해도 하마터면 아트리움에서 그녀를 부를 뻔했다.

하지만 그녀는 이미 문까지 갔다. 잠시 후면 밖으로 나갈 테고, 그녀의 옅은 금발에 햇살이 부드럽게 스칠 것이다.

그래서 그는 혼자 조용히 그녀의 이름을 속삭였다.

울라.

4
목요일, 늦은 오후

카트리네 브라트는 회의실에 모인 사람들을 둘러보았다.

수사관 여덟 명, 분석관 네 명, 과학수사관 한 명. 모두 카트리네의 지시를 받았다. 그리고 모두 매의 눈으로 그녀를 주시했다. 새로 온 여자 수사 책임자. 카트리네는 그곳에서 그녀를 가장 못 미더워하는 사람들은 바로 여자들이라는 것을 알았다. 그녀는 종종 자신이 다른 여자들과 근본적으로 다른 건 아닐까 궁금했다. 다른 여자들의 테스토스테론 분비량이 남자의 5에서 10퍼센트 사이라면 그녀는 25퍼센트에 가까웠다. 그렇다고 해서 털북숭이 근육질 몸에 클리토리스가 페니스만큼 커진 건 아니지만 그녀가 기억하는 한 아주 어릴 때부터 다른 여자애들에 비해 성적으로 훨씬 흥분했다. 아니, '분노에 찬 성적 흥분'이었다. 심각하게 일이 안 풀리는 날 그냥 퇴근해서 브륀으로 차를 몰고 가 실험실 안쪽의 휑한 창고에서 플라스크와 시험관이 달가닥거리도록 비에른과 섹스할 때 그가 해준 말이었다.

카트리네는 헛기침을 하고 스마트폰 녹음 기능을 켰다. "9월 22일 목요일 16시, 강력반 1번 회의실, 엘리세 헤르만센 살인사건

예비수사 1차 회의입니다."

카트리네는 트룰스 베른트센이 어슬렁어슬렁 들어와서 회의실 뒤편에 앉는 걸 보았다.

카트리네는 모두가 이미 아는 내용을 읊었다. 엘리세 헤르만센이 아침에 살해당한 채 발견되었고, 가능한 사인은 목에 난 상처로 인한 과다출혈이라고. 목격자는 없으며 용의자도 없고 결정적인 물적 증거도 없다고. 그 집에서 발견된 유기물로, 인체에서 나왔을 가능성이 있는 물질을 채취해 DNA 분석을 의뢰해놓았고, 일주일 안에 결과가 나오기를 바란다고. 다른 가능한 물적 증거는 과학수사과에서 조사하는 중이라고. 한마디로 아무것도 없다는 말이었다.

카트리네는 두 사람이 몸 앞으로 팔짱을 끼고 무겁게 숨을 내쉬고는 하품하기 직전인 것을 보았다. 그들이 무슨 생각을 하는지도 알았다. 뻔히 반복되는 상황, 파고들 거리도 없고 그렇다고 손을 떼기도 뭣한 상황이라고. 카트리네는 엘리세가 집에 왔을 때 범인이 이미 집 안에 있었을 것이라고 말했지만, 그녀 자신의 귀에도 그저 허풍 떠는 소리로밖에 들리지 않았다. 새 보스가 제발 존중 좀 해달라고 간청하는 소리. 카트리네는 조급한 마음에 조언을 구하러 전화했을 때 해리가 해준 말이 떠올랐다.

"살인범을 잡아." 그의 대답이었다.

"해리, 그걸 묻는 게 아니잖아요. 절 믿어주지 않는 수사팀을 어떻게 이끌지 묻는 거예요."

"대답했잖아."

"그 괴상한 살인범을 잡는다고 문제가 풀리는 것도—"

"다 풀려."

"다요? 그럼 선배한테는 정확히 어떤 게 풀렸는데요? 순전히 사적인 면에서는요?"

"아무것도. 하지만 방금 자네가 리더십에 관해 물었잖아."

카트리네는 회의실을 둘러보며 또 하나의 의미 없는 문장을 맺고 숨을 깊이 들이쉬다가 의자 팔걸이를 조용히 두드리는 손을 보았다.

"엘리세 헤르만센이 범인을 집 안에 들인 채로 혼자 외출한 게아니라면, 범인은 엘리세가 아는 사람입니다. 그래서 휴대전화와 컴퓨터를 조사했고요. 토르?"

토르 그렌이 일어섰다. 학이라는 별명이 붙은 사람이었다. 목이 유난히 길고 코가 부리처럼 좁고 두 팔을 편 길이가 키보다 훨씬 길어서 붙여진 별명일 것이다. 유행 지난 동그란 안경과 좁은 얼굴 옆으로 내려온 곱슬머리 때문에 1970년대 사람처럼 보였다.

"희생자의 아이폰에 남은, 지난 사흘간 주고받은 문자와 통화 목록을 확인했습니다." 토르는 태블릿에서 눈을 떼지 않고 말을 이었다. 평소 눈을 마주치는 걸 썩 좋아하지 않는 듯했다. "업무와 관련된 통화 외에는 없었습니다. 직장 동료와 고객들뿐이었어요."

"친구도 없어요?" 전략 분석가 망누스 스카레가 물었다. "부모는요?"

"말씀드린 그대로예요." 토르가 답했다. 호의적이지 않고 정확하게. "이메일도 마찬가집니다. 일과 관련된 메일뿐입니다."

"변호사 사무실에서는 엘리세가 평소 야근을 많이 했다는군요." 카트리네가 덧붙였다.

"혼자 사는 여자들이 그렇죠." 망누스가 말했다.

카트리네는 땅딸막한 수사관을 한심한 눈으로 쳐다보았다. 딱히 그녀를 겨냥해서 한 말이 아닌 건 알았다. 망누스는 그럴 만큼 악의적이거나 머리가 쌩쌩 돌아가는 사람이 아니었다.

"컴퓨터에도 비밀번호가 설정되어 있긴 했지만 딱히 나온 건 없습니다." 토르가 말을 이었다. "로그 기록을 보면 주로 뉴스를 보거나 정보를 검색한 거 같습니다. 포르노 사이트 몇 군데에 접속하긴 했지만 그냥 평범한 사이트들이고, 그런 사이트를 통해서 누구와 연락한 흔적도 없습니다. 지난 2년 동안 한 것 중 유일하게 수상한 건 팝콘타임*으로 영화 〈노트북〉을 본 겁니다."

카트리네는 IT 전문가인 토르 그렌을 잘 모르는 터라 '수상한'이라는 말이 불법다운로드 서버를 이용한 걸 두고 한 말인지, 영화 선택을 두고 한 말인지 분명히 알아듣지 못했다. 그녀였다면 후자의 의미로 말했을 것이다. 팝콘타임이 그리웠다.

"페이스북 계정에 간단히 추정 가능한 비밀번호 두 개를 넣어봤습니다." 토르가 말을 이었다. "실패했습니다. 그래서 크리포스에 동결 요청을 보내뒀습니다."

"동결 요청요?" 안데르스 뷜레르가 맨 앞줄에서 물었다.

"법원에 제출하는 거야." 카트리네가 말했다. "페이스북 계정에 접속하기 위한 요청은 크리포스를 거치고 법원을 거쳐야 해. 법원에서 승인받는다 해도 미국에서 재판을 치러야 접속할 수 있어. 잘하면 몇 주, 보통은 몇 달씩 걸리지."

"이게 답니다." 토르 그렌이 말했다.

"신참이 질문 하나 더 할게요." 안데르스가 말했다. "휴대전화는 어떻게 잠금해제했습니까? 시신의 지문으로?"

---

* Popcorn Time. 노르웨이의 토렌트 사이트.

토르는 눈을 들어 안데르스를 보고는 시선을 돌리고 고개를 저었다.

"그럼 어떻게요? 아이폰의 이전 기종은 비밀번호가 네 자리예요. 1만 가지 가능성이 있는—."

"현미경요." 토르가 말을 자르며 태블릿에 뭔가를 입력했다.

카트리네는 토르의 기법을 알고 있었지만 그냥 기다려주었다. 토르 그렌은 경찰 훈련을 받은 인력이 아니었다. 훈련이란 것 자체를 거의 받지 못했다. 덴마크의 정보 기술 분야에서 몇 년간 일하긴 했지만 자격증 같은 것도 없었다. 그런데도 경찰청 IT 부서로 불려와 기술 관련 증거에 주력하는 분석가로 채용되었다. 순전히 실력이 월등해서였다.

"아무리 튼튼한 유리라도 지문이 자주 닿는 자리에 미세한 자국이 남습니다." 토르가 말했다. "화면에서 자국이 가장 깊이 팬 자리를 찾으면 그게 비밀번호입니다. 음, 숫자 네 개는 24가지 조합이 가능하고요."

"세 번 실패하면 전화기가 잠기잖아요." 안데르스가 말했다. "그렇다면 운이 좋아야만……."

"두 번째 시도에서 비밀번호가 풀렸습니다." 토르가 빙긋 웃으며 말했지만 카트리네는 방금 자신이 한 말 때문에 웃는 건지 태블릿에 뜬 정보 때문에 웃는 건지 알 수 없었다.

"젠장, 행운이 따라야 하는군." 망누스가 말했다.

"오히려 운이 나빠서 첫 번째 시도에 못 들어간 겁니다. 이번처럼 비밀번호에 1부터 9까지 숫자가 들어갈 때는 주로 연도를 의미하고 그러면 두 가지 조합만 가능합니다."

"넘어가죠." 카트리네가 말했다. "엘리세의 여동생하고 통화했어요. 엘리세는 몇 년간 만나는 남자가 없었대요. 남자친구를 사귀고 싶어한 것 같지도 않았다고 하고요."

"틴더." 안데르스가 말했다.

"네?"

"전화기에 틴더 앱이 깔려 있습니까?"

"네." 토르가 말했다.

"아파트 입구에서 엘리세를 본 청년들 말로는 옷을 차려입고 있었어요. 헬스장이나 직장에서 오는 길이 아니었던 거죠. 또 여자친구를 만나고 온 것도 아닐 테고요. 더욱이 남자친구를 원하지 않았다면."

"좋아요." 카트리네가 말했다. "토르?"

"앱에 들어가 확인해보니 매칭이 많았습니다. 그냥 많은 정도가 아니지만. 그런데 틴더는 페이스북에 연결되어 있어서 아직은 엘리세가 틴더로 연락했을 사람들에 관한 정보에 더 접근할 수 없습니다."

"틴더 사람들은 바에서 만나요." 누군가가 말했다.

카트리네가 놀라서 고개를 들었다. 트룰스 베른트센이었다.

"전화기를 가지고 다녔다면 기지국을 통해 희생자가 머물렀던 지역의 바를 조사하면 될 겁니다."

"고마워요, 트룰스." 카트리네가 말했다. "기지국은 이미 확인했죠. 스티네?"

분석가가 일어나서 목청을 가다듬었다. "텔레노르 본사에서 보내준 서류를 보면 엘리세 헤르만센이 웅스토르게의 직장에서 나온 시각은 오후 6시 30분에서 7시 사이예요. 그리고 벤트세브루아 인근으로 이동했어요. 그런 다음—"

"엘리세의 여동생 말로는 엘리세가 뮈렌스 베르크스테드의 헬스장에 다녔대요." 카트리네가 끼어들었다. "헬스장에서는 엘리세가 19시 32분에 입장해 21시 14분에 나갔다고 확인해줬고요. 미안해요, 스티네."

스티네는 잠시 딱딱한 미소를 지었다. "그런 다음 집 근처로 이동했고, (적어도 기지국 상으로는) 나중에 발견될 때까지 계속 거기서 머물렀어요. 신호가 기지국 몇 군데에 중첩되어 잡혔고, 따라서 엘리세가 외출했지만 그뤼네르뢰카의 집에서 몇 백 미터 이상 벗어나지는 않았다는 뜻이에요."

"좋아요. 그럼 바 순례를 나서야겠네요." 카트리네가 말했다.

이 말에 트룰스가 킬킬거리고 안데르스가 활짝 웃어주었지만 나머지는 완전한 침묵이었다.

이만하면 됐어, 카트리네가 속으로 말했다.

앞에 놓인 그녀의 휴대전화가 움직이기 시작했다. 화면을 보니 비에른이었다.

법의학적 증거와 관련해서 전화한 것일지도 모른다. 그렇다면 당장 받으면 좋을 터였다. 하지만 그런 용건이라면 회의에 참석한 과학수사과 동료에게 전화했을 것이다. 그녀가 아니라. 그러니 사적인 용건일 수 있었다.

카트리네는 '거절'을 누르려다가 문득 비에른도 그녀가 지금 회의에 참석한 걸 알 거라는 생각이 들었다. 그런 쪽으로는 눈치가 빠른 사람이었다.

카트리네는 전화기를 집어서 귀에 댔다. "지금 수사팀 회의 중이야, 비에른."

모두의 시선이 느껴지자 그 말을 한 걸 후회했다.

"법의학연구소에 와 있어." 비에른이 말했다. "희생자의 복부에 있던 번들거리는 물질에 대한 예비 검사 결과가 지금 막 나왔는데. 인간의 DNA가 없어."

"젠장." 카트리네가 불쑥 내뱉었다. 그녀의 머릿속 한 구석에 내내 들어 있던 생각이 있었다. 그 물질이 정액이라면 사건 직후 48시간이라는 마법의 시간 내에 사건이 해결될 수 있다는 생각. 경험상 그 뒤로는 어려워진다.

"그래도 어쨌든 범인이 희생자와 성관계를 가졌다는 뜻일 수 있어." 비에른이 말했다.

"어째서 그렇게 생각해?"

"윤활제였거든. 콘돔에서 나온 걸 거야."

카트리네는 다시 욕을 했다. 그리고 모두의 눈빛에서 그녀가 아직 그것이 사적인 통화가 아니라고 밝히지 않은 걸 알았다. "그러니까 범인이 콘돔을 사용했다는 거야?" 큰 소리로 똑똑히 말했다.

"범인이거나 어젯밤에 만난 다른 누군가이거나."

"좋아, 고마워." 카트리네는 통화를 끝내려 했지만 끊기 직전에 비에른이 그녀의 이름을 부르는 소리를 들었다.

"응?" 카트리네가 말했다.

"실은 그것 때문에 전화한 게 아니야."

카트리네는 마른침을 삼켰다. "비에른, 지금 회의 중—."

"살인 흉기. 그게 뭐였는지 알아낸 거 같아. 거기 모인 사람들을 20분 더 붙잡아둘 수 있어?"

그는 침대에 누워서 휴대전화를 보았다. 언론사를 죄다 훑었다. 실망스러웠다. 다들 세세한 부분을 전부 놓쳤으며 예술적 가치가 돈보이는 부분을 짚어주지 않았다. 수사 책임자 카트리네 브라트가 그 부분을 밝히기를 꺼리거나, 아니면 단지 그 여자에게 그 작업의 묘미를 알아챌 능력이 없는 것일 수 있었다. 하지만 그라면, 눈빛에 살인이 도사리는 그 경찰이라면 분명 알아챘을 것이다. 카트리네 브라트처럼 그 경찰은 혼자만 알고 있을지라도 적어도 진가를 알아는 봤을 것이다.

그는 기사에 실린 카트리네 브라트의 사진을 찬찬히 뜯어보았다.

아름다웠다.

기자회견장에서는 제복을 입어야 한다는 규정이 없나? 있는데 그녀가 지키지 않은 건가? 그는 그녀가 마음에 들었다. 그녀가 경찰 제복을 입은 모습을 상상했다.

무척 아름다웠다.

아쉽게도 그녀는 계획에 없었다.

그는 뉴스 앱을 닫았다. 손으로 문신을 더듬었다. 가끔은 진짜처럼 느껴졌다. 금방이라도 터질 듯 가슴이 팽팽해져서 살갗이 찢어질 것만 같았다.

규칙이라면 진절머리가 난다.

그는 복근에 힘을 주고 그 힘으로 침대에서 일어났다. 옷장 미닫이문 거울에 비친 자신을 보았다. 감옥에서 만든 몸이다. 헬스장이 아니라. 남의 땀으로 젖은 벤치와 매트에 눕는 건 어림도 없었다. 그는 자신의 감방 안에서 운동했다. 근육을 키우기 위해서가 아니라 진짜 힘을 기르기 위해. 정력. 팽팽한 긴장. 균형. 고통을 견디는 힘.

어머니는 체격이 튼실했다. 엉덩이가 펑퍼짐했다. 어머니는 스스로 끝을 향해 갔다. 나약한 사람이었다. 그의 몸과 신진대사는 아버지한테서 물려받았을 것이다. 강인한 힘도.

그는 옷장 문을 밀어 열었다.

제복이 걸려 있었다. 손으로 제복을 어루만졌다. 조만간 그걸 입을 날이 올 것이다.

그는 카트리네 브라트를 생각했다. 제복 입은 모습.

밤에 바에 나갈 것이다. 인기 있고 번잡한 곳으로, 젤러시 바와는 다른 곳으로. 식사와 목욕과 '그 계획' 이외의 일로 사람들이 있는 곳에 가는 것은 규칙 위반이지만 그는 아슬아슬한 익명성과 격리 상태로 미끄러지듯 부유할 것이다. 그래야만 하므로. 더 미치지 않으려면 그래야 했다. 그는 소리 없이 웃음을 터트렸다. 미친다. 심리치료사들은 그에게 정신과 의사를 만나봐야 한다고 했다. 물론 그게 무슨 뜻인지 알았다. 약 처방이 가능한 사람을 찾아가야 한다는 뜻이었다.

그는 옷장 안 신발 선반에서 새로 닦은 카우보이 부츠를 꺼내고 잠시 옷장 뒤의 여자를 보았다. 벽에 걸린 그녀가 옷들 사이로 그를 보았다. 그가 그녀의 가슴에 뿌려준 라벤더 향수의 냄새가 희미하게 풍겼다. 그는 옷장 문을 닫았다.

미쳐? 다들 무능한 멍청이들이다. 모두 다. 그는 사전에서 성격장애에 관한 정의를 찾아 읽었다. '당사자와 주변 사람들에게 불편하고 어려운 상황을 유발하는 정신질환'이라고 적혀 있었다. 좋다. 그의 경우에는 주변 사람들에게만 해당되는 얘기였다. 그에게는 자신이 원하는 성격일 뿐이었다. 마실 수 있을 때 목마름을 느끼는 것보다 더 유쾌하고 합리적이고 정상인 상태가 또 어디 있을까?

그는 시간을 확인했다. 30분 후에는 충분히 어두워질 것이다.

"희생자의 목에 난 상처 주변에서 검출된 겁니다." 비에른 홀름이 화면을 가리키며 말했다. "왼쪽 파편 세 개는 녹슨 철이고 오른쪽은 검정 페인트입니다."

카트리네는 회의실에서 사람들과 함께 앉아 있었다. 비에른은 숨이 턱까지 차서 들어왔고, 창백한 볼이 아직 땀으로 번들거렸다.

그가 랩톱 컴퓨터의 키보드를 누르자 목을 확대한 사진이 떴다.

"보시다시피 피부가 뚫린 자리가 물린 패턴을 이루는데, 정말로 물린 거라면 치아가 아주 날카로웠을 겁니다."

"악마 숭배자." 망누스가 말했다.

"카트리네는 치아를 날카롭게 가는 사람인가 의심했지만 확인해보니 치아가 피부의 접힌 부분 반대쪽으로 거의 뚫고 나갈 정도였고, 치아가 맞물리지 않고 반대편 치아 사이로 쑥 들어갔습니다. 따라서 사람이 문 자국이 아니에요. 윗니와 아랫니가 서로 맞물리지 않았어요. 녹이 검출된 것으로 보아 범인이 철제 의치 같은 걸 끼고 있었던 것 같습니다."

비에른이 키보드를 눌렀다.

카트리네는 회의실에서 조용히 헉 소리가 퍼지는 것을 들었다.

화면에는 그녀가 베르겐의 할아버지 집에서 본 적이 있는, 오래되고 녹슨 동물의 덫, 곰 사냥 덫이라고 부르던 덫이 연상되는 물건이 떠 있었다. 날카로운 톱니가 지그재그 모양으로 박혀 있고, 윗니와 아랫니가 용수철이 달린 것처럼 보이는 장치로 고정되었다.

"이건 카라카스의 개인 소장품을 찍은 사진입니다. 노예들에게 싸움을 시키고 내기를 걸던 노예제 시대의 유물이라고 합니다. 노예 두 명에게 각각 이런 틀니를 주고 손을 뒤로 묶은 채 링에 올려 보냅니다. 살아남은 한 명이 다음 라운드에 진출하는 겁니다. 아마도. 그래서 제가 하려던 말이 뭐였냐면—."

"어서." 카트리네가 재촉했다.

"이런 쇠이빨을 어디서 구할 수 있는지 찾아봤어요. 이건 택배로 받아볼 수 있는 그런 물건이 아닙니다. 그러니 오슬로든 노르웨이의 다른 어디서든 이런 장치를 판매한 사람과 그 사람이 누구한테 팔았는지 알아내기만 한다면 우린 극소수만 조사하면 됩니다."

카트리네는 비에른이 과학수사관이 할 일을 한참 넘어선 걸 알았지만 그 점에 관해서는 언급하지 않기로 했다.

"하나 더요." 비에른이 말했다. "피가 모자랍니다."

"모자라?"

"성인 몸에 들어 있는 혈액은 평균적으로 체중의 7퍼센트 정도입니다. 사람마다 조금씩 차이가 있지만 희생자가 평균보다 한참 적은 편이라고 해도 시신에 남은 혈액과 현관 카펫의 혈액과 나무 바닥의 혈액과 침대에 묻은 소량의 혈액을 다 합쳐도 거의 0.5리터가 모자랍니다. 따라서 범인이 그 만큼의 피를 양동이에 담아서 가져간 게 아니라면…….."

"……마셨다." 카트리네가 모두의 생각을 말로 내뱉었다.

3초간 회의실이 완전한 침묵에 빠졌다.

안데르스가 목청을 가다듬었다. "검정 페인트는요?"

"페인트 조각 안쪽에 녹이 있는 걸 보면 같은 물건에서 나온 겁니다." 비에른이 랩톱과 프로젝터를 연결한 케이블을 분리하면서 말했다. "그런데 페인트는 그렇게 오래된 게 아닙니다. 오늘 밤에 좀 더 분석할 예정입니다."

카트리네가 보기에 다들 페인트에는 크게 관심이 없었다. 아직도 피를 생각하는 눈치였다.

"고마워요, 비에른." 카트리네는 이렇게 말하고 일어서서 손목시계를 보았다. "좋아요, 바 순례를 떠날 시간이네요. 잠자리에 들 시간이니, 집에 아이가 있는 사람들은 보내주고 애도 못 낳은 우리 불쌍한 사람들만 남아서 팀을 짜면 어떨까요?"

대답도 없고 웃음도 없고 미소조차 없었다.

"좋아요, 그럼 그렇게 합니다." 카트리네가 말했다. 몹시 피곤했다. 그리고 피곤을 옆으로 치웠다. 이제 시작일 뿐이라는 불길한 예감이 들었기 때문이다. 쇠이빨. DNA 없음. 사라진 피 0.5리터.

의자가 바닥에 긁히는 소리가 났다.

카트리네는 서류를 모으고 눈을 들어 비에른이 문밖으로 사라지는 걸 보았다. 안도와 죄책감과 자기혐오가 일었다. 그리고 그런 생각도 들었다. 그녀가…… 틀렸다는 생각.

5

목요일 저녁과 밤

메메트 칼라크는 앞에 선 두 사람을 보았다. 매력적인 얼굴과 강렬한 눈빛에 힙스터들의 쫙 달라붙는 옷을 입은 비율 좋은 몸매의 여자가 자기보다 열 살은 어려 보이는 잘생긴 젊은 남자를 꾀었을 가능성이 없지 않아 보였다. 둘 다 딱 그가 원하는 부류의 손님이고, 그래서 그들이 젤러시 바의 문을 열고 들어왔을 때 과도하게 친근한 미소를 지어주었다.

"어때요?" 여자가 말했다. 베르겐 억양이었다. 메메트는 그녀의 신분증에서 겨우 성만 알아보았다. 브라트.

메메트는 다시 시선을 내려서 그들이 내놓은 사진을 보았다.

"네." 그가 말했다.

"네?"

"네, 그 여자가 여기 왔었어요. 어젯밤에."

"확실해요?"

"지금 계신 그 자리에 앉아 있었어요."

"여기요? 혼자?"

메메트는 여자가 애써 흥분을 감추려 하는 걸 알았다. 왜 사람들은 신경을 쓸까? 감정을 드러내는 게 왜 그렇게 위험할까? 바의 유일한 단골을 팔아넘기는 게 썩 내키지는 않지만 그들에게는 경찰 신분증이 있다.

"여기 자주 오는 남자랑 같이 있었어요. 무슨 일이 있었습니까?"

"신문 안 보세요?" 여자와 같이 온 금발 동료가 새된 목소리로 물었다.

"전 기사보다 광고를 더 좋아해서요." 메메트가 말했다.

카트리네가 미소를 지었다. "그 여자가 오늘 아침에 살해당한 채 발견됐습니다. 같이 온 남자에 관해 말씀해주시죠. 두 사람이 여기서 뭘 했나요?"

메메트는 찬물을 한 양동이 뒤집어쓴 느낌이었다. 살해당해? 24시간이 채 못 되는 시간 전에 바로 요 앞에 있던 여자가 지금은 시체가 됐다고? 그는 정신을 다잡았다. 그리고 곧이어 떠오른 생각에 부끄러워졌다. 우리 바가 신문에 나면 장사에 유리할까 불리할까? 사실 여기서 더 나빠질 것도 없었다.

"틴더 데이트요." 그가 말했다. "남자 손님이 주로 데이트 상대를 여기서 만나거든요. 자신을 게이르라고 소개하던데요."

"자기를 소개해요?"

"진짜 이름 같아요."

"그 남자는 주로 카드로 계산하나요?"

"네."

카트리네는 계산대를 향해 고개를 까딱했다. "어젯밤 계산서 영수증을 확인할 수 있을까요?"

"가능할 거예요, 네." 메메트가 슬픈 미소를 지었다.

"둘이 같이 나갔습니까?"

"그럴 리가요."

"무슨 뜻이죠?"

"그 게이르라는 남자가 눈이 너무 높아요. 늘 제가 술을 따라주기도 전에 차이곤 하죠. 말이 나온 김에…… 뭘 좀 드릴까요?"

"아뇨, 됐어요." 카트리네가 말했다. "근무 중이라. 그럼 여자는 여기서 혼자 나갔군요?"

"네."

"혹시 누가 따라 나가는 건 보지 못했고요?"

메메트는 고개를 저으며 유리잔 두 개를 꺼내고 애플주스 병을 들었다. "이건 서비스예요. 이 지역에서 난 사과로 갓 짠 겁니다. 다음에 오시면 맥주도 드세요. 서비스로요. 첫 병은 공짜거든요. 경찰 동료분들을 모시고 오셔도 똑같이 서비스를 드릴게요. 음악은 마음에 드시나요?"

"네." 금발 경찰이 말했다. "U2가—."

"아뇨." 카트리네가 말했다. "혹시 그 여자가, 우리가 관심을 가질 만한 말 같은 걸 하진 않았나요?"

"실은, 그 말을 하시니까 생각났는데, 스토킹당한 얘기를 꺼냈어요." 메메트가 주스를 따르다가 눈을 들었다. "음악 소리는 작고 여자가 크게 말했거든요."

"그래요. 여기서 또 누가 그 여자한테 관심을 보였나요?"

메메트는 고개를 저었다. "한산한 밤이었어요."

"오늘 밤처럼?"

메메트가 어깨를 으쓱했다. "여기 있던 다른 손님 두 명도 게이르가 나갈 때쯤에는 이미 나가고 없었어요."

"그럼 그 사람들 카드 정보도 확인하는 게 그렇게 어렵진 않겠네요?"

"그중 한 사람은 현금을 냈어요. 다른 한 사람은 아무것도 주문하지 않았고요."

"그래요. 그럼 당신은 어젯밤 10시에서 오늘 새벽 1시까지 어디에 있었습니까?"

"저요? 여기 있었죠. 그리고 집에 갔고요."

"그걸 확인해줄 사람은요? 처음부터 가능성을 제거할 수 있으면 그러려고요."

"네. 아니, 아니에요."

"네예요, 아니요예요?"

메메트는 머리를 굴렸다. 전과가 있는 사채업자를 끌어들이면 일이 더 복잡해질 수 있었다. 나중에 필요할 때를 대비해서 그 패는 쥐고 있어야 했다.

"아뇨. 혼자 살아서요."

"고마워요." 카트리네가 잔을 들었고, 메메트는 처음에는 건배를 하자는 줄 알았다가 계산대를 가리키는 거라는 걸 알았다. "전 이 지역 사과를 시음할 테니 가서 확인해주세요."

트롤스는 바와 레스토랑을 신속히 돌고 들어왔다. 바텐더와 웨이터들에게 사진을 보여주고 예상한 대답, 그러니까 '아뇨'나 '몰라요'가 나오자마자 다음 가게로 넘어갔다. 모르면 모르는 거고, 이미 지칠 대로 지친 상태였다. 게다가 아직 마지막 한 가지 일이 남아 있었다.

트롤스는 키보드로 마지막 문장을 입력하고 짧긴 하지만 그가 보기에는 깔끔한 보고서를 보았다. "서명한 사람들이 해당 시간에 방문한 합법적 업체 리스트를 첨부합니다. 살인사건이 발생한 날 저녁에 엘리세 헤르만센을 보았다고 보고한 직원은 없었습니다." 그는 전송 버튼을 누르고 일어섰다.

조용히 윙윙거리는 소리가 들리고 책상 전화기가 깜박거렸다. 그는 전화기에 뜬 번호를 보고 당직 경관인 걸 알았다. 그들은 제보를 받아서 그중 관련이 있어 보이는 건만 넘긴다. 젠장, 지금은 여기서 더 노닥거릴 시간이 없었다. 그냥 못 본 척할 수도 있었다. 하지만 제보 전화라면 생각보다 전달해야 할 내용이 많을 수도 있었다.

그는 전화를 받았다.

"베른트센입니다."

"이제야 받으시네요! 아무도 전화를 안 받아서, 다들 어디 가셨어요?"

"바에 갔습니다."

"지금, 살인사건 수사가 한창인데?"

"무슨 일입니까?"

"어젯밤에 엘리세 헤르만센과 함께 있었다는 남자에게서 연락이 왔어요."

"연결해줘요."

딸깍 소리가 나고 겁에 질린 듯 거칠게 숨을 몰아쉬는 남자의 목소리가 들렸다.

"강력반의 베른트센입니다. 무슨 일입니까?"

"제 이름은 게이르 쇨레예요. 〈VG〉 사이트에서 엘리세 헤르만센의 사진을 봤어요. 어젯밤에 그 여자랑 많이 닮은 여자를 아주 잠깐 만났거든요. 그래서 전화했어요. 그 여자가 자기 이름을 엘리세라고 말했고요."

게이르 쇨레는 젤러시 바에서 데이트 상대를 만난 후 곧바로 집으로 출발해 자정 전에 도착하기까지의 과정을 5분에 걸쳐 설명했다. 트룰스는 소변 보던 청년들이 엘리세가 살아 있는 걸 본 시각이 11시 30분 이후라는 점을 떠올렸다.

"집에 언제 들어갔는지 확인해줄 사람이 있습니까?"

"제 컴퓨터 기록요. 카리하고."

"카리?"

"제 아내요."

"가족이 있습니까?"

"아내랑 개요." 트룰스는 그가 침을 삼키는 소리를 들었다.

"왜 진작 전화하지 않았습니까?"

"사진을 방금 봤어요."

트룰스는 메모하며 속으로 조용히 욕을 했다. 이 사람은 범인이 아니라 용의선상에서 제거해야 할 인물이지만, 그럼에도 보고서는 작성해야 할 것이고, 이젠 10시나 되어야 여기서 빠져나갈 수 있다.

카트리네는 마르크베이엔 거리를 걸었다. 오늘이 근무 첫날인 안데르스 뷜레르는 집에 보냈다. 그가 평생 오늘을 기억할 거라는 생각에 미소가 떠올랐다. 첫날부터 살인사건 현장에 가다니. 그것도 심각한 사건 현장에. 다음 날이면 바로 잊히는, 마약과 관련된 뻔한 살인이 아니라 해리의 말대로 '나였을 수도 있는' 살인이었다. 이른바 보통의 상황에서 보통 사람에게 일어나는 살인, 기자회견이 열리고 신문 1면을 장식할 만한 사건이었다. 친숙해서 대중이 쉽게 공감할 수 있기 때문이었다. 그래서 파리에서 일어난 테러가 베이루트의 테러보다 언론에 더 많이 노출되는 것이다. 그래서 미카엘 벨만 경찰청장이 계속 상황을 주시하는 것이기도 했다. 청장은 질문에 답해야 한다. 당장은 아니라도 고학력에 열심히 일하는 젊은 여성 시민의 살인사건이 몇 주 이내에 해결되지 않으면 성명을 발표해야 한다.

여기서 프롱네르의 아파트까지는 걸어서 30분 거리이지만 괜찮다. 머리를 비워야 했다. 몸도. 재킷 주머니에서 전화기를 꺼내 틴더 앱을 열었다. 걸으면서 한쪽 눈은 길을 보고 다른 한쪽 눈은 전화기를 보면서 오른쪽이나 왼쪽으로 스와이프했다.

그들의 추정이 적중했다. 엘리세 헤르만센은 틴더 데이트를 하고 집에 돌아온 것이다. 바텐더가 말한 남자는 그렇게 위험해 보이지 않았지만, 경험상 잠깐의 섹스로 더 많은 권리가 주어진다고 착각하는 남자들이 있다. 구닥다리 사고방식으로 그런 행위 자체가 여자의 복종의 한 형태이고 순전히 성적으로 해석할 수 있다고 여기는 것이다. 반대로 친절하게 삽입하도록 동의한 순간 남자들에게 자동으로 도덕적 책임이 생긴다고 믿는 구닥다리 사고방식을 가진 여자도 많았다. 하지만 그런 식상한 얘기는 됐고, 방금 매칭되었다.

'솔리 광장의 녹스에서 10분 거리에 있어요.' 카트리네가 메시지를 입력했다.

'네, 기다리고 있을게요.' 울리히가 답장을 보냈다. 프로필 사진과 자기소개로는 꽤 솔직한 남자로 보였다.

트룰스 베른트센은 걸음을 멈추고 모나 도가 그녀 자신을 바라

84

84

보는 모습을 보았다.

이제는 펭귄이 떠오르지 않았다. 아니, 사실은 복부를 쥐어짜는 펭귄이 떠올랐다.

트룰스는 가인 헬스장의 접수처를 지키던 운동복 입은 여자에게 시설을 둘러봐도 되느냐고 물을 때 그녀의 얼굴에 스치는 싫은 기색을 감지했다. 그가 그 헬스장에 등록할까 생각 중이라는 말을 믿지 못해서일 수도 있고, 그와 같은 사람을 회원으로 받고 싶지 않아서일 수도 있다. 평생 남들한테 반감을 사면서 살아온 사람으로서, (대개는 그럴 만했다고 인정하지 않을 수 없지만) 그는 자신이 만나는 사람들의 얼굴에서 반감을 감지하는 법을 터득했다. 그러거나 말거나 트룰스는 배와 엉덩이를 죄는 기구들, 필라테스실, 스피닝실, 히스테리컬한 에어로빅 강사들의 방을 지나고 (요새도 에어로빅이라고 부르는지 잘 모르겠다고 생각하면서), 남자들 구역에서 그녀를 발견했다. 체력단련실. 그녀는 데드리프트를 하고 있었다. 두 다리를 벌리고 쭈그리고 앉은 모습에서 여전히 조금 펭귄이 연상되었다. 다만 등판이 넓은 데다 허리를 꽉 조인 넓은 가죽 벨트의 아래 위가 불룩 튀어나와서 숫자 8과 더 비슷해 보였다.

그녀는 무섭도록 격하게 포효하면서 등을 똑바로 펴고 안간힘을 쓰면서 거울에 비친 자신의 시뻘건 얼굴을 노려보았다. 바벨이 바닥에서 들려 올라가면서 철커덩거렸다. 가운데의 봉이 텔레비전에서 보던 것만큼 휘지는 않았지만 파키스탄계로 보이는 두 남자가 허접한 갱 문신에 걸맞은 팔뚝을 키우려고 바벨을 들면서 내지르는 소리로 미루어보아 꽤 무겁다는 것을 알 수 있었다. 젠장, 저런 자들이 얼마나 싫은지. 또 저들은 그를 얼마나 싫어하는지.

모나 도는 바벨을 내렸다. 그리고 으르렁거리며 다시 들었다. 내렸다. 들었다. 네 번.

그리고 그 자리에 서서 부르르 떨었다. 리르의 그 미친 여자가 오르가슴을 느낄 때 짓던 것 같은 미소를 지으면서. 그 여자가 그렇게 뚱뚱하지 않고 그렇게 멀리 살지만 않았어도 어떻게 더 해볼 수도 있었을 텐데. 그 여자는 그가 좋아지려 해서 차는 거라고 말했다. 일주일에 한 번으로는 부족하다면서. 그때는 안도감이 들었지만 지금도 가끔 그 여자가 생각났다. 물론 울라를 생각하는 그런 식은 아니지만, 그 여자가 잘해줬다는 데에는 이의가 없었다.

모나 도는 거울 속에서 그를 발견했다. 이어폰을 뺐다. "베른트센? 경찰청에 체육시설이 따로 있는 줄 알았는데요?"

"있어요." 그가 가까이 가며 말했다. 파키스탄 남자들에게 '나 경찰이니까 꺼져'라는 눈빛을 보냈지만 못 알아먹은 것 같았다. 어쩌면 그가 잘못 판단한 걸 수도 있었다. 사실 요새는 경찰대학에도 저런 친구들이 있다.

"무슨 일로 오셨어요?" 모나가 벨트를 풀었고, 트룰스는 그녀가 다시 풍선처럼 부풀어서 평범한 펭귄으로 돌아오는지 지켜보았다.

"우리가 서로 도움이 될 수 있을지도 모르겠다는 생각이 들어서요."

"뭘로요?" 모나는 바벨 앞에 쭈그리고 앉아서 양쪽에 조인 너트를 풀었다.

그는 그녀 옆에 쭈그리고 앉아 목소리를 낮췄다. "제보하면 잘 쳐주겠다고 했죠?"

"그럼요." 모나가 목소리를 낮추지 않고 말했다. "뭘 가지고 오셨는데요?"

"5만은 할 겁니다."

모나 도가 큰소리로 웃음을 터트렸다. "우리가 잘 쳐주기는 하지만요, 베른트센, 그만큼은 아니에요. 1만이 최대예요. 그러면 **진짜로** 맛있는 조각을 꺼내보시죠."

트룰스는 천천히 고개를 끄덕이면서 입술에 침을 발랐다. "이건 그냥 맛있는 조각이 아니에요."

"뭐라고요?"

트룰스는 목소리를 조금 높였다. "이건 그냥 맛있는 조각이 아니라고 했어요."

"그럼 뭔데요?"

"3단계 코스 요리."

"그건 안 돼요." 카트리네가 불협화음의 말소리들 너머로 큰소리로 말하고 화이트러시안을 한 모금 마셨다. "집에 같이 사는 남자가 있어요. 어디 살아요?"

"윌덴뢰베스 거리요. 그런데 집에 마실 것도 없고 진짜 난장판이라—."

"시트는 깨끗해요?"

울리히가 어깨를 으쓱했다.

"샤워하는 동안 시트를 갈아줘요. 일 끝나고 바로 온 거라." 그녀가 말했다.

"무슨 일—."

"내 직업에 관해서는 그냥 내일 아침 일찍 일어나야 한다는 것만 알아두시고. 그럼 우리?" 그녀는 문 쪽으로 고개를 까딱했다.

"좋아요. 일단 술은 비울까요?"

그녀는 칵테일을 보았다. 화이트러시안을 마시기 시작한 건 단지 영화 〈위대한 레보스키〉에서 제프 브리지스가 마셨기 때문이었다.

"상황에 따라서요." 그녀가 말했다.

"무슨 상황요?"

"알코올이 얼마나 영향을 주는지…… 당신한테."

울리히는 미소 지었다. "지금 나한테 발기부전을 유발하려는 거예요, 카트리네?"

낯선 남자의 입에서 그녀의 이름이 나오자 오싹했다. "발기부전이 있어요, **울리히**?"

"아뇨." 그가 씩 웃었다. "그래도 이 술이 얼마인지 알아요?"

이제 그녀가 미소를 지었다. 울리히 정도면 괜찮았다. 충분히 말랐다. 체중은 그녀가 프로필에서 가장 먼저, 실은 유일하게 보는 기준이었다. 그리고 키. 그녀는 포커 플레이어가 승률을 따지듯 재빨리 BMI*를 계산했다. 26.5면 괜찮았다. 비에른을 만나기 전에는 25가 넘는 사람을 수락할 줄은 몰랐다.

"화장실 좀 다녀올게요." 그녀가 말했다. "이건 내 보관실 표예요. 검정 가죽 재킷. 그럼, 문 앞에서 기다려요."

카트리네는 일어나 바를 가로질러 걸으면서 (그 남자가 처음으로 그녀의 뒷모습을 볼 기회라는 점에서) 그녀가 살던 곳에서는 주로 '뒤태'라고 불리던 부위를 뜯어볼 거라고 생각했다. 그가 흡족해하리라는 것도 알았다.

바 뒤쪽은 사람이 더 많아서 밀치고 지나가야 했다. 어차피 '실례합니다!'라고 해봐야 그녀가 좀 더 문명화된 세계로 여기는 곳,

---

* 체질량지수.

베르겐 같은 곳에서만큼 '열려라, 참깨' 효과를 보지 못할 터였다. 게다가 땀 흘리는 몸뚱이들 사이로 생각보다 세게 밀치고 들어갔는지 갑자기 숨이 잘 쉬어지지 않았다. 다시 몇 걸음 걷자 산소 부족으로 인한 어지럼증은 사라졌다.

그 너머 복도에는 늘 그랬듯 여자 화장실 앞에 줄이 있고 남자 화장실 앞에는 기다리는 사람이 없었다. 그녀는 다시 손목시계를 보았다. 그녀는 수사 책임자이고 내일 눈 뜨자마자 곧장 경찰청으로 가야 한다. 빌어먹을. 그녀는 남자 화장실 문을 홱 잡아당기고 성큼성큼 걸어 들어가 늘어선 소변기를 지나치면서 그 앞에 서 있는 남자 둘의 눈에 띄지 않고 칸막이 화장실 안으로 들어가 문을 잠갔다. 여자 친구들 몇은 남자 화장실에 한 번도 들어가본 적이 없고, 여자 화장실보다 훨씬 더러울 거라고 했다. 카트리네의 경험으로는 그렇지 않았다.

바지를 내리고 변기에 앉는 순간 조심스럽게 노크하는 소리가 들렸다. 문득 이상하다는 생각이 스쳤다. 안에 사람이 있으면 분명 밖에서 보일 텐데. 또, 비어 있는 줄 안다면 노크는 왜 하지? 카트리네는 문 아래를 보았다. 문과 바닥 사이에 뾰족한 뱀가죽 부츠 앞코가 보였다. 그녀가 남자 화장실에 들어가는 것을 본 누군가가 뒤따라 들어와서 그녀가 더 대담한 부류인지 보려는 건가 하는 생각이 들었다.

"꺼―." 그녀는 입을 열었지만 갑자기 숨이 차서 '져'가 나오려다 말았다. 무슨 병이라도 걸린 건가? 중대한 살인사건 수사가 될 거라는 생각에 수사가 시작되기 하루 전날 숨이 쉬어지지 않을 만큼 예민해진 건가? 맙소사…….

남자 화장실 문이 열리고 시끄럽게 떠드는 철딱서니 없는 청년

둘이 들어오는 소리가 났다.

"진짜, 역겹다니까!"

"완전 역겨워!"

뾰족 부츠가 사라졌다. 카트리네는 가만히 들어봤지만 발소리는 들리지 않았다. 볼일을 마치고 문을 열고 세면기 앞으로 갔다. 그녀가 수도꼭지를 틀자 소변기 앞에 선 철딱서니들의 대화가 잦아들었다.

"여기서 뭐 해요?" 한 청년이 물었다.

"오줌 싸고 손 씻어요." 그녀가 말했다. "이 순서대로 해봐요."

그녀는 손을 털고 밖으로 나갔다.

울리히가 문 앞에서 기다리고 있었다. 그녀의 재킷을 들고 서 있는 꼴이 막대기를 입에 물고 꼬리를 흔드는 개처럼 보였다. 그녀는 그 이미지를 떨쳐냈다.

트룰스는 차를 몰고 집으로 향했다. 라디오를 켜자 모터헤드의 곡이 흘러나왔다. 제목이 "Ace of Space"인 줄 알고 있었는데 고등학교 때 파티에서 미카엘이 소리쳤다. "여기 비비스는 레미가 에이스 오브…… **스페이스**라고 부르는 줄 알아!" 음악이 들리지 않을 만큼 으르렁대던 웃음소리가 여전히 귓가에 맴돌고 울라가 아름다운 눈을 반짝이며 웃는 모습이 눈에 선했다.

그런 건 괜찮았다. 트룰스는 여전히 "Ace of Space"가 "Ace of Spades"보다 나은 제목이라고 생각했다. 어느 날 트룰스가 구내식당에서 용기를 내서 다른 사람들과 같은 테이블에 앉고 보니 비에른 홀름이 한창 (우스꽝스러운 토텐 사투리로) 자기는 레미가 일흔두 살까지 살았다면 더 시적이었을 거라고 생각한다고 떠드는 중이었다. 트룰스가 이유를 묻자 비에른은 이렇게 답했다. "칠과 이, 이와 칠, 네? 모리슨, 헨드릭스, 조플린, 코베인, 와인하우스, 전부 다*요."

트룰스는 다들 고개를 끄덕이는 것을 보고 덩달아 끄덕였다. 그게 무슨 뜻인지는 지금도 몰랐다. 그저 혼자만 배척당했다고 느꼈을 뿐.

하지만 배척당하거나 말거나 오늘 저녁 트룰스는 망할 비에른 홀름과 구내식당에서 고개를 끄덕이던 자식들보다 3만 크로네**만큼 부자가 되었다.

트룰스가 비에른이 회의실에서 치아, 아니 쇠이빨에 관해 한 말을 전하자 모나의 얼굴이 환하게 밝아졌다. 주간에게 연락해 그 제보가 트룰스의 표현 그대로, 그러니까 3단계 코스 요리라는 데 동의를 받아냈다. 전채 요리는 엘리세 헤르만센이 틴더 데이트를 했다는 사실이다. 주 요리는 엘리세가 집에 들어갔을 때 범인이 이미 집 안에 있었으리라는 것이었다. 그리고 후식은 범인이 쇠로 만든 이빨로 그녀의 목을 물어뜯어 살해했다는 것이다. 코스마다 1만 크로네. 3만. 삼과 영, 영과 삼, 어때?

"에이스 오브 스페이스, 에이스 오브 스페이스!" 트룰스와 레미가 으르렁거렸다.

"그건 안 돼요." 카트리네가 바지를 다시 추어올리며 말했다.

"콘돔이 없으면 없던 걸로 해요."

"2주 전에 확인했는데." 울리히가 침대에서 일어나 앉으며 말했

---

* 만 27세에 요절한 아티스트들을 한데 묶어 27세 클럽(The 27 Club)이라 부른다. 짐 모리슨, 지미 헨드릭스, 재니스 조플린, 커트 코베인, 에이미 와인하우스 등이 거론된다.

** 1크로네는 132원. 3만 크로네는 약 400만 원.

다. "하늘에 맹세해요."

"나한테는 안 통해요⋯⋯." 카트리네는 바지 단추를 채우기 전에 숨을 깊이 들이쉬어야 했다. "여하튼 그런 식으론 피임이 안 돼요."

"그쪽은 뭐 하는 거 없어요, 아가씨?"

아가씨? 와, 울리히가 마음에 들었다. 그런 게 아니었다. 그건⋯⋯ 그게 뭔지 누가 알랴.

카트리네는 현관으로 가서 신발을 신었다. 가죽 재킷을 걸어둔 자리를 기억하고 문 안쪽에서 그냥 평범한 잠금장치인 것도 이미 확인했다. 그렇다, 그녀는 퇴로를 확보하는 데에 귀재였다. 카트리네는 밖으로 나가서 계단을 내려갔다. 윌덴뢰베스 거리로 나가니 상쾌한 가을 공기에서 자유와 아슬아슬하게 도망쳤다는 감각이 느껴졌다. 웃음이 나왔다. 아무도 없는 널찍한 거리 한가운데, 가로수 사이로 길게 뻗은 길을 걸었다. 세상에, 진짜 멍청했어. 그런데 그녀가 정말로 도망치는 재주가 뛰어나다면, 비에른과 동거를 시작하면서 이미 도망칠 구멍을 확보한 거라면, 어째서 자궁에 루프를 심거나 적어도 피임약을 계속 복용하지 않았을까? 그런 대화가 기억났다. 그 대화에서 그녀는 비에른에게 그녀의 이미 불안정한 정신에는 호르몬 조절법의 불가피한 결과인 급격한 기분 변화가 필요하지 않다고 말했다. 그건 사실이었고, 비에른을 만나기 시작하면서 피임약을 끊었다. 그러다 전화벨이 울리면서 생각이 끊겼다. 빅스타의 "O My Soul"의 오프닝 리프로, 물론 비에른이 깔아준 벨소리였다. 그는 1970년대의 거의 잊힌 그 남부 밴드의 의미에 관해 그녀에게 장황하게 설명하면서 넷플릭스 다큐멘터리가 그의 인생의 사명을 빼앗아갔다고 투덜댔다. "망할 놈들! 숨은 밴드

가 주는 즐거움의 절반은 숨겨졌다는 사실 그 자체라고!" 비에른
이 가까운 시일 안에 성장할 가능성은 크지 않았다.

카트리네는 전화를 받았다. "네, 군나르."

"쇠이빨로 살해당해?" 늘 차분하던 그의 목소리가 격앙되어 있
었다.

"네?"

"〈VG〉 웹사이트에 뜬 주요 기사야. 범인이 엘리세 헤르만센의
아파트에 이미 들어가 있었고, 그가 희생자의 경동맥을 물었다고
쓰여 있어. 경찰 내부의 믿을 만한 정보원에게 받은 제보라면서."

"뭐라고요?"

"벨만 청장한테 벌써 전화가 왔어. 그 양반이…… 뭐라고 해야
하나? 길길이 날뛰더군."

카트리네는 걸음을 멈추었다. 생각하려고 애썼다. "우선 우리는
범인이 이미 그 안에 있었는지 **몰라요.** 범인이 희생자를 물었는지,
아니 그게 남자인지도 **몰라요.**"

"그럼 경찰 내부의 믿을 만하지 **않은** 정보원이잖아! 그런 건 상
관없어! 이 일의 진상을 규명해야 해. 누설한 놈이 누구야?"

"저도 모르죠. 다만 〈VG〉가 정보원 보호를 철칙으로 삼으리라
는 건 알아요."

"철칙은 얼어 죽을. 걔들이 정보원을 보호하는 건 우리 내부 정
보를 더 캐내고 싶어서야. 이놈을 잡아야 해, 카트리네."

카트리네는 정신이 번쩍 들었다. "그럼 청장은 정보를 누설한 자
가 수사에 해를 끼칠까 봐 걱정하는 건가요?"

"경찰 전체가 안 좋게 비춰질까 봐 걱정하겠지."

"그럴 줄 알았어요."

"뭘 그럴 줄 알아?"

"그러니까, 저도 같은 생각이라는 거예요."

"내일 이 일부터 해결하자고." 군나르가 말했다.

카트리네 브라트는 전화기를 재킷 주머니에 넣고 앞에 길게 뻗은 길을 보았다. 그림자 하나가 움직였다. 세찬 바람에 나무가 흔들리는 것일지도.

잠시 길을 건너서 가로등이 밝혀진 인도로 갈까 하다가 그러지 않기로 하고 아까보다 더 빨리 걸었다.

미카엘 벨만은 거실 창문 앞에 서 있었다. 회엔할에 위치한 그의 집에서 서쪽으로, 홀멘콜렌 아래 낮은 구릉까지 뻗은 오슬로 도심이 내려다보였다. 오늘 밤 이 도시는 달빛 아래 다이아몬드처럼 반짝거린다. 그의 다이아몬드.

아이들은 곤히 자고 있었다. 그의 도시도 비교적 곤히 자고 있었다.

"무슨 일이야?" 울라가 책을 읽다 말고 고개를 들고 물었다.

"이번에 일어난 살인사건, 그걸 해결해야 해."

"살인사건이 다 마찬가지지."

"사건이 커졌어."

"여자 하나잖아."

"그런 게 아니야."

"〈VG〉가 달라붙어서?"

그녀의 말투에서 조롱기가 묻어났지만 미카엘은 신경 쓰지 않았다. 그녀는 진정되었고, 제자리로 돌아왔다. 마음 깊은 곳에서 자기 자리가 어디인지 알았으므로. 더욱이 그녀는 갈등을 추구하는 성격이 아니었다. 아내가 가장 원하는 것은 가족을 돌보고 아이들에게 애정을 쏟고 책을 읽는 것이다. 따라서 그녀의 목소리에 밴 무언의 비난은 대답을 요구하지 않았다. 어차피 말해줘도 이해하지 못할 터였다. 좋은 왕으로 기억되고 싶으면 두 가지 선택이 있다는 것을. 하나는 좋은 시절의 왕으로, 운 좋게 풍요의 시대에 왕좌에 앉는 것이다. 다른 하나는 나라를 위기의 시대에서 구해내는 왕이 되는 것이다. 위기의 시대가 아니라면 위기의 시대인 척하면서 전쟁을 일으키고, 전쟁에 뛰어들지 **않았다면** 나라가 얼마나 도탄에 **빠졌을지** 보여주고, 상황이 정말로 심각하다고 우기면 된다. 작은 전쟁이라도 상관없다. 중요한 건 이기는 것이다. 미카엘 벨만은 후자를 택했다. 언론과 시의회에 나가서 발트 해 국가들과 루마니아에서 온 이민자들이 저지른 범죄의 수치를 부풀리고 미래를 암울하게 전망했다. 게다가 언론에는 크게 다뤄지지 않았지만 실제로 아주 작은 전쟁에서 이기기 위해 추가로 지원을 받아냈다. 나아가 12개월 후 최신 수치를 내놓으며 간접적으로 자신을 득의양양한 승리자로 선포할 수 있었다.

　하지만 이번에 발생한 살인사건은 그가 책임질 전쟁이 아니고, (그날 저녁 〈VG〉 기사로 판단컨대) 더 이상 작은 전쟁도 아니었다. 모두 언론의 장단에 맞춰 춤을 추고 있다. 문득 두 명의 사망자와 수많은 이재민을 낳은 스발바르 산사태가 떠올랐다. 사실 산사태가 나기 몇 달 전 네드레 에이케르에서 발생한 화재로 세 명이 죽고 훨씬 더 많은 이재민이 발생했으나 언론은 그 사건을 평소의 화재나 교통사고 정도로만 다루었다. 하지만 멀리 있는 섬에서 일어난 산사태는 쇠이빨만큼이나 언론 친화적인 이슈였다. 이제 언론이 국가적 재난에 어울리는 행동을 개시했다는 뜻이다. 그리고 총리는 (언론이 뛰라면 뛰는 인물답게) 생방송에서 담화문을 발표했다. 그러니 네드레 에이케르의 시청자와 주민들은 그들의 집이 불탔을 때 총리는 어디 있었는지 의아해졌을 것이다. 미카엘 벨만은 총리가 그때 어디 있었는지 알았다. 총리와 자문단은 땅에 귀를 대고 언론의 떨림에 귀를 기울였다. 그때는 진동이 없었다.

미카엘 벨만은 이번에는 땅이 진동하는 걸 느낄 수 있었다.

그리고 이번에는 (승승장구하는 경찰청장이 권력의 회랑에 진입할 기회를 얻은 것처럼) 이미 패배해서는 안 되는 전쟁으로 급변했다. 그는 이 살인사건을 최우선에 두어 전반적으로 범죄가 급증한 것처럼 다루어야 했다. 엘리세 헤르만센이 단지 부유한 고학력 30대 노르웨이 여자여서가 아니라 살인 흉기가 쇠막대나 칼, 총이 아닌 쇠이빨이기 때문이었다.

그는 자신이 원치 않는 결정을 내려야 한다는 책임감을 느끼고 있다. 여러 가지 이유에서. 하지만 돌아갈 길이 없었다.

뛰어들어야 했다.

6
금요일 아침

해리는 눈을 떴다. 꿈의 메아리, 비명의 메아리가 잦아들었다. 담배불을 붙이고 생각에 잠겼다. 이렇게 깨어나는 건 어떤 유형인지 생각해보았다. 기본적으로 다섯 가지가 있었다. 첫 번째는 일하려고 깨어나는 것이다. 오랜 세월 그에게 최선의 유형이었다. 깨자마자 수사 중인 사건으로 뛰어들 수 있었다. 간혹 꿈속에서 그만의 관점으로 사건을 새롭게 보게 되었고, 자리에 누운 채로 새로운 관점에서 새로 드러난 정황을 찬찬히 들여다볼 수 있었다. 운이 좋으면 새로운 현상을 포착하고 달의 뒷면을 살짝 엿볼 수도 있었다. 달이 움직여서가 아니라 그가 움직여서.

두 번째는 외롭게 깨어나는 것이었다. 침대에 혼자 누워 인생에서 혼자이고 세상에서 혼자임을 자각하는 깨어남이다. 그래서 때로는 자유로운 감각이 달콤하게 차오르지만 다른 때는 외로움이라 할 만한 우울감에 시달린다. 이것은 누구나의 삶의 **실체**를, 말하자면 탯줄로 연결된 때부터 결국 모든 것과 모든 사람에게서 분리되는 죽음에 이르기까지의 삶의 여정을 잠시 엿본 느낌일 수도 있었다. 온갖 방어기제와 세상이 안락하다는 착각으로 삶을 비현실적으로 아름답게 포장하기 전, 잠깐 스치듯 냉정한 삶의 실체를 마주하는 것이다.

다음으로 고뇌에 차서 깨어날 때가 있다. 대개 연달아 사흘 이상 술을 마시면 그렇다. 고뇌는, 그 강도는 다르지만 언제나 순간순간 살아났다. 외부의 구체적인 위험이나 위협을 특정하기는 어렵고, 그저 깨어 있는 것 자체, 살아서 **여기에** 머물러 생기는 극심한 불안감에 가까웠다. 그러면서도 간혹 내면의 위협이 느껴졌다. 다시는 두려움을 느끼지 못할까 봐 두려운 마음이 들었다. 결국에는 돌이킬 수 없을 만큼 미쳐버릴까 봐 두려운 마음.

네 번째는 고뇌에 차서 깨어날 때와 비슷한 유형이었다. '여기에 누군가가 있다'고 자각하면서 깨어나는 것. 이럴 때는 생각이 두 갈래로 흘렀다. 뒤로는, 도대체 어떻게 이런 일이 생긴 거지? 앞으로는, 여기서 어떻게 빠져나가지? 때로는 이런 투쟁-도피 충동이 진정되기도 하지만, 그건 항상 나중의 일이므로 깨어남의 틀에서 벗어난다.

그리고 다섯 번째 유형이 있다. 해리 홀레의 깨어남의 새로운 유형. 만족감으로 깨어나기. 처음에는 행복하게 깨어나는 게 가능하다는 것에 놀라 자기도 모르게 모든 변수를 분석했다. 이런 터무니없는 '행복'을 이루는 실체가 무엇인지, 근사하고도 어리석은 꿈의 메아리일 뿐인지 생각했다. 하지만 간밤에는 좋은 꿈을 꾸지 않았다. 악마가, 그의 망막에 새겨진 도망친 살인마의 얼굴이 내지르는 비명의 메아리만 남았다. 그런데도 그는 행복하게 깨어났다. 아닌가? 맞다. 이렇게 깨어나는 날이 매일 아침 반복되자 해리는 점차 그가 정말로 40대 후반 즈음에 마침내 행복을 찾은 만족한 남자일 수도 있다는 생각을 슬슬 받아들이기 시작했고, 아닌 게 아니라 이 새로 정복한 영역을 지켜낼 수 있을 것도 같았다.

그를 이렇게 만든 원동력이 바로 옆에 누워서 평온하고 고르게 숨을 쉬었다. 그녀의 머리카락이 베개 위에 펼쳐져 까만 태양이 뿌리는 햇살 같았다.

행복이란 뭘까? 행복에 관한 연구 중에, 혈중 세로토닌 수치를 시작점으로 삼는다면 그 수치를 낮추거나 높일 수 있는 외부 요인은 상대적으로 적다고 설명한 논문을 읽은 적이 있다. 한쪽 발을 잃을 수도 있고, 불임 판정을 받을 수도 있고, 집에 불이 날 수도 있다. 처음에는 세로토닌 수치가 떨어지지만 6개월이 지나면 처음 시작점과 비슷하게 행복하거나 불행한 수준으로 돌아간다. 집의 평수를 늘리거나 비싼 차를 사도 마찬가지다.

그럼에도 연구자들은 행복을 느끼는 데 중요한 몇 가지 요인이 있다고 밝혔다. 가장 중요한 요인은 행복한 결혼이다.

바로 그에게 해당하는 요인이다. 따분하게 들리지만 그는 그 자신에게나, 친구라고는 해도 거의 만나지는 못하는 한 줌의 사람들에게 (어쩌다 한 번) 이런 말을 하면서 미소 짓지 않을 수 없었다. '아내랑 같이 있어서 아주 행복해.'

그렇다. 그는 자신의 행복을 통제했다. 할 수만 있다면 결혼식 후 3년의 시간을 복사해 붙여넣기하면서 그 시간을 영원히 반복해 산다면 더없이 행복할 것 같았다. 하지만 그럴 수는 없는 노릇이다. 그래서 이렇게 불길한 걸까? 시간은 멈추지 않고 이런저런 일들이 벌어지며 인생은 완벽하게 밀폐된 방에서도 계속 움직이면서 가장 예측 불가능한 방식으로 변화할 것이므로? 현재 모든 것이 완벽하므로 어떤 변화가 일어난다면 분명 나쁜 쪽의 변화일 거라는 불안감. 그래, 그거였다. 행복은 살얼음판을 걷는 것과 같아서 차리라 얼음을 깨트리고 찬물에 빠져 허우적대는 편이 나을 것 같았다. 물에 빠질 때까지 불안해하며 하염없이 기다리느니 차라리 찬물에 빠져서 물에서 나오려고 싸우는 편이 나았다. 그래서 원래 일어나야 할 시간보다 더 일찍 일어나기로 한 것이다. 오늘처럼 살인사건 수사 강의가 11시에나 시작하는 날에도. 잠에서 깨어나 침대에 가만히 누워서 이런 특별한 행복이 허락되는 한 그 행복을 음미하고 싶었다. 해리는 도망친 그 남자의 이미지를 애써 억누르지 않았다. 이제는 그의 책임이 아니었다. 그의 사냥터도 아니었다. 게다가 악마 얼굴을 한 그 남자도 그의 꿈에 서서히 덜 나타났다.

해리는 침대에서 살며시 빠져나왔다. 아내의 숨소리가 고르지 않은 것으로 보아 그를 방해하고 싶지 않아서 계속 자는 척하는 것 같았지만. 그는 바지를 입고 아래층으로 내려가서 에스프레소 머신에 아내가 좋아하는 캡슐을 넣고 물을 더 붓고 자기 몫으로는 작은 인스턴트커피 유리병을 열었다. 작은 병을 사는 이유는 새로 딴 커피가 훨씬 맛있어서였다. 그는 전기 주전자의 스위치를 켜고 맨발로 신발을 꿰신고 현관 밖 계단으로 나갔다.

그는 싸늘한 가을 공기를 마셨다. 이곳 베세루드 언덕 위 홀멘콜베이엔도 어느덧 밤이면 추워지기 시작했다. 그는 저 아래 도시와 피오르를 내려다보았다. 피오르에 아직 남은 고깃배 몇 척이 푸른 바다에 새하얀 작은 삼각형처럼 도드라졌다. 두 달, 어쩌면 몇 주만 지나면 여기 윗동네에는 첫눈이 내릴 것이다. 그래도 괜찮았다. 갈색 목재로 벽을 쌓은 이 대저택은 사실 여름보다 겨울을 대비해 지어졌다.

그는 담배 두 개비째에 불을 붙이고 경사진 자갈 진입로로 내려갔다. 묶지 않은 신발 끈을 밟지 않으려고 조심스럽게 발을 디뎠다. 재킷을 걸치거나 티셔츠라도 입을 수 있었지만 그냥 조금 춥게 있다가 따뜻한 집으로 쏙 들어갈 때의 묘미가 있다. 그는 우편함 앞에 섰다. 〈아프텐포스텐〉*을 꺼냈다.

"안녕하세요, 이웃님."

해리는 옆집 아스팔트 진입로로 테슬라가 나오는 소리를 듣지 못한 터였다. 운전석 창문이 내려가고 언제나 흠잡을 데 없이 깔끔한 금발의 쉬베르트센 부인이 보였다. 해리가 보기에, 그러니까 이 도시의 동쪽 출신이고 여기 서쪽에 온 지는 얼마 안 된 사람이 보기에, 그녀는 홀멘콜렌의 전형적인 안주인이었다. 자녀 둘에 가사 도우미 둘을 두고 5년간 국가에서 제공하는 대학 교육 혜택을 받고도 직업을 갖는 계획을 세워본 적 없는 가정주부. 말하자면 남들은 여가로 여기는 활동을 일로 여기는 여자였다. 몸매 가꾸기(운동복 상의만 보이지만 분명 속에는 딱 달라붙는 헬스복을 입고 있었다. 아닌 게 아니라 마흔을 훌쩍 넘긴 나이에 비해 훌륭한 몸매였다), 실행 계획(가사도우미가 언제 아이들을 돌볼지, 가족 휴가를 언제 떠날지, 휴가지는 어디가 좋을지. 니스 외곽의 별장으로 갈지, 헴세달의 스키 산장으로 갈지, 쇠르란데의 여름 별장으로 갈지), 인맥 관리(친구들과의 점심식사, 도움이 될 만한 사람들과의 저녁만찬). 일생일대의 과업은 이미 이루었다. 그녀가 일로 여기는 이런 활동에 자금을 대줄 만큼 돈을 많이 버는 남편을 구하는 과업.

라켈은 이쪽으로는 심각하게 실패했다. 라켈 역시 어린 시절에 베세루드의 큰 목조주택에서 살아서 일찍이 사회에서 영리하게 살아가는 법을 익히고 원하는 사람은 누구든 차지할 만큼 똑똑하고

* 노르웨이 최대 일간지.

매력적인 여자이지만 어쩌다가 박봉에 알코올 중독자인 살인사건 수사관이었다가 현재는 더 박봉인, 경찰대학에서 술에 취하지 않은 강사로 살아가는 남자에게 정착했으니 말이다.

"담배는 끊으셔야 해요." 쉬베르트센 부인이 그를 찬찬히 뜯어보았다. "드릴 말씀은 그것뿐이네요. 어느 헬스장에 다니세요?"

"지하실요." 해리가 말했다.

"집에 운동기구를 들여놓으셨나 봐요? 트레이너가 누군데요?"

"저요." 해리는 담배를 한 모금 빨고 테슬라의 뒷자리 창문에 비친 자기를 보았다. 말랐지만 몇 년 전처럼 깡마르지는 않았다. 근육이 3킬로그램 붙었다. 스트레스 없는 일상으로 2킬로그램. 건강한 생활습관으로 1킬로그램. 하지만 창에 비친 그 얼굴은 그가 평생 그렇게 살아온 사람은 아니라는 사실을 증명하고 있었다. 눈흰자위의 삼각주 모양의 실핏줄과 얼굴의 겉거죽 바로 아래에서 알코올과 혼돈과 수면 부족과 온갖 나쁜 습관으로 점철된 과거가 고스란히 드러났다. 한쪽 귀에서 입꼬리까지 이어진 흉터는 절박했던 순간과 통제력 상실을 말해주었다. 중지 없이 검지와 약지로 담배를 쥔 모습은 살과 피로 아로새겨진 살인과 아수라장을 증명했다.

그는 신문을 보았다. 접힌 면을 가로질러 '살인'이라는 글자가 보였다. 비명의 메아리가 되살아났다.

"저도 집에 운동기구를 설치할까 생각 중인데." 쉬베르트센 부인이 말했다. "다음 주 오전에 잠깐 오셔서 조언 좀 해주실래요?"

"매트 하나, 바벨 몇 개, 가운데에 거는 봉 하나요." 해리가 말했다. "이게 제 조언입니다."

쉬베르트센 부인이 활짝 웃었다. 알았다는 듯 고개를 끄덕였다.

"좋은 하루 보내요, 해리."

테슬라가 휭 하고 떠났고, 해리는 그가 우리 집이라고 부르는 곳으로 걸음을 옮겼다.

거대한 전나무가 드리운 그늘에 이르러서 걸음을 멈추고 그 집을 보았다. 견고했다. 난공불락까지는 아니지만, 사실 그 무엇도 난공불락일 수는 없지만, 간단히 들어갈 수 있는 곳은 아니었다. 육중한 떡갈나무 문에 잠금장치를 세 개나 설치했고, 창문에는 쇠창살을 달았다. 쉬베르트센 씨가 철옹성 같은 그 집이 요하네스버그에서 옮겨놓은 집 같다면서, 그 집 때문에 안전한 동네가 위험해 보이고 자산 가치가 떨어질 거라고 불만을 터뜨렸다. 쇠창살은 라켈의 아버지가 전쟁이 끝난 후 설치한 것이었다. 해리는 살인사건 수사관으로 일하면서 라켈과 그녀의 아들 올레그를 위험에 빠트린 적이 있다. 그 뒤로 올레그는 성장했다. 이제는 집에서 나가 여자친구와 같이 살면서 경찰대학에 다녔다. 쇠창살을 언제 뗄지는 라켈에게 달려 있다. 그들에게는 더 이상 필요하지 않기에. 이제 해리는 박봉의 강사일 뿐이다.

"와, 브랙-퍼스네." 라켈이 미소를 지으며 웅얼거리면서 과장되게 하품을 하고 일어나 앉았다.

해리는 라켈 앞에 쟁반을 놓았다. 브랙-퍼스는 금요일 아침마다 침대에서 보내는 시간을 두고 둘이서 만든 말이다. 금요일은 해리가 늦게 하루를 시작하고 외무부에서 법률자문으로 일하는 라켈이 하루 쉬는 날이었다. 그는 이불 속으로 들어가 평소처럼 라켈에게 〈아프텐포스텐〉의 국내 뉴스와 스포츠면을 넘기고 자기는 국제 뉴스와 문화면을 가져갔다. 그는 뒤늦게 필요성을 인정하고 쓰기 시작한 안경을 쓰고 수프얀 스티븐스의 최신 앨범 리뷰를 정독하면서 올레그가 다음 주에 열리는 슬리터 키니 콘서트에 초대한 일을 떠올렸다. 맥 빠지고 다소 신경질적인 록, 바로 해리가 좋아하는 음악이었다. 사실 올레그는 그보다 센 음악을 좋아했다. 그래서 해리는 올레그의 제안이 더 고마웠다.

"새로운 거 있어?" 해리가 신문을 넘기면서 물었다.

그는 라켈이 1면의 살인사건 기사를 읽고 있지만 그 얘기를 꺼내지 않으리란 걸 알았다. 둘 사이의 암묵적 약속 중 하나였다.

"미국 틴더 이용자의 30퍼센트 이상이 결혼한 사람들이래." 라켈이 말했다. "틴더는 그걸 부정하고. 당신은 어때?"

"파더 존 미스티의 새 앨범이 상당히 허접한가 봐. 아니면 평론가가 나이 많고 심통 맞은 사람이든가. 후자 같아. 〈모조〉랑 〈언컷〉에서는 평이 꽤 좋거든."

"해리?"

"난 젊고 심통 맞은 쪽이 나아. 그럼 느리기는 해도 시간이 지나면서 구부러질 테니까. 나처럼. 안 그래?"

"내가 틴더하면 질투할 거야?"

"아니."

"아냐?" 라켈은 침대에서 일어나 앉았다. "왜 아닌데?"

"내가 상상력이 부족한 인간이라 그럴 거야. 난 어리석어서 내가 자기한테 충분하고도 남는다고 믿거든. 어리석다고 해서 그렇게 어리석은 것만은 아닌 거지."

라켈이 한숨을 쉬었다. "당신은 질투해본 적 없어?"

해리가 신문을 넘겼다. "나도 질투하지. 그런데 얼마 전에 스톨레 에우네 박사님이 질투를 최소로 줄이려고 노력해야 하는 이유에 대해 말해줬어. 오늘 그분이 내 수업에 초빙강사로 와서 학생들한테 병적 질투에 관해 강의할 거야."

"해리?" 그는 라켈의 어조에서 화제를 돌리게 두지 않으려는 의지를 읽었다.

"자꾸 그렇게 이름부터 부르지 마. 긴장되니까."

"긴장할 만해. 누가 당신을 내게서 떼어놓는 거 상상해본 적 있느냐고 물어보려는 거니까."

"당신은 그런 상상을 해? 아니면 그냥 방금 생각나서 물어보는 거야?"

"그냥 물어보는 거야."

"좋아." 그는 신문에 실린, 영화 시사회에 참석한 미카엘 벨만 경찰청장과 그의 아내 사진을 보았다. 새로 쓰기 시작한 검은 안대가 잘 어울렸고, 미카엘도 그걸 아는 게 눈에 보였다. 젊은 경찰청장은 언론과 그날 시사회의 주인공인 범죄영화가 오슬로를 잘못 그렸다면서 그가 청장으로 있는 동안 오슬로는 그 어느 때보다 안전하다고 선포했다. 통계상 자살 위험이 살해당할 위험보다 훨씬 크다면서.

"응?" 라켈이 이렇게 물으며 더 가까이 다가왔다. "다른 여자들 상상하냐니까?"

"응." 해리가 하품을 참으며 대꾸했다.

"항상?" 라켈이 물었다.

그는 신문에서 눈을 들었다. 찡그린 얼굴로 정면을 응시했다. 그 질문에 관해 생각했다. "아니, **항상은** 아니야." 그는 다시 신문을 보았다. 새 뭉크 미술관과 공공도서관이 오페라하우스 옆에서 형체를 갖추기 시작했다. 어부와 농부의 나라로, 지난 200년 동안 예술적 야망을 품은 불온하고 일탈적인 사람들을 코펜하겐과 유럽으로 내보내던 나라의 수도가 이제 곧 문화의 도시와 닮아갈 것이다. 누가 상상이나 했겠는가? 아니, 더 적절한 말로, 과연 누가 믿었겠는가?

"선택할 수 있다면……" 라켈이 장난스럽게 말했다. "아무런 대가를 치르지 않아도 된다면, 오늘 밤을 나랑 보낼 거야, 아니면 꿈에 그리던 여자랑 보낼 거야?"

"당신 병원 예약하지 않았어?"

"딱 하룻밤만. 대가는 없어."

"당신이 내가 꿈에 그리던 여자라고 말해달라는 거야?"

"어서."

"예를 좀 들어봐."

"오드리 햅번."

"죽은 사람과 하라고?"

"빠져나가려고 하지 말고, 해리."

"좋아. 당신이 죽은 여자를 예로 든 건, 순전히 현실적으로 밤을 같이 보내지 못할 여자라면 덜 위험하다고 생각해서일 거야. 그리고 좋아, 당신이 그렇게 예를 교묘하게 들고 '티파니에서 아침을'이 떠오르기도 하니 내 대답은 확실히 예스야."

라켈은 참았던 하품을 했다. "그럼 가서 해보지그래? 실컷 즐겨보시지?"

"우선 내 꿈의 여자도 좋다고 허락할지 알 수 없고 내가 거절에 잘 대처하는 편도 아니라서. 그리고 두 번째로는 '대가 없음'이란 건 적용되지 않아."

"그래?"

해리는 다시 신문에 집중했다. "당신이 날 떠날 거야. 설령 떠나지 않더라도 날 보는 눈길이 전과는 달라질 테고."

"나한테는 비밀로 하면 되잖아."

"그럴 기운도 없어." 전직 사회복지위원회 의원인 이사벨레 스퀘옌이 다음 주 초에 허리케인이 노르웨이에서는 전대미문의 위력으로 서부 해안을 강타할 거라는 예보가 나온 상황에서 긴급 대책 마련이 미비하다고 현재의 시의회를 비판했다. 이례적으로 폭풍우는 몇 시간이 지나도 위력이 거의 줄어들지 않은 채로 오슬로를 강타할 것으로 예측되었다. 이사벨레는 시의회 의장의 대답('우리는 열대에 살지 않으므로 열대 저기압 즉 허리케인에 대비한 예산을 책정하지 않습니다')에서 광기에 가까운 오만과 무책임이 드러난다고 주장했다. '의장은 기후변화가 다른 나라에만 영향을 미치는 줄로 아는 것 같습니다.' 이사벨레의 인터뷰 옆에는 그녀 특유의 자세로 찍힌 사진이 실렸다. 해리는 그 자세에서 그녀가 정치적 부활을 꿈꾸는 것을 알 수 있었다.

"불륜을 비밀로 할 기운도 없다는 건 '계속 아닌 척할 수 없다'는 뜻이야?" 라켈이 물었다.

"굳이 귀찮게 그럴 수 없다'는 뜻이지. 비밀을 간직하는 건 힘들어. 죄책감이 들 테고." 그는 신문을 넘겼다. 마지막 장이었다. "죄책감이 드는 건 힘들어."

"당신한테는 힘들겠지. 난 어떻겠어? 내가 얼마나 힘들지 생각해봤어?"

해리는 십자말풀이를 흘끔 보고는 신문을 이불 위에 내려놓고 그녀를 돌아보았다. "당신이 그런 사실을 모르면 아무 감정도 들지 않지 않겠어?"

라켈은 한 손으로 그의 턱을 잡고 다른 손으로 그의 눈썹을 만지작거렸다. "그런데 내가 알아내면? 아니면 내가 딴 남자랑 잔 걸 당신이 알았어. 그러면 화가 날까?"

그녀가 그의 눈썹에서 제멋대로 자라난 흰 털을 뽑자 찌릿한 통증이 일었다.

"당연하지. 그 반대라면 죄책감이 들 테고."

라켈이 그의 턱을 놓았다. "에이 참. 해리, 무슨 살인사건을 해결하는 것처럼 말하잖아. 감정이란 게 들긴 하는 거야?"

"에이 참?" 해리는 미소를 지으며 안경 너머로 그녀를 보았다. "누가 요즘에 '에이 참'이라고 해?"

"대답이나 해, 에이— 아, 빌어먹을!"

해리가 웃었다. "당신 질문에 최대한 정직하게 답하려고 노력하는 중이야. 다만 그러려면 그런 상황을 사실적으로 떠올려야 해. 그냥 나의 첫 본능을 따른다면 당신이 듣고 싶어한다고 생각한 말을 해줬을 거야. 그러니까 경고할게. 난 정직하지 않고 미꾸라지처럼 빠져나가는 인간이야. 지금 내가 솔직하게 대답하는 건 장기적으로 그럴듯하게 보이기 위해 투자하는 것뿐이야. 그래야 내가 정말로 거짓말을 해야 하는 날이 올 때 당신에게 내가 솔직하다고 믿게 만들기 쉬워질 테니까."

"웃지 마, 해리. 그러니까 지금 크게 귀찮아지지 않는다면 불륜을 저지를 수 있다는 거잖아?"

"그런 것 같네."

라켈은 그를 밀치고 침대 밖으로 다리를 내려서 슬리퍼를 신고 발을 끌고 밖으로 나가면서 냉소적으로 콧방귀를 뀌었다.

그리고 계단에서 다시 그 소리가 들렸다.

"주전자 좀 올려줄래?" 해리가 큰소리로 말했다.

"캐리 그랜트가 좋겠어." 라켈이 큰소리로 말했다. "커트 코베인도. 동시에."

라켈이 아래층으로 내려가는 소리가 들렸다. 주전자가 덜커덩거리는 소리가 났다. 해리는 신문을 침대 옆 탁자에 놓고 손으로 뒤통수를 받쳤다. 미소를 지었다. 행복했다. 그리고 침대에서 일어나면서 라켈에게 건넨, 아직 베개 위에 놓인 신문을 보았다. 사진을, 경찰 저지선 뒤의 범죄현장 사진을 보고는 눈을 감고 창문으로 갔다. 다시 눈을 뜨고 전나무를 내다보았다. 이제는 감당할 수 있을 것 같았다. 도망친 자의 이름을 잊을 수 있을 것 같았다.

그는 눈을 떴다. 꿈에 또 어머니가 나왔다. 아버지라고 주장하는 남자도. 그는 이렇게 깨는 건 어떤 유형인지 생각했다. 편안했다. 평온했다. 만족스러웠다. 주된 이유는 바로 옆에 있었다. 그는 그녀를 돌아보았다. 어제는 사냥 모드로 들어갔다. 그러려던 건 아니지만 바에서 그녀를, 그 여자 경찰을 본 순간 운명이 수레바퀴를 움켜잡은 느낌이 들었다. 오슬로는 작은 도시이고, 사람들이 늘 서로 마주치지만 늘 똑같았다. 그는 아직 미친 듯 날뛰지는 않았다. 자제력을 배웠다. 그는 그녀의 얼굴선과 머리카락과 약간 부자연스러운 각도로 놓인 팔을 물끄러미 보았다. 그녀는 차갑고 숨을 쉬지 않았다. 라벤더 향은 거의 사라졌지만 괜찮았다. 그녀가 제 할 일을 했으니까.

그는 다시 이불을 젖히고 옷장으로 가서 제복을 꺼냈다. 옷솔로 제복을 쓸었다. 벌써부터 몸속에서 피가 빠르게 고동치는 느낌이 들었다. 또 좋은 하루가 시작되려 했다.

7

금요일 아침

해리 홀레는 스톨레 에우네와 함께 경찰대학 복도를 통과했다. 키가 192센티미터인 해리는 옆 사람보다 20센티미터는 족히 컸다. 스톨레는 해리보다 스무 살 더 많고 살도 더 쪘다.

"그렇게 자명한 문제를 풀지 못한다니 놀랍군." 스톨레가 말하면서 물방울무늬 나비넥타이가 제자리에 있는지 매만졌다. "이상할 거 하나 없지. 자네가 선생이 된 건 자네 부모님도 교사였기 때문이야. 아니, 정확히는 자네 부친. 아버지는 이미 돌아가셨지만 뒤늦게라도 인정받고 싶은 게지. 경찰로는 받아본 적도 없고 받고 싶은 적도 없던 인정. 자네는 아버지에 대한 반항심으로 그분과 똑같이 되지 않으려고 했어. 어머니를 살리지 못한 아버지를 힘없는 사람이라고 여겼으니까. 자네는 자네의 무능함을 부친에게 투사했어. 그래서 경찰이 되어 자네 역시 어머니를 구하지 못한 걸 보상하려 한 거고. 자네는 우리 모두를 죽음에서, 아니, 정확히 말하면 살인에서 구하고 싶어했어."

"흠. 사람들이 그딴 소리 들으려고 한 시간에 얼마씩 내요?"

스톨레는 웃었다. "진료 시간 얘기가 나와서 말인데, 라켈은 두

통이 좀 어떻대?"

"오늘이 진료받는 날이에요." 해리가 말했다. "라켈 아버지가 편두통으로 고생하셨거든요. 나이가 든 뒤에 발병했고요."

"유전이군. 점 보러 갔다가 괜히 봤다고 후회하는 격이지. 인간은 피할 수 없는 것들을 좋아하지 않거든. 죽음 같은 거."

"유전은 절대로 피할 수 없는 건 아니에요. 저희 할아버지는 술을 입에 댄 순간부터 할아버지의 아버지처럼 알코올의존증이 됐다고 했어요. 그런데 저희 아버지는 평생 술을 즐기기는 했지만, 즐기는 정도로만 드시고 알코올의존증이 되진 않으셨죠."

"격세유전이로군. 그런 경우가 있지."

"제가 유전자를 탓한다면 나약한 성격에 대한 손쉬운 핑계밖에 되지 않겠죠."

"좋아. 그렇다면 나약한 성격 유전자를 탓할 수도 있겠지."

해리는 미소 지었다. 반대편에서 걸어오던 여학생이 자기한테 웃는 줄 알고 마주 웃었다.

"카트리네가 그뤼네르뢰카의 범죄현장 사진을 보냈더군." 스톨레가 말했다. "어떻게 생각하나?"

"범죄 기사는 안 봐요."

그들 앞에 계단식 강의실2의 문이 열려 있었다. 졸업을 앞둔 학생들을 위한 강의이지만 올레그가 자신도 신입생 몇과 함께 청강하겠다고 했다. 아니나 다를까 강당이 가득 찼다. 다른 강사들도 학생들 틈에 끼어 계단에 앉거나 벽에 기대서 있었다.

해리는 강단에 올라가 마이크를 켰다. 학생들을 둘러 보았다. 자동으로 올레그의 얼굴을 찾았다. 말소리가 잦아들고 정적이 감돌았다. 가장 기이한 건 그가 강사가 된 게 아니라 그 일을 **좋아한다**

는 거였다. 무뚝뚝하고 내향적으로 보이는 그가 부담스럽게 눈빛을 반짝이는 학생들 앞에서는 그렇게 어색해하지 않았다. 오히려 세븐일레븐에서 계산대 점원이 카운터에 카멜 라이트를 놓을 때 그거 말고 '카멜'을 달라고 말해야 하나 고민하면서 등 뒤에 초조하게 늘어선 줄을 볼 때가 더 긴장되었다. 가끔 신경이 곤두선 날에는 그냥 카멜 라이트를 받아 들고 나가서 한 대 피우고 쓰레기통에 버렸다. 하지만 이곳은 그에게 안전지대다. 일. 살인. 해리는 목청을 가다듬었다. 늘 진지한 올레그의 얼굴은 끝내 찾지 못하고 낯익은 다른 얼굴을 발견했다. 한쪽 눈을 검은 안대로 가린 얼굴. "몇 사람은 잘못 들어온 것 같군요. 여기는 졸업반 학생들을 위한 '수사 레벨3' 수업입니다."

웃음소리. 아무도 강의실에서 나갈 생각이 없어 보였다.

"좋습니다." 해리가 말했다. "살인사건 수사 기법에 관한 재미없는 강의를 들으려고 모이신 분들이 실망할까 봐 걱정이군요. 오늘의 초빙교수는 다년간 경찰청 강력반 자문을 지낸, 폭력 및 살인 분야에서 스칸디나비아 최고의 심리학자입니다. 스톨레 에우네 박사님을 모시기 전에, 이분이 자진해서 다시 자리를 내주실 분이 아니니 미리 공지하겠습니다. 다음 주 수요일에는 반대 심문을 다룰 예정입니다. '데빌스 스타' 사건이죠. 늘 그랬듯 사건 개요, 현장 보고서, 심문 기록은 모두 인트라넷에 미리 업로드됩니다. 그럼, 박사님?"

박수가 터지고 해리가 계단으로 향하는 사이 스톨레 에우네가 거들먹거리듯 배를 내밀고 만족스러운 미소를 띤 채로 강단에 올랐다.

"오셀로 증후군!" 스톨레가 선언하듯 이 말을 던지고는 다시 목소리를 낮추며 마이크 가까이 다가갔다. "오셀로 증후군은 흔히 병적 질투라고 부르는 현상의 다른 이름이고 이 나라 살인사건 대부분의 동기입니다. 윌리엄 셰익스피어의 희곡 〈오셀로〉의 질투와 같습니다. 로데리고가 오셀로 장군의 신부 데스데모나와 사랑에 빠지고, 간교한 이아고는 오셀로가 부관 자리에 올려주지 않자 무시당했다는 생각에 오셀로를 증오합니다. 이아고는 오셀로를 파멸시켜서 자기가 더 올라가기 위해 로데리고와 함께 오셀로와 그의 아내 사이에 불화의 씨앗을 뿌립니다. 이아고는 오셀로의 뇌와 심장에 바이러스를 심어놓습니다. 온갖 가면을 쓰고 나타나는 치명적이고 끈질긴 바이러스. 바로 질투입니다. 오셀로는 나날이 병들어가고 질투로 간질 발작을 일으키며 무대 위에서 온몸을 떱니다. 오셀로는 결국 아내를 죽이고 스스로 목숨을 끊습니다." 스톨레는 트위드 재킷 소매를 끌어 올렸다. "이렇게 줄거리를 늘어놓는 이유는 여기 경찰대학 커리큘럼에 셰익스피어가 들어 있어서가 아니라, 교양으로 꼭 알아둬야 해서입니다." 웃음소리. "자, 질투 없는 신사 숙녀 여러분, 오셀로 증후군이 뭘까요?"

"여기는 무슨 일로 오셨나?" 해리가 속삭였다. 그는 강당 뒤쪽으로 올라가 미카엘 벨만 옆에 섰다. "질투에 관심이라도 있으신지?"

"아니." 미카엘이 말했다. "자네가 살인사건을 맡아줬으면 해."

"그렇다면 헛걸음하신 겁니다."

"전에 하던 대로 해줘. 소규모로 팀을 꾸려. 본 수사팀과는 독립적으로 활동하는 거야."

"제안은 고맙습니다만, 청장님, 제 대답은 '노'입니다."

"자네가 필요해, 해리."

"그래요. 바로 여기에."

미카엘은 웃음을 터트렸다. "자네가 좋은 선생인 건 의심하지 않지만 선생이 자네만 있는 건 아니잖아. 그에 비해 수사관으로서는 자네가 독보적이고."

"살인사건은 그만할래."

미카엘 벨만은 고개를 저으며 미소를 지었다. "집어치워, 해리. 본성을 숨기고 다른 인간인 척 얼마나 더 살 수 있을 거 같아? 자네는 저기 저 양반 같은 초식동물이 아니야. 자넨 육식동물이야. 나처럼."

"내 대답은 여전히 '노'야."

"그리고 육식동물이 날카로운 이빨을 가진 건 누구나 알지. 그래서 먹이사슬의 맨 꼭대기에 있는 거고. 올레그가 앞쪽에 앉아 있더군. 저 애가 경찰대학에 들어올 줄 누가 알았겠어?"

해리는 목덜미의 털이 쭈뼛 서는 느낌을 받았다. "나는 내가 원하는 삶을 살고 있어, 벨만. 다시 돌아갈 수 없어. 내 대답은 달라지지 않아."

"특히나 전과가 없는 게 경찰대학의 주요 입학 요건이라면야."

해리는 대꾸하지 않았다. 스톨레는 학생들에게 웃음을 더 끌어냈고 미카엘도 낄낄거렸다. 그는 해리의 어깨에 손을 얹고 다가와 목소리를 조금 더 낮추었다. "벌써 몇 년 전 일이기는 하지만 당시 올레그가 헤로인을 사는 걸 봤다고 서약하고 증언할 사람들과 아직 끈이 닿아 있어. 그런 범죄에 대한 처벌은 최대 2년형이지. 금고형을 받지 않더라도 경찰은 되지 못할 거야."

해리는 고개를 저었다. "제아무리 자네라도 그렇게 못 할 거야, 벨만."

"못 해? 물론 참새 잡겠다고 대포 쏘는 격이지만 이번 사건을 해결하는 게 내게는 매우 중요하거든."

"내가 거절해서 우리 가족을 망치는 대가로 자네도 얻는 게 없을 텐데."

"그럴지도, 그래도 이건 잊지 말자고. 그…… 뭐라고 해야 하나? 내가 자네를 **싫어한다는** 거."

해리는 앞에 앉은 학생들의 등을 보았다. "자네는 감정 따위에 휘둘릴 사람이 아니야, 벨만. 그럴 감정이 있지도 않으니까. 경찰대학 학생 올레그 페우케에 관한 정보를 몇 년째 깔고 앉은 채 아무런 조치도 취하지 않은 게 세상에 알려지면 다들 뭐라고 할까? 자네가 어떤 나쁜 패를 쥐고 있는지 상대가 이미 알고 있을 때는 그딴 허세를 부려봐야 소용이 없지."

"내 말을 허세로 여기고 아들의 장래를 위험에 빠트리고 싶으면 그렇게 해, 해리. 이번 사건 한 건이야. 이것만 해결해주면 나머지는 다 사라져. 오늘 오후까지 대답할 시간을 주지."

"궁금해서 그러는데, 벨만. 자네한테 이 사건이 왜 그렇게 중요하지?"

벨만은 어깨를 으쓱했다. "정치. 육식동물에게는 고기가 필요해. 기억해, 난 호랑이야, 해리. 자네는 고작 사자고. 호랑이가 몸무게도 더 나가고 킬로그램당 뇌 용량도 더 커. 로마인들이 콜로세움에서 사자를 호랑이와 싸우라고 내보낼 때마다 사자가 죽을 걸 알았던 이유지."

앞줄에서 머리 하나가 돌아보았다. 올레그가 씩 웃으며 양손 엄지를 들었다. 올레그는 곧 스물두 살이 된다. 엄마의 눈과 입을 빼닮았지만 검은 직모는 이제는 아무도 기억하지 않는 러시아인 아버지에게 물려받았다. 해리는 엄지를 들어주고 미소를 쥐어짰다.

돌아보니 미카엘은 이미 가고 없었다.

"오셀로 증후군은 주로 남자들에게 나타납니다." 스톨레 에우네의 목소리가 쩌렁쩌렁 울렸다. "오셀로 증후군을 보이는 남자 살인자들은 손을 쓰는 반면, 오셀로 증후군 여자들은 칼이나 둔기를 사용합니다."

해리는 귀를 기울였다.

발밑에서 시커먼 수면을 덮은 얇디얇은 살얼음판 소리가 들렸다.

"표정이 심각해 보이는군." 스톨레가 화장실에 갔다가 해리의 연구실로 돌아오면서 말했다. 그는 커피를 마저 다 마시고 코트를 입었다. "내 강의가 별로였나?"

"강의는 좋았어요. 그런데 벨만이 왔었어요."

"나도 봤어. 뭘 원한대?"

"최근 일어난 살인사건을 맡으라고 협박하더군요."

"그래서 뭐라고 했나?"

"싫다고요."

스톨레가 고개를 끄덕였다. "잘했네. 그 일은 자네의 영혼을 갉아먹다가 예전에 자네와 내가 겪었듯 점점 악마에게 끌고 갈 거야. 남들한테는 그래 보이지 않을지 몰라도 이미 우리의 일부가 망가졌어. 더욱이 지금은 우리 인생에서 가장 가깝고 소중한 사람들이 사이코패스들만큼이나 우리의 관심을 듬뿍 받는 좋은 시절이 아닌가. 근무시간은 끝났어, 해리."

"박사님은 패배를 받아들인다는 건가요?"

"그래."

"흠. 일반적인 의미로는 무슨 말씀인지 알겠는데 좀 더 구체적으로 말씀해주실래요?"

스톨레는 어깨를 으쓱였다. "난 일에만 매달리고 집에서는 시간을 너무 적게 보냈어. 살인사건을 맡았을 때는 집에 있어도 있는 게 아니었지. 자네가 더 잘 알잖아, 해리. 게다가 에우로라, 갠······." 스톨레는 볼에 공기를 넣어 부풀렸다. "학교 선생님들이 이제는 애가 조금 나아졌다고 해. 고맘때 애들은 가끔 그렇게 담을 쌓잖아. 이것저것 시도해보기도 하고. 손목에 흉터가 있다고 꼭 계획적으로 자해한다는 뜻은 아니야. 그냥 자연스러운 호기심일 수도 있어. 그래도 아버지가 자기 자식과 대화가 통하지 않는 걸 깨닫는 건 서글픈 일이지. 자기가 잘나가는 심리학자인 줄 알던 아버지라면 더더욱."

"따님이 이제 열다섯 살이죠?"

"이 또한 지나갈 테고, 열여섯 살이 되면 다 잊히겠지. 그렇다고 사랑하는 사람들을 돌보는 일을 다음 사건 이후로, 다음 일정 이후로 미룰 수는 없지. **지금** 해야지. 안 그런가, 해리?"

해리는 면도하지 않은 코밑을 엄지와 검지로 문지르며 천천히 고개를 끄덕였다. "그럼요."

"그럼, 난 이만 갈게." 스톨레가 서류 가방에서 사진 뭉치를 꺼냈다. "이건 카트리네가 보내준 범죄현장 사진이야. 말했듯이 나한테는 쓸모가 없어."

"제가 왜 그걸 원하겠어요?" 이렇게 물으면서도 해리는 피 묻은 침대 위의 여자 시신을 내려다보았다.

"수업 자료로 쓸 수도 있고. 아까 데빌스 스타 사건을 언급하는 걸 보니 실제 살인사건과 사건 자료를 수업에서 쓰는 것 같던데."

"그 사건은 본보기로 삼을 만하니까요." 해리가 여자의 사진에서 애써 눈을 뗐다. 그 사진에는 어딘가 낯익은 구석이 있었다. 메아리처럼. 전에 본 적이 있는 여자인가? "희생자 이름이 뭐예요?"

"엘리세 헤르만센."

들어본 이름이 아니었다. 해리는 다음 사진을 보았다. "목에 있는 이 상처들, 뭔가요?"

"진짜 이 사건 기사를 읽은 적 없는 거야? 요새 신문 1면을 도배하고 있으니, 벨만이 굳이 자네한테 강요하는 것도 놀랄 일은 아니야. 쇠이빨이야, 해리."

"**쇠이빨**? 악마숭배자?"

"〈VG〉를 보면 할스테인 스미스라는 나의 옛 동료가 트위터에서 이 사건에 관해 뱀파이어병 연구를 언급한 내용이 나올 거야."

"뱀파이어병? 그럼 범인이 뱀파이어라고요?"

"그럼 다행이지." 스톨레는 서류 가방에서 〈VG〉에서 찢어낸 페이지를 꺼냈다. "뱀파이어는 그나마 동물학과 소설에 근거가 있기라도 하지. 할스테인과 전 세계의 몇몇 심리학자들에 따르면 뱀파이어병 환자는 피를 마시면서 쾌락을 얻는 사람이야. 읽어봐, 여기……."

해리는 스톨레가 내민 트위터 메시지를 읽었다. 마지막 문장에서 멈췄다. '뱀파이어병이 다시 나타날 것이다.'

"그런 사람들이 몇 명밖에 없다고 해서 그들이 틀린 건 아니잖아요."

"자네 제정신인가? 나도 흐름에 역행하는 데는 대찬성이야. 그리고 할스테인 같은 야심가들을 좋아해. 할스테인은 대학교 때 큰실수를 저질러서 '원숭이'라는 별명을 얻었어. 그 친구가 아직도 다른 심리학자들 사이에서 신망을 얻지 못한다는 뜻이지. 그래도 꽤 유망한 심리학도이긴 했어. 이 뱀파이어병과 얽히기 전까지는. 그 친구의 논문은 나쁘지 않았지만 권위 있는 학술지에 실리진 못했지. 이제야 드디어 실렸군. 〈VG〉에."

"박사님은 왜 뱀파이어병을 믿지 않는데요?" 해리가 물었다. "박사님도 우리가 어떤 일탈의 형태를 상상할 수 있다면 분명 그런 일탈을 보이는 사람이 존재할 거라고 말씀하셨잖아요."

"아, 그랬지. 세상에는 뭐든 존재해. 아니, 존재할 거야. 성생활도 우리가 무엇을 생각하고 느낄 수 있는지가 중요하지. 그리고 그런 것에는 거의 제약이 없어. '수목애'는 나무를 보면 성적으로 흥분한다는 뜻이야. '실수애'는 실패할 때 성적으로 흥분한다는 뜻이고. 하지만 어떤 것을 무슨무슨 애°나 무슨무슨 주의로 정의하려면 일정 수준만큼 퍼져 있어야 하고 특정 수의 공통분모가 있어야 해. 할스테인과 일부 신화에 빠진 심리학자들은 그들만의 '주의'를 만들어냈어. 그런데 그들은 틀렸어. 그들이든 다른 누구든 분석의 대상으로 삼을 만한, 예측 가능한 행동 패턴을 보이는 뱀파이어병 집단이란 것 자체가 존재하지 않으니까." 스톨레는 코트 단추를 채우고 문 쪽으로 갔다. "그에 반해 자네가 친밀감을 두려워하고 친한 친구가 떠나기 전에 포옹도 못 하는 건 심리학적으로는 괜찮은 분석감이야. 라켈한테 안부 전해주고 내가 그 두통을 감쪽같이 없애주겠다고 전하게. 해리?"

"네? 네. 그렇게 전하죠. 에우로라가 괜찮아지기를 바랄게요."

해리는 스톨레가 떠난 자리를 바라보았다. 전날 저녁, 거실에 들어가니 라켈이 영화를 보고 있었다. 그는 화면을 보고 제임스 그레이 영화냐고 물었다. 배우도 나오지 않고 특정 자동차나 카메라 앵글도 없이 완벽하게 특색 없는 거리 풍경을 찍은 그 2초간의 영상은 그가 한 번도 본 적 없는 그림이었다. 그보다 더 특색이 없을 수가 없는 풍경이었다. 그런데 해리는 자기가 왜 그 풍경을 보고 그 감독을 떠올렸는지 이해가 가지 않았다. 몇 달 전에 제임스 그레이의 영화를 본 것만 제외하면. 그게 다였고, 자동적이고 사소한 연상일 수 있었다. 영화 한 편을 다 보았고, 한두 가지 구체적인 정보가 담긴 2초짜리 영상을 보았다. 그리고 무엇을 보고 연상했는지도 모를 만큼 순식간에 그 영상이 그의 뇌에서 맴돌았을 뿐이다.

해리는 휴대전화를 꺼냈다.

머뭇거렸다. 카트리네 브라트의 번호를 찾았다. 카트리네가 그에게 생일 축하 메시지를 보내온 뒤로 6개월이 넘게 지났다. 그는 '고마워' 한마디만 달랑 보냈다. 마침표도 없이. 그녀에게 관심이 없어서가 아니라 그저 메시지를 길게 보내는 데 관심이 없다는 것을 카트리네도 이해해줄 것이기 때문이었다.

신호가 갔지만 전화를 받지 않았다.

강력반의 카트리네 내선으로 걸자 망누스 스카레가 받았다. "해리 홀레가 직접 거셨네요." 심하게 빈정거리는 말투로 보아 의심의 여지 없이 그였다. 강력반에는 해리를 좋아하는 사람이 많지 않고 망누스 스카레는 확실히 그를 좋아하지 않는 쪽이었다. "아뇨, 카트리네는 오늘 못 봤어요. 신임 수사 책임자로서는 별일이죠. 할 일이 산더미인데."

"흠. 카트리네한테 내가—"

"나중에 다시 전화하시죠, 해리, 여기도 생각할 거리가 넘치거든요."

해리는 전화를 끊었다. 손가락으로 책상을 두드리면서 한쪽에 쌓인 학생들의 보고서를 보았다. 그리고 다른 한쪽에 놓인 사진 뭉치를 보았다. 미카엘의 육식동물 비유에 관해 생각했다. 사자? 좋아, 왜 안 돼? 혼자 사냥하는 사자들은 성공률이 고작 15퍼센트 정도라는 글을 읽은 적이 있다. 사자가 몸집이 큰 동물을 죽일 때는 목을 물어뜯을 힘이 없어서 일단 질식시켜야 한다는 내용도 읽었다. 사자들은 먹잇감의 목을 물고 기관을 누른다. 그러려면 시간이 걸린다. 상대가 덩치 큰 동물, 이를테면 물소 같은 동물이면 사자는 목을 문 채로 매달려 자기 자신과 물소를 몇 시간이고 고문한 끝에 결국에는 그냥 놓아줄 때도 있다. 이것은 살인사건 수사를 보는 하나의 관점이기도 하다. 어렵게 수사하고도 성과를 내지 못하는 과정. 라켈한테는 현장으로 다시 돌아가지 않겠다고 약속했다. 그 자신에게도 약속했다.

해리는 사진 다발을 다시 보았다. 엘리세 헤르만센의 사진을 보았다. 그 이름이 머릿속에 저절로 박혔다. 침대에 누운 그 사진의 미세한 부분까지 머릿속에 박혔다. 하지만 미세한 부분이 아니었다. 그것이 전체였다. 사실 라켈이 전날 밤에 본 영화는 "더 드롭"이었다. 감독은 제임스 그레이가 아니었다. 해리가 틀렸다. 성공률 15퍼센트. 그래도……

그 여자가 누운 모습에 뭔가가 있었다. 아니, 눕혀진 모습에. 배열. 기억에서 지워진 꿈의 메아리 같았다. 숲속의 외침. 그가 애써 기억하지 않으려 하는 남자의 목소리. 도망친 남자.

해리는 전에 했던 생각을 기억해냈다. 그가 결국 무너질 때, 술병의 코르크를 뽑아서 첫 모금을 마실 때는 상상한 그 느낌이 아니리라는 생각. 그것이 결정의 순간이 아니기 때문이었다. 결정은 이미 오래전에 내려졌다. 그 뒤로 문제는 무엇이 방아쇠가 될 것인지였다. 그 순간은 분명 온다. 언젠가 술병이 그 앞에 놓여 있을 것이다. 내내 기다리고 있었을 것이다. 그 역시 기다리고 있었을 것이다. 나머지는 그저 반대 전하, 자력, 물리 법칙의 필연성이다.

젠장. 젠장.

해리는 일어나 가죽 재킷을 집어 들고 황급히 나갔다.

그는 거울을 보고 재킷이 제대로 걸쳐졌는지 살폈다. 마지막으로 한 번 더 그녀의 소개를 읽어둔 터였다. 벌써 그녀가 싫었다. 이름의 'w'를 그의 이름처럼 'v'로 써야 한다는 사실 하나만으로도 벌할 이유가 충분했다. 그는 다른 희생자, 그의 취향에 더 잘 맞는 희생자가 더 마음에 들었다. 카트리네 브라트처럼. 하지만 결정은 이미 내려졌다. 이름에 'w'가 들어간 여자가 그를 기다리고 있었다.

그는 재킷의 마지막 단추를 채우고 밖으로 나갔다.

8

금요일 오후

"벨만이 자네를 어떻게 설득한 건가?" 군나르 하겐이 창가에 서 있었다.

"음." 등 뒤에서 착각의 여지가 없는 그 목소리가 들렸다. "거부하지 못할 제안을 하더군요." 지난번보다 조금 더 거칠어지기는 했지만 여전히 깊고 평온한 목소리였다. 군나르는 여자 수사관 하나가 해리 홀레의 아름다운 면은 그 목소리뿐이라고 말하는 걸 들은 적이 있다.

"무슨 제안인데?"

"초과근무 수당으로 추가 50퍼센트와 연금 기여금 두 배."

강력반 책임자가 짧게 웃었다. "자네가 내건 조건은 없고?"

"우리 팀으로 제가 직접 세 명을 선발한다는 조건밖에 없어요. 딱 세 명만 원해요."

군나르 하겐이 돌아보았다. 해리는 군나르의 책상 앞 의자에 축 늘어져 앉고는 긴 다리를 쭉 뻗었다. 야윈 얼굴에 주름이 더 늘고, 숱 많고 짧은 금발이 관자놀이 옆에서 희끗희끗해졌다. 그래도 지난번에 봤을 때만큼 야위지는 않았다. 강렬한 푸른 홍채 주위의 흰자가 맑지는 않지만 최악일 때처럼 핏발이 잔뜩 서 있지도 않았다.

"여전히 술은 안 마시고?"

"노르웨이의 유전만큼이나 말라붙었어요, 보스."

"흠. 노르웨이의 유전은 마르지 않은 거 알지? 유가가 다시 오를 때까지 막아두는 거야."

"내 말이요, 네."

군나르가 고개를 절레절레 흔들었다. "자네가 나이를 먹으면서 성숙해질 줄 알았지."

"실망하셨어요? 사람은 현명해지지 않아요. 그냥 나이를 먹는 거지. 카트리네한테서는 아직 소식 없어요?"

군나르가 전화기를 보았다. "전혀."

"다시 전화해봐야 할까요?"

"할스테인!" 거실에서 부르는 소리. "애들이 당신더러 다시 매 역할을 해달래요!"

할스테인 스미스는 체념하면서도 행복한 한숨을 내쉬고는 읽던 책을, 프란체스카 트윈의 《성의 잡문》을 주방 식탁에 놓았다. 파푸아뉴기니의 트로브리안드 제도에서는 여자의 눈썹을 물어뜯는 걸 욕정의 행위로 간주한다는 대목이 흥미롭긴 하지만 박사학위 논문에 쓸 내용은 아직 발견하지 못했다. 게다가 지금은 아이들을 행복하게 만들어주는 것이 훨씬 더 즐거웠다. 지난번에 놀아준 피로가 아직 남아 있지만 상관없었다. 생일은 1년에 한 번만 돌아오니까. 음, 아이가 넷이니 1년에 네 번이다. 부모도 굳이 생일파티를 해야 한다면 여섯 번. 지난 생일과 다가올 생일의 중간인 반＊생일까지 챙겨야 한다면 열두 번. 아이들이 비둘기처럼 구구거리는 소리가 들리는 거실로 가는데 초인종이 울렸다.

문을 열자 계단에 선 여자가 할스테인 스미스의 머리를 대놓고 쳐다보았다.

"그저께 견과류가 들어간 음식을 먹어서요." 그가 울긋불긋하게 불어난 이마를 긁적이며 말했다.

그는 그녀를 보고는 그녀가 두드러기를 보는 게 아닌 걸 알았다.

"아, 이거요." 그는 모자를 벗었다. "매의 머리로 쓴 거예요."

"그냥 닭 같은데요." 여자가 말했다.

"실은 부활절 닭이라 닭매라고 불러요."

"제 이름은 카트리네 브라트이고 오슬로 경찰청 강력반에서 나왔습니다."

할스테인이 고개를 갸웃했다. "그러네요, 어젯밤 뉴스에서 봤어요. 제가 트위터에 올린 글 때문인가요? 전화도 계속 울려대던데. 소란 피울 생각은 아니었어요."

"잠시 들어가도 될까요?"

"물론이죠, 그런데 저기…… 야단법석인 애들이 있는데 괜찮으실지 모르겠네요."

할스테인은 아이들에게 각자의 매를 가지고 2층에 올라가 있으라고 하고는 카트리네를 주방으로 안내했다.

"커피가 필요하신 거 같네요." 할스테인이 대답을 듣지도 않고 커피를 따랐다.

"일이 늦게 끝나서요." 카트리네가 말했다. "늦잠을 자서 일어나자마자 곧장 이리로 왔어요. 휴대전화까지 집에다 두고 왔네요. 잠깐 전화기를 빌려서 경찰서에 전화해도 될까요?"

할스테인은 휴대전화를 건네고 그녀가 오래된 에릭손 전화기를 속절없이 바라보는 것을 보았다. "우리 집 애들은 그걸 멍텅구리폰이라고 불러요. 알려드릴까요?"

"기억이 날 것도 같아요." 카트리네가 말했다. "이 사진, 어떻게 생각하세요?"

카트리네가 전화번호를 누르는 동안 할스테인은 그녀가 건넨 사진을 보았다.

"철제 의치로군요." 그가 말했다. "터키에서 온 겁니까?"

"아뇨, 카라카스예요."

"그렇군요. 이스탄불의 고고학 박물관에도 비슷한 쇠이빨이 있거든요. 알렉산더 대왕의 병사들이 쓰던 물건 같지만 역사가들은 그걸 의심해요. 그보다는 상류층에서 사도마조히즘 놀이용으로 썼을 거라고 보더군요." 할스테인은 이마의 상처 난 부위를 긁었다. "범인이 이걸 사용한 겁니까?"

"확실하진 않아요. 저희도 그냥 희생자의 물린 자국과 녹, 검정 페인트 조각으로 추정하는 거예요."

"참!" 할스테인이 소리쳤다. "그럼 일본에 가보세요!"

"그래요?" 카트리네가 전화기를 귀에 댔다.

"일본 여자들이 이를 검게 물들인 걸 본 적이 있는지 모르겠군요? 없어요? 음, '오하구로'라는 전통이에요. '해가 진 뒤의 어둠'을 의미한다는군요. 헤이안 시대 그러니까 서기 800년경에 처음 등장했어요. 그리고…… 계속할까요?"

카트리네가 조바심치며 계속하라고 손짓했다.

"중세시대에는 북부의 쇼군이 무사들에게 검게 칠한 쇠이빨을 끼게 했다는 얘기가 전해져요. 주로 적을 위협하는 용도이지만 실제로 백병전에서 썼을 수도 있어요. 미어터지는 전쟁터에서 무사들이 무기를 들 수도, 주먹이나 발로 적을 가격할 수도 없을 때 쇠이빨로 목을 물어뜯는 겁니다."

카트리네가 저쪽에서 전화를 받았다는 듯 손짓했다. "군나르, 카트리네예요. 출근길에 스미스 교수님을 만나러 왔다고 알려드리려고…… 네, 트위터에 글 올린 그분요. 전화기를 집에 두고 와서 그러는데, 혹시 저한테 연락한 사람이……" 그녀는 가만히 들었다. "해리가요? 농담이죠?" 그녀는 잠시 더 들었다. "해리가 그냥 들어와서 하겠다고 했다고요? 나중에 얘기해요." 카트리네는 전화기를 할스테인에게 돌려주었다. "얘기해주세요. 뱀파이어병이 뭐죠?"

"그거라면," 할스테인이 말했다. "나가서 좀 걸어야 할 것 같군요."

카트리네는 할스테인 스미스와 나란히 그 집에서 헛간으로 이어진 자갈길을 걸었다. 그의 아내가 그 농가와 함께 거의 1헥타르*의 땅을 물려받았고, 두 세대 전만 해도 오슬로의 중심부에서 몇 킬로미터밖에 떨어지지 않은 이곳 그리니에서 소와 말들이 풀을 뜯었다고 했다. 그래도 다른 유산으로 받은, 네쇠야의 보트 창고가 포함된 훨씬 작은 땅이 값어치가 더 나간다고 했다. 돈 많은 이웃들이 말하는 금액을 믿는다면.

"네쇠야는 너무 멀어서 활용하기 어렵지만 당분간은 팔 생각이 없어요. 25마력 엔진이 달린 싸구려 알루미늄 보트 한 척밖에 없지만 전 그게 좋아요. 제 아내한테는 말하지 마세요. 그래도 전 여기 농장보다는 바다가 더 좋아요."

* 1만 제곱미터, 약 3000평에 달하는 면적.

"저도 해안 출신이에요." 카트리네가 말했다.

"베르겐, 맞죠? 그 지방 방언을 좋아해요. 제가 산드비켄의 정신과 병동에서 1년 있었거든요. 아름다운 곳이기는 한데 비가 너무 많이 와요."

카트리네가 천천히 고개를 끄덕였다. "네, 저도 산드비켄에서 비를 쫄딱 맞은 적이 있어요."

그들은 헛간에 이르렀다. 할스테인은 열쇠를 꺼내 자물쇠를 열었다.

"헛간 자물쇠치고는 꽤 크네요." 카트리네가 말했다.

"지난번엔 너무 작았거든요." 할스테인의 말이 씁쓸하게 들렸다. 카트리네가 문 안으로 발을 들여놓고 작게 하품을 하려는데 발밑에서 뭔가가 움직였다. 아래를 보니 1미터, 1.5미터 너비의 직사각형 강철판이 시멘트 바닥에 박혀 있었다. 강철판 밑에 용수철이 달려서 흔들리면서 시멘트 가장자리에 부딪혔다가 다시 고정되었다.

"58킬로그램." 할스테인이 말했다.

"네?"

할스테인이 고개를 왼쪽으로 까딱하면서 반달 모양의 다이얼에서 커다란 화살표가 50과 60 사이에서 흔들리는 걸 가리켰고, 카트리네는 자기가 구식 소 저울 위에 서 있는 걸 알았다. 그녀는 눈을 가늘게 뜨고 보았다.

"57.68이에요."

할스테인이 웃었다. "어차피 도축 기준에는 한참 못 미칩니다. 사실 전 아침마다 이 저울을 그냥 뛰어넘으려고 해요. 하루하루가 마지막 날이 될 수 있다는 개념이 마음에 안 들어요."

그들은 줄줄이 늘어선 외양간 칸막이를 지나서 사무실 앞에 섰다. 할스테인이 열쇠로 문을 열었다. 사무실 안에는 컴퓨터 한 대가 놓인 책상, 들판이 내다보이는 창문, 크고 얇은 박쥐 날개에 긴 목과 네모난 얼굴을 가진 뱀파이어의 그림이 있었다. 책상 뒤 책장에는 서류철과 책 십수 권이 꽂혀 있었다.

"보시는 것이 뱀파이어병에 관해 출간된 자료의 전부입니다." 할스테인이 손으로 책등을 쓸었다. "그러니 개요를 정리해드리는 건 어렵지 않습니다. 그래도 수사관님 질문에 답하기 위해 1964년의 반덴버그와 켈리부터 시작하죠."

할스테인은 책 한 권을 꺼내고 펼쳐서 읽었다. "'뱀파이어병은 대상(주로 사랑의 대상)에게서 피를 뽑고 그 결과로 성적 흥분과 쾌감을 얻는 행위로 정의된다.' 딱딱한 정의죠. 좀 더 자세한 내용을 원하시겠죠?"

"그런 것 같군요." 카트리네는 뱀파이어 그림을 보았다. 순수 예술 작품이었다. 단순한. 외로운. 그리고 본능적으로 재킷을 여미게 만드는 한기를 발산하는 듯했다.

"좀 더 깊이 들어가보죠." 할스테인이 말했다. "우선 뱀파이어는 최근에 나온 개념이 아닙니다. 용어 자체는 인간으로 위장한 피에 굶주린 괴물을 가리키는 말로, 특히 동유럽과 그리스의 역사를 거슬러 올라갑니다. 하지만 뱀파이어의 현대적 개념은 주로 1897년 브램 스토커의 〈드라큘라〉와 1930년대의 첫 뱀파이어 영화들에서 나왔어요. 일부 연구자들은 뱀파이어병 환자들이 (평범하지만 병든 사람들이) 대부분 이런 신화에서 영향받는다고 오해합니다. 뱀파이어병이 여기에 이미 언급된 점을 잊어서죠. 여기……." 할스테인은 반쯤 분해된 갈색 표지의 낡은 책 한 권을 꺼냈다. "리하르트 폰 크라프트-에빙의 1887년 책《정신병질적 성욕》이에요. 그러니까 신화가 널리 퍼지기 전이라는 겁니다." 할스테인은 책을 조심스럽게 꽂고 다른 책을 꺼냈다.

"제 연구는 뱀파이어병이 죽은 고기를 먹는 시체식, 시체와 성관계를 갖는 시간증, 그리고 사디즘 같은 상태와 연관된다는 개념에 기초합니다. 이 책의 저자, 부르기뇽과 같은 생각이죠." 할스테인이 책을 펼쳤다. "이건 1983년에 나온 책인데요, '뱀파이어병은 정신적 안정을 얻기 위한 의식으로 피를 마시고 싶은 억누를 수 없는 충동을 보이는 드문 형태의 강박 장애다. 여느 강박 행동이 그렇듯 환자는 그 의미를 이해하지 못한다.'"

"그렇다면 뱀파이어병 환자는 그냥 뱀파이어병 환자의 행동을 하는 건가요? 다르게 행동하지 못하고요?"

"지나친 단순화이긴 하지만 맞는 말입니다."

"이 책들이 우리 희생자에게서 피를 뽑아간 범인을 프로파일링 하는 데 도움이 될 수 있을까요?"

"아뇨." 할스테인이 말하면서 부르기뇽의 책을 다시 꽂았다. "그런 책이 있긴 하지만 이 책장에는 없습니다."

"왜죠?"

"출간된 적이 없으니까요."

카트리네는 할스테인을 보았다. "선생님 책인가요?"

"제 책이죠." 할스테인이 슬픈 미소를 지었다.

"어떻게 된 건가요?"

할스테인이 어깨를 으쓱했다. "시대가 이런 급진적인 심리학에 맞지 않았습니다. 어쨌든 제가 이런 것에 정면으로 도전한 거였어요." 그는 책장에 꽂힌 책 한 권을 가리켰다. "허셸 프린스와 1985년에 〈브리티시 정신의학 저널〉에 실린 그의 논문입니다. 그리고 정면으로 도전한 대가로 대차게 벌을 받았죠. 제 연구가 거절당한 건 경험적 증거가 아니라 사례 연구에서 결과를 도출했기 때문이었어요. 하지만 실제 뱀파이어병 환자 사례는 극히 드문 데다, 기록에 남은 사례도 관련 연구가 충분히 이루어지지 않아서 조현병으로 진단받은 상황이라 경험적 증거를 구하기란 당연히 불가능했어요. 저도 시도는 했지만 미국의 B급 연예인들 기사를 기꺼이 실어주는 신문들조차 뱀파이어병을 시시한 선정주의로 치부했어요. 그리고 드디어 연구 증거를 충분히 모았는데, 하필 그때 강도가 들었어요." 할스테인은 책장의 빈 선반을 가리켰다. "컴퓨터는 물론이고 환자 기록까지 싹 다 가져갔어요. 환자 정보를 통째로 잃었죠. 그리고 성미 고약한 연구자들은 마침 종이 울려줘서 KO패를 면한 거라면서, 내 자료가 출간됐다면 더 조롱거리가 됐을 거라고 합니다. 어차피 뱀파이어병 환자는 존재하지 않는다면서요."

카트리네는 뱀파이어 그림 액자를 손으로 쓸었다. "진료 기록을 훔치려고 침입한 사람이 누구였을까요?"

"누가 알겠어요? 다른 연구자들 짓일 거라고는 생각했어요. 그래서 누군가 제 이론과 연구 결과를 들고 나타나기를 기다렸지만 아무도 나오지 않았어요."

"혹시 그들이 선생님의 환자들을 찾아갔을까요?"

할스테인이 웃었다. "그렇다면 그자들한테 행운을 빌어줘야죠. 누구도 원하지 않을 만큼 미친 인간들이거든요. 진짜로. 연구의 피험자로만 유용할 뿐, 먹고사는 데는 전혀 도움이 안 되죠. 제 아내의 요가원이 잘 안 됐다면 우린 이 농장과 보트 창고도 지키지 못했을 거예요. 참, 지금 집 안에서 한창 생일파티 중인데 매가 필요할 것 같군요."

그들은 다시 밖으로 나왔다. 할스테인이 사무실 문을 잠그는 동안 카트리네는 외양간 칸막이 위에 달린 조그만 감시 카메라를 보았다.

"경찰이 이제 평범한 침입 사건은 수사조차 하지 않는 거 아세요?" 카트리네가 말했다. "감시 카메라 녹화본이 있다고 해도."

"압니다." 할스테인이 한숨을 쉬었다. "제 마음의 평화를 위해 달아놓은 겁니다. 놈들이 그 뒤로 제가 새로 모은 자료를 찾아서 다시 침입한다면 제가 동료 학자들 중에서 누굴 상대해야 하는지 알아두고 싶거든요. 대문 앞에도 카메라를 달아놨어요."

카트리네는 자기도 모르게 웃음을 터트렸다. "학자들은 다들 책 좋아하고 친근한 사람들인 줄 알았어요. 흔한 도둑이 아니라."

"아, 아쉽게도 우리도 다른 덜 똑똑한 사람들만큼 어리석은 짓을 많이 합니다." 할스테인이 씁쓸하게 고개를 저었다. "저 역시 그렇다고 인정하지 않을 수 없군요."

"그래요?"

"재미난 일도 아니에요. 저도 실수 한 번 한 걸로 동료들이 별명을 붙여줬어요. 아주 오래전에." 아주 오래전 일일지는 몰라도, 그의 얼굴이 여전히 고통으로 달아올랐다.

카트리네는 농가 앞 계단에서 그에게 명함을 건넸다. "기자들이 전화해도 오늘 우리가 만난 건 말하지 말아주시면 고맙겠습니다. 경찰이 뱀파이어가 돌아다닌다고 믿는다는 식으로 알려지면 사람들이 겁을 먹을 테니까요."

"아, 기자들이 저한테 전화하지는 않을 거예요." 할스테인이 명함을 보면서 말했다.

"그래요? 하지만 〈VG〉에 선생님이 트위터에 올린 글이 실렸잖아요."

"그쪽도 굳이 저랑 인터뷰할 생각은 없었어요. 제가 전에 양치기 소년이 된 일을 누군가 기억해냈을 거예요."

"양치기 소년요?"

"1990년대에 살인사건이 있었는데, 제가 보기엔 뱀파이어병 환자가 연루된 사건이 확실했어요. 그리고 3년 전에도 다른 사건이 있었는데, 그 사건을 기억하실지 모르겠군요?"

"모르겠네요."

"그럴 거예요, 신문에는 많이 나오지 않았으니까요. 운이 좋았죠."

"그럼 이번은 선생님이 세 번째로 소란을 피운 사건인가요?"

할스테인은 천천히 고개를 끄덕이며 그녀를 보았다. "네. 이번이 세 번째예요. 전적이 꽤 화려하죠."

"할스테인?" 집 안에서 여자 목소리가 불렀다. "오고 있어요?"

"잠깐만, 여보! 경보를 울려! 까악, 까악, 까악!"

카트리네는 대문 쪽으로 가면서 뒤에서 점점 커지는 목소리를 들었다. 비둘기 대학살에 앞선 히스테리였다.

9

금요일 오후

카트리네는 오후 3시에 과학수사과 회의를 마친 후, 4시에 검시관을 만났다. 상황은 양쪽 모두 암울했다. 그리고 5시에는 청장실에서 미카엘 벨만을 만났다.

"해리 홀레를 불러들이는 안에 긍정적으로 답해줘서 기쁘네, 브라트."

"제가 왜 싫어하겠어요? 해리는 누구보다도 경험 많은 살인사건 수사관인데요."

"어떤 수사관들은 이런 걸, 뭐랄까? 도전으로 받아들일 수도 있잖아. 과거의 거물이 뒤에서 지켜보는 거."

"상관없어요. 어차피 전 제가 가진 패를 다 보여주고 일하니까요, 청장님." 카트리네가 짧게 웃었다.

"좋아. 여하튼, 해리는 소규모 팀을 따로 꾸려서 일할 거니까, 그 친구가 자네를 쥐고 흔들까 봐 걱정하지 않아도 돼. 그냥 건강한 경쟁이야." 미카엘은 양손 손끝을 맞댔다. 카트리네는 그가 낀 결혼반지 주위에 띠 모양의 백색증이 생긴 걸 보았다. "나야 물론 여자 선수를 응원할 거고. 그럼 빠른 결과 기대하겠네, 브라트."

"알았습니다." 카트리네 브라트는 이렇게 답하고 손목시계를 보았다.

"알았다니, 뭘?"

카트리네는 그의 짜증 섞인 말투를 듣고 다시 대답했다. "알았다고요. 청장님이 빠른 결과를 기대하신단 거요."

카트리네는 자신이 청장을 도발한 걸 알았다. 그러고 싶었던 건 아니었다. 그냥 자기도 모르게 나온 행동이었다.

"자네도 같은 걸 바라겠지, 브라트 경위. 사회적 약자 우대 정책이든 뭐든, 자네의 직책이 손쉽게 얻어지는 건 아니니까."

"최선을 다해서 제게 자격이 있다는 걸 증명해 보이겠습니다."

카트리네는 그의 눈을 똑바로 보며 말했다. 안대를 하고 있으니, 성한 눈의 강렬함과 아름다움이 더 도드라져 보였다. 그 눈빛이 강렬하고 무자비하게 번득였다.

카트리네는 숨을 죽였다.

그가 갑자기 웃음을 터트렸다. "자네가 마음에 들어, 브라트. 하지만 조언 하나 하지."

카트리네는 기다렸다. 무슨 말에든 마음의 준비를 하면서.

"다음 기자회견은 하겐 말고 자네가 맡아. 이 사건이 매우 어려운 사건임을, 어떤 단서도 없고 장기전에 대비해야 한다는 점을 강조하게. 그러면 언론은 덜 조급해할 테고, 우리도 운신의 폭이 넓어질 테니까."

카트리네는 팔짱을 꼈다. "범인을 자극해서 다시 범행을 저지르게 만들 가능성도 커지겠죠."

"범인이 신문에서 떠드는 말에 좌우되지는 않을 거야, 브라트."

"청장님께서 그러시다면야. 그럼, 전 수사팀 회의를 준비해야 해서요."

카트리네는 미카엘의 시선에서 경고 신호를 읽었다.

"가봐. 내 말대로 하고. 언론에는 이번 사건이 자네가 접해본 사건들 중 가장 어려운 사건이라고 말해."

"전⋯⋯."

"물론, 자네 입으로. 다음 기자회견이 언제지?"

"오늘은 새로 나온 게 없어서 취소했습니다."

"좋아. 명심해. 사건이 어렵게 비춰질수록 해결할 때의 영광 또한 커진다는 걸. 사실 거짓말은 아니잖아. 아직 알아낸 것도 없으니까, 안 그래? 언론은 거창하고 무시무시한 미스터리를 사랑해. 서로 윈윈하는 상황으로 보자고, 브라트."

윈윈은 얼어죽을. 카트리네는 속으로 중얼거리며 6층 강력반으로 향한 계단을 내려갔다.

6시에 카트리네는 수사팀 회의를 주재하면서, 보고서를 작성하고 시스템에 바로바로 올리는 작업의 중요성을 특히 강조했다. 엘리세 헤르만센이 살해당한 날 밤 틴더로 만난 게이르 쉴레와 첫 면접 조사가 진행된 후, 보고서가 올라오지 않은 바람에 다른 수사관이 게이르 쉴레에게 다시 연락한 일이 있었다.

"이렇게 되면 일을 이중으로 해야 할 뿐 아니라, 경찰이 체계적이지 못하다는 인상을 줄 수 있어요."

"컴퓨터나 시스템에 오류가 있었을 겁니다." 트룰스 베른트센이 말했다. 카트리네가 그의 이름을 언급하지 않았는데도. "전 확실히 보냈습니다."

"토르?"

"지난 24시간 동안 시스템 오류가 보고된 바 없습니다." 토르 그렌이 안경을 고쳐 쓰면서 카트리네의 눈을 보았고, 그녀의 눈빛을 옳게 해석했다. "컴퓨터에 문제가 있었을 가능성도 있습니다, 베른트센. 제가 다시 확인해볼게요."

"토르, 말이 나온 김에 최근에 떠올린 천재적인 통찰을 들려줄래요?"

얼굴이 벌겋게 달아오른 IT 전문가 토르가 고개를 끄덕이고, 대본 읽듯 딱딱하고 부자연스러운 어조로 말했다. "위치 서비스요. 휴대전화를 소유한 사람들은 대부분 전화기에 깔린 앱 한두 가지를 통해 위치 데이터를 수집하도록 허용해요. 그런 걸 허용했는지조차 모른 채로."

토르는 말을 끊고 마른침을 삼켰다. 카트리네는 그가 정말로 대본을 읽고 있단 걸 알았다. 그는 회의 자리에서 발표하라는 카트리네의 부탁을 받은 후 할 말을 적어서 외워버렸다.

"많은 앱이 휴대전화의 위치정보를 경찰 이외의 제3자에게 제공할 권한을 요구합니다. 이런 상업적인 제3자 중 하나가 지오퍼드라는 업체예요. 이 회사는 위치정보를 수집하면서 자체 계약서에 그 정보를 공공부문, 즉 경찰에 팔지 못한다는 조항을 따로 두지 않습니다. 성범죄로 복역한 사람들이 석방될 때 우리 경찰은 이들의 연락처 정보, 주소, 휴대전화, 이메일 주소를 수집합니다. 이들이 유죄 선고를 받은 범죄와 유사한 사건이 발생할 때 이들의 행방을 파악할 수 있어야 하니까요. 일반적으로 성범죄자들은 재범 가능성이 가장 높다고 추정되거든요. 하지만 새로운 연구에서는 이런 추정이 완전히 틀린 것으로 밝혀졌습니다. 성폭행은 실제로 재범률이 가장 낮은 범죄 중 하나라고요. BBC 라디오4 채널에서 범죄자가 재구속될 가능성이 미국은 60퍼센트, 영국은 50퍼센트라고 최근 보도한 바 있습니다. 하지만 성폭행은 **아닙니다**. 미국 법무부 통계에서는 자동차 절도범의 78.8퍼센트가 3년 이내에 동일 범죄로 재구속되고, 장물 거래로 유죄 판결을 받은 범죄자는 77.4퍼센트 등으로 나타났습니다. 하지만 성폭행범의 재구속률은 2.5퍼센트에 불과합니다." 토르는 잠시 말을 끊었다. 이런 두서없는 발표에 인내심의 한계를 느끼는 분위기를 알아챈 것 같았다. 그는 목청을 가다듬었다. "여하튼 우리가 연락처 데이터를 지오퍼드에 보내면 범인이 어느 시간이든, 어느 위치든, 위치추적 앱을 이용하는 한 전화기의 이동 경로로 지도를 만들 수 있습니다. 가령 수요일 밤이라거나."

"얼마나 정확합니까?" 망누스 스카레가 큰소리로 물었다.

"몇 제곱미터 수준까지요." 카트리네가 대답했다. "하지만 GPS는 2차원이라 고도는 알 수 없어요. 그러니까 전화기가 몇 층에 있었는지는 모릅니다."

"그게 합법인가요?" 분석가 이나가 물었다. "제 말은 사생활 보호 규정이—."

"—아직 기술을 따라잡느라 허덕이는 중이잖아요." 카트리네가 말을 잘랐다. "법무팀에 문의했는데, 그쪽은 회색지대이고 기존 규정이 미치지 않는다고 해요. 알다시피 어떤 것이 불법이 아니라면……" 카트리네가 두 손을 내밀었지만 아무도 말을 받아줄 생각이 없어 보였다. "계속해요, 토르."

"경찰청 변호사들에게 권한을 받아내고 군나르 하겐 반장님께 재정 권한을 받아 위치 데이터를 구입했습니다. 살인사건이 일어난 밤의 지도를 보면 과거 성범죄로 유죄 판결을 받은 사람들

91퍼센트의 GPS 위치가 확인됩니다." 토르는 잠시 말을 끊고 생각하는 듯했다.

카트리네는 그가 대본을 거의 다 읽은 걸 알았다. 그런데 왜 아직 기쁨의 탄식이 터져 나오지 않는지 이해가 가지 않았다.

"이게 얼마나 큰 수고를 덜어줬는지 모르시겠어요? 예전처럼 잠재적 용의자를 제거하는 식으로 했다면—."

낮은 기침 소리가 들렸다. 가장 나이 많은 수사관 볼프였다. 지금쯤 명예퇴직을 했어야 할 사람. "'제거한다'고 해서 말입니다만, 그럼 그 지도에는 엘리세 헤르만센의 주소와 일치하는 용의자가 나오지 않았다는 뜻인가요?"

"맞습니다." 카트리네가 말했다. 두 손으로 허리춤을 짚었다. "그리고 9퍼센트의 알리바이만 확인하면 된다는 뜻이고요."

"그래도 전화기 위치가 알리바이를 확인해주는 건 아니잖습니까." 망누스가 이렇게 말하고는 동의를 구하듯 둘러보았다.

"무슨 말인지 알잖아요." 카트리네가 한숨을 쉬었다. 저 인간은 왜 저래? 살인사건을 해결하려고 모인 거지, 서로 힘 빼려고 모인 게 아니잖아.

"과학수사과 발표하세요." 카트리네는 이렇게 말하고는 앞줄에 앉았다. 잠시 사람들을 보지 않으려 했다.

"별것 없습니다." 비에른 홀름이 일어섰다. "실험실에서 희생자의 상처에 남아 있던 페인트를 분석했습니다. 특수한 물질이에요. 식초 용액에 든 쇳가루에 차의 식물성 탄닌산이 첨가된 것 같아요. 조사해봤는데, 치아를 검게 물들이는 일본의 오래전 전통에서 온 걸 수도 있어요."

"오하구로." 카트리네가 말했다. "해가 진 뒤의 어둠."

"맞습니다." 비에른은 카페에서 아침을 먹으면서 카트리네가 〈아프텐포스텐〉의 퀴즈에서 어쩌다 한번 그를 이길 때 지어주던 것과 같은 감탄의 표정으로 그녀를 보았다.

"고마워요." 카트리네가 말하자, 비에른이 자리에 앉았다. "다음으로, 이 방에 코끼리가 있어요. 〈VG〉에서는 '정보원'이라고 하고 우리는 누설자라고 부르는 사람이죠."

안 그래도 조용하던 회의실이 더 조용해졌다.

"이미 발생한 피해는, 범인이 이젠 우리가 안다는 걸 알아서 그에 따라 계획을 수정할 수 있다는 겁니다. 하지만 그보다 더 심각한 피해는, 이 자리에 모인 우리가 서로를 신뢰할 수 있을지 모른다는 겁니다. 그래서 단도직입적으로 물을게요. 〈VG〉에 흘린 사람이 누구입니까?"

카트리네는 손을 든 사람을 보고 눈을 의심했다.

"네, 트룰스?"

"뮐레르랑 제가 어제 기자회견이 끝난 직후에 모나 도를 만났습니다."

"뷜레르 말이죠?"

"새로 온 친구요. 우리 둘 다 아무 말도 안 했습니다. 다만 그 여자가 명함을 줬어요, 안 그래, 뮐레르?"

모두의 눈이 안데르스 뷜레르를 향했고, 금발의 앞머리 아래 얼굴이 시뻘겋게 달아올랐다.

"네…… 그렇긴 한데요……."

"모나 도가 〈VG〉 범죄전문기자인 건 여기 모두가 압니다." 카트리네가 말했다. "명함이 있어야만 그 신문에 전화해서 그 여자와 연락할 수 있는 건 아니죠."

"자네가 그런 거야, 안데르스?" 망누스 스카레가 물었다. "이봐, 신참은 몇 번까지는 일을 망쳐도 돼."

"전 기자랑 얘기한 적 **없어요**." 안데르스가 절박한 목소리로 말했다.

"트룰스가 방금 자네가 그랬다고 했잖아." 망누스가 말했다. "트룰스가 거짓말을 한다는 거야?"

"아뇨, 그게 아니라ㅡ."

"말을 해!"

"저…… 그 여자가 고양이 알레르기가 있다고 해서 제가 고양이 키운다고 했어요."

"거봐, 말을 하긴 했네! 그리고?"

"자네가 누설자일 수도 있어, 망누스." 맨 뒷줄에서 차분하고 굵직한 목소리가 들렸고, 모두가 돌아보았다. 그가 들어오는 건 아무도 보지 못했다. 키 큰 남자가 뒷벽에 기댄 의자에, 거의 눕다시피 앉아 있었다.

"고양이 얘기가 나와서 말인데요." 망누스가 말했다. "고양이가 뭘 끌고 들어왔나 보시라고요. 전 〈VG〉에 연락한 적 없어요, 홀레."

"자네든, 이 자리의 누구든, 여러분이 조사한 목격자에게 은연중에 정보를 좀 과하게 줬을 수도 있습니다. 그리고 그 사람들이 신문사에 연락해서 경찰에서 직접 얻은 정보라고 넘겼을 수 있고요. '경찰 내부의 정보원'이라면서. 늘상 있는 일입니다."

"미안하지만, 그런 건 아무도 믿지 않아요, 홀레." 망누스가 코웃음을 쳤다.

"믿어야죠." 해리가 말했다. "이 자리의 누구도 〈VG〉에 말했다

고 인정하지 않을 테니까. 우리 내부에 첩자가 있다고 생각하면 수
사가 진척되지 않습니다."

"저 사람은 여기서 뭐하는 겁니까?" 망누스가 카트리네를 돌아
보며 물었다.

"해리는 우리와는 별도로 수사할 팀을 꾸리려고 온 거예요."

"아직은 1인 팀입니다." 해리가 말했다. "몇 가지 자료를 요청하
러 왔습니다. 사건이 일어난 시각에 어디 있었는지 확인되지 않는
9퍼센트, 최근에 받은 형량 순으로 그 사람들 명단을 받아볼 수 있
을까요?"

"제가 드릴게요." 토르가 이렇게 말하고 그래도 되느냐고 묻듯
카트리네를 보았다.

카트리네가 고개를 끄덕였다. "그리고 또?"

"엘리세 헤르만센이 교도소에 집어넣는 데 일조한 성범죄자 명
단. 그게 답니다."

"알았어요." 카트리네가 말했다. "그런데 일단 오셨으니…… 처
음 든 생각 있어요?"

"음." 해리는 회의실을 둘러보았다. "감식반에서 범인에게 나온
것으로 보이는 윤활유를 발견하긴 했지만 복수가 주된 살해 동기
일 가능성을 배제할 수 없고, 성적인 동기는 부수적인 것으로 볼
수 있어. 여자가 집에 들어갈 때 범인이 이미 집 안에 있었을 수 있
다고 해서 반드시 스스로 범인을 안으로 들였다거나 서로 아는 사
이였다는 뜻은 아니야. 나라면 초기 단계에서는 수사에 제약을 두
지 않을 거야. 자네도 이미 그렇게 생각하는 것 같군."

카트리네가 미소 지었다. "돌아와서 기뻐요, 해리."

최선일 수도 있고, 최악일 수도 있지만 분명 오슬로 경찰에서 전

설이 된 살인사건 수사관이 거의 절을 하듯 고개를 숙였다. "고맙습니다, 보스."

"진심이군요." 카트리네가 말했다. 그녀는 해리와 함께 엘리베이터에 있었다.

"뭐가?"

"저더러 보스라고 부른 거요."

"물론이지."

두 사람은 차고로 나갔고 카트리네가 전자 키를 눌렀다. 삐 소리가 나고 어둠 속에서 불빛이 번쩍거렸다. 해리는 그녀에게 이런 살인사건을 맡아 수사하는 동안에는 자율주행차를 타야 한다고 설득했다. 그러고는 집에 데려다주러 가는 길에 슈뢰데르 레스토랑에 들러 커피나 마시자고 했다.

"그 택시기사는 어떻게 됐는데요?" 카트리네가 물었다.

"외위스테인? 잘렸어."

"선배한테?"

"아니. 택시회사에서. 사고가 있었어."

카트리네는 고개를 끄덕였다. 그러면서 외위스테인 아이켈란, 긴 머리에 깡마른 키다리이고 마약쟁이 같은 치아와 술꾼 같은 목소리에 일흔 살쯤 돼 보이지만 사실은 해리의 어릴 때 친구인 그 남자를 떠올렸다. 해리 말로는 두 명 있는 친구 중 하나라고 했다. 나머지 하나는 트레스코라고, 그런 게 가능할지 모르지만 외위스테인보다 더 별종이라고 했다. 비만에 불친절한 사무직 근로자로, 밤에는 하이드 씨가 되어 도박판을 배회한다고 했다.

"무슨 사고요?" 카트리네가 물었다.

"정말 알고 싶어?"

"그건 아니지만, 그래도 말해봐요."

"외위스테인은 팬파이프를 좋아하지 않아."

"누군들 좋아하겠어요?"

"하루는 기차나 비행기를 다 무서워해서 트론헤임까지 먼 길을 택시로 가야 하는 손님을 태웠어. 그런데 그 손님이 분노조절에 문제가 있는 사람이라 팬파이프로 연주한 올드팝 CD를 가지고 탄 거야. 자제심을 잃지 않기 위한 호흡법을 연습하는 동안 꼭 들어야 한다면서. 그래서 결국 한밤중에 도브레 고원에서 'Careless Whisper'의 팬파이프 버전이 여섯 번째로 돌아올 때 외위스테인이 그 CD를 꺼내 창밖으로 던졌지. 주먹다짐이 벌어졌고."

"주먹이 오갈 만했네요. 게다가 그 노래 자체가 구려요."

"결국 외위스테인이 그 손님을 차에서 내쫓았어."

"차가 달리는 동안?"

"그건 아닌데, 고원 한가운데서, 한밤중에, 제일 가까운 집이 20킬로미터나 떨어져 있는 곳에서. 외위스테인은 7월이고 온화한 날씨인 데다 그 손님이 걷는 것까지 무서워하지는 않을 거라고 변명했지만."

카트리네가 웃었다. "그럼 지금은 일 안 해요? 개인 기사로라도 쓰시죠."

"나도 일자리를 찾아주려고는 하는데, 그 친구 말을 그대로 옮기자면 자기는 실업이랑 꽤 잘 맞는대."

슈뢰데르 레스토랑은 이름과 달리 그냥 술집이었다. 초저녁의 단골들이 지정석에 앉아서 해리에게 고개만 까딱하고 아무 말도 건네지 않았다.

반면 웨이트리스는 돌아온 탕아를 맞이하듯 환하게 웃어주었고 커피를 따라주었다. 최근에 외국인들이 오슬로를 세계 최고의 커피 도시로 꼽기 시작한 이유가 되는 그런 커피는 아니었다.

"비에른이랑 잘 안 돼서 안타까워." 해리가 말했다.

"네." 카트리네는 그가 더 말해주기를 원하는 건지, 아니면 그녀가 더 설명하고 싶은 건지 알 수 없었다. 그래서 그냥 어깨를 으쓱했다.

"그래." 해리가 컵을 입으로 가져갔다. "다시 혼자 사니까 어때?"

"혼자 사는 거 궁금해요?"

그가 웃었다. 카트리네는 그 웃음소리가 그리웠던 것 같았다. 그를 웃게 **만드는** 것이 그리웠다. 그럴 때마다 보상받는 느낌이었다.

"혼자 사는 거 괜찮아요. 남자들을 만나죠." 그녀는 반응을 기다렸다. 반응을 **기대했나**?

"음, 비에른도 사람을 좀 만나면 좋겠군."

그녀는 고개를 끄덕였다. 하지만 사실 진지하게 생각해본 적이 없었다. 그리고 역설적인 주석이 달리듯 어디선가 턴더 매칭을 알리는 경쾌한 핑 소리가 울렸고, 카트리네는 절박하게 빨간색 옷을 차려입은 여자가 급히 문으로 향하는 것을 보았다.

"왜 돌아왔어요, 해리? 지난번에 저한테 그러셨잖아요. 다시는 살인사건 수사를 맡지 않을 거라고."

해리는 커피잔을 돌렸다. "올레그를 경찰대학에서 쫓겨나게 만들겠다고 벨만이 협박했거든."

카트리네는 고개를 절레절레 흔들었다. "벨만은 정말 네로 황제 이래로 가장 더러운 인간이군요. 저더러는 언론에 이번 사건이 거의 해결 불가능한 사건이라고 말하래요. 우리가 사건을 해결하면 자기가 더 돋보일 테니까."

해리는 손목시계를 보았다. "음, 벨만 말이 맞는지도 몰라. 쇠이 빨로 사람을 물고 그 피를 반 리터나 마시는 살인자…… 이건 희생자가 아니라 살인 행위 자체가 더 중요할 수도 있어. 그러면 사건이 어려워지지."

카트리네가 고개를 끄덕였다. 바깥에는 해가 비치는데도 멀리서 우르릉거리는 천둥소리가 들리는 것 같았다.

"범죄현장의 엘리세 헤르만센 사진." 해리가 말했다. "그거 보고 생각나는 거 없나?"

"목에 물린 자국요? 아뇨."

"그런 구체적인 부분 말고, 내 말은……" 해리는 창밖을 내다보았다. "전체적으로 말야. 들어본 적도 없고 모르는 밴드의 음악을 들었는데 그 곡을 누가 썼는지 아는 것처럼…… 뭔가가 있어. 딱 꼬집어 말할 수 없는 뭔가가."

카트리네는 그의 옆얼굴을 보았다. 짧은 머리카락이 예전처럼 정신 사납게 삐죽삐죽 섰지만 머리숱은 예전 같지 않았다. 얼굴에 주름이 새로 생겼고 잔주름도 깊은 주름도 더 깊어졌다. 눈가에 웃는 주름이 생겼지만 냉정해 보이는 면이 더 도드라졌다. 그녀는 자기가 왜 그를 잘생겼다고 생각하는지 끝내 이해하지 못했다.

"아뇨." 카트리네가 고개를 저으며 말했다.

"좋아."

"해리?"

"음?"

"정말 올레그 때문에 돌아온 게 맞아요?"

그는 고개를 돌려 한쪽 눈썹을 올리고 그녀를 보았다. "그건 왜 묻지?"

카트리네는 다시 예전 같은 느낌에 사로잡혔다. 그런 눈빛에 전기 충격을 받은 느낌이 들었다. 그가, 속을 드러내지 않고 아득히 멀리 있는 그가 모든 관심을 끌어당기는 느낌이 들었다. 그 순간 세상에는 딱 한 남자만 있었다.

"아니에요." 그녀가 이렇게 말하고 웃었다. "내가 그걸 왜 물을까요? 일어나죠."

"에바예요, 'w'가 들어가는. 엄마, 아빠는 제가 특별하기를 바라셨죠. 그런데 알고 보니 예전 철의 연합 국가들에서는 아주 흔한 이름이더라고요." 그녀는 웃으면서 맥주 한 모금을 마셨다. 그리고 입을 벌리고 검지와 엄지로 입가의 립스틱을 닦았다.

"철의 **장막**과 **동구** 연합." 남자가 말했다.

"네?" 그녀는 그를 보았다. 꽤 귀여운 편이었다. 아닌가? 평소 매칭되는 남자들보다는 나았다. 이 남자에게도 무슨 문제가, 나중에 드러날 문제가 있겠지. 대개 그랬다. "술을 천천히 드시네요." 그녀가 말했다.

"빨간색을 좋아하는군요." 남자는 그녀가 의자에 걸쳐놓은 코트를 향해 고갯짓했다.

"저 뱀파이어 남자도 그러네요." 에바는 바의 대형 텔레비전 중 하나에서 나오는 속보를 보면서 말했다. 축구 경기가 끝나자 5분 전만 해도 가득 찼던 바가 한산했다. 술이 살짝 오르는 것 같았지만 많이 취하지는 않았다. "〈VG〉 읽어봤어요? 저 남자가 그 여자 피를 **마셨대요**."

"네." 남자가 말했다. "그거 알아요? 저 여자가 여기서 100미터쯤 아래 있는 젤러시 바에서 마지막 술을 마신 거?"

"정말요?" 그녀는 주위를 둘러보았다. 손님들이 거의 여럿이거나 둘씩 앉아 있는 듯 보였다. 아까 혼자 앉은 남자가 그녀에게 눈길을 주는 걸 봤지만 지금은 가고 없었다. 오싹한 부류는 아니었다. "그럴 거예요. 한 잔 더?"

"네. 그게 낫겠네요." 그녀가 몸을 부르르 떨면서 말했다. "윽!"

그녀는 바텐더에게 손짓했지만 바텐더가 고개를 저었다. 분침이 마법의 경계를 막 지났다.

"다음에 마셔야 할 것 같군요." 남자가 말했다.

"저를 무섭게 했으니까 집까지 데려다주세요."

"물론이죠. 퇴엔, 맞죠?"

"가요." 그녀는 빨간 블라우스 위에 빨간 코트를 걸치고 단추를 채웠다.

바에서 나온 그녀는 인도에서 약간 비틀거렸고, 그가 조심스럽게 부축하는 걸 느꼈다.

"스토커가 있었어요." 그녀가 말했다. "소름 끼치는 인간이에요. 한 번 만나서 둘이…… 꽤 좋은 시간을 보냈거든요. 그런데 난 더 이어가고 싶지 않은데 그 남자가 질투했어요. 내가 다른 사람들을 만나러 나가는 장소에 나타나기 시작했어요."

"불쾌했겠네요."

"네. 재밌기도 했어요. 누군가를 홀려서 오로지 나만 바라보게 만들 수 있다는 게."

남자는 그녀가 팔짱을 끼도록 두고 그녀가 홀린 다른 남자 얘기를 정중히 들어주었다.

"내가 엄청 멋져 보이는 거 있잖아요. 그래서 처음에는 그 남자가 나타나도 그렇게 놀라지 않고 그냥 따라왔나 보다 생각했어요. 그러다가 내가 어디 있는지 그 사람이 알 수가 없겠다는 생각이 들었어요. 그런데 그거 알아요?" 그녀는 갑자기 말을 끊고 휘청거렸다.

"설마."

"가끔은 그 남자가 집 **안에** 들어와 있는 느낌이 들었어요. 뇌가 사람들의 냄새를 기억해서 의식 차원에서는 알아채지 못하는 순간에 그 냄새를 감지한다고 하잖아요."

"물론."

"그 남자가 뱀파이어면 어쩌죠?"

"그럼 참 우연이겠군요. 여기 살아요?"

그녀는 앞에 있는 건물을 놀라서 쳐다보았다. "맞아요. 어머나, 진짜 빨리 왔네."

"좋은 사람하고 같이 있으면 시간이 쏜살처럼 흐른다잖아요, 에바. 음, 그럼 난 이만—."

"잠깐 올라갈래요? 찬장에 숨겨둔 술이 있을 거예요."

"우리 둘 다 많이 마신 것 같은데……."

"그냥 그 사람이 없는지 봐줘요. 부탁이에요."

"설마 그러겠어요."

"저길 봐요, 주방에 불이 켜져 있잖아요." 그녀가 2층의 한 집을 가리켰다. "분명 끄고 나왔는데."

"확실해요?" 남자가 하품을 참으며 말했다.

"못 믿어요?"

"저기요, 미안하지만 이제 정말로 집에 가서 자야 해요."

그녀는 남자를 차갑게 째려보았다. "진짜 신사들은 다 어떻게 된 거죠?"

그는 머뭇거리며 미소를 지었다. "어…… 아마 다들 집에 자러 갔겠죠?"

"하! 결혼했군요. 유혹에 넘어왔다가 이제야 후회하는 건가요?"

남자는 생각에 잠긴 듯 그녀를 보았다. 그녀가 안됐다는 듯이.

"그래요." 그가 말했다. "그만 됐어요. 잘 자요."

그녀는 문을 열었다. 2층으로 계단을 올라갔다. 귀를 기울였다. 아무 소리도 들리지 않았다. 주방 불을 끄고 나왔는지는 생각나지 않았다. 그냥 그를 데리고 올라가려고 둘러댄 말이었다. 그런데 말이 씨가 된 것 같았다. 어쩌면 소름 끼치는 남자가 정말로 집 안에 있는지도 모른다.

지하실 문 안쪽에서 신발 끄는 소리가 나고 자물쇠가 돌아가는 소리가 나더니 경비원 복장의 남자가 나왔다. 그는 흰색 열쇠로 문을 잠그고 돌아서다가 그녀가 위에서 내려다보는 걸 보고 흠칫 놀라는 듯했다.

그가 웃음을 터트렸다. "들어오시는 소리를 못 들어서요. 죄송합니다."

"무슨 일 있나요?"

"지하 창고에 침입 사건이 몇 번 일어나서인지 주택조합에서 순찰을 더 많이 돌라고 해서요."

"그럼 여기서 일하시는 분이에요?" 에바가 고개를 옆으로 살짝 기울이며 물었다. 못난 외모는 아니었다. 게다가 다른 경비원들만큼 그렇게 어리지도 않았다. "그럼 저희 집도 좀 봐주실 수 있을까요? 저도 침입당한 적이 있어서요. 그리고 아까 나올 때 분명 불을 다 끈 거 같은데 하나가 켜져 있어요."

경비원은 어깨를 으쓱했다. "입주자 집에 들어가면 안 되지만, 그렇게 하죠."

"드디어 쓸모 있는 남자가 나타났네요." 그녀는 이렇게 말하고 다시 한번 그를 아래위로 훑어보았다. 어른인 경비원. 그렇게 똑똑하지는 않을지 몰라도 믿음직하고 안전했다. 다루기도 쉬웠다. 그녀가 평생 만난 남자들의 공통점은 다 가졌다는 것이다. 좋은 집안에서 태어나 상당한 유산과 교육과 창창한 미래가 보장되었다. 그리고 그들은 그녀를 숭배했다. 하지만 불행히도 그들은 술을 너무 많이 마시다가 그녀와 함께할 밝은 미래를 깊은 구렁텅이에 처박았다. 어쩌면 이제 새로운 쪽으로 시도할 때가 됐는지도 몰랐다. 에바는 반쯤 돌아서 엉덩이를 다소 도발적으로 씰룩거리며 열쇠를 찾았다. 젠장, 열쇠가 너무 많았다. 어쩌면 생각보다 조금 더 취했는지도.

그녀는 맞는 열쇠를 찾아서 문을 열고 현관에 신발을 벗어 던지지도 않고 곧장 주방으로 갔다. 경비원이 따라 들어오는 소리가 들렸다.

"아무도 없네요." 경비원이 말했다.

"그쪽이랑 나 말고는." 에바가 싱긋 웃으면서 조리대에 기댔다.

"주방이 멋지네요." 경비원이 문간에 서서 제복을 매만졌다.

"고마워요. 손님이 올 줄 알았으면 치워놓을걸 그랬어요."

"설거지라도 해두시지." 이제는 그가 미소를 지었다.

"예, 예. 하루가 고작 24시간이라." 그녀는 얼굴로 흘러내린 머리카락을 쓸어 넘기고 하이힐 위에서 살짝 휘청였다. "칵테일 만드는 동안 집 안을 살펴봐주실래요?" 그녀는 스무디 블랜더에 손을 얹었다.

경비원은 손목시계를 보았다. "25분 안에 다음 건물로 가봐야 하지만 누가 숨어 있는지 확인할 시간은 있겠네요."

"그 시간이면 많은 일이 일어날 수 있죠." 그녀가 말했다.

경비원은 그녀와 눈이 마주치자 나직이 킥킥거리고는 턱을 문지르고 주방에서 나갔다.

그는 침실 문으로 보이는 쪽으로 가서 벽이 얼마나 얇은지 보고 아연했다. 옆집 남자의 혼잣말까지 다 들릴 지경이었다. 그는 문을 열었다. 어두웠다. 전등 스위치를 찾았다. 천장 전등이 희미하게 켜졌다.

빈방. 정리되지 않은 침대. 침대 옆 탁자 위에 빈 술병.

그는 계속 둘러보면서 욕실 문을 열었다. 더러운 타일. 욕조를 가린, 곰팡이 핀 샤워 커튼. "안전해 보이는데요!" 그가 주방을 향해 소리쳤다.

"거실로 와서 앉아요." 그녀가 큰소리로 대꾸했다.

"좋아요, 하지만 20분 안에 나가야 해요." 그는 다시 거실로 나와서 푹 꺼진 소파에 앉았다. 주방에서 유리잔 부딪치는 소리가 나고 그녀의 새된 목소리가 들렸다.

"한잔하실래요?"

"네." 픽 듣기 싫은 목소리였다. 남자들이 리모콘이 있으면 꺼버리고 싶다고 생각하게 만드는 목소리. 그래도 육감적이긴 했다. 거의 어머니 느낌으로. 그는 경비원 유니폼 주머니에 든 물건을 만지작거렸다. 그것이 안감에 걸렸다.

"진이랑 화이트와인이 있는데." 주방에서 앵앵거리는 목소리가 들렸다. 드릴 소리처럼. "위스키도 좀 있는데, 어떤 걸로 할래요?"

"다른 거." 그가 혼잣말로 중얼거렸다.

"뭐라고 했어요? 다 가져갈게요!"

"그, 그러든가, 어머니." 그가 중얼거리며 주머니 안감에 걸린 금속 장치를 빼냈다. 그리고 커피 테이블 위, 그녀에게 잘 보이는 자리에 가만히 내려놓았다. 벌써 불끈거리는 느낌이 들었다. 그리고 숨을 깊이 들이쉬었다. 자신이 거실의 산소를 다 마셔버리는 느낌이었다. 그는 소파에 기대어 테이블 위에 카우보이 부츠를 신은 발을 올렸다. 쇠이빨 옆에.

카트리네 브라트는 탁상 스탠드 불빛으로 사진들을 훑어보았다. 사진만으로는 성범죄자들이란 걸 알아채는 게 불가능했다. 여자와 남자, 아이와 노인을 강간하고 때로는 고문하고 일부는 살해한 사람들이라는 걸 알아볼 수 없었다. 물론 그들이 저지른 섬뜩한 범죄 사실을 자세히 듣고 나면 유치장에서 찍은 이런 사진들 속의 내리뜨고 겁먹은 눈빛에서 뭔가를 볼 수는 있겠지만. 그러나 길 가다가 스치면서 이런 인간들에게 관찰당하고 평가당하고 운 좋게 희생자로 선택되지 않는 동안엔 그런 줄 까맣게 모를 것이다. 카트리네는 사진들 중 성범죄 전담부서 시절에 알게 된 남자들 몇 명을 알아보긴 했지만 나머지는 전혀 모르는 얼굴들이었다. 새로운 얼굴이 많았다. 새로운 육식동물이 날마다 새로 태어났다. 순진무구한 조그만 덩어리의 인간, 엄마의 비명에 묻힌 아기 울음소리, 탯줄로 삶과 연결된 아기, 부모에게 기쁨의 눈물을 흘리게 만드는 선물, 훗날 묶여 있는 여자의 가랑이를 억지로 벌리면서 자위할 아이, 여자의 비명에 잠긴 거칠게 그르렁거리는 소리.

수사팀 절반이 이들 범죄자들 가운데 전과 기록이 가장 흉악한 자들부터 연락을 취하기 시작했다. 알리바이를 수집하고 확인했지만 아직 범죄현장 인근에 있던 용의자를 특정하지 못했다. 수사팀의 나머지 반은 희생자의 전 남자친구들과 친구들, 직장 동료, 가족과 친척들을 조사하는 중이었다. 노르웨이의 살인사건 통계는 매우 명료했다. 이를테면 살인사건의 80퍼센트는 범인이 희생자와 아는 사이였고, 희생자가 여자인 경우 90퍼센트 이상이 집에서 살해당했다. 그럼에도 카트리네는 이런 통계에서 범인을 발견할 것으로 기대하지 않았다. 해리의 말이 옳았기 때문이다. 이 살인은 그런 유형의 사건이 아니다. 희생자의 신원은 행위 그 자체만큼 중요하지 않았다.

수사팀은 엘리세 헤르만센의 의뢰인들이 법정에서 상대한 범죄자 명단까지 모두 확인했다. 하지만 카트리네가 보기에는 (해리의 말대로) 범인이 일석이조 효과를 노린 것 같지는 않았다. 말하자면 달콤한 복수와 성적 만족을 모두 노린 것 같지 않았다. 그런데 만족은? 카트리네는 흉악한 범죄를 저지른 범인이 희생자에게 팔베개를 해주면서 입에 담배를 물고 웃으면서 '참 좋았어'라고 속삭이는 장면을 상상하려 했다. 반대로 해리는 종종 연쇄살인범의 좌절감에 관해 말했다. 범인이 범행을 저지르고도 원하는 것을 **제대로** 얻지 못한 채 혹시나 다음번에는 만족할 수 있을까, 다음번에는 모든 것이 완벽할까, 인류와 연결된 탯줄을 끊어버리기 전에 여자의 비명 속에서 다시 분만되고 태어날 수 있을까 싶어서 범행을 이어갈 때의 좌절감에 관해서.

카트리네는 침대에 누운 엘리세 헤르만센의 사진을 다시 보았다. 해리라면 무엇을 보았을지 보려고 했다. 아니면 무엇을 들었을

지. 음악, 해리가 음악 얘기를 했던가? 카트리네는 단념하고 두 손에 얼굴을 묻었다. 도대체 무슨 자신감으로 자신의 정신상태가 이일에 적절하다고 판단한 걸까? '조울병은 누구에게도 좋은 출발점은 아니죠. 예술가를 제외하면.' 정신과 의사가 지난번 진료에서한 말이다. 의사는 이 말과 함께 그녀를 계속 붕 뜨게 만들어주는, 작은 분홍색 알약을 새로 처방했다.

주말이 코앞이고 평범한 사람들이 평범한 일상을 보내고 있었지만, 그들은 사무실에 앉아서 끔찍한 범죄현장 사진과 끔찍한 인간들이나 들여다보고 있었다. 사진 속 얼굴들 중 하나가 뭔가를 드러낼 거라고, 결국에는 섹스하고 잊어버리기 위해 턴더 데이트 상대를 찾아 나설 거라고 예상했기 때문이다. 하지만 그 순간 카트리네에게는 그녀를 정상의 삶과 연결해줄 무언가가 간절했다. 일요일의 점심식사. 같이 살 때 비에른이 차로 30분밖에 떨어지지 않은스크레이아로 가서 부모님과 함께 일요일 점심을 먹자고 몇 번 얘기했지만 그녀는 매번 핑계를 대고 거절했다. 그런데 지금은 다른무엇보다도 그의 가족들과 함께 식탁에 둘러앉아 감자를 건네고날씨에 관해 투덜대고 새로 산 소파를 자랑하고 바짝 마른 엘크 스테이크를 씹고 싶었다. 따분하지만 편안한 대화가 이어지고 서로푸근한 얼굴로 끄덕여주고 오래된 농담이 오가고 견딜 수 있는 만큼의 짜증스러운 순간들도 있을 것이다.

"안녕하세요."

카트리네가 소스라치게 놀랐다. 문간에 남자가 서 있었다.

"제가 맡은 명단은 다 확인했습니다." 안데르스 뷜레르가 말했다. "더 할 일이 없으면 집에 가서 좀 자려고요."

"물론이지. 혼자 남았나?"

"그런 것 같네요."

"베른트센은?"

"일찍 끝내셨어요. 일을 더 효율적으로 하시나 봐요."

"그렇군." 카트리네는 웃음이 날 것 같았지만 그러지 않았다. "이런 거 부탁해서 미안한데, 안데르스. 베른트센의 명단을 다시 검토해주겠어? 내 느낌에—."

"그것도 방금 다 끝냈습니다. 괜찮은 것 같아요."

"다 괜찮다고?" 카트리네는 안데르스와 트룰스에게 전화회사들에 연락해 희생자가 지난 6개월간 통화한 사람의 전화번호와 이름을 받아 둘이 나눠서 알리바이를 확인해달라고 지시한 터였다.

"네. 니테달의 오네뷔에 남자가 하나 있었어요. 이름이 '-위'로 끝나고요. 그 남자가 초여름에 엘리세에게 지나치다 싶게 자주 전화해서 제가 그 사람 알리바이를 다시 확인했습니다."

"이름이 '-위'로 끝나?"

"레뉘 헬. 네, 정말로."

"와. 그러니까 이름에 든 철자로 사람을 의심한다는 거야?"

"여러 가지 가운데 특히요. 범죄 통계에 '-위'로 끝나는 이름이 과도하게 많이 나오는 건 사실이에요."

"그래서?"

"그래서 베른트센이 남긴 메모에서 엘리세 헤르만센이 살해당한 시각에 레뉘가 오네뷔 피자 앤드 그릴에서 친구와 같이 있었고 그 피자집 주인에게 그 사실을 확인받았다는 내용을 보고는, 제가 직접 확인해보려고 그쪽 경찰서장한테 전화했습니다."

"그 남자 이름이 레뉘라는 이유로?"

"피자집 주인 이름이 토뮈거든요."

"그래서 경찰서장이 뭐랬는데?"

"레뉘랑 토뮈는 법 없이도 살 선량한 시민이라고요."

"그럼 자네가 틀렸네."

"그건 아직 모르죠. 그 경찰서장 이름이 지뮈거든요."

카트리네는 웃음을 터트렸다. 그런 게 필요했던 것 같았다. 안데르스 뷜레르가 싱긋 웃었다. 어쩌면 그런 미소가 필요했는지도. 누구나 좋은 첫인상을 주려고 애쓰기 마련인데, 안데르스는 카트리네가 먼저 물어보지 않았다면 베른트센 일까지 맡아서 한다는 사실을 말하지 않았을 것 같았다. 안데르스도 (그녀처럼) 트룰스 베른트센을 믿지 못한다는 뜻이었다. 카트리네는 어떤 생각이 떠오르려 하자 당장 억누르려 했지만 그냥 마음을 바꾸었다.

"들어와서 문 닫아."

안데르스는 시키는 대로 했다.

"미안하지만 부탁할 일이 있어. 〈VG〉에 누설한 사람 말야. 자네가 베른트센하고 가까이 붙어서 일하잖아. 혹시……?"

"눈과 귀를 열어두라고요?"

카트리네는 한숨을 쉬었다. "비슷해. 이건 우리 둘만 알고, 뭐든 알아내면 나한테만 얘기해. 알아들었지?"

"알았습니다."

안데르스가 나갔다. 카트리네는 잠시 기다렸다가 책상에 있던 전화기를 집었다. 연락처에서 비에른을 찾았다. 그의 전화번호에 입력해둔 사진이 미소 지었다. 비에른 홀름은 유화처럼 아름다운 인물은 아니었다. 얼굴이 희멀겋고 살짝 투실하고 빨강머리가 번들거리는 하얀 달덩이 같은 얼굴에 가려져 있었다. 그녀가 정말로 두려워하는 건 뭘까? 해리 홀레도 누군가와 같이 사는데, 그녀라고 왜 안 될까? 검지가 전화번호 옆 통화 버튼에 다가갈 때 머릿속에 다시 경고가 떴다. 해리 홀레와 할스테인 스미스의 경고. 다음 표적.

카트리네는 전화기를 내려놓고 다시 사진들에 집중했다.

다음 표적.

범인이 이미 다음 표적을 생각하고 있으면 어쩌지?

"더, 더 열심히 해야지, 에바." 그가 속삭였다.

그는 그들이 열심히 노력하지 않을 때가 싫었다.

그들이 집을 치우지 않을 때. 제 몸을 돌보지 않을 때. 함께 아이를 낳은 남자를 어떻게든 붙잡아두지 못할 때. 아이에게 밥도 주지 않고 벽장에 가둬놓고 조용히 있으라면서, 그러면 나중에 초콜릿을 준다고 하고는, 남자들을 집에 들여서 밥도 차려주고 초콜릿도 다 주고 온갖 짓거리를 다 하고 놀면서 새된 소리로 비명을 질러댈 때. 엄마가 자식하고는 절대로 하지 않을 놀이를 하면서.

아, 안 돼.

그래서 아이가 대신 엄마하고 놀아야 했다. 엄마랑 비슷한 사람들하고도.

그리고 그는 놀았다. 아주 열심히 놀았다. 붙잡혀서 다른 벽장, 예싱베이엔 33번지의 일라 교도소와 소년원에 갇힌 그날까지. 법규에 그곳은 '특별 개입 요건'에 해당하는 전국의 모든 남성 재소자를 위한 시설이라고 명시되어 있었다.

그 교도소의 정신과 의사인 게이 자식은 그에게 성폭행과 말더듬증은 성장기에 겪은 심리적 외상의 결과라고 말했다. 멍청한 새끼. 말더듬증은 버릇은 본 적도 없는 아버지한테서 물려받은 거였다. 말더듬증과 더러운 정장 한 벌. 그는 첫 기억이 시작된 순간부터 여자를 강간하는 꿈을 꾸었다. 그리고 이런 여자들은 절대로 해내지 못하는 일을 그는 해냈다. 더 열심히 노력한 것이다. 말더듬증도 거의 사라졌다. 감방에서는 여자 치과의사를 강간했다. 그리고 일라를 탈출했다. 이후 놀이를 계속했다. 전보다 더 열심히. 경찰에게 쫓기자 놀이가 더 흥미진진해졌다. 그 경찰과 마주 서서 그의 눈에서 결의와 증오를 발견하고 그자가 자기를 잡을 수 있겠다는 사실을 깨달은 그날까지는. 그 경찰은 그를 다시 어린 시절의 닫힌 벽장 속 어둠으로 처넣을 수 있다. 벽장 안에서 그는 앞에 걸린 아버지의 기름때 묻은 두툼한 모직 정장에서 땀 냄새와 담배 쩐 내를 맡지 않으려고 숨을 참았다. 엄마가 언젠가 아버지가 다시 올 때를 위해 걸어두는 거라고 말한 정장이었다. 이제 다시 갇히면 견디지 못할 것 같았다. 그래서 숨었다. 살기 어린 눈빛의 그 경찰에게서 숨었다. 3년간 꼼짝도 하지 않았다. 놀이도 멈추고 3년을 보냈다. 그런 상태가 또 하나의 벽장이 되어갔다. 그러던 중에 기회가 주어진 것이다. 안전하게 놀 기회. 그렇다고 마냥 안전할 리는 없었다. 진정한 만족감을 얻으려면 공포의 냄새를 맡아야 했다. 그 자신과 그녀들의 공포. 나이가 어떻든 어떻게 생겼든 크든 작든 상관없었다. 여자이기만 하다면. 아니, 멍청한 정신과 의사들 중 하나가 한 말처럼 엄마가 될 여자이기만 하다면. 그는 고개를 모로 기울이고 그녀를 보았다. 벽이 얇든 말든 더는 신경 쓰지 않았다. 이제야, 가까이서 보니 'w'가 들어간 에바의 벌어진 입 주변에 오톨도톨한 뾰루지가 나 있었다. 그녀가 비명을 지르려는 것 같았지만 소리가 나올 리 없었다. 벌어진 입 아래에 새로운 입이 생겼으므로. 후두가 있던 자리에 뚫린 구멍에서 피가 흘렀다. 그는 그녀를 거실 벽에 붙여 세웠다. 꿀렁꿀렁 소리와 함께 잘린 기도가 튀어나온 부위에서 분홍빛 피거품이 터졌다. 목 근육이 긴장했다가 이완하면서 그녀가 절박하게 공기를 마시려 했다. 아직은 폐가 작동하기 때문에 몇 초는 더 살 터였다. 하지만 지금 이 순간 그를 매료시킨 것은 그것이 아니었다. 그보다는 그가 쇠이빨로 그녀의 성대를 물어뜯어서 참기 힘든 수다에 확실히 마침표를 찍었다는 사실이었다.

그녀의 눈에서 빛이 흐려지는 사이 그는 그 안에서 죽음의 공포를 드러내는 무언가를, 단 1초라도 더 살려는 욕구를 찾아보았다. 하지만 아무것도 발견하지 못했다. 그녀는 더 열심히 노력했어야 했다. 그 여자가 상상력이 풍부하지 않았을 수도 있다. 삶을 충분히 사랑하지 않았을지도. 그는 여자들이 그렇게 쉽게 삶을 포기하는 순간을 혐오했다.

10

토요일 아침

해리는 달리고 있었다. 달리기를 좋아하는 건 아니었다. 좋아서 달리는 사람들도 있다. 무라카미 하루키는 달리기를 좋아한다. 해리는 무라카미 하루키의 책을 좋아하지만 달리기에 관한 책은 예외였다. 그 책은 읽다가 말았다. 해리가 달리는 이유는 멈추는 순간이 좋아서였다. 그는 **달려야 하는** 상태가 좋았다. 그는 근력 운동을 좋아했다. 근육을 단련시키는 구체적인 고통이 좋았을 뿐 고통을 더 얻고 싶은 욕구가 있어서는 아니었다. 어쩌면 그의 나약한 성격에서 나약한 일면을, 그러니까 도망치고 싶고 고통이 시작하기도 전에 끝내려는 성향을 보여주는 것인지도 모른다.

깡마른 개가, 홀멘콜렌의 부자들이 2년에 고작 일주일 사냥하러 가면서 키우는 종의 개가 길을 벗어나 제멋대로 뛰어다녔다. 개 주인이 뒤에서 100미터 달리기를 하듯이 따라왔다. 올해의 운동복 컬렉션을 몸에 두르고서. 그들이 양방향으로 스쳐 가는 기차처럼 서로에게 접근하는 사이 해리는 그 남자의 달리기 주법을 보았다. 같은 방향으로 달리지 않아서 아쉬웠다. 그 남자 뒤에 바짝 붙어 달리면서 괴롭힌 다음 힘이 빠진 척하다가 트리반으로 가는 오르막에서 완전히 따돌릴 수 있었을 텐데. 그 남자에게 자신의 20년 된 아디다스 운동화 밑창을 보여줄 수 있었을 텐데.

올레그는 해리가 달릴 때 무척 유치해진다고 말했다. 조깅을 하듯 가볍게 달리기로 해놓고 꼭 마지막 오르막에서 시합하자고 제안한다는 것이다. 해리의 입장에서 막판에 전력 질주를 제안하는 이유는 올레그가 자기 엄마한테서 불공평하게 높은 산소흡수율을 물려받았기 때문이라는 점을 언급해야 했다.

퉁퉁한 여자 둘이서 달린다기보다는 그냥 걸으면서 큰소리로 떠들고 숨을 헐떡이느라 해리가 다가가도 알아채지 못해서 해리는 좁은 길로 빠졌다. 그러다 갑자기 낯선 지역으로 들어갔다. 나무가 빽빽이 자라서 아침 햇살을 가렸다. 문득 어린 시절의 어떤 기억이 스쳤다. 길을 잃고 집으로 돌아가는 길을 영영 찾지 못할 거라는 막연한 두려움. 그러다 다시 탁 트인 곳으로 빠져나오자 이제 그가 어디에 있고 집이 어디에 있는지 선명해졌다.

어떤 사람들은 이 윗동네의 맑은 공기와 완만히 구릉진 산길과 솔잎의 침묵과 냄새를 좋아했다. 해리는 여기서 내려다보는 도시 풍경을 좋아했다. 그 소리와 냄새를 좋아했다. 도시에 닿을 수 있다는 느낌. 도시에 빠져서 바닥으로 가라앉을 수 있다는 확신. 얼마 전에 올레그가 그에게 죽을 때 어떻게 죽고 싶으냐고 물었다. 해리는 평화롭게 잠자다가 가고 싶다고 답했다. 올레그는 갑작스럽게, 비교적 고통 없이 가는 쪽을 택했다. 해리는 거짓말을 했다. 사실은 저 아래 도시의 어느 바에서 술을 퍼마시다가 죽고 싶었다. 그리고 해리는 올레그도 거짓말한 것을 알았다. 아마 그의 옛 천국이자 지옥을, 헤로인 과다복용을 선택했을 것이다. 알코올과 헤로인. 떠날 수는 있어도 결코 잊을 수 없는 열병. 세월이 아무리 흐르더라도.

해리는 집 앞 진입로에서 막판에 속도를 올리며 발밑에서 자갈 튀는 소리를 듣다가 옆집 커튼 뒤의 쉬베르트센 부인을 얼핏 보았다.

해리는 샤워를 했다. 그는 샤워를 좋아했다. 샤워에 관한 책도 나와야 한다.

샤워를 마치고 침실로 들어가 보니 라켈이 침실 창가에 서 있었다. 정원 작업복을 입은 채, 웰링턴 부츠와 두툼한 장갑과 다 해진 청바지와 빛바랜 햇빛 차단용 모자까지 쓴 채로. 그녀는 그에게 반쯤 돌아서서 모자 밑으로 삐져나온 머리카락 몇 가닥을 옆으로 쓸어넘겼다. 해리는 그렇게 입고 있을 때 얼마나 근사해 보이는지 라켈 자신도 아는지 궁금했다. 아마도 그렇겠지.

"헉!" 라켈이 나직이 미소를 지으며 말했다. "이 벌거숭이!"

해리는 그녀에게 다가가 뒤에 서서 어깨에 손을 얹고 부드럽게 마사지했다. "뭐 하고 있어?"

"창문 보고 있어. 에밀리아가 오기 전에 손봐야 하지 않을까?"

"에밀리아?"

라켈이 웃었다.

"왜?"

"마사지를 그렇게 갑자기 끝내기 있어? 진정해. 손님 얘기하는 거 아니야. 허리케인 말이야."

"아, 그 에밀리아. 이런 요새 같은 집에서는 자연재해 한두 개는 거뜬히 넘길 수 있을 거 같은데."

"우리가 이 언덕 위에 사니까 그런 줄 알지. 안 그래?"

"우리가 어떻게 생각하는데?"

"우리 삶이 요새와 같다고. 난공불락의 요새." 그녀가 한숨을 쉬었다. "장 보러 가야 해."

"저녁은 집에서 먹게? 바스투 가의 페루식당 아직 안 가봤잖아. 그렇게 비싸지 않던데."

이것은 해리가 혼자 살던 시절의 습관이었다. 라켈도 이 습관을 받아들이게 하려고 설득하는 중이었다. 저녁을 차려 먹지 않는 습관. 라켈은 식당이 인류 문명의 최고의 아이디어라는 그의 주장에 어느 정도 넘어왔다. 심지어 석기시대에도 함께 모여서 요리하고 먹는 방법이 전체 인구가 각자 매일 3시간씩 요리를 계획하고 재료를 사고 만들고 설거지하는 것보다 훨씬 현명한 방법이라는 걸 알았다. 라켈이 그러면 조금 타락한 기분이 든다면서 반박하면, 해리는 보통의 가족이 1백만 크로네를 들여 주방을 설치하는 쪽이 더 타락한 거라고 받아쳤다. 자원을 가장 건강하고 타락하지 않은 방식으로 활용하는 방법은, 숙련된 요리사에게 돈을 주고 커다란 주방에서 요리하도록 시키고, 그럼으로써 그들이 다시 라켈의 변호사 업무나 해리가 경찰관을 양성하는 일에 비용을 치를 수 있게 만드는 것이라면서.

"오늘은 나의 날이니까, 내가 낼게." 그가 그녀의 오른팔을 잡았다. "나랑 같이 있자."

"장 보러 가야 해." 라켈이 얼굴을 찡그리며 말하는 사이 그가 아직 축축한 몸으로 그녀를 끌어당겼다. "올레그랑 헬가가 오기로 했어."

그는 더 꼭 안았다. "그래? 손님 안 온다면서."

"설마 올레그랑 두어 시간 같이 보내는 것도 안 되는—."

"농담이야. 좋을 거야. 그럼 우리—."

"아니, 그 애들을 식당으로 데려가진 **않아**. 헬가는 우리 집에 오는 게 처음이고, 나도 이번에 그 애를 잘 봐두고 싶어."

"불쌍한 헬가." 해리는 이렇게 속삭이면서 라켈의 귓불을 이로 물려다가 가슴과 목 사이에 무언가를 보았다.

"이게 뭐야?" 그는 붉은 자국에 조심스럽게 손끝을 댔다.

"뭐가?" 라켈이 직접 만졌다. "아, 의사가 혈액샘플 뽑은 거야."

"목에서?"

"이유는 묻지 마." 라켈이 미소를 지었다. "당신은 걱정해줄 때 참 사랑스러워."

"걱정하는 게 아니야. 질투하는 거야. 이건 **내** 목이라고. 당신이 의사한테 잘 넘어가는 건 우리 둘 다 알잖아."

라켈이 웃었고, 해리는 그녀를 더 꼭 안았다.

"아니." 라켈이 말했다.

"아냐?" 해리는 라켈이 갑자기 깊이 심호흡하는 소리를 들었다. 그녀의 몸이 항복하는 느낌이 들었다.

"나쁜 놈." 라켈이 나직이 신음했다. 라켈에게는 스스로 '아주 짧은 섹스 퓨즈'라고 부르는 성향이 있었고, 욕은 가장 명백한 신호였다.

"그만해야겠다." 그가 속삭이면서 그녀를 놓아주었다. "정원이 부르네."

"너무 늦었어." 그녀가 씩씩거리며 비난했다.

그는 그녀의 청바지 단추를 풀고 무릎까지, 부츠 바로 위까지 끌어내렸다. 그녀는 몸을 앞으로 기울여 한 손으로 창턱을 잡고 다른 손으로 모자를 벗으려 했다.

"아냐." 그가 몸을 앞으로 기울여 그녀의 머리 옆에 자기 머리를 댔다. "그냥 쓰고 있어."

그녀가 나직이 킬킬거리는 소리가 귓가를 간지럽혔다. 맙소사, 그 웃음이 얼마나 사랑스러운지. 그러다 다른 소리가 그 웃음소리에 섞였다. 창턱 위 그녀의 손 옆에 놓여 있는 전화기의 진동.

"침대로 던져버려." 그가 속삭이며 전화기 화면에서 시선을 뗐다.

"카트리네 브라트야."

라켈은 바지를 끌어올리면서 그를 지켜보았다.

고도로 집중하는 얼굴이었다.

"얼마나 오래? 알았어." 그가 말했다.

라켈은 그가 전화로 다른 여자의 음성을 듣고 자기한테서 빠져나가는 것을 지켜보았다. 다시 그에게 닿고 싶었지만 너무 늦었다. 그는 사라졌다. 벌거벗은 마른 몸의 허연 살갗 속에 뿌리처럼 휘감은 근육은 아직 거기 그녀 앞에 있었다. 푸른 눈, 오랜 세월 알코올 남용으로 색이 거의 빠져나간 그 눈은 아직 그녀에게 고정되어 있었다. 하지만 그는 이제 그녀를 보지 않고, 그의 시선은 내면의 어딘가를 응시했다. 지난밤 해리는 자신이 그 사건을 맡기로 한 이유를 설명했다. 그녀도 반대하지 않았다. 올레그가 경찰대학에서 쫓겨나면 다시 설 자리를 잃을 테니까. 해리를 잃든가, 올레그를 잃든가 둘 중 하나를 선택해야 한다면 차라리 해리를 포기할 터였다. 라켈은 오랜 세월 해리를 잃는 연습을 해왔고 해리 없이도 살 수 있다는 걸 알았다. 아들 없이 살아갈 수 있을지 자신이 없었다. 하지만 해리가 올레그 때문이라고 말하는 동안 그가 한 어떤 말이 여전히 머릿속에 맴돌았다. '내가 거짓말을 해야 할 날이 올 수도 있어. 그럴 때 당신은 내가 정직하다고 믿는 편이 나을지도 몰라.'

"지금 갈게. 주소는?" 해리가 말했다.

해리는 통화를 마치고 옷을 입었다. 빠르고 효율적으로, 하나하나 신중히 계산된 동작이었다. 마침내 본래의 기능을 되찾은 기계처럼. 라켈은 그를 찬찬히 살피면서 모든 것을 기억에 새겼다. 한동안 만나지 못할 사랑하는 사람을 기억 속에 간직하려는 듯이.

그는 황급히 라켈을 지나치면서 바라봐주지도 않고, 간다는 말도 하지 않았다. 라켈은 이미 옆으로 밀려났다. 그의 의식 속의 두 연인 중 하나에게 밀려났다. 술과 살인. 그녀가 가장 두려워하던 순간이었다.

해리가 주황색과 흰색이 섞인 경찰 저지선 밖에 서 있을 때 앞에 보이는 건물 2층에서 창문이 열렸다. 카트리네 브라트가 고개를 내밀었다.

"안으로 보내드려요." 카트리네가 그를 막고 있던 사복 차림의 젊은 경관에게 말했다.

"신분증이 없는데요." 경관이 반박했다.

"해리 홀레예요!" 카트리네가 소리쳤다.

"그래요?" 경관은 그를 아래위로 훑고 저지선 테이프를 들었다. "그분은 그냥 전설 속 인물인 줄 알았어요."

해리는 계단을 올라가서 열린 문으로 들어갔다. 그리고 현장 감식반원이 위치를 표시하기 위해 세워둔 하얀색 작은 깃발들 사이로 난 길을 따라갔다. 과학수사관 두 명이 무릎을 꿇고 앉아서 나무 바닥의 틈새를 긁고 있었다.

"어디……?"

"저 안이에요." 두 사람 중 하나가 말했다.

해리는 과학수사관이 가리키는 문 앞에 섰다. 심호흡을 하면서 머리를 비웠다. 그리고 안으로 들어갔다.

"안녕하세요, 해리." 비에른 홀름이 말했다.

"비켜주겠나?" 해리가 조용히 말했다.

비에른이 몸을 숙이고 바라보던 소파에서 한 발 옆으로 물러서자 시신이 보였다. 해리는 소파로 다가가지 않고 한 발 물러섰다. 그 장면. 구성. 전체. 이어서 가까이 다가가 세부 요소를 살펴보기 시작했다. 여자는 소파에 앉아 다리를 벌리고 있었다. 안에 입은 검은색 팬티를 보여주려는 듯 스커트가 들려 있었다. 머리가 소파 등받이에 기대 있어서 탈색한 긴 금발이 소파 뒤로 늘어졌다. 목구멍의 일부가 없었다.

"저기서 살해당했어요." 비에른이 창문 옆의 벽을 가리켰다. 해리의 시선이 벽지를 따라 미끄러지듯 이동해서 나무 마룻바닥으로 내려왔다.

"피가 적어. 이번엔 경동맥을 물지 않았군." 해리가 말했다.

"경동맥을 놓쳤는지도 모르죠." 카트리네가 주방에서 나오면서 말했다.

"희생자를 정말로 물었다면 턱 힘이 무척 세네요." 비에른이 말했다. "인간의 무는 힘이 평균 70킬로그램인데, 이 범인은 단번에 후두와 기관의 일부까지 물어뜯는 것 같아요. 날카로운 쇠이빨로 물었다고 해도 엄청난 힘이 들어가거든요."

"아니면 엄청난 분노이든가. 상처 부위에서 녹이나 페인트가 나왔나?" 해리가 말했다.

"아뇨, 지난번에 엘리세 헤르만센을 물었을 때 다 떨어져나갔을 수도 있어요."

"흠. 그럴지도. 이번에는 쇠이빨이 아니라 다른 걸 사용한 게 아니라면. 게다가 시신을 침대로 옮기지도 않았어."

"무슨 생각을 하는지는 알겠는데요, 해리. 그래도 동일범이에요. 와서 보세요." 카트리네가 말했다.

해리는 카트리네를 따라 주방으로 갔다. 과학수사관 한 명이 싱크대 안에 세워져 있는 블렌더의 유리 용기 안쪽에서 표본을 검출하고 있었다.

"놈이 스무디를 만들었어요." 카트리네가 말했다.

해리는 마른침을 삼키고 유리 용기를 보았다. 안쪽이 붉은색이었다.

"피를 넣어서요. 냉장고에서 찾은 레몬 몇 개랑. 얼핏 봐서는 그래요." 카트리네는 조리대의 노란색 기다란 껍질을 가리켰다.

해리는 구역질이 날 것 같았다. 첫 한 잔의 술을 마실 때 속이 울렁거리는 느낌과 같았다. 두 잔 더 마시면 그다음에는 멈추는 것이 불가능했다. 그는 고개를 끄덕이고 다시 밖으로 나갔다. 욕실과 침실을 잠깐 훑고는 다시 거실로 갔다. 눈을 감고 귀를 기울였다. 여자, 시신의 위치, 시신이 전시된 방식. 엘리세 헤르만센이 전시된 방식. 그리고 그것이, 그 메아리가 울렸다. 그자였다. 그자가 맞았다.

다시 눈을 뜨자 어디선가 본 적이 있는 것 같은 밝은 금발 청년의 얼굴이 정면에 나타났다.

"안데르스 뷜레르입니다. 수사관입니다."

"그렇겠지. 경찰대학은 1년 전에 졸업했나? 2년 전?"

"2년 전입니다."

"최우등으로 졸업한 거 축하하네."

"고맙습니다. 감격스러운데요. 제 성적을 다 기억해주시고."

"나는 아무것도 기억하지 못해. 그냥 추론한 거야. 졸업한 지 2년밖에 안 됐는데 강력반에서 수사관으로 일하잖아."

안데르스 뷜레르가 빙긋이 웃었다. "혹시 방해가 되면 말씀해주세요. 그냥 갈게요. 다만 제가 여기 온 지 이틀 반밖에 안 됐는데요, 이게 이중 살인이라면 당분간은 누구도 저한테 뭘 가르쳐줄 시간이 없을 것 같아서요. 그래서 혹시 제가 잠시 따라다녀도 될지 여쭤보려고요. 물론 괜찮으시다면요."

해리는 청년을 보았다. 그가 질문을 잔뜩 가지고 연구실로 찾아왔던 기억이 났다. 질문이 많고 가끔은 전혀 무관한 질문도 있어서 '홀레 헤드'로 볼 수 있을 정도였다. '홀레 헤드'란 해리 홀레 신화에 푹 빠진 학생들을 지칭하는 경찰대학의 속어로, 일부 극단적 경우에는 바로 그 이유로 경찰대학에 들어오기까지 했다. 해리는 그런 학생들을 전염병이라도 되는 양 피했다. 하지만 '홀레 헤드'든 아니든, 그 성적에 그 야망에 그 미소에 자연스러운 사교 능력까지 갖춘 안데르스 뷜레르는 장차 성공할 것 같았다. 그리고 성공하기 전에, 이런 재능 있는 청년이라면 살인사건을 해결하는 데 도움을 주는 식의 좋은 일을 할 수 있을 것이다.

"좋아. 처음 가르쳐줄 내용은 자네가 동료들에게 실망할 거라는 거야."

"실망해요?"

"자네는 지금 자부심에 들떠 있어. 경찰 먹이사슬의 꼭대기에 올라선 줄 아니까. 그래서 내가 자네한테 첫 번째로 가르칠 건, 살인사건 수사관도 남들과 별반 다르지 않다는 거야. 우리가 딱히 더 똑똑한 것도 아니고 몇몇은 멍청하기까지 해. 우리도 실수를 저지르지. 그것도 많이. 그렇다고 실수에서 많이 배우는 것도 아니야. 피곤하면 사냥을 계속하기보다 그냥 잠을 자는 쪽을 선택하지. 바로 다음 모퉁이만 돌면 해답이 나오리라는 걸 알면서도. 그러니 우리가 자네 눈을 뜨게 해주고 영감을 주고 기발한 수사 기법의 신세계를 열어줄 거라고 기대한다면 실망할 거야."

"다 아는 얘긴데요."

"그런가?"

"이틀 동안 트룰스 베른트센하고 같이 다녔거든요. 전 그냥 교수님이 어떻게 일하시는지 보고 싶습니다."

"내가 하는 살인사건 수사 수업 들었잖아."

"그리고 교수님은 그렇게 일하지 않는단 거 압니다. 무슨 생각을 하셨어요?"

"생각?"

"네, 아까 저기서 눈 감고 서 계실 때요. 그런 건 수업에서 배우지 않은 거 같아서요."

해리는 비에른이 몸을 펴고 일어서는 걸 보았다. 카트리네가 팔짱을 끼고 문 앞에 서서 격려하듯 고개를 끄덕이는 것도 보았다.

"좋아. 누구에게나 각자의 방법이 있어. 내 방법은 범죄현장에 처음 들어서는 순간 머릿속에 스치는 생각들을 포착하는 거야. 어떤 장소에 처음 들어가서 인상을 형성할 때 뇌에서 자동으로 생성하는, 전혀 중요하지 않아 보이는 모든 연상. 의미를 부여하기도 전에 다른 현상들로 주의가 흩어져서 순식간에 망각되는 생각. 자다 깨서 주위를 지각하기 시작하면 사라져버리는 꿈처럼. 열에 아홉은 쓸모없는 생각이지. 하지만 남은 하나에 어떤 의미가 있을 거라는 희망을 버려서는 안 돼."

"지금은요? 의미 있는 게 있었나요?" 안데르스가 물었다.

해리는 잠시 뜸을 들였다. 카트리네의 얼굴에 몰입한 표정이 떠올랐다. "모르겠어. 다만 자꾸만 범인이 청결에 집착한다는 생각이 들어."

"청결요?"

"지난번에는 범인이 시신을 살해한 자리에서 침대로 옮겼어. 연쇄살인범은 보통 비슷한 패턴으로 범행을 저지르는데, 왜 이 희생자는 거실에 그냥 뒀을까? 이 집의 침실과 엘리세 헤르만센의 침실의 유일한 차이는, 이곳의 침대 시트가 지저분하다는 거야. 어제 내가 엘리세의 집을 조사할 때 과학수사관이 침대 시트를 들었어. 라벤더 향이 나더군."

"그러니까 더러운 침대 시트를 못 참는 범인이 거실에서 희생자를 시간했다는 건가요?"

"그 얘기는 잠시 후에. 주방에 있는 블랜더 봤나? 그걸 쓰고 나서 싱크대에 넣어둔 걸 봤지?"

"네?"

"싱크대. 젊은 친구들은 손으로 설거지하는 거 몰라요, 해리." 카트리네가 말했다.

"싱크대. 그자는 그걸 거기다 넣지 않아도 됐어. 설거지를 하지 않을 거니까. 그러니 그게 강박 행동일 수도 있지 않을까? 범인에게 청결 강박이 있을까? 세균 공포증? 연쇄살인을 저지르는 사람들은 온갖 공포증을 가진 경우가 많아. 하지만 범인은 일을 마무리하지 않았어. 설거지하지 않았어. 블랜더 유리 용기에 물을 채워서 피와 레몬 스무디의 찌꺼기를 나중에 쉽게 닦을 수 있게 해놓지도 않았어. 왜일까?"

안데르스 뷜레르가 고개를 저었다.

"좋아, 그 얘기도 나중에 다시 할 거야." 해리는 시신을 향해 고개를 까딱했다. "보다시피 이 여자는—."

"옆집 사람이 에바 돌멘이라고 확인해줬어요. 'w'를 쓰는 에바요." 카트리네가 말했다.

"고마워. 보다시피 에바는 아직 팬티를 입고 있어. 옷을 다 벗겼던 엘리세와는 다르지. 욕실 쓰레기통 맨 위에 쓰고 버린 탐폰 포장지가 있는 것으로 보아 에바는 생리 중이었을 거야. 카트리네, 확인해줄래?"

"과학수사관이 오고 있어요."

"그냥 내 말이 맞는지, 탐폰이 아직 있는지만 확인해줘."

카트리네는 인상을 찌푸렸다. 그리고 해리가 시키는 대로 하는 사이 세 남자가 고개를 돌렸다.

"네, 탐폰 실이 보여요."

해리는 주머니에서 카멜 담뱃갑을 꺼냈다. "그렇다면 범인이, 탐폰을 직접 넣은 게 아니라면, 희생자의 질에 성폭행을 하지는 않았어. 왜냐면 그는……." 해리는 담배로 안데르스 뷜레르를 가리켰다.

"청결에 집착하니까요." 안데르스가 말했다.

"그건 **한 가지** 가능성이야." 해리가 말을 이었다. "다른 하나는 범인이 피를 좋아하지 않는다는 거야."

"피를 좋아하지 않는다고요? 피를 **마셨잖아요.**" 카트리네가 말했다.

173

"레몬이랑 섞었잖아." 해리가 불을 붙이지 않은 담배를 입에 물었다.

"왜요?"

"나도 같은 마음이야. 왜지? 그게 무슨 뜻일까? 피가 너무 달아서?"

"지금 농담하시는 거예요?" 카트리네가 물었다.

"아니, 이상하다는 생각이 들어서. 피를 마시면서 성적 만족을 얻는 줄 알았던 남자가 그토록 좋아하는 음료를 깨끗이 비우지 않았다니 이상하잖아. 사람들은 진이나 생선에 레몬을 넣으면서 맛이 더 좋아져서라고 해. 하지만 틀렸어. 레몬은 미뢰를 마비시키고 다른 모든 걸 덮어버려. 실제로는 좋아하지 않는 음식의 맛을 덮기 위해 레몬을 넣는 거야. 대구 간유도 레몬을 넣으면서부터 잘나가기 시작했어. 그러니까 어쩌면 우리의 뱀파이어도 피 맛을 좋아하지 않고, 피를 마시는 건 강박 행동일 수도 있어."

"어쩌면 미신을 믿는 자라서 희생자의 원기를 빨아들이려고 피를 마시는 걸 수도 있어요." 안데르스가 말했다.

"범인이 성적 타락으로 범행을 저지르는 것 같지만 희생자의 성기를 건드리지 않을 수는 있는 거 같아. 그건 희생자가 피를 흘리고 있어서였을 **가능성이** 있어."

"생리혈을 못 참는 뱀파이어병 환자라. 복잡하게 뒤엉킨 인간의 마음……." 카트리네가 말했다.

"그러면 다시 유리 용기로 돌아오는군. 범인이 남긴 다른 물적 증거가 있나? 그거 말고?"

"현관문요." 비에른이 말했다.

"문? 들어올 때 자물쇠를 봤는데 멀쩡해 보이던데." 해리가 말했다.

"침입한 게 아니에요. 문 밖에서는 안 보셨잖아요."

세 사람이 계단통에 서서 지켜보는 동안 비에른이 문을 벽에 고정하기 위해 묶어둔 끈을 풀었다. 문이 천천히 닫히면서 앞면이 드러났다.

해리는 보았다. 심장이 마구 요동치고 입이 바짝 마르는 느낌과 함께.

"이 집에 들어올 때 아무도 문을 건드리지 못하게 하려고 제가 뒤로 묶어놨어요." 비에른이 말했다.

문에는 1미터 정도 높이에 피로 'v'자가 적혀 있었다. 피가 흘러내려서 글자의 아랫부분이 고르지 않았다.

네 사람은 문을 쳐다보았다.

비에른이 먼저 침묵을 깼다. "승리의 V일까요?"

"뱀파이어의 V야." 카트리네가 말했다.

"범인이 또 다른 희생자를 예고하는 게 아니라면요." 안데르스가 의견을 냈다.

모두가 해리를 보았다.

"해리?" 카트리네가 조급하게 재촉했다.

"나도 몰라." 해리가 말했다.

카트리네가 해리를 노려보았다. "어서요, 무슨 생각을 하는 거 알아요."

"음. 뱀파이어의 V도 나쁜 의견은 아니야. 그가 엄청난 노력을 쏟아부으면서 우리한테 전하려는 이야기에 부합할 수 있어."

"어떤 이야기요?"

"자기가 특별한 존재라는 거. 쇠이빨, 블랜더, 이 글자. 범인은 스스로를 특별한 존재로 여기고 우리한테 퍼즐 조각을 던져줘서 우리도 그 점을 이해하게 만들려고 해. 범인은 우리가 더 가까이 다가오기를 원해."

카트리네는 고개를 끄덕였다.

안데르스는 말할 타이밍을 놓친 듯 망설이다가 조심스럽게 말했다. "범인이 마음속 깊은 곳에서는 자기가 누구인지 밝히고 싶어한다는 뜻인가요?"

해리는 대답하지 않았다.

"자신이 누구인지가 아니라, 뭘 하는지. 그자는 깃발을 올리고 있어." 카트리네가 말했다.

"무슨 뜻인지 여쭤봐도 될까요?" 안데르스가 물었다.

"물론. 여기 연쇄살인범 전문가한테 물어봐."

해리는 그 글자를 보고 있었다. 이제는 비명의 메아리가 아니었다. 비명 그 자체였다. 악마의 비명.

"그건……." 해리는 라이터를 켜고 담배에 불을 붙인 다음 깊이 빨았다. 그리고 연기를 길게 뱉었다. "놈은 놀고 싶어하는 거야."

"선배는 V가 다른 뜻이라고 생각하죠?" 카트리네가 한 시간 후 해리와 함께 그 집에서 나가면서 물었다.

"내가?" 해리는 그 거리를 보았다. 퇴옌. 이민자 구역. 좁은 길, 파키스탄 카펫 상점들, 조약돌, 자전거를 탄 노르웨이어 강사들, 터키식 카페, 히잡을 쓰고 아기를 어르는 엄마들, 학자금 대출로 살아가는 젊은이들, 레코드판과 하드록을 파는 조그만 음반 가게. 해리는 퇴옌을 사랑했다. 윗동네의 부르주아들 사이에서 자기가 지금 뭐 하는 짓인지 의아할 정도로.

"그냥 말하기 싫은 거잖아요." 카트리네가 말했다.

"우리 할아버지가 내가 욕하는 걸 볼 때마다 뭐라고 하셨는지 알아? '그렇게 악마를 부르면 악마가 올 거다.' 그러니⋯⋯."

"그러니?"

"악마가 오기를 원해?"

"살인사건이 두 건이에요, 해리. 연쇄살인일 수도 있고요. 여기서 더 나빠질 수 있을까요?"

"그래, 그럴 수 있어."

11

토요일 저녁

"우린 지금 연쇄살인범을 상대하는 것 같습니다." 카트리네 브라트 경위는 이렇게 말하고 회의실에 모인 수사팀을 둘러보았다. 해리도 있었다. 팀을 꾸리기 전까지는 해리도 전체회의에 참석하기로 했다.

이전 회의들과는 달리, 더 집중하는 분위기였다. 사건이 발전하면서 달라졌을 수도 있지만 해리가 그 자리에 있어서일 거라고 카트리네는 거의 확신했다. 해리는 물론 강력반 술꾼이자 오만한 앙팡테리블로, 다른 경관들의 죽음에 직간접적인 원인을 제공하고 논란 많은 수사 기법을 적용한 인물이었다. 그래도 여전히 그의 존재만으로 다른 경관들이 정신을 차리고 집중하게 되었다. 그가 여전히 음침하고 무서울 정도로 카리스마를 내뿜는 데다가 그의 업적에는 이견을 달 수 없기 때문이다. 그가 끝내 잡지 못한 범인은 카트리네의 머리에 당장 떠오르는 딱 한 사람이었다. 어쩌면 오래 하면 존경받는다는 그의 말이 옳았을 수도 있다. 사창가의 마담도 오래 일하면 존경받는다면서.

"이런 유형의 범인은 여러 이유에서 잡기 어렵습니다. 특히 (이번 사건처럼) 범인이 신중히 계획하고 희생자를 무작위로 정하며 우리에게 보여주고 싶은 것 외에는 어떤 증거도 남기지 않았기 때문입니다. 그래서 과학수사과와 검시관과 우리 팀 전략 분석가들의 분석이 담긴 서류철이 그렇게 얇은 겁니다. 아직 우리는 기존의 성범죄자를 엘리세 헤르만센이나 에바 돌멘, 혹은 두 사건의 범죄현장과 연결하지 못했습니다. 하지만 살인의 수법은 확인했습니다. 토르?"

IT 전문가 토르는 카트리네가 우스운 농담이라도 던진 양 상황에 맞지 않게 웃음을 터트리면서 말했다. "에바 돌멘이 휴대전화로 메시지를 하나 보냈는데, 디키스라는 스포츠바에서 틴더 데이트 상대를 만났다는 내용입니다."

"디키스?" 망누스 스카레가 말했다. "거긴 젤러시 바에서 정반대 방향인데."

회의실에 낮은 탄성이 퍼졌다.

"그러니까 우리가 뭔가를 알아낼 수도 있는 겁니다. 범인의 범행 수법이 틴더를 이용하고 그뤼네르뢰카에서 만나기로 약속을 잡는 거라면." 카트리네가 말했다.

"그러면 뭐요?" 수사관 하나가 물었다.

"다음에 어떤 일이 벌어질지 아는 겁니다."

"다음이 없다면요?"

카트리네는 숨을 깊이 들이마셨다. "해리?"

해리는 의자를 뒤로 젖힌 채 앉아 있었다. "음, 연쇄살인범이 살해 방법을 터득하는 동안에는 대개 사건과 사건 사이의 간격이 깁니다. 몇 달일 수도 있고, 몇 년까지 갈 수도 있고. 살인을 저지른 후부터 성적 좌절이 다시 쌓이기 전까지 냉각기가 이어지는 것이 전형적인 양상입니다. 이 주기는 대개 살인이 일어날 때마다 짧아지고요. 그런데 벌써 주기가 이틀 간격으로 짧아졌다면 이번 범인은 이런 유형의 범행을 저지른 게 처음이 아니라고 가정할 수 있습니다."

침묵이 이어졌고, 모두가 해리가 말을 이어가기를 기다렸다. 하지만 그는 그러지 않았다.

카트리네가 목청을 가다듬었다. "문제는 지난 5년간 노르웨이에서 이번 두 차례 살인사건에 맞먹을 정도의 심각한 범죄를 찾을 수 없다는 겁니다. 인터폴에 연락해서 유사한 범죄자가 사냥터를 노르웨이로 옮겼을 가능성이 있는지도 알아봤어요. 후보가 십여 명 나왔지만 그중에 최근 입국한 사람은 없는 것 같아요. 따라서 우리는 범인이 누군지 모릅니다. 다만 경험상 범행을 또 저지르리란 건 알아요. 그리고 다음번에는 곧입니다."

"얼마나 곧이죠?" 누군가가 물었다.

"그건 잘 모릅니다." 카트리네가 해리를 보니 그가 조심스럽게 손가락 하나를 들고 있었다. "다만 간격이 하루가 될 정도로 짧을 수도 있어요."

"그자를 막을 방법은 없고요?"

카트리네는 다른 발로 체중을 옮겼다. "16시에 기자회견을 열면서 대중에 경보를 발령하게 해달라고 청장님께 허락을 구했습니다. 행운이 따라준다면 사람들이 더 조심할 거라고 판단한 범인이 다음 살인 계획을 취소하거나 적어도 연기할 수 있으니까요."

"과연 그럴까요?" 볼프가 물었다.

"내 생각엔―." 카트리네가 입을 열었지만 상대가 말을 잘랐다.

"미안합니다, 브라트, 홀레에게 묻는 겁니다."

카트리네는 마른침을 삼키고 기분 상해하지 않으려고 애썼다. "어때요, 해리? 경보를 발령하면 범인이 그만둘까요?"

"나도 모릅니다. 텔레비전에서 본 건 잊어요. 연쇄살인범은 하나의 소프트웨어가 장착되어 일정한 행동 패턴을 따르는 로봇이 아니라 다른 사람들처럼 다채롭고 예측 불가능합니다."

"현명한 답변이에요, 홀레." 모두가 일제히 문을 돌아보니 이제 막 들어온 벨만 청장이 문틀에 기대어 팔짱을 끼고 있었다. "공개적으로 경보를 울리는 게 어떤 효과를 낳을지는 아무도 모릅니다. 오히려 병적인 살인범을 더 부추겨서 그가 상황을 통제하고 있고 아무도 그를 건드릴 수 없으니 계속할 수 있다는 느낌을 줄 수도 있습니다. 하지만 그에 반해 우리가 **아는** 건, 공개적으로 경고하면 여기 경찰청의 우리가 상황에 대한 통제력을 **잃었다**는 인상을 줄 거라는 겁니다. 결국 두려워질 사람은 이 도시의 시민들뿐입니다. 더 두려워질 사람들이라고 해야겠군요. 지난 몇 시간 동안 인터넷에서 언론이 쏟아낸 기사를 읽은 사람이라면 알아챘을 테지만, 사실 두 살인사건이 서로 연결되어 있다고 추측하는 의견이 많으니까요. 그래서 제가 더 나은 제안을 할까 합니다." 미카엘 벨만이 흰 셔츠 소맷부리가 드러나도록 재킷 소매를 위로 당겼다. "이자가 더 피해를 주기 전에 우리가 잡는 겁니다." 그는 모두를 향해 빙긋 웃었다. "어때요, 좋은 사람들?"

카트리네는 몇 사람이 고개를 끄덕이는 것을 보았다.

"좋습니다. 계속해요, 브라트 경위."

시청의 종이 8시를 알릴 때 경찰의 위장 순찰차인 폭스바겐 파사트가 천천히 지나갔다.

"그렇게 폭삭 망한 기자회견은 또 처음이네요." 카트리네가 파사트를 드로닝 메우즈 가로 꺾었다.

"스물아홉 번." 해리가 말했다.

"뭐요?"

"'말씀드릴 수 없습니다'라고 스물아홉 번 말했어. 그 말을 몇 번이나 하나 세봤어."

"'미안하지만 청장이 우리한테 입마개를 씌웠다'고 말하려고 했어요. 벨만은 무슨 생각으로 저러는 걸까요? 연쇄살인범이 돌아다니니까 사람들에게 조심하라고 경고하지도 말고, 아무 말도 하지 말라니요?"

"그러면 비합리적인 공포를 퍼트리게 된다는 건 청장 말이 맞아."

"비합리적?" 카트리네가 쏘아붙였다. "둘러봐요! 토요일 밤이에요, 저기 어슬렁거리는 여자들 태반이 모르는 남자를, 자기 인생을 바꿔줄 왕자님을 만나러 나가는 길이에요. 게다가 아까 선배가 말한 하루 간격이 맞는다면 저 여자들 중 누군가는 진짜로 그 꼴을 당할 거고요."

"파리에서 테러 공격이 있던 날 런던 시내 한복판에서 심각한 버스 충돌 사고가 일어난 거 알아? 파리에서만큼 사람들이 많이 죽었어. 노르웨이 사람들은 파리에 있는 친구에게 전화해서 혹시라도 희생자들 중에 자신의 친구가 있을까 봐 걱정했지만, 런던에 있는 친구들을 걱정하는 사람은 없었어. 테러 공격 이후 사람들은 파리에 가는 걸 무서워했어. 경찰이 삼엄하게 지키는데도. 그런데 런던에서 버스 타는 건 아무도 걱정하지 않아. 교통 사정은 그대로인데도."

"무슨 말을 하려는 거예요?"

"사람들이 실제로 뱀파이어병 환자를 만날 확률에 비해 훨씬 더 두려워한다는 거야. 그 사건이 신문 1면을 도배하는 데다, 범인이 피를 마신다는 기사를 봤으니까. 그러면서 사람들은 자신을 더 확실히 죽일 수 있는 담배에 불을 붙이지."

"그러니까 지금 벨만 청장 말에 **동의**한다는 거예요?"

"아니." 해리는 거리를 내다봤다. "그냥 생각해보는 거야. 벨만 입장에 서서 그가 원하는 게 뭔지 알아보려는 거야. 벨만에겐 늘 꿍꿍이가 있거든."

"그럼 이번엔 그게 뭔데요?"

"모르겠어. 다만 벨만은 이번 사건을 최대한 드러내지 않고 가능한 한 빨리 해결하고 싶어해. 권투선수가 타이틀을 방어하듯."

"지금 무슨 말을 하는 거예요, 해리?"

"일단 타이틀 벨트를 차지하면 시합을 피하고 싶어지거든. 잘해야 이미 손에 쥔 것을 지키는 것밖에 안 되니까."

"흥미로운 가설이네요. 선배의 다른 가설은요?"

"확실하지 않다니까."

"범인이 에바 돌멘의 문에 V자를 그렸어요. 그건 그자의 이니셜이에요, 해리. 그리고 범인이 범행을 저지르는 순간의 현장을 안다고 했잖아요."

"그래, 그런데 말했듯이 내가 아는 게 뭔지 확실치 않아." 그는 잠시 말을 끊었다. 그사이 특색 없는 거리 풍경이 퍼뜩 스쳤다.

"카트리네, 들어봐. 목 물기, 쇠이빨, 피 마시기, 이건 그자의 수법이 아니야. 연쇄 폭행범이나 연쇄살인범은 구체적으로 들어가면 예측이 불가능하긴 해도, 전체적인 범행 수법이 바뀌지는 않아."

"그자는 여러 수법을 가지고 있어요, 해리."

"그자는 고통을 좋아해, 공포를 좋아해. 피는 아니야."

"범인이 피에 레몬을 넣은 건 피를 좋아하지 않아서라고 했잖아요."

"카트리네, 이게 정말로 그자의 짓이라는 걸 안다고 해도 우리한테는 별로 도움이 되지 않아. 자네랑 인터폴이 그자를 얼마나 쫓아다녔지?"

"4년."

"그래서 사람들에게 내가 의심하는 걸 말하면 오히려 역효과가 난다는 거야. 수사가 한 사람에게 집중하는 방향으로 좁아질 수 있으니까."

"아니면 선배가 직접 잡고 싶거나."

"뭐?"

"그자 때문에 돌아온 거 아니에요, 해리? 처음부터 놈의 냄새를 맡은 거잖아요. 올레그는 핑계고."

"이런 얘기는 그만해, 카트리네."

"어차피 벨만은 올레그의 과거를 공개하지 않을 테니까요. 여태 아무런 조치를 취하지 않은 걸로 오히려 역풍을 맞을 테니까."

해리는 라디오를 켰다. "이거 들어봤어? 에우로라 악스네스, 이거 꽤……."

"신스팝 싫어하잖아요, 해리."

"이런 대화보다는 나아."

카트리네가 한숨을 쉬었다. 그들은 빨간불 앞에 섰다. 그녀가 앞유리 쪽으로 몸을 기울였다.

"봐요. 보름달이에요."

◆◆◆

"보름달이네요." 모나 도가 주방 창밖으로 완만히 펼쳐진 들판을 내다보았다. 달빛이 비추어 들판에 눈이 내린 것처럼 반짝거렸다. "보름달까지 떴으니 범인이 오늘 밤 세 번째 범행을 저지를 가능성이 커지지 않나요?"

할스테인 스미스는 미소 지었다. "아닐걸요. 기자님이 두 가지 살인사건에 관해 들려준 얘기로 보면, 사실 이 뱀파이어병 환자의 이상성욕은 허언증, 그러니까 자신을 초자연적인 존재로 여기는 것보다는 시간증과 가학증에 더 가까워요. 그래도 범행을 또 저지르긴 할 겁니다. 그건 확실해요."

"재밌네요." 모나 도가 수첩에 적으며 말했다. 수첩은 주방 식탁 위에 방금 우린 고추차 찻잔 옆에 놓여 있었다. "그럼 언제, 어디서 다시 범행을 저지를까요?"

"두 번째 여자도 틴더 데이트를 했다고 하셨죠?"

모나 도는 고개를 끄덕이며 계속 수첩에 적었다. 다른 기자들은 녹음기를 쓰지만, 모나는 범죄담당기자로는 최연소인데도 옛날 방식을 선호했다. 공식적으로는 촌각을 다투는 특종 경쟁에서 자기가 내용을 편집하면서 적기 때문에 남들보다 시간을 절약할 수 있다고 설명했다. 기자회견에서 특히 유리하다고 했다. 오늘 오후 경찰청에서는 녹음기나 수첩 같은 게 필요 없었지만. 카트리네 브라트는 '말씀드릴 수 없습니다'라는 말만 되풀이해서 결국 가장 노련한 범죄전문기자들을 도발하고 말았다.

"아직 틴더 데이트에 관해서는 기사가 나오지 않았지만 경찰 내부 정보원한테 받은 제보로는 에바 돌멘이 친구한테 그뤼네르뢰카의 디키스라는 바에서 틴더 데이트 상대를 만난다고 문자를 보냈어요."

"그렇군요." 할스테인은 안경을 고쳐 썼다. "내 생각엔 범인이 이제껏 성공한 방법을 고수할 것 같습니다."

"그러면 앞으로 며칠간 틴더로 남자를 만나려는 사람들에게 뭐라고 말씀해주실 건가요?"

"뱀파이어병 범인이 잡힐 때까지는 하지 말라고요."

"그런데 이 기사를 읽고 자신의 수법이 들통난 걸 알고도 범인이 계속 틴더로 범행을 시도할까요?"

"이건 정신병입니다. 이성적으로 위험하다는 판단이 섰다고 해서 당장 그만두지는 못합니다. 이자는 전형적인 연쇄살인범처럼 침착하게 어떻게 해나갈지 계획하는 부류가 아닙니다. 증거 하나 남기지 않고 거미줄을 쳐놓고 구석에 숨어서 살인과 살인 사이의 시간을 조율하는 냉혈한 사이코패스가 아닙니다."

"저희 정보원 말로는 이번 수사를 이끄는 수사관들은 전형적인 연쇄살인범으로 보고 있다던데요."

"이건 종류가 다른 광기입니다. 범인에게 살인은 무는 행위, 피 그 자체보다 중요하지 않습니다. 피야말로 범인을 움직이는 동력입니다. 범인이 원하는 건 계속해나가는 거예요. 범인은 이제 완전히 몰두해 있고, 정신증이 완전히 발현됐어요. 다만 전형적인 연쇄살인범과는 달리 범인이 완전히 통제 불능의 상태로 발각되는 데 무감각해져서 사실은 발견되고 잡히고 싶어하기를 바랄 뿐이죠. 전형적인 연쇄살인범과 뱀파이어병 환자는 양쪽 다 어쩌다 정신적으로 아프게 된 완벽하게 평범한 사람이라는 의미에서 자연재해와 같습니다. 다만 연쇄살인범이 격렬히 몰아치고 언제 끝날지 알 수 없는 태풍과 같다면, 뱀파이어병 환자는 산사태와 같습니다. 금방 끝나거든요. 그런데 끝나고 나면 한 지역 전체가 휩쓸린 다음이겠죠?"

"그렇군요." 모나가 수첩에 적었다. '한 지역 전체가 휩쓸린다.'

"고맙습니다. 필요한 얘기를 다 들었어요."

"별말씀을. 실은 별 얘기도 아닌데 여기까지 오셔서 놀랐습니다."

모나 도는 아이패드를 껐다. "어차피 사진 찍으러 오긴 와야 했어요. 전 그냥 따라온 거고요. 빌?"

"들판에 나가서 찍으면 어떨까 했습니다." 조용히 앉아서 인터뷰를 듣고 있던 사진기자가 말했다. "선생님과 탁 트인 풍경과 달빛."

모나는 사진기자가 무슨 생각을 하는지 당연히 간파했다. 어두컴컴한 들판에 홀로 서 있는 남자, 보름달, 뱀파이어. 모나는 보일 듯 말 듯 고개를 끄덕였다. 모델에게 무슨 의도로 찍는지 알리지 않는 편이 최선일 때가 있다. 말해주면 자신을 대상화할 위험이 있었다.

"혹시 제 아내도 같이 찍어도 될까요?" 할스테인이 이렇게 물으며 다소 흥분한 듯 놀란 표정을 지었다. "〈VG〉라면…… 저희한테는 꽤 큰일이라서요."

모나 도는 자기도 모르게 미소 지었다. 다정한 사람이군. 문득 그가 아내의 목을 물어서 사건을 설명해주는 사진을 찍으면 어떨까 하는 생각이 스쳤지만. 물론 그러면 너무 멀리 간 셈인 데다 사건의 심각성에 비해 기사가 장난스러워 보일 수 있었다.

"저희 주간님은 선생님 혼자 계시는 사진을 좋아하실 거예요." 모나가 말했다.

"그렇겠군요, 그냥 한번 여쭤본 겁니다."

"전 여기 남아서 기사를 작성할게요. 여기서 바로 기사를 올리고 갈 것 같아요. 와이파이 있죠?"

모나는 와이파이 비밀번호를 받았다. freudundgammen*. 들판에서 카메라 플래시가 터질 즈음 기사 작성이 이미 반쯤 끝났다.

모나가 녹음기를 쓰지 않는 이유에 대한 비공식적 설명은, 녹음기를 쓰면 **실제로** 오간 대화가 반박의 여지 없는 증거로 남기 때문이었다. 물론 모나 도가 인터뷰 대상이 하려던 말과 배치되는 내용을 쓴다는 뜻은 아니다. 하지만 어떤 부분을 강조할지 그녀가 자유롭게 결정할 수 있었다. 인터뷰 내용을 독자가 이해하기 쉬운 타블로이드판 기사 형식으로 바꾸는 것이다. 클릭을 부르는 형식으로.

심리학자: 뱀파이어병 범인이 도시 전체를 휩쓸 겁니다!

모나는 시계를 보았다. 트룰스 베른트센이 새로운 정보가 생기면 10시에 전화한다고 했다.

"전 공상과학 영화는 별로예요." 페넬로페 라쉬 앞에 앉은 남자가 말했다. "제일 짜증 나는 건 우주선이 카메라를 지나칠 때 나는 소리죠." 그는 입을 벌리고 쉭 소리를 냈다. "우주에는 공기도 없고 소리도 없고, 그냥 완벽한 정적만 있거든요. 우린 거짓에 속는 거예요."

"아멘." 페넬로페가 미네랄워터 잔을 들었다.

"전 알레한드로 곤잘레스 이냐리투를 좋아해요." 남자가 자기 물잔을 들었다. "〈비우티풀〉이랑 〈바벨〉이 〈버드맨〉이랑 〈레버넌트〉

---

* 노르웨이의 밴드 'Fryd&Gammen'에 프로이트의 이름을 넣어 비튼 것.

보다 좋아요. 감독이 이젠 주류로 살짝 넘어간 거 같아요."

페넬로페는 짜릿한 전율을 느꼈다. 이 남자가 그녀가 좋아하는 영화 두 편을 모두 언급해서라기보다는 흔히 언급되지 않는 이냐리투 감독의 중간 이름을 말해서였다. 게다가 남자는 이미 그녀가 좋아하는 작가(코맥 맥카시)와 도시(피렌체)도 언급했다.

문이 열렸다. 남자가 약속 장소로 제안한 다소 한갓진 레스토랑에 손님이 그들 둘밖에 없었는데, 이제 다른 커플이 들어왔다. 그가 몸을 돌렸다. 문 쪽을 돌아보는 방향이 아니라 피하는 방향으로. 페넬로페는 잠시 몰래 그를 뜯어보았다. 호리호리하고 키는 그녀와 비슷하고 매너가 좋고 옷을 잘 입는 건 이미 알아챘다. 그런데 매력적인가? 그건 말하기 어려웠다. 딱히 못생긴 건 아닌데 묘하게 미덥지 않은 구석이 있었다. 게다가 마흔 살이라고 하는데 왠지 모르게 그만큼 어려 보이지 않았다. 눈가와 목의 피부는 팽팽해 보였다. 주름 제거 수술을 받은 것처럼.

"여기 이런 레스토랑이 있는지 몰랐어요. 엄청 조용하네요." 그녀가 말했다.

"너, 너무 조용하죠?" 그가 미소를 지었다.

"좋아요."

"기린 맥주랑 흑미를 파는 집을 아는데, 다음엔 그리로 가죠. 괜찮으시다면요."

그녀는 꺅 소리를 지를 뻔했다. 환상적이었다. 그녀가 흑미를 **사랑하는** 건 어떻게 알았을까? 친구들은 그런 게 있는 줄도 모른다. 로아르는 그걸 싫어했고, 건강식품 매장과 속물근성의 맛이 난다고 투덜댔다. 공정하게 말하면 흑미는 블루베리보다 항산화 성분이 더 많이 함유된 식품이고, 일왕과 그 일가만을 위한 금단의 스시와 함께 나온다.

"정말 좋아요. 또 뭐 좋아해요?" 그녀가 물었다.

"제 일요."

"무슨 일인데요?"

"시각예술을 해요."

"와, 멋져요! 무슨……?"

"설치요."

"로아르도, 제 전남친요. 그 사람도 시각예술가였어요. 혹시 로아르라고 알아요?"

"글쎄요, 전 일반 예술계 밖에서 작업해서요. 독학이에요, 말하자면."

"그래도 직업 예술가라면 제가 모를 리 없는데 이상하네요. 오슬로는 정말 좁잖아요."

"생활비를 벌려고 부업도 하거든요."

"어떤?"

"경비원요."

"그래도 전시는 하시죠?"

"주로 전문직 의뢰인들을 위한 개인 설치 작업이에요. 기자들은 부르지 않는 곳에서요."

"와. 그렇게 특권층을 상대로 작품 활동을 하다니 굉장한데요? 로아르한테도 그런 쪽으로 시도해보라고 했거든요. 설치 작업에는 어떤 재료를 써요?"

그는 냅킨으로 유리컵을 닦았다. "모델."

"모델이라면…… 살아 있는 사람?"

그가 빙긋이 웃었다. "둘 다요. 당신 얘기 좀 해줘요, 페넬로페."

어떤 거 좋아해요?"

그녀는 턱 밑에 손가락을 댔다. 그래, 내가 뭘 좋아하더라? 일단은 그가 이미 다 말한 것 같았다.

"사람들을 좋아해요. 정직함도. 우리 가족하고. 아이들하고." 그녀가 말했다.

"그리고 안아주는 거, 꼭." 그가 이렇게 말하며 테이블 두 개 너머에 앉은 커플을 흘긋 보았다.

"네?"

"꼭 안는 거랑 거친 게임을 하는 거 좋아하시죠." 그가 테이블 너머로 몸을 기댔다. "그래 보여요, 페넬로페. 괜찮아요. 나도 그런 거 좋아해요. 여기가 붐비기 시작하는군요. 그럼, 당신 집으로 갈까요?"

페넬로페는 그 말이 농담이 아니란 걸 알아채는 데 한참 걸렸다. 아래를 보니 그가 손을 그녀의 손에 가까이 손끝이 닿을 듯 말 듯 하게 놓았다. 그녀는 마른침을 삼켰다. 내 어디가 어떻기에 늘 이상한 사람들만 꼬이는 걸까? 로아르를 잊기 위한 최선의 방법은 다른 남자들을 만나보는 거라고 말해준 건 친구들이었다. 그래서 노력했다. 하지만 쩔쩔매면서 사회생활에 부적합한 IT 너드라서 그녀가 혼자 떠들어야 하거나 오늘처럼 이렇게 빨리 섹스나 하려고 기어나온 남자들뿐이었다.

"집에 가봐야겠어요." 페넬로페는 이렇게 말하고 웨이터를 찾으려고 둘러보았다. "여긴 내가 낼게요." 그곳에 들어간 지 채 20분도 되지 않았지만 친구들이 조언해준 세 번째의 가장 중요한 틴더 규칙이 있었다. **장난치지 말고, 느낌이 오지 않으면 바로 떠나라.**

"미네랄워터 두 병은 내가 낼게요." 남자가 미소를 지으며 연푸른색 셔츠깃을 살짝 잡아당겼다. "어서 뛰어요, 신데렐라."

"그렇다면 고마워요."

페넬로페는 가방을 들고 서둘러 나갔다. 쌀쌀한 가을 공기가 그녀의 따스한 볼에 기분 좋게 닿았다. 그녀는 보그스타베이엔을 건넜다. 토요일 밤이라 거리에는 행복한 사람들이 넘쳐나고 택시 승차장에 줄이 길게 늘어서 있었다. 오히려 잘됐다. 오슬로는 택시 요금이 터무니없이 비싸서 비가 퍼붓지 않는 한 아무도 택시를 타지 않으니까. 그녀는 소르겐프리 가를 지났다. 언젠가는 로아르와 함께 그 동네의 아름다운 건물에서 살기를 꿈꾼 적이 있다. 둘은 새로 개조한 아파트이거나 욕실만이라도 개조된 곳이라면 크기가 70이나 80제곱미터를 넘지 않아도 된다는 데 동의했다. 엄청나게 비싼 건 알지만 양가 부모가 금전적으로 도와주기로 했다. '도와 준다'는 건 사실 집값을 다 내준다는 뜻이었다. 어차피 그녀는 이 제 막 디자이너 자격을 얻어서 일거리를 구하는 중이었고, 로아르 의 어마어마한 재능은 예술시장에서 아직 발굴되지 않은 터였다. 그에게 덫을 놓은 그 재수 없는 갤러리 여자만 빼고. 함께 살던 집 에서 로아르가 나간 후, 페넬로페는 로아르도 곧 그 여자를 간파할 거라고, 젊은 트로피 애인을 잠깐 데리고 놀고 싶어하는 주름 자글 자글한 퓨마라는 걸 깨달을 거라고 확신했다. 하지만 그렇게 되지 않았다. 오히려 두 사람은 솜사탕으로 만든 우스꽝스러운 설치 미 술로 약혼을 발표했다.

페넬로페는 마요르스투엔 지하철역에서 서쪽 방향으로 가는, 처 음 오는 열차에 올라탔다. 그리고 오슬로 서쪽 지역의 동쪽 끝으로 알려진 호브세테르에서 내렸다. 대규모 아파트 단지와 비교적 저 렴한 아파트가 있는 이 동네에서 로아르와 함께 그중에서도 제일 싼 집에 세 들어 살았다. 욕실은 더러웠다.

로아르는 그녀를 위로하기 위해 패티 스미스의 《저스트 키즈》를 선물했다. 1970년대 초반 뉴욕에서 야심찬 두 예술가가 희망과 분위기와 사랑으로 살아가다가 결국 성공하는 이야기를 담은 자전적인 책이었다. 맞다, 그러는 사이 서로를 잃기는 했지만……

페넬로페는 지하철역에서 나와서 앞에 우뚝 솟은 건물로 향했다. 건물이 후광을 두른 듯 보였다. 그러다 오늘 보름달이 뜬 걸 알고 건물 뒤에서 빛나는 것이 무엇인지 알았다. 넷. 로아르가 11개월 13일 전에 떠난 뒤로 네 명의 남자와 잤다. 그중 둘은 로아르보다 나았고, 둘은 못했다. 하지만 그녀가 로아르를 사랑한 건 섹스 때문이 아니었다. 그건…… 음, 그냥 로아르, 그 개자식이라서였다.

도로 왼편의 나무들이 다소 촘촘히 서 있는 자리를 지날 때는 저절로 걸음이 빨라졌다. 호브세테르의 거리는 초저녁부터 인적이 뜸해졌지만, 키 크고 건강하고 젊은 페넬로페는 이제껏 해가 넘어간 뒤에 이 거리를 걷는 것이 위험할 수 있다고 생각한 적이 없었다. 아마 모든 신문을 장식한 그 살인범 때문일 것이다. 아니, 그게 아니었다. 그녀의 집 안에 누가 있어서였다. 석 달째였다. 처음에는 혹시 로아르가 돌아온 건가 싶어서 괜한 희망도 품어보았다. 현관에서 그녀의 신발과 맞지 않는 진흙 발자국을 발견하고 누가 다녀간 걸 알았다. 그리고 침실 서랍장 앞에서도 발자국을 몇 개 더 발견하고는 혹시 로아르가 가져갔을까 하는 어리석은 희망으로 팬티 개수를 세어보기도 했다. 그런데 아니었다. 그런 쪽은 아닌 것 같았다. 그러다 뭔가가 사라진 것을 알았다. 반지함에 든 약혼반지, 로아르가 런던에서 사준 반지였다. 그냥 강도가 든 건 아닐까? 아니, 로아르가 맞아. 로아르가 몰래 들어와서 그걸 가져가서 그 재수 없는 갤러리 여자한테 준 거야! 페넬로페는 화가 나서 로아르에게 전화해서 단도직입적으로 따졌다. 하지만 로아르는 자신은 절대로 다녀간 적이 없고 아파트 열쇠는 이사할 때 잃어버렸다고 했다. 안 그랬으면 열쇠를 우편으로 보냈을 거라고 했다. 물론 거짓말이다. 다른 모든 말처럼. 그래도 페넬로페는 공동현관과 5층의 아파트 자물쇠를 모두 바꾸는 수고를 마다하지 않았다.

페넬로페는 핸드백에서 (그녀가 산 페퍼 스프레이 옆에 있던) 열쇠를 꺼내서 공동현관을 열고 들어갔다. 뒤에서 문이 유압식 시스템으로 천천히 닫히며 쉭 소리가 나는 걸 들으며 엘리베이터가 7층에 서 있는 걸 보고는 그냥 계단으로 올라갔다. 아문센 씨 집 앞을 지난 그녀는 걸음을 멈췄다. 숨이 차는 느낌이 들었다. 이상했다. 그녀는 건강했고 계단을 오르는게 힘든 적이 없었다. 뭔가가 잘못됐다. 뭐지?

그녀는 자기 집 문을 보았다.

이 낡은 건물은 오래전에 사라진 오슬로 서쪽의 노동 계급을 위해 지어져서 조명에 인색했다. 층마다 커다란 철제 전등갓 속에 전구 하나만 달린 조명이 계단 위 벽에 높이 박혀 있었다. 그녀는 숨을 참고 귀를 기울였다. 건물 안으로 들어온 뒤로는 아무 소리도 들리지 않았다.

쉭 하는 문 소리 이후로는.

아무 소리도.

그건 이상했다.

문이 닫히는 소리도 나지 않았으니까.

돌아볼 새도, 핸드백에 손을 넣을 새도, 뭘 할 새도 없이 누군가가 팔로 그녀를 휙 감고 가슴을 눌러서 숨이 쉬어지지 않았다. 핸드백이 계단에 떨어졌고, 거칠게 발버둥을 쳐봐도 핸드백만 발에 닿았다. 그녀는 입을 틀어막은 손에 대고 소리 없이 비명을 질렀다. 비누 향이 났다.

"자, 자, 페넬로페." 그녀의 귀에 속삭이는 목소리. "우주에서는 아무도 네 비명을 듣지 못, 못해." 그는 쉭 소리를 냈다.

아래층 공동현관 근처에서 소리가 나서 순간 누가 올라오려나 희망을 품었지만 그녀의 핸드백이, 열쇠가 (그리고 페퍼 스프레이가) 난간을 지나 바닥에 떨어지는 소리였다.

"왜 그래?" 라켈이 돌아보지도, 샐러드에 넣을 양파를 자르는 것을 멈추지도 않고 물었다. 그리고 조리대 위 창문에 비친 모습으로 해리가 식탁을 차리다 말고 거실 창문 쪽으로 간 걸 보았다.

"무슨 소리를 들은 것 같아서." 그가 말했다.

"올레그랑 헬가겠지."

"아니, 다른 소리였어. 다른…… 다른 뭔가였어."

라켈이 한숨을 쉬었다. "해리, 지금 막 집에 와서는 벌써 안절부절못하고 있잖아. 그 일로 당신이 어떤지 봐."

"이번 사건 하나만, 그럼 끝이야." 해리는 조리대로 다가와 라켈의 목에 입을 맞추었다. "기분 어때?"

"좋아." 그녀가 거짓으로 대꾸했다. 몸이 아프고 머리가 아팠다. 마음이 아팠다.

"거짓말."

"나 거짓말 잘하지?"

그가 웃으면서 목을 주물러주었다.

"내가 사라지면 새로 누굴 찾을 거야?"

"찾다니? 피곤한 소리네. 당신 하나 설득하는 것도 힘들었어."

"더 어린애. 같이 애를 낳을 수 있는 여자. 질투하지 않을게."

"당신은 거짓말 못해, 여보."

그녀는 미소를 지으며 칼을 놓고 고개를 숙여서 그의 따뜻하고 건조한 손가락이 마사지로 통증을 없애서 잠시나마 고통이 사라지는 걸 느꼈다.

"사랑해." 그녀가 말했다.

"음?"

"사랑한다고. 당신이 차 한 잔 타 주면 더."

"예, 예, 보스."

해리는 손을 놓았고, 라켈은 그대로 서서 기다렸다. 희망을 품고서. 하지만 아니었다. 통증이 다시 돌아와 주먹으로 때리는 것처럼 그녀를 강타했다.

해리는 주방 조리대에 두 손을 짚고 서서 주전자를 응시했다. 조용히 덜거덕거리기를 기다리면서. 덜거덕거리는 소리가 점점 커지다가 전체가 흔들릴 터였다. 비명처럼. 어디선가 비명이 들리는 것 같았다. 그의 머리를 채우고, 방 안을 채우고, 그의 몸을 채운 조용한 비명. 그는 체중을 다른 발에 옮겨 실었다. 터져 나오고 싶어하고 **터져 나와야 하는** 비명. 그가 미쳐가는 걸까? 그는 고개를 들어 유리창을 보았다. 어둠 속에 보이는 거라고는 유리창에 비친 그 자신뿐이었다. 거기에 그가 있었다. 바깥에 그가 있었다. 그가 그들을 기다리고 있었다. 노래를 부르면서. 나와서 **놀자!**

해리는 눈을 감았다.

아니, 그는 **그들을** 기다리지 않았다. 그는 그를, 해리를 기다렸다. 나와서 놀자니까!

그는 그녀가 다른 여자들과는 다르다는 걸 느낄 수 있었다. 페넬로페 라쉬는 살고 싶어했다. 그녀는 크고 강인했다. 그리고 그녀의 아파트 열쇠는 세 개 층 아래 바닥에 떨어져 있었다. 그녀가 폐에서 공기를 내보내자 그녀의 가슴을 감싼 팔이 팽팽해지는 느낌이 들었다. 보아뱀처럼. 먹잇감이 폐에서 공기를 내보낼 때마다 근육에 조금씩 더 힘이 들어갔다. 그는 그녀가 살아 있기를 원했다. 살아서 따뜻하기를. 이렇게 살아남고 싶어하는 아름다운 욕망을 간직한 채로. 그가 조금씩 깨트려줄 욕망. 그런데 어쩐다? 그녀를 끌고 아래로 내려가서 열쇠를 집어온다고 해도, 이웃 중에 누군가가 그 소리를 들을 위험이 있었다. 분노가 커졌다. 역시 페넬로페 라쉬는 걸렸어야 했는데. 사흘 전에 그녀가 자물쇠를 바꾼 사실을 알았을 때 결정했어야 했다. 하지만 그러다 운 좋게 틴더로 그녀에게 연락했고, 그녀도 은밀한 장소에서 만나는 데 동의했다. 그래서 잘 풀릴 줄 알았다. 하지만 작고 조용한 장소는 사람이 적은 대신 남의 이목을 끌 위험이 있었다. 손님 하나가 그를 조금 유심히 쳐다봤다. 그래서 당황한 나머지 얼른 그곳을 빠져나와 일을 서두르기로 한 것이다. 페넬로페가 거절하고 나가버렸지만.

그리고 그는 이런 결말에도 대비해서 레스토랑 근처에 차를 세워두었다. 그는 급히 차를 몰았다. 경찰에 잡힐 만큼 빠르지는 않지만 그녀가 지하철에서 나오기 전에 그 집 앞 작은 숲에 도착할 만큼은 빨리. 그녀는 그가 따라가는 동안 돌아보지 않았고, 핸드백에서 열쇠를 꺼내서 건물 안으로 들어갈 때도 돌아보지 않았다. 그는 정문이 닫히기 전에 틈새에 발을 밀어 넣었다.

그는 그녀의 몸이 부르르 떨리는 걸 느끼고 곧 의식을 잃을 걸 알았다. 발기한 물건을 그녀의 엉덩이에 대고 비볐다. 펑퍼짐하고 튼실한 여자의 엉덩이. 그의 어머니와도 비슷했다.

내면의 소년이 튀어나와 주도권을 잡으려고 발악하는 것이 느껴졌다. 그 소년이 비명을 지르며 젖을 달라고 보챘다. 지금. 여기서.

"사랑해." 그가 그녀의 귀에 대고 속삭였다. "정말이야, 페넬로페. 그래서 더 멀리 가기 전에 너를 정직한 여자로 만들어주려는 거야."

그녀는 그의 품 안에서 축 늘어졌고, 그는 서둘러 한 팔로 그녀를 일으켜 세우고 다른 손으로 자신의 재킷 주머니를 뒤졌다.

페넬로페 라쉬는 정신을 차리고 자기가 의식을 잃었던 걸 알았다. 점점 캄캄해졌다. 몸이 붕 떠 있고, 뭔가가 팔을 잡아끌고, 뭔가가 팔목을 파고들었다. 그녀는 눈을 들었다. 수갑. 한 손의 약지에 뭔가가 뿌옇게 번쩍였다.

다리 사이에서 통증이 느껴져서 아래를 보니 그가 막 그녀에게서 손을 뺐다.

그의 얼굴 일부가 그늘에 가려졌지만 손가락을 코에 대고 냄새를 맡는 것이 보였다. 그녀는 비명을 지르려고 했지만 소리가 나오지 않았다.

"좋아, 자기야. 자기는 깨끗해서 시작할 수 있겠어." 그가 말했다.

그는 재킷과 셔츠의 단추를 풀고 셔츠를 옆으로 젖혀서 맨 가슴을 드러냈다. 문신이 보이고 그녀처럼 소리 없이 비명을 지르는 얼굴이 보였다. 그가 가슴을 내밀었다. 문신으로 그녀에게 무슨 말을 하려는 것처럼. 아니면 그 반대이든가. 어쩌면 전시된 대상은 그녀인지도 몰랐다. 포효하는 악마에게 보여주는 대상.

그는 재킷 주머니에서 뭔가를 찾아서 그것을 꺼내서 그녀에게 보여주었다. 검은색. 쇠이빨.

페넬로페는 겨우 숨을 마셨다. 그리고 비명을 질렀다.

"그래, 그거야, 자기야." 그가 웃었다. "바로 그거야. 작업할 때는 음악이 있어야지."

그는 입을 크게 벌리고는 이빨을 끼웠다.

그리고 그들의 소리가 벽과 벽 사이에 메아리와 노래로 울렸다. 그의 웃음소리와 그녀의 비명이.

〈VG〉 사무실. 사람들 말소리와 벽에 걸린 대형 텔레비전에서 흘러나오는 국제 뉴스 소리가 섞여 윙윙거렸다. 뉴스팀 주간과 당직 담당자가 온라인 뉴스 업데이트 기사를 작성하고 있었다.

모나 도와 사진기자가 뉴스팀 주간의 의자 뒤에 서서 그의 콘솔로 이미지를 들여다보고 있었다.

"제가 이것저것 다 해봤는데요, 그 사람 이미지를 섬뜩하게 만드는 게 잘 안 돼요." 사진기자가 한숨을 쉬었다.

모나는 그 말이 맞다고 생각했다. 할스테인 스미스가 보름달 아래 서 있는 모습은 지나칠 정도로 쾌활해 보였다.

"그래도 괜찮아." 뉴스팀 주간이 말했다. "트래픽을 봐. 지금 분당 900이야."

모나는 화면 오른쪽의 숫자를 보았다.

"승자가 나왔어." 주간이 말했다. "이걸 웹사이트 맨 위로 올릴 거야. 야간 편집자한테 1면을 바꾸고 싶은지 물어봐야겠지." 사진기자는 주먹 쥔 손을 모나를 향해 들었고, 모나는 의무적으로 같이 주먹을 쥐고 그의 주먹에 맞댔다. 그녀의 아버지는 그 동작이 타이거 우즈와 그의 캐디가 유행시킨 동작이라고 주장했다. 우즈가 마스터스 결승전에서 16번 홀을 잡았을 때 캐디가 다소 격하게 하이파이브를 하다가 우즈의 손에 부상을 입힌 후 하이파이브를 변형한 거라고. 모나가 선천적으로 골반이 부실해서 훌륭한 골퍼가 되지 못할 거라는 것이 아버지의 가장 큰 회한이었다. 모나는 아버지가 처음 골프 연습장에 데려갔을 때부터 골프를 싫어했지만 다른 선수들이 수준 이하라 모든 시합에서 이겨버렸다. 하지만 모나는 스윙이 지나치게 짧고 보기 흉해서, 전국 주니어팀 감독은 패할 때 패하더라도 적어도 골프를 치는 것처럼 보이는 팀을 데리고 대회에 나가는 게 낫다며 모나를 선발하지 않기로 했다. 그래서 모나는 아버지 집 지하실에 골프채를 던져넣고 대신 체력단련실로 향했다. 거기서는 그녀가 바닥에서 120킬로그램을 들어 올리는 **자세**를 가지고 딴지 걸 사람이 없었다. 킬로그램 수, 타격 수, 클릭 수. 성공은 숫자로 측정되었고, 그렇지 않다고 주장하는 사람은 그저 진실을 두려워하고 보통사람에게는 착각이 삶의 본질이라고 진지하게 믿는 것일 뿐이다. 하지만 당장은 댓글에 관심이 더 많았다. 할스테인 스미스가 뱀파이어병 환자는 위험을 개의치 않는다고 말했을 때 어떤 생각이 스쳤기 때문이다. 범인이 〈VG〉를 읽을 수도 있다는 생각. 온라인에 댓글을 남겼을 **수도 있다**는 생각.

모나는 댓글이 올라오는 대로 훑었다.

하지만 특별한 것이 없었다.

희생자들을 동정하고 안타까움을 표현하는 댓글.

진실의 수호자를 자처하는 사람들이 특정 정당이 왜 이런 바람직하지 못한 부류의 인간을, 이 경우에는 뱀파이어병 환자를 양산하는 사회를 책임져야 하는지 성토하는 댓글.

사형집행인들이 기회만 생기면 목소리를 높이며 사형과 거세를 부르짖는 댓글.

그리고 뭐든 농담거리로 삼을 수 있다는 개념을 널리 퍼트린 사람들을 롤모델로 삼은 스탠드업 코미디언 지망생들의 댓글. '새로운 밴드, 뱀파이어!' '틴더 주식을 팔아라!'

의심스러운 댓글을 발견하면 난 뭘 어쩌려는 거지? 카트리네 브라트 사단에 신고해야 하나? 아마도. 트룰스 베른트센에게 그만한 빚을 졌다. 아니면 그 금발 경찰 안데르스에게 연락할 수도 있었다. 그래서 그가 그녀에게 신세지게 만들 수도 있었다. 틴더가 아니라도 왼쪽이나 오른쪽으로 스와이프한다.

모나는 하품을 했다. 자기 책상으로 가서 가방을 들었다.

"저 헬스장 가요." 그녀가 말했다.

"지금? 한밤중이잖아!"

"무슨 일 생기면 전화하세요."

"근무시간은 한 시간 전에 끝났어, 모나. 다른 사람들이ㅡ."

"이건 내 기사예요. 그러니 전화해요, 네?"

뒤에서 문이 닫힐 때 누군가 웃는 소리가 들렸다. 그녀의 걸음걸이를 비웃는 걸 수도 있고, '똑똑한 여자는 혼자서 다 해'라는 도발적인 태도를 비웃는 걸 수도 있었다. 사실 그녀의 걸음걸이가 웃기기는 했다. 또 혼자서 다 **할 수 있었다**.

엘리베이터, 에어락, 회전문을 지나 건물 밖으로 나왔고, 유리창으로 된 건물 전면에 달빛이 비추었다. 모나는 숨을 들이마셨다. 엄청난 일이 벌어지고 있었고, 그녀는 그걸 알았다. 자신이 그 일의 일부가 되리라는 것도 알았다.

트룰스 베른트센은 가파르고 구불구불한 도로 옆에 차를 세웠다. 저 아래 벽돌 건물들이 어둠 속에 고요히 서 있었다. 오슬로의 버려진 공장지대, 철길에는 침목들 사이에 풀이 무성히 자랐다. 그리고 저 멀리로 건축가들의 새로운 장난감 건물들이 서 있는 바코드 단지, 비즈니스 세계의 새 놀이터가 펼쳐져 있어서, 미니멀리즘이 비용 절감 차원의 실용성 문제이지 미학적 이상은 아니던 과거 노동 계급의 칙칙하고 심각한, 버려진 공장지대의 분위기와 극명한 대조를 이루었다.

　　트룰스는 언덕 꼭대기 달빛 아래 그 집을 쳐다보았다.

　　창 안에 불이 켜져 있고 그 안에 울라가 있었다. 늘 앉는 소파의 같은 자리에서 무릎을 꿇고 앉아서 책을 읽고 있으리라. 언덕에 올라서 나무들 사이에 숨어 쌍안경으로 본다면 보였을 것이다. 그리고 그녀가 정말로 그러고 있었다면 그녀가 금발을 한쪽 귀 뒤로 넘기는 것도 보였을 것이다. 무슨 소리를 들으려는 듯이. 아이들이 깼는지. 미카엘이 뭘 원하는지. 혹은 웅덩이 옆의 가젤처럼 포식 동물이 오는 소리를 들으려는 것처럼.

　　윙윙거리고 지지직거리는 소리가 나고 짧은 메시지를 전하는 말소리가 나오다가 다시 사라졌다. 경찰 무전이 전하는 도시의 소리가 그에게는 음악보다 더 위로가 되었다.

　　트룰스는 차 안에서 방금 연 조수석 사물함을 들여다보았다. 쌍안경이 근무용 권총 뒤에 박혀 있었다. 그는 이제 그만두겠다고 다짐했다. 이제는 때가 됐다고, 더는 이럴 필요가 없다고, 이제는 바다에 다른 물고기가 있는 걸 알았으니 그만하자고. 좋아. 아귀, 둑중개, 동미리. 트룰스는 자기가 꿀꿀거리는 소리를 들었다. 비비스라는 별명을 얻게 한 특유의 웃음소리. 그 웃음소리와 묵직한 아래 턱으로 얻은 별명. 그리고 그녀가 저 위에, 지나치게 크고 지나치 게 비싸고 트룰스가 만들어준 테라스가 있는 저택에 갇혀 있었다. 트룰스는 테라스를 만들면서 시멘트가 마르기 전에 마약상의 시체 를, 오직 그만 알고 있고 하룻밤 잠을 뒤척이게도 만들지 못한 그 시체를 묻었다.

무전기가 다시 지글거렸다. 비상통제센터의 목소리였다.

"호브세테르 근처에 차량이 있습니까?"

"31번 차량, 스퀘엔에 있습니다."

"호브세테르베이엔 44번지, B 출입구. 흥분한 주민에게서 신고 가 들어왔어요, 어떤 미친 남자가 계단에서 여자를 폭행하는데 계 단 전등을 깨트리는 바람에 캄캄해서 아무도 나서서 말리지 못하 고 있답니다."

"무기를 들었답니까?"

"모른답니다. 남자가 여자를 무는 걸 본 후 불이 꺼졌다고 합니 다. 신고자 이름은 아문센이고요."

트룰스는 즉각 무전기의 '통화' 버튼을 눌렀다. "트룰스 베른트 센 순경입니다. 제가 근처에 있어요. 출동하겠습니다."

그는 이미 시동을 걸고 속도를 올려서 급히 차도로 들어갔고, 뒤 에서 모퉁이를 돌아오던 차가 화가 난 듯 경적을 울려대는 소리가 들렸다.

"알겠습니다." 비상통제센터에서 말했다. "그런데 어디 계십니 까, 베른트센?"

"바로 근처라고 했잖습니까. 31번, 나를 지원하세요. 그러니 먼 저 도착하면 일단 기다려요. 범인이 무장한 것 같습니다. 반복하니다, 무장했어요."

토요일 밤, 도로에는 차가 거의 없었다. 오페라 터널을 전속력으로 통과해서 피오르 아래 도심을 곧장 가로지르면 31번 차량보다 7분이나 8분 이상 늦지 않을 터였다. 그 시간은 물론 피해자에게도 중요하고 가해자가 도망치는 데도 결정적인 시간이지만, 트룰스 베른트센 순경이 뱀파이어병 범인을 체포하는 경관이 될 **수도 있는** 시간이었다. 게다가 현장에 처음 나타난 경관에게서 나오는 제보를 〈VG〉가 얼마를 주고 살지 누가 알겠는가. 트룰스는 계속 경적을 울려댔고, 볼보 한 대가 방향을 틀어 길을 내주었다. 이제 중앙분리대가 있는 도로였다. 3차선. 그는 엑셀러레이터를 밟았다. 심장이 마구 뛰었다. 터널의 속도 카메라가 깜박거렸다. 임무 수행 중인 경찰관, 이 빌어먹을 도시의 모든 사람에게 비키라고 말할 수 있는 자격. 임무 수행 중. 혈관 속의 피가 곧 발기라도 할 것처럼 선명하게 고동쳤다.

"에이스 오브 스페이스!" 트룰스가 외쳤다. "에이스 오브 스페이스!"

"네, 31번 차량입니다. 기다리고 있었습니다!" 남자와 여자가 B 출입구 앞 순찰차 뒤에 서 있었다.

"대형 화물차가 길을 막아서요." 트룰스는 총이 장전되어 있고 탄창이 가득한지 확인했다. "뭐 들은 거 있습니까?"

"안이 완전히 조용해요. 아무도 들어가거나 나오지 않았습니다."

"갑시다." 트룰스는 남자 경관을 가리키며 말했다. "같이 갑시다, 손전등 들고." 그리고 여자 경관에게 고개를 까딱하면서 말했다. "여기 있어요."

두 남자는 정문으로 올라갔다. 트룰스는 창문을 통해 어두운 계단을 보았다. 아문센이라는 이름 옆의 초인종을 눌렀다.

"네?" 누군가 속삭였다.

"경찰입니다. 신고하신 뒤로 무슨 소리를 들었습니까?"

"아뇨, 그래도 그 사람이 아직 밖에 있을 수 있어요."

"알겠습니다. 문을 열어주세요."

잠금장치가 딸깍 열리고 트룰스가 문을 당겨서 열었다. "손전등 들고 먼저 들어가요."

트룰스는 경관이 마른침을 삼키는 소리를 들었다. "지원하라면서요. 먼저 들어가는 게 아니라."

"혼자 오지 않은 걸 감사히 생각하세요." 트룰스가 속삭였다. "어서."

라켈은 해리를 보았다.

살인사건 두 건. 새로운 연쇄살인범. 그의 사냥 유형.

그는 함께 식사하면서 식탁에서 오가는 대화를 따라가는 척, 헬가에게 정중히 대하고 올레그의 말을 귀기울여 들었다. 어쩌면 그녀가 오해한 건지도, 그가 정말로 관심이 있는 건지도 몰랐다. 어쩌면 그 사건에 완전히 빠지지 않았고, 어쩌면 그가 정말로 달라졌는지도 몰랐다.

"이제 곧 사람들이 3D 프린터를 사들여서 총을 복제할 수 있게 될 거예요. 그렇게 되면 총기 면허는 무의미해져요." 올레그가 말했다.

"3D 프린터는 플라스틱 복제만 가능한 줄 알았는데?" 해리가 말했다.

"가정용 프린터는 그렇죠. 그래도 총을 만들어 누굴 살해하는 데 한 번만 쓸 거라면 플라스틱도 내구성이 충분해요." 올레그는 식탁에 기댔다. "실제 총을 견본으로 사용하지 않아도 돼요. 딱 5분만 빌려 분해해서 밀랍으로 부품을 본뜨고, 그걸로 3D 모델을 만들어서 프린터를 제어하는 컴퓨터에 입력만 하면 돼요. 살인한 다음에는 녹여버리면 되고요. 설사 누군가 그게 살인 흉기라는 걸 알아챘다고 해도 아무도 믿지 않을 거고요."

"흠. 그래도 그 총을 만든 프린터는 추적할 수 있겠지. 그건 과학수사과에서 잉크젯 프린터로도 할 수 있어."

라켈이 헬가를 보았다. 다소 지루해 보였다.

"이봐요들……." 라켈이 말했다.

"여하튼." 올레그가 말했다. "대단한 거예요. 그야말로 뭐든 다 만들 수 있거든요. 아직은 노르웨이에 있는 3D 프린터가 2천 대가 조금 넘는 정도지만 언젠가 누구나 한 대씩 보유하게 되고 테러리스트가 3D 프린터로 수소폭탄을 만든다고 상상해보세요."

"이봐요들, 우리 좀 재밌는 얘기 하면 안 되나?" 라켈은 이상하게 숨이 차는 느낌이 들었다. "교양 있는 얘기 좀 합시다. 손님도 있으니."

올레그와 해리가 헬가를 돌아보았고, 헬가는 자기는 괜찮다는 뜻으로 미소를 지으며 어깨를 으쓱했다.

"좋아요." 올레그가 말했다. "셰익스피어는 어때요?"

"그거 괜찮네." 라켈이 미심쩍은 눈으로 아들을 보면서 헬가에게 감자를 건넸다.

"좋아요, 스톨레 에우네와 오셀로 증후군." 올레그가 말했다. "예수스랑 제가 강의를 전부 녹음한 얘기는 안 했죠? 제가 마이크와 전송기를 셔츠 속에 몰래 숨겼고, 예수스가 옆방에서 녹음했어요. 그걸 인터넷에 올려도 스톨레 박사님이 괜찮다고 하실까요? 어때요, 해리?"

해리는 대답하지 않았다. 라켈은 그를 살펴보았다. 또 생각이 다른 데 가 있나?

"해리?"

"응, 그건 내가 답할 수 있는 문제가 아닌데." 해리가 자기 접시를 보면서 말했다. "그런데 그냥 스마트폰으로 녹음하지 그랬니? 개인 사용 목적으로 강의를 녹음하는 건 금지되지 않았잖아."

"둘이서 연습하는 거예요." 헬가가 말했다.

모두가 헬가를 돌아보았다.

"예수스랑 올레그는 비밀요원으로 일하고 싶대요."

"와인, 헬가?" 라켈이 병을 들었다.

"감사합니다. 그런데 안 드시네요?"

"난 두통약을 먹어서. 해리도 술은 마시지 않고."

"내가 이른바 알코올의존증이거든. 안타깝지. 꽤 좋은 와인 같은데."

라켈은 헬가의 뺨이 붉어지는 걸 보고 얼른 물었다. "그럼 스톨레 박사님이 셰익스피어도 가르쳐주셨니?"

"그렇기도 하고 아니기도 해요." 올레그가 말했다. "오셀로 증후군은 살인에서 질투가 주된 이유로 작용한다는 의미이지만 사실은 그렇지 않아요. 헬가랑 제가 어제 〈오셀로〉를 읽었는데—."

"둘이 같이 읽었다고?" 라켈이 해리의 팔에 손을 댔다. "참 사랑스럽지 않아?"

올레그가 천장을 쳐다보았다. "어느 쪽이든, 제 해석은 모든 살인의 밑바탕의 진짜 원인은 질투가 아니라 굴욕감을 느낀 남자의 시기와 야망이라는 거예요. 그러니까 이아고요. 오셀로는 그냥 꼭 두각시일 뿐이에요. 이 작품의 제목은 〈이아고〉였어야 해요, 〈오셀로〉가 아니라."

"너도 같은 생각이니, 헬가?" 라켈은 날씬하고 다소 핏기가 없고 예의 바른 헬가가 마음에 들었고, 그녀는 분위기에 꽤 빨리 적응하는 듯 보였다.

"전 〈오셀로〉라는 제목이 좋아요. 아주 심오한 이유는 없을 수도 있어요. 오셀로도 말했듯이요. 보름달이 진짜 이유라고요. 사람을 미치게 만든다면서."

"'이유는 없다.'" 해리가 영어로 진지하게 말했다. "'그냥 그렇게 하고 싶었을 뿐이다.'"

"놀라운데, 해리." 라켈이 말했다. "셰익스피어를 다 인용하고 말이야."

"월터 힐. 〈전사들〉, 1979." 해리가 말했다.

"예." 올레그가 웃었다. "역사상 최고의 갱 영화죠."

라켈과 헬가가 웃었다. 해리는 물잔을 들고 식탁 너머로 라켈을 보았다. 미소를 지었다. 가족의 저녁 식탁에 웃음소리가 퍼졌다. 라켈은 그가 지금 여기에, 그들과 함께 있다고 생각했다. 그의 시선을 붙잡으려고, 그를 붙잡으려고 했다. 하지만 바다가 부지불식간에 초록에서 파랑으로 바뀌듯 그 순간이 왔다. 그의 눈이 다시 내면으로 향하는 순간. 그녀는 웃음소리가 잦아들기도 전에 그가 다시 어둠 속으로 빠져들면서 멀어지는 걸 보았다.

트룰스는 캄캄한 어둠 속에서 계단을 오르며 손전등을 든 덩치

208

큰 제복 경찰 뒤에서 총을 들고 몸을 잔뜩 웅크렸다. 정적을 깨는 소리라고는 건물 위쪽 어디선가 나는 시계 소리 같은 똑딱거리는 소리뿐이었다. 손전등에서 나오는 원뿔 모양의 빛이 그들 앞의 어둠을 밀어내면서 어둠을 더 짙게 응축시키는 것 같았다. 트룰스와 미카엘이 망레루드에서 연금수급자들을 위해 치워주던 눈처럼. 그는 눈을 다 치우고 나서 쭈글쭈글하고 떨리는 손에서 100크로네 지폐를 잡아채고 거스름돈을 가져오겠다고 말했다. 노인들이 그 말을 믿었다면 아마 아직도 기다리고 있을 것이다.

발밑에서 뭔가가 으드득거렸다.

트룰스는 앞서가는 경찰의 재킷을 잡아 세웠다. 경찰이 손전등으로 바닥을 비추자 유리 파편이 반짝거렸고, 트룰스는 파편 속에서 피로 보이는 것에 찍힌 희미한 발자국을 보았다. 발바닥 뒤축과 앞부분이 선명하게 나뉘었지만 여자의 것이라고 하기에는 지나치게 커 보였다. 발자국은 계단 아래쪽을 향해 있었고, 더 아래쪽에도 찍혀 있었다면 아까 분명 봤을 것이다. 똑딱거리는 소리가 점점 커졌다.

트룰스는 앞에 선 경찰에게 계속 가라고 손짓했다. 계단에 찍힌 피 묻은 발자국이 점점 선명해졌다. 그는 계단 위쪽을 보았다. 그대로 서서 총을 들었다. 앞장선 경찰은 계속 가게 두었다. 트룰스는 뭔가를 보았다. 빛 속으로 떨어지는 것. 반짝이는 것. 빨간 것. 그들이 들은 건 똑딱거리는 시계 소리가 아니었다. 피가 계단에 뚝뚝 떨어지는 소리였다.

"위로 비춰봐요." 트룰스가 말했다.

경찰이 멈추고 돌아보고는 잠시 놀란 표정을 지었다. 바로 뒤에서 따라오는 줄 알았던 동료가 몇 계단 아래에서 천장을 보고 있었으니. 그래도 트룰스가 시키는 대로 했다.

"맙소사……." 그가 속삭였다.

"아멘." 트룰스가 말했다.

그들 위로, 벽에 여자가 걸려 있었다.

체크무늬 스커트가 위로 젖혀져 흰 팬티의 가장자리가 드러났다. 경찰의 머리 높이로 한쪽 허벅지에 난 커다란 상처에서 피가 흐르고 있었다. 피가 다리를 타고 내려와 신발 속으로 들어갔다. 신발에도 결국 피가 가득 찼다. 피가 흘러넘쳐 신발 앞코에 방울방울 모여서 계단 바닥의 피 웅덩이로 떨어졌다. 두 팔은 푹 수그린 머리 위로 올라가 있었다. 팔목에 특이한 수갑이 채워졌고, 수갑은 전등 걸이에 걸려 있었다. 여자를 그 위에 건 사람이 누구든 힘이 센 사람일 것이다. 머리카락이 얼굴과 목을 덮어서 물린 자국이 있는지 보이지 않았지만 웅덩이를 이룬 피의 양과 뚝뚝 떨어지는 끔찍한 소리로 봐서는 여자의 몸이 텅 비어 있으리라는 것을 알 수 있었다.

트룰스는 여자를 응시했다. 세세한 부분까지 모두 머릿속에 담았다. 여자는 마치 그림 같았다. 모나 도에게 전할 때 이 표현을 쓸 터였다. '벽에 걸린 그림 같았다.'

그들 위로 층계참에 문 하나가 빼꼼히 열렸다. 창백한 얼굴이 내다봤다. "그 사람, 갔어요?"

"그런 것 같네요. 아문센 씨?"

"네."

문이 더 열리고 불빛이 새어나왔다. 공포로 헉하는 소리가 들렸다.

노인이 휘청거리며 나오고 그의 아내로 보이는 노파가 뒤에 남아 현관에서 불안하게 내다봤다. 노인이 말했다. "악마가 따로 없었어요. 그 인간이 한 짓을 보세요."

"더 내려오지 마세요." 트룰스가 말했다. "여긴 살인사건 현장입니다. 범인이 어디로 갔는지 아시는 분 있습니까?"

"그 사람이 간 줄 알았으면 우리가 벌써 나와봤겠죠." 노인이 말했다. "그런데 거실 창문으로 어떤 남자를 보기는 했어요. 이 건물에서 나가서 지하철역 쪽으로 갔어요. 그 사람인지 아닌지는 몰라요. 아주 차분하게 걸어갔거든요."

"그게 얼마나 됐습니까?"

"길어야 15분."

"어떻게 생겼습니까?"

"그렇게 물어보시니……." 그는 아내를 돌아보며 도움을 구했다.

"그냥 평범해요." 그의 아내가 말했다.

"그래요." 노인도 동의했다. "키가 크지도 작지도 않았어요. 머리가 금발도 아니고 검지도 않고. 정장 차림이고."

"회색요." 그의 아내가 덧붙였다.

트룰스는 앞에 선 경찰을 향해 고개를 끄덕였고, 경찰은 그 신호를 알아듣고 재킷 윗주머니에 꽂아둔 무전기에 대고 말했다. "호브세테르베이엔 44번지 지원 요청. 용의자가 15분 전에 도보로 지하철역 쪽으로 가는 것이 목격되었다. 키는 약 1미터 75, 노르웨이인으로 보이고, 회색 정장."

아문센 부인이 문 뒤에서 나왔다. 남편보다 걸음이 더 불안정해 보였고, 슬리퍼로 바닥을 끌면서 떨리는 손가락으로 벽에 걸린 여자를 가리켰다. 트룰스가 노인들의 집 앞의 눈을 치워주던 어린 시절, 그 집에 살던 연금수급자가 떠올랐다. 트룰스가 소리쳤다. "가까이 오지 말라고 했습니다!"

"그런데…… 그런데 저 여자 죽지 않았어요."

트룰스가 돌아보았다. 열린 문에서 나오는 불빛 속에서 여자의 오른발이 경련을 일으키듯 떨고 있었다. 그리고 자기도 모르게 이런 생각이 스쳤다. 여자가 감염됐다. 뱀파이어가 됐다. 지금 여자가 깨어나고 있다.

12

토요일 밤

철커덩거리며 쇠붙이 부딪히는 소리가 나고 바벨을 끼운 막대가 좁은 벤치 위 받침대에 걸렸다. 누군가는 소름 끼치는 소리라고 할 테지만 모나 도에게는 경쾌한 벨소리로 들렸다. 남의 시선을 신경 쓸 필요도 없었다. 가인 헬스장에는 그녀 혼자만 있었다. 이 헬스 장은 뉴욕과 로스앤젤레스의 헬스장에 영향을 받아선지 6개월 전 부터 24시간 운영으로 바뀌었지만 아직은 자정 넘어서까지 운동 하는 사람을 본 적이 없었다. 노르웨이인들은 낮에 헬스장에 갈 시 간을 내지 못할 만큼 열심히 일하지 않기 때문이다. 모나는 예외였 다. 늘 예외이기를 **원했다.** 돌연변이. 진화의 역사애서처럼 세상을 발전시키는 것은 예외들이다. 세상을 완벽하게 만드는 존재들.

전화가 울리자 모나는 벤치에서 일어섰다.

노라였다. 모나는 이어폰을 꽂고 전화를 받았다.

"**헬스장**에 있다고, 미쳤구나." 친구가 타박했다.

"얼마 안 있었어."

"거짓말. 두 시간은 있었겠지."

모나와 노라, 그리고 대학 친구 몇은 휴대전화 GPS로 서로를 찾을 수 있게 설정해놓았다. 자발적으로 서로의 휴대전화를 추적하는 서비스를 활성화시킨 것이다. 친목을 도모하는 동시에 서로를 안심시켜주기 위해서였다. 하지만 모나는 이따금 폐소공포증 같은 것을 느꼈다. 전문직의 자매애도 좋지만 열네 살짜리 여자애들이 화장실에 같이 다니는 것처럼 서로를 쫓아다닐 필요는 없었다. 이제 정말 때가 왔다. 세상에는 지적인 젊은 여자들이 일할 기회가 넘쳐나고 그들을 주저앉히는 건 용기와 야망, 그러니까 변화를 이루겠다는 절실한 마음이 부족해서일 뿐이지 남들이 그들의 똑똑함을 인정해주지 않아서가 아니라는 사실을 깨달아야 할 때가 온 것이다.

"지금 네 몸에서 칼로리가 빠져나간다고 생각하면 조금 얄미워." 노라가 말했다. "난 여기서 뚱뚱한 엉덩이를 깔고 앉아 피나콜라다를 새로 주문해서 나를 위로하는 중인데 말이야. 저기……."

모나는 빨대로 쭉 빨아 마시는 소리가 고막을 때리자 이어폰을 빼고 싶었다. 노라는 피나 콜라다가 때 이른 가을 우울증의 유일한 해독제라고 믿었다.

"너 할 말이 있기는 한 거니, 노라? 나 지금 한창―"

"그럼. 일."

노라와 모나는 같은 언론대학에 다녔다. 몇 년 전만 해도 그 대학의 입학요건이 노르웨이의 여느 고등교육 기관보다 훨씬 까다로웠고, 남녀를 막론하고 똑똑한 학생들 두 명 중 하나는 신문에 칼럼을 쓰거나 방송국에서 일하는 꿈을 꾸었다. 노라와 모나가 바로 그런 학생들이었다. 암 연구와 국가를 운영하는 역할은 그들만큼 명석하지 않은 학생들의 몫이었다. 그런데 요새는 모나가 다니던 언론대학이 모든 지역 고등학교와 경쟁하고 있었다. 고등학교들은 나랏돈으로 노르웨이의 청소년들에게 저널리즘과 영화와 음악과 뷰티테라피 같은 인기 강의를 제공할 뿐 이 나라에 부족하고 실질적으로 필요한 교육이 무엇인지는 고민하지 않았다. 그리하여 세계에서 가장 부유한 국가가 이런 종류의 기술을 외국에서 수입해야 하는 지경에 이르는 동안, 태평하고 직업도 없고 영화를 공부하는 이 나라의 아들딸들은 집구석에 틀어박혀 국가의 밀크셰이크에 빨대를 깊이 박고 빨아대면서 타국에서 만든 영화나 보았다(이 말이 거슬린다면, 영화를 비평했다고 하겠다). 언론대학의 입학 문턱이 낮아지는 또 하나의 이유는 물론 아이들이 거대한 블로그 시장을 발견하면서. 이제는 텔레비전과 신문 같은 전통적인 진로가 제공하는 수준의 관심을 끌기 위해 열심히 공부해서 성적을 올릴 필요가 없어졌기 때문이다. 새로운 미디어 환경에서는 갈수록 유명인에게 집중하는 상투적인 분위기가 조성되어 기자의 역할은 이제 도시의 소문을 전하는 역할로 축소되었다. 모나는 이 주제로 쓴 기사에서 노르웨이 최대 신문사인 그녀의 신문사를 예로 들었다. 그리고 이 기사는 신문에 실리지 않았다. '너무 길어.' 특집 섹션 편집장은 이렇게 말하면서 그녀를 잡지 편집장에게 보냈다. '소위 비판적인 언론이 싫어하는 게 하나 있다면 비판받는 거야.' 이건 그나마 긍정적인 편인 동료의 말이었다. 하지만 모나는 잡지 편집장의 다음과 같은 말이 본질을 꿰뚫었다는 느낌을 받았다. '그런데 모나, 여기에 유명인이 한 말은 한 마디도 없잖아.'

모나는 창가로 가서 프롱네르 공원을 내다보았다. 구름이 덮여 있고 가로등이 비추는 산책로에서 떨어진 공원에는 어둠이 손에 잡힐 듯 짙게 깔려 있었다. 나뭇잎이 다 떨어지고 모든 것이 더 투명해지고 도시가 다시 딱딱하고 차가워지기 전의 가을은 늘 그런 풍경이었다. 하지만 9월 말에서 10월 말까지의 오슬로는 부드럽고 따스한 테디베어 같아서 그냥 끌어안고 푹 파묻히고 싶었다.

"듣고 있어, 노라."

"그 뱀파이어 사건 얘기야."

"그 사람을 게스트로 초대하라고 했다며. 그 사람이 토크쇼에 나올까?"

"마지막으로 말할게. '선데이 매거진'은 진지한 토론 프로그램이야. 해리 홀레한테 연락했는데 자기는 싫다면서, 수사를 지휘하는 사람은 카트리네 브라트라고 했어."

"그럼 좋은 거 아니야? 너 맨날 괜찮은 여성 게스트 구하기가 어렵다고 불평하잖아."

"그래, 하지만 해리 홀레는 제일 유명한 수사관이야. 그 사람이 술 취해서 생방송에 나온 거 기억하지? 스캔들이었지, 물론. 그런데 사람들은 그런 걸 좋아해!"

"그 사람한테 그런 얘길 했어?"

"아니, 다만 텔레비전은 유명인을 필요로 하고, 유명한 얼굴이 나와야 이 도시가 경찰이 하는 일에 더 관심을 가질 거라고 말했어."

"기발한데. 그래도 안 한다고 했다는 거지?"

"자기를 '렛츠 댄스'에 경찰 대표로 부른다면 내일이라도 당장 슬로 폭스트롯을 연습하겠대. 하지만 이건 살인사건 수사를 다루는 프로그램이고 모든 정보와 외부에 발언할 권한은 카트리네 브라트한테 있다는 거야."

모나가 웃었다.

"왜?"

"아냐. 해리 홀레가 '렛츠 댄스'에 나오는 게 상상이 돼서."

"뭐? 그 사람이 진심으로 한 말일까?"

모나는 더 크게 웃었다.

"네가 그 카트리네 브라트를 어떻게 생각하는지 들어보려고 전화한 거야. 네가 그쪽 세계를 잘 아니까."

모나는 앞에 있는 선반에서 가벼운 덤벨 한 쌍을 집어 들고 곧바로 이두박근 운동을 시작해 몸의 순환을 유지하고 근육의 노폐물을 배출했다. "카트리네 브라트, 똑똑하지. 말도 딱 부러지게 잘하고. 좀 까다로울 거야, 아마도."

"하지만 그 여자가 화면 밖으로 매력을 발산할 수 있을까? 기자회견장에서는 어째 좀……."

"맹숭맹숭하지? 그래, 그래도 자기가 원하면 근사해 보일 사람이야. 뉴스팀 남자들은 그 여자가 경찰청에서 제일 섹시하다고들하거든. 그럼에도 전문성으로 승부하는 여자들 중 하나야."

"벌써 얄미워지네. 할스테인 스미스는 어때?"

"그 사람도 너희 단골이 될 수 있을 거 같은데. 상당히 괴짜이고 경솔하지만 그래도 영리하잖아. 그 사람으로 해."

"그래, 고맙다. 여자들끼리 잘해낸다, 그치?"

"이제 우리 그런 얘기 할 때는 지나지 않았니?"

"응, 그런데 요즘은 반어법으로 써."

"그렇구나. 하하."

"웃긴 왜 웃어. 넌 어때?"

"뭐가?"

"범인이 아직 돌아다니잖아."

"알아."

"진지하게 하는 말이야. 호브세테르에서 프롱네르 공원까지 그렇게 멀지 않잖아."

"무슨 소리야?"

"헉, 너 못 들었어? 범인이 또 저질렀잖아."

"젠장!" 모나가 소리를 질렀고, 시야의 한쪽 가장자리로 접수대의 남자가 쳐다보는 게 보였다. "뉴스팀 주간 자식이 연락해준다고 했거든. 다른 사람한테 준 거야. 끊어, 노라."

모나는 탈의실로 가서 운동복을 가방에 쑤셔 넣고 계단을 뛰어 내려가 거리로 나갔다. VG 빌딩 쪽으로 이동하면서 빈 택시를 찾았다. 운 좋게도 빨간불 앞에서 택시를 잡았다. 그녀는 몸을 던지듯 뒷좌석에 올라타고 전화기를 꺼냈다. 트룰스 베른트센의 번호를 찾았다. 벨이 두 번 가고 특유의 꿀꿀거리는 웃음소리가 흘러나왔다.

"뭡니까?" 그녀가 물었다.

"안 그래도 기자님 귀에 들어가기까지 얼마나 걸릴지 궁금하던 차였어요." 트룰스 베른트센이 말했다.

13

토요일 밤

"여자를 벽에서 내릴 때엔 이미 피를 1리터 반이나 흘린 상태였습니다." 울레뵐 병원 복도에서 의사가 해리와 카트리네와 함께 걸으면서 말했다. "허벅지 위쪽의 더 굵은 동맥을 물었다면 살아남지 못했을 겁니다. 보통 이런 상태면 경찰 조사를 허락하지 않는데 지금은 사람들 목숨이 위태로운 상황이니……."

"고맙습니다." 카트리네가 말했다. "꼭 필요한 질문만 하겠습니다."

의사는 문을 열었고, 그와 해리가 밖에서 기다리는 동안 카트리네가 병상과 그 옆을 지키던 간호사에게 다가갔다.

"꽤 인상적이네요." 의사가 말했다. "안 그래요, 해리?"

해리는 의사를 돌아보며 눈썹을 치떴다.

"이름을 불러도 괜찮죠? 오슬로는 작은 도시고, 제가 부인의 주치의이기도 하고요."

"그런가요? 아내가 여기로 진찰받으러 오는지 몰랐습니다."

"저도 부인께서 접수 양식을 작성할 때 알았습니다. 보호자란에 당신 이름을 넣은 걸 봤거든요. 물론 신문에서 본 이름이라 기억이 났고요."

"기억력이 좋으시네요……." 해리는 흰색 가운의 이름표를 보았다. "……존 D. 스테펜스 고문의사님. 제 이름이 신문에 나온 게 오래전이라. 그런데 뭐가 인상적이라는 건가요?"

"사람이 여자의 허벅지를 저렇게 물 수 있다는 거요. 현대인은 턱 힘이 약하다고들 하지만 사실 대다수 포유류에 비하면 우린 꽤 날카롭게 물 수 있습니다. 알고 계셨습니까?"

"아뇨."

"얼마나 세게 물 수 있을 거 같아요, 해리?"

해리는 잠시 지나서야 스테펜스가 정말로 대답을 기다리는 걸 알았다. "음, 우리 과학수사과의 전문가들은 70킬로그램이라고 하던데요."

"답을 알고 계셨네요."

해리는 어깨를 으쓱였다. "이 숫자가 저한테는 아무 의미가 없어요. 150이라고 들었어도 그러려니 했을 겁니다. 숫자 얘기가 나와서 말인데, 페넬로페 라쉬가 피를 1리터 반을 잃은 걸 어떻게 아십니까? 맥박과 혈압으로 그렇게 정확히 알 수 있을 것 같지는 않은데요?"

"범죄현장 사진을 받았습니다. 제가 피를 사고파는 사람이라 보는 눈이 꽤 정확하거든요."

해리가 더 자세히 물어보려는 순간, 카트리네가 손을 흔들었다.

해리는 병실로 들어가서 카트리네 옆에 섰다. 페넬로페 라쉬의 얼굴은 그 얼굴을 받친 베갯잇처럼 하앴다. 눈은 뜨고 있었지만 눈빛이 흐릿했다.

"오래 귀찮게 하지는 않을게요, 페넬로페." 카트리네가 말했다.

"현장에서 당신과 얘기한 경찰을 만났어요. 당신이 시내에서 폭행범을 만났고 그자가 계단에서 당신을 공격했으며 쇠이빨로 문 것까지는 들었어요. 그자가 어떤 사람인지 말해줄 수 있을까요? 비다르 말고 다른 이름을 알려줬나요? 어디에 살고 어디서 일하는지는 말해줬어요?"

"비다르 한센. 어디 사는지는 물어보지 않았어요." 페넬로페가 말했다. 깨지기 쉬운 도자기 같은 목소리라고 해리는 생각했다. "예술가인데 경비원으로도 일한다고 했어요."

"그 말을 믿었어요?"

"모르겠어요. 경비원일 수도 있을 것 같았어요. 어쨌든 열쇠를 손에 넣을 수 있는 사람이니까. 그자가 우리 집 안에 들어갔었거든요."

"네?"

페넬로페는 안간힘을 쓰는 표정으로 이불 속에서 왼손을 빼서 위로 들었다. "로아르한테 받은 약혼반지예요. 그놈이 침실 서랍장에서 훔쳐간 거예요."

카트리네는 미심쩍은 눈길로 광택이 없는 금반지를 보았다. "그러니까…… 놈이 계단에서 그 반지를 끼워줬다고요?"

페넬로페는 고개를 끄덕이고 다시 눈을 꾹 감았다. "그리고 마지막으로 한 말이……."

"네?"

"자기는 다른 남자들하고 다르다면서, 꼭 다시 와서 저랑 결혼하겠다고." 그녀는 울음을 터트렸다.

해리는 카트리네가 충격을 받고도 계속 집중하는 걸 보았다.

"그 사람, 어떻게 생겼어요, 페넬로페?"

페넬로페는 입을 벌렸다가 다시 닫았다. 체념한 표정으로 그들을 보았다. "기억이 안 나요. 아마…… 잊어버린 것 같아요. 아니, 어떻게……."

"괜찮아요." 카트리네가 말했다. "그런 상황에서는 이상한 일이 아니에요. 나중에 더 생각날 수도 있어요. 그자가 무슨 옷을 입었는지는 기억나요?"

"정장요. 셔츠랑. 셔츠 단추를 풀었어요. 그런데…… 그녀가 말을 끊었다.

"네?"

"가슴에 문신이."

해리는 카트리네가 숨이 턱 막히는 표정을 짓는 걸 보았다. "어떤 문신이죠, 페넬로페?" 해리가 물었다.

"얼굴요."

"탈출하려는 악마 같은?"

페넬로페는 고개를 끄덕였다. 눈물 한 방울이 뺨을 타고 흘렀다. 두 방울을 흘리기에는 체액이 부족하다는 듯.

"그자가 마치……" 페넬로페는 다시 흐느꼈다. "그걸 나한테 보여주려는 것 같았어요."

해리는 눈을 감았다.

"이제 쉬셔야 해요." 간호사가 말했다.

카트리네는 고개를 끄덕이고 페넬로페의 우윳빛 팔에 손을 댔다. "고마워요, 페넬로페. 큰 도움이 됐어요."

해리와 카트리네가 밖으로 나가려는데 간호사가 그들을 불렀다. 그들은 병상을 돌아봤다.

"하나 더 기억나요." 페넬로페가 속삭였다. "성형수술을 받은 얼굴 같았어요. 궁금한 게 있는데…….”

“뭔데요?” 카트리네가 잘 들리지 않는 목소리를 들으려고 가까이 숙였다.

“왜 절 죽이지 않았을까요?”

카트리네는 해리에게 도움을 구했다. 그는 심호흡을 하고 고개를 끄덕이고 페넬로페에게 가까이 숙였다.

“죽이지 못한 겁니다. 당신이 죽이지 못하게 했으니까요.”

“그럼 이제 그놈이라는 게 확실해졌네요.” 복도를 따라 출구 쪽으로 걸으면서 카트리네가 말했다.

“수법이 달라졌어. 취향도.”

“기분이 어때요?”

“그자라서?” 해리는 어깨를 으쓱했다. “별거 없지. 그는 살인범이고 잡아야 한다. 이게 다야.”

“거짓말 마요, 해리. 저한텐 안 통해요. 그자라서 돌아온 거잖아요.”

“놈이 사람을 더 죽일지도 몰라서지. 놈을 잡는 게 중요하지만 거기에 사적인 감정은 없어. 됐나?”

“알았어요.”

“좋아.” 해리가 말했다.

“그자가 다시 돌아와서 결혼하겠다고 한 거요, 혹시?”

“은유적인 의미였냐고? 맞아. 그자는 피해자의 꿈에 나타날 거야.”

“그렇다면…….”

“일부러 죽이지 않은 거지.”

"피해자한테 거짓말을 하신 거네요."

"거짓말했어." 해리는 문을 밀어서 열었고, 그들은 바로 앞에서 대기하는 차에 올라탔다. 카트리네가 앞에 타고 해리는 뒷자리에 탔다.

"경찰청으로요?" 운전석에 앉은 안데르스 뷜레르가 물었다.

"그래." 카트리네가 충전하려고 두고 간 휴대전화를 집었다. "비에른한테 문자가 왔네요. 계단의 피 묻은 족적은 카우보이 부츠 발자국일 수 있대요."

"카우보이 부츠." 해리가 뒷자리에서 말했다.

"뒷굽이 가늘고 높은—."

"카우보이 부츠가 어떻게 생겼는지는 나도 알아. 목격자 증언에 있었어."

"누구 거요?" 카트리네가 병실에 들어간 사이 온 메시지를 훑으며 물었다.

"젤러시 바의 바텐더. 메메트 아무개."

"확실히 선배 기억력은 여전하네요. 메시지 보니까 '선데이 매거진'에서 절 게스트로 불렀어요. 그 뱀파이어 범인에 관해 말해달라네요." 카트리네가 전화기를 톡톡 치면서 말했다.

"그래서?"

"싫죠, 당연히. 벨만 청장이 이 사건을 최대한 언론에 알리지 말라고 못 박았잖아요."

"사건이 해결됐어도?"

카트리네는 해리를 돌아보았다. "무슨 뜻이에요?"

"첫째, 청장은 텔레비전에 나가서 사흘 만에 사건이 해결됐다고 자랑할 수 있어. 둘째, 이제 범인을 잡으려면 매스컴의 관심이 필요할 수 있어."

"우리가 사건을 해결했어요?" 안데르스가 백미러 속에서 해리와 눈을 마주쳤다.

"해결됐지." 해리가 말했다. "끝난 건 아니지만."

안데르스는 카트리네를 돌아보았다. "무슨 뜻이에요?"

"범인이 누군지는 알아냈는데 법의 힘으로 범인을 잡아들이기 전까지는 수사가 끝난 게 아니라는 뜻이야. 그리고 사실 이 범인의 경우는 법의 힘이 약했던 것으로 드러났지. 4년 가까이 전 세계에서 수배 중이던 자거든."

"그게 누군데요?"

카트리네는 길게 한숨을 내쉬었다. "그 이름은 입에 올리기도 싫어. 해리, 대신 말해줘요."

해리는 창밖을 내다보았다. 카트리네 말이 맞았다, 물론. 부정할 수 없었다. 그가 다시 돌아온 건 단 하나의 이기적인 이유에서였다. 희생자를 위해서도, 이 도시를 위해서도, 경찰의 평판을 위해서도 아니었다. 그 자신의 평판을 위해서도 아니었다. 그 무엇도 아닌 오직 한 가지 이유에서였다. 놈이 그에게서 도망쳤다는 사실. 물론 놈을 진즉에 막지 못해서, 살해당한 모든 희생자에게, 놈이 자유롭게 살아온 그 모든 날에 대해 죄책감이 느껴졌다. 그래도 해리가 생각할 수 있는 단 한 가지는, 자신이 놈을 잡아야 한다는 것이었다. 그가, 해리가, 놈을 잡아야 한다는 것. 이유는 몰랐다. 어쩌면 최악의 연쇄살인범과 범죄자가 있어야만 그의 삶이 정당성을 얻어서였을까? 아무도 모를 일이다. 그리고 그 반대였는지도 모른다. 그러니까 놈이 은신처에서 나온 건 해리 때문이었는지도 모른다. 그자는 에바 돌멘의 문에 V자를 그리고, 페넬로페 라쉬에게는 악마 문신을 보여주었다. 페넬로페는 그가 왜 자기를 죽이지 않았느냐고 물었다. 그리고 해리는 거짓으로 답했다. 그가 그녀를 죽이지 않은 이유는 그녀에게 말하게 하고 싶어서였다. 무엇을 보았는지 말하게 하려고. 해리가 이미 아는 것을 말하게 하려고. 해리가 나와서 놀아야 한다는 사실을.

"좋아." 해리가 말했다. "긴 버전으로 듣고 싶나? 아니면 짧은 버전으로 듣고 싶나?"

14
일요일 아침

"발렌틴 예르트센." 해리 홀레가 커다란 화면에서 수사팀을 노려보는 얼굴을 가리켰다.

카트리네는 야윈 얼굴을 뚫어져라 보았다. 갈색 머리, 움푹 들어간 눈. 어쩌면 발렌틴이 일부러 이마를 내민 탓에 그렇게 보이는 건지도 몰랐다. 하지만 경찰청 사진사가 그런 행동을 용납했다면 그것이야말로 이상한 일이라고 카트리네는 생각했다. 그리고 그 표정. 유치장 사진에는 보통 두려움이나 혼란이나 체념이 담긴다. 그런데 그는 만족한 표정이었다. 그들이 모르는 뭔가를 안다는 듯한 표정. 그들이 **아직** 모르는 뭔가를.

해리는 잠시 모두가 그 얼굴을 충분히 머릿속에 새기도록 기다렸다가 말을 이었다. "발렌틴 예르트센은 열여섯 살에 아홉 살 여자아이를 노 젓는 배로 유인해서 성추행한 혐의로 기소됐습니다. 열일곱 살에는 이웃 사람이 지하 세탁실에서 이자가 자기를 성폭행하려고 했다고 신고했고요. 스물여섯 살에 미성년자를 폭행한 죄로 일라 교도소에서 복역하면서 치과 진료를 받았는데, 치과 기구로 여자 의사를 위협해서 나일론 스타킹을 벗기고 머리에 씌웠습니다. 치과 의자에서 강간한 후에는 스타킹에 불을 붙였죠."

해리가 컴퓨터를 톡 치자 이미지가 바뀌었다. 숨죽인 신음이 퍼져나갔다. 카트리네는 몇몇 경험 많은 수사관들조차 고개를 숙이는 것을 보았다.

"이건 흥밋거리로 보여드리는 게 아니라 우리가 상대하는 자가 누구인지 알리려는 겁니다. 이자는 치과의사를 살려두었습니다. 페넬로페 라쉬처럼. 근무 태만으로 그런 것 같지 않습니다. 내 생각에는 발렌틴 예르트센이 우리와 게임을 하는 것 같습니다."

해리가 다시 클릭하자 발렌틴의 사진이 나왔다. 이번에는 인터폴 웹사이트에서 다운로드한 사진이었다. "발렌틴은 4년 전 기상천외한 방법으로 일라 교도소를 탈출했습니다. 유다스 요한센이라는 수감자를 신원을 알아보기 힘들 정도로 때려죽인 다음, 자기 가슴의 악마 얼굴 문신을 시체에 똑같이 새기고 자기가 일하던 도서관에 시체를 숨겨서 유다스가 점호 시간에 나타나지 않아서 실종된 것으로 보이게 했습니다. 탈출한 날 밤에는 시체에 자기 옷을 입혀서 자기 감방에 뉘었습니다. 간수들은 신원을 확인하기 힘든 시체를 발견하고 당연히 발렌틴인 줄 알았고, 딱히 놀라지도 않았습니다. 소아성애로 유죄 판결을 받은 여느 수감자들처럼 발렌틴 예르트센도 교도소 내에서 혐오의 대상이었으니까요. 누구도 시신에서 지문을 채취하거나 DNA 검사를 해보려고 하지 않았습니다. 그래서 한동안 모두 발렌틴 예르트센이 죽은 줄 알았습니다. 다른 살인사건에 연루되어 다시 나타나기 전까지는. 물론 우리는 그자가 정확히 몇 명을 살해하거나 폭행했는지 모릅니다. 다만 그가 용의선상에 오르거나 유죄 판결을 받은 사건의 수보다는 많을 겁니다. 우리는 그자가 다시 사라지기 전에 죽인 마지막 희생자가 예전

집주인이던 이르야 야콥센이라는 사실을 압니다." 다시 클릭. "이건 그 여자가 발렌틴의 눈을 피해 숨어서 지내던 곳을 찍은 사진입니다. 내가 착각한 게 아니라면 이건 당신이야, 베른트센. 그 여자가 어린이 서핑보드, 보시다시피 상어 그림이 있는 서핑보드 밑에서 목이 졸려 숨진 채 발견된 현장에 처음 나타난 사람."

회의실 뒤쪽에서 꿀꿀거리는 웃음소리가 들렸다. "맞아요. 서핑보드는 약쟁이들이 내다 팔지 못한 장물이었어요."

"이르야 야콥센은 발렌틴에 관한 정보를 경찰에 넘길 수도 있다는 이유로 살해당했을 겁니다. 그래서 그자의 행방에 관해 한 마디라도 해줄 수 있는 사람을 찾는 게 그렇게 어려웠던 겁니다. 그자를 아는 사람은 아예 입을 열 수 없으니까요." 해리는 목청을 가다듬었다. "발렌틴을 찾는 게 불가능한 또 하나의 이유는, 그자가 탈옥한 후 몇 차례 대대적인 성형수술을 받았기 때문입니다. 이 사진에 보이는 사람은 훗날 울레볼 경기장에서 열린 축구 경기에서 CCTV 카메라에 찍힌, 거친 화면 속 사람과 다르게 생겼습니다. 그가 일부러 우리에게 그 영상을 보도록 설계한 거죠. 우리가 그를 찾지 못했으니 그가 그 후로도 성형수술을 더 받은 것으로 의심됩니다. 스칸디나비아에서 행해진 성형수술 사례는 우리가 모두 확인했으니 아마 해외에서 수술받았을 겁니다. 그의 얼굴이 또 달라졌을 거라는 의혹은 페넬로페 라쉬가 우리가 보여준 사진에서 발렌틴을 알아보지 못한 데서 더 확실해집니다. 안타깝게도 페넬로페는 범인을 구체적으로 묘사하지 못했고, 그 비다르라는 자의 틴더 프로필 사진도 본인일 가능성이 떨어집니다."

"토르가 비다르의 페이스북 프로필도 확인했어요." 카트리네가 말했다. "당연히 가짜예요. 추적 불가능한 장치에서 최근에 생성한 계정이에요. 그래서 토르는 그자가 IT 기술을 상당 수준으로 이해한다고 보고 있고요."

"아니면 조력자가 있거나." 해리가 말했다. "발렌틴 예르트센이 3년 전에 레이더망에서 사라지기 직전에 그자를 직접 만나서 대화한 사람이 여기 이 자리에 적어도 한 명은 있습니다. 스톨레 에우네 박사님이, 강력반 자문에서 물러나셨음에도 오늘 특별히 와주셨습니다."

스톨레 에우네가 일어서서 트위드 재킷의 단추 하나를 채웠다.

"저는 짧은 기간 자기를 페울 스타브네스라고 소개한 환자를 만나는 찜찜한 즐거움을 누렸습니다. 그자는 조현병 사이코패스치고는 자신의 병을 어느 정도 이해한다는 점에서 이례적이었습니다. 그러면서 저를 조종해서 그자가 누구인지, 뭘 하는지 알아채지 못하게 만들었습니다. 약간의 우연으로 그자의 가면이 벗겨져서 절 죽이고 사라지려 했던 그날까지는."

"박사님의 묘사를 토대로 이 합성사진을 만들었습니다." 해리가 컴퓨터를 건드렸다. "이것도 이제는 오래된 사진이기는 하지만 축구 경기장의 CCTV 화면보다는 낫습니다."

카트리네가 고개를 갸웃했다. 머리와 코와 눈 모양도 달랐고, 얼굴형도 사진보다 더 각져 있었다. 하지만 만족한 표정은 여전했다. 만족한 듯 보이는 표정. 우리가 흔히 악어가 웃는다고 **생각하는** 식으로.

"그자가 어떻게 뱀파이어병 환자가 됐을까요?" 창가의 누군가가 물었다.

"우선 저는 뱀파이어병 환자란 게 존재하는지조차 잘 모르겠습니다." 스톨레가 말했다. "하지만 물론 발렌틴 예르트센이 피를 마시는 이유는 여러 가지가 있을 수 있습니다. 제가 지금 여기서 대답할 수는 없지만요."

긴 침묵이 이어졌다.

해리가 헛기침을 했다. "지금까지 발렌틴과 연결되었을 법한 사건에서 사람을 물거나 피를 마신 흔적은 나타나지 않았습니다. 그리고 맞습니다, 범인들은 특정 패턴을 고수하면서 동일한 환상을 품고 또 품습니다."

"이자가 진짜 발렌틴 예르트센이라고 얼마나 확신하십니까?" 망누스 스카레가 물었다. "그냥 우리가 그자라고 믿게 만들려는 누군가가 있는 건 아닐까요?"

"89퍼센트요." 비에른 홀름의 대답이었다.

망누스가 웃었다. "정확히 89?"

"네. 그자가 페넬로페 라쉬에게 채운 수갑에서 손등의 털로 보이는 체모 몇 가닥이 발견됐습니다. DNA 분석에서는 일단 89퍼센트의 확률로 일치한다는 결과가 나왔고요. 나머지 10퍼센트는 확인하는 데에 시간이 걸립니다. 최종 결과는 이틀 안에 나올 겁니다. 참, 수갑은 온라인 구매가 가능한 종류로, 중세시대 수갑의 복제품입니다. 따라서 강철이 아니라 그냥 철입니다. 밀회 장소를 중세의 지하 감옥처럼 꾸미고 싶은 사람들에게 인기 있는 물건일 겁니다."

꿀꿀거리는 웃음소리.

"쇠이빨은요?" 여자 수사관이 물었다. "그런 건 어디서 구했을까요?"

"그건 더 어려운데요." 비에른 홀름이 말했다. "이런 이빨을, 쇠로 이런 이빨을 제작하는 사람은 아직 찾지 못했습니다. 대장장이에게 특별히 주문해서 제작했을 겁니다. 아니면 직접 만들었거나.

새로운 물건인 건 확실합니다. 이런 무기를 사용하는 사람은 지금 껏 본 적이 없으니까요."

"새로운 행동." 스톨레가 재킷 단추를 풀고 배를 풀어놓았다. "행동은 여간해서는 근본적으로 달라지지 않습니다. 인간은 같은 실수를 집요하게 되풀이하는 것으로 악명이 높거든요. 새로운 정 보를 알게 돼도 마찬가지입니다. 어쨌든 이건 제 의견이고, 심리 학자들 사이에 논쟁을 초래해서 '에우네 명제'라는 명칭까지 붙었 습니다. 사람들이 행동을 바꾸는 걸 보면 대개 주변 환경의 변화 와 연관이 있습니다. 사람들이 적응하는 상황 말입니다. 그래도 어 떤 행동의 근본적인 동기는 변함없이 남아 있습니다. 성범죄자가 새로운 환상과 쾌락을 발견하는 것이 결코 특이한 건 아니지만, 그 사람의 취향이 서서히 발전하기 때문이지 근본적인 변화가 일어 나서가 아닙니다. 제가 십 대일 때 아버지가 그러시더군요. 나이가 들면 베토벤의 진가를 알게 될 거라고요. 그때는 베토벤을 싫어하 고 아버지가 틀렸다고 확신했어요. 발렌틴 예르트센은 어릴 때부 터 성에 관한 한 폭넓은 취향을 가지고 있었습니다. 발렌틴은 젊은 여자와 나이 든 여자를 가리지 않고 성폭행했으며 소년들을 성폭 행했을 가능성도 있습니다. 우리가 아는 한에서 성인 남자는 해당 되지 않지만 남자들은 자기를 지킬 가능성이 높으니 현실적인 이 유가 컸을 겁니다. 소아성애, 시간증, 가학증을 비롯한 온갖 변태 성욕이 발렌틴 예르트센의 메뉴에 들어 있었습니다. 오슬로 경찰 은 그자를 어느 누구보다도 더 성적 동기에 의한 범죄와 연결할 수 있었습니다. '약혼자'라 불리는 스베인 핀네를 제외하고요. 발렌틴 예르트센이 이제 피에 대한 취향을 획득했다는 것은 단순히 '개방 성' 척도에서 높은 점수를 받아서 새로운 경험을 기꺼이 시도하려는 성향을 보인다는 뜻일 수 있습니다. '획득'이라고 말하는 건, 레몬을 첨가한 것과 같은 몇 가지 행동으로 미루어보아 발렌틴 예르트센이 피에 집착하기보다는 피로 실험하고 있다는 뜻입니다."

"집착하지 않는다고요?" 망누스가 큰소리로 물었다. "이제 하루에 한 명씩 희생자를 만들고 있는데요! 우리가 여기 앉아 있는 동안에도 밖에 나가서 또 사냥하고 있을 수도 있어요. 아닙니까, 교수님?" 그는 스톨레를 교수라 부르면서 노골적으로 비아냥거렸다.

스톨레는 짧은 두 팔을 위로 던졌다. "다시 말하지만 나도 몰라요. 우리도 몰라요. 아무도 모릅니다."

"발렌틴 예르트센." 미카엘 벨만이 말했다. "100퍼센트 확실한가, 브라트? 그렇다면 10분만 생각할 시간을 줘. 알아, 긴급사항인 건 알아."

미카엘은 전화를 끊고 유리 테이블에 전화기를 내려놓았다. 방금 전에 이사벨레가 클라시콘에서 입으로 불어 만든 유리이고 5만 크로네가 넘는다고 말한 테이블이었다. 자기는 새 아파트를 허접한 물건으로 채우기보다는 질 좋은 몇 개만 놓는 게 좋다면서. 그가 앉은 자리에서 인공 모래밭과 오슬로 피오르에서 유유히 떠다니는 연락선이 보였다. 거센 바람이 거의 보랏빛으로 물든 바다를 후려쳐서 더 멀리 쫓아냈다.

"뭔데?" 이사벨레가 등 뒤의 침대에서 물었다.

"수사 책임자가 오늘 저녁 '선데이 매거진'에 나가도 좋을지 물어봐서. 주제가 뱀파이어 살인이야, 물론. 범인이 누구인지는 알지만 어디 있는지는 모르고."

"간단하네." 이사벨레 스퀘옌이 말했다. "이미 잡았다면 당신이 직접 나가야지. 하지만 부분적으로만 성공한 거라면 대리인을 내보내는 게 맞고. 그 여자한테 '나'가 아니라 '우리'라고 말하라고 일러둬. 그리고 범인이 국경을 넘어갔을 수도 있다고 넌지시 암시해도 괜찮고."

"국경? 왜?"

이사벨레 스퀘엔이 한숨을 쉬었다. "자기야, 괜히 멍청한 척하지 마. 짜증나니까."

미카엘은 베란다 문으로 갔다. 거기 서서 슈브홀멘으로 밀려드는 일요일의 관광객들을 내려다보았다. 누군가는 아스트룹 피언리 현대미술관을 찾아오는 길이고, 누군가는 초현대적인 건축물을 구경하고 터무니없이 비싼 카푸치노를 마시러 오는 길이었다. 또 누군가는 아직 팔리지 않은, 황당할 정도의 고가인 아파트를 꿈꾸러 왔다. 현대미술관에 앰블럼 대신 커다란 황토색 사람 똥을 올려놓은 메르세데스가 전시되었다는 뉴스를 본 적이 있다. 좋다, 그러니까 누군가에게는 단단한 대변이 지위의 상징이었다. 또 누군가는 제일 비싼 아파트나 최신형 자동차나 제일 큰 요트가 있어야 기분이 좋아졌다. 그리고 (이사벨레와 그 자신처럼) 그야말로 모든 것을 누리고 싶어하는 사람들도 있었다. 이를테면 권력을 거머쥐지만 질식할 것 같은 책임감은 없어야 했다. 존경받고 존중받으면서도 자유롭게 돌아다닐 수 있는 익명성이 필요했다. 가족이 있어 안정된 시스템을 제공받고 유전자를 안전하게 존속시키지만 가정이라는 울타리 밖에서 자유로이 섹스를 즐길 수 있어야 했다. 아파트와 자동차. **그리고** 단단한 똥.

"그렇게 하면," 미카엘 벨만이 입을 열었다. "발렌틴 예르트센이 한동안 나타나지 않으면 사람들은 자연히 그자가 이 나라를 떴다고 생각할 거라는 뜻이지? 오슬로 경찰이 그자를 못 잡는 게 아니라. 그리고 그자가 잡히면 우리가 유능해서 잡은 거고. 또 그자가 다시 살인을 저지른다면 우리가 무슨 말을 했든 어차피 잊힐 테고."

그는 그녀를 향해 돌아섰다. 그는 그녀가 완벽한 침실을 두고도 왜 거실에 커다란 더블베드를 들여놓았는지 전혀 이해가 가지 않았다. 이웃들이 엿볼 수도 있다. 어쩌면 바로 그 이유였을 거라는 의심이 들기는 했다. 이사벨레 스퀘옌은 큰 여자였다. 길고 강인한 팔다리가 관능적인 몸에 감긴 금색 실크 시트 밑에서 쫙 벌어졌다. 그 장면만으로도 그는 다시 시작할 준비가 된 느낌이었다.

"한마디로 말해, 그가 이 나라를 떠났을 거라는 생각을 심어놓으라는 거야." 이사벨레가 말했다. "심리학자들은 이걸 앵커링 효과라고 부르지. 단순하지만 항상 효과적이야. 사람들은 단순하니까." 그녀가 눈으로 그의 몸을 훑으며 씩 웃었다. "특히 남자들은."

그녀는 실크 시트를 바닥으로 밀었다.

그는 그녀를 보았다. 가끔은 그녀의 몸을 만지기보다 그냥 바라보는 게 좋았지만 아내의 몸은 정반대였다. 이상했다. 사실 순전히 객관적으로 보면 울라의 몸이 이사벨레의 몸보다 더 아름다웠다. 하지만 이사벨레의 과격하고 격정적인 욕정이 울라의 부드럽고 나직이 흐느끼는 오르가슴보다 훨씬 더 그를 흥분시켰다.

"딸쳐." 그녀가 명령하면서 두 다리를 벌려 무릎이 흡사 맹금의 반쯤 접힌 날개처럼 보이게 만들고는 기다란 손가락 두 개로 자신의 성기를 만졌다.

그는 시키는 대로 했다. 눈을 감았다. 그러다 유리 테이블이 흔들리는 소리를 들었다. 젠장, 카트리네 브라트를 깜박했다. 그는 진동하는 전화기를 집어서 통화 버튼을 눌렀다.

"네?"

저쪽에서 여자 목소리가 들렸지만 동시에 연락선 경적이 울려서 잘 들리지 않았다.

"답은 예스야." 그가 조급하게 소리쳤다. "자네가 '선데이 매거진'에 나가. 나 지금 바쁘거든. 나중에 전화해서 지시사항 전달할게."

"나야."

미카엘 벨만은 순간 몸이 뻣뻣해졌다. "당신이야? 카트리네 브라트인 줄 알았어."

"어디야?"

"어디긴? 일하지."

다소 긴 침묵이 이어졌고, 그는 그녀가 연락선 소리를 분명 들었고 그래서 어디냐고 물어본 거라는 걸 알았다. 그는 거칠게 숨을 내쉬면서 고개를 숙인 성기를 내려다보았다.

"저녁은 5시 반 지나서 차리려고." 그녀가 말했다.

"알았어. 뭐―?"

"스테이크." 그녀가 대답하고 전화를 끊었다.

해리와 안데르스 뷜레르는 예싱베이엔 33번지 앞에서 차에서 내렸다. 해리는 담뱃불을 붙이고 높은 담장에 둘러싸인 붉은 벽돌 건물을 올려다보았다. 경찰청을 출발할 때만 해도 햇살이 쨍하고 가을빛으로 일렁였는데, 여기로 오는 길에 구름이 모이더니 이제는 시멘트색 천장 같은 언덕을 스치며 풍경에서 색을 빨아들였다.

"여기가 일라 교도소군요." 안데르스가 말했다.

해리는 고개를 끄덕이고 담배를 힘껏 빨았다.

"그 사람을 왜 약혼자라고 불러요?"

"성폭행으로 피해자를 임신시키고 아이를 낳겠다는 약속을 받아내거든."

"안 그러면……?"

"안 그러면 돌아와서 자신이 직접 제왕절개를 해주겠다고 했지." 해리는 마지막으로 한 모금 빨고 담뱃갑에 대고 비벼끈 다음 꽁초를 다시 넣었다. "해치우자고."

"규정상 묶어둘 수는 없지만 저희가 감시 카메라로 지켜보겠습니다." 간수가 버저를 눌러 그들을 안으로 들여 보내주고 기다란 복도 끝으로 안내했다. 복도 양옆에 회색 페인트가 칠해진 철문이 늘어서 있었다. "여기서는 그자와 1미터 이내에 같이 있으면 안 된다는 규정이 있습니다."

"세상에." 안데르스가 말했다. "간수를 공격했나요?"

"아뇨." 간수가 복도 끝 문의 잠금장치에 열쇠를 꽂았다. "스베인 핀네는 여기 갇혀 있던 20년간 벌점 한 번 받은 적이 없습니다."

"그런데요?"

간수는 어깨를 으쓱하고 키를 돌렸다. "무슨 말인지 아실 겁니다."

그는 문을 열고 옆으로 비켜섰고, 안데르스와 해리를 안으로 들여보냈다.

침대 위의 남자가 그늘 속에 앉아 있었다.

"핀네." 해리가 말했다.

"홀레." 그늘 속에서 돌이 으스러지는 소리 같은 목소리가 나왔다.

해리는 감방 안의 유일한 의자를 향해 손짓했다. "좀 앉아도 되겠나?"

"그럴 시간이 있다면야. 무척 바쁘시다던데."

해리는 앉았다. 안데르스는 그의 뒤에, 문에 바짝 붙어서 서 있었다.

"흠. 그자인가?"

"누구?"

"누굴 말하는지 알잖아."

"당신이 솔직하게 답하면 대답해주지. 그리웠나?"

"뭐가 그리워, 핀네?"

"자네랑 수준이 맞는 놀이 상대를 만나는 거? 날 만났던 것처럼?"

그늘 속에 있던 남자가 몸을 앞으로 기울여, 벽 위쪽에 난 창문으로 새어드는 햇살 속으로 나왔다. 해리는 등 뒤에서 안데르스의 숨소리가 가빠지는 걸 들었다. 창살로 인해 가죽 같은 황토색 피부의 얽은 얼굴 위로 줄무늬가 생겼다. 얼굴 가득 주름이 깊고 촘촘히 패여서 마치 칼로 뼈까지 깊게 새겨놓은 것처럼 보였다. 이마에는 북미 원주민처럼 빨간 손수건을 둘렀고, 축축한 입술이 콧수염에 둘러싸여 있었다. 조그만 동공이 갈색 홍채 속에 들어 있고 흰자가 누렇게 보였지만 몸은 이십대의 근육질이었다. 해리는 머릿속으로 계산했다. '약혼자' 스베인 핀네는 이제 일흔다섯 살이 됐을 것이다.

"첫 번째는 절대 못 잊거든. 안 그런가, 홀레? 내 이름은 영원히 자네 실적의 맨 위에 올라갈 테니까. 내가 자네 동정을 뺏은 셈이지, 안 그런가?" 자갈로 입을 헹구는 것 같은 웃음소리가 났다.

"음……." 해리는 팔짱을 꼈다. "내가 솔직하게 말해야 당신도 솔직히 대답할 거라면, 내 대답은 그립지 않았다는 거야. 그리고 당신, 스베인 핀네를 절대 잊지 않을 거고. 당신이 불구로 만들고 죽인 사람들도. 다들 밤에 자주 날 찾아오거든."

"나도 그래. 참 신실한 친구들이야. 내 약혼녀들." 두툼한 입술이 벌어지며 그가 씩 웃었고, 오른손으로 오른쪽 눈을 덮었다. 안데르스가 뒷걸음질 치다 문에 부딪히는 소리가 들렸다. 핀네가 손에 뚫린 골프공 크기의 구멍으로 안데르스를 보았다. "겁먹지 마, 젊은 친구. 자네가 진짜 무서워해야 할 사람은 자네 보스야. 저 친구가 고작 자네 나이일 때 나는 바닥에 쓰러져서 무방비 상태였어. 그런데도 저 친구가 내 손에 대고 총을 쐈어. 기억해. 자네 보스는 속이 시키면 작자야. 그리고 지금 또다시 목말라해. 밖에 있는 그놈처럼. 자네의 목마름은 불과 같아, 그래서 그 불을 꺼야 하지. 그 불은 꺼질 때까지 계속 타오르면서 가까이 있는 모든 것을 삼켜버릴 거야. 안 그런가, 홀레?"

해리는 헛기침을 했다. "당신 차례야, 핀네. 발렌틴은 어디 숨었지?"

"전에도 그걸 물으러 왔잖나. 난 같은 말만 되풀이할 뿐이야. 발렌틴이 여기 있을 때 거의 말을 섞지 않았어. 그가 탈옥한 지도 거의 4년이나 지났고."

"발렌틴의 수법이 당신과 비슷해. 당신이 그를 가르쳤다는 말도 있어."

"말도 안 돼. 발렌틴은 원래 그렇게 타고난 인간이야. 정말이야."

"당신이라면 어디에 숨었을까? 당신이 그자라면?"

"홀레, 자네가 볼 수 있을 만큼 가까이 있겠지. 나라면 이번에 자네를 맞이할 준비를 했을 거야."

"이 도시에 살까? 이 도시를 돌아다닐까? 새로운 신분으로? 혼자일까, 누구와 함께 움직일까?"

"이번엔 달라졌지, 안 그래? 이빨로 물고 피를 마시고. 발렌틴이 아닐 수도 있겠네?"

"발렌틴이야. 그러니 어떻게 잡지?"

"그자는 못 잡아."

"왜 못 잡아?"

"여길 다시 들어오느니 차라리 죽으려고 할걸? 그자는 상상력이 떨어져. 직접 **해야 돼**."

"당신은 그자를 전혀 모르는 것 같군."

"그자가 어떻게 생겨먹었는지 잘 알아."

"당신과 똑같이? 지옥에서 온 호르몬."

노인은 어깨를 으쓱였다. "알다시피 도덕적 선택이란 건 착각이야, 단지 자네나 내 행동을 유도하는 뇌의 화학작용일 뿐이지. 누군가의 행동은 ADHD나 불안증으로 진단받고 약물과 연민으로 치료되지. 누군가는 범죄자나 악마로 진단받고 감옥에 갇히고. 그런데 어차피 같은 거야. 뇌의 화학물질이 불온하게 섞였을 뿐. 나도 우리 같은 인간들을 감옥에 가둬봐야 한다는 데 동의해. 우린 당신네 딸들을 강간할 테니까." 핀네는 쇳소리를 내며 거칠게 웃었다. "그러니 우리를 거리에서 쓸어내고 처벌로 협박해서 뇌의 화학물질이 시키는 대로 하지 않게 해줘. 그런데 한심한 게 뭐냐면, 당신들은 나약해서 도덕적 구실이 있어야만 우리를 가둘 수 있다는 거야. 자유의지니 신성한 처벌이니 하는 거짓 역사를 지어내지. 어떤 불변의 보편적인 도덕률에 기초한 신성하고 정의로운 제도에 적합한 신성한 처벌이라면서. 그런데 도덕률은 불변하거나 보편적일 리가 없고 전적으로 시대 정신에 의존해. 남자가 남자랑 섹스하는 건 수천 년 전에는 전적으로 괜찮았어. 그러다 감옥에 갇혔고, 또 이제와서는 정치인들이 그런 작자들과 행진을 하지. 모든 건 주어진 순간에 사회에 무엇이 필요한지, 무엇이 필요하지 않은지에 따라 결정되는 거야. 도덕률은 유연하고 실용적이야. 내 죄는 씨를 자유롭게 뿌리고 다니는 남자들이 바람직하지 않은 시대와 국가에서 태어났다는 거야. 하지만 세계적인 팬데믹이 휩쓸고 지나간 후 우리 종이 다시 자립해야 할 때가 오면 '약혼자' 스베인 핀네는 공동체의 기둥이자 인류의 구세주가 되어 있겠지. 그렇게 생각하지 않나, 홀레?"

"당신은 여자들을 강간하고 아이를 낳게 했어." 해리가 말했다. "발렌틴은 그들을 죽이고. 그러니 내가 그자를 잡는 걸 도와주지그래?"

"돕고 있잖아?"

"일반론과 어설픈 도덕 철학이나 늘어놓고 있잖아. 우릴 도와주면 가석방 위원회에 잘 말해주지."

해리는 안데르스가 발을 끄는 소리를 들었다.

"정말?" 핀네는 콧수염을 만지작거렸다. "내가 여기서 나가자마자 다시 강간을 시작하리라는 걸 알 텐데? 발렌틴을 잡는 게 자네한테 얼마나 중요한지 알겠군. 수많은 무고한 여자들의 명예를 희생시킬 준비가 된 걸 보니. 하지만 자네한테는 선택권이 없어 보이는군." 그는 손가락 하나로 관자놀이를 톡톡 쳤다. "화학물질……."

해리는 대구하지 않았다.

"음, 그럼." 핀네가 말했다. "우선 내년 3월 첫째 토요일이면 나도 형기가 끝나니 감형을 받는다 해도 별 차이가 없어. 게다가 2주 전에 잠깐 밖에 끌려나갔다 왔는데 어땠을 거 같나? 여기로 돌아오고 싶더라고. 그러니 고맙지만 사양하겠네. 대신 어떻게 지냈는지나 말해줘, 홀레. 결혼했다는 소식은 들었는데. 아들이 하나 있다던데, 맞나? 안전한 곳에 사나?"

"할 말은 다 한 건가, 핀네?"

"응. 그래도 당신들이 어떻게 하는지 관심을 가지고 지켜봐주지."

"나랑 발렌틴?"

"자네랑 자네 가족. 내가 출소하는 날 환영 인파 속에서 자네를 보고 싶군." 핀네의 웃음소리가 젖은 기침으로 바뀌었다.

해리는 일어서서 안데르스에게 문을 두드리라고 손짓했다. "귀한 시간 내줘서 고맙군, 핀네."

핀네는 오른손을 얼굴 앞에 들고 흔들었다. "또 보세, 홀레. 햐, 향후 계획에 대해 얘기할 수 있어서 좋았어."

해리는 그의 씩 웃는 얼굴이 손에 난 구멍 뒤에서 앞뒤로 흔들리는 걸 보았다.

15

일요일 저녁

라켈은 주방 식탁에 앉아 있었다. 시급한 일에 정신이 팔려서 잠시 잊고 있던 통증이 일을 멈출 때마다 도저히 무시하기 힘들 정도로 거세졌다. 그녀는 팔을 긁었다. 어제 저녁에는 발진이 거의 눈에 띄지 않았다. 의사가 소변은 규칙적으로 보느냐고 물었을 때 자동으로 그렇다고 답하기는 했지만 가만 생각해보니 이틀간 소변을 거의 보지 못했다. 호흡도 문제였다. 몸매가 엉망인 사람처럼 거칠게 숨을 쉬었지만 사실 그녀의 몸매는 전혀 그렇지 않았다.

현관에서 열쇠 짤랑거리는 소리가 나서 라켈은 일어섰다.

문이 열리고 해리가 들어왔다. 핏기가 없고 피곤해 보였다.

"옷 갈아입으러 잠깐 들렀어." 그가 그녀의 볼을 쓰다듬고 계단으로 갔다.

"어떻게 됐어?" 라켈은 그가 이층 침실로 들어간 걸 보았다.

"좋아!" 그가 큰소리로 말했다. "누군지 알아냈어."

"그럼 집에 오겠네?" 그녀가 건성으로 물었다.

"뭐?" 라켈은 발소리를 듣고 그가 꼬마나 술 취한 남자처럼 바지를 벗는 걸 알았다.

"당신하고 당신의 그 대단한 뇌가 사건을 해결했다면……."

"바로 그게 문제야." 그가 계단 위 문 앞에 나타났다. 얇은 울 스웨터를 입고 문틀에 기댄 채로 얇은 울 양말을 신고 있었다. 라켈이 노인네들이나 일 년 내내 울을 입는다고 그를 놀린 적이 있다. 그는 최고의 생존 전략은 항상 노인을 따라 하는 거라면서, 어쨌든 노인들은 승자이고 생존자라고 대꾸했다. "난 아무것도 풀지 못했어. 그자가 스스로 나타나기로 한 거야." 해리는 똑바로 섰다. 주머니를 톡톡 쳤다. "열쇠." 그러고는 침실로 다시 들어갔다. 그리고 큰 소리로 말했다. "울레볼 병원에서 스테펜스 박사를 만났어. 당신을 **치료**한다던데."

"그래? 자기야, 몇 시간이라도 눈을 붙여야 할 것 같은데. 열쇠는 여기 문에 있어."

"병원에서 검사를 받았다고만 했잖아?"

"차이가 있나?"

해리는 방에서 나와서 계단을 뛰어 내려와 그녀를 안았다. "검사를 받았다는 건 과거형이잖아. 내가 알기로, 치료는 검사 결과에서 뭔가가 나온 다음에 하는 거고."

라켈이 웃었다. "내가 두통이 있다면서 그걸 치료해야 한다고 말했어. 파라세타몰이라는 치료제를 받았고."

그는 그녀를 앞에서 잡고 지그시 보았다. "나한테 뭐 숨기는 거 없지?"

"이런 쓸데없는 소리나 하고 있을 시간은 있나 보지?" 라켈이 그에게 기대어 통증을 참으며 그의 귀를 살짝 물고 문 쪽으로 밀었다. "어서 가서 일이나 끝내. 그리고 곧장 집으로, 이 엄마한테 오시고. 안 그러면 내가 3D 프린터로 하얀 플라스틱으로 된 가정적인 남자를 복제할 테니까."

해리는 빙긋이 웃으며 문으로 갔다. 잠금장치에 꽂힌 열쇠를 뽑았다. 그리고 가만히 서서 열쇠를 보았다.

"왜 그래?" 라켈이 물었다.

"그자가 엘리세 헤르만센의 아파트 열쇠를 가지고 있었어." 해리가 조수석 문을 닫으며 말했다. "에바 돌멘의 집 열쇠도 있었을 거야."

"정말요?" 안데르스가 핸드브레이크를 풀고 진입로를 내려갔다. "시내에 있는 열쇠공은 다 조사했는데요. 두 집의 열쇠를 새로 만든 사람은 없었어요."

"직접 만들었으니까. 흰색 플라스틱으로."

"흰색 플라스틱요?"

"1만 5천 크로네만 내면 살 수 있는, 책상에 놓고 쓰는 평범한 3D 프린터로. 원본 열쇠를 몇 초만 손에 넣으면 돼. 사진을 찍거나 밀랍으로 본을 떠서 그걸로 3D 데이터 파일을 만들었겠지. 엘리세 헤르만센이 집에 들어갔을 때 그는 이미 집 안에 숨어 있었어. 집에 들어가서 안전체인까지 채운 엘리세는 집 안에 자기 혼자 있는 줄 알았지만."

"그런데 열쇠는 어떻게 손에 넣었을까요? 희생자들이 살던 아파트 건물들은 보안회사를 따로 고용하지 않고 자체적으로 관리인을 뒀어요. 그리고 그 관리인들은 모두 알리바이가 있고 아무한테도 열쇠를 빌려준 적이 없다고 맹세했고요."

"알아. **어떻게** 그런 일이 일어났는지는 나도 모르고, 그냥 그렇게 된 것만 알아."

해리는 젊은 경찰의 얼굴을 돌아보지 않고도 얼마나 미심쩍은 표정을 짓고 있을지 알았다. 엘리세 헤르만센이 안전체인을 채운 행동은 수백 가지로 해석할 수 있었다. 해리의 추론은 어느 한 가지도 배제하지 않았다. 해리의 포커 친구 트레스코가 확률 이론과 규정대로 포커를 치는 게 세상에서 제일 쉬운 일이라고 말한 적이 있다. 다만 똑똑한 선수와 덜 똑똑한 선수를 가르는 것은 상대가 어떻게 생각하는지 이해하는 능력이고, 그것은 곧 엄청난 양의 정보를 다루면서 휘몰아치는 폭풍우 속에서 속삭이는 대답을 듣는 것과 같다고 했다. 일리가 있었다. 발렌틴 예르트센에 관해 아는 모든 것, 모든 보고서, 다른 연쇄살인을 수사한 이제까지의 모든 경험, 오랜 시간 그가 구하지 못한 모든 살인 희생자들의 망령을 뚫고 하나의 목소리가 속삭였다. 발렌틴 예르트센의 목소리. 그가 안에서 그들을 덮쳤다는 목소리. 그가 그들의 시야 안에 있었다는 목소리.

해리는 전화기를 꺼냈다. 벨이 두 번 울리고 카트리네가 전화를 받았다.

"저 메이크업하는 중이에요." 그녀가 말했다.

"발렌틴이 3D 프린터를 가지고 있는 거 같아. 그게 우리를 그자에게 안내할 단서가 될 것 같고."

"어떻게요?"

"전자제품 매장에서는 일정 금액 이상의 제품을 구입하는 고객의 이름과 주소를 받아놓거든. 노르웨이에서 판매된 3D 프린터는 2천 대 정도밖에 안 돼. 수사팀 전원이 당장 하던 일을 중단하고 매달리면 하루면 대략 윤곽이 나올 거고, 이틀이면 구매자의 95퍼센트까지 확인할 수 있을 거야. 그러고 나면 구매자가 스무 명 정도 남겠지. 가명이면 그 사람들이 남긴 주소가 주민등록에 등록되어 있는지 알아보거나 직접 전화해서 3D 프린터를 구입한 적이 있는지 알아보면 돼. 대부분의 전자제품 매장에는 보안카메라가 있으니 구매시간을 기준으로 의심스러운 손님을 확인하면 되고. 또 범인이 자기가 사는 지역에서 가장 가까운 매장에서 구입하지 않았을 이유가 없으니 우리가 수색할 영역도 정해질 테고. 게다가 보안카메라 화면을 공개하면 대중이 우리에게 정확한 방향을 알려줄 수도 있어."

"3D 프린터는 어떻게 생각해낸 거예요, 해리?"

"올레그하고 프린터와 총 얘기를 하다가—."

"하던 일을 모두 중단하라고요, 해리? 올레그랑 얘기하다가 떠오른 생각에 집중하려고?"

"응."

"이건 선배가 게릴라팀을 데리고 시도해보려는 일이잖아요."

"아직 그 팀엔 나밖에 없고, 자네의 인력이 필요하니까."

해리는 카트리네가 웃는 소리를 들었다. "해리 홀레만 아니면 나 벌써 전화 끊었어요."

"그럼, 내가 잘한 거네. 자, 우린 지난 4년간 발렌틴 예르트센을 찾아다녔지만 끝내 못 찾았어. 이번에 유일하게 새로운 단서가 나온 거야."

"일단 방송부터 끝내고 생각해볼게요. 생방송이고, 무슨 말을 하고 무슨 말을 하지 말아야 할지 기억하느라 머릿속이 꽉 찼어요. 속은 울렁거리고."

"음."

"텔레비전에 데뷔하는데 뭐 해줄 말 있어요?"

"의자에 기대앉고 마음을 느긋하게 먹어. 친근하고 재치 있게
해."

카트리네가 키득거리는 소리가 들렸다. "선배가 하던 대로요?"

"난 그런 과는 아니었지. 아 참, 술 마시지 말고."

해리는 재킷 주머니에 전화기를 넣었다. 그 장소에 거의 다 왔
다. 빈데렌에서 슬렘달스베이엔과 라스무스 빈데렌스 길이 교차하
는 지점. 신호등이 빨간색으로 바뀌었다. 차가 멈췄다. 해리는 보지
않을 수 없었다. 여기를 지나갈 때마다 어쩔 수 없었다. 지하철 선
로의 반대편 플랫폼을 흘깃 보았다. 반평생 전에 추격전을 벌이다
가 그가 경찰차를 제어하지 못하고 선로를 넘어가 콘크리트 플랫
폼에 부딪힌 지점. 그때 옆자리에 앉은 경찰이 죽었다. 얼마나 취
했던가? 해리는 음주 측정을 받지 않았고, 공식 보고서에는 그가
운전석이 아니라 보조석에 앉아 있었던 것으로 기록되었다. 무엇
이든, 경찰 조직을 위해서였다.

"사람들 목숨을 구하려고 그런 건가요?"

"뭐?" 해리가 물었다.

"강력반에서 일하시는 거요." 안데르스가 말했다. "아니면 살인
자를 잡기 위해선가요?"

"흠. 약혼자가 한 말 때문이야?"

"교수님 강의가 생각나서요. 살인사건 수사관이 되신 건 단순히
이 일을 좋아하셔서라고 생각했거든요."

"그래?"

해리가 어깨를 으쓱하는 사이 신호등이 파란불로 바뀌었다. 차
가 마요르스투엔으로 이동하는 사이 저녁의 어둠이 검은 냄비처럼
움푹 들어간 분지 지형의 오슬로에서 그들을 향해 굴러오는 듯 보

였다.

"그 바에서 내려줘." 해리가 말했다. "첫 번째 희생자가 갔던 바."

카트리네는 무대 양옆에서 조명이 둥그렇게 비추는 자리의 작은 무인도를 보았다. 그 섬은 의자 세 개와 테이블 한 개로 된 검은 플랫폼이었다. 의자 하나에 앉은 '선데이 매거진' 진행자가 카트리네를 첫 초대손님으로 부르려는 참이었다. 카트리네는 무수한 눈들을 생각하지 않으려 했다. 심장이 얼마나 세게 뛰는지도 생각하지 않으려 했다. 지금도 밖에서 발렌틴이 돌아다니고 있으며 그의 짓인 줄 알면서 아무것도 할 수 없는 현실도 애써 머릿속에서 지웠다. 대신 벨만 청장이 해준 말만 되새겼다. 그는 사건이 해결되긴 했지만 범인이 아직 활개를 치고 있으며 해외로 도피했을 가능성도 있다고 말하면서 대중에게 신뢰감을 주고 안심시키라고 했다.

카트리네는 프로그램 PD를 보았다. 그가 카메라와 무인도의 중간에 서서 헤드폰을 쓰고 클립보드를 들고 방송 시작 10초 전이라고 외쳤고, 카트리네는 카운트다운을 시작했다. 그러다 문득 낮에 있었던 어리석은 상황이 떠올랐다. 지치고 긴장해서일 수도 있고, 버겁고 무서운 일에 집중해야 하는 순간에 뇌가 어리석은 일로 도피하려 해서일 수도 있었다. 몇 시간 전 그녀는 범죄현장 계단에서 나온 증거를 분석한 결과를 확인하고 시청자에게 신뢰감을 주는 데 써먹을 수 있을지 알아보려고 과학수사과로 비에른을 찾아갔다. 일요일이라 사람이 많지 않았다. 출근한 사람은 모두 뱀파이어 살인사건에 매달려 있었다. 횅한 분위기라서 그 장면이 더 강렬하게 다가왔을 것이다. 평소처럼 곧바로 비에른의 사무실로 들어갔을 때 어떤 여자가 그의 의자 옆에, 그에게 기대다시피 서 있었다. 둘 중 하나가 무슨 재미난 말이라도 했는지 둘 다 웃고 있었다. 그들이 카트리네를 돌아보았고, 카트리네는 그 여자가 최근에 과학수사과 과장으로 임명된 아무개 리엔이라는 것을 알았다. 전에 비에른이 그녀가 새로 임명되었다고 얘기했을 때 그 여자가 어리고 경험이 부족해 보여서 그 자리에는 비에른이 올랐어야 했다고 생각한 기억이 났다. 아니, 정확히 말하면 사실은 비에른이 그 자리를 제안받았으므로 그 자리를 **수락했어야** 했다고 생각했다. 하지만 비에른은 역시나 비에른 흘름다운 반응을 보였다. 뭐 하러 꽤 괜찮은 과학수사관 일을 관두고 그저 그런 보스가 되지? 그런 식으로 보자면 미스 리엔인지 미세스 리엔인지는 괜찮은 선택이었던 셈이다. 리엔이라는 이름을 가진 사람이 어떤 사건에서든 활약했다는 말은 들어본 적이 없으니까. 카트리네가 결과를 더 빨리 달라고 재촉하자 비에른은 침착하게 그건 상사에게 달린 일이고 업무의 순서는 상사가 정한다고 대꾸했다. 그리고 아무개 리엔이 애매한 미소를 지으며 다른 과학수사관들에게 확인해서 그 일을 언제 마무리할 수 있는지 알아보겠다고 말했다. 카트리네는 언성을 높이며 '확인'으로는 충분하지 않다고, 현재는 뱀파이어 살인사건이 최우선이며 노련한 사람이라면 그 점을 충분히 이해할 거라고 말했다. '과학수사과의 새 책임자가 그 일이 충분히 중요하다고 여기지 않아서 답변할 수 없다'고 말한다면 시청자들에게 무척 안 좋게 보일 거라고 경고했다.

그리고 베르나 리엔(맞다. 이게 그 여자의 이름이고, 아닌 게 아니라 드라마 "빅뱅이론"의 베르나데트와 약간 닮았다. 키가 작고 안경을 쓰고 몸에 비해 가슴이 너무 컸다)이 이렇게 대답했다. "그럼 제가 이 사건을 최우선에 둔다면 당신은 제가 아케르의 아동학대 사건과 스토브네르의 명예살인 사건이 충분히 중요하다고 생각하지 않았다고 말하지 않겠다고 **약속해주실래요**?" 카트리네는 그녀의 간청하는 듯한 말투가 꾸며낸 말투인 줄 몰랐다가 리엔이 다시 평소의 진지한 말투로 돌아간 후에야 깨달았다. "저도 당연히 시급한 사항이라는 데 동의해요, 브라트. 이걸로 또 다른 살인을 막을 수도 있으니까. 그리고 이게 제일 막중한 일이죠, 당신이 텔레비전에 나가는 게 중요한 게 아니라. 20분 내로 연락할게요, 됐어요?"

카트리네는 간신히 고개를 끄덕이고 나왔다. 곧장 경찰청으로 돌아가서 화장실에 들어가 문을 걸어 잠그고 과학수사과로 오기 전에 받은 메이크업을 지웠다.

프로그램의 테마 음악이 흐르고 진행자가 (이미 똑바로 앉아 있다가) 더 똑바로 앉으면서 오늘 밤의 주제로 봐서는 불필요해 보이는 과장된 미소를 두어 번 지으면서 얼굴 근육을 풀었다.

카트리네는 바지 주머니에서 전화기 진동을 느꼈다. 수사 책임자로서 언제든 연락이 닿아야 하므로 방송 중에 전화기를 꺼두라는 요청은 무시했다. 비에른에게 온 문자였다.

'페넬로페의 아파트 건물 정문의 지문과 일치함. 발렌틴 예르트센. 텔레비전 보는 중. 행운을 빌어.'

카트리네는 옆에 서 있는 여자에게 고개를 끄덕였다. 그 여자는 이름이 불리자마자 진행자 쪽으로 가고 어느 의자에 앉으라고 다시 한번 일러주었다. '행운을 빌어'라니. 무슨 공연 무대에 데뷔라도 하는 줄 아나. 그러다 카트리네는 자신이 어쨌든 속으로 웃고 있음을 깨달았다.

해리는 젤러시 바의 문 안쪽에 섰다. 그리고 시끌벅적한 사람들 소리가 실제가 아닌 걸 알았다. 한쪽 벽에 있는 칸막이 자리에 사람들이 숨어 있는 게 아니라면 손님은 그밖에 없었다. 바 뒤편의 텔레비전에서 축구 경기가 나오고 있었다. 해리는 바 스툴에 앉아서 텔레비전을 보았다.

"베식타스-갈라타사라이예요." 바텐더가 미소를 지었다.

"터키팀들." 해리가 말했다.

"맞아요, 관심 있어요?"

"그닥."

"괜찮아요. 어차피 다 미쳤으니까요. 터키에서는 원정팀을 응원하다가 그 팀이 이기면 곧바로 집으로 돌아가야 해요. 총 맞지 않으려면."

"흠. 종교 차이인가, 계급 차이인가요?"

바텐더는 유리잔을 닦다 말고 해리를 보았다. "이기는 게 중요하죠."

해리는 어깨를 으쓱했다. "그렇겠군요. 전 해리 홀레입니다. 원래는…… 강력반 수사관이었고. 다시 불려 나오기는 했는데—."

"엘리세 헤르만센."

"그래요. 목격자 진술을 읽어봤는데, 엘리세와 데이트 상대가 여기 있던 시각에 카우보이 부츠를 신은 손님이 있었다면서요."

"맞아요."

"그 남자에 관해 해줄 말이 있습니까?"

"딱히 없어요. 내 기억에 그 남자는 엘리세 헤르만센이 들어오고 바로 들어와서는 저쪽 부스석에 앉았거든요."

"그 남자를 봤습니까?"

"네, 그런데 인상착의를 말씀드릴 만큼 오래 보거나 눈여겨보지 않았습니다. 보세요, 여기서는 부스 안이 잘 보이지 않는 데다, 그 사람은 아무것도 주문하지 않고 갑자기 나갔거든요. 그런 일이 종 종 있어요. 우리 집이 너무 조용하다고 생각해서겠죠. 술집이란 게 그렇잖아요, 사람이 있어야 사람을 끌어들이죠. 하지만 그 남자가 언제 나갔는지 보지 못해서 언제 나갔나 생각해보지도 않았어요. 그나저나 그 여자가 집에서 살해당했다면서요?"

"그랬습니다."

"그 남자가 그 여자 집까지 따라갔을까요?"

"가능성은 있습니다, 적어도." 해리는 바텐더를 보았다. "메메트, 맞습니까?"

"맞아요."

그에게는 본능적으로 해리의 호감을 끄는 구석이 있었다. 그래서 솔직하게 자신의 생각을 말하기로 했다. "나라면 술집 분위기가 마음에 들지 않으면 문 앞에서 그냥 돌아갑니다. 일단 들어왔으면 뭐든 주문하고요. 그냥 부스석에 앉아 있진 않을 겁니다. 그 남자는 그 여자를 따라서 여기로 들어왔을 겁니다. 그러다가 분위기를 보아하니 여자가 곧 남자 없이 혼자 집으로 돌아갈 것 같으니 먼저 여자 집으로 가서 거기서 여자를 기다렸을 수 있어요."

"정말요? 미친놈이네. 불쌍한 여자고요. 불쌍한 사람 얘기를 하니 그날 밤 그 여자랑 데이트한 남자가 저기 오네요." 메메트가 머리를 문 쪽으로 기울였고, 해리는 고개를 돌렸다. 갈라타사라이 팬들의 요란한 함성 때문에 패딩 조끼와 검정 셔츠를 입은, 비만에 가까운 대머리 남자가 들어오는 소리를 듣지 못한 터였다. 남자는 바 자리에 앉아서 바텐더에게 고개를 까딱하면서 딱딱한 미소를 지었다. "큰 걸로요."

"게이르 쉴레 씨?" 해리가 물었다.

"아니면 좋겠네요." 남자가 공허하게 웃었지만 표정은 바뀌지 않았다. "기자?"

"경찰입니다. 혹시 두 분 중에 이 남자를 아는 분이 있는지 알고 싶습니다." 해리는 발렌틴 예르트센의 합성사진 사본을 카운터에 놓았다. "이 사진 이후로 대대적으로 성형수술을 받았을 수도 있으니, 약간의 상상력을 발휘해서 봐주시고요."

메메트와 게이르는 사진을 살폈다. 둘 다 고개를 저었다.

"저기, 맥주는 됐어요." 게이르가 말했다. "생각해보니 집에 가야 돼요."

"보시다시피 이미 따랐는데요." 메메트가 말했다.

"강아지를 산책시켜야 해서요. 그거 여기 경찰분께 드리세요. 목말라 보이시네요."

"마지막으로 하나 더요, 쉴레 씨. 목격자 진술서를 보니까 그 여자가 누가 자기를 따라다니면서 자기가 만나는 남자들을 협박하는 스토커가 있다고 했다면서요. 그 말이 사실인 것 같던가요?"

"사실이라니요?"

"당신을 떼어놓으려고 지어낸 말은 아니었을까요?"

"하, 그렇군요. 전 모르겠네요. 그 여자한테 개구리들을 떼어놓기 위한 나름의 전략이 있었을지도." 게이르 쉴레는 웃으려다가 찡그리고 말았다. "저 같은."

"그리고 그 여자가 많은 개구리에게 입을 맞춰야 했을까요?"

"틴더에 실망할 수는 있지만 아예 희망을 버릴 수는 없죠. 안 그래요?"

"그 스토커 말인데요, 당신이 보기에는 그 남자가 그냥 스쳐 가는 이상한 사람이었을까요, 아니면 여자와 관계가 있던 사람이었을까요?"

"모르겠어요." 게이르는 조끼 지퍼를 턱까지 올렸다. 밖이 따뜻한데도. "전 이만 가볼게요."

"그 여자와 관계가 있던 사람요?" 바텐더가 잔돈을 건네면서 말했다. "범인은 그냥 피를 마시는 줄 알았는데요. 섹스하고."

"아마도." 해리가 말했다. "그래도 보통은 질투심과 관련이 있습니다."

"그게 아니라면?"

"그렇다면 당신이 말한 그게 중요할 수 있겠죠."

"피와 섹스요?"

"이기는 거요." 해리가 잔을 내려다보았다. 맥주를 마시면 항상 배가 부르고 피곤했다. 처음 몇 모금은 좋지만 그뒤로는 그냥 밍밍했다. "그나저나 갈라타사라이가 질 것 같으니 NRK1의 '선데이 매거진'이나 틀어줄래요?"

"제가 베식타스 팬이라면요?"

해리는 고개를 까딱하며 거울 앞 맨 위 칸 선반의 끝을 가리켰다. "그렇다면 저기 짐빔 옆에 갈라타사라이 배너가 걸려 있지 않겠죠, 메메트."

바텐더는 해리를 보았다. 그리고 씩 웃으면서 고개를 절레절레 저으며 리모컨을 눌렀다.

"어제 호브세테르에서 여자를 폭행한 남자가 엘리세 헤르만센과 에바 돌멘을 살해한 범인과 동일인이라고 100퍼센트 확신할 수는 없습니다." 카트리네는 이렇게 말하고는 스튜디오가 얼마나 **조용한지** 알았다. 사방의 모든 것이 경청하는 것 같았다. "다만 제가 말씀드릴 수 있는 건, 저희가 특정인과 폭행 사건을 연결할 만한 물적 증거와 목격자 진술을 확보했다는 겁니다. 그는 이미 수배 중인 인물로, 성범죄로 수감 중에 탈옥한 범죄자이므로 신원을 공개하기로 결정했습니다."

"여기서 최초로 공개하시는 건가요? 저희 '선데이 매거진'에서요?"

"맞습니다. 그자의 실명은 발렌틴 예르트센이지만 지금은 다른 이름을 쓰고 있을 겁니다."

진행자는 다소 실망한 눈치였다. 카트리네가 긴장감을 쌓는 과정을 생략하고 이름을 너무 빨리 말해버린 것이다. 진행자는 입으로라도 드럼 소리를 낼 시간을 갖고 싶었을 것이다.

"이건 그자의 3년 전 얼굴을 화가가 상상해서 만든 몽타주입니다." 카트리네가 말했다. "그 후로도 대대적인 성형수술을 받았지만, 적어도 아이디어를 얻을 수는 있을 겁니다." 카트리네는 50여 명이 앉은 객석을 향해 사진을 들었다. PD 말로는 자기네 프로그램을 더 예리하게 지켜보기 위해 온 사람들이라고 했다. 카트리네는 기다렸다가 앞에 있는 카메라에 빨간불이 들어오자 각 가정의 거실에서 시청하는 사람들에게도 사진이 충분히 인식되도록 그대로 들고 있었다. 진행자는 만족한 표정으로 그녀를 바라보았다.

"어떤 정보라도 좋습니다. 경찰 핫라인으로 연락주십시오." 카트리네가 말했다. "이 사진과 수배자의 이름과 알려진 가명과 저희 전화번호까지 모두 오슬로지방경찰청 웹사이트에서 확인하실 수 있습니다."

"물론 긴급상황입니다." 진행자가 카메라를 향해 말했다. "그자가 빠르면 오늘 저녁에 다시 범행을 저지를 위험이 있으니까요." 그리고 카트리네에게 말했다. "지금 이 순간에도. 가능성이 있지 않습니까?"

카트리네는 진행자가 지금 이 순간 뱀파이어가 신선한 피를 마시는 이미지를 시청자에게 심어줄 수 있도록 자신에게 도움을 구하는 것을 알았다.

"저희는 아무것도 배제하고 싶지 않습니다." 카트리네가 말했다. 미카엘이 한 구절 한 구절 그녀에게 주입한 말이었다. 그는 '아무것도 배제할 수 없다'가 아니라 '배제하고 **싶지 않다**'고 표현하면 오슬로 경찰청이 전체 상황을 파악해서 배제할 수는 있지만 그러지 않기로 선택했다는 인상을 준다고 설명했다. "하지만 제가 받은 보고에 따르면 최근의 폭행 사건과 발렌틴 예르트센으로 특정되는 분석 결과가 나온 시점 사이에 그자가 이 나라를 떠났을 가능성도 있어 보입니다. 그자가 노르웨이 밖, 탈옥 후 4년간 머물렀던 장소로 숨어들었을 가능성이 큽니다."

미카엘은 단어 선택까지는 설명하지 않아도 되었다. 카트리네는 빨리 배우는 사람이었다. '제가 받은 보고에 따르면'이라고 말하면 감시와 비밀정보원과 철저한 경찰 수사를 연상시키고, 항공기와 열차와 연락선이 많은 시간대를 언급하면 거짓을 말하는 게 아닐 수 있었다. 범인이 해외로 도피했을 수 있다는 주장도 완전히 불가능하지는 않으므로 방어가 가능했다. 게다가 발렌틴 예르트센이 지난 4년간 체포되지 않은 것에 대한 책임을 '노르웨이 밖'에 있던 탓으로 은근히 돌릴 수도 있었다.

"그럼 뱀파이어병 환자를 잡는 건 어떻습니까?" 진행자가 두 번째 의자를 돌아보며 말했다. "이 자리에 심리학 교수이자 뱀파이어병에 관한 논문의 저자이신 할스테인 스미스 교수님을 모셨습니다. 이 질문의 답을 해주시겠습니까, 스미스 교수님?"

카트리네는 카메라에 잡히지 않는 세 번째 의자에 앉은 할스테인을 보았다. 그는 커다란 안경을 쓰고 집에서 만든 것처럼 보이는 화려하고 알록달록한 색상의 재킷을 입고 있었다. 카트리네의 검은 가죽 바지와 몸에 꼭 맞는 검정 재킷과 뒤로 바짝 넘긴 윤기 있는 검은 머리와 극명한 대비를 이루는 옷차림이었다. 카트리네는 자기가 괜찮아 보이고 나중에 게시판에 들어가 보면 지적과 유혹의 댓글이 잔뜩 올라와 있으리란 걸 알았다. 하지만 카트리네는 신경 쓰지 않았고, 미카엘도 어떻게 입으라고는 말하지 않았다. 그저 리엔 그년이 보고 있기만을 바랐다.

"아." 할스테인이 멍청하게 웃었다.

심리학자가 긴장해서 얼어붙을까 봐 염려한 진행자가 끼어들려는 낌새가 느껴졌다.

"우선 전 교수가 아닙니다. 아직 박사학위 과정을 밟고 있습니다. 논문이 통과되면 알려드리죠."

웃음.

"또 제 논문은 정식 학술지에 게재된 게 아니고, 심리학의 후미진 구석에 관심을 갖는 수상쩍은 학술지에 실렸을 뿐입니다. 그중 하나가 영화 제목을 딴 〈사이코〉입니다. 덕분에 학자로서 제 경력이 바닥을 쳤을 겁니다."

더 큰 웃음.

"그래도 전 심리학자입니다." 그는 객석을 돌아보았다. "빌뉴스에 있는 미콜라스 로메리스 대학교를 평균 이상의 학점으로 졸업

했습니다. 그리고 소파를 들여놓고 시간당 1500크로네를 받죠. 환자가 거기 누워서 천장을 바라보면 전 메모하는 척합니다."

청중과 진행자는 즐거워하면서 잠시 사안의 심각성을 잊은 듯 보였다. 할스테인이 그들을 다시 불러오기 전까지는.

"하지만 저도 뱀파이어병 환자들을 어떻게 잡는지는 모릅니다."

침묵.

"적어도 일반적인 의미에서는 모릅니다. 뱀파이어병 환자는 드물고 수면으로 올라오는 예는 더 드뭅니다. 우선 뱀파이어병 환자를 두 부류로 나눌 필요가 있다는 점을 지적해야겠군요. 하나는 비교적 해롭지 않은 부류로, 피를 빨아먹는 불멸의 반인반신의 존재에 관한 신화에 매료된 사람들입니다. 〈드라큘라〉 같은 현대판 뱀파이어 이야기가 이런 신화에 기반을 두고 있죠. 이런 유형은 명백히 관능적인 함의를 가지고 있어서 지그문트 프로이트 선생까지 의견을 냈습니다. 이런 부류는 거의 사람을 죽이지 않아요. 다음으로 임상적 뱀파이어병 혹은 렌필드 증후군이라는 증상을 보이는 사람들이 있습니다. 이들은 흡혈 행위에 집착합니다. 이 주제의 논문은 주로 법정신의학 학술지에 게재되었습니다. 이런 논문이 주로 극단적으로 과격한 범죄를 다루기 때문이죠. 하지만 뱀파이어병은 정식 심리학의 범주에서 인정받은 적이 없고 선정주의로 거부당하거나 돌팔이의 영역으로 치부당합니다. 사실 정신의학 참고 문헌에 언급된 적도 없습니다. 뱀파이어병을 연구하는 우리 같은 사람들은 세상에 존재하지도 않는 인간 유형을 날조했다는 비난을 받습니다. 지난 사흘간 저는 사람들 말이 맞기를 바랐습니다. 불행히도 그들이 틀렸고요. 뱀파이어는 존재하지 않지만 뱀파이어병 환자는 존재합니다."

"어떻게 뱀파이어병 환자가 되는 걸까요, 스미스 선생님?"

"물론 간단히 대답할 수는 없지만, 전형적으로 어린 시절에 환자 본인이나 다른 사람이 피를 많이 흘리는 걸 목격한 사고에서 시작됩니다. 혹은 피를 마시는 장면에서 시작하거나. 그리고 이런 경험에서 흥분하는 겁니다. 뱀파이어병 환자이면서 연쇄살인범인 존 조지 하이를 예로 들면, 광적으로 종교에 빠진 어머니에게 벌을 받아 머리빗으로 맞은 후 흘린 피를 핥아먹은 것이 계기였습니다. 다음으로 사춘기가 되면 피가 성적 흥분을 일으키는 요소로 작용합니다. 그다음에 뱀파이어병이 발병하는 시기에는 피로 실험을 하는데, 이른바 자가 뱀파이어병으로, 자기 몸을 베고 피를 마시는 겁니다. 다음으로 어떤 결정적인 단계에서 남의 피를 마십니다. 또 남의 피를 마시고 나서는 그 사람을 살해하는 경우가 흔합니다. 이 지점에 이르면 뱀파이어병이 완전히 발현한 상태가 됩니다."

"그럼 강간은요? 그건 어떻게 시작된 겁니까? 엘리세 헤르만센은 성폭행을 당했습니다."

"음, 권력과 통제의 경험이 성인 뱀파이어병 환자에게는 매우 중요합니다. 가령 존 조지 하이는 성에 관심이 많았다면서 희생자의 피를 마시지 않을 수 없었다고 했습니다. 참고로 그는 유리를 사용했습니다. 하지만 여기 오슬로의 뱀파이어병 범인에게는 피가 성폭행보다 더 중요하다는 확신이 듭니다."

"브라트 경위님?"

"네?"

"동의하십니까? 이 뱀파이어병 범인에게는 피가 섹스보다 더 중요한 것 같아 보입니까?"

"그 점에 관해서는 드릴 말씀이 없습니다."

진행자가 재빨리 판단을 마친 듯 할스테인을 돌아보았다. 그쪽에서 건질 게 많다고 본 것이다.

"스미스 선생님, 뱀파이어병 환자들은 자신들이 뱀파이어라고 믿습니까? 그러니까 햇빛을 피하기만 하면 죽지 않고 다른 사람들을 물어서 뱀파이어로 만들 수 있다는 식으로 생각할까요?"

"렌필드 증후군의 임상적 뱀파이어병 환자는 그렇지 않습니다. 이 증후군에 렌필드라는 이름이 붙은 것은 사실 안타까운 일입니다. 물론 렌필드는 브램 스토커의 소설에 나오는 드라큘라 백작의 하인이죠. 사실은 이 증후군을 처음 발견한 정신과 의사의 이름을 따서 놀 증후군이라고 불렀어야 합니다. 놀도 뱀파이어병을 진지하게 받아들이지는 않았습니다. 그가 이 증후군에 관해 쓴 논문은 원래 패러디로 의도한 글이었으니까요."

"이런 환자가 실제로 아픈 게 아니라 인간의 피를 갈구하게 만드는 약 같은 걸 복용했을 가능성은 전혀 없을까요? 2012년에 마이애미와 뉴욕에서 소위 '목욕 소금'이라는 MDPV를 복용하고 사람들을 폭행하고 인육을 먹은 사건처럼요."

"없습니다. MDPV를 복용한 사람들이 사람을 잡아먹는 상태가 될 때는 정신증이 극단으로 치달아 이성적으로 사고하거나 계획할 수 없습니다. 경찰이 그 사람들을 현행범으로 체포할 수 있었던 것도 그들이 숨으려 하지 않아서였죠. 자, 전형적인 뱀파이어병 환자라면 피에 대한 갈증이 심해서 도망칠 생각부터 하지 않습니다. 그런데 이번 사건의 범인은, 그 혹은 그녀는 아무런 증거를 남기지 않았습니다. 〈VG〉 기사에 따르면요."

"여자라고요?"

"성중립적인 표현을 쓰려다 보니. 뱀파이어병 환자는 거의 다 남자고, 이번 사건처럼 과격한 폭행이 일어난 경우라면 특히 그렇습니다. 여자 뱀파이어병 환자들은 주로 자가 뱀파이어 증상을 보이며 자기와 비슷한 환자들을 찾아서 피를 교환하고 도살장에서 피를 구하거나 혈액은행 근처에서 배회합니다. 제가 리투아니아에서 만난 여성 환자는 실제로 자기 엄마가 키우던 카나리아를 먹었습니다. 새들이 아직 살아 있을 때……."

카트리네는 그날 밤 객석에서 처음으로 하품하는 사람을 보았다. 혼자 웃다가 이내 조용해지는 사람도 보았다.

"처음에 제 동료들과 저는 종족불쾌증이라는 증상으로 봤습니다. 환자가 자기는 엉뚱한 종으로 태어났고 실제로 다른 종이라고 믿는 병입니다. 우리 사례는 고양이였습니다. 그러다가 뱀파이어병 사례라는 것을 알게 되었습니다. 불행히도 〈사이콜로지 투데이〉에서 인정해주지 않아서 그 사례에 관한 논문을 보려면 hallstein.psychologist.com에 들어가서 보셔야 합니다."

"브라트 경위님, 연쇄살인범으로 볼 수 있을까요?"

카트리네는 잠시 고민하고 답했다. "아뇨."

"하지만 〈VG〉에 따르면 해리 홀레, 연쇄살인 전문가로 꽤 이름을 날린 그분이 이번 사건에 투입되었다던데요. 그건 곧—."

"가끔은 불이 나지 않았을 때도 소방관에게 문의할 때가 있죠."

할스테인 혼자만 웃음을 터뜨렸다. "좋은 답변이군요! 정신과 의사와 심리학자도 실제로 문제가 있는 환자들만 받았다가는 굶어 죽을 겁니다."

이 말에 많은 사람이 웃음을 터뜨렸고, 진행자는 할스테인을 향해 고마운 듯 미소를 지었다. 카트리네는 둘 중에 할스테인이 다시 출연할 가능성이 크다는 느낌을 받았다.

"연쇄살인범이든 아니든, 두 분 다 그 뱀파이어병 환자가 다시 공격할 거라고 보시는 건가요? 아니면 다음번 보름달이 뜰 때까지 기다릴까요?"

"그 점에 관해서는 추측하고 싶지 않습니다." 카트리네는 이렇게 말하고 진행자의 눈에 짜증이 스치는 것을 보았다. 뭐야, 저 사람은 정말로 내가 자신의 타블로이드판 신문에 나올 법한 수수께끼에 동참해주기를 바라는 건가?

"저 역시 추측하지 않겠습니다." 할스테인 스미스가 말했다. "그럴 필요가 없어요. 전 아니까요. 성도착증 환자가 치료를 받지 않고 스스로 멈추는 일은 거의 없습니다. 뱀파이어병 환자는 절대 그런 일이 없고요. 최근의 살인 미수 사건이 보름달이 뜬 날 발생한 것은 전적으로 우연이고 뱀파이어병 범인보다는 미디어가 더 즐기는 것 같습니다."

진행자가 할스테인의 가시 돋친 말에 물러설 것처럼 보이지는 않았다. 그는 심각한 듯 찌푸린 얼굴로 물었다. "스미스 선생님, 선생님께서 〈VG〉에 말씀하신 것처럼 뱀파이어병 환자가 활개를 치고 다닌다고 사람들에게 더 일찍 경고하지 않는 점에서 경찰을 비판해야 할까요?"

"음." 할스테인은 찡그린 얼굴로 조명 하나를 쳐다보았다. "그건 우리가 무엇을 알았어야 하느냐는 질문이 될 텐데요, 아닌가요? 말씀드렸다시피 뱀파이어병은 심리학의 후미진 구석으로 밀려나서 조명을 받은 적이 거의 없습니다. 그러므로, 아니오. 안타까운 일이기는 하지만 경찰을 비판할 문제는 아니라고 말씀드리고 싶군요."

"하지만 지금은 경찰이 알잖아요. 그러면 어떻게 해야 할까요?"

"용의자에 관해 더 알아내야죠."

"끝으로, 선생님께서는 뱀파이어병 환자를 몇 명이나 만나보셨습니까?"

할스테인은 양 볼을 부풀렸다가 숨을 내쉬었다. "진짜 사례요?"

"네."

"두 명요."

"선생님 개인적으로는 피에 어떻게 반응하십니까?"

"전 피를 보면 욕지기가 납니다."

"그런데도 연구하고 논문을 쓰시는군요."

할스테인이 쓴웃음을 지었다. "그래서일지도 모르죠. 누구나 조금씩 미쳐 있으니까요."

"브라트 경위님도 해당되나요?"

카트리네는 움찔했다. 잠시 자기가 텔레비전을 시청하는 게 아니라 실제로 텔레비전에 출연한 거라는 사실을 잊고 있었다.

"뭐라고 하셨죠?"

"경위님도 조금 미쳐 계시냐고요."

카트리네는 대답할 말을 찾았다. 재치 있으면서도 친근한 말, 해리의 조언대로. 밤에 잠들기 전에나 생각날 것 같았다. 당장은 떠오를 리가 없었다. 텔레비전에 출연한다는 생각에 아드레날린이 치솟다가 다시 가라앉기 시작한 틈을 타서 피로가 몰려왔다. "전……" 카트리네는 무슨 말인가 하려다 말고 그냥 불쑥 내뱉었다. "글쎄요, 누가 알겠어요?"

"뱀파이어병 환자를 만나는 걸 상상할 수 있을 만큼 미쳐 계시나요? 이번의 비극적인 사건처럼 살인까지는 아니어도 그냥 조금 무는 사람이라면요?"

카트리네는 농담이라고 생각했다. 어렴풋이 S&M을 연상시키는 그녀의 복장을 에둘러 지적하는 말이라고.

"조금요?" 그녀는 이렇게 말하고 검게 화장한 한쪽 눈썹을 올렸다. "그럼요, 물론이죠."

웃기려던 건 아니었지만, 이번에는 그녀도 객석에서 웃음을 끌어냈다.

"범인을 잡을 수 있기를 기원합니다, 브라트 경위님. 끝으로, 스미스 선생님. 뱀파이어병 환자들을 어떻게 찾느냐는 질문에는 아직 답하지 않으셨습니다. 여기 브라트 경위님께 조언하실 말씀이 있을까요?"

"뱀파이어병은 극단적 성도착증으로 대개 다른 정신과 진단과 함께 나타납니다. 따라서 모든 심리학자와 정신과 의사들에게 당부드립니다. 환자 명단을 살펴보시고, 혹시라도 임상적 뱀파이어병 기준에 맞을 법한 행동을 보이는 환자가 있는지 다시 한번 확인해서 경찰에 알려주십시오. 이런 사건이 환자와의 비밀유지 서약보다 우선해야 한다는 데는 이견이 없을 겁니다."

"그럼 그 말씀과 함께 '선데이 매거진'의 이번 편은……."

카운터 안쪽의 텔레비전이 꺼졌다.

"허접하네요." 메메트가 말했다. "그래도 동료분은 보기 좋은데요."

"흠. 여긴 이렇게 늘 비어 있습니까?"

"아, 아닙니다." 메메트가 바를 둘러보았다. 그리고 헛기침을 했다. "음, 그러네요."

"맘에 들어요."

"그래요? 맥주에는 손도 대지 않으셨네요. 보세요, 김이 다 빠졌네요."

"이게 좋아요." 해리가 말했다.

"거기다가 생기를 조금 불어넣을 만한 걸 드릴 수 있는데요." 메메트가 갈라타사라이 배너 쪽으로 고개를 까딱했다.

카트리네가 텔레비전 센터의 미로 같은 텅 빈 복도를 서둘러 빠져나오는데 뒤에서 무거운 발소리와 숨소리가 들렸다. 걸음을 멈추지 않고 흘끔 돌아보았다. 할스테인 스미스였다. 그의 달리는 스타일은 그의 연구만큼이나 주류에서 벗어나 있었다. 단순히 그가 특이한 안짱다리가 아니라면.

"브라트 경위님." 할스테인이 불렀다.

카트리네는 걸음을 멈추고 기다렸다.

"우선 사과부터 드려야겠군요." 할스테인이 카트리네를 따라잡으며 거친 숨을 몰아쉬었다.

"왜요?"

"제가 말을 너무 많이 해서요. 주목을 받으면 조금 들떠서요. 아내가 항상 하는 말이에요. 하지만 그보다도, 그 사진이······."

"네?"

"방송에서는 얘기하지 못했지만 실은 그 사람을 환자로 받았던 것 같아요."

"발렌틴 예르트센을요?"

"확실치는 않지만 한 2년 전이었을 거예요. 시내에 임대한 상담실에서 단 두 시간짜리 상담을 해줬어요. 사실 많이 비슷한 건 아닌데 성형수술 얘기를 듣고 그 환자가 떠올랐습니다. 제 기억이 맞다면 그 사람 턱 밑에 꿰맨 흉터가 있었거든요."

"그 사람이 뱀파이어병 환자였나요?"

"저도 모르죠. 그런 얘기는 하지 않았어요. 만약 했다면 제 연구에 넣었겠죠."

"호기심으로 찾아갔을 수도 있겠군요. 선생님이 어떤 연구를 하시는지 알았다면요. 그자의…… 그 용어가 뭐였죠?"

"성도착증요. 그럴 가능성도 없지는 않아요. 말씀드렸다시피 우리가 상대하는 자가 자기 병을 잘 아는 지능적인 뱀파이어병 환자일 거라는 확신이 들거든요. 어느 쪽이든, 그래서 환자 기록을 도난당한 사건이 더 찜찜해요."

"그 환자가 이름을 뭐라고 댔는지, 어디서 일하고 어디에 산다고 했는지 기억나지 않나요?"

할스테인은 깊은 한숨을 내뱉었다. "기억력이 전같지 않아서요."

카트리네는 고개를 끄덕였다. "그 환자가 다른 심리학자를 만났을 수도 있고, 그분들이 뭔가를 기억해주기를 바라야죠. 그리고 그분들이 비밀유지 서약에 관해 독실한 가톨릭 신자가 아니기를 바라고요."

"조금은 가톨릭 신자여도 상관없을 것 같은데요."

카트리네는 한쪽 눈썹을 올렸다. "그게 무슨 뜻이에요?"

할스테인은 눈을 가늘게 뜨다가 당황한 듯 눈을 감고 욕하지 않으려고 참는 것처럼 보였다. "아무것도 아니에요."

"어서요."

할스테인은 두 손을 던졌다. "전 그냥 2 더하기 2를 했을 뿐이에요. 진행자가 경위님한테 조금 미쳐 있냐고 물었을 때 경위님이 한 대답과 전에 저한테 산드비켄에서 흠뻑 젖는 일에 관해 한 말을 연결해봤습니다. 사람들은 대개 비언어적으로 소통해요. 경위님은 산드비켄의 정신병원에서 치료를 받았다는 사실을 비언어적으로 말했어요. 강력반 책임자로 계시니 우리 같은 사람들이 비밀유지 서약을 지켜드리는 게 좋겠죠. 비밀유지 서약이라는 게 원래 문제를 안고 있는 사람들이 우리의 도움을 구해도 그 사실이 훗날 경력의 발목을 잡지 못하게 하려고 만들어진 거니까요."

카트리네 브라트는 입을 벌리고 대꾸할 말을 찾으려 했지만 아무것도 떠오르지 않았다.

"제 바보 같은 추측에 꼭 대답하지 않으셔도 됩니다." 할스테인이 말했다. "사실은 이런 추측에서도 비밀유지 서약을 지켜야 하니까요. 안녕히 가세요."

카트리네는 할스테인이 복도를 따라 터덜터덜 걸어가는 것을 보았다. 에펠탑 모양의 안짱다리로. 전화가 울렸다.

미카엘이었다.

그는 알몸으로 앞이 보이지 않는 뜨거운 안개 속에 갇혀 있었다. 안개가 피부의 쓸린 부위에 닿아 쓰라렸고, 피가 흘러 그가 앉은 나무 벤치에 떨어졌다. 그는 눈을 감고 울컥하는 기분으로 어떻게 될지 그려보았다. 빌어먹을 규칙. 그 규칙들이 쾌락을 제약하고 고통을 제약하고 그가 원하는 대로 표현하지 못하게 막았다. 하지만 상황이 달라질 것이다. 경찰이 그의 메시지를 받았고 지금은 그를 쫓고 있다. 지금 이 순간에도. 그를 찾으려 하지만 찾을 수 없다. 그는 깨끗하니까.

그는 안개 속에서 누군가가 헛기침을 하는 소리를 듣고 흠칫 놀라며 혼자가 아닌 걸 알았다.

"카파티요루스."

"예." 발렌틴 예르트센은 굵은 목소리로 대답하고 그대로 앉아서 울컥하는 감정을 애써 눌렀다.

문 닫을 시간이라는 뜻이었다.

그는 가만히 성기를 만졌다. 그 여자가 어디 있는지 정확히 알았다. 그 여자를 어떻게 가지고 놀아야 할지도 알았다. 그는 준비가 되었다. 발렌틴은 축축한 공기를 들이마셨다. 그리고 해리 홀레, 스스로 사냥꾼이라고 여기는 자가 있었다.

발렌틴 예르트센은 벌떡 일어나 문으로 향했다.

16
일요일 밤

　에우로라는 침대에서 스르르 빠져나와 복도로 나갔다. 엄마, 아
빠 방을 지나 계단을 내려가 거실로 갔다. 아래층의 조용히 우르릉
거리는 어둠 속에서 가만히 귀를 기울이며 살금살금 욕실로 들어
가 불을 켰다. 문을 잠그고 파자마 바지를 내리고 변기에 앉았다.
가만히 기다렸지만 아무 일도 일어나지 않았다. 오줌이 마려워 도
저히 그냥 잘 수가 없어서 왜 지금 화장실에 가면 안 돼? 하는 생
각이 들었다. 실은 꼭 가지 않아도 됐지만 잠이 오지 않으니 다녀
오자고 마음먹은 걸까? 그리고 여기는 조용하고 안전하니까 괜찮
다고 생각한 걸까? 문은 잠가놓았다. 어릴 때 부모님은 손님이 오
지 않은 한 문을 못 잠그게 했다. 무슨 일이 생기면 당장 들어갈 수
있어야 한다면서.
　에우로라는 눈을 감고 가만히 귀를 기울였다. 손님이 있다면? 사
실은 무슨 소리가 나서 잠이 깬 거였다는 게 이제 생각났다. 신발
의 삐그덕 소리. 아니, 부츠. 살금살금 다가올 때 삐거덕거리던 길
게 휘어진 뾰족한 부츠. 그가 욕실 문밖에서 멈춰서 기다리고 있
다. 그녀를 기다린다. 에우로라는 숨이 쉬어지지 않았고 자기도 모

르게 문 아래를 보았다. 하지만 문턱에 가려져서 설령 밖에서 뭔가가 그림자를 드리우고 있다고 해도 안에서는 보이지 않았다. 어쨌든 밖은 캄캄했다. 그를 처음 봤을 때 에우로라는 마당에서 그네를 타고 있었다. 그는 물을 한 잔 달라면서 문 앞까지 따라왔다가 엄마의 차가 오는 소리가 나자 어디론가 사라졌다. 두 번째는 핸드볼 토너먼트가 열리던 날 여자 화장실에서였다.

에우로라는 귀를 기울였다. 분명 그가 와 있었다. 문밖의 어둠 속에. 그가 돌아올 거라고 했었다. 에우로라가 누구한테든 말하면. 그래서 에우로라는 입을 닫아버렸다. 그게 제일 안전한 방법이었다. 그리고 지금 왜 오줌을 누지 못하는지 알았다. 그러면 여기에 앉아 있는 걸 그에게 들키기 때문이었다. 에우로라는 눈을 감고 가만히 귀를 기울였다. 아니다. 아무것도 들리지 않았다. 다시 숨을 쉴 수 있었다. 그는 갔다.

에우로라는 파자마 바지를 올리고 문을 열고 황급히 나갔다. 계단을 뛰어 올라가서 엄마, 아빠 방 앞으로 갔다. 조심스럽게 문을 밀어서 조용히 안을 들여다보았다. 커튼 틈새로 달빛이 새어들어 아빠의 얼굴을 비추었다. 아빠가 숨을 쉬는지는 알 수 없지만 얼굴이 희었다. 관속에 누운 할머니의 얼굴처럼. 에우로라는 살금살금 침대로 다가갔다. 엄마의 숨소리는 오두막에서 고무 매트리스에 공기를 주입할 때 사용하는 고무 펌프 소리 같았다. 에우로라는 아빠에게 다가가 용기를 내어 아빠의 입에 귀를 가까이 댔다. 아빠의 따뜻한 숨결이 살갗에 닿자 기뻐서 심장이 쿵쾅거렸다.

다시 방으로 돌아와 침대에 누우니 아무 일도 없던 것 같았다. 모든 게 그냥 악몽이라서 눈을 감고 잠들면 도망칠 수 있는 것처럼.

라켈은 눈을 떴다.

악몽을 꾸었다. 그래서 깬 건 아니었다. 누가 아래층 현관을 열었다. 옆자리를 보았다. 해리가 없었다. 해리가 막 집에 들어온 건지도 몰랐다. 계단에서 발소리가 나서 귀에 익은 소리인지 가만히 들어보았다. 아니었다. 다른 소리였다. 올레그가 무슨 일로 집에 들렀나 싶어서 들어 봤지만 올레그의 발소리도 아니었다.

라켈은 닫힌 방문을 바라보았다.

발소리가 점점 가까워졌다.

문이 열렸다.

크고 시커먼 형체가 문 앞을 막았다.

라켈은 무슨 꿈을 꾸었는지 기억을 더듬었다. 보름달이 뜬 밤에 그가 자기 몸을 사슬로 침대에 묶고 시트를 갈가리 찢었다. 그는 고통에 몸부림치며 사슬에 묶인 채 밤하늘을 향해 비통하게 울부짖으며 제 살갗을 찢었다. 그리고 그 속에서 그의 다른 자아가 나왔다. 발톱과 이빨을 가진 늑대인간이 광기 어린 담청색 눈에 사냥과 죽음을 담고서.

"해리?" 라켈이 속삭였다.

"나 때문에 깼어?" 그의 깊고 평온한 목소리가 평소처럼 들렸다.

"당신 꿈을 꿨어."

그는 조용히 방으로 들어와서 불도 켜지 않은 채 벨트를 풀고 티셔츠를 머리 위로 벗었다. "내 꿈? 쓸데없이 뭐하러? 난 이미 당신 건데."

"어디 갔었어?"

"바에."

귀에 선 발소리. "마셨어?"

그는 그녀 옆으로 스르르 들어갔다. "응, 마셨어. 당신은 일찍 잠들었고."

라켈은 숨을 참았다. "뭐 마셨는데, 해리? 얼마나?"

"터키식 커피. 두 잔."

"해리!" 라켈은 베개로 그를 때렸다.

"미안." 그는 웃었다. "터키식 커피가 끓이는 게 아니란 거 알았어? 그리고 이스탄불에 축구 클럽이 세 개 있는데 백 년 동안 서로를 역병처럼 미워하면서도 다들 왜 미워하는지 잊어버린 건 알았어? 누가 날 싫어해서 나도 같이 싫어해주는 게 인지상정이라는 사실과는 별개로."

라켈은 몸을 웅크리고 그의 옆에 붙어서 그의 가슴에 팔을 둘렀다. "다 처음 듣는 얘기야, 해리."

"세상이 어떻게 돌아가는지 꾸준히 알아보는 거 좋아하잖아."

"그런 것도 모르고 어떻게 살아남았나 몰라."

"당신은 왜 일찍 누웠는지 말해주지 않았잖아?"

"물어보지도 않고서."

"지금 묻잖아."

"너무 피곤해서. 그리고 내일 출근하기 전에 일찍 울레볼 병원에 진료 예약이 잡혀 있어서."

"그런 얘기 안 했잖아."

"응, 나도 오늘 연락받았어. 스테펜스 박사가 직접 전화했어."

"진료 예약이 맞아? 그냥 구실 아니야?"

라켈이 조용히 웃으며 그에게서 돌아누운 채 그의 품으로 파고들었다. "나 기분 좋게 해주려고 질투하는 척하는 거 아냐?"

그는 그녀의 목덜미를 살짝 물었다. 그녀는 눈을 감은 채 두통이 당장 욕정에, 근사하고 고통을 잠재우는 욕정에 가라앉길 바랐다. 하지만 그렇게 되지 않았다. 해리도 느꼈을 수 있었다. 그대로 가만히 그냥 그녀를 안고만 있는 걸 보면. 그의 숨소리가 깊고 고르게 되었지만 아직 잠들지 않은 걸 알았다. 그는 다른 어딘가에 가 있었다. 그의 다른 연인과 함께.

모나 도는 러닝머신 위에서 뛰고 있었다. 틀어진 골반 탓에 뛰는 자세가 게랑 비슷해서 꼭 주위에 아무도 없는 걸 확인하고 나서야 러닝머신에 올랐다. 모나는 헬스장에서 힘든 운동을 마치고 몇 킬로미터 정도 슬슬 뛰면서, 근육에서 젖산이 빠져나가는 것을 느끼며 어둠 속의 프롱네르 공원을 내다보는 순간을 좋아했다. 더 루비누스. 그녀가 좋아하는 영화 〈기숙사 대소동〉의 주제곡을 쓴 1970년대 파워팝 그룹이 휴대전화에 연결된 이어폰으로 달콤 쌉싸래한 팝송을 불러주었다. 그러다 전화가 와서 노래가 끊겼다.

모나는 자기가 어느 정도는 그 전화를 기대한 걸 깨달았다.

그자가 다시 터트리기를 **원해서가** 아니었다. 원하는 건 아무것도 없었다. 그녀는 이미 일어난 일을 보도할 뿐이다. 어쨌든 이것이 그녀가 스스로에게 하는 말이었다.

화면에 '알 수 없는 번호'라고 떴다. 그러니 뉴스실은 아니었다. 그녀는 망설였다. 이번처럼 큰 살인사건이 일어난 기간에는 별별 이상한 부류가 다 튀어나오지만 결국 호기심을 못 이기고 '통화' 버튼을 눌렀다.

"안녕하십니까, 모나." 남자 목소리였다. "이제 우리 둘만 남은 것 같군요."

모나는 얼른 주위를 둘러보았다. 접수대의 여자는 통화에 푹 빠져 있었다. "무슨 소리예요?"

"그쪽은 혼자서 헬스장을 전세 냈고, 난 프롱네르 공원을 독차지 했으니까. 실은 오슬로 전체를 우리 걸로 만든 기분이에요, 모나. 당신은 독특하고 알찬 기사로, 난 그 기사의 주연으로."

모나는 손목의 맥박계를 보았다. 맥박이 올라가기는 했지만 심한 정도는 아니었다. 그녀의 친구들은 모두 그녀가 매일 저녁 헬스장에서 운동하면서 공원을 내다보는 걸 알았다. 누군가 그녀를 놀리려고 장난친 게 이번이 처음도 아니고 마지막도 아닐 터였다.

"그쪽이 누군지 모르겠고, 뭘 원하는지도 모르겠어요. 10초를 줄 테니 내가 전화를 끊지 말아야 할 이유를 대요."

"기사가 별로예요. 내 작업의 세세한 부분을 거의 빠트렸어. 일단 만납시다. 내가 당신한테 뭘 보여주려는지 설명할 수 있게. 가까운 시일 내에 무슨 일이 벌어질지에 관해서도."

맥박이 조금 더 올라갔다.

"구미가 당기는 게 사실이네요. 당신은 체포되기 싫고 난 물어뜯기기 싫다는 게 걸리지만."

"오르푀위아의 컨테이너항에 크리스티안산 동물원에서 내다 버린 오래된 우리가 하나 있어요. 잠금장치가 없으니까 직접 자물쇠를 가져가서 안에 들어가서 잠가요. 그럼 내가 가서 바깥에서 얘기할 테니. 그렇게 하면 내가 당신을 통제하면서 동시에 당신은 안전해요. 원한다면 무기를 가져와도 되고."

"작살 같은 거?"

"작살?"

"그래요. 우리 안의 거대한 백상아리와 다이버 놀이를 하려는 거니까."

275

"내 말을 진지하게 듣지 않는군."

"**당신이** 내 입장이라면 진지하게 듣겠어요?"

"내가 당신이라면, 결정하기 전에 살인에 관해, 살인을 저지른 범인만 알 수 있는 정보를 물어볼 텐데."

"말해봐요, 그럼."

"에바 돌멘의 블랜더로 칵테일을, 그러니까 블러디 에바를 만들었어요. 그 경찰 정보원한테 확인해봐요. 설거지를 하지 않았거든."

모나는 열심히 머리를 굴렸다. 대박이었다. 세기의 특종감, 그녀의 기자 인생을 완전히 바꿔놓을 기사였다.

"좋아요, 그럼 당장 내 정보원한테 연락해 보고, 5분 있다가 다시 전화해도 될까요?"

낮은 웃음소리. "그런 싸구려 수법으로 신뢰를 깨려고 하는군. 내가 **당신한테** 5분 후에 전화합니다."

"5분."

트룰스 베른트센은 벨이 한참 울린 후에야 전화를 받았다. 잠결이었다.

"일만 하는 줄 알았는데요?" 모나가 말했다.

"쉴 땐 쉬어야죠."

"물어볼 게 하나 있어서요."

"많이 사면 깎아드려요."

전화를 끊으면서 모나는 노다지를 만났다고 생각했다. 아니, 더 정확히 말하면 노다지가 그녀를 만난 거였다.

모르는 번호로 다시 전화가 오자 모나는 두 가지 질문을 말했다.

어디서, 언제.

"하브네 가 3번지. 내일 저녁 8시. 참, 모나?"

"네?"

"끝날 때까지는 아무한테도 말하지 말아요."

"그냥 전화로 얘기하지 않으면 안 될 이유라도?"

"당신을 내내 보고 싶으니까요. 당신도 내가 보고 싶을 거고. 잘 자요. 러닝머신 다 뛰고."

해리는 침대에 누워 천장을 쳐다보았다. 메메트가 만들어준 시 커멓고 센 커피를 두 잔이나 마신 탓일 수도 있지만 그게 이유가 아닌 걸 알았다. 자기가 다시 그곳에, 모든 것이 끝날 때까지 뇌를 끌 수 없는 상태로 가버린 걸 알았다. 범인이 잡힐 때까지, 때로는 그 뒤로도 한참 동안 계속 일만 하는 상태로 남아 있었다. 4년이다. 살아 있다는 신호 없이 4년. 죽었다는 신호도 없이. 그런데 이제 발 렌틴 예르트센이 스스로 나타난 것이다. 악마의 꼬리만 슬쩍 내비 친 게 아니라 자발적으로 스포트라이트를 받으러 나왔다. 자기 자 신에게 집착하는 배우와 극작가와 감독이 하나로 합쳐진 것처럼. 연출된 상황이고 단순히 미쳐 날뛰는 정신병자의 행동이 아니었 다. 발렌틴은 그들이 운 좋게 잡을 수 있는 그런 종류의 인간이 아 니었다. 그들은 그저 그자가 다음에 어떻게 나올지 지켜보면서 실 수를 저지르기를 바라는 수밖에 없었다. 그가 저지른 사소한 실수 를 밝혀낼 수 있을 거라는 희망을 품고 하염없이 지켜봐야 했다. 실수는 누구나 저지르므로. 거의 누구나.

해리는 라켈의 고른 숨소리를 들으며 이불 속에서 빠져나와 살 금살금 문으로 가서 아래층 거실로 내려갔다.

전화벨이 두 번 울리고 상대가 전화를 받았다.

"주무시는 줄 알았어요." 해리가 말했다.

"그래도 전화했잖아?" 스톨레 에우네가 졸린 목소리로 말했다.

"제가 발렌틴 예르트센을 찾는 걸 도와주셔야겠어요."

"**제**가? **우리**가 아니고?"

"제가. 우리가. 이 도시가. 인류가. 제발. 반드시 놈을 막아야 해요."

"말했잖아. 내 시계는 멈췄다고, 해리."

"놈이 깨어나서 지금도 배회하고 있어요. 우리가 잠든 사이에도."

"죄책감이 들지. 그래도 우리는 자고 있어. 피곤하니까. **난** 지쳤어, 해리. **몹시** 지쳤어."

"그놈을 이해하는 사람, 다음 행보를 예측할 수 있는 사람이 필요해요. 그자가 어느 지점에서 실수를 저지를지 아는 사람. 그자의 약점을 찾아내는 사람."

"난 못—."

"할스테인 스미스." 해리가 말했다. "그 사람을 어떻게 생각해요?"

잠시 침묵이 흘렀다.

"날 설득하려고 전화한 게 아니군." 스톨레가 말했다. 약간 상처받은 말투였다.

"이건 플랜 B예요." 해리가 말했다. "처음으로 이게 뱀파이어병 환자의 소행이고 다시 범행을 저지를 거라고 말한 건 그 사람이에요. 발렌틴 예르트센이 성공한 수법을 고수할 거라는 것도 맞았고요. 틴더 데이트. 발렌틴이 증거를 남길 위험을 무릅쓸 거라는 것도 맞혔어요. 발각되는 것에 대한 발렌틴의 이중적인 태도도 맞혔어요. 게다가 일찍부터 경찰이 성범죄자를 찾아봐야 한다고 말했고요. 지금까지 적중률이 꽤 좋아요. 그 사람이 대세를 거스르는 것도 마음에 들어요. 제가 꾸리려는 '대세를 거스르는' 팀에 그 사람을 넣으려고요. 뭣보다 박사님도 그 사람이 똑똑한 심리학자라고 하셨잖아요."

"그건 맞아. 그래, 할스테인 스미스라면 괜찮은 선택일 거야."

"그런데 궁금한 게 하나 있어요. 그 사람 별명이……."

"원숭이?"

"그 사람이 아직도 심리학자들 사이에서 신망을 얻지 못하는 이유와 관련이 있다면서요."

"세상에, 해리. 반평생도 더 지난 일이야."

"말해주세요."

스톨레가 생각에 잠긴 듯했다. 그러더니 전화에 대고 나직이 속삭였다. "그 친구한테 그 별명이 붙은 데는 내 탓도 있어. 물론 그 친구 잘못이 크지만. 그 친구가 여기 오슬로에서 학생일 때 심리학과 바의 작은 금고에서 돈이 없어진 적이 있어. 할스테인이 주요 용의자였지. 갑자기 비엔나 현장학습에 자기도 갈 수 있게 됐다고 했거든. 원래는 돈이 없어서 못 간다고 하고선. 문제는 할스테인이 금고 비밀번호를 알아내는 게 불가능하다는 거였어. 그걸 알아야만 돈을 꺼낼 수 있었을 텐데. 그래서 내가 원숭이 덫을 놓았어."

"뭐요?"

"아빠!" 해리는 전화기 너머에서 고음의 여자아이 목소리를 들었다. "무슨 일 있어요?"

스톨레가 전화기 마이크를 가리는 소리가 났다. "깨우려던 게 아

279

니야, 에우로라. 해리 아저씨랑 통화 중이야."

이어서 스톨레의 부인인 잉그리드의 목소리가 들렸다. "아이고, 아가. 나쁜 꿈 꿨니? 이리 와, 엄마랑 같이 자자. 아니면 우리 차 마실까?" 발소리가 멀어졌다.

"어디까지 했더라?" 스톨레 에우네가 말했다.

"원숭이 덫."

"아, 그래. 로버트 피어시그의 《선禪과 모터사이클 관리술》이란 책 읽어봤나?"

"그 책이 모터사이클 관리술에 관한 책이 아니라는 건 알죠."

"맞아. 일단 철학에 관한 책이야. 더 나아가 철학과 감정과 지성의 갈등에 관한 책이지. 원숭이 덫처럼. 코코넛에 원숭이가 손을 집어넣을 만한 구멍을 뚫어. 그리고 숨어서 기다려. 원숭이가 음식 냄새를 맡고 들어와서 구멍에 손을 집어넣고 음식을 움켜잡아. 그 순간 튀어 나가는 거야. 원숭이는 달아나고 싶고 음식을 놓지 않으면 손을 뺄 수 없는 걸 알아. 흥미로운 건 원숭이는 잡히면 어차피 그 음식을 먹지 못할 걸 알 정도로 머리가 좋은데도 음식을 놓지 않는다는 거야. 본능, 굶주림, 욕망이 지능보다 세거든. 그리고 그게 원숭이가 몰락하는 원인이야. 매번 똑같이. 그래서 나랑 바의 매니저는 심리학 퀴즈를 준비하고 심리학과 학생들을 모두 불러 모았어. 학생들이 많이 모이고 중요한 성패가 걸린 일이라 긴장감이 감돌았지. 내가 바 매니저랑 결과를 검토한 후 심리학과에서 두 번째로 우수한 학생인 할스테인과 올라브센 사이에 접전이 있었고 승자는 거짓말을 잘 찾아내는 능력으로 결정하겠다고 발표했어. 내가 젊은 여자를 바의 직원으로 소개하고 의자에 앉힌 후 결승전에 오른 두 학생에게 금고 비밀번호에 관해 최대한 많이 캐내라고 주문했어. 할스테인과 올라브센은 그 여자 맞은 편에 앉았고, 여자에게 1부터 9까지 무작위 순서로 된 비밀번호 네 자리에서 첫 번째 숫자에 관해 질문했어. 이어서 두 번째 숫자를 묻는 식으로 진행됐지. 여자는 매번 '아뇨, 그건 맞는 숫자가 아니에요'라고 답해야 했고, 그사이 할스테인과 올라브센은 여자의 신체 언어, 동공 팽창, 심박수 증가 징후, 억양 변화, 땀, 불수의적 안구운동, 그밖에도 야심만만한 심리학자가 올바르게 해석할 수 있다고 자신하는 모든 요소를 유심히 관찰했어. 가장 많은 숫자를 정확히 추측한 사람이 이기는 게임이었어. 두 학생이 거기 앉아서 메모를 하면서 열심히 집중하는 동안 나는 여자에게 마흔 가지 질문을 던졌지. 무엇이 걸려 있는지 생각해보라고. 심리학과에서 두 번째로 똑똑한 심리학자라는 타이틀이야."

"물론 제일 똑똑한 사람이 누군지는 다들 아니까ㅡ."

"ㅡ그 사람은 퀴즈에 참가할 수 없지. 문제를 낸 사람이니까. 정말로. 내가 다 마치자 각자 의견이 적힌 메모를 제출했어. 할스테인이 네 개의 숫자를 정확히 맞췄어. 그 자리에 있던 모두가 기뻐했어! 물론 매우 인상적이었지. 의심스럽게 인상적이라고 할 수 있지. 할스테인 스미스는 당연히 보통의 원숭이보다 똑똑하니까 무슨 상황인지 알아챘을 가능성이 있어. 그렇다 해도 이기려고 하지 않을 수 없었을 거야. 그냥 그럴 수가 없었던 거야! 그때는 가난한 여드름쟁이에 존재감이 미미해서 여자도 못 만나는 청년이라 누구보다도 그런 승리를 간절히 원했을 거야. 아니면 금고에서 돈을 가져간 사람이 그라고 의심받을 수는 있지만 어차피 증명할 수 없다는 걸 알아서였을 수도 있고. 물론 실제로 그가 사람들을 잘 읽고 인체의 수많은 신호를 해석하는 재주가 뛰어났을 수도 있겠지. 하지만……."

"흠."

"왜?"

"아무것도 아니에요."

"아니, 뭔데?"

"의자에 앉은 젊은 여자요. 그 여자는 비밀번호를 몰랐잖아요."

스톨레는 웅얼거리며 동의했다. "그 바에서 일하지도 않았지."

"박사님은 어떻게 할스테인이 원숭이 덫에 걸려들 줄 알았어
요?"

"난 사람들을 읽는 재주가 뛰어나거든. 문제는, 자네가 생각하는
수사팀 후보가 도둑질 전력이 있다는 사실을 안 지금 자네가 어떻
게 생각하느냐는 거겠지."

"그게 얼마나 되는데요?"

"내 기억에는 2천 크로네."

"얼마 안 되네요. 그리고 금고에서 돈이 사라졌다고만 했으니까,
금고를 완전히 턴 건 아니라는 뜻이잖아요?"

"그때는 그 친구가 그런 식으로 들키지 않으려고 한 줄 알았어."

"하지만 나중에는 다른 학생들과 현장학습에 같이 가는 데 필요
한 경비만큼만 가져간 거라고 생각하셨군요?"

"그 친구는 그 일로 경찰에 신고당하지 않는 대신 학과에서 자
리를 포기하라고 요청을 받았어. 그래서 리투아니아의 심리학과에
들어간 거고."

"유배를 간 거네요. 박사님의 모략으로 '원숭이'라는 별명을 달
고서."

"다시 돌아와서 노르웨이에서 석사학위를 받았어. 심리학 전문

가 자격증도 땄고. 잘 풀렸어."

"죄책감을 느끼는 말투인 거 아시죠?"

"자네는 도둑을 고용할 생각인가 보군?"

"전 도둑이라도 마땅한 동기가 있으면 반대하지 않아요."

"하!" 스톨레가 말했다. "그래서 더 마음에 드나보군. 자네는 원숭이 덫의 취지를 이해하니까. 자네도 절대 포기하지 못하잖아, 해리. 작은 걸 놓지 못해서 큰 걸 놓치잖아. 발렌틴 예르트센을 잡겠다는 **결심**이 섰군. 자네가 소중히 여기는 모든 것과 자네와 주위 사람들이 희생을 치를 줄 알면서도. 그냥 놓지 못하는 거야."

"그럴듯한 비교이긴 하지만 틀렸어요."

"내가?"

"네."

"그렇다면 기쁘네. 이만 끊고 우리 집 여자들이 어쩌고 있는지 봐야겠어."

"할스테인이 합류한다면 그 사람한테 심리학자로서 뭘 기대하는지 간단히 설명해주실 수 있어요?"

"물론, 그 정도야 해줄 수 있지."

"강력반을 위해서? 아니면 그 사람한테 '원숭이'라는 별명을 붙여준 일 때문이에요?"

"잘 자, 해리."

해리는 위층으로 올라가 침대에 누웠다. 라켈에게 몸이 닿지 않으면서도 잠든 몸에서 발산되는 열이 느껴질 만큼 가까이. 그리고 눈을 감았다.

잠시 후 그는 살며시 빠져나왔다. 침대에서 나와서 창밖을, 어둠 속을, 불빛이 꺼지지 않는 반짝이는 도시를, 골목을, 쓰레기통 너머를, 도시의 불빛이 닿지 않는 곳을 바라보았다. 그리고 거기에, 그자가 있었다. 셔츠가 풀려 있고 맨 가슴의 얼굴이 그를 향해 비명을 지르며 살갗을 찢고 밖으로 나오려 했다.

아는 얼굴이었다.

사냥하고 사냥당하고, 무서워하고 굶주리고, 미움받고 증오하는.

해리는 급히 눈을 떴다.

그건 그 자신의 얼굴이었다.

17

월요일 아침

카트리네는 수사팀의 허옇게 뜬 얼굴들을 둘러보았다. 몇몇은 밤새워 일했고, 그러지 않은 사람들도 제대로 자지 못했을 것이다. 이미 발렌틴 예르트센의 연락처 명단을 확인했지만, 대부분 범죄자에 일부는 교도소에 있고 일부는 사망한 것으로 나타났다. 다음으로 토르 그렌이 텔레노르에서 받은 통화 기록에 관해 브리핑했다. 통화 기록에는 피해자 세 명이 공격을 당하기 몇 시간이나 며칠 전부터 전화로 연락한 모든 사람이 나왔다. 아직은 통화 기록에 있는 사람들과 의심스러운 통화나 문자를 연결할 만한 단서가 없었다. 사실 유일하게 의심스러운 단서는 에바 돌멘이 살해당하기 이틀 전에 알 수 없는 번호로 걸려온 부재중 전화였다. 추적 불가능한 충전식 휴대전화에서 걸려온 전화라서 지금쯤 전원을 껐거나 파괴했거나 심카드를 뺐거나 잔액이 소진됐을 것이다.

안데르스 빌레르는 3D 프린터 판매에 관한 수사 현황을 보고하면서 프린터가 너무 많고 매장에 이름과 주소를 남기지 않고 구입한 사례가 많아서 그쪽으로 계속 수사할 이유가 없어 보인다고 말했다.

카트리네는 해리를 보았다. 그는 결과를 보고 고개를 절레절레 흔들다가 결론에는 동의한다는 듯 그녀에게 고개를 끄덕였다.

비에른 홀름은 마지막 범죄현장의 법의학적 증거가 용의자를 지목하므로, 과학수사과는 이제 발렌틴 예르트센을 세 곳의 현장과 피해자와 연결할 만한 증거를 더 확보하는 데 주력하겠다고 말했다.

카트리네가 오늘의 업무를 분담하려고 할 때 망누스 스카레가 손을 들고는 카트리네에게 발언권을 얻기도 전에 말했다. "발렌틴 예르트센이 용의자라는 뉴스를 대중에 내보내기로 결정한 이유는 뭡니까?"

"그의 행방에 관한 제보를 받기 위해서죠, 물론."

"그럼 이제부터 그런 제보가 수백, 수천 건 들어올 텐데요. 저희 삼촌 두 명과도 언뜻 닮아 보이는, 연필로 그린 얼굴을 보고서요. 그럼 우리는 일일이 확인해야 할 거고요. 발렌틴이 네 번째, 다섯 번째 희생자를 물어 죽이기 전에 경찰이 그자의 새로운 신원과 사는 곳에 관한 제보를 받았다는 게 나중에 밝혀지면 어떻게 될지 상상해보세요." 망누스는 아군을 모으려는 듯 둘러보았다. 아니, 이미 몇 사람을 대표해서 의견을 말하고 있음을 카트리네는 알아챘다.

"그건 늘 딜레마죠, 망누스. 하지만 우리가 내린 결정이에요."

망누스가 여자 분석가에게 고개를 까딱하자 그녀가 바통을 받고 이어갔다. "망누스 말이 맞아요, 카트리네. 지금 당장 우리가 할 수 있는 건 한동안은 평화롭게 하던 대로 해나가는 거예요. 전에도 발렌틴 예르트센에 관한 정보를 대중에 요청했지만 건진 게 없었잖아요. 그 덕에 다른 업무에서 주의가 분산돼서 이도 저도 아니게 됐죠."

"게다가 지금은 우리가 안다는 걸 그자가 알고 달아났을 수도 있어요. 3년 동안 눈에 띄지 않는 곳에서 숨어 지냈는데, 지금 그자를 다시 그 굴속으로 파고들게 만들 위험이 있어요. 그냥 그렇다고요." 망누스가 팔짱을 끼면서 득의양양한 표정을 지었다.

"**위험**?" 뒤쪽에서 누군가가 코웃음을 쳤다. "진짜 위험에 처한 사람은 당신이 미끼로 삼으려는 그 여자들이에요, 망누스. 범인이 누군지 알면서도 우리가 입 닫고 있는 동안. 우리가 그자를 잡지 못하면 그자를 쫓다가 다시 굴속으로 숨어들게 만들 수 있어요, 내 생각엔."

망누스는 실실 웃으며 고개를 저었다. "당신도 알 날이 올 겁니다. 여기서 더 오래 일하다 보면 발렌틴 예르트센 같은 남자들은 범행을 멈추지 않는다는 사실을. 어딜 가서든 할 일은 할 겁니다. 들었잖아요. 우리 보스가—." 그는 '우리 보스'라고 과장되게 늘여서 말했다. "어젯밤에 텔레비전에 나와서 한 말을요. 발렌틴은 이미 이 나라를 떠났을 수도 있다고. 그가 집 안에 들어앉아 팝콘을 먹고 뜨개질을 하고 있기를 바란다면, 경험이 조금 더 쌓이면 당신이 틀렸다는 걸 깨달을 겁니다."

트룰스 베른트센은 손바닥을 내려다보면서 뭐라고 중얼거렸지만 카트리네에게는 들리지 않았다.

"뭐라는 건지 안 들려요, 베른트센." 망누스가 트룰스를 돌아보지도 않고 말했다.

"일전에 보여준 그 사진들요, 잔뜩 쌓여 있는 서핑보드 밑에 야콥센이란 여자의 사진. 그게 다가 아니라고 내가 말했잖아요." 트룰스 베른트센이 큰소리로 똑똑히 말했다. "내가 거기 갔을 때 그 여자는 아직 숨 쉬고 있었어요. 하지만 말은 하지 못했어요. 놈이 펜치로 혀를 뽑아서 우리가 아는 거기다 박아넣었거든요. 혀를 자르는 게 아니라 뽑으면 피가 얼마나 더 많이 나오는지 알아요, 망누스? 여하튼 나한테 자길 쏴달라고 애원하는 것 같은 소리가 났어요. 총이 있었다면 분명 고민했을 겁니다. 하지만 얼마 못 가 죽어서 그나마 다행이었어요. 경험 얘기를 하시기에 이 얘기를 해드려야겠다는 생각이 들었습니다."

침묵이 이어지는 사이 트룰스는 숨을 깊이 들이마셨다. 카트리네는 문득 언젠가는 베른트센 순경을 좋아하게 될 거라는 생각이 들었다. 하지만 트룰스 베른트센의 마지막 한마디에 그 마음이 싹 식었다.

"그리고 내가 아는 한 우리의 책임은 노르웨이까지예요, 망누스. 발렌틴 그 자식이 다른 나라에서 유색인이나 깜둥이를 건드린다면 그건 그쪽에서 알아서 할 일이죠. 그자가 우리 여자들을 건드리는 것보단 나아요."

"이제 그만합시다." 카트리네가 단호하게 말했다. 놀라는 얼굴들을 보니 그나마 이제 다시 잠이 깬 듯했다. "16시에 오후 회의를 소집하고 18시에 기자회견이 있을 겁니다. 내가 전화로 모든 연락을 받아야 하므로 다들 보고는 최대한 간략하게 해주세요. 그리고 다들 잘 알다시피 **모든 것이** 긴급사항입니다. 그자가 어제 범행을 저지르지 않았다고 해서 오늘도 안하리라는 보장이 없습니다. 어쨌든 하느님도 일주일 내내 일하신 건 아니니까요."

회의실은 금세 비었다. 카트리네는 서류를 모으고 랩톱 컴퓨터를 닫고 나갈 준비를 했다.

"안데르스와 비에른을 원해." 해리가 말했다. 아직 자리에 앉아

두 손으로 뒤통수를 받치고 다리를 앞으로 길게 뻗은 채였다.

"안데르스는 문제될 거 없지만, 비에른은 과학수사과의 새 과장에게 물어봐야 할 거예요. 아무개 리엔이라고."

"비에른한테는 얘기했어. 자기가 그 여자한테 말하겠대."

"네, 그러겠죠." 카트리네가 물었다. "안데르스한테는 말했어요?"

"응. 신났더군."

"그럼 마지막 사람은요?"

"할스테인 스미스."

"정말요?"

"왜 안 돼?"

"견과류 알레르기가 있고 경찰 수사 경험도 없는 괴짜잖아요?"

해리는 의자에 기대고 바지 주머니를 뒤져서 구겨진 카멜 담뱃갑을 꺼냈다. "정글에 뱀파이어병 환자라는 새로운 괴물이 나타났어. 그 괴물을 제일 잘 아는 사람을 옆에 두고 싶어. 그런데 견과류 알레르기가 있는 게 결격 사유인 것처럼 말하네?"

카트리네는 한숨을 쉬었다. "그냥 온갖 알레르기에 질려서요. 안데르스 뷜레르는 고무 알레르기가 있어서 라텍스 장갑을 못 낀대요. 콘돔도 못 쓸 거 같은데. 상상해봐요."

"상상하고 싶진 않군." 해리는 담뱃갑을 들여다보고 애석하게 부러진 작은 담배를 입에 물었다.

"그냥 남들처럼 담배를 재킷 주머니에 넣지 그래요, 해리?"

해리는 어깨를 으쓱했다. "부러진 담배가 더 맛있어. 그나저나 보일러실은 정식 사무실이 아니니까 거기는 금연 규정이 적용되지 않지 않을까?"

◆◆◆

"미안합니다." 할스테인 스미스가 전화기 너머에서 말했다. "그래도 물어봐주셔서 고맙습니다."

그는 전화를 끊고 전화기를 주머니에 넣고 주방 식탁 맞은편에 앉은 아내 메이를 보았다.

"안 좋은 일이에요?" 그녀가 걱정스러운 얼굴로 물었다.

"경찰이야. 뱀파이어병 환자를 쫓는 소규모 팀에 합류해달라는데."

"그래서요?"

"박사학위 논문 마감이 있잖아. 시간이 안 돼. 그런 범인 수색에는 관심도 없고. 매와 비둘기는 집 안에도 충분해."

"그 사람들한테 그렇게 말했어요?"

"응. 매와 비둘기 얘기는 빼고."

"그랬더니 그 사람들이 뭐래요?"

"한 사람이야. 남자였어. 해리라고." 할스테인 스미스가 웃었다. "그 사람이 다 이해한다면서 경찰 수사는 지루하고 힘든 일만 가득하대. 텔레비전에 출연하는 것과는 전혀 다르다고."

"음, 그럼." 메이는 컵을 입으로 가져갔다.

"음, 그럼." 할스테인도 똑같이 했다.

해리와 안데르스 뷜레르의 발소리가 메아리치고, 터널의 벽돌 지붕에서 조용히 떨어지는 물소리가 그 소리에 묻혔다.

"여기가 어디예요?" 안데르스가 물었다. 그는 연식이 오래된 빈티지 데스크탑 컴퓨터의 모니터와 키보드를 운반하는 중이었다.

"공원 밑, 경찰청과 보츠 교도소 사이 어딘가일 거야." 해리가 말

290

했다. "우린 여길 지하배수로라고 불러."

"그럼 비밀 사무실이군요?"

"비밀은 아니야. 그냥 비어 있는 거지."

"누가 이런 데 있는 사무실을 원하겠어요? 이런 지하에."

"아무도. 그래서 비어 있는 거고." 해리는 철제문 앞에 섰다. 잠금장치에 열쇠를 꽂아서 돌렸다. 손잡이를 당겼다.

"안 열려요?" 안데르스가 물었다.

"문이 팽창했나 봐." 해리가 한 발로 문 옆의 벽을 받치고 문을 확 잡아당겼다. 벽돌로 된 지하실의 훈훈하고 눅눅한 냄새가 훅 끼쳤다. 해리는 그 냄새를 기분 좋게 들이마셨다. 보일러실로 돌아왔다.

그는 전등을 켰다. 천장 형광등이 머뭇머뭇 깜박거리기 시작했다. 형광등이 제대로 켜지자 그들은 푸르스름한 회색의 리놀륨이 바닥에 깔린 네모난 방을 둘러보았다. 창문도 없고 빈 콘크리트 벽만 있었다. 해리는 안데르스를 흘끔 보았다. 사무실을 보고 난 뒤 그가 처음에 게릴라팀에 합류해달라고 했을 때 순간적으로 나오던 기쁨의 표정이 한풀 꺾이진 않았는지 궁금해하면서.

"로큰롤." 안데르스 뷜레르가 씩 웃었다.

"먼저 왔으니 선택해." 해리가 책상들을 향해 고개를 까딱했다. 그중 한 책상에는 그을린 갈색 커피머신과 물통과 손으로 이름을 적은 흰색 머그잔 네 개가 있었다.

안데르스가 컴퓨터를 설치하고 해리가 커피머신을 켜자마자 문이 덜컥 열렸다.

"여긴 제 기억보다 따뜻하네요." 비에른 홀름이 웃었다. "이쪽은 할스테인이에요."

커다란 안경을 쓰고 헝클어진 머리에 체크무늬 재킷을 입은 남자가 비에른 홀름 뒤에서 나왔다.

"스미스 선생님." 해리가 손을 내밀었다. "마음을 바꿔주셔서 기쁩니다."

할스테인 스미스는 해리의 손을 잡았다. "제가 원래 반反직관적인 심리학에 약해서요. 그런 거였다면. 그게 아니라면 당신은 제가 만나본 최악의 전화 판매원이었어요. 그래도 제가 판매원한테 다시 전화해서 제안을 받아들이겠다고 한 건 처음입니다."

"강요는 안 해요. 전 여기 올 생각이 있는 사람들만 원하니까." 해리가 말했다. "커피는 진하게 드십니까?"

"아뇨, 이왕이면 약간…… 그냥 주는 대로 마실게요."

"좋아요. 이걸로 드시면 되겠네요." 해리가 할스테인에게 흰색 머그잔을 건넸다.

할스테인은 안경을 고쳐 쓰고 머그잔 옆에 손글씨로 적힌 이름을 읽었다. "레프 비고츠키."

"그리고 이건 우리 과학수사관 거." 해리가 비에른 홀름에게 다른 머그잔을 건넸다.

"아직도 행크 윌리엄스네." 비에른이 활기차게 읽었다. "3년간 씻지 않았다는 뜻일까요?"

"지워지지 않는 마커로 쓴 거야." 해리가 말했다. "이건 자네 거, 안데르스."

"뽀빠이 도일? 이게 누구예요?"

"최고의 경찰. 찾아봐."

비에른이 네 번째 잔을 돌렸다. "그런데 그 머그잔에는 발렌틴 예르트센이라고 적혀 있지 않네요, 해리?"

"깜빡했나 봐." 해리가 커피머신에서 서버를 꺼내서 네 개의 잔에 나누어 따랐다.

비에른은 다른 사람들의 얼굴에서 어리둥절한 표정을 보았다. "자기 컵에 자기 영웅을 써넣고 해리는 용의자 이름을 넣는 게 여기 전통이에요. 음과 양이죠."

"전 사실 상관없습니다만," 할스테인이 말했다. "분명히 밝혀두자면 레프 비고츠키는 제가 좋아하는 심리학자가 아닙니다. 그 사람이 선구자인 건 인정합니다만—."

"원래는 스톨레 에우네 박사님 컵이에요." 해리가 마지막 의자를 제자리에 놓아서 의자 네 개가 가운데에 둥글게 모이게 했다. "좋아요, 우린 자유예요. 각자가 보스이고 누구한테도 보고하지 않습니다. 하지만 카트리네 브라트한테 보고하고 그쪽도 우리한테 보고해요. 앉으세요. 일단 각자가 이번 사건을 어떻게 보는지 솔직히 말해봅시다. 사실과 경험에 근거한 의견이든, 육감이든, 사소하고 쓸데없는 부분이든, 아무것도 아니든. 여기서는 무슨 말을 하든 나중에 그걸로 비난받을 일은 없어요. 완전히 엉뚱한 소리를 해도 괜찮아요. 누가 먼저 할까요?" 네 사람은 자리에 앉았다.

"사실 제가 결정할 건 아니지만." 할스테인이 말했다. "제 생각엔…… 어, 먼저 말씀을 하셔야 될 것 같은데요, 해리." 할스테인은 추운 것처럼 두 손으로 몸을 감쌌다. 교도소 전체를 데우는 보일러가 바로 옆에 있는데도. "왜 발렌틴 예르트센이 아니라고 생각하는지 말씀해주셔야 할 것 같은데요."

해리는 할스테인을 보았다. 머그를 들고 한 모금 마셨다. 삼켰다. "좋아요, 제가 먼저 시작하죠. 발렌틴 예르트센이 **아니라고** 생각하지는 **않습니다**. 그런 생각이 스치긴 했습니다만. 범인은 앞서 두 명을 살해하면서 증거를 전혀 남기지 않았어요. 철저한 계획과 차가운 머리가 필요해요. 그러던 사람이 이번엔 피해자를 폭행하고 증거를 마구 뿌려놓았고, 그 증거가 모두 발렌틴 예르트센을 가리키고 있어요. 일관된 구석이 있어요. 마치 사건 당사자가 자기가 누군지 알리고 싶어하는 것처럼. 그래서 당연히 의심이 드는 겁니다. 혹시 누군가가 우리에게 자기가 아닌 다른 누군가라고 생각하도록 유도하는 건 아닐까? 그렇다면 발렌틴 예르트센은 완벽한 희생양이에요." 해리는 다른 사람들을 보았다. 안데르스 뷜레르가 눈을 부릅뜨고 집중하고 있고, 비에른 홀름은 졸린 얼굴이고, 할스테인 스미스는 친근하고 호의적인 표정이었다. 이런 장면에서 어느새 심리학자의 역할로 빠져든 것처럼. "발렌틴 예르트센은 과거 전력으로 보아 그럴듯한 범인입니다." 해리는 말을 이었다. "게다가 발렌틴이라면 우리가 못 찾을 수 있다는 것도 알았을 겁니다. 우리가 이미 오랫동안 찾아 헤맸지만 아무런 단서도 찾지 못했으니까요. 아니면 그자는 발렌틴 예르트센이 죽어 땅에 묻힌 걸 아는 겁니다. 자기가 직접 죽여서 묻었으니까. 암매장당한 발렌틴은 알리바이든 뭐든 우리의 의심을 부인하지 못하면서 무덤 속에 누워서도 계속 진범에게서 관심을 떼어놓을 수 있을 테니까요."

"지문은요." 비에른 홀름이 말했다. "악마 얼굴의 문신이랑 수갑의 DNA도요."

"그래." 해리가 다시 한 모금 마셨다. "범인이 발렌틴의 손가락 하나를 잘라서 호브세테르로 가져와서 지문을 찍었을 수도 있어. 문신은 지워지는 복제본일 수도 있고. 수갑에서 나온 체모는 발렌틴 예르트센의 시체에서 가져온 거고, 수갑도 일부러 현장에 남겨놨을 수 있어."

보일러실에 정적이 흐르다가 커피머신이 마지막으로 달가닥거리는 소리가 들렸다.

"세상에." 안데르스 뷜레르가 웃었다.

"제가 선정한 편집증 환자들 음모론 중 10위 안에 들어가겠는데요." 할스테인이 말했다. "이건…… 칭찬입니다."

"그래서 우리가 여기 모인 겁니다." 해리는 의자에 앉은 채 몸을 앞으로 숙였다. "우린 각자 다르게 생각하고 카트리네의 수사팀에서 건드리지 않는 가능성을 들여다봐야 합니다. 그쪽 팀은 사건이 어떻게 일어났는지에 관한 시나리오를 이미 짜놓은 데다, 집단이 커질수록 지배적인 생각과 가정에서 벗어나기가 어려워지거든요. 그런 팀은 약간 종교처럼 움직여요. 사람이 그렇게 많은데 틀릴 리가 없다고 생각하게 되는 겁니다. 음." 해리는 이름이 적히지 않은 머그잔을 들었다. "틀릴 수 있어요. 실제로 틀리기도 하고. 항상."

"아멘." 할스테인이 말했다.

"그러니 다음 나쁜 가설로 넘어가죠. 안데르스?" 해리가 말했다.

안데르스 뷜레르는 머그잔을 보았다. 숨을 깊이 들이마시고 입을 열었다. "스미스 선생님, 텔레비전에 나오셔서 뱀파이어병이 어떻게 발병하는지, 한 단계에서 다음 단계로 어떻게 넘어가는지 설명하셨죠. 여기 스칸디나비아에서는 젊은 사람들을 철저히 감시하고 있어서 그런 극단적인 성향이 보이면 마지막 심각한 단계에 이르기도 전에 이미 보건당국에 걸렸을 겁니다. 이 뱀파이어 환자는 노르웨이 사람이 아니라, 다른 나라에서 왔어요. 이게 제 가설이에요." 그가 고개를 들었다.

"고맙네." 해리가 말했다. "거기에 더해서 연쇄살인범 범죄의 역사에서 피를 마시는 스칸디나비아인은 한 명도 없다는 점도 지적할 수 있겠지."

"스톡홀름의 아틀라스 살인사건, 1932년." 할스테인이 말했다.

"흠. 그 사건은 모르겠네요."

"뱀파이어병 범인이 잡히지 않았으니까요. 연쇄살인범인지도 확인되지 않았고요."

"흥미롭군요. 희생자는 여자였나요, 이번 사건처럼?"

"릴뤼 린데스트룀, 32세 매춘부. 희생자가 그 여자 하나뿐이라면 내 손에 장을 지질 겁니다. 최근 들어서 뱀파이어 살인으로 알려졌어요."

"자세히 설명해주시겠어요?"

할스테인은 눈을 두 번 깜박이고는 거의 감다시피하고 한 마디 한 마디 복기하듯 말했다. "5월 4일, 발푸르기스 전야제, 상트 에릭스플란 11번지, 원룸 아파트. 릴뤼가 거기서 남자를 받았습니다. 그전에 2층으로 내려가 친구한테 콘돔을 빌려달라고 했고요. 경찰이 릴뤼의 아파트에 들어갔을 때 릴뤼는 사망한 채 오토만에 쓰러져 있었어요. 지문도 없고 단서 하나 없었어요. 범인이 깨끗이 치워놓고 떠난 겁니다. 릴뤼의 옷가지까지 단정하게 개켜놓았어요. 주방 싱크대에서 피범벅인 소스 국자가 나왔고요."

비에른은 해리와 눈빛을 주고받았고, 할스테인이 말을 이었다.

"연락처에 있는 이름 중에, 사실은 성 없이 이름만 저장된 사람들 가운데, 경찰이 용의자로 특정할 만한 사람은 한 명도 없었어요. 경찰은 뱀파이어병 범인을 찾는 데 근접하지도 못했어요."

"그런데 범인이 정말로 뱀파이어병 환자였다면 당연히 다시 범행을 저지르지 않았을까요?" 안데르스가 물었다.

"네." 할스테인이 답했다. "그런데 범행을 저지르지 않았는지 누가 알까요? 더 철저하게 뒤를 치웠는지도 모르죠."

"스미스 선생님 말이 맞습니다." 해리가 말했다. "해마다 실종자 수가 살인사건 신고 건수보다 많습니다. 그런데 안데르스의 지적도 일리가 있지 않을까요? 만약 뱀파이어병이 발병한다면 초기 단계에서 발견될 거라는 말요."

"제가 텔레비전에 나가서 설명한 건 **전형적인** 발전 양상이었어요." 할스테인이 말했다. "인생의 후반기에 자기 안에서 뱀파이어 성향을 발견하는 사람들도 있습니다. 보통사람들도 자신의 진짜 성적 지향을 발견하는 데 시간이 걸리는 것처럼요. 역사적으로 가장 유명한 뱀파이어병 환자 중에 페터 퀴르텐이라고, '뒤셀도르프의 뱀파이어'라고 불리던 사람은 마흔다섯 살에 처음 동물 피를 마셨어요. 1929년 12월에 뒤셀도르프 외곽에서 백조를 죽이고 그 피를 마신 겁니다. 그리고 2년도 안 돼서 아홉 명을 죽이고 일곱 명을 더 죽이려고 시도했어요."

"그러니까 선생님은 발렌틴 예르트센의 다른 끔찍한 범죄 기록에서 피를 마시거나 사람을 먹는 행위가 들어 있지 않은 게 이상하다고 생각하지 않으시는군요?"

"네."

"좋아요. 비에른, 어떻게 생각해?"

비에른 홀름이 몸을 똑바로 펴고 눈을 비볐다. "저도 같은 생각이에요, 해리."

"어떤 면에서?"

"에바 돌멘 살인은 스톡홀름 살인을 모방한 거예요. 소파하고 현장이 깨끗하게 정리된 점이랑 또 범인이 피를 마시는 데 사용한 블랜더가 싱크대에 남아 있던 점도요."

"그럴듯하지 않습니까, 스미스 선생님?" 해리가 물었다.

"모방범죄라고요? 그렇다면 새로운 형태네요. 비꼬는 게 아닙니다. 사실 자기가 드라큘라 백작의 환생이라고 믿는 뱀파이어병 환자들이 있었지만 뱀파이어병 환자가 자발적으로 아틀라스 살인을 재현하는 건 그다지 가능성이 없어 보입니다. 그보다는 뱀파이어병 특유의 전형적인 성격 특질이 존재한다고 보는 편이 더 그럴듯할 겁니다."

"해리는 우리의 뱀파이어병 환자에게 청결 강박이 있는 것 같다고 보시던데요." 안데르스가 말했다.

"그럴 수 있어요." 할스테인이 말했다. "뱀파이어병 환자인 존 조지 하이는 깨끗한 손에 집착해서 일 년 내내 장갑을 끼고 다녔어요. 먼지를 싫어하고 희생자의 피도 깨끗이 씻은 유리컵에 담아서 마셨고요."

"어떻게 생각해요, 스미스 선생님?" 해리가 물었다. "우리의 뱀파이어병 범인이 어떤 사람이라고 보십니까?"

할스테인은 입술 사이에 손가락 두 개를 끼우고 위아래로 움직이며 숨을 내쉬고 마시면서 푸드득 소리를 냈다.

"제 생각엔 여느 뱀파이어병 환자들처럼 우리의 범인도 머리가 좋고 어릴 때부터 동물을 고문하고 심지어 사람도 고문했을 수 있고, 잘 적응해서 살아가는 가족들 틈에서 혼자만 동떨어진 사람이었을 겁니다. 범인은 조만간 또 피를 원할 겁니다. 그리고 피를 마시는 것만이 아니라 보는 데서도 성적 만족을 얻을 겁니다. 범인은 강간과 피의 조합만으로 얻을 수 있다고 믿는 완벽한 오르가슴을 찾고 있습니다. 뒤셀도르프의 페터 퀴르텐은 희생자를 칼로 난자하는 횟수는 피가 얼마나 나오는지에 달려 있다고 말했습니다. 그러니까 자기가 얼마나 빨리 오르가슴에 이르는지에 달려 있다는 뜻입니다."

음울한 침묵이 지하 사무실에 감돌았다.

"그러면 그런 인물을 어디서 어떻게 찾을까요?" 해리가 물었다.

"어쩌면 어젯밤에 카트리네가 텔레비전에서 한 말이 맞을지도 몰라요." 비에른이 말했다. "발렌틴은 이 나라를 빠져나갔을 수도 있어요. 붉은 광장으로 여행을 떠났을지도."

"모스크바요?" 할스테인이 놀라서 물었다.

"코펜하겐요." 해리가 말했다. "다문화의 거리 뇌뢰브로. 그 동네에 인신매매하는 사람들이 자주 출몰하는 공원이 하나 있어요. 주로 수입이고, 수출도 약간 있어요. 벤치나 그네에 앉아서 표를 내밀죠. 버스표든 항공권이든 뭐든. 그러면 누가 다가와서 어디로 가느냐고 말을 겁니다. 그리고 조금 더 물어봐요. 뿌리칠 만큼은 아닌 질문을 합니다. 그사이 공원의 다른 곳에 앉아 있던 일당이 몰래 사진을 찍어서 온라인으로 신원을 조사합니다. 경찰이 아닌지 확인하는 거죠. 이런 여행사는 신중하고 값이 비싼데도 누구도 비즈니스석을 탈 수 없어요. 제일 싼 자리는 선적 컨테이너 안이고요."

할스테인은 고개를 절레절레 흔들었다. "그런데 뱀파이어병 환자들은 우리처럼 위험을 합리적으로 계산하지 않아요. 그러니 여길 떠난 것 같지는 않아요."

"나도 그렇게 생각해요." 해리가 말했다. "그럼 어디에 있을까요? 군중 속에 숨어 있을까요, 아니면 혼자 어디 외딴 곳으로 숨어들었을까요? 친구는 있을까요? 파트너가 있을까요?"

"나도 모르겠어요."

"스미스 선생님, 여기 모인 모두가 누구도 알 수 없다는 사실을 이해합니다. 심리학자든 아니든. 제가 묻는 건 당신의 직감입니다."

"우리 연구자들은 직감이 발달하지 않았어요. 그래도 범인은 혼자일 겁니다. 거의 확실해요. 철저히 혼자. 외톨이."

노크 소리가 들렸다.

"세게 당기고 들어와요!" 해리가 큰소리로 말했다.

문이 열렸다.

"안녕하십니까, 용감한 뱀파이어 사냥꾼 여러분." 스톨레 에우네가 배를 먼저 내밀고 어깨가 구부정한 소녀의 손을 잡고 들어섰다. 소녀는 짙은 색 머리카락을 얼굴 앞으로 내려서 얼굴이 잘 보이지 않았다. "자네한테 경찰 수사에서 심리학자의 역할에 관해 특강을 해주기로 했거든, 할스테인."

할스테인의 얼굴이 환해졌다. "거 참 고맙구만, 선생."

스톨레 에우네는 구두 뒤축으로 짚고 서서 몸을 흔들었다. "그래야지. 그래도 여기 지하묘지에서 또 일하고 싶은 마음이 없어서 카트리네의 사무실을 빌렸어." 그는 한 손으로 소녀의 어깨를 짚었다. "에우로라가 여권을 새로 만들어야 해서 같이 왔고. 내가 할스테인하고 얘기하는 동안 우리 딸 새치기 좀 시켜주겠나, 해리?"

소녀는 머리를 옆으로 넘겼다. 매끄러운 피부와 붉은 반점이 있는 창백한 얼굴이 고작 2년 전에 알던 작고 예쁜 소녀의 얼굴이라는 게 믿기지 않았다. 짙은 색 옷과 두꺼운 화장을 보고 이제 고스족, 혹은 올레그가 이모*라고 부르는 부류가 되었나 보다고 짐작했다. 하지만 저항이나 반항기 어린 눈빛은 아니었다. 청춘의 권태도,

---

* emo, 펑크에서 발전된 록음악.

해리를 다시 만나서 반가운 기색도 없었다. 좋아하는 삼촌 아닌 사람, 예전에 에우로라가 그를 부르던 호칭이었다. 아무것도 없었다. 사실은 뭔가가 있었다. 딱 꼬집어 말할 수 없는 뭔가가.

"새치기할 수 있어. 경찰이 얼마나 부패했는지 보여줄게." 해리가 이렇게 말하자 에우로라가 희미하게 웃었다. "여권과로 올라가자."

네 사람은 보일러실에서 나갔다. 해리와 에우로라가 지하배수로를 따라 말없이 걷는 동안 스톨레 에우네와 할스테인 스미스가 두 걸음 뒤에서 대화를 나누며 따라왔다.

"그래서, 그 환자가 자기 문제를 빙빙 돌려서 말해서, 나도 종합해서 제대로 추측하지 못했어." 스톨레가 말했다. "그러다 거의 우연한 일로 그자가 사라진 발렌틴 예르트센인 걸 안 순간 그자가 날 공격한 거야. 그때 해리가 와서 구해주지 않았다면 아마 날 죽였을 거야."

해리는 이 말에 에우로라가 긴장하는 걸 알아챘다.

"그자가 도망치긴 했지만 날 위협하는 동안 그자를 더 명확히 알게 됐어. 내 목에 칼을 들이대면서 어서 진단을 내려달라고 했거든. 자기를 '하자 있는 물건'이라고 불렀어. 내가 답하지 않으면 내 피를 뽑겠다고 말하면서 음경이 부풀더군."

"흥미롭군. 그자가 실제로 발기한 건지 봤나?"

"아니, 하지만 느껴졌어. 삐죽빼죽한 사냥칼의 칼날도. 이중턱이 내 목숨을 살려주면 좋겠다고 생각한 기억이 나." 스톨레가 낄낄거렸다.

해리는 에우로라가 숨이 막힌 듯 헉 소리를 내는 걸 듣고는 반쯤 뒤를 돌아보며 스톨레에게 핀잔하는 표정을 지었다.

"아, 미안, 우리 딸!" 스톨레가 큰소리로 말했다.

"무슨 얘길 했나?" 할스테인이 물었다.

"많이." 스톨레가 목소리를 낮추었다. "그자는 핑크플로이드의 〈다크 사이드 오브 더 문〉의 배경에 흐르는 목소리에 관심이 있었어."

"그러고 보니 기억나! 그자가 자기 이름을 페울이라고 댔지. 그런데 난 환자 기록을 도둑맞았어, 안타깝게도."

"해리, 할스테인 말이—."

"들었어요."

그들은 계단을 통해 1층으로 올라갔다. 스톨레와 할스테인은 엘리베이터 앞에 섰고, 해리와 에우로라는 계속 중앙홀로 걸어갔다. 접수대 앞 유리문에 공지가 붙어 있었다. 카메라가 작동하지 않아서 여권을 신청할 사람은 건물 뒤쪽의 사진 부스를 이용하라는 내용이었다.

해리는 에우로라를 옥외 화장실처럼 생긴 사진 부스로 데려가서 커튼을 젖히고 에우로라가 안에 들어가 앉기 전에 동전을 건넸다.

"아 참, 치아를 보이면 안 돼." 그리고 커튼을 닫았다.

에우로라는 카메라를 덮은 검은 유리에 비친 자기를 보았다.

눈물이 차오르는 것 같았다.

아빠한테 경찰청으로 해리를 만나러 갈 때 데려가 달라고 한 건 좋은 생각이었던 것 같았다. 런던으로 수학여행을 가기 전에 새 여권이 필요하다고 말했다. 아빠는 그런 쪽은 전혀 모르고 엄마가 도맡아 해주었다. 사실은 해리와 잠시 단둘이 있을 때 다 털어놓을 생각이었다. 그런데 막상 이렇게 둘만 있으니 입이 떨어지지 않았다. 아빠가 아까 지하에서 칼 얘기를 꺼내자 무서워서 또 몸이 떨리고 다리에 힘이 풀렸다. 그 남자가 에우로라의 목에 댄 칼도 칼날이 삐죽삐죽했다. 그리고 그가 돌아왔다. 에우로라는 겁에 질린 자기 얼굴을 보지 않으려고 눈을 감았다. 그가 돌아왔고, 발설하면 그가 모두 죽일 것이다. 그리고 말해봐야 무슨 소용일까? 그를 찾는 데 도움이 될 만한 정보가 없었다. 말해봐야 아빠든 다른 누구든 구하지 못할 터였다. 에우로라는 다시 눈을 떴다. 비좁은 부스 안을 둘러보았다. 그때 경기장의 화장실과 같았다. 시선이 저절로 아래로, 커튼 밑으로 내려갔다. 뾰족한 부츠, 바로 앞에. 그녀를 기다리고 있고, 안으로 들어오고 싶어했다. 들어오고 싶어했다…….

에우로라는 커튼을 홱 걷고 해리를 지나쳐 출입문 쪽으로 내달렸다. 뒤에서 자기를 부르는 소리가 들렸다. 그리고 햇살 속에 너른 들판으로 나왔다. 잔디밭으로 공원을 가로질러 그뢴란슬레이레로 달렸다. 에우로라의 귀에는 그녀가 딸꾹질하면서 흐느끼는 소리와 밖으로 나왔는데도 여전히 공기가 부족한 것처럼 숨이 차서 헐떡이는 소리가 뒤섞여 들렸다. 그래도 멈추지 않았다. 달렸다. 쓰러질 때까지 계속 달릴 걸 알았다.

"페울, 아니 발렌틴은 피에 끌린다는 말은 하지 않았던 거 같아." 스톨레가 말했다. 그는 카트리네의 책상 앞에 자리를 잡았다. "그래도 그자의 전력으로 봐서 성적 취향을 표출하지 않으려고 억지로 참는 쪽은 아닌 것 같아. 게다가 그런 부류는 성인이 된 후 자신의 새로운 성적 측면을 발견할 것 같지는 않아."

"그런 성향이 늘 잠재해 있었겠지." 할스테인이 말했다. "그냥 환상을 표출할 방법을 찾지 못했을 뿐. 그에게는 원래 사람을 피가 날 때까지 물고 곧바로 피를 마시는 욕구가 있었지만 쇠이빨을 발견하고 나서야 실행에 옮길 수 있었던 건 아닐까?"

"남의 피를 마시는 건 타인의, 주로 적의 힘과 능력을 취한다는 의미를 갖는 원시 전통이잖아, 아닌가?"

"맞아."

"할스테인, 이 연쇄살인범을 프로파일링할 생각이면 통제 욕구에 사로잡힌 사람으로부터 출발해봐. 전형적인 성폭행과 성적 동기에 의한 살인을 저지르는 사람처럼. 아니, 정확히 말하면 통제력을 얻어서 생애 어느 시점에 빼앗긴 힘을 되찾으려는 사람. 복원이지."

"고맙네." 할스테인이 말했다. "복원. 동의해, 반드시 그런 관점을 넣어볼게."

"'복원'이라는 게 무슨 의미예요?" 카트리네가 두 심리학자에게 남아 있어도 좋다는 허락을 받고 창턱에 앉아 있던 터였다.

"누구나 자기 상처를 복원하고 싶어해요." 스톨레가 말했다. "복수하거나. 거의 비슷한 거예요. 가령 내가 천재 심리학자가 되기로 한 건 축구를 너무 못해서 아무도 나를 팀에 끼워주지 않으려고 해서였어요. 해리는 어릴 때 어머니를 잃고 타인의 목숨을 앗아가는 사람들을 벌주기 위해 살인사건 수사관이 되기로 마음먹었고요."

문틀에서 노크 소리가 났다.

"악마 얘기 말인데……." 스톨레가 말했다.

"방해해서 죄송하지만," 해리가 말했다. "에우로라가 도망쳤어요. 무슨 일인지는 몰라도 분명 뭔가 있어요."

스톨레 에우네의 얼굴에 먹구름이 드리워졌다. 그가 끙 하고 의자에서 몸을 일으켰다. "사춘기 애들을 누가 알겠나. 내가 가서 찾아보지. 너무 짧게 끝났네, 할스테인. 전화해. 이어서 얘기하지."

"새로 나온 거 있어?" 스톨레가 나가고 해리가 물었다.

"그렇기도 하고 아니기도 해요." 카트리네가 말했다. "수갑에서 발견된 DNA와 발렌틴이 100퍼센트 일치한다고 법의학연구소에서 확인해줬어요. 스미스 선생님이 방송에서 환자 기록을 확인해 달라고 요청한 뒤로 심리학자 한 명과 성 과학자 두 명한테서만 연락이 오는데, 그들이 보내준 환자 이름은 이미 수사에서 제외된 사람들이었어요. 그리고 예상대로 물린 자국이 있는 무서운 이웃과 개들을 뱀파이어와 늑대인간과 땅속요정과 트롤이라고 신고하는 사람들의 전화가 수백 통쯤 왔고요. 그래도 몇 통은 확인할 가치가 있어요. 그나저나 라켈이 전화해서 찾으시던데요."

"그래, 방금 부재중전화가 와 있는 거 봤어. 지하의 우리 벙커에서는 신호가 잘 안 잡혀서. 그것 좀 어떻게 해줄 수 있나?"

"토르한테 계전기든 뭐든 달아드릴 수 있는지 물어볼게요. 그럼 이제 저 이 사무실 써도 돼요?"

해리와 할스테인은 엘리베이터에 둘만 남았다.

"시선을 피하시는군요." 할스테인이 말했다.

"엘리베이터에서는 원래 그러는 거 아닌가요?" 해리가 말했다.

"전반적으로요."

"눈을 마주치지 않는 거랑 시선을 피하는 게 같은 거라면 맞는 지적이네요."

"그리고 엘리베이터를 좋아하지 않는군요."

"티가 납니까?"

"신체 언어는 거짓말을 못해요. 또 제가 말이 많다고 생각하시죠."

"오늘이 첫날이니 조금 긴장하셨을 겁니다."

"아뇨, 보통 이래요."

"그렇군요. 그나저나 결정을 바꿔주셔서 고맙다는 말을 아직 안 했군요."

"별말씀을요. 사람들 목숨이 달린 일인데요. 저야말로 처음에 그렇게 이기적으로 군 걸 사과해야죠."

"선생님한테 박사학위가 얼마나 중요한지 압니다."

할스테인이 미소를 지었다. "그래요, 당신도 우리 같은 사람이니까 이해하시겠죠."

"우리?"

"반쯤 미친 엘리트요. 1980년대의 골드먼 딜레마라고 들어보셨습니까? 엘리트 운동선수들에게 확실히 금메달을 따게 해주지만 5년 후 죽게 되는 약이 있다면 먹을지 물어봤어요. 절반 이상이 먹겠다고 답했고요. 일반 인구 집단에 같은 질문을 던졌을 때는 250명 중 두 명만 먹겠다고 답했어요. 대다수에게는 병적인 소리로 들리지만 당신이나 나 같은 사람들에겐 그렇지가 않아요, 해리. 당신도 삶을 희생하면서 이 살인범을 잡으려는 거 아닙니까?"

해리는 그를 한참 바라보았다. 스톨레가 한 말이 머릿속에 맴돌았다. '자네는 원숭이 덫이라는 개념을 이해하기 때문이지. 자네도 결코 포기하지 못해.'

"또 궁금한 거 있습니까, 스미스 선생님?"

"네. 그 애는 전보다 살이 찐 건가요?"

"누구요?"

"스톨레의 딸요."

"에우로라요?" 해리는 한쪽 눈썹을 올렸다. "글쎄요, 원래는 더 말랐던 것 같아요."

할스테인이 고개를 끄덕였다. "다음 질문은 마음에 들지 않을 겁니다, 해리."

"어디 들어보죠."

"스톨레 에우네가 딸과 근친상간을 할 수도 있을까요?"

해리는 할스테인을 빤히 보았다. 이 사람을 선택한 건 독창적으로 사고할 수 있는 사람을 원해서였다. 다만 해리가 참아줄 수 있는 말을 하는 한에서. **거의** 무엇이든.

"좋아요." 해리가 목소리를 깔고 말했다. "20초 드릴 테니 설명해보세요. 시간을 현명하게 쓰셔야 할 겁니다."

"내 말은 그냥—."

"18초."

"알았어요, 알았어. 자해 행동요. 그 애가 긴팔 티셔츠를 입고 아래 팔에 난 흉터를 가리고는 내내 긁더군요. 그리고 위생 상태. 옆에 가까이 있어 보니까 위생 상태가 썩 좋지 않은 걸 알 수 있어요. 식사. 극단적인 식사나 식이조절은 학대 피해자에게 흔한 증상이에요. 심리 상태. 전반적으로 우울해 보이고 불안에 시달릴 수도 있어요. 옷과 화장에 시선이 먼저 갈 수 있지만 몸짓과 표정은 거짓말하지 않거든요. 친밀감. 아까 보일러실에서 당신의 몸짓을 보면 친근하게 안아주려던 것 같았어요. 그런데 그 애는 못 본 척했고, 그래서 들어오기 전에 머리카락으로 얼굴을 가린 거예요. 그러니까 둘은 서로 잘 알고 전에는 안아주던 사이였기에 그 애가 어떤 상황이 벌어질지 예측하고 그런 행동을 보인 거예요. 학대 피해자들은 친밀감과 신체 접촉을 피하거든요. 시간 다 됐습니까?"

엘리베이터가 덜커덩 멈췄다.

해리는 한 발 앞으로 내디뎌서 할스테인의 머리 위로 껑충하게 선 채로 버튼을 눌러서 엘리베이터 문이 계속 닫혀 있게 했다. "일단 선생님 말이 맞다고 해보죠." 해리는 목소리를 낮추어 속삭이다시피 했다. "도대체 그게 왜 스톨레하고 상관이 있습니까? 예전에 그분 때문에 오슬로에서 심리학 학위를 포기하고 '원숭이'라는 별명을 얻은 일 때문인가요?"

해리는 할스테인의 눈에 고통의 눈물이 어른거리는 것을 보았다. 뺨이라도 맞은 사람 같았다. 할스테인은 눈을 깜박이고 침을 삼켰다. "아. 그 말이 맞을지도 모르겠네요. 아마 아직 화가 안 풀려서 무의식중에 내가 보고 싶은 대로 보는 건지도. 그건 직감이었고, 말했다시피 난 직감이 좋지 않아요."

해리는 천천히 고개를 끄덕였다. "그걸 아시네요. 그리고 그게 첫 직감은 아니었군요. 뭘 보신 거죠?"

할스테인 스미스는 몸을 똑바로 폈다. "아버지가 딸하고 손을 잡은 거요. 그 애 나이가, 한 열여섯, 열일곱? 처음에는 아직도 저러니 다정하군, 나도 딸들이 십대가 되고 한참 지나도 계속 손을 잡으면 좋겠다는 생각이 들었어요."

"그런데요?"

"그런데 다른 쪽에서 보면 아버지가 딸을 붙잡고 그 자리에 머물게 해서 힘과 통제력을 행사하는 걸 수도 있어요."

"왜 그런 생각을 한 거죠?"

"아까 그 애가 기회가 오자 도망쳐서죠. 근친상간이 의심되는 환자들을 종종 만나는데요, 해리, 집에서 도망치는 행동이 바로 우리가 들여다봐야 할 지점이에요. 내가 아까 말한 증상들은 물론 천

가지 다른 상태를 의미할 수도 있어요. 하지만 만에 하나 그 애가 집에서 학대당하고 있다면 내 의견을 말하지 않는 건 학자로서 의무를 저버리는 일이 아닐까요? 당신이 그 집 사람들과 친한 건 알지만 바로 그래서 당신한테 내 생각을 말하는 겁니다. 그 애랑 대화할 수 있는 사람이 당신밖에 없으니까요."

해리는 엘리베이터 버튼을 놓았고, 문이 열리자 할스테인 스미스가 밖으로 나갔다.

문이 다시 닫히려 할 때 문틈에 한 발을 끼우고 나와서 할스테인을 따라 지하배수로로 이어진 계단을 내려갔다. 주머니에서 진동이 울렸다.

그가 전화를 받았다.

"안녕하세요, 해리." 이사벨레 스퀘옌의 걸걸한 목소리, 재잘대면서 동시에 지분거리는 그 목소리는 다른 사람으로 착각할 수가 없었다. "다시 안장에 올랐다면서요."

"무슨 말인지 모르겠군요."

"우리 한동안 같이 탔잖아요, 해리. 재밌었어요. 더 재밌었을 수도 있었는데."

"그 이상으로 재밌기도 힘들 것 같은데요."

"음, 이제 다 지난 일이잖아요. 해리. 부탁 하나 하려고 전화했어요. 우리 커뮤니케이션 팀이 미카엘 일을 봐주고 있는데요, 혹시 〈다그블라데〉* 온라인판에 미카엘한테 좀 가혹한 기사가 방금 올라온 거 봤어요?"

"아뇨."

* 노르웨이의 타블로이드 신문.

"이렇게 썼더라고요. '이 도시는 현재 미카엘 벨만이 통솔하는 오슬로 경찰청이 경찰 본연의 의무를 다하지 못하고, 발렌틴 예르트센 같은 자들을 잡아넣지 못한 대가를 치르고 있다. 예르트센이 지난 4년간 경찰을 쥐와 고양이처럼 가지고 놀았다는 사실은 스캔들이자 경찰 파탄의 징후다. 이제 그자는 쥐 역할을 하는 게 지겨워져서 장난삼아 고양이 역할을 하고 있다.' 어떻게 생각해요?"

"그보다 더 잘 쓸 수도 없었겠다 싶네요."

"우리는 누가 나서서 미카엘을 이런 식으로 비판하는 건 부당하다고 말해주기를 원해요. 사람들에게 미카엘의 지휘하에 중대범죄 해결률이 얼마나 높았는지 상기시켜줄 사람, 직접 수많은 살인사건 수사를 이끈 사람, 많이 존경받는 사람. 게다가 현재 경찰대학에서 학생들을 가르치고 계시니 조직에 아첨하느라 그런다는 의심을 받지도 않을 테고. 당신이 완벽해요, 해리. 어때요?"

"물론 나도 당신과 미카엘을 돕고 싶습니다."

"그래요? 잘됐네요!"

"가능한 한 최선의 방법으로. 발렌틴 예르트센을 잡는 방법으로. 그래서 지금 많이 바쁘니까 이만 실례하겠습니다, 스퀘엔."

"다들 열심히 하는 거 알아요, 해리. 하지만 시간이 걸릴 수 있잖아요."

"뭐가 그리 급해서 벨만 청장의 오명을 당장 닦아내려고 안달입니까? 내가 우리 두 사람 모두의 시간을 절약하게 해줄게요. 난 **절대로** 마이크 앞에 서서 홍보 에이전트가 시키는 대로 말하지 않습니다. 지금 전화를 끊으면 문명인다운 통화로 마무리되고 내가 당신한테 지옥으로 꺼지라고 말하지 않아도 돼요."

이사벨레 스퀘엔은 크게 웃음을 터트렸다. "하나도 안 변하셨네,

해리. 아직 그 검은 머리에 사랑스러운 변호사하고는 약혼한 상태예요?"

"아뇨."

"아니에요? 언제 저녁에 한잔해야겠네요?"

"라켈하고 난 약혼한 사이가 아닙니다. 결혼했으니까."

"아. 세상에. 그렇다고 뭐 문제 될 거 있나요?"

"나한테는 있습니다. 당신한테는 도전이겠지만."

"유부남들이 최고죠. 골치 아플 일이 없으니까."

"벨만처럼?"

"미카엘은 사랑스럽죠. 그이는 이 도시에서 가장 키스하고 싶은 입술을 가졌어요. 음, 대화가 지루해지네요, 해리. 이만 끊어야겠어요. 내 번호 있죠?"

"아뇨, 없어요. 이만."

라켈. 라켈이 전화한 걸 잊고 있었다. 해리는 휴대전화에서 라켈의 번호를 찾으면서 자신의 반응을 살폈다. 별다른 이유는 없었다. 이사벨레 스퀘옌이 만나자고 해서인가? 그 말에 흥분한 건가? 아니. 음. 약간. 그게 무슨 의미가 있지? 아니. 의미가 미미해서 그가 어떤 나쁜 인간인지 생각해볼 거리도 안 되었다. 나쁜 인간이 **아니라는** 건 아니지만, 그렇게 사소한 흥분, 무의식중에 꿈결처럼 어떤 장면의 파편이, 그녀의 긴 다리와 넓은 골반이 퍼뜩 떠올랐다가 사라지는 정도로는 유죄 판결을 내리기는 어려웠다. 빌어먹을. 그는 그녀를 거부했다. 그런 식으로 거부하면 이사벨레 스퀘옌이 더 전화하고 싶어할 줄 알면서도.

"라켈 페우케 씨 전화입니다. 전 스테펜스 박사입니다."

목덜미가 따끔거렸다. "해리 홀레인데요, 거기 라켈 있습니까?"

"아뇨, 홀레 씨. 안 계세요."

목구멍이 조여들었다. 불안이 서서히 올라왔다. 얼음이 깨지기 시작했다. 해리는 호흡에 집중했다. "라켈은 어디 있습니까?"

긴 침묵이 이어졌고, 이유가 있는 침묵이라는 의심이 고개를 들었다. 그사이 오만 가지 생각이 스쳤다. 그의 뇌에서 저절로 도달한 온갖 결론들 가운데 기억에 남을 한 가지가 있었다. 이제 끝났다는 결론, 더 이상 그가 원하는 그 한 가지를 가질 수 없을 거라는 결론. 오늘과 내일은 그가 산 어제의 복제품이므로.

"코마 상태에 있습니다."

혼란 속에서, 아니 그저 극도로 절박한 심정에서, 그의 뇌에서는 그에게 코마가 어떤 도시나 국가라고 말해주려 했다.

"라켈이 저한테 전화하려고 했어요. 그게 1시간도 안 됐는데."

"네." 스테펜스가 말했다. "전화를 받지 않으셨죠."

18

월요일 오후

무의미. 해리는 딱딱한 의자에 앉아 책상 너머의 남자가 하는 말에 정신을 모으려 했다. 하지만 안경을 끼고 흰색 가운을 입은 남자의 등 뒤에 열린 창에서 들어오는 새소리만큼이나 무의미하게 들렸다. 파란 하늘만큼이나 무의미하고, 태양이 지난 몇 주보다 오늘 더 환하게 빛나기로 한 사실만큼이나 무의미했다. 회색 장기와 선홍색 혈관이 드러난 사람들이 나오는 벽에 붙은 포스터나 그 옆 십자가에 매달린 피 흘리는 그리스도만큼이나 무의미했다.

라켈.

그의 삶에서 의미를 가진 유일한 존재.

과학도, 종교도, 정의도, 더 나은 세상도, 쾌락도, 중독도, 고통의 부재도, 행복조차도 무의미했다. 오직 두 글자만 의미가 있었다. 라. 켈. 그녀가 없다면 누구도 그 자리를 대신할 수 없다. 그녀가 없다면 그 자리에 아무도 없을 것이다.

차라리 아무도 없는 게 나을 뻔했다.

그러면 아무도 빼앗기지 않을 테니까.

마침내 해리가 쏟아지는 말을 잘랐다.

"무슨 뜻인가요?"

"그러니까." 고문의사 존 D. 스테펜스가 말했다. "저희도 모른다는 뜻입니다. 환자의 신장이 제대로 작동하지 않는 건 압니다. 여러 요인에 의해 나타날 수 있는 증상이지만 말씀드렸다시피 가장 명백한 요인을 배제했습니다."

"그래서 어떻게 생각하시는데요?"

"증후군요." 스테펜스가 말했다. "문제는 수많은 증상이 나타나고 하나하나가 앞의 것보다 드물고 모호하다는 겁니다."

"그게 무슨 뜻인가요?"

"계속 지켜봐야 한다는 뜻입니다. 당분간 코마 상태로 두겠습니다. 호흡이 힘들어지기 시작해서요."

"얼마나⋯⋯?"

"당분간요. 환자에게 무슨 문제가 있는지 알아내야 할 뿐 아니라 문제를 치료할 수도 있어야 합니다. 자가 호흡이 가능할지 확인되어야만 코마에서 깨울 수 있습니다."

"혹시⋯⋯ 혹시⋯⋯."

"네?"

"혹시 코마 상태인 채로 사망할 수도 있나요?"

"모릅니다."

"아뇨, 알잖아요."

스테펜스는 양손의 손끝을 맞댔다. 그리고 기다렸다. 대화의 기어를 저속으로 낮추려는 듯이.

"사망할 수도 있습니다." 그가 마침내 말했다. "누구나 죽을 수 있습니다. 심장은 언제든 멈출 수 있지만 분명 확률의 문제입니다."

해리는 속에서 끓어오르는 분노가 앞에 앉은 의사나 그가 내놓는 상투적인 의견과는 무관하다는 것을 알았다. 살인사건의 유가족을 많이 만나본 그이기에 자신의 분노가 당혹감으로 표적을 찾으려는 심리라는 것도, 표적을 찾을 수 없어서 더 화가 치민다는 것도 잘 알았다. 그는 숨을 깊이 들이마셨다. "그런데 지금 어떤 확률을 말씀하시는 건가요?"

스테펜스는 두 손을 던졌다. "말씀드렸다시피 저희도 환자가 신부전을 일으킨 원인을 잘 모릅니다."

"모르시는군요. 그러니까 확률이라고 하는 거고요." 해리가 말했다. 말을 끊고 마른침을 삼켰다. 목소리를 낮췄다. "그러니까 박사님이 아는 적은 정보를 기초로 확률을 어떻게 생각하는지 말씀해주십시오."

"신부전 자체는 병이 아니라 증상입니다. 혈관 질환이 원인일 수도 있고 약물에 중독된 걸 수도 있어요. 버섯 중독의 계절이기는 하지만 부인께서는 최근에 버섯을 드신 적이 없다고 했어요. 게다가 남편분도 같은 음식을 드셨잖아요. 혹시 불편한 곳이 있습니까, 홀레 씨?"

"네."

"어디가…… 아, 알겠습니다. 그래서 결론은 어떤 유형의 증후군은 예외 없이 심각한 문제라는 겁니다."

"50퍼센트 이상인가요, 이하인가요?"

"그건 저도 잘─."

"모호한 상황인 거 알지만 간곡히 부탁드리는 겁니다. 제발요."

의사는 해리를 한참 바라보고는 결심이 선 듯했다.

"현재 상태에서 환자의 검사 결과로 보면 환자를 잃을 위험이

50퍼센트를 조금 웃도는 것 같습니다. 50퍼센트를 한참 넘기지는 않고 약간 넘는 정도예요. 환자 가족들에게 이렇게 퍼센트로 말씀 드리지 않는 이유는 다들 과잉해석을 하시기 때문입니다. 사망 위험을 25퍼센트로 추정하고 환자가 수술 중에 사망하면 가족들은 저희가 잘못 판단했다고 비난합니다."

"45퍼센트인가요? 아내가 살아날 확률이 45퍼센트라는 건가 요?"

"현재는요. 상태가 급격히 나빠져서 하루 이틀 안에 원인을 발견 하지 못하면 확률이 더 낮아질 수도 있습니다."

"고맙습니다." 해리가 일어섰다. 어지러웠다. 자기도 모르게 이 런 생각이 들었다. 세상이 완전히 캄캄해지면 좋겠다는 생각. 빠르 고 고통 없는 퇴장, 어리석고 시시하기는 해도 다른 모든 것보다 덜 무의미하지도 않게.

"남편분께 연락할 방법을 알면 도움이 될 것 같군요. 만에 하 나…….'

"언제든 연락을 받겠습니다." 해리가 말했다. "이제 아내한테 가 보겠습니다. 제가 더 알아야 할 게 없다면."

"같이 가시죠, 해리."

그들은 301호 병실로 향했다. 복도가 넓게 펼쳐지다가 일렁이는 빛 속으로 사라졌다. 창문이 하나 있고, 낮게 깔린 가을 햇살이 창 으로 들어오는 것이리라. 그들은 유령처럼 하얀 간호사들과 실내 복을 입은 환자들을 지나쳐서 산송장처럼 발을 질질 끌면서 그 빛 속으로 걸어갔다. 어제는 커다란 침대의 다소 지나치게 푹신한 매 트리스 위에서 라켈을 안고 있었는데, 이제 라켈은 여기 코마의 땅 에서 유령과 망령들 사이에 있다. 올레그에게 전화해서 알려야 한다. 뭐라고 말할지 생각해야 한다. 술이 필요하다. 그 생각이 어디서 튀어나왔는지는 모르겠지만 거기에 있었다. 누가 소리를 지르며 그의 귀에 대고 똑똑히 설명하는 것처럼. 그 생각을 가라앉혀야 한다. 빨리.

"어떻게 페넬로페 라쉬의 주치의를 맡으셨습니까?" 해리가 큰소리로 물었다. "이 병원 환자가 아니었잖아요."

"수혈이 필요한 환자였거든요." 스테펜스가 말했다. "제가 혈액학자이면서 은행장이어서요. 또 응급센터에서도 교대근무를 합니다."

"은행장요?"

스테펜스는 해리를 보았다. 해리에게는 지금 주의를 분산시킬 뭔가가, 그가 빠져 있는 모든 것에서 벗어나기 위한 잠깐의 쉼표가 필요하다는 것을 그는 알아챘다.

"혈액은행이에요. 욕조 관리자라고 해야겠군요. 저희가 이 병원 지하실에 있던 낡은 류머티즘 환자용 욕조를 인수했거든요. 저희는 그걸 피바다라고 불러요. 혈액학자는 유머 감각이 없다는 말은 삼가주십시오."

"흠. 그러니까 피를 사고판다는 뜻이군요."

"네?"

"그래서 페넬로페 라쉬의 계단의 범죄현장 사진을 보고 피가 얼마나 손실됐는지 계산할 수 있었군요. 눈대중으로."

"기억력이 좋으시네요."

"그 환자는 어떤가요?"

"페넬로페 라쉬는 회복하는 중이에요. 다만 심리적 도움이 필요할 거예요. 뱀파이어를 만났으니……."

"뱀파이어병 환자요."

"……징조잖아요."

"징조?"

"네. 그자에 대해서는 구약에서 이미 예언하고 묘사됐어요."

"뱀파이어병 환자를요?"

스테펜스는 희미하게 웃었다. "잠언 30:14. '앞니는 장검 같고 어금니는 군도 같아서 가난한 자를 땅에서 삼키며 궁핍한 자를 사람 중에서 삼키는 무리가 있느니라.' 여깁니다."

스테펜스가 문을 잡아주고 해리가 안으로 들어갔다. 밤이 펼쳐졌다. 커튼 너머에는 햇살이 비추지만 이 안에서 빛이라고는 검은 화면에서 오르내리기를 반복하는 어스름한 초록색 선뿐이었다. 해리는 라켈의 얼굴을 물끄러미 바라보았다. 무척 평온해 보였다. 아주 멀리, 그가 닿을 수 없는 어두운 공간 속을 떠다녔다. 그는 침대 옆 의자에 앉아 뒤에서 문이 닫히는 소리가 나기를 기다렸다. 그리고 그녀의 손을 잡고 이불 위에 얼굴을 묻었다.

"더 멀리는 가지 마, 여보." 그가 속삭였다. "더 멀리는 가지 마."

트룰스 베른트센은 개방형 사무실의 칸막이를 옮겨서 안데르스 뷜레르와 같이 쓰는 한쪽 구석 자리가 완전히 가려지게 했다. 그를 볼 수 있는 유일한 사람인 안데르스가 모든 일에 짜증 날 정도로 호기심이 많고 특히 그가 누구와 통화하는지 관심이 많아서 여간 신경에 거슬리는 게 아니었다. 하지만 지금 그 애송이는 타투와 피어싱을 취급하는 매장에 갔다. 그 매장에서 뱀파이어 관련 액세서리를 수입하는데, 뾰족한 송곳니가 달린 의치 모양의 철제 물건이 있다는 제보가 들어온 것이다. 트룰스는 어렵게 얻은 잠깐의 휴식을 최대한 활용하기로 했다. 그는 드라마 "쉴드"의 두 번째 시즌의 마지막 에피소드를 다운로드해서 자신에게만 들릴 만큼 볼륨을 낮췄다. 그래서 책상 위 전화기가 바이브레이터처럼 깜박거리고 윙윙거리면서 그가 뚜렷한 이유도 없이 푹 빠진 브리트니 스피어스의 "I'm Not a Girl"의 도입부가 흘러나왔을 때 썩 달갑지 않았다. 아직 여자가 아니라는 말은 어렴풋이 성관계 동의 연령 미만의 소녀를 연상시켰고, 트룰스는 설마하니 자기가 그 이유로 그 노래를 벨소리로 지정한 건 아니었으면 좋겠다고 생각했다. 아니, 그런 건가? 교복 입은 브리트니 스피어스, 그걸 보고 자위하면 변태인가? 좋다, 그렇다면 그는 변태였다. 하지만 트룰스를 더 불안하게 만드는 것은 전화기 화면에 뜬 숫자가 어딘가 눈에 익다는 것이다. 시재무부? 내사과? 그가 버너 일을 해준 수상한 연락처? 그가 빚을 지거나 신세를 진 사람? 어쨌든 모나 도의 번호는 아니었다. 업무 관련 전화일 가능성이 높았고, 그가 일을 해야 한다는 뜻일 수 있었다. 어느 쪽이든 받아서 이로울 게 없는 전화라는 결론에 이르렀다. 그는 전화를 서랍에 집어넣고 스트라이크팀의 빅 맥키와 동료들에게 집중했다. 그는 빅을 좋아했다. "쉴드"는 사실 경찰서 사람들이 실제로 어떤 식으로 사고하는지 보여주는 유일한 경찰 드라마였다. 그러다 문득 그 번호가 왜 눈에 익은지 생각났다. 서랍을 홱 열어서 전화기를 집었다. "베른트센 순경입니다."

2초가 지나고도 아무 말이 들리지 않자 저쪽에서 전화를 끊었나 보다고 생각했다. 그러다 목소리가 들렸다. 나긋나긋하고 귓가를 간지럽히는 목소리.

"안녕, 트룰스, 나 울라야."

"울라……?"

"올라 벨만."

"아, 안녕, 울라, 너구나?" 트룰스는 자신의 목소리가 신뢰감을 주기를 바랐다. "무엇을 도와드릴까요?"

울라가 조용히 웃었다. "'도와줄' 건 모르겠고. 저번에 경찰청 로비에서 우연히 널 보고 우리가 제대로 얘기를 나눠본 지가 한참 지났다는 생각이 들었어. 예전처럼 말이야."

우린 원래 **제대로** 얘기를 나눠본 적이 없는데, 라고 트룰스는 생각했다.

"우리 언제 만날래?"

"응, 물론." 트룰스는 꿀꿀거리는 웃음소리를 누르려고 애썼다.

"그럼, 내일은 어때? 엄마가 애들을 봐주실 거라서. 한잔하거나 뭘 먹으러 갈 수 있을 것 같은데?"

트룰스는 자기 귀를 의심했다. 울라가 그를 만나고 싶어한다. 또 미카엘에 관해 알아내려고 그러는 건가? 아니, 울라도 그들이 요새는 자주 만나지 않는다는 걸 안다. 게다가 한잔하거나 뭘 먹자고? "그거 좋지. 무슨 일 있어?"

"그냥 만나면 좋겠다 싶어서. 난 이제 연락하고 지내는 친구가 많지 않아."

"그렇지, 아무래도." 트룰스가 말했다. "그럼, 어디서?"

울라가 웃었다. "몇 년 동안 밖에도 잘 나가지 않았네. 난 요즘 망레루드에 뭐가 있는지도 잘 몰라. 너 아직 거기 살지?"

"응. 어…… 올센스가 아직 거기 브륀에 있어."

"그래? 그럼. 거기로 하자. 8시?"

트룰스는 말없이 고개를 끄덕이다가 '그래'라고 답해야 한다는 걸 기억했다.

"저기, 트룰스?"

"응?"

"미카엘한테는 말하지 말아줄래?"

트룰스는 기침을 했다. "하지 말라고?"

"응. 그럼 내일 8시에 보자."

그는 올라가 전화를 끊은 후 전화기를 노려보았다. 정말로 일어난 일인가, 아니면 그가 열여섯 살, 열일곱 살에 지어낸 몽상의 메아리였을까? 트룰스는 행복감이 차올라 가슴이 터질 것 같았다. 그러다 갑자기 불안해졌다. 어차피 재앙이 될 테니까. 결국에는 재앙이 될 테니까.

모두 재앙이었다.

어차피 오래 갈 수 없었다. 낙원에서 쫓겨나는 건 시간문제였다.

"맥주요." 그는 이렇게 말하고 테이블 옆에 선 주근깨 많은 젊은 여자를 보았다.

여자는 화장도 하지 않고 머리카락을 하나로 질끈 묶었으며, 블라우스 소매를 걷어 올려서 싸울 준비를 마친 것 같았다. 그녀는 주문서에 적으면서 주문을 더 기다리는 듯했다. 그걸 보고 해리는 그녀가 신참이라고 생각했다. 여기는 슈뢰데르이고 손님 중 열에 아홉은 거기서 주문이 끝난다는 것을 아직 모르는 눈치였기 때문이다. 아마도 처음 몇 주 동안은 이 일을 싫어할 것이다. 남자들의 짓궂은 농담과 알코올의존증 여자들의 노골적인 질투. 팁도 짜고 바에서 일하면서 엉덩이를 흔들게 할 음악도 나오지 않고 딱히 봐줄 만한 남자도 오지 않고 그저 문 닫을 시간에 겨우 쫓아내야 하는, 시비 거는 늙은 술꾼들뿐일 것이다. 그리고 과연 이 일이 학자금 융자에 보탬이 되어서 그나마 시내의 중심부 언저리의 기숙사에서 지낼 수 있게 해줄 만큼의 벌이가 될지도 의문이 들 것이다. 그래도 해리는 그녀가 한 달만 잘 버티면 사정이 서서히 달라지리라 생각했다. 실없는 농담에 웃기 시작하고 끈적거리는 농담에 받아치는 법도 터득할 것이다. 여자 손님들도 그녀가 자기네 영역을 위협하지 않을 걸 알면 비밀을 털어놓기 시작할 것이다. 물론 팁도 받을 것이다. 많이는 아니더라도 진심이 담긴 팁이고, 다정한 격려의 말과 가끔은 사랑한다는 말까지 들을 것이다. 그리고 별명도 생길 것이다. 언짢을 만큼 노골적일 수는 있지만 그래도 이런 저속한 무리에서 작위를 내려주는 의미의 애정 어린 별명일 것이다. 꼬마 카리, 레닌, 백스크린, 암곰. 이 여자에게는 주근깨와 빨강머리와 관련된 별명이 붙을 것이다. 그리고 사람들이 이 공동체에 새로 들어오고, 떠나고, 남자친구로 추정되는 사람들이 드나들면서 여기 사람들은 조금씩 조금씩 그녀의 가족이 될 것이다. 다정하고 너그럽고 짜증 나는, 잃어버린 가족.

여자가 주문서에서 고개를 들었다. "그게 다예요?"

"네." 해리가 미소를 지었다.

그녀는 누가 시간을 재기라도 하는 양 급히 바로 갔다. 혹시 모르지, 리타가 바 뒤에서 정말로 시간을 재고 있을지도.

안데르스 빌레르가 스토르 가의 '타투 앤드 피어싱'에서 기다리겠다고 문자를 보냈다. 해리는 안데르스에게 혼자 해결하라고 답장을 입력하기 시작했는데 갑자기 누가 앞에 앉는 기척이 느껴졌다.

"안녕, 리타." 해리는 고개도 들지 않고 말했다.

"안녕, 해리, 무슨 안 좋은 일 있어?"

"응." 해리는 유행하는 웃는 얼굴 이모티콘을 입력했다. 콜론 기

322

호와 괄호 닫기.

"그래서 더 안 좋아지려고 여기 온 거야?"

해리는 대꾸하지 않았다.

"내가 무슨 생각하는지 알아, 해리?"

"무슨 생각하는데, 리타?" 그는 엄지로 전송 버튼을 찾았다.

"얼음판에 금이 한 줄 생긴 그런 정도가 아닌 것 같아."

"나 방금 깨순이 피아한테 맥주를 주문했어."

"아직은 마르테라고 불러. 그리고 그 주문은 내가 취소했어. 자기 오른쪽 어깨 위의 악마가 술을 마시고 싶어하는 것 같지만 왼쪽 어깨 위의 천사가 자기를 술을 팔지 않는 곳으로 돌려세웠어. 그곳에는 자기한테 맥주 대신 커피를 주고 얘기도 들어주고 집으로, 라켈한테 곱게 보내줄 리타가 있지."

"라켈은 집에 없어, 리타."

"아하, 그거구나. 해리 홀레가 다시 망가지려는 이유가. 남자들은 늘 빠져나갈 구멍을 찾는다니까."

"라켈이 아파. 그리고 올레그한테 전화하기 전에 맥주가 필요해." 해리는 전화기를 보았다. 다시 전송 버튼을 찾으려는데 리타의 투박하고 따스한 손이 그의 손에 닿는 느낌이 들었다.

"결국엔 다 잘 풀리더라, 해리."

그는 리타를 빤히 쳐다보았다. "물론 그렇지 않아. 당신이 실제로 다시 살아난 사람을 아는 게 아니라면."

리타가 웃었다. "'결국엔'이란 오늘 자기를 힘들게 만드는 일과 그 무엇도 우리를 더 이상 힘들게 만들지 못할 날 사이의 어딘가야, 해리."

해리는 다시 전화기를 보았다. 그리고 올레그의 이름을 입력하고 통화 버튼을 눌렀다.

리타는 자리를 비켜주었다.

올레그가 첫 번째 벨이 가자마자 전화를 받았다. "전화 잘하셨어요! 저희 지금 세미나하는데, 경찰법 20항에 관해 토론하는 중이었거든요. 이 조항은 상황이 요구하면 모든 경찰관은 상급자에게 종속되고 같은 부서나 심지어 같은 경찰서 소속이 아니어도 상급자의 명령에 복종해야 한다고 해석하는 거 맞죠? 20항에서는 상황이 위태롭고 그 조항이 필요한지는 상급자가 판단한다고 적혀 있어요. 어서요, 제 말이 맞다고 말해줘요! 여기 두 멍청이랑 술내기 했단 말이에요······." 배경에서 웃음소리가 들렸다.

해리는 눈을 감았다. 물론 희망을 걸 여지도 있고 기대할 여지도 있었다. 오늘 우리를 힘들게 만드는 것 뒤에 오는 시간. 아무것도 더는 힘들게 만들지 못할 그날.

"안 좋은 소식이야, 올레그. 엄마가 울레볼에 있어."

"전 생선으로 할게요." 모나가 웨이터에게 말했다. "감자랑 소스랑 야채 빼고."

"그러면 생선만 남는데요." 웨이터가 말했다.

"바로 그거예요." 모나는 웨이터에게 메뉴판을 돌려주었다. 그리고 점심시간의 손님들을 둘러보았다. 두 사람은 새로 생겼지만 벌써부터 인기가 많은 이 식당에서 마지막 하나 남은 2인 자리에 앉아 있었다.

"생선만?" 노라가 드레싱을 뺀 시저 샐러드를 주문한 후 물었다. 모나는 노라가 결국 굴복하고 커피와 디저트를 주문할 거라고 생각했다.

"걱정돼서."

"걱정돼?"

"피하지방을 없애서 근육이 더 도드라지게 만들어야 해. 3주 후 노르웨이 선수권 대회가 있거든."

"보디빌딩? 너 진짜 나가려고?"

모나가 웃었다. "이런 골반을 갖고 나가냐는 뜻이지? 다리랑 상체로 점수를 딸거야. 나의 매력적인 성격도, 물론."

"긴장 많이 했나 봐?"

"물론이야."

"3주나 남았잖아. 게다가 넌 긴장 같은 건 안 하잖아. 무슨 일이야? 뱀파이어 살인사건이랑 관계 있는 거지? 참, 그날 조언 고마워. 할스테인 스미스는 훌륭했어. 카트리네 브라트도 기대만큼 해줬고. 자기식으로. 이사벨레 스퀘옌이라고 알아? 사회복지위원회의 전 의원 말이야. 그 여자가 전화해서 '선데이 매거진'이 미카엘 벨만을 게스트로 부르는 데 관심이 있는지 묻더라."

"그럼 그 사람이 발렌틴 예르트센을 잡지 못한 데 대한 비난에 답할 수 있다는 거야? 그래, 그 여자가 우리한테도 연락했었어. 참 열정적인 여자야, 좋게 말해서!"

"그래서 너네는 할 거야? 세상에, 너네는 그 뱀파이어병 범인하고 조금이라도 엮인 거라면 다 싫잖아."

"**나라면** 안 받았겠지. 그런데 내 동료들은 그렇게 까다롭지가 않아서." 모나가 아이패드를 톡톡 두드리고 노라에게 건넸고, 노라는 〈VG〉 온라인판 기사를 소리 내어 읽었다.

"전 사회복지위원회 의원, 이사벨레 스퀘옌은 오슬로 경찰에 대한 비판을 부정하고 경찰청장이 확실히 책임지고 있다고 말한다.

'미카엘 벨만과 경찰은 이미 뱀파이어병 살인자의 신원을 알아냈고, 총력을 다해 범인을 찾고 있습니다. 무엇보다도 벨만 청장이 유명한 살인사건 수사관인 해리 홀레를 불러들였고, 해리 홀레는 옛 상관을 기꺼이 도우려고 나서서 이 심각한 변태 범죄자에게 수갑을 채우고 싶어합니다.' 노라는 아이패드를 돌려주었다. "좀 허접한데. 그래서 넌 해리 홀레를 어떻게 생각해? 침대에서 쫓아낼 거야?"

"당연하지. 넌 아냐?"

"모르겠어." 노라는 허공을 응시했다. "발로 차지는 않을 거야. 살짝 미는 정도. '제발 떠나요, 거기는 만지지 말고, 거기도 안 되고, 거긴 절대로 안 돼요'라는 식으로." 그녀가 키득거렸다.

"뭐야." 모나는 머리를 절레절레 흔들었다. "너 같은 애들 때문에 오해로 인한 성폭행이 늘어나는 거야."

"오해로 인한 성폭행? 그런 말이 있어? 정확히 무슨 뜻인데?"

"나는 모르지. 날 오해하는 사람은 없거든."

"네가 왜 올드스파이스를 쓰는지 결국 알아냈던 기억이 떠오르네."

"아니, 넌 몰라." 모나가 한숨을 쉬었다.

"아니, 알아! 성폭행 방지용. 그거야, 맞지? 테스토스테론 냄새가 나는 애프터셰이브잖아. 페퍼 스프레이만큼 효과적이지. 그러다 다른 남자들도 쫓아버린다는 생각은 안 해봤니, 모나?"

"내가 졌다." 모나가 신음했다.

"그래, 졌지! 어서 말해봐!"

"아버지 때문이야."

"뭐?"

"아버지가 올드스파이스를 썼거든."

"맞다. 너 아버지하고 아주 가까웠으니. 아버지가 그리운 거야, 가여운—."

"내가 이걸 쓰는 건 아버지가 가르쳐준 중요한 교훈을 항상 명심하기 위해서야."

노라가 눈을 깜박였다. "면도를 해라?"

모나가 피식 웃으면서 잔을 들었다. "절대 포기하지 말라고. **절대로.**"

노라는 고개를 갸웃하고 심각한 표정을 지었다. "너 긴장했어, 모나. 왜 그러는데? 스퀘엔의 제안은 왜 안 받으려고 한 건데? 그 뱀파이어병 사건은 **네 거잖아.**"

"나한테 더 재밌는 게 있거든." 웨이터가 다시 오자 모나는 테이블에서 손을 치웠다.

"진짜로 그런 거면 좋겠어." 노라는 웨이터가 친구 앞에 내려놓은 희멀건 작은 생선살을 보았다.

모나는 포크로 생선살을 찔렀다. "그리고 내가 긴장한 건 누가 날 지켜보는 거 같아서야."

"그게 무슨 말이야?"

"너한테 말 못 해, 노라. 아니, 아무한테도. 그게 계약이거든. 내가 아는 건, 지금 우리 얘기도 도청당하고 있을 수 있다는 거야."

"도청? 농담이지? 아까 내가 해리 홀레 얘기한 거—." 노라는 손으로 입을 가렸다.

모나가 미소를 지었다. "그걸로 네가 난처해질 일은 없어. 실은 나 지금 범죄 보도 역사에서 세기의 특종감이 될 걸 지켜보고 있어. 역사상 최초로."

"어서 말해줘!"

모나는 단호히 고개를 저었다. "너한테 말해줄 수 있는 건, 나 지금 총을 가지고 있다는 거야." 핸드백을 톡톡 쳤다.

"이제 무서워지려고 한다, 모나! 네가 총을 가지고 있다는 걸 들키면 어쩌려고?"

"들으라고 한 말이야. 그래야 함부로 날 건드릴 수 없다는 걸 알지."

노라는 단념한 듯 신음 소리를 냈다. "그런데 그렇게 위험한 걸 왜 혼자 하려고 해?"

"그래야 신문 역사의 전설이 되지, 노라 양." 모나는 활짝 웃으면서 잔을 들었다. "이번 일만 잘되면 다음에 점심 살게. 대회에서 우승하든 못하든 샴페인을 마시자."

"미안, 늦었어." 해리가 타투 앤드 피어싱 매장에 들어와 문을 닫았다.

"이 가게에서 해주는 도안을 보고 있어요." 테이블 뒤에 서서 카탈로그를 훑어보던 안데르스 뷜레르가 미소 지었다. 볼레렝가 축구팀 모자를 쓰고 검은색 허스커 두 티셔츠를 입고 너도나도 똑같은 힙스터들이 면도를 그만두기 전부터 길렀을 듯 보이는 수염을 기른 안짱다리 남자와 함께였다.

"나 신경 쓰지 마." 해리는 문 앞에 섰다.

"말씀드렸듯이," 수염 난 남자가 카탈로그를 가리키며 말했다. "이런 건 그냥 장식용이에요. 실제로 입에 넣지는 못해요. 이빨이 날카롭지도 않고요. 송곳니 말고는."

"저런 건요?"

해리는 둘러보았다. 매장에 다른 사람은 없었고, 사람이 더 들어올 공간도 없었다. 입방미터는 물론이고 모든 평방미터에 뭔가가 들어차 있었다. 한가운데에 긴 문신용 의자가 있고, 천장에 티셔츠들이 걸려 있었다. 피어싱 장신구 걸이가 있고, 커다란 장신구와 해골과 크롬 도금한 만화 캐릭터가 진열된 매대가 있었다. 벽면은 문신 도안과 사진으로 도배되다시피했다. 문신 사진 중에서 러시아 감옥의 문신인 마카로프 권총이 눈에 띄었다. 아는 사람들 사이에서 그 문신을 한 사람은 경찰을 죽였다는 뜻으로 해석된다. 선이 선명하지 않은 건 오래된 방식으로, 면도날에 기타 줄을 달아서 구두 밑창 녹인 물질과 오줌을 섞은 걸 잉크 삼아 새겼기 때문이다.

"이게 다 직접 새긴 문신입니까?" 해리가 물었다.

"아뇨, 제 건 하나도 없습니다." 남자가 대답했다. "여기저기서 흘러들어온 거예요. 멋지지 않습니까?"

"거의 다 됐어요." 안데르스가 말했다.

"천천히 해─." 해리는 말을 뚝 끊었다.

"죄송해요, 별로 도움이 못 됐네요." 수염 난 남자가 안데르스에게 말했다. "말씀하신 그런 물건이라면 성도착자들을 위한 가게에서 알아보시는 게 나을 거 같은데요."

"고맙습니다, 거긴 이미 확인했습니다."

"그렇군요. 그럼, 다른 게 있으면 말씀하세요."

"있어요."

두 사람 모두 벽 위쪽에 붙은 사진을 가리키는 키 큰 경찰을 돌아보았다. "저건 어디서 났습니까?"

두 사람은 그가 있는 쪽으로 갔다.

"일라 교도소요." 수염 난 남자가 말했다. "리코 헤렘이라는 문신 기술자의 문신이에요. 이삼 년 전에 출소했는데 얼마 안 돼서 태국 파타야에서 죽었어요. 탄저병으로."

"저 문신을 누구한테 해준 적 있습니까?" 해리가 물었다. 악마의 얼굴에서 비명을 지르는 입이 그의 눈을 끌어당기는 것 같았다.

"전혀요. 저걸 해달란 사람은 아무도 없었어요. 누가 저런 걸 새기고 돌아다니겠어요?"

"아무도?"

"제가 알기론 아무도요. 그런데 그 말을 듣고 보니 전에 여기서 한동안 일하던 친구가 저 문신을 본 적이 있다고 했어요. 그 친구가 저걸 'cin'이라고 불렀어요. 그걸 기억하는 건 'cin'이랑 'seytan'이 제가 아직 기억하는 단 두 가지 터키어라서예요. 'cin' 은 악마라는 뜻이에요."

"그 사람이 저걸 어디서 봤는지 말해줬습니까?"

"아뇨, 그 친구는 터키로 돌아갔어요. 중요한 일이라면, 그 친구 전화번호가 어디 있을 겁니다."

해리와 안데르스는 남자가 안쪽 방에서 손글씨로 적은 메모를 가지고 다시 나올 때까지 기다렸다.

"미리 말씀드리는데요, 그 친구가 영어를 거의 못 해요."

"그럼 어떻게……?"

"수화랑 제가 지어낸 터키어랑 그 친구의 케밥 노르웨이어로 대화했어요. 그마저도 잊어버렸을걸요. 통역사를 쓰시는 게 좋을 거예요."

"고맙습니다." 해리가 말했다. "미안하지만 저 도안은 우리가 가져가야겠습니다." 그가 올라설 의자를 찾는데, 안데르스가 이미 앞에 의자를 가져다놓았다.

해리는 미소짓는 젊은 수사관의 얼굴을 보고는 의자에 올라섰다. "이제 뭘 하나요?" 스토르 가에 서 있고 전차가 덜커덩거리며 지나갈 때 안데르스가 물었다.

해리는 재킷 안쪽 주머니에 도안을 넣고는 고개를 들어 그들 위로 벽에 붙은 파란색 십자가를 보았다.

"바에 가지."

그는 병원 복도를 따라 걸었다. 꽃다발을 앞에 들어 얼굴을 가렸다. 지나가는 사람 누구도, 방문객이든 흰옷을 입은 사람이든, 그에게 관심을 주지 않았다. 그의 맥박이 차분하게 뛰었다. 열세 살일 때 옆집 아줌마를 보려고 사다리를 올라갔다가 떨어져서 시멘트 테라스에 머리를 찧고 의식을 잃은 적이 있었다. 정신이 돌아와서 보니 엄마가 그의 가슴에 귀를 대고 있었고, 엄마의 향기, 라벤더 향이 났다. 엄마는 심장 소리도 들리지 않고 맥도 잡히지 않아서 그가 죽은 줄 알았다고 했다. 엄마의 말투에 섞인 것이 안도감인지 실망감인지 분간이 가지 않았다. 그래도 엄마는 그를 젊은 의사에게 데려갔고, 의사는 온갖 시도 끝에 겨우 맥을 잡고는 맥박이 비정상적으로 낮다고 말했다. 뇌진탕을 일으키면 대개는 심박수가 올라간다면서. 그는 입원해서 일주일간 새하얀 병상에 누운 채 눈부시도록 하얀 꿈을 꾸었다. 과잉 노출된 사진처럼, 사후세계를 그린 영화 속 장면처럼. 천사처럼 새하얀. 병원의 그 무엇도 앞에서 기다리는 그 모든 암흑에 대비하게 해주지는 못한다.

그가 알아낸 숫자가 붙은 병실에 누워 있는 그 여자를 기다리는 암흑.

무슨 일이 일어났는지 아는 순간 그 눈빛을 떠올릴 그 경찰을 기다리는 암흑.

우리 모두를 기다리는 암흑.

해리는 거울 앞 선반 위의 술병들과 병 속의 황금빛 액체가 반사광에 따스하게 빛나는 모습을 보았다. 라켈은 잠들었다. 지금 자고 있다. 45퍼센트. 그녀가 살아날 가능성과 저 술병에 든 알코올 함량이 거의 비슷했다. 잠. 그녀와 함께 있을 수 있었다. 그는 시선을 돌렸다. 대신 메메트의 입으로, 알아듣지 못하는 언어를 말하는 그 입술로. 어디선가 터키어 문법이 세계에서 세 번째로 어렵다는 글을 읽은 적이 있다. 메메트가 손에 쥔 전화기는 해리 것이었다.

"Sağ olun." 메메트는 이 말을 하고 전화기를 해리에게 돌려주었다. "이 친구가 사게네에 있는 터키식 목욕탕 카갈로글루 하맘에서 어떤 남자의 가슴에서 'cin' 얼굴을 봤답니다. 거기서 그 남자를 몇 번 더 봤고 마지막에 본 건 약 1년 전, 터키로 돌아가기 얼마 전이라네요. 그 남자는 주로 목욕가운을 입고, 그러니까 사우나 안에서도 입고 있답니다. 목욕가운을 벗을 때는 'hararet' 안에서랍니다."

"하라— 뭐요?"

"터키식 한증탕요. 문이 열리고 잠시 김이 빠질 때 그 남자를 봤답니다. 그런 문신은 잊을 수가 없다면서, 마치 진짜 'seytan'이 빠져나오려는 것처럼 보였다고 하네요."

"눈에 띄는 다른 특징에 관해서도 물어봤어요?"

"네. 말씀하신 턱 밑에 흉터나 그 비슷한 건 보지 못했다네요."

해리가 생각에 잠긴 채 고개를 끄덕이는 사이 메메트는 커피를 더 가지러 갔다.

"그 목욕탕에서 잠복근무라도 할까요?" 안데르스가 해리 옆에 앉아서 물었다.

해리는 고개를 저었다. "놈이 언제 나타날지, 나타나기는 할지 알 수 없잖아. 나타난다고 해도 발렌틴의 현재 생김새를 모르고. 게다가 놈은 영리해서 문신을 가리지 않고는 돌아다니지 않을 거야."

메메트는 다시 돌아와서 그들 앞의 컵에 커피를 따랐다.

"도와줘서 고마워요, 메메트." 해리가 말했다. "정식 터키어 통역사를 구하려면 적어도 하루는 걸릴 거라서요."

메메트는 어깨를 으쓱했다. "도와드리는 게 맞는 거 같아요. 어쨌든 엘리세가 살해당하기 전에 여기 있었으니까요."

"흠." 해리가 자기 컵을 보았다. "안데르스?"

"네?" 안데르스 뷜레르는 기분이 좋아 보였다. 해리가 처음으로 그의 이름을 불러줘서인 듯했다.

"가서 차를 문 앞에 대줄래?"

"네, 그런데 바로 앞에—."

"그럼 밖에서 보지."

안데르스가 나간 후 해리는 커피를 한 모금 마셨다. "내 알 바 아니지만 곤란한 상황입니까, 메메트?"

"곤란하다뇨?"

"확인해보니까 전과는 없던데. 그런데 아까 여기 있다가 우리가 들어오는 거 보고 곧바로 사라진 친구 말예요. 서로 인사하는 사이는 아니지만 다니알 뱅크스하고는 오래전부터 압니다. 그에게 뭐 책잡힌 거 있습니까?"

"무슨 말씀인지?"

"보니까 이 바를 이제 막 차린 거 같고, 세금 내역을 보니 재산이 많지는 않던데. 그리고 뱅크스는 당신 같은 사람들한테 돈을 빌려주는 일을 하는 사람이고."

"저 같은 사람요?"

"은행을 이용하기 힘든 사람들. 그가 하는 일이 불법인 건 아시죠? 고리대금업, 형법 295항. 신고해요. 그러면 그에게서 벗어날 수 있어요. 내가 도와줄게요."

메메트는 푸른 눈의 경찰을 보았다. 그리고 고개를 끄덕였다. "당신 말이 맞아요, 해리……."

"좋아요."

"……당신이 알 바 아닙니다. 동료분이 기다리시는 거 같네요."

그는 병실 문을 닫았다. 블라인드가 내려와 있고 틈새로 들어온 가느다란 빛만 실내를 비추었다. 그는 침대 머리맡 탁자에 꽃다발을 놓았다. 잠든 여자를 내려다보았다. 그렇게 누워 있는 여자가 한없이 쓸쓸해 보였다. 그는 커튼을 닫았다. 침대 옆 의자에 앉아 재킷 주머니에서 주사기를 꺼내서 바늘 끝 마개를 뺐다. 여자의 팔을 잡았다. 피부를 가만히 바라보았다. 진짜 피부. 그는 진짜 피부를 사랑했다. 그 피부에 입을 맞추고 싶었지만 참아야 했다. 계획. 계획대로 해야 했다. 그는 여자의 팔에 바늘 끝을 찔렀다. 바늘이 아무런 저항도 없이 살을 파고드는 느낌이 전해졌다.

"그럼, 이제." 그가 속삭였다. "이제 내가 널 그자에게서 데려올 거야. 넌 이제 내 거야. 전부."

그는 피스톤을 눌렀고 어두운 색 주사액이 주사기에서 빠져나가 여자에게 들어갔다. 여자를 암흑으로 채우면서. 그리고 잠.

"경찰청으로 갈까요?" 안데르스가 말했다.

해리는 손목시계를 보았다. 2시. 한 시간 후 병원에서 올레그를 만나기로 했다.

"울레볼 병원."

"어디 안 좋으세요?"

"아니."

안데르스는 기다렸지만 더 이상 아무 말도 나오지 않을 것 같아서 기어를 1단에 놓고 출발했다.

해리는 창밖을 내다보면서 왜 아무에게도 말하지 않았는지 생각했다. 카트리네에게는 현실적인 이유에서 말해야 했다. 카트리네 이외의 다른 사람에게는? 아니. 굳이 왜 그래야 하지?

"어제 파더 존 미스티의 앨범을 다운받았어요." 안데르스가 말했다.

"뭐 하러?"

"추천하셨잖아요."

"내가? 좋은 거겠네, 그럼."

더는 아무 말도 나누지 않은 채로 교통체증에 걸려서 천천히 울레볼스베이엔을 향하면서 상트올라브 대성당과 노르달브룬스 가를 지났다.

"저 버스 정류장에서 세워줘." 해리가 말했다. "아는 사람이 보여서."

안데르스는 브레이크를 걸고 오른쪽으로 정류장 옆에 차를 댔다. 정류장에는 십 대 아이들 몇이 학교가 끝난 후 버스를 기다리고 있었다. 오슬로 대성당 학교, 그 소녀가 다니는 학교였다. 소녀는 시끌벅적한 무리에서 조금 떨어져서 서 있었고, 머리카락이 얼굴 앞으로 내려와 있었다. 해리는 무슨 말을 할지 생각하지도 않고 창문부터 내렸다.

"에우로라!"

다리가 긴 소녀의 몸에 경련이 훑고 지나갔고, 소녀는 예민한 영양처럼 급히 자리를 떠났다.

"어린 여자애들한테 늘 이러세요?" 안데르스가 물었고, 해리는 차를 몰라고 말했다.

소녀는 차와 반대 방향으로 뛰었다. 해리는 사이드미러로 소녀를 보면서 생각했다. 소녀는 생각할 필요가 없었다. 미리 생각해두었기 때문이다. 차에 탄 누군가에게서 도망치고 싶으면 차가 가는 방향과 반대로 뛴다. 하지만 저런 행동이 무슨 뜻인지는 몰랐다. 십 대 아이의 불안 같은 것인지도. 아니면 스톨레의 말처럼 어떤 단계인지도.

울레볼스베이엔으로 가는 길에 교통체증이 조금 풀렸다.

"전 차에서 기다릴게요." 안데르스가 병원 3구역 입구에 차를 세우고 말했다.

"시간이 걸릴 수도 있어." 해리가 말했다. "대기실에서 기다리지 그래?"

안데르스는 미소를 지으며 고개를 저었다. "병원에 안 좋은 기억이 있어서요."

"음, 어머니?"

"어떻게 아셨어요?"

해리는 어깨를 으쓱였다. "자네와 아주 가까운 사람이어야 할 테니까. 나도 어릴 때 병원에서 어머니를 잃었어."

"의사의 잘못이었나요?"

"아니, 우리 어머니는 구조받지 못했어. 그래서 나 스스로 죄책감을 짊어졌고."

안데르스는 얼굴을 찡그리며 고개를 끄덕였다. "저희 어머니는 자기가 신인 줄 아는 흰 가운 입은 사람 때문이었어요. 그래서 저기는 발도 들여놓기 싫어요."

해리는 병원으로 들어가는 길에 꽃다발을 들고 나가는 남자를 보았다. 보통은 병원에 들어갈 때 꽃을 들지, 나갈 때는 들지 않기에 그 남자가 눈에 띄었다. 올레그는 대기실에 앉아 있었다. 그들이 포옹하는 사이 주위의 환자와 방문객들은 조용조용 대화를 이어가거나 한가하게 과월호 잡지를 뒤적였다. 올레그는 해리보다 고작 1센티미터 남짓 작았다. 해리는 이 청년이 이제 다 커버려서 그들의 내기에서 이제는 정말 그가 돈을 딸 수 있다는 것을 종종 잊었다.

"다른 얘기는 없었어요?" 올레그가 물었다. "어떤 상황인지, 위험한지 아닌지?"

"아니. 그래도 아까 말했듯이 너무 걱정할 건 없어, 여기서 알아서 잘 해주니까. 네 엄마를 **의도적으로** 코마 상태에 넣어서 통제하고 있어. 알았지?"

올레그는 입을 열었다. 그러다 다시 입을 닫고 고개를 끄덕였다. 그리고 해리는 알았다. 그가 올레그를 진실로부터 보호하려는 것을 올레그도 알아챘다는 것을. 그리고 그가 그렇게 하도록 내버려두고 있다는 것을.

간호사가 다가와 그들에게 병실에 들어가서 라켈을 만나보라고 했다.

해리가 먼저 들어갔다.

블라인드가 내려와 있었다.

그는 침대로 다가갔다. 창백한 얼굴을 내려다보았다. 그녀는 마치 먼 곳에 있는 듯 보였다.

아주 멀리.

"숨을…… 숨을 쉬어요?"

올레그였다. 해리의 바로 뒤에 서 있었다. 어릴 때 홀멘콜렌의 큰 개 앞을 지나야 했을 때처럼.

"응." 해리가 깜박거리는 기계장치를 향해 고개를 까딱했다.

그들은 침대 양옆에 앉았다. 그리고 상대가 알아채지 못할 것 같은 순간에 모니터 위로 흔들리는 초록색 선을 흘끔거렸다.

카트리네가 숲처럼 빼곡히 올라온 손들을 둘러보았다.

기자회견은 15분도 채 이어지지 않았고 회의장 안에 초조감이 이미 노골적으로 드러났다. 카트리네는 그들을 가장 들쑤신 게 뭘까 생각했다. 경찰이 발렌틴 예르트센을 추적하는 상황에 새로운 소식이 없어서일까. 아니면 발렌틴 예르트센이 신선한 희생자를 사냥하는 데 새로운 소식이 없어서일까. 마지막 공격 이후 46시간이 지났다.

"죄송하지만 똑같은 질문에 똑같은 대답만 되풀이할 것 같습니다." 카트리네가 말했다. "그러니 새로운 질문이 없으면—."

"이제 살인사건 두 건이 아니라 세 건을 수사하게 됐는데, 그점에 관해서 어떤 말씀을 해주실 건가요?" 회의장 뒤편에서 기자가 큰소리로 물었다.

수면에 잔물결이 퍼지듯이 회의장에 불안이 번졌다. 카트리네는 앞줄의 비에른 홀름을 흘깃 보았지만 그는 어깨만 으쓱할 뿐이었다. 그녀는 마이크 앞으로 몸을 숙였다.

"제가 아직 보고받지 못한 정보가 있을 수 있으니 그 점에 관해서는 나중에 다시 말씀드려야 할 것 같습니다."

다른 사람의 목소리. "병원에서 방금 발표했어요. 페넬로페 라쉬가 사망했답니다."

카트리네는 혼돈의 빛이 얼굴에 드러나지 않기를 바랐다. 페넬로페 라쉬가 살아남으리라는 것에는 의심의 여지가 없었는데.

"여기서 중단하고 정보를 더 알게 되면 다시 기자회견을 열겠습니다." 카트리네는 서류를 모으고 급히 연단에서 내려가 옆문으로 빠져나갔다. "**우리**가 **당신네**보다 더 알게 되면." 혼잣말로 중얼거리며 욕을 했다.

그녀는 성큼성큼 복도를 지나갔다. 도대체 무슨 일이 벌어진 거야? 치료가 잘못된 건가? 그러기를 바랐다. 의학적 설명, 예상치 못한 합병증, 갑작스러운 발병, 병원 측의 실수라도 있었기를 바랐다. 아니, 그건 불가능했다. 페넬로페를 기밀 병실에 입원시켰고, 그녀와 가까운 일부 사람들만 병실을 알았다.

비에른이 뒤에서 뛰어왔다. "방금 올레볼과 통화했어. 특이한 독 때문이라고 하는데 어차피 조치를 취할 수 없었을 거래."

"독? 물린 상처에서? 아니면 병원에서?"

"확실치 않아. 내일이면 더 알게 될 거래."

지독한 혼돈. 카트리네는 혼돈을 싫어했다. 해리는 어딨지? 젠장, 젠장.

"힐에 바닥 뚫리지 않게 조심해." 비에른이 나직이 말했다.

◆◆◆

해리는 올레그에게 의사들도 모른다고 말해두었다. 어떻게 될지에 관해. 또 문제를 해결하는 데 어떤 실질적인 조치가 필요한지에 관해. 어차피 취할 조치가 많지 않다고 해도. 그외에는 둘 사이에 무거운 침묵이 내려 앉았다.

해리는 시계를 보았다. 7시.

"집에 가." 해리가 말했다. "뭘 좀 먹고 잠도 자두고. 내일은 학교 가야지."

"여기 계시면요." 올레그가 말했다. "엄마 혼자 둘 수는 없어요."

"여기서 쫓겨나기 전까지는 있을게. 얼마 안 갈 것 같지만."

"그래도 그때까지는 계실 거죠? 일하러 가지 않을 거죠?"

"일?"

"네. 지금 여기 있을 거죠? 그 일을 계속하지 않을 거죠? ……그 사건요."

"물론 안 해."

"살인사건을 맡으면 어떻게 되시는지 알아요."

"네가?"

"저도 기억나요. 엄마도 말해줬고."

해리는 한숨을 쉬었다. "지금은 여기 있을 거야. 약속해. 세상은 나 없이 돌아가겠지만……." 그는 말끝을 흐렸고, 이어지는 문장이 둘 사이의 허공에서 떠돌게 두었다. '그녀 없이는 안 돌아가.'

그는 숨을 깊이 들이마셨다.

"어떠니?"

올레그가 어깨를 으쓱였다. "무서워요. 그래서 힘들어요."

"알아. 이제 가봐. 내일 학교 끝나고 다시 와. 나도 아침에 바로 여기로 올게."

"해리?"

"응?"

"내일은 나아질까요?"

해리는 올레그를 보았다. 갈색 눈에 검은 머리의 청년은 그와는 피 한 방울 섞이지 않았지만 마치 거울을 보는 것 같았다. "무슨 생각 하니?"

올레그는 고개를 저으며 눈물을 참았다.

"그래." 해리가 말했다. "나도 여기서 지금 너처럼 우리 어머니가 아프실 때 옆을 지켰어. 몇 시간이고, 매일매일. 난 어린아이였고, 무척 화가 났어."

올레그는 손등으로 눈물을 닦고 훌쩍였다. "그렇게 하지 않았으면 좋았을 거 같아요?"

해리는 고개를 저었다. "이상한 일이야. 우린 얘기를 많이 나누지 못했어. 어머니가 많이 아프셨거든. 어머니는 그냥 희미하게 미소만 짓고 누워서 조금씩 조금씩 사라졌어. 사진을 햇빛에 두면 색이 바래는 것처럼. 그게 내 유년기의 최악의 기억이자 최고의 기억이야. 이해가 가니?"

올레그는 천천히 고개를 끄덕였다. "그런 거 같아요."

그들은 포옹하고 인사를 나누었다.

"아빠……." 올레그가 속삭였다. 해리의 목덜미에 뜨거운 눈물이 닿았다.

하지만 그는 울 수 없었다. 울고 싶지 않았다. 45퍼센트, **경이로운** 45퍼센트.

"내가 여기 있다, 아들." 해리가 말했다. 흔들리지 않는 목소리로. 무감각한 심장으로. 힘이 났다. 이 상황을 헤쳐나갈 수 있었다.

19

월요일 저녁

운동화를 신었는데도 컨테이너들 사이로 발소리가 울렸다. 모나도는 소형 전기차를 정문 앞에 세워놓고 곧장 어둡고 텅 빈 컨테이너 터미널로 들어왔다. 이제는 사용하지 않는, 항만설비의 무덤 같은 곳이었다. 줄줄이 늘어선 컨테이너는 죽고 잊힌 수하물의 묘석이었다. 파산했거나 배송 정보가 확인되지 않는 수취인에게 가야 할, 그리고 이제 사라져서 반품받지 못하는 발송인에게서 온 수하물들. 이제 이 물건들은 오르되아에 영구 수송 상태에 갇힌 채 바로 옆 비에르비카의 재개발과 젠트리피케이션과 극명한 대조를 이루었다. 비에르비카에는 화려한 건물들이 하나둘씩 올라갔고, 오페라하우스의 얼음 덮인 비탈 지붕이 왕관의 보석처럼 박혀 있었다. 모나는 오페라하우스가 결국 석유 시대의 기념물, 사회민주주의의 타지마할이 될 거라고 확신했다.

모나는 손전등을 켜서 아스팔트 위의 숫자와 글자를 확인하고 길을 찾았다. 그녀는 검은 레깅스와 검은 운동복 상의 차림이었다. 한쪽 주머니에는 호신용 스프레이와 자물쇠가, 다른 주머니에는 총이, 아버지의 허락 없이 가져온 9밀리미터 발터가 들어 있었다.

아버지가 의대를 졸업하고 군에 입대해 1년간 위생병으로 복무한 후 반납하지 않은 총기였다.

운동복 상의 안 송신기 벨트 안쪽에서 심장이 점점 더 빠르게 뛰었다.

H23은 세 단으로 쌓인 두 줄의 컨테이너들 사이에 있었다.

그리고 물론 우리도 있었다.

우리의 크기로 보면 덩치 큰 동물을 운반할 때 쓰이는 것 같았다. 코끼리나 기린이나 하마 같은 동물. 우리의 한쪽 면은 전면이 열리지만 갈색 녹이 슨 큼직한 자물쇠로 잠겨 있었다. 하지만 기다란 측면의 중앙에 잠겨 있지 않은 작은 문이 하나 더 있었다. 동물들에게 먹이를 주고 우리를 청소하는 사람들이 드나드는 문 같았다.

모나가 우리의 창살을 잡고 당겨서 문을 열자 경첩이 요란하게 삐걱거렸다. 모나는 마지막으로 한번 둘러보았다. 그가 이미 와서 그림자 속이나 컨테이너 뒤에 숨어서 그녀가 약속대로 혼자 왔는지 지켜보고 있을 것 같았다.

하지만 더는 의심하고 망설일 시간이 없었다. 모나는 대회에서 역기를 들어 올릴 때처럼 했다. 결정은 이미 내려졌고 그 결정은 단순하다고 스스로에게 말했다. 생각할 시간은 지나갔고 행동만 남았다고. 그녀는 우리 안으로 들어가 주머니에서 자물쇠를 꺼내어 문틀과 창살을 연결해서 채웠다. 자물쇠를 잠그고 열쇠를 주머니에 넣었다. 지린내가 났지만 동물의 것인지 사람의 것인지 알 수 없었다. 그녀는 우리 중앙에 가서 섰다.

그가 왼쪽이나 오른쪽에서 나타나면 반대쪽으로 갈 수 있도록. 그녀는 위를 보았다. 그가 컨테이너 더미로 올라가서 위에서 말할지도 모른다. 그녀는 휴대전화의 녹음 기능을 켜고 악취 나는 바닥에 내려놓았다. 그리고 재킷의 왼쪽 소매를 걷어서 19시 59분인 것을 확인했다. 오른쪽 소매도 걷었다. 심박수 128이 찍혔다.

"카트리네, 나야."

"그래요. 계속 연락하려고 했어요. 제가 보낸 문자 못 받았어요? 지금 어디예요?"

"집이야."

"페넬로페 라쉬가 죽었어요."

"합병증. 〈VG〉 사이트에서 봤어."

"그리고요?"

"다른 생각할 게 있어."

"그래요? 어떤?"

"라켈이 울레볼 병원에 있어."

"저런. 심각해요?"

"응."

"세상에, 해리. 얼마나 심각한데요?"

"몰라. 나 이제 수사에 참여하지 못할 거 같아. 지금부터 병원을 지켜야 해."

침묵.

"카트리네?"

"네? 네, 그럼요. 죄송해요. 한꺼번에 받아들이기엔 너무 큰일이라. 당연히 선배의 결정을 진심으로 지지하고 공감해요. 다만 젠장, 해리, 거기 얘기할 사람 있어요? 제가 같이—"

"고마워, 카트리네. 하지만 자네한테는 잡아넣을 인간이 있잖아.

우리 팀은 해산시킬게. 자네가 현재 인력으로 잘 헤쳐나가야 해. 할스테인 스미스를 이용해. 사교성은 나보다도 형편없지만 두려움을 모르고 과감히 상자 밖에서 생각할 줄 아는 사람이야. 그리고 안데르스 뷜레르도 재미있는 친구야. 그 친구한테 책임을 더 지워주고 어떻게 해나가나 지켜봐."

"저도 그럴 생각이었어요. 뭐든, 진짜로 뭐든 필요하면 전화해요."

"응."

그들은 전화를 끊었고, 해리는 일어섰다. 커피머신으로 가면서 자기 발이 바닥에 끌리는 소리를 들었다. 발을 끄는 게 익숙한 적이 없었다, 한 번도. 그는 커피 서버를 들고 서서 휑한 주방을 둘러보았다. 머그를 어디에 뒀는지 잊어버렸다. 서버를 다시 내려놓고 주방 식탁에 앉아서 미카엘 벨만의 전화번호를 눌렀다. 음성 사서함 메시지가 나왔다. 역시나 딱히 할 말이 없었다.

"홀레입니다. 아내가 아파서 그만둡니다. 최종 결정입니다."

그는 그대로 앉아서 창밖으로 도시의 불빛을 보았다.

1톤짜리 물소가 목에 사자를 매달고 우두커니 서 있는 모습이 떠올랐다. 물소는 상처에서 피를 흘리고 있었고, 피는 많았다. 그냥 흔들어서 사자를 떨쳐내 간단히 밟아버리거나 뿔로 찌를 수 있었다. 하지만 시간은 다 흘러갔고, 기관이 눌리고 공기가 필요했다. 게다가 더 많은 사자가 오고 있었다. 사자 무리가 피 냄새를 맡았다.

해리는 불빛을 보았지만 그렇게 멀리 있는 듯 보인 적이 없다고 생각했다.

약혼반지. 발렌틴은 그 여자에게 반지를 주고 돌아갔다. 약혼자처럼. 빌어먹을. 그는 그 생각을 밀쳐냈다. 이제는 머리에서 스위치를 끌 때였다. 불을 끄고 잠그고 집으로 돌아갈 때였다.

20시 14분, 모나는 소리를 들었다. 그 소리는 어둠 속에서 들렸다. 그녀가 우리 안에 들어앉아 있는 동안 어둠이 점점 짙어졌다. 어떤 움직임을 본 것 같았다. 뭔가가 다가오고 있었다. 그녀는 준비한 질문을 점검하며 무엇이 가장 두려운지 생각했다. 그가 오는 것일까, 오지 않는 것일까. 하지만 더는 의심이 들지 않았다. 목에서 맥박이 고동치고, 그녀는 재킷 주머니에 든 총을 움켜잡았다. 부모님 집 지하실에서 총 쏘는 연습을 했고, 6미터 거리에서 표적을 적중했다. 벽돌벽의 고리에 걸려 있던 반쯤 부패한 레인코트를.
그것이 어둠에서 나와서 몇백 미터 떨어진 시멘트 저장고 앞에 묶여 있는 화물선에서 흘러나오는 불빛 속으로 들어왔다.
개였다.
개가 어슬렁어슬렁 우리로 다가와 그녀를 응시했다.
길 잃은 개 같았다. 개목걸이가 없고 비쩍 마르고 딱지투성이라 여기 말고 다른 데 있는 게 상상이 되지 않는 개였다. 고양이 알레르기가 있는 모나가 늘 언젠가 집까지 따라와서 떠나지 않기를 바라던 그런 작은 개였다.
모나는 그 개가 근시처럼 쳐다보는 눈길을 마주 보면서 무슨 생각을 하는지 상상했다. '우리 속의 인간이군.' 그리고 속으로 비웃는 소리가 들리는 것 같았다.
개는 한동안 그녀를 보고는 우리에 나란히 서서 한쪽 뒷다리를 올렸고, 물줄기가 철창을 지나 우리 안쪽 바닥에 떨어졌다.
그리고 개는 어슬렁어슬렁 다시 어둠 속으로 사라졌다.

귀를 쫑긋 세우거나 허공에 킁킁거리지도 않고.

그리고 모나는 깨달았다.

아무도 오지 않으리라는 것을.

그녀는 맥박계를 보았다. 119. 계속 떨어지고 있었다.

그는 여기 없다. 그럼 어디에 있지?

해리는 어둠 속에서 아무것도 보지 못했다.

진입로 한가운데, 창문에서 나오는 불빛 너머로 계단 옆에 누군가의 형체가 보였다. 그 형체는 팔을 옆으로 내리고 꼼짝 않고 서서 주방 창문과 해리를 응시하고 있었다.

해리는 고개를 숙이고 바깥의 형체를 못 본 척 커피잔을 보았다. 총은 2층에 있다.

당장 뛰어 올라가서 가져와야 하나?

반대로 그 형체가 사냥꾼에게 다가오는 사냥감이라면 지레 겁먹고 도망치게 만들고 싶지 않았다.

해리는 일어서서 기지개를 켰다. 불을 훤히 밝힌 주방에서 자신의 움직임이 잘 보이는 줄 알면서. 거실로, 역시나 진입로 쪽으로 향한 창문이 두 개 있는 곳으로 가서 책을 집어 들고는 단 두 걸음에 현관문으로 가서 라켈이 부츠 옆에 놓아둔 커다란 정원용 가위를 들고 문을 홱 열어젖히고 계단으로 뛰쳐나갔다.

그 형체는 아직 움직이지 않았다.

해리는 멈췄다.

유심히 보았다.

"에우로라?"

해리는 주방 찬장을 뒤졌다. "카다몬, 시나몬, 카모마일. 라켈이 'c'로 시작되는 차를 많이 사놓긴 했는데 난 커피만 마셔서 뭘 줘야 할지 모르겠네."

"시나몬 좋아요." 에우로라가 말했다.

"자." 해리가 상자를 건넸다.

에우로라는 티백을 꺼냈고, 해리는 에우로라가 뜨거운 물이 든 잔에 티백을 담그는 걸 보았다.

"지난번에 경찰청에서 도망쳤지." 해리가 말했다.

"네." 에우로라는 짧게 답하고 티스푼으로 티백을 눌러 짰다.

"그리고 아까 버스 정류장에서도."

에우로라는 대꾸하지 않았다. 머리카락이 얼굴 앞으로 내려와 있었다.

해리는 잠자코 앉아서 커피를 마셨다. 에우로라에게 충분히 시간을 주었고, 대답을 재촉하는 말로 침묵을 메우지 않았다.

"아저씨인 줄 몰랐어요." 에우로라가 마침내 입을 열었다. "어, 알긴 했는데 그때는 이미 무서웠어요. 머리가 몸에 다 괜찮다고 말해주기까지 시간이 좀 걸리잖아요. 그사이 제 몸이 먼저 도망친 거예요."

"음. 네가 무서워하는 사람이 있니?"

에우로라는 고개를 끄덕였다. "아빠요."

해리는 마음을 단단히 먹었다. 계속 이어가기를, 거기까지 가기를 원하지 않았다. 그래도 가야 했다.

"아빠가 어쨌는데?"

소녀의 눈에 눈물이 차올랐다. "그 사람이 절 강간하고 절대로 아무한테도 말하지 말랬어요. 그러면 죽는다고……."

갑자기 구역질이 치밀어 숨이 찼고, 목구멍에 증오가 타올라서 꾹 삼켰다. "아빠가 죽는다고 말했어?"

"아뇨!" 에우로라가 분노에 차서 외친 한마디가 짧고 강렬하게 주방 벽에 부딪혀 울렸다.

"절 강간한 그 남자가 누구한테든 말하면 아빠를 죽인댔어요. 전에도 아빠를 죽일 뻔한 적이 있다면서 다음번에는 그 무엇도 자기를 막지 못할 거랬어요."

해리는 눈을 깜박였다. 안도감과 충격이 음울하게 뒤섞인 감정을 받아들이려고 애썼다. "강간을 당했구나?" 해리가 짐짓 아무렇지 않은 척 물었다.

에우로라는 고개를 끄덕이고 코를 훌쩍이며 눈물을 닦았다. "핸드볼 토너먼트에 출전한 날, 경기장 여자 화장실에서요. 아저씨가 라켈하고 결혼한 날요. 그 사람이 그 짓을 하고 떠났어요."

해리는 하염없이 추락하는 기분이었다.

"이거 어디다 버려요?" 에우로라가 물이 뚝뚝 떨어지는 티백을 컵 위로 들었다.

해리는 그냥 손을 내밀었다.

에우로라는 반신반의하는 얼굴로 그를 보고는 티백을 주었다. 해리는 그걸 받아 움켜쥐었다. 뜨거운 물에 살이 데는 것 같고 손가락 새로 찻물이 흘렀다. "그자가 널 다치게 했니, 그거 말고도……?"

에우로라는 고개를 저었다. "절 꽉 잡아서 멍이 들긴 했어요. 엄마한테는 경기 중에 다쳤다고 했고요."

"그러니까 지금까지 혼자만 알고 있었다는 거야? 3년 동안?"

에우로라는 고개를 끄덕였다.

해리는 당장 일어서서 식탁을 돌아가 에우로라를 꼭 안아주고 싶었다. 하지만 할스테인이 신체 접촉과 친밀감에 관해 했던 말이 생각났다.

"지금은 왜 나한테 그 얘기를 하러 온 거니?"

"그 사람이 사람들을 죽이니까요. 신문에서 몽타주를 봤어요. 그 사람이에요. 우스꽝스러운 눈을 가진 그 남자요. 절 도와주셔야 해요, 해리 아저씨. 아빠를 지킬 수 있게 도와주세요."

해리는 고개를 끄덕이며 입을 벌리고 숨을 들이마셨다.

에우로라는 고개를 옆으로 기울이며 걱정스러운 표정을 지었다. "해리 아저씨?"

"응?"

"울어요?"

입가에 첫 눈물의 짠맛이 느껴졌다. 젠장.

"미안하다." 그가 탁한 목소리로 말했다. "차는 어떠니?"

그리고 눈을 들어 에우로라의 눈을 보았다. 완전히 달라져 있었다. 뭔가로 인해 눈이 떠진 것처럼. 오랜 시간이 흘러 처음으로 그 아름다운 눈으로 세상을 내다보는 것처럼. 그전에 몇 번 시선이 마주쳤을 때처럼 자기 내면만 들여다보는 게 아니라.

에우로라는 일어서서 머그잔을 치우고 식탁으로 돌아왔다. 해리에게 몸을 숙여서 그를 감싸 안았다. "괜찮을 거예요. 다 괜찮아질 거예요."

마르테 루드는 방금 들어온 손님에게 갔다. 그 손님만 아니면 슈뢰데르 레스토랑은 비었을 터였다.

"죄송하지만 맥주 주문은 30분 전에 끝났어요. 10분 후 가게 문을 닫을 거라서요."

"커피 주세요." 남자가 미소를 지었다. "후딱 마실게요."

마르테는 주방으로 들어갔다. 조리사는 1시간 전에 퇴근했고, 리타도 집에 갔다. 보통 월요일에 이렇게 늦은 시각에는 직원을 한 명만 남겨두는데, 마르테는 저녁에 혼자 일하는 게 처음이라 가게가 한산한데도 약간 긴장해 있었다. 문을 닫으면 리타가 다시 와서 계산대 정리를 도와주기로 했다.

주전자로 커피 한 잔 분량의 물을 끓이는 데에는 얼마 걸리지 않았다. 마르테는 냉동건조 커피를 탔다. 그리고 다시 나와서 남자 앞에 컵을 놓았다.

"뭐 좀 물어봐도 돼요?" 남자가 뜨거운 김이 나는 컵을 보면서 말했다. "어차피 우리 둘밖에 없으니까."

"네." 마르테는 이렇게 대답했지만 싫다는 뜻이었다. 남자가 어서 커피를 마시고 나가주기를 바랐다. 그래서 문을 닫고 리타를 기다렸다가 집에 갈 수 있기를. 내일 첫 수업은 아침 8시 15분에 시작될 것이다.

"여기가 그 유명한 형사가 술 마시는 데죠? 해리 홀레라는?"

마르테는 고개를 끄덕였다. 사실 그 사람이, 얼굴에 흉측한 흉터가 있는 키 큰 남자가 오기 전에는 그 이름을 들어본 적도 없었다. 그러다 리타가 해리 홀레에 관해 상세히 이야기해주었다.

"그 사람은 주로 어디에 앉습니까?"

"저쪽에 앉아요." 마르테가 창가 쪽 구석 자리를 가리켰다. "그런데 요새는 예전만큼 자주 오시지 않아요."

"그렇군, 그 사람 말대로 '그 찌질한 변태'를 잡으려면 여기서 한가하게 앉아 있을 시간이 없겠지. 그래도 여기는 계속 그 사람의 장소죠. 무슨 말인지 알아요?"

마르테는 미소 지으며 고개를 끄덕였지만 사실 무슨 말인지 몰랐다.

"이름이 뭐예요?"

마르테는 머뭇거리며 대화가 흘러가는 방향이 괜찮은지 확신하지 못했다. "6분 후면 가게 문을 닫아요. 커피를 마저 다 드시려면……."

"당신 얼굴에 왜 주근깨가 있는지 알아요, 마르테?"

마르테는 얼어붙었다. 내 이름을 어떻게 알았지?

"어릴 때는 주근깨가 없었어요. 어느 날 밤, 당신은 잠에서 깨어났어요. 'kabuslar', 악몽을 꿨어요. 아직 무서운 마음에 엄마 방으로 달려가서 엄마한테 괴물과 귀신은 존재하지 않는다는 위안의 말을 듣고 싶었어요. 그런데 그 방에 가보니 검푸른색의 벌거벗은 남자가 엄마의 가슴 위에 웅크리고 앉아 있었어요. 귀가 길고 뾰족하고, 양쪽 입가에서 피가 흘렀어요. 당신이 꼼짝없이 서서 바라보는 동안 그자는 양 볼을 부풀렸고, 당신이 미처 피하기도 전에 입속의 피를 내뿜어 당신의 얼굴과 가슴에 작은 방울들이 맺혔죠. 그리고 그 피는, 마르테, 절대로 지워지지 않았어요. 아무리 닦고 문질러도." 남자는 커피를 후후 불었다. "이렇게 당신 얼굴에 주근깨가 생긴 이유가 설명되는데, 문제는 '왜?'이지. 그 답은 간단하기는 해도 만족스럽지가 않아. 당신이 잘못된 시간에 잘못된 장소에 가서 그랬던 거야. 세상은 공정하지 않거든." 남자는 컵을 들더니 입을 크게 벌리고 아직 김이 나는 검은 물을 입속에 들이부었다. 마르테는 공포로 숨이 턱 막혔고, 무슨 일인지는 몰라도 뭔가가 일어날 것만 같아서 겁을 먹었다. 그리고 그의 입에서 액체가 뿜어져 나오는 것을 볼 겨를도 없이 뜨거운 커피가 그녀의 얼굴로 쏟아졌다.

마르테는 앞이 보이지 않는 채로 몸을 돌렸다. 물기에 미끄러져 한쪽 무릎을 바닥에 찧었지만 곧바로 일어나 문 쪽으로 뛰어가며 의자를 밀쳐서 남자를 지체시키고 눈을 깜박거려서 커피를 짜내려 했다. 문손잡이를 잡아당겼다. 잠겨 있었다. 남자가 걸쇠를 걸어놓은 것이다. 마르테는 뒤에서 삐걱거리는 발소리를 들으며 잠금장치를 잡았지만 손써볼 겨를도 없이 그에게 벨트를 붙잡힌 채 뒤로 몸이 젖혀졌다. 비명을 지르려 했지만 낑낑대는 신음만 겨우 흘러나왔다. 다시 발소리가 들렸다. 그가 앞에 있었다. 고개를 들고 싶지도, 그를 보고 싶지도 않았다. 어릴 때 검푸른 남자가 나오는 악몽을 꾼 적은 없고 개 머리를 한 남자 꿈만 꾸었다. 지금 고개를 들면 그 남자가 보일 것이다. 그래서 계속 바닥만 보았다. 뾰족한 카우보이 부츠가 보였다.

20

월요일 밤, 화요일 아침

"네?"

"해리?"

"네."

"이게 자기 번호인지 확실치가 않았어서. 나 리타야. 슈뢰데르에서 전화하는 거야. 늦은 시간인 건 알아. 깨워서 미안해."

"안 잤어, 리타."

"경찰에 신고했는데, 그 사람들이…… 여기 왔다가 지금은 다시 갔어."

"진정해, 리타. 무슨 일인데?"

"마르테 말야, 새로 온 애, 지난번에 왔을 때 봤잖아."

해리는 소매를 걷고 약간 긴장한 얼굴로 열심히 일하던 여자를 떠올렸다. "그런데?"

"개가 없어졌어. 자정 직전에 계산대 정리하는 거 도와주러 가게에 다시 왔는데 아무도 없는 거야. 문도 잠겨 있지 않고. 마르테는 믿을 만한 애고 나랑 약속도 했거든. 문도 안 잠그고 그냥 갈 애가 아니야. 전화도 안 받고, 그 애 남자친구 말로는 집에는 안 왔대. 경찰이 병원에도 확인해봤지만 아무 일도 없어. 그리고 그 여자 경찰은 늘 있는 일이라면서 사람들은 이상하게 사라졌다가 몇 시간 후 아주 그럴듯한 이유를 대면서 다시 나타난다는 거야. 12시간 안에 마르테가 나타나지 않으면 그때 다시 연락하래."

"그 사람들 말이 맞아, 리타. 그냥 규정을 따르는 거야."

"응, 그래도…… 여보세요?"

"듣고 있어, 리타."

"가게를 정리하고 문 닫을 준비를 하다가 누가 테이블보에 뭐라고 적어놓은 걸 봤어. 립스틱 같고 마르테가 쓰는 빨간색이야."

"그래. 뭐라고 써놨는데?"

"아무것도."

"아무것도?"

"응. 철자 하나만. 'v'. 그리고 거긴 자기가 늘 앉는 자리야."

새벽 3시.

해리의 입술 새로 고함이 터져 나와 지하실의 빈 벽에 메아리쳤다. 그는 그대로 떨어져서 그를 짓뭉갤 것 같은 역기 봉을 노려보며 부들부들 떨리는 팔로 들고 있었다. 마지막 힘을 짜내서 역기를 밀어 올렸다가 역기 봉을 받침대에 내려놓자 쇠붙이가 부딪혀 철커덩 소리가 났다. 그는 벤치에 누워 숨을 헐떡였다.

그는 눈을 감았다. 올레그에게 라켈 옆을 지키겠다고 약속했다. 하지만 다시 나가야 한다. 그를 잡아야 했다. 마르테를 위해. 에우로라를 위해.

아니.

너무 늦었다. 에우로라에게는 이미 늦었다. 마르테에게도 이미 늦었다. 그러면 아직 희생자가 되지 않은 사람들을 위해, 아직 발렌틴에게서 구해낼 수 있는 사람들을 위해 나가야 했다.

그들을 위한 일이니까, 아닌가?

해리는 역기 봉을 잡았고, 손바닥의 굳은살에 단단한 쇠가 느껴졌다.

'어딘가 네가 쓸모가 있는 곳.'

할아버지가 해준 말이었다. 우리가 할 일은 도움이 되는 것뿐이라고. 할머니가 해리의 아버지를 낳았을 때 피를 많이 흘린 탓에 산파가 의사를 불러야 했다. 할아버지는 자신이 도울 일이 없다는 말을 듣고는 할머니의 비명을 그냥 듣고 있을 수가 없어서 밖으로 나가서 말에 쟁기를 매달아 밭을 갈기 시작했다. 채찍을 휘두르고 고함을 지르며 요란하게 말을 몰아서 집에서 흘러나오는 비명을 덮어버리고는 믿음직한 늙은 말이 지쳐서 비틀거리기 시작하자 내려서 직접 쟁기를 밀었다. 집 안에서 비명이 멈추고 의사가 나와서 산모와 아이가 모두 살아날 거라고 말하자 할아버지는 그대로 무릎을 꿇고 땅에 입을 맞추고는 믿지도 않는 하느님께 감사했다.

그날 밤 마구간에서 늙은 말이 쓰러져 죽었다.

지금 라켈은 병상에 누워 있다. 말없이. 그는 결정해야 했다.

'어딘가 네가 쓸모가 있는 곳.'

해리는 받침대에서 역기 봉을 다시 들어서 가슴 쪽으로 내렸다. 숨을 깊이 들이마셨다. 근육이 긴장했다. 그리고 고함을 내질렀다.

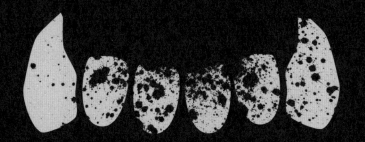

THE THIRST

PART 2

21

화요일 아침

7시 30분이었다. 공기 중에 안개비가 떠 있었다. 메메트는 길을 건너려다가 젤러시 바 앞에 서 있는 남자를 보았다. 남자는 두 손을 둥글게 말아쥐고 창문에 대고 안을 들여다보았다. 처음에는 다니알 뱅크스가 빚독촉을 하러 온 줄 알았지만 가까이 다가가 보니 키가 큰 금발 남자였다. 문득, 예전 단골이 다시 찾아와 그 바가 아직도 아침 7시에 문을 열기를 바라며 서 있는 건가 싶기도 했다.

하지만 그 남자가 다시 거리 쪽으로 돌아서서 입에 문 담배를 한 모금 빨 때 그 경찰이란 걸 알아보았다. 해리 홀레.

"안녕하세요." 메메트가 열쇠를 꺼내며 말했다. "목말라요?"

"그렇기도 하고. 그보다는 제안할 게 있어서 왔습니다."

"무슨 제안요?"

"당신이 거절할 수 있는 제안."

"구미가 당기는군요." 메메트는 이렇게 말하고 경찰을 먼저 바 안으로 들였다. 그리고 뒤따라 들어가서 문을 잠갔다. 카운터 안쪽에서 불을 켰다.

"알고 보면 괜찮은 바예요." 해리가 카운터에 팔꿈치를 올리고 숨을 깊이 들이쉬었다.

"인수하실래요?" 메메트가 건조하게 물으면서 체즈베라는 터키식 커피 주전자에 물을 부었다.

"그러죠." 해리가 말했다.

메메트가 웃었다. "제안해보세요."

"43만 5천."

메메트가 얼굴을 찡그렸다. "어디서 나온 숫자입니까?"

"다니알 뱅크스한테서. 아침에 그 친구를 만났어요."

"오늘 아침요? 이제 겨우……."

"일찍 눈이 떠져서요. 그 친구도 일찍 일어났고. 사실 그 친구를 깨워서 침대에서 끌어내야 했지만."

메메트는 경찰의 핏발 선 눈을 보았다.

"말이 그렇다는 겁니다." 해리가 말했다. "그 친구가 어디 사는지 압니다. 그 친구를 찾아가 제안을 하나 했어요."

"무슨 제안요?"

"다른 종류로. 당신이 거절하지 못할 걸로."

"어떤?"

"내가 젤러시 바의 채무를 액면가로 사들이는 대신 그 친구에게는 고리대금업에 관한 법률 295항을 어긴 금융범죄를 묻지 않는 겁니다."

"농담하시는 거죠?"

해리는 어깨를 으쓱했다. "내가 과장하는 걸 수도 있고, 그 친구가 거절했을 수도 있고. 혹은 그 친구가 나한테 애석하게도 295항은 2년 전에 폐지됐다고 말할 수도 있었어요. 범죄자들이 경찰보다 법이 바뀌는 상황을 더 빠삭하게 안다면 세상이 어떻게 돌아갈까요? 어느 쪽이든 당신과의 채무는 내가 그 친구를 위해 해결해 주기로 한 다른 문제들에 비하면 아무것도 아니었죠. 그래서 이 서류에—." 해리는 카운터에 손으로 쓴 서류 한 장을 놓았다. "다니알 뱅크스는 부채를 상환받았고, 나, 해리 홀레가 메메트 칼라크가 빌린 435,000크로네의 부채와 함께 젤러시 바, 그리고 그 안의 물건과 그 바를 담보로 한 임대차 계약에 대한 소유권자가 된다는 내용이 들어 있습니다."

메메트는 몇 줄 읽고는 고개를 절레절레 흔들었다. "젠장. 그러니까 형사님은 수중에 당장 50만 크로네에 가까운 돈이 있어서 뱅크스한테 내줄 수 있었다는 겁니까?"

"홍콩에서 한동안 채권추심 일을 했거든요. 그게…… 벌이가 꽤 괜찮았어요. 그래서 한 재산 모았죠. 뱅크스가 수표와 입출금 내역서를 받았어요."

메메트가 웃었다. "그러니까 앞으로는 형사님이 저한테 부당하게 높은 이자를 청구하겠다는 건가요?"

"당신이 내 제안을 받아들인다면야."

"어떤?"

"채무를 영업 자본으로 바꾸는 겁니다."

"바를 인수하신다고요?"

"지분을 살게요. 당신은 내 동업자가 되는 거고, 원하면 언제든 나한테서 지분을 다시 사갈 수 있어요."

"대가로 원하는 게 뭡니까?"

"당신이 터키식 목욕탕에 가 있는 동안 내 친구가 이 바를 보는 거죠."

"네?"

"카갈로글루 하맘에서 건포도가 되도록 땀이나 쭉 빼면서 발렌틴 예르트센이 나타날 때까지 기다리세요."

"제가요? 왜 접니까?"

"페넬로페 라쉬는 죽었고, 내가 아는 한 살아 있는 사람들 중 당신하고 열다섯 살 소녀만이 발렌틴 예르트센의 지금 얼굴을 알거든요."

"제가요?"

"당신은 그를 알아볼 겁니다."

"왜 그렇게 생각하죠?"

"보고서를 봤습니다. 당신이 이랬더군요. '그 사람의 인상착의를 말할 만큼 오래 보거나 눈여겨보지 않았어요'라고."

"맞아요."

"내 동료 중에 한번 본 얼굴은 전부 기억하는 친구가 있었어요. 그 친구 말이, 무수한 얼굴을 구별하고 알아보는 능력은 뇌의 방추상회라는 영역에서 관장하고, 그 능력이 없었다면 인간은 하나의 종으로 살아남지 못했을 거랍니다. 어제 여기 온 마지막 손님을 묘사할 수 있습니까?"

"아…… 아뇨."

"그래도 그 사람이 지금 여기로 걸어 들어온다면 바로 알아보겠죠."

"아마도요."

"내가 기대하는 게 그런 겁니다."

"거기에 당신 돈 435,000을 걸었다고요? 만일 제가 그를 알아보지 못하면요?"

해리는 아랫입술을 내밀었다. "그럼 내가 바 하나를 갖는 거죠."

•••

7시 45분, 모나 도는 〈VG〉 뉴스실 문을 열어젖히고 안으로 들어왔다. 지독한 밤이었다. 컨테이너 터미널에서 곧장 가인 헬스장으로 가서 온몸이 아프도록 격하게 운동했지만 밤새 한숨도 자지 못했다. 결국 주간에게 그 얘기를 꺼내기로 마음먹었지만 자세히는 말하지 않을 생각이었다. 정보원이 기자를 속여도 익명성을 보장받을 수 있는지 물어보기로 했다. 그러니까 이걸로 당장 경찰서에 가도 될까? 아니면 기다리면서 다시 연락이 오기를 기다리는 것이 현명할까? 어쨌든 그자가 그곳에 나타나지 않은 데에는 그럴 만한 이유가 있었을 것이다.

"피곤해 보이네." 뉴스실 주간이 말했다. "늦게까지 파티라도 했나?"

"그럼 좋았겠죠." 모나는 조용히 대답하면서 책상 옆에 운동가방을 내려놓고 컴퓨터 전원을 켰다.

"더 실험적인 거라도?"

"그럼 좋았겠죠." 모나는 다시 더 크게 말했다. 눈을 들어보니 개방형 사무실에서 여러 사람의 얼굴이 컴퓨터 모니터 위로 삐죽 올라와 있었다. 다들 호기심 어린 얼굴로 웃고 있었다.

"뭡니까?" 모나가 큰 소리로 물었다.

"스트립쇼까지예요? 아니면 수간?" 누군가 굵직한 목소리로 외쳤고, 누구의 목소리인지 알아채기도 전에 여자 둘이 더는 못 참겠다는 듯 웃음을 터트렸다.

"이메일이나 확인해봐." 뉴스실 주간이 말했다. "여기 다들 참조로 받았어."

모나는 오싹했다. 불길한 예감에 키보드를 때렸다.

발신자는 violentcrime@olsopol.no였다.

글은 없고 이미지만 있었다. 플래시가 터지는 걸 못 봤으니 감광 카메라에 망원렌즈를 달고 찍었을 것이다. 사진 속에는 개가 우리 안으로 오줌을 싸고 있고, 우리 한가운데에 그녀가 야생동물처럼 뻣뻣하게 서서 노려보고 있었다. 그녀가 속은 것이다. 전화한 사람 은 뱀파이어병 범인이 아니었다.

8시 15분, 할스테인, 안데르스, 비에른, 해리가 보일러실에 모 였다.

"실종사건이 발생했는데, 뱀파이어병 범인의 소행일 수 있습니 다." 해리가 말했다. "마르테 루드, 24세, 어젯밤 자정 직전에 슈뢰 데르 레스토랑에서 사라졌습니다. 현재 카트리네가 수사팀에 보고 하고 있고요."

"현장 감식반이 그쪽에 가 있어요." 비에른 홀름이 말했다. "아 직은 아무것도 안 나왔어요. 해리가 말한 것 외에는."

"어떤 거요?" 안데르스가 물었다.

"테이블보에 립스틱으로 쓴 'v' 선의 각도가 에바 돌멘의 문 에 적혀 있던 글자와 일치해요." 비에른이 말하는 동안 스틸 기 타 소리가 들렸다. 해리는 돈 헬름스가 연주하는 행크 윌리엄스의 "Your Cheating Heart"라는 걸 알았다.

"와, 신호가 왔네요." 비에른 홀름이 주머니에서 전화기를 꺼내 면서 말했다. "홀름입니다. 뭐요? 안 들려요. 끊습니다."

비에른 홀름은 밖으로 나가서 지하배수로로 사라졌다.

"내가 보기엔 납치예요." 해리가 말했다. "내 단골 레스토랑, 내가 자주 앉던 자리였어요."

"예감이 안 좋은데요." 할스테인이 고개를 저었다. "그가 통제력을 잃었군요."

"통제력을 잃었다면 좋은 거 아닌가요?" 안데르스가 물었다. "범인이 신중하지 않을 거라는 뜻이니까요."

"좋은 소식일 수도 있어요." 할스테인이 말했다. "다만 그가 힘과 통제력을 얻으면 어떤 기분인지 안 이상 이제 누구도 그에게서 힘과 통제력을 빼앗아갈 수 없어요. 해리, 당신 말이 맞아요, 그가 당신을 쫓고 있어요. 그런데 왜인지 아십니까?"

"〈VG〉의 그 기사요." 안데르스가 말했다.

"당신이 그자를 찌질한 변태라고 불렀어요, 그게…… 그게 무슨 뜻이지요?" 할스테인이 말했다.

"그자에게 수갑을 채우기를 고대한다고도 했죠." 안데르스가 말했다.

"한마디로 해리 당신이 그를 찌질한 변태라고 부르고 그의 힘과 통제력을 빼앗겠다고 협박한 겁니다."

"이사벨레 스퀘옌이 그를 그렇게 불렀지, 내가 그런 게 아닙니다. 이젠 그게 중요한 게 아니지만." 해리는 목덜미를 주물렀다. "그가 그 여자를 이용해서 날 잡으려고 할까요, 스미스 선생님?"

할스테인은 고개를 저었다. "그 여자는 죽었어요."

"어떻게 그렇게 확신하십니까?"

"그는 해리 당신과 직접 대면하기를 원하지 않습니다. 다만 통제력이 자기한테 있다는 걸 당신과 다른 모든 사람에게 보여주고 싶은 겁니다. 당신의 공간으로 쳐들어가서 당신 것 중 하나를 가져갈 수 있다는 걸 보여주려는 겁니다."

해리는 뒷목을 주무르다 말았다. **"내 것 중 하나요?"**

할스테인은 대답하지 않았다.

비에른 홀름이 돌아왔다. "올레볼에서 온 전화였어요. 페넬로페 라쉬가 죽기 직전에 어떤 남자가 찾아와 자신이 로아르 비크라고 말했답니다. 페넬로페가 친구 명단에 옛 약혼자로 올려둔 터라 들여보냈다는군요."

"발렌틴이 페넬로페의 집에서 훔친 그 약혼반지를 선물한 사람이야." 해리가 말했다.

"로아르 비크에게 연락해서 그날 페넬로페의 상태에 관해 본 게 있느냐고 물었는데요." 비에른 홀름이 말했다. "로아르 비크는 병원에 간 적이 없답니다."

보일러실에 침묵이 흘렀다.

"옛 약혼자가 아니다……" 할스테인이 말했다. "그렇다면……."

해리의 의자 바퀴에서 끼익 소리가 나더니 빈 의자가 벽으로 돌진했다.

해리는 이미 문 앞에 가 있었다. "안데르스, 따라와!"

해리는 달렸다.

눈앞에 길게 뻗어 있는 병원 복도가 점점 길어지는 것만 같았다. 그가 달리는 속도보다 더 빠르게 길어져서 마치 빛과 생각조차 빠져나갈 수 없는, 팽창하는 우주 같았다.

그는 입구에서 링거 스탠드를 잡고 나오는 남자를 간신히 피했다.

'당신 것 중 하나.'

발렌틴이 에우로라를 공격한 건 스톨레 에우네의 딸이라서였다.

마르테 루드가 납치된 건 해리 홀레의 단골 술집에서 일하는 사람이어서였다.

페넬로페 라쉬는 그가 뭘 할 수 있는지 세상에 보여주기 위해서였다.

'당신 것 중 하나.'

301.

해리는 재킷 주머니에서 총을 잡았다. 글록 17, 거의 1년 반이나 2층 서랍에 넣고 잠가두었던 것을 오늘 아침에 다시 꺼냈다. 이 총을 꺼내온 건 다시 쓸 일이 생길 것 같아서가 아니라, 4년이 지난 후 처음으로 절대로 이걸 쓰게 되지 않을 거라는 확신이 없어서였다.

그는 왼손으로 문을 밀어 열면서 총을 앞에 들었다.

병실은 비었다. 내내 비어 있었다.

라켈이 없었다. 침대도 없었다.

해리는 거친 숨을 몰아쉬었다.

침대가 있던 자리로 가보았다.

"미안해요, 가셨어요." 뒤에서 목소리가 들렸다.

해리는 빙 돌았다. 스테펜스 박사가 흰 가운 주머니에 손을 꽂고 입구에 서 있었다. 그가 총을 보고 눈썹을 올렸다.

"어딜 갔나요?" 해리가 숨을 헐떡이며 말했다.

"그것 좀 치우시면 말씀드리겠습니다."

해리는 총을 내렸다.

"검사실요." 스테펜스가 말했다.

"아내는…… 아내는 괜찮은 거죠?"

"상태는 그대로예요. 안정되기는 했지만 불안정한. 그래도 오늘 하루를 버텨내실 겁니다. 그걸 걱정하신 건지 몰라도. 왜 그러시는데요?"

"아내를 지켜야 해요."

"현재 저희 의료진 다섯 명이 잘 지키고 있습니다."

"병실 앞에 무장 경찰을 배치할 겁니다. 반대하십니까?"

"아뇨, 다만 제 소관이 아니에요. 살인범이 여기로 올까 봐 걱정되시나요?"

"네."

"환자가 그 살인범을 쫓는 사람의 아내라서요? 저희는 가족이 아닌 사람에게는 병실을 알려주지 않습니다."

"그래서 페넬로페 라쉬의 약혼자 행세를 하는 사람이 병실을 알아내는 걸 막지 못했죠."

"약혼자가 아니었다고요?"

"경찰이 배치될 때까지 여기서 기다리겠습니다."

"그렇다면 커피 한 잔 드려야겠네요."

"굳이 그러실 건—."

"아뇨, 드셔야 해요. 잠시만요, 숙직실에 지독히 맛없는 커피가 있어요."

스테펜스는 병실에서 나갔고, 해리는 병실 안을 둘러보았다. 올레그와 함께 앉았던 의자는 그 전날 놓아둔 그대로, 지금은 사라진 침대의 양옆에 그대로 있었다. 해리는 그중 한 의자에 앉아 회색 바닥을 응시했다. 맥박이 다시 느려졌다. 그런데도 여전히 병실 안에 공기가 희박한 것처럼 느껴졌다. 커튼 사이로 햇살이 들어와 의자 두 개 사이의 바닥을 가로질렀고, 바닥에 금발 한 가닥이 말려 있었다. 발렌틴이 그녀를 찾아 여기로 오긴 했지만 한발 늦은 건가? 해리는 침을 삼켰다. 이제는 그 생각을 할 필요가 없었다. 그녀는 안전했다.

스테펜스가 돌아와 해리에게 종이컵을 내밀고는 자기 커피를 한 모금 마시고 앞의 의자에 앉았다. 두 남자는 1미터 거리를 두고 마주 앉았다.

"아드님이 왔었습니다." 스테펜스가 말했다.

"올레그가요? 수업을 마치기 전에는 오지 않기로 했는데."

"당신에 관해 묻더군요. 당신이 엄마를 두고 자리를 비워서 많이 실망한 눈치였습니다."

해리는 고개를 끄덕이고 커피를 마셨다.

"그 또래는 걸핏하면 화를 내고 도덕적으로 분개하는 게 일상이죠." 스테펜스가 말했다. "문제가 생기면 그 책임을 아버지에게 전가하고, 한때는 닮고 싶어했던 사람을 한순간에 절대로 닮고 싶지 않은 사람으로 깎아내리기도 해요."

"경험에서 우러난 말인가요?"

"물론, 다들 그렇잖아요." 스테펜스의 얼굴에 설핏 미소가 떠올랐다가 금방 사라졌다.

"흠. 개인적인 질문 하나 해도 돼요, 스테펜스 박사님?"

"아무렴요."

"그건 결국 플러스인가요?"

"네?"

"사람들 목숨을 구하는 기쁨에서 당신이 구했을 수도 있는 사람들을 잃은 절망감을 뺀 결과 말입니다."

스테펜스는 해리의 눈을 보았다. 그런 상황에서, 그러니까 성인 남자 둘이 크고 어두운 방에서 그렇게 마주 앉은 상황에서 자연히 나올 법한 질문이었다. 밤에 서로 스쳐 지나가는 배들처럼. 스테펜스는 안경을 벗고 두 손으로 얼굴을 쓸었다. 얼굴에서 피로를 닦아내려는 것처럼. 그리고 고개를 저었다. "아뇨."

"그래도 계속 그 일을 하시네요."

"소명이니까요."

"네, 박사님 진료실에서 십자가상을 봤습니다. 소명을 믿으시는군요."

"당신도 그런 것 같은데요, 홀레 씨. 당신을 봤어요. 주님이 주신 소명은 아닐지 몰라도 당신도 똑같이 느끼는 것 같군요."

해리는 컵을 보았다. 스테펜스 말대로 지독히 맛없는 커피였다. "그럼 지금 하시는 일을 좋아하지 않는다는 뜻인가요?"

"제 일을 싫어합니다." 스테펜스가 미소를 지었다. "제가 선택할 수 있는 거였다면 피아니스트가 되었을 겁니다."

"피아노를 잘 치시나 봐요?"

"그게 저주 아니겠어요? 사랑하는 일을 잘하지 못하고, 싫어하는 일을 잘하는 거요."

해리가 고개를 끄덕였다. "저주가 맞네요. 우린 우리가 쓸모를 발휘하는 일을 할 뿐이죠."

"게다가 소명을 따르는 자에게 보상이 주어진다는 건 거짓이에요."

"때로는 일 그 자체가 충분한 보상이 되기도 하죠."

"그건 음악을 사랑하는 피아니스트나 피를 사랑하는 사형집행인에게나 해당하는 말이죠." 스테펜스는 흰 가운에 붙은 이름표를 가리켰다. "저는 솔트레이크시티에서 모르몬교도로 나고 자랐고, 제 이름은 존 도일 리라는, 하느님을 두려워하고 평화를 사랑하는 사람에게서 따온 이름입니다. 그 인물은 1857년에 교구 원로들로부터 그들의 땅에 흘러들어온, 하느님을 섬기지 않는 이민자들을 학살하라는 명령을 받았습니다. 그 사람은 일기에 비통한 심정을 절절히 남겼어요. 운명이 그에게 부여한 지독한 소명과 그 소명을 받아들여야 하는 처지에 관해서요."

"마운틴 메도스 대학살."

"역사를 좀 아시는군요, 홀레 씨."

"FBI에서 교육을 받았습니다. 가장 유명한 대량학살을 다뤘거든요. 그런데 사실 박사님과 이름이 같은 그 인물이 결국 어떻게 됐는지는 기억나지 않네요."

스테펜스는 손목시계를 보았다. "부디 천국에서 보상이 기다리고 있었기를. 지상에서는 모두가 존 도일 리를 배신했거든요. 우리 모르몬교도의 영적 지도자인 브리검 영마저도요. 존 도일은 사형선고를 받았습니다. 저희 부친은 여전히 그분을 본받아야 할 위인으로 평가하세요. 원치 않는 소명을 따르기 위해 동료를 향한 값싼 연민을 떨쳐낸 분으로."

"어쩌면 그 사람도 사실은 일기에 토로한 만큼 그 일을 싫어한건 아닌지도 모르죠."

"무슨 뜻인가요?"

해리는 어깨를 으쓱했다. "알코올의존증 환자가 술을 싫어하고 저주하는 건 술이 자기 인생을 망쳐서입니다. 하지만 그게 곧 그 사람의 삶이죠."

"재밌는 비유로군요." 스테펜스는 일어서서 창가로 가서 커튼을 젖혔다. "당신은 어떤가요, 홀레 씨? 당신의 소명이 여전히 당신 삶을 망치고 있습니까? 그게 곧 당신의 삶일지라도?"

해리는 손그늘을 만들어 스테펜스를 보려 했지만 갑자기 햇빛을

봐서인지 앞이 잘 보이지 않았다. "박사님은 여전히 모르몬교도이
신가요?"

"여전히 그 사건을 수사하고 계십니까?"

"그런 것 같네요."

"우리에겐 선택권이 없잖아요, 안 그래요? 전 다시 일하러 가봐
야 해서요, 해리."

스테펜스가 나가고 해리는 군나르 하겐의 전화번호를 눌렀다.

"안녕하세요, 보스. 울레볼 병원에 경비를 세워주세요. 당장요."

안데르스는 지시받은 그 자리에, 정문 앞에 아무렇게나 주차된
차의 보닛 옆에 서 있었다.

"경찰이 오던데, 괜찮은 거예요?"

"병실 앞에 경비를 세우려고." 해리가 보조석에 타면서 말했다.

안데르스는 총을 다시 총집에 넣고 운전석에 탔다. "발렌틴은
요?"

"모르지."

해리는 주머니에서 머리카락 한 올을 꺼냈다. "내가 괜히 예민하
게 구는 걸 수도 있지만 과학수사과에 이걸 분석해달라고 보내줘.
만에 하나 범죄현장에서 나온 거랑 일치할 가능성을 배제하려고.
알았나?"

그들은 미끄러지듯 거리를 지나갔다. 20분 전에 정신없이 달려
온 그 길을 느린 그림으로 되감아 돌아가는 것 같았다.

"모르몬교도들이 십자가상을 쓰던가?" 해리가 물었다.

"아뇨." 안데르스가 대답했다. "그 사람들은 십자가가 죽음을 상
징하고 이교도적이라고 믿어요."

"흠. 그럼 십자가상을 벽에 건 모르몬교도는 마치……."

"마호메트의 그림을 가진 이슬람교도와 같아요."

"맞아." 해리는 라디오를 켰다. 화이트 스트라이프스. "Blue Orchid." 기타와 드럼. 희박함. 명료성.

그는 라디오 볼륨을 높이면서 그 소리로 무엇을 덮으려 하는지 스스로도 알지 못했다.

할스테인 스미스는 깍지를 낀 채 양 엄지를 엇갈리게 돌렸다. 그는 보일러실에 혼자 있었고, 다른 팀원들이 없으니 그가 할 수 있는 일도 많지 않았다. 뱀파이어병 범인에 관한 간단한 프로파일을 작성하고 인터넷을 돌아다니며 뱀파이어병 살인사건에 관한 최신 기사를 읽었다. 그리고 다시 앞으로 돌아가 첫 번째 사건이 터지고 닷새 동안 언론에서 쏟아낸 기사를 훑었다. 그러면서 박사학위 논문을 쓰는 데 업무 시간의 대부분을 할애해도 될지 고민하던 차에 전화기가 울렸다.

"여보세요?"

"스미스 선생님?" 여자의 목소리였다. "〈VG〉의 모나 도예요."

"네?"

"놀라셨나 봐요."

"여기는 딱히 보도할 게 없는 것 같은데요."

"보도라고 하시니 드리는 말씀인데요, 혹시 그 뱀파이어병 범인이 어젯밤 슈뢰데르 레스토랑에서 여자 종업원이 실종된 사건의 범인일 가능성이 있는지 확인해주실 수 있을까요?"

"확인요? 제가요?"

"네, 지금 경찰과 일하고 계시잖아요?"

"네, 그렇긴 한데, 제가 뭐라고 말씀드릴 입장이 아니라서."

"몰라서 그러는 건가요, 아니면 말하면 안 돼서인가요?"

"둘 다겠죠. 제가 말한다고 해도 일반적인 얘기밖에 없을 겁니다. 뱀파이어병 전문가로서요."

"좋아요! 저희 팟캐스트가 있는데ㅡ."

"뭐요?"

"라디오요. VG에 자체 라디오방송국이 있거든요."

"아, 그래요."

"선생님을 모시고 그 뱀파이어병 범인에 관해 들어볼 수 있을까요? 물론 **일반적인** 말씀을요."

할스테인 스미스는 잠시 생각했다. "우선 수사 책임자에게 허락을 구해야 해요."

"좋아요, 그럼 연락 기다리겠습니다. 그리고 이건 다른 얘기인데요, 스미스 선생님. 제가 선생님 기사를 썼잖아요. 선생님도 만족하셨을 것 같은데요. 간접적인 역할이긴 하지만 그 기사 덕에 중심부로 들어가셨으니까요."

"네, 물론."

"그래서 말인데요, 경찰청에 있는 사람들 중에 어제 절 컨테이너 터미널로 유인한 사람이 누군지 알 수 있을까요?"

"기자님을 유인해서 뭘 했는데요?"

"아니에요. 좋은 하루 보내세요."

할스테인 스미스는 전화기를 물끄러미 쳐다보았다. 컨테이너 터미널? 대체 무슨 소릴 하는 거지?

트룰스 베른트센은 모니터에 줄줄이 떠 있는 메건 폭스 사진을 훑었다. 그녀가 저런 식으로 자기를 놔버리다니 무서워지려 했다. 사진만 저래 보이는 건가, 아니면 그녀도 이제 서른이 넘은 걸 알고 봐서 저렇게 보이는 건가? 아니면 2007년의 영화 〈트랜스포머〉에서 완벽한 몸매가 뭔지 보여주던 그 몸에 출산이 어떤 영향을 끼쳤을지 알고 봐서 그런가? 아니면 트룰스 자신이 지난 2년간 지방 8킬로그램을 빼고 근육을 4킬로그램 키우고 여자 아홉 명과 섹스를 했기 때문일까? 그래서 멀리서만 선망하던 메건 폭스가 조금 덜 멀게 느껴지는 걸까? 1광년이 2광년보다 짧은 정도의 의미에서. 아니면 10시간만 지나면 올라 벨만, 그가 메건 폭스보다 더 선망하는 여인과 마주 앉을 것이기 때문일까?

그는 누군가가 헛기침하는 소리를 듣고 고개를 들었다.

카트리네 브라트가 파티션에 기대어 있었다.

안데르스가 어린애들 장난 같은 우스꽝스러운 소년단으로 차출된 뒤로 트룰스는 〈쉴드〉에 푹 빠져 지낼 수 있었다. 이제 구할 수 있는 시즌은 다 봤고, 카트리네 브라트가 그의 여가 시간을 망치려는 것만은 아니기를 바랐다.

"벨만이 보자고 하시네요." 카트리네가 말했다.

"알았습니다." 트룰스는 컴퓨터를 끄고 일어서서 카트리네 브라트를 지나쳤다. 향수를 뿌렸다면 향을 맡을 정도로 가까이 스쳤다. 그는 여자라면 모름지기 향수를 살짝 뿌려야 한다고 생각했다. 들이붓다시피 해서 머리 아플 정도가 아니라, 살짝만. 그녀들에게 **실제로** 어떤 냄새가 날지 상상의 나래를 펼 수 있을 만큼만.

엘리베이터를 기다리면서 미카엘이 원하는 게 뭘까 생각했다. 당장 떠오르는 게 없었다.

청장실에 들어가서야 발각된 걸 알았다. 미카엘의 등 너머로 창문이 보이고 그가 인사도 없이 말을 꺼냈을 때. "날 실망시켰어, 트룰스. 그녀가 먼저 접근했나, 아니면 그 반대인가?"

찬물을 한 양동이 뒤집어쓴 기분이었다. 대체 어떻게 된 거지? 울라가 죄책감을 못 이기고 털어놓은 건가? 아니면 미카엘이 울라를 몰아세운 건가? 그래서 지금 무슨 말을 하려는 거지?

트룰스는 헛기침을 했다. "그쪽에서 먼저 연락이 왔어, 미카엘. 그걸 원한 건 그녀야."

"당연히 그 여편네가 원했겠지. 그쪽은 캐낼 수 있는 건 다 캐내니까. 중요한 건 그 여편네가 너한테서, 그러니까 나랑 가장 가까운 친구한테서 캐냈다는 거야."

트룰스는 미카엘이 자기 아내를, 아이들 엄마를 그런 식으로 말하는 게 믿기지 않았다.

"만나서 얘기 좀 하자는데 거절할 수가 없었어. 어차피 더 나갈 것도 아니고."

"하지만 더 나갔잖아, 아냐?"

"아무 일도 없었어."

"아무 일도 없어? 네가 범인에게 우리가 뭘 알고 뭘 모르는지 알려준 거 모르겠어? 그 여자가 얼마를 주던?"

트룰스는 눈을 깜박였다. "얼마?" 이제야 깨달았다.

"모나 도가 공짜로 정보를 빼가진 않았을 거 아냐? 말해봐. 내가 널 잘 안다는 거 잊지 말고, 트룰스."

트룰스 베른트센은 씩 웃었다. 곤경을 모면했다. 그리고 같은 말을 되풀이했다. "아무 일도 없었다니까."

미카엘은 돌아서서 손으로 책상을 내리치며 고함쳤다. "너, 우리가 바보인 줄 알아?"

트룰스는 미카엘의 얼굴에 있는 반점이 흰색과 붉은색으로 오가는 것을, 마치 그 안으로 피가 차올랐다가 빠지는 것처럼 보이는 것을 물끄러미 바라보았다. 미카엘의 반점은 세월이 흐르면서 점점 커졌다. 뱀이 허물을 벗듯이.

"네가 안다는 게 뭔지 들어보자." 트룰스가 양해를 구하지도 않고 의자에 앉았다.

미카엘이 놀란 얼굴로 그를 보았다. 그리고 자기 자리에 앉았다. 트룰스의 눈에서 그것을 본 것이다. 겁먹지 않은 눈빛을. 트룰스가 배 밖으로 내던져지면 미카엘도 같이 끌고 갈 거라는 것을. 밑바닥까지.

"내가 뭘 아느냐고?" 미카엘이 말했다. "카트리네 브라트가 아침 일찍 날 찾아왔어. 내가 카트리네한테 널 가까이서 지켜봐달라고 지시했고, 카트리네는 부하 수사관을 시켜서 널 감시했거든. 넌 이미 정보를 누설한 자로 지목받고 있었어, 트룰스."

"그 수사관이 누구지?"

"카트리네가 말해주지 않았고, 나도 물어보지 않았어."

어련하시겠어, 트룰스는 속으로 말했다. 네가 곤란한 처지에 놓일 때 넌 아무것도 몰랐다고 부인해야 유리할 테니까. 트룰스는 세상에서 제일 똑똑한 사람은 아닐지 몰라도 주변에서 생각하는 것만큼 멍청하지도 않았다. 게다가 미카엘과 조직의 상층부 사람들이 어떤 식으로 사고하는지 서서히 알아가기 시작했다.

"카트리네 쪽 수사관이 미리 손을 썼더군." 미카엘이 말했다. "네가 모나 도와 지난주에 두 번 이상 통화한 걸 확인했어."

통화 내역을 확인하는 수사관이라. 전화회사에 연락한 사람이 누구더라. 안데르스 뷜레르. 트룰스는 멍청하지 않았다. 절대로.

"네가 모나 도의 정보원인지 확인하려고 그 수사관이 모나 도에게 전화를 걸어 뱀파이어병 범인인 척했어. 당장 정보원에게 전화해서 범인과 경찰만 알 수 있는 구체적인 정보를 확인해보라면서 약을 올렸지."

"스무디 블랜더."

"인정하는 거야?"

"모나 도가 나한테 전화했어, 맞아."

"좋아. 그 수사관이 어젯밤에 카트리네 브라트를 깨워서 전화회사에서 받은 통화 기록에서 그 수사관이 모나 도에게 장난 전화를 건 직후에 그 여자가 곧바로 너한테 전화한 기록이 있다고 알려줬거든. 이건 해명하기 어려울 거야, 트룰스."

트룰스는 어깨를 으쓱했다. "해명할 게 없는데. 모나 도가 나한테 전화해서 블랜더에 관해 물었고, 난 당연히 해줄 말이 없다면서 수사 책임자에게 넘겼어. 통화는 기껏해야 10초, 20초쯤 이어졌고, 통화 기록에도 나올 거야. 모나 도가 이미 정보원을 밝혀내려는 덫이라고 의심했는지도 모르지. 그래서 그 여자가 자기 정보원 대신 나한테 전화한 거고."

"그 수사관 말로는 그 여자가 나중에 컨테이너 터미널에서 뱀파이어병 범인을 만나기로 한 지점으로 나갔다던데. 그 장면을 사진에 담았다고. 그러니 누가 그 여자한테 블랜더에 관해 확인해준 거지."

"혹시 모나 도가 먼저 그 만남을 제안하고 **그런 다음에** 정보원을 직접 만나서 얼굴을 보고 확인한 건 아닐까. 경찰도 그렇고 기자도 그렇고 누가 누구한테, 그리고 언제 전화했는지 알아내는 게 얼마나 쉬운지 뻔히 아는 사람들이잖아."

"그 말이 나와서 말인데, 네가 모나 도랑 두 번 더 통화했던데, 그 중 한 번은 몇 분간 이어졌고."

"통화 기록을 확인해봐. 모나 도가 나한테 전화했지, 내가 전화한 적은 **한 번도** 없어. 모나 도 같은 쌈닭이 몇 분이나 떠들고서야 아무것도 건질 게 없다는 것을 깨달았고 그러고도 또다시 찔러본 건 순전히 그 여자 문제야. 난 낮에 시간이 좀 남아돌았을 뿐이고."

트롤스는 의자에 기대앉았다. 두 손을 포개고 미카엘을 보았다. 미카엘은 가만히 앉아서 고개를 끄덕이며 트롤스가 한 말을 흡수하면서 그들이 놓쳤을 법한 구멍을 찾는 듯했다. 옅은 미소, 갈색 눈에 떠오른 일말의 온기는 어쩌면 이 시나리오가 통할 수도 있고 트롤스를 곤경에서 꺼내줄 수도 있다는 결론에 이르렀다는 뜻으로 보였다.

"좋아." 미카엘이 말했다. "네가 첩자가 아니라면, 그럼 누구지?"

트롤스는 입술을 비죽 내밀었다. 약간 살집이 있는 프랑스인 온라인 데이트 상대가 그에게 까다로운 질문을 할 때, 그러니까 '우리 언제 다시 만나?'라고 물을 때마다 하라고 가르쳐준 대로.

"나야 모르지. 이런 사건에서는 누구도 모나 도 같은 기자하고 얘기하는 모습을 보이고 싶어하지 않아. 아니, 그러는 사람을 하나 보긴 했지. 안데르스. 잠깐, 내 기억이 맞다면 그 친구가 그 여자한테 연락처를 줬어. 그래 맞아, 그 여자가 그 친구한테 자기를 만날 수 있는 장소라면서 헬스장, 가인 헬스장이란 데를 알려줬고."

미카엘 벨만은 트롤스를 보았다. 놀란 미소를 지으며, 오랜 세월을 같이 산 배우자가 노래를 잘한다거나 명문가 출신이라거나 대학 졸업장이 있다는 사실을 새롭게 안 사람처럼.

"그러니까 네 말은, 트롤스, 새로 들어온 친구가 첩자일 수도 있다는 거네." 미카엘은 생각에 잠긴 듯 검지와 엄지로 턱을 만지작 거렸다. "정보가 새어나간 문제가 최근에야 떠오른 점에서 자연히 이런 추정이 가능하지. 오슬로 경찰청에서 최근 몇 년간 우리가 쌓아온 문화를, 뭐랄까, **반영하지** 않는 인물일 거라는. 하지만 그 기자에게는 정보원의 정체를 보호할 법적 의무가 있으니 그자가 누구든 혹은 누가 아니든 어차피 밝혀질 수가 없는 거로군."

트룰스가 특유의 꿀꿀거리는 소리로 웃었다. "그렇지, 미카엘."

미카엘은 고개를 끄덕였다. 몸을 앞으로 내밀어 트룰스가 대응할 틈도 없이 셔츠 깃을 잡아채고 끌어당겼다.

"그년한테 얼마 받았어, 비비스?"

22
화요일 오후

메메트는 목욕가운을 단단히 여몄다. 휴대전화를 들여다보는 척하면서 탈의실에 드나드는 남자들을 주시했다. 카갈로글루 하맘에서는 입장료만 내면 목욕탕에 얼마나 오래 들어앉아 있든 제한이 없었다. 아무리 그래도 탈의실에 몇 시간씩 앉아서 벌거벗은 남자들을 흘끔거리면 평판이 나빠질 수 있었다. 그래서 일정한 간격을 두고 사우나와 늘 뿌연 김이 자욱한 한증탕, 뜨거운 온탕, 냉탕까지 다양한 탕으로 계속 옮겨 다녔다. 방마다 문이 여러 개라서 계속 돌아다니지 않으면 모든 사람을 확인하지 못할 수도 있었다. 하지만 지금은 탈의실이 추워져서 어서 따뜻한 공간으로 돌아가고 싶었다. 메메트는 시각을 확인했다. 4시. 터키인 문신 기술자가 목욕탕에서 악마 문신을 한 남자를 본 게 이른 오후라고 했고, 연쇄살인범들이 습관대로 움직이지 않는다고 볼 근거는 없어 보였다.

해리 홀레는 메메트에게 그가 완벽한 스파이라고 했다. 우선 그는 발렌틴 예르트센의 얼굴을 알아볼 수 있는 단 두 사람 중 하나라고 했다. 둘째, 그가 터키인이라서 터키 동포들이 주로 찾는 목욕탕에서 눈에 띄지 않을 거라고 했다. 셋째, 경찰이라면 발렌틴이 바로 알아볼 거라고 했다. 게다가 강력반에는 〈VG〉를 비롯해 누구도 모를 어딘가로 정보를 빼돌리는 첩자가 있다고 했다. 그래서 이번 작전은 해리와 메메트 둘만 알기로 했다. 메메트가 해리에게 발렌틴을 봤다고 알리면 15분 이내에 무장 경찰이 현장에 들이닥칠 계획이었다.

그 대신 해리는 메메트에게 외위스테인 아이켈란이 젤러시 바를 완벽하게 맡아줄 거라고 약속했다. 낡은 허수아비처럼 생긴 그 남자는 문으로 들어오면서 허름한 데님 옷에 밴 강렬하지만 재미있는 히피풍의 냄새를 풍겼다. 메메트가 술집에서 일해본 적이 있냐고 묻자 외위스테인은 말아 피우는 담배를 입에 물고 한숨을 쉬었다. "오랫동안 술집을 전전했어요, 친구. 서 있기도 하고 무릎을 꿇기도 하고 누워도 보고. 뭐, 카운터 안쪽에 있어본 적은 없지만."

그래도 외위스테인은 해리가 믿고 고른 사람이니 심각한 말썽을 부리지는 않기를 바랄 뿐이었다. 해리는 길어야 일주일이라고 했다. 그다음엔 그의 바로 돌아갈 수 있다. 해리는 깨진 플라스틱 심장 모양에 젤러시 바 로고가 새겨진 열쇠고리에 걸린 열쇠를 받아들고 가볍게 목례를 하고는 음악에 관해 의논할 게 있다고 했다. 서른 살이 넘은 사람들 가운데 새로운 음악으로는 흥이 나지 않는 사람들이 있고, 배드컴퍼니의 늪에 빠져 허우적대는 사람들에게도 희망이 있다면서. 그런 논의만 생각해도 일주일은 너끈히 지루함을 견딜 수 있을 거라고 생각하면서 메메트는 〈VG〉의 모바일 사이트에서 스크롤을 내렸다. 같은 제목을 벌써 열 번쯤 읽었는데도.

역사상 유명한 뱀파이어병 환자들. 화면을 보면서 기사의 나머지 부분이 뜨기를 기다리는 동안 이상한 일이 일어났다. 갑자기 숨이 쉬어지지 않는 느낌이 들었다. 그는 고개를 들었다. 목욕탕 문이 홱 열렸다. 그는 둘러보았다. 탈의실의 세 사람은 아까 본 사람들이었다. 누군가가 들어와서 탈의실을 가로지른 것이다. 메메트는 전화기를 사물함에 넣어 잠그고, 일어서서 뒤따라갔다.

옆방의 보일러가 윙윙거렸다. 해리는 시간을 확인했다. 4시 5분. 그는 의자를 뒤로 밀치고 두 손으로 뒤통수에 받치고 벽돌벽에 기댔다. 할스테인, 비에른, 안데르스가 그를 보았다.

"마르테 루드가 실종된 지 16시간이 지났어요." 해리가 말했다.

"새로운 건?"

"머리카락요." 비에른 홀름이 말했다. "현장 감식반이 슈뢰데르 레스토랑 중앙 출입구에서 머리카락 몇 가닥을 발견했어요. 수갑에서 채취한 발렌틴 예르트센의 머리카락과 일치할 수도 있을 것 같아요. 일단 분석을 의뢰해놨어요. 머리카락은 몸싸움이 일어났다는 뜻이고, 이번에는 사후에 현장을 정리하지 않았다는 뜻이기도 해요. 더욱이 피를 많이 흘리지는 않았을 수도 있다는 뜻이니 그들이 떠날 때 여자가 아직 살아 있었다고 볼 수도 있어요."

"그래요." 할스테인이 말했다. "여자가 살아 있을 가능성이 있고, 범인이 여자를 젖소로 이용하는 걸 수도 있습니다."

"젖소요?" 안데르스가 물었다.

보일러실에 침묵이 흘렀다. 해리가 쓴웃음을 지었다. "그러면 그 자가…… 그자가 여자에게서 **짜낸다는** 겁니까?"

"몸에서 적혈구의 1퍼센트를 재생하는 데는 24시간이 걸립니다." 할스테인이 말했다. "잘하면 피에 대한 목마름을 잠시나마 달래려는 걸 수도 있어요. 최악의 경우에는 그가 힘과 통제력을 되찾는 데 더 몰두한다는 뜻일 수도 있고요. 자신에게 굴욕감을 안긴 사람들을 찾아 나설 거라는 뜻일 수도 있다는 겁니다. 해리 당신과 당신의 사람들요."

"아내는 경찰이 24시간 지켜보고 있고, 아들한테는 조심하라고 메시지를 남겼어요."

"그럼 그가 남자들도 공격할 수 있다는 건가요?" 안데르스가 물었다.

"물론이죠." 할스테인이 말했다.

해리는 바지 주머니에서 진동이 울리는 걸 느꼈다. 전화기를 꺼냈다. "네?"

"외위스테인이야. 다이키리는 어떻게 만드냐? 골치 아픈 손님이 왔는데, 메메트는 전화를 안 받아."

"그걸 내가 어떻게 아냐? 그 손님도 모른대?"

"응."

"럼주랑 라임으로 만들걸? 구글이라고 못 들어봤냐?"

"그야 알지, 내가 바보냐? 인터넷에 있다는 거잖아?"

"해봐, 너도 좋아할 거야. 이제 끊는다." 해리는 전화를 끊었다. "죄송해요. 다른 건?"

"슈뢰데르 인근에 있던 사람들의 목격자 진술은요," 안데르스가 말했다. "보거나 들은 사람이 전혀 없습니다. 이상하죠, 그런 번화가에서."

"그쪽은 월요일 자정 무렵이면 한산할 수 있어." 해리가 말했다. "아무리 그래도 누군가를, 의식이 있든 없든 그런 곳에서 납치하면서 아무의 눈에도 띄지 않았다? 어렵지. 범인이 가게 바로 앞에 차를 댔을 수도 있어."

"발렌틴 예르트센으로 등록된 차량은 없고, 어제 그 이름으로 빌린 차량도 없었어요." 안데르스가 말했다.

해리는 안데르스 쪽으로 빙 돌았다.

안데르스가 의아하게 바라보았다. "그가 실명을 썼을 가능성이 제로에 가까운 건 저도 알지만 일단 확인해봤습니다만⋯⋯."

"아니, 아주 잘했다고." 해리가 말했다. "그자의 합성사진을 렌터카 업체들에 보내. 그리고 슈뢰데르 옆에 델리 드 루카라고 24시간 식품점이 있는데—."

"제가 수사팀 오전 회의에 참석했는데요, 그 가게 보안카메라도 확인했대요." 비에른이 말했다. "아무것도 없어요."

"좋아, 더 들을 얘기 있나요?"

"미국 법정을 통하지 않고 소환장으로 희생자들의 페이스북 IP 주소를 확보하려고 시도하는 중입니다." 안데르스가 말했다. "그러니까 내용은 보지 못해도 희생자와 메시지를 주고받은 사람들의 주소는 모두 확보할 수 있습니다. 몇 달이 아니라 몇 주면 되고요."

메메트는 '하라레트' 앞에 서 있었다. 탈의실에서 욕탕으로 나오면서 한증탕 문이 닫히는 걸 보았다. 문신한 남자가 목격된 장소도 '하라레트'였다. 메메트는 발렌틴이 이렇게나 빨리, 첫날부터 나타날 가능성은 거의 없으리라 여겼다. 물론 그가 여기에 일주일에 몇 번씩 드나들지 않는다면 말이다. 그런데 왜 이 앞에 서서 머뭇거리고 있지?

메메트는 마른침을 삼켰다.

그리고 '하라레트' 문을 열고 들어갔다. 자욱한 증기가 일렁이고 휘감기다가 문밖으로 빠져나가고 눈앞에 통로가 생겼다. 메메트는 위쪽 벤치에 앉은 남자의 얼굴을 보았다. 이내 통로가 다시 닫히고 그 얼굴도 사라졌다. 하지만 그것으로 충분했다.

그였다. 그날 저녁에 젤러시 바에 온 남자.

당장 뛰쳐나가야 할까, 아니면 잠깐이라도 앉아야 할까? 어쨌든 그 남자도 메메트가 자기를 쳐다보는 걸 보았다. 바로 나가면 의심을 사지 않을까?

메메트는 문 앞에 그대로 서 있었다.

들이마신 증기로 기도가 막히는 것 같았다. 더 기다릴 수 없었다. 당장 나가야 했다. 메메트는 문을 가만히 밀어서 열고 밖으로 빠져나갔다. 미끄러운 타일 바닥에 넘어지지 않도록 조심스럽게 종종걸음으로 탈의실에 도착했다. 자물쇠 비밀번호가 바로 생각나지 않아서 욕을 했다. 네 자리 숫자. 1683. 비엔나 전투. 오스만 제국이 세계를, 아니 적어도 통치할 가치가 있는 지역을 제패한 해. 제국이 더는 확장하지 못하고 쇠락하기 시작한 해. 패배의 연속. 그래서 그 해를 고른 걸까? 그 자신의 이야기, 모든 것을 얻었다가 잃어버린 사연이 담긴 숫자라서? 마침내 자물쇠가 열렸다. 그는 전화기를 집어서 톡톡 치고 귀에 댔다. 다시 꽉 닫힌 한증탕 문을 보면서. 그 남자가 뛰어 들어와 공격하는 장면을 상상하면서.

"네?"

"그가 여기 있어요." 메메트가 속삭였다.

"확실해요?"

"네. '하라레트'에."

"계속 감시해요, 15분 안에 도착할 겁니다."

뭘 하셨다고요?" 비에른 홀름이 하우스만스 가에서 신호등이 초록불로 바뀌자 클러치에서 발을 뗐다.

"민간인 제보자한테 사게네에 있는 터키식 목욕탕에서 잠복해 감시하라고 했어." 해리가 비에른 홀름의 전설적인 1970 볼보 아마존의 사이드미러를 보면서 말했다. 원래는 흰색이지만 나중에 검은색을 칠하고 지붕에서 트렁크까지 레이싱카 줄무늬를 그려 넣은 차였다. 시커먼 배기가스 때문에 뒤차가 보이지 않았다.

"저희랑 상의하지도 않고요?" 비에른이 경적을 울리며 바깥 차선으로 아우디를 추월했다.

"규정을 따르는 일이 아니니 자네들 중 누굴 공범으로 만들 이유는 없지."

"마리달스베이엔으로 가면 신호등이 적어요." 안데르스가 뒷자리에서 말했다.

비에른은 기어를 내리고 차를 오른쪽으로 홱 틀었다. 해리는 볼보가 처음 설치한 3포인트 안전벨트에 눌렸다. 이 벨트에는 느슨한 부분이 없어서 몸을 움짝달싹 못하게 만들었다.

"어때요, 스미스 선생님?" 해리가 엔진의 굉음 너머로 물었다. 보통 이런 작전에는 외부 자문을 대동하지 않지만 할스테인을 데려온 건 혹시라도 막판에 인질극 상황이 벌어지면 심리학자가 발렌틴의 심리를 읽어주는 작업이 필요할 수도 있어서였다. 할스테인이 에우로라를 읽었던 것처럼. 해리를 읽었던 것처럼.

"멀미가 조금 나네요. 그뿐이에요." 할스테인이 힘없이 웃었다. "이 냄새는 뭔가요?"

"낡은 클러치, 히터, 아드레날린요." 비에른이 말했다.

"자, 들어봐요." 해리가 말했다. "2분 후면 도착합니다. 다시 말씀드립니다. 스미스 선생님은 차에 계세요. 안데르스와 나는 정문으로 들어가고, 비에른은 뒷문을 지켜. 어딘지 안다고 했지?"

"네." 비에른이 말했다. "그 제보자는 아직 연결되어 있어요?"

해리가 고개를 끄덕이고 전화기를 귀에 댔다. 차가 오래된 벽돌 건물 앞에 섰다. 해리는 건물 도면을 미리 확인했다. 옛 공장 건물로, 현재는 인쇄업체, 사무실, 녹음 스튜디오, 터키식 목욕탕이 입점해 있고, 정문 이외의 문은 하나밖에 없었다.

"모두 장전하고 안전장치는 풀었지?" 해리가 숨을 내쉬면서 꽉 조이던 안전벨트를 풀었다. "그자를 생포한다. 하지만 불가능한 상황이면……" 해리가 정문 양옆의 불 켜진 창문을 보는데, 비에른이 조용히 되새기는 소리가 들렸다. "경찰이다, 경고 사격, 그리고 그 자식을 쏜다. 경찰이다, 경고 사격, 그리고……."

"갑시다." 해리가 말했다.

그들은 차에서 내려서 인도를 건너고 정문 앞에서 갈라졌다.

해리와 안데르스는 세 계단을 올라가서 육중한 문 안으로 들어갔다. 안쪽 복도에서 암모니아와 프린터 잉크 냄새가 났다. 문 두 개에 붙은 번쩍거리는 도금한 간판에는 화려하게 장식한 글씨가 적혀 있었다. 시내에 사무실을 낼 형편이 못 되는 낙천적인 소규모 법률회사였다. 세 번째 문에는 '카갈로글루 하맘'이라고 소박하게 새겨진 간판이 붙어 있었다. 지나치게 소박해서 애초에 그곳의 위치를 모르는 손님들은 받고 싶지 않다는 인상마저 주었다.

해리는 문을 열고 안으로 들어갔다. 벽면의 칠이 벗겨진 복도에 단순한 형태의 책상이 하나 있고, 짙은 색 수염을 짧게 기른, 어깨가 벌어진 남자가 운동복 차림으로 앉아 잡지를 뒤적이고 있었다. 사정을 몰랐다면 복싱 클럽인 줄 알았을 것이다.

"경찰입니다." 안데르스가 잡지와 남자의 얼굴 사이에 신분증을 내밀었다. "그대로 앉아 있고 아무에게도 알리지 마십시오. 2분이면 끝납니다."

해리는 복도를 따라 계속 이동했고, 문 두 개가 나왔다. 하나에는 '탈의실'이라고 적혀 있고 다른 하나에는 '하맘'이라고 적혀 있었다. 욕탕으로 들어서면서 안데르스가 뒤에 바짝 따라오는 소리를 들었다.

안에는 작은 탕 세 개가 일렬로 늘어서 있었다. 오른쪽에는 마사지 테이블이 있는 부스가 있었다. 왼쪽에는 사우나와 한증탕으로 들어가는 문으로 보이는 유리문 두 개가 있었고, 도면에서 본 평범한 나무문은 탈의실 문이었다. 제일 가까운 탕에 있던 남자 두 명이 고개를 들어 그들을 보았다. 메메트는 벽에 붙은 벤치에 앉아 전화기를 들여다보는 척하고 있었다. 그는 곧장 그들에게 다가와서 김 서린 플라스틱 간판에 '하라레트'라고 적힌 유리문을 가리켰다.

"혼자 있습니까?" 해리가 조용히 물었다. 그와 안데르스는 각자 글록을 꺼냈다. 등 뒤의 탕에서 요란하게 물 튀기는 소리가 났다.

"아까 제가 전화한 뒤로 들어오거나 나간 사람은 없었어요." 메메트가 속삭였다.

해리는 '하라레트'의 문 앞으로 가서 안을 들여다보려고 했지만 하얀 증기만 자욱하고 아무것도 보이지 않았다. 그는 안데르스에게 엄호하라는 신호를 보냈다. 숨을 깊이 들이쉬고 안으로 들어가려다가 생각을 바꿨다. 신발 소리. 맨발이 아닌 사람이 들어가면 발렌틴의 의심을 살 수 있었다. 해리는 총을 들지 않은 손으로 신발과 양말을 벗었다. 그리고 문을 열고 안으로 들어갔다. 수증기가 그를 휘감았다. 면사포처럼. 라켈. 해리는 어디서 튀어나왔는지 모를 그 생각을 일단 제쳐두었다. 그리고 눈앞의 나무 벤치에 혼자 앉아 있는 형체를 보고는 얼른 문을 닫고 다시 하얀 증기에 휘감겼다. 증기와 침묵. 해리는 숨을 참고 상대의 호흡에 귀를 기울였다. 그 남자가 새로 들어온 사람이 옷을 입고 총을 든 걸 볼 틈이 있었을까? 겁을 먹었을까? 에우로라가 화장실 칸막이 밖으로 카우보이 부츠를 보고 겁을 먹었던 것처럼?

해리는 총을 들고 그 형체를 본 자리로 다가갔다. 하얀 배경 속에 앉아 있는 남자의 형체가 보였다. 해리는 방아쇠에 걸리는 느낌이 들 때까지 당겼다.

"경찰이다." 해리가 거친 목소리로 말했다. "꼼짝 마. 움직이면 내가 쏜다." 그리고 다른 생각이 스쳤다. 이런 상황에서 그는 보통 '움직이면 우리가 쏜다'라고 말한다. 이 말은 경찰이 더 있다는 암시를 주어 상대가 굴복할 가능성을 높여줄 거라는 단순한 심리학에 근거했다. 그런데 왜 '내가'라고 했을까? 그의 뇌에서 한 가지 질문을 받아들이자 다른 질문들이 떠올랐다. 나는 왜 여기에 혼자 왔지? 이런 작전을 전문으로 하는 경찰특공대 '델타'를 놔두고? 왜 메메트의 존재를 철저히 비밀에 부치고 메메트에게 전화가 올 때까지 아무에게도 말하지 않았지?

해리는 방아쇠를 잡은 검지에서 약간의 저항감을 느꼈다. 아주 약간.

그 안에는 두 남자가 있고, 아무도 그들을 보지 못한다.

발렌틴이, 이미 맨손과 쇠이빨로 몇 명을 공격한 그가 해리가 정당방위로 총을 쏘게 만들었다는 걸 부정할 사람이 어딨겠는가?

"버르마(쏜다고)!" 앞에 있던 형체가 이렇게 말하고 두 손을 들었다.

해리는 그쪽으로 가까이 다가가 몸을 숙였다.

비쩍 마른 남자가 벌거벗고 있었다. 공포로 두 눈을 크게 뜨고 있었다. 가슴에 잿빛 털이 덮여 있지만 그것 말고는 깨끗했다.

23

화요일, 늦은 오후

"도대체 뭡니까?" 카트리네 브라트가 고함치면서 책상에서 집어든 지우개를 던졌다. 지우개가 의자 깊숙이 눌러앉은 해리 홀레의 머리 위를 스쳐 벽에 가서 부딪혔다. "우리 지금 엄청 한가하죠? 그래서 기어이 규정을 다 어기고 이 나라의 법까지 어긴 거군요? 대체 무슨 **생각**이에요?"

라켈. 해리는 속으로 답하고 의자가 벽에 닿도록 뒤로 기댔다. 라켈 생각을 해. 에우로라도.

"뭐냐고요?"

"지름길로 가서 발렌틴을 하루라도 빨리 잡을 수 있다면 또 누군가의 목숨을 구할 수 있을 것 같아서."

"그딴 소리 집어치워요, 해리! 그런 식으로 되는 게 아니란 건 누구보다 잘 알잖아요. 모두가 그렇게 생각하고 행동하면—."

"자네 말이 맞아, 나도 알아. 그런데 발렌틴 예르트센이 거의 잡힐 만큼 가까이 있는 것도 알아. 그자가 메메트를 보고 바에서 본 사람인 걸 알아챈 거야. 곧바로 상황을 파악하고는 메메트가 탈의실에서 나한테 전화하는 사이 뒷문으로 몰래 빠져나갔어. 우리가 한증탕에 들어갔을 때 발렌틴 예르트센이 거기 앉아 있었다면 자네는 이미 날 용서하고 선제적이고 창조적으로 작전을 펼쳤다고 칭찬했겠지. 바로 그런 이유로 보일러실 팀을 꾸린 거니까."

"재수 없어!" 카트리네가 으르렁댔고, 해리는 카트리네가 책상에서 던질 만한 물건을 찾는 걸 보았다. 다행히 스테이플러나 미국에서 페이스북과 관련해서 보내온 법률 관련 서신 뭉치를 집지는 않았다. "선배한테 카우보이처럼 활개 치라고 한 적 없어요. 언론사 온라인 판마다 '목욕탕 습격 사건'을 머리기사로 다루지 않은 곳이 없어요. 평화로운 목욕탕 안에 무기, 무고한 시민들 사선에 서다, 알몸의 90세 노인 총으로 위협받다. 아무도 체포하지 못하다! 이게 다 그냥 너무……" 카트리네는 두 손을 올리고 천장을 보았다. 판단은 신에게 맡긴다는 듯이. "……너무 아마추어 같잖아요!"

"나 잘린 건가?"

"잘리고 **싶어요**?"

해리는 눈앞의 그녀를 보았다. 라켈, 잠든 그녀의 얇은 눈꺼풀이 코마의 땅에서 날아오는 모스 부호처럼 떨렸다. "응." 그리고 에우로라가 보였다. 불안과 고통이 서린 눈에 결코 치유되지 못할 상처를 입은 채로. "또 아니기도 해. 자네는 날 자르고 **싶나**?"

카트리네가 신음하며 일어서서 창가로 갔다. "네, 누굴 자르고 싶어요." 그를 등지고 말했다. "선배는 아니에요."

"음."

"음." 카트리네가 그를 따라했다.

"더 설명해줄래?"

"트룰스 베른트센을 자르고 싶어요."

"그냥 자르면 되잖아."

"네, 그래도 쓸모도 없고 나태하다는 이유로 자르고 싶진 않아요. 그 사람이 〈VG〉에 정보를 흘린 첩자예요."

"그걸 어떻게 알아냈나?"

"안데르스 빌레르가 덫을 놓았어요. 조금 멀리 나가긴 했지만, 모나 도에 대한 보복 같은 거였겠죠. 아무튼 이제 모나 도 때문에 곤란해질 일은 없어요. 공무원한테 돈을 주고 기삿거리를 얻으면 부패 혐의로 고발당하는 걸 알 테니까."

"그런데 왜 베른트센을 해고하지 않지?"

"맞혀봐요." 그녀가 다시 책상으로 돌아갔다.

"미카엘 벨만?"

카트리네는 연필을 던졌다. 해리가 아니라 닫힌 문을 향해. "벨만이 내려와서 지금 그 자리에 앉아서는 베른트센이 자기한테 무고하다는 확신을 줬다더군요. 그러더니 안데르스가 〈VG〉에 정보를 흘리고 베른트센한테 책임을 뒤집어씌우려 한 것 같다더군요. 그래도 아직은 아무것도 입증할 수 없으니 일단 놔두고 발렌틴을 잡는 데 주력하는 것이 최선이라고, 그게 유일하게 중요한 문제라면서요. 어떻게 생각해요?"

"음, 벨만이 맞을지도, 더러운 옷 빨래는 시궁창 몸싸움을 끝낼 때까지 미루는 게 상책이지."

카트리네가 얼굴을 찡그렸다. "그거 다 혼자 생각한 거예요?"

해리는 담뱃갑을 꺼냈다. "첩자 얘기가 나와서 말이야. 신문에 내가 그 목욕탕에 있었다고 나온 거, 난 괜찮아. 내가 알려지는 건 괜찮아. 하지만 보일러실 팀원들과 자네 외에는 누구도 이번 작전에 메메트가 개입한 사실을 알아선 안 돼. 그러는 편이 나아. 신중을 기하기 위해."

카트리네가 고개를 끄덕였다. "저도 벨만한테 그렇게 얘기했고, 그 사람도 수긍했어요. 우리가 민간인을 써서 작전을 수행한 사실이 새나가면 잃을 게 많은 데다 경찰이 지나치게 절박해 보일 거라더군요. 벨만도 메메트의 존재와 그가 이 작전에서 한 역할은 아무한테도 알리지 말라고 했어요. 우리 수사팀에도요. 저도 그게 맞는 거 같아요. 베른트센이 이제 수사팀 회의에 참석하지 못한다고 해도."

"그래?"

카트리네가 한쪽 입꼬리를 올렸다. "베른트센한테는 다른 사무실에서 뱀파이어병 살인사건과 무관한 사건들 보고서를 정리하라고 시켰어요."

"어쨌든 그 친구를 자른 셈이네." 해리가 입술에 담배를 물었다. 허벅지에서 전화기 진동이 울렸다. 전화기를 꺼냈다. 스테펜스 박사에게서 온 문자였다.

'검사 끝났습니다. 라켈은 301호실로 돌아왔습니다.'

"가봐야 해."

"아직 우리랑 같이하는 거예요, 해리?"

"그것도 생각해봐야 해."

그는 경찰청에서 나와서 재킷 안감 구멍으로 빠졌던 라이터를 찾아 꺼내서 담배에 불을 붙였다. 거리에 오가는 사람들을 보았다. 무척 평온하고 근심 하나 없어 보였다. 당혹감이 들었다. 놈은 어디 있지? 발렌틴은 대체 어디 있는 거야?

"안녕." 해리는 301호실에 들어섰다.

올레그가 다시 돌아온 라켈의 침대 옆에 앉아 있었다. 읽던 책에서 눈을 들긴 했지만 아무 말도 하지 않았다.

해리는 반대편 의자에 앉았다. "새로운 소식은?"

올레그가 말없이 책장만 넘겼다.

"자, 들어봐." 해리가 재킷을 벗어 의자 등받이에 걸었다. "내가 여기 있지 않으면 네 엄마보다 일을 더 중요하게 생각한다는 뜻으로 여기는 거 알아. 살인사건을 해결할 사람은 또 있겠지만 엄마한테는 너랑 나밖에 없으니까."

"그게 사실 아닌가요?" 올레그가 책에서 고개도 들지 않고 말했다.

"지금 난 네 엄마한테 아무 도움이 안 돼, 올레그. 여기서는 내가 아무도 구할 수 없지만 밖에 나가면 뭐든 할 수 있어. 생명을 구할 수 있어."

올레그는 책을 덮고 해리를 보았다. "인류애로 일하신다니 다행이네요. 아니면 다른 걸로 그러시는 줄 알겠어요."

"다른 거라니?"

올레그는 가방에 책을 떨어뜨렸다. "명예욕. 왜 그런 거 있잖아요. '해리 홀레, 세상을 구하러 돌아오다' 같은 거."

"내가 그런 걸로 이러는 거 같니?"

올레그는 어깨를 으쓱했다. "중요한 건 아빠가 어떻게 생각하느냐는 거죠. 아빠 스스로 저런 헛소리에 현혹될 수 있잖아요."

"날 그렇게 보니? 그런 헛소리나 믿는 사람으로?"

올레그가 일어섰다. "내가 왜 늘 아빠처럼 되고 싶어했는지 알아요? 아빠가 엄청 대단한 사람이라서가 아니었어요. 나한테는 다른 누구도 없어서였어요. 그런데 지금 아빠가 더 또렷이 보여요. 이제부터는 아빠처럼 되지 않기 위해 최선을 다하려고요. 그동안 세뇌당한 걸 지우기 시작했어요, 해리."

"올레그⋯⋯."

올레그는 이미 병실에서 나갔다.

젠장, 젠장.

해리는 주머니에서 전화기 진동을 느꼈지만 확인하지도 않고 전원을 꺼버렸다. 기계 소리를 들었다. 누군가 볼륨을 높여놔서 초록색 선이 튀어오를 때마다 삐 소리가 조금 늦게 들렸다.

시계가 카운트다운을 시작한 것처럼.

그녀를 위한 카운트다운.

저 바깥에 있는 누군가를 위한 카운트다운.

발렌틴이 지금 이 순간 시계를 보면서 다음 먹잇감을 기다리면 어쩌지?

해리는 전화기를 꺼내려 했다. 그러다 다시 집어넣었다.

조명이 약하고 비스듬하게 비추어서 그가 큼직한 손을 라켈의 여윈 손에 얹자 손등의 푸르스름한 혈관이 그림자를 드리웠다. 이제는 삐 소리를 헤아리지 않으려 했다.

8시 6분, 더는 가만히 앉아 있을 수 없어서 일어서서 병실 안을 서성거렸다. 밖으로 나가서 의사를 찾았고, 의사는 자세한 얘기는 피하면서도 라켈의 상태가 안정을 찾았고 코마에서 깨우는 문제로 의료진들이 의논했다고 했다.

"좋은 소식 같은데요." 해리가 말했다.

의사는 머뭇거리다가 입을 열었다. "의논만 했습니다. 반대 의견도 있고요. 스테펜스 박사가 오늘 밤 당직이니 이따 오시면 여쭤보세요."

해리는 구내식당으로 가서 먹을 걸 사서 301호실로 돌아왔다.

병실 앞을 지키던 경관이 고개를 까딱했다.

병실 안이 어두워져서 해리는 침대 옆 탁자의 전등을 켰다. 담뱃 갑을 톡톡 쳐서 담배를 꺼내면서 라켈의 눈꺼풀을 살폈다. 그녀의 입술이 메말랐다. 그들이 처음 만난 순간이 생각났다. 그는 그녀의 집 앞 진입로에 서 있었고, 그녀가 그를 향해 걸어왔다. 발레리나 처럼. 오랜 세월이 흐른 지금 그가 제대로 기억하는 걸까? 처음 본 모습. 처음 한 말. 첫 키스. 사실 기억을 조금씩 편집해서 이야기의 논리를 갖추고 무게와 의미가 있는 하나의 이야기로 구성하는 것 은 불가피했다. 그들이 여기까지 온 과정을 말해주는 이야기, 그들 이 서로에게 의식처럼 되풀이해서 믿게 된 이야기. 그러면 그녀가 사라지면, 라켈과 해리의 이야기가 사라지면, 그는 이제 무엇을 믿 어야 할까?

해리는 담배에 불을 붙였다.

담배를 빨고 연기를 내뱉으면서 연기가 화염 경보기로 말려 올 라가는 것을 보았다.

사라지다. 경보. 해리는 생각했다.

그는 주머니에 손을 넣어 차갑게 잠든 전화기를 잡았다.

젠장, 젠장.

소명, 스테펜스가 한 말이다. 그게 무슨 의미이지? 어떤 일을 제 일 잘하는 걸 안다는 이유로 하기 싫은 일을 맡는다면? '어딘가 네 가 쓸모가 있는 곳.' 자기를 내세우지 않는 무리 동물처럼. 아니면 올레그 말대로 개인의 영광을 위해선가? 세상에 나가서 빛나기를 갈망하는 건가, 그녀는 여기 누워서 이렇게 쇠잔해지는데? 아니, 한 번도 사회에 막중한 책임감을 느낀 적도 없고, 동료나 대중의 인정에 큰 의미를 둔 적도 없었다. 그러면 무엇이 남을까?

발렌틴이 남았다. 사냥이 남았다.

노크 소리가 두 번 나고 조용히 문이 열렸다. 비에른 홀름이 살며시 들어와 의자에 앉았다.

"병원에서 담배 피우면 6년형일걸요."

"2년이야." 해리는 담배를 비에른에게 건넸다. "부탁인데 나랑 공범이 돼줄래?"

비에른은 라켈을 향해 고개를 끄덕였다. "환자가 폐암에 걸릴지도 몰라요, 걱정 안 돼요?"

"라켈은 간접흡연을 좋아해. 공짜인 데다가 어차피 내 몸에서 독성을 거의 다 흡수한 다음에 나오는 연기라면서. 내가 아내를 위해 지갑도 되어주고 필터도 되어주는 거지."

비에른이 한 모금 빨았다. "음성메일이 꺼져 있기에 여기 계신가 보다 했어요."

"흠. 자네는 과학수사관치고 늘 추론을 잘했지."

"고마워요. 좀 어때요?"

"아내를 코마에서 깨우는 방법을 의논하는 중이래. 난 그걸 좋은 소식으로 받아들이기로 했고. 급한 일이 있나?"

"목욕탕에서 조사한 사람들 중 누구도 몽타주와 발렌틴을 연결하지 못했어요. 책상 앞에 앉아 있던 남자는 온종일 수많은 사람이 드나든다면서도, 우리가 찾는 남자가 항상 목욕 가운 위에 코트를 걸치고 모자를 푹 눌러쓰고 나타나서 현찰로만 계산한 남자일지 모른다고 했고요."

"그러면 요금을 낸 기록이 남지 않지. 속에 목욕 가운을 입고 와서 옷을 갈아입을 때 아무에게도 문신을 보일 위험이 없을 테고. 그럼 집에서 목욕탕까지는 어떻게 가지?"

"차가 있었다면 목욕 가운 주머니에 차 키를 넣었을 거예요. 버스 카드를 넣었을 수도 있고. 탈의실에서 발견된 코트에서는 아무것도 나오지 않았고, 주머니에 보풀 하나 없었거든요. DNA를 검출할 수도 있었을 텐데 세제 냄새가 났어요. 최근에 세탁한 거 같아요."

"그렇담 범죄현장에서 보인, 청결에 강박적으로 집착하는 행동과 맞아떨어지지. 열쇠와 돈을 몸에 지니고 한증탕에 들어가는 건 언제든 도주할 준비가 되어 있다는 뜻이고."

"네. 사게네 거리에서도 목욕 가운을 입은 남자를 본 사람이 없으니 적어도 이번에는 버스를 탔을 가능성이 없어요."

"뒷문 근처에 차를 세워놨을 거야. 그가 몇 년씩이나 숨어 지낼 수 있었던 건 우연이 아니야. 똑똑한 자야." 해리는 목덜미를 주물렀다. "그리고 우리가 그자를 쫓아냈어. 이제 어쩌지?"

"목욕탕 근처 매장과 주유소의 보안카메라를 다 확인해서 모자와 코트 밑으로 튀어나온 목욕 가운을 찾고 있어요. 내일 출근하자마자 그 코트를 분해해보려고요. 한쪽 주머니 안감에 작은 구멍이 있는데, 그리로 뭐든 빠져서 패딩 속에 들어 있을 수 있으니까요."

"그는 보안카메라를 피해 다녀."

"그래요?"

"응. 만일 카메라에 나타난다면 그건 자신을 보여주고 싶어서일 거야."

"그 말이 맞을 수도 있어요." 비에른 홀름이 파카의 버튼을 풀었다. 창백한 이마가 땀에 젖었다.

해리는 라켈 쪽으로 담배 연기를 뿜었다. "뭔데, 비에른?"

"뭐가요?"

"그걸 보고하려고 여기까지 올 건 없었잖아."

비에른은 대답하지 않았다. 해리는 기다렸다. 기계에서 삐삐 소리가 났다.

"카트리네요." 비에른이 말했다. "이해가 안 가요. 제 전화기 통화 기록을 보니까 어젯밤에 카트리네가 저한테 전화했더라고요. 그래서 걸어보니까 잘못 눌렀다는 거예요."

"그리고?"

"새벽 3시에요? 카트리네는 전화기를 깔고 자지 않아요."

"그럼 왜 직접 물어보지 않았어?"

"괴롭히기 싫어서요. 카트리네한테는 시간이 필요하거든요. 공간도. 선배랑 조금 비슷한 면이 있어요." 비에른이 해리에게 담배를 받았다.

"나랑?"

"고독한 사람."

해리는 비에른이 담배를 빨려는 순간 바로 빼앗았다.

"맞잖아요." 비에른이 항의했다.

"원하는 게 뭔데?"

"미치겠어요. 도통 뭐가 뭔지 모른 채로 돌아다니는 게. 그래서 말인데요……" 비에른이 수염을 벅벅 긁었다. "선배가 카트리네랑 친하잖아요. 혹시……."

"어떤 상태인지 알아봐달라고?"

"비슷해요. 전 카트리네를 꼭 되찾아야 해요, 해리."

해리는 의자 다리에 담배를 비벼 껐다. 라켈을 보았다. "그래. 카트리네랑 얘기해볼게."

"그리고 카트리네는……."

"……자네 부탁인 거 모르게 할게."

"고마워요." 비에른이 말했다. "선배는 좋은 친구예요."

"내가?" 해리가 꽁초를 담뱃갑에 넣었다. "난 고독한 사람이야."

비에른이 나가자 해리는 눈을 감았다. 기계 소리에 귀를 기울였다. 카운트다운.

24

화요일 저녁

그의 이름은 올센이다. 올센스^{Olsen's}라는 가게를 운영하고 있지
만, 사실 이 가게의 이름은 그가 24년 전 인수할 때부터 올센스였
다. 누군가는 기막힌 우연이라고 하지만 기막힌 일이 항상, 날마다,
매순간 일어난다면? 복권도 누군가는 당첨되기 마련이다. 그럼에
도 복권에 당첨된 사람은 그것이 기막힌 우연이라고 여길 뿐만 아
니라 기적이라고까지 믿는다. 올센은 기적을 믿지 않았다. 그런데
그 경계의 사건이 방금 일어났다. 울라 스바르트가 가게에 들어와
트룰스 베른트센이 20분 전부터 앉아 있던 테이블에 앉은 것이다.
그리고 기적은 이것이 약속된 만남이라는 것이었다. 20년 넘게 같
은 자리에 서서 긴장한 남자들이 안절부절못하거나 자리에 앉아
손가락으로 테이블을 두드리면서 꿈에 그리던 여자를 초조하게 기
다리는 장면을 숱하게 보아본 올센으로서는 이것이 약속된 만남
이라는 걸 의심할 수 없었다. 울라 스바르트는 어릴 때 망레루드에
서 가장 아름다운 여자이고, 트룰스 베른트센은 망레루드 쇼핑센
터에서 어슬렁거리고 올센스에 오던 무리 중 가장 한심하고 모자
란 녀석이었으니, 기적이 아닐 수 없었다. 트룰스, 그러니까 '비비

스'는 미카엘 벨만의 똘마니였고, 미카엘은 인기 서열 1등은 아니어도 외모가 괜찮고 언변이 좋은 데다 하키팀 남학생들과 폭주족들의 선망을 동시에 받는 여자를 차지했다. 그리고 이제 경찰청장까지 되었으니 미카엘에게는 분명 뭔가가 있었다. 그에 반해 트룰스 베른트센은…… 한번 루저는 영원한 루저다.

올센은 그 테이블에 가서 주문을 받고, 이 믿기지 않는 만남에서 두 사람이 무슨 말을 하는지 들어보려 했다.

"내가 좀 일찍 왔어." 트룰스가 거의 빈 맥주잔을 향해 고개를 까딱했다.

"내가 늦었어." 울라가 핸드백을 머리 위로 올려서 벗고 코트 단추를 풀었다. "못 나올 뻔했어."

"어?" 트룰스가 급히 맥주 한 모금을 마시며 떨리는 마음을 감추었다.

"그게…… 쉽지가 않네, 이게, 트룰스." 울라가 설핏 미소 지었다. 그리고 등 뒤로 소리 없이 다가온 올센을 알아챘다.

"좀 있다가요." 울라가 말하자 올센이 떠났다.

좀 있다가? 트룰스는 생각했다. 어떻게 될지 보겠다는 건가? 마음 바뀌면 가려고? 그가 기대에 부응하지 않으면? 둘은 같이 자란 거나 다름없는데, 어떤 기대를 하는 거지?

울라가 둘러보았다. "세상에, 지난번에 여기 온 게 벌써 10년 전 동창회였네. 기억나?"

"아니. 난 참석하지 않았어."

울라가 스웨터 소매를 만지작거렸다.

"요새 네가 맡은 그 사건, 엄청 끔찍하더라. 오늘 범인을 못 잡아서 안타까워. 미카엘이 어떻게 됐는지 말해줬거든."

"응." 트룰스가 말했다. 미카엘. 그녀는 미카엘을 방패처럼 앞에 내세웠다. 그저 긴장해서일까, 아니면 자기가 뭘 원하는지 몰라서일까? "미카엘이 뭐랬는데?"

"해리 홀레가 첫 번째 살인사건이 발생하기 전 범인을 목격한 바텐더를 썼다고. 미카엘이 그것 때문에 엄청 화가 났어."

"젤러시 바의 그 바텐더?"

"그럴걸."

"그 사람을 시켜서 뭘 했는데?"

"터키식 목욕탕에 잠복시켜서 범인이 오는지 감시하게 했대. 몰랐어?"

"난…… 오늘은 다른 살인사건을 수사하는 중이라."

"그랬구나. 얼굴 보니 좋다. 오래 있지는 못할 거 같지만ㅡ."

"나 맥주 한 잔 더 시켜도 되겠지?"

그는 그녀가 망설이는 걸 보았다. 젠장.

"애들 때문이야?" 그가 물었다.

"뭐?"

"혹시 애들이 아파?"

트룰스는 잠시 어리둥절해하던 울라가 자신을 위해 내려진 구명대를 잡는 걸 보았다. 그들 둘 다에게 내려진 구명대였다.

"작은애가 좀 안 좋아." 그녀는 두툼한 스웨터 속에서 떨면서 그 속으로 숨어들려는 듯 웅크리며 주위를 둘러보았다. 다른 세 테이블에만 손님이 있고, 트룰스는 울라가 다른 손님들을 모를 거라고 생각했다. 아닌 게 아니라 가게 안을 획 둘러보고는 조금 마음이 놓인 눈치였다. "트룰스?"

"응."

"이상한 거 하나 물어도 돼?"

"물론."

"넌 원하는 게 뭐니?"

"원하다니?" 그는 한 모금 더 마시면서 시간을 벌었다. "그게 무슨 뜻이야?"

"널 위해 원하는 게 뭐냐고? 사람들은 다들 뭘 원하는 걸까?"

네 옷을 벗기고 너랑 섹스하고 네가 더 해달라고 비명을 질러주길 원하지. 트룰스는 생각했다. 그런 다음 네가 냉장고로 가서 차가운 맥주를 가져와 내 팔을 베고 누워서 날 위해 다 포기할 거라고 말해주길 원해. 애들, 미카엘, 내가 베란다를 만들어준 그 망할 대저택까지 전부. 모두 트룰스 베른트센 너랑 같이 있고 싶어서, 이제는, 이제부터는 내가 너, 너, 너 이외에 누군가에게 돌아가는 건 불가능하니까, 하고 말해주길 원해. 그런 다음 우리가 섹스를 더 하기를 원해.

"누군가가 자신을 좋아해주는 거 아닐까?"

트룰스는 침을 꿀꺽 삼켰다. "물론이지."

"좋아하는 사람들이 좋아해주는 거. 그것 말고는 의미가 없지, 안 그래?"

트룰스는 자신의 얼굴에 어떤 표정이 떠오르는 걸 알았지만 그게 무슨 의미인지는 몰랐다.

올라는 몸을 숙이고 목소리를 낮췄다. "그리고 사랑받지 못할 때, 짓밟힐 때는 그 보답으로 짓밟아주고 싶어지지, 안 그래?"

"그래." 트룰스가 고개를 끄덕였다. "그 보답으로 짓밟아주고 싶어."

"그러다 결국 상대가 날 좋아해주는 걸 알면 그런 충동이 사라지고. 그거 알아? 오늘 저녁에 미카엘이 날 좋아한다고 했어. 지나가는 말로, 대놓고는 아니지만……." 울라는 아랫입술을 물었다. 그들이 열여섯 살이었을 때부터 트룰스가 바라보던, 피가 가득한 탐스러운 입술을. "그거면 됐어, 트룰스. 이상하지 않아?"

"아주 이상해." 트룰스가 빈 잔을 보았다. 그가 무슨 생각을 하는지를 어떻게 전해야 할지 고민하면서. 때로는 좋아한다는 말에 아무 의미도 없다고. 특히 미카엘 벨만 같은 새끼가 하는 말이라면.

"애들을 더 기다리게 해선 안 될 것 같아."

트룰스는 시선을 들어 걱정하는 표정으로 시계를 흘깃하는 울라를 보았다. "그럼 안 되지."

"다음에는 더 오래 보면 좋겠다."

트룰스는 '다음'이 언제냐고 묻고 싶은 것을 겨우 참았다. 그냥 일어서서 그녀가 안아주는 것보다 더 길게 안지 않으려고 조심했다. 그녀가 나가고 문이 닫히자 털썩 주저앉았다. 분노가 쌓이는 느낌이 들었다. 묵직하고 느리고 고통스럽고 아름다운 분노가.

"한 잔 더요?" 올센이 다시 소리 없이 나타났다.

"네. 아니, 아니에요. 전화를 걸어야 하는데. 저거 아직 돼요?" 그는 유리문이 달린 전화부스를 가리켰다. 학생 파티가 있던 날 시끄럽고 북적거려서 가슴 밑으로 무슨 일이 일어나는지 아무도 보지 못할 때 미카엘이 스티네 미카엘센과 그 안에서 섹스를 했다고 우기던 곳이었다. 바에서 그들을 위해 맥주를 사려고 줄을 선 울라는 절대 보지 못할 곳이었다.

"물론."

트룰스는 전화부스에 들어가 휴대전화로 번호 하나를 찾았다.

공중전화의 반짝이는 네모 버튼을 눌렀다.

기다렸다. 몸에 달라붙는 셔츠를 입고 나온 그였다. 울라가 기억하는 모습보다 가슴근육도 커지고 이두박근도 커지고 허리는 가늘어진 몸을 보여주려고. 몸을 부풀리자 어깨가 부스 벽에 닿을 것 같았다. 오늘 그들이 그를 처넣은 사무실보다도 작았다.

미카엘. 카트리네. 안데르스. 해리. 다 지옥불에 타 죽어라.

"모나 도입니다."

"베른트센이에요. 오늘 목욕탕에서 무슨 일이 있었는지 알려주면 얼마를 내실 겁니까?"

"예고편 있어요?"

"옙. '오슬로 경찰이 무고한 바텐더의 목숨을 담보로 발렌틴을 잡으려 하다.'"

"딜을 해볼까요?"

그는 욕실 거울에 맺힌 물방울을 닦고 거울에 비친 자신을 보았다.

"넌 누구냐?" 그가 속삭였다. "넌 누구냐?"

그는 눈을 감았다. 그리고 다시 눈을 떴다.

"알렉산데르 드레위에르. 그냥 알렉스라고 불러."

등 뒤로 거실에서 광기 어린 웃음소리가 들렸다. 기계나 헬리콥터 같은 소리가 나고 이어서 "Speak to Me"와 "Breathe"* 사이의 전조轉調 부분에서 끔찍한 비명이 들렸다. 바로 그가 짜내려 한 비명이지만 그들 중 누구도 저렇게 비명을 지르지 않았다.

* 핑크플로이드의 앨범 〈The Dark Side of the Moon〉에 수록된 곡.

거울의 물방울이 거의 닦였다. 그는 이제 깨끗하다. 그리고 그 문신이 보였다. 사람들은, 주로 여자들은 그에게 왜 가슴에 악마를 새겼느냐고 물었다. 마치 그가 선택하기라도 한 것처럼. 다들 쥐뿔도 몰랐다. 그에 대해서는 아무것도.

"넌 누구냐, 알렉스? 난 스토어브랜드*의 청구 관리자야. 아니, 보험 얘기는 하고 싶지 않아, 대신 네 얘기를 하지. 넌 무슨 일을 하니, 토네? 내가 네 젖꼭지를 썰어 먹는 동안 날 위해 비명을 질러 줄래?"

그는 욕실에서 거실로 나가서 책상 위에 놓인 하얀 열쇠 옆의 사진을 보았다. 토네. 틴더에 가입한 지 2년 되었고, 프로페소르 달스가에 사는 여자였다. 원예사로 일하고 썩 매력적인 외모는 아니었다. 게다가 살집이 조금 있었다. 살이 좀 빠지면 좋았을 텐데. 마르테는 말랐다. 그는 마르테를 좋아했다. 주근깨가 잘 어울렸다. 하지만 토네는. 그는 리볼버의 붉은 자루를 손으로 쓸었다.

계획은 바뀌지 않았다. 오늘 거의 망칠 뻔했지만. 그는 '하리레트'로 들어온 그 남자를 알아보지 못했지만, 상대는 그를 알아봤다. 틀림없었다. 동공이 팽창하고 맥박이 빨라지는 게 보였고, 문 옆에 옅어진 증기 속에서 얼어붙은 듯 잠깐 서 있다가 황급히 나가는 게 보였다. 그가 서 있던 자리에서 공포의 냄새가 진동했다.

여느 때처럼 그는 인적 드문 길로 난 뒷문에서 100미터도 안 되는 인도에 차를 세워놓았다. 퇴로가 확보되지 않은 목욕탕에는 자주 가지 않았다. 청결하지 않은 목욕탕에도. 그리고 목욕탕에 들어갈 때는 꼭 목욕 가운 주머니에 차 열쇠를 넣고 들어갔다.

---

* Storebrand. 노르웨이의 금융 서비스 회사. 생명보험 및 연금저축 상품을 다룬다.

그는 토네를 물고 총으로 쏠까 고민했다. 수사에 혼선을 주기 위해. 어떤 헤드라인이 나올지 보기 위해. 하지만 그러면 규칙을 깨트리게 된다. 게다가 저쪽에서는 이미 그가 웨이트리스를 납치해서 규칙을 깬 것에 화가 나 있었다.

그는 리볼버를 배에 대고 차가운 쇳덩이의 감촉을 느낀 후 다시 내려놓았다. 경찰이 얼마나 가까이 왔지? 〈VG〉에 경찰이 모종의 법적 절차에 따라 페이스북에서 주소를 받아내기를 기대한다는 내용의 기사가 실렸다. 하지만 그는 그런 건 잘 모르고 관심도 없었다. 알렉산데르 드레위에르나 발렌틴 예르트센은 그런 데 신경 쓰지 않았다. 어머니는 영화사상 최초이자 가장 낭만적인 주인공인 발렌티노의 이름을 따서 그의 이름을 지었다. 그러니 이름에 걸맞게 살아가도록 만든 책임은 전적으로 어머니에게 있었다. 처음에는 그렇게 위험하지 않았다. 열여섯 살이 되기 전, 그러니까 운 좋은 어떤 여자가 성관계 승락 연령을 넘고 법정에서 강간이 아니라 합의된 성관계로 결론이 나면 오히려 미성년자와 성관계를 가진 혐의로 처벌받을 수 있고, 상대 여자도 그 점을 알 때는 그랬다. 하지만 그가 열여섯 살이 넘으면 신고당할 위험이 커진다. 다만, 그에게 발렌티노를 따서 이름을 지어준 그 여자를 강간하는 게 아니라면. 그런데 그게 정말 강간이었을까? 그 여자는 방에 들어가 문을 걸어 잠그기 시작했다. 하지만 그가 그녀든 이웃집 소녀든 학교 선생이든 친척 여자든 그냥 길가는 여자든 아무나 골라잡겠다고 소리치자 스스로 방문을 열었다. 심리학자들에게 이 얘기를 했지만 아무도 믿지 않았다. 음, 얼마 후에는 그의 말을 믿었지만. 모두가.

핑크플로이드가 "On the Run"으로 넘어갔다. 흥분한 드럼, 고동치는 신시사이저, 달리는, 도망치는 발소리. 경찰에게서 도망치는.

해리 홀레의 수갑에서. '찌질한 변태.'

그는 테이블에 놓인 레모네이드 잔을 들었다. 한 모금 마시고 잔을 보았다. 그리고 벽에 던졌다. 유리가 박살이 나고 하얀 벽지에 노란 액체가 흘러내렸다. 옆집에서 욕하는 소리가 들렸다.

그는 침실로 들어갔다. 그녀의 발목과 손목이 침대 기둥에 단단히 묶였는지 확인했다. 그리고 그의 침대에서 잠든 주근깨투성이 웨이트리스를 보았다. 그녀가 숨을 고르게 쉬고 있었다. 약효는 확실했다. 꿈이라도 꾸는 건가? 검푸른 남자 꿈을? 아니면 그런 꿈은 그 혼자만 꾸는 걸까? 어느 심리치료사는 그에게 이렇게 반복해서 꾸는 악몽은 반쯤 잊힌 어린 시절의 기억이고 그의 어머니 위에 올라탄 사람은 그의 아버지였을 수도 있다고 말했다. 해괴한 소리였다. 그는 아버지를 본 적이 없다. 어머니는 그 남자가 딱 한 번 자기를 강간하고 사라졌다고 했다. 동정녀 마리아와 성령 이야기와 약간 비슷하게. 그러면 그는 메시아가 된다. 안 될 거 없지? 심판을 받고 돌아갈 자.

그는 마르테의 뺨을 어루만졌다. 살아 있는 진짜 여자를 침대에 눕혀본 게 얼마 만인지. 평소의 생명 없는 일본 여자친구보다는 해리 홀레의 웨이트리스가 확실히 나았다. 그러니 그녀를 포기해야 하는 이 상황이 얼마나 애석한지 모른다. 악마의 본능을 따르지 못하고 다른 목소리, 이성의 목소리를 들어야 한다니 참으로 안타까웠다. 이성의 목소리는 단단히 화가 났다. 그 목소리의 지령은 구체적이었다. 이 도시의 북동쪽 외딴 도로가 숲속.

그는 다시 거실로 나가 의자에 앉았다. 맨살에 닿는 가죽의 부드러운 감촉이 좋았지만 뜨거운 물로 샤워한 탓에 피부가 따끔거렸다. 그는 새 전화기를 켰다. 심카드는 이미 꽂혀 있다. 틴더와

〈VG〉 앱이 나란히 있었다. 〈VG〉부터 켰다. 기다렸다. 기다리는 것도 쾌락의 일부다. 그의 이야기가 아직도 헤드라인에 올라 있나? 관심을 받으려고 별짓을 다하는 B급 연예인들이 이해가 갔다. 텔레비전에 나와서 요리사 모자를 쓰고 요리를 준비하는, 그래야 시류에서 떠내려가지 않을 거라고 철썩같이 믿는 가수.

해리 홀레가 침울한 얼굴로 그를 응시했다.

'엘리세 헤르만센의 바텐더가 경찰에 이용당하다'

그는 사진 아래의 '더 읽어보기'를 클릭했다. 스크롤을 내렸다.

'정보원에 따르면 그 바텐더는 경찰을 위해 터키식 목욕탕을 감시했는데……'

'하라레트'의 그 남자. 경찰을 위해 일한 남자. 해리 홀레를 위해.

'……그가 발렌틴 예르트센을 확실히 알아볼 수 있는 유일한 목격자였기 때문이다.'

그가 일어서자 가죽이 쩍 소리를 내며 살에서 떨어졌다. 그는 침실로 돌아갔다.

그는 거울을 보았다. 넌 누구냐? 넌 누구냐? 네가 유일한 사람이다. 지금 내가 보는 얼굴을 본 적이 있고 아는 유일한 사람은 너밖에 없다.

그 남자의 이름도 사진도 없었다. 그는 그날 저녁에 젤러시 바에서 그 바텐더를 보지 않았다. 눈을 마주치면 사람들 기억에 남으므로. 하지만 이번에는 눈을 마주쳤다. 그리고 그는 기억했다. 그는 손가락으로 악마의 얼굴을 쓸었다. 벗어나고 싶어하고 벗어나야 하는 얼굴.

거실에서 "On the Run"이 끝나가면서 비행기의 굉음과 광기 어린 웃음소리가 나다가 비행기가 추락하면서 요란하게 폭발하는 소리가 길게 이어졌다.

발렌틴 예르트센은 눈을 감았고, 그의 마음속 눈에 불길이 떠올랐다.

"아내를 코마에서 깨우면 어떤 위험이 있습니까?" 해리가 스테펜스 박사의 머리 위에 걸린 십자가상을 보면서 물었다.

"그 질문엔 여러 가지 대답이 있습니다." 스테펜스가 말했다. "진실인 대답 하나와."

"그게 뭔가요?"

"우리도 모른다는 것."

"아내에게 무슨 문제가 생긴 건지 모르는 것처럼?"

"네."

"그럼 아는 게 뭡니까?"

"일반적인 의미로 물으시는 거라면 꽤 많이 압니다. 하지만 우리가 얼마나 **모르는지** 알면 다들 무서워질 겁니다, 해리. 무서워질 필요는 없잖아요. 그러니 입 닫고 있으려는 겁니다."

"그래요?"

"사람들은 우리가 고치는 일을 하는 줄 알지만, 사실 우리가 하는 건 위로입니다."

"왜 저한테 이런 얘기를 하시는 거죠, 스테펜스? 왜 절 위로해주지 않는 겁니까?"

"위로가 착각이란 걸 아시잖아요. 살인사건 수사관으로서, 본인이 생각하는 것보다 더 사람들을 속이고 있잖아요. 우리를 안심시키는 정의, 그리고 질서와 안보가 유지된다는 인식을 심어주죠. 하지만 완벽하고 객관적인 진실도, 진정한 정의도 없어요."

"아내가 고통을 느낄까요?"

"아뇨."

해리를 고개를 끄덕였다. "여기서 담배를 피워도 될까요?"

"공공병원 진료실에서요?"

"안심이 되는군요. 흡연이 사람들 말처럼 정말로 위험하다면요."

스테펜스가 미소 지었다. "간호사 말이, 청소부가 301호실 침대 밑 바닥에서 담뱃재를 발견했다더군요. 밖에서 피우셨다면 좋았을 텐데요. 참, 아드님은 어떤가요?"

해리가 어깨를 으쓱했다. "슬퍼해요. 두려워하고. 화도 난 것 같고."

"아까 봤습니다. 이름이 올레그였죠? 아드님이 301호실에 남아 있는 건 여기 오는 게 싫어서인가요?"

"저랑 같이 있는 게 싫어서죠. 저하고 말하는 게 싫거나. 아내가 병원에 누워 있는데 저는 살인사건에 매달려서 제 엄마를 실망시킨다고 생각하거든요."

스테펜스가 고개를 끄덕였다. "젊은 친구들은 늘 그렇게 부러울 만큼 자신의 도덕적 판단을 확신하죠. 물론 그 친구 말에도 일리는 있습니다. 경찰력을 키우는 것만이 범죄와 싸우는 가장 효과적인 방법은 아니니까요."

"무슨 뜻인가요?"

"1990년대 미국에서 범죄율이 떨어진 이유를 아십니까?"

해리는 고개를 저으며 의자 팔걸이를 잡고 문을 보았다.

"지금 머릿속에 온갖 생각이 떠오를 테니 잠깐 쉬신다고 생각하세요. 한번 짐작해보세요." 스테펜스가 말했다.

"제가 짐작은 잘 못하지만, 루돌프 줄리아니 뉴욕 시장의 무관용

정책과 시내 곳곳에 경찰을 많이 배치한 방법이 통했다는 게 중론
이죠."

"틀렸어요. 범죄율은 뉴욕에서만 떨어진 게 아니라 미국 전역에
서 떨어졌거든요. 사실은 1970년대에 도입된, 보다 진보적인 낙태
법이 정답입니다." 스테펜스는 의자에 등을 기대고 잠시 말을 끊었
다. 해리에게 생각할 시간을 주려는 듯이. "방종한 독신 여자들이
이튿날 아침이면 떠날 남자, 적어도 여자가 임신한 걸 알면 당장
떠날 남자들과 섹스를 합니다. 이런 임신은 수 세기 동안 범죄자
를 양산하는 컨베이어벨트나 마찬가지였어요. 아버지도 없고 한계
도 모르는 아이들, 교육이나 도덕적 잣대를 제공하거나 주님의 길
을 가르쳐줄 어머니도 없는 아이들. 처벌받지만 않는다면 배아를
기꺼이 지워 없앴을 여자들이죠. 그러다 1970년대에 이르러 그들
이 그토록 원하던 그것이 주어진 겁니다. 그리고 15년, 20년이 흐
르자 미국은 자유로운 낙태라는 홀로코스트의 열매를 수확했습니
다."

"모르몬교도들은 뭐라고 하는데요? 박사님도 모르몬교도가 맞
죠?"

스테펜스는 미소를 지으며 손가락으로 뾰족탑 모양을 만들었다.
"저는 교회에서 하는 말을 거의 다 지지합니다. 하지만 낙태에 반
대하는 것에는 동의하지 않습니다. 그 점에 관해서는 이교도들을
지지하죠. 1990년대에는 미국의 평범한 사람들이 도시의 거리에
서 강도를 만나거나 강간당하거나 살해당할까 두려워하지 않고 걸
어 다닐 수 있게 됐습니다. 그들을 살해했을 자들이 이미 어머니의
자궁에서 긁혀 나왔으니까요. 하지만 제가 진보적인 이교도들을
지지하지 못하는 부분이 있습니다. 이른바 자유 낙태에 대한 요구

예요. 태아가 '선'이 되거나 '악'이 될 가능성은 20년 뒤 사회를 이롭게도 하고 해롭게도 합니다. 그러므로 낙태에 대한 결정은 사회가 내려야 해요. 하룻밤 상대를 찾아 거리를 배회하는 무책임한 여자들이 아니라."

해리는 시계를 보았다. "국가가 낙태를 통제해야 한다는 뜻인가요?"

"유쾌한 일은 아니죠. 그러니 그 일을 하는 사람은 자연히 그 일을…… 음, 소명으로 여길 겁니다."

"지금 농담하시는 거죠?"

스테펜스는 잠시 해리의 눈을 마주 보았다. 그리고 다시 미소 지었다. "물론이죠. 저는 개인의 불가침권을 굳게 믿습니다."

해리는 일어섰다. "그럼, 아내를 언제 깨울지 알려주세요. 아내가 다시 깨어날 때 친숙한 얼굴이 보이면 좋지 않을까요?"

"그것도 고려하겠습니다. 올레그한테 궁금한 게 있으면 들르라고 전해주세요."

해리는 병원 정문으로 향했다. 밖으로 나가 추위에 떨면서 담배를 두 모금 빨고는 아무 맛도 나지 않아서 그냥 비벼 끄고 급히 안으로 들어왔다.

"어때요, 안톤센?" 301호실 앞에 앉아 있는 경관에게 물었다.

"좋아요, 감사합니다." 안톤센이 해리를 보았다. "〈VG〉에 수사관님 사진이 실렸던데요."

"그래요?"

"보실래요?" 안톤센이 스마트폰을 꺼냈다.

"사진이 잘 나오지 않았으면 안 볼래요."

안톤센은 낄낄거렸다. "그럼 보고 싶지 않으실 거예요. 솔직히 말하면 강력반이 패배하기 시작한 것처럼 보이거든요. 90세 노인에게 총을 겨누고, 바텐더를 첩자로 쓰고."

해리는 문손잡이를 잡다가 갑자기 굳어졌다. "마지막에 뭐라고 했습니까?"

안톤센은 스마트폰을 앞으로 내밀어 실눈을 뜨고 읽었다. '바텐—'까지 읽었는데 해리가 스마트폰을 낚아챘다.

해리는 화면을 보았다. "젠장, 젠장. 차 있어요, 안톤센?"

"아뇨, 자전거를 타고 다녀서요. 오슬로는 그리 넓지 않고 운동도 해야 해서—."

해리는 전화기를 안톤센의 허벅지 위로 던지고 301호실 문을 열어젖혔다. 올레그가 고개를 들고 해리인 걸 확인하고는 다시 책으로 시선을 내렸다.

"올레그, 차 있지? 그뤼네르뢰카까지 운전해. 당장!"

올레그가 고개를 들지도 않고 코웃음을 쳤다. "허, 역시나."

"이건 부탁이 아니라 명령이야. 어서."

"명령?" 올레그의 얼굴이 일그러졌다. "당신은 내 아빠도 아니잖아. 됐어요."

"네 말이 맞았어. 지위가 우선이야. 난 수사관이고 넌 경찰 훈련생이야. 그러니 얼른 눈물 닦고 당장 일어서."

올레그는 그를 빤히 보았다. 말문이 막힌 채.

해리는 뒤돌아서 복도를 내달렸다.

메메트 칼라크는 콜드플레이와 U2를 버리고 단골손님에게 이언 헌터를 시험했다.

"All the Young Dudes"가 스피커에서 쩌렁쩌렁 울렸다.

"어때요?" 메메트가 말했다.

"나쁘진 않지만 데이비드 보위가 나왔어요." 단골손님이 말했다. 아니, 정확히 말하면 외위스테인 아이켈란이 말했다. 그는 임무를 마친 후 카운터 반대편에 자리 잡았다. 바에 둘만 남자 메메트가 볼륨을 키웠다.

"헌터는 아무리 크게 틀어도 똑같아요!" 외위스테인이 큰 소리로 말하며 다이키리를 들었다. 다섯 번째 잔이었다. 그는 자신이 직접 만든 칵테일이므로 바텐더 수련을 위한 샘플 음료로 쳐야 하고, 투자이자 세금 감면을 받아야 한다고 우겼다. 더욱이 그는 직원 할인을 받을 수 있지만 정가로 값을 치러서 세금을 환급받을 생각이므로 사실상 술을 마실수록 이익이라고도 했다.

"이제 그만 마실 수 있으면 좋겠지만 집세 낼 돈을 벌려면 한 잔 더 만들어야겠어요." 그가 코를 훌쩍이며 말했다.

"당신은 바텐더보다는 손님이 더 잘 어울려요." 메메트가 말했다. "바텐더로서 형편없다는 게 아니라 내가 만나본 최고의 손님이라—"

"고마워요, 메메트, 전—"

"—이제 집에 가시죠."

"그럴까요?"

"그래요." 그냥 하는 말이 아니라는 걸 보여주기 위해 메메트는 음악을 꺼버렸다.

외위스테인은 정말로 하고 싶은 말이 있는 양 입을 벌렸다. 입만 열면 말이 저절로 나올 줄 알았지만 그러지 않았다. 다시 입을 열다가 입을 닫고 그냥 고개를 끄덕였다. 택시기사 재킷을 입고 바스툴에서 내려가 휘청거리며 문으로 향했다.

"팁 없어요?" 메메트가 빙긋 웃었다.

"팁은 세금 감…… 감면이 안 되니…… 안 좋아요."

메메트는 외위스테인의 잔을 들어 세제를 뿌리고 수돗물로 헹궜다. 오늘 저녁은 식기세척기를 돌릴 만큼 손님이 들지 않았다. 카운터 안쪽에서 전화기가 켜졌다. 해리였다. 전화를 받으려고 손을 닦다가 문득 이상하다는 생각이 스쳤다. 외위스테인이 문을 열고 나간 후 다시 닫히기까지의 시간이 평소보다 약간 길었다. 누가 몇 초간 문을 붙잡은 것이다. 그는 눈을 들었다.

"조용한 밤인가?" 카운터 앞에 선 남자가 물었다.

메메트는 대답하기 위해 숨을 쉬려 했다. 하지만 숨이 쉬어지지 않았다.

"조용하면 좋지." 발렌틴 예르트센이 말했다. 한증탕의 남자.

메메트는 말없이 전화기로 손을 뻗었다.

"부탁이야, 그거 받지 마. 대신 나도 당신 부탁을 하나 들어주지."

커다란 리볼버가 그를 겨누고 있지 않았다면 메메트는 그 제안을 받아들이지 않았을 것이다.

"고마워, 아니면 후회밖에 없었을 거야." 남자가 바 안을 둘러보았다. "손님이 이렇게 없어서 안됐어. 당신한테 말이야. 나야 좋지만. 덕분에 당신 관심을 독차지했으니. 관심이야 어차피 내가 독차지했을 테지만. 당신 성격으로는 내가 원하는 것에 관심을 보였을 테니까. 내가 술을 마시러 왔든, 당신을 죽이러 왔든. 내 말 맞지?"

메메트는 천천히 고개를 끄덕였다.

"그래, 당연히 걱정할 만해. 날 아는 인간 중에 유일하게 목숨을 부지한 사람이 당신이니까. 그건 사실이잖아? 성형외과 의사조

차…… 아니다, 그 얘긴 그만하지. 여하튼 나도 당신 부탁 하나 들어줄게. 그 전화를 받지 않았고, 날 경찰에 넘기려던 것도 사회적 책임감을 가진 사람의 행동일 뿐이니까. 안 그래?"

메메트는 다시 고개를 끄덕였다. 그리고 절로 올라오는 생각을 떨쳐내려 했다. 자신이 죽을 거라는 생각. 머릿속으로 절박하게 다른 가능성을 찾으려 했지만 계속 같은 생각으로 되돌아왔다. 자신이 죽을 거라는 생각. 그런데 그 생각에 답이라도 하듯 문 옆 창에서 노크 소리가 들렸다. 메메트는 발렌틴을 지나쳐 그쪽을 보았다. 한 쌍의 손과 낯익은 얼굴이 유리창에 대고 안을 들여다보려 했다. 들어와, 제발, 들어와.

"가만히 있어." 발렌틴은 돌아보지 않고 침착하게 말했다. 리볼버가 그의 몸에 가려져 있어서 창문 너머의 사람에게는 보이지 않았다.

대체 왜 그냥 들어오지 않는 거야?

이 질문의 대답이 잠시 뒤 나왔다. 문을 요란하게 두드리는 소리로.

발렌틴이 들어오면서 문을 잠근 것이다.

얼굴이 다시 창문을 들여다보았고, 그가 메메트의 관심을 끌려고 손을 흔드는 것으로 보아 분명 안에 있는 두 사람을 본 것이다.

"그냥 끝났다는 신호만 보내." 발렌틴이 말했다. 그의 목소리에는 스트레스의 흔적이 없었다.

메메트는 두 손을 옆으로 내리고 가만히 서 있었다.

"당장, 안 그러면 죽인다."

"어차피 죽일 거잖아요."

"그야 100퍼센트 확신할 수 없지. 하지만 내 말대로 하지 않으면 반드시 죽일 거야. 밖에 있는 저자도. 날 봐. 정말이야."

메메트는 발렌틴을 보았다. 침을 삼켰다. 한쪽으로, 불빛 쪽으로 살짝 기울여서 창밖의 남자가 그를 더 똑똑히 볼 수 있게 하고는 고개를 저었다.

창밖의 얼굴이 2초간 그대로 있었다. 손을 한 번 흔들었지만 잘 보이지는 않았다. 게이르 쇨레는 떠났다.

발렌틴은 거울 속으로 지켜보았다.

"그래, 우리 어디까지 했더라? 아 맞다, 좋은 소식과 나쁜 소식. 나쁜 소식은, 내가 여기 당신을 죽이러 온 건 너무나도 명백해서…… 그래, 맞아. 그러니까 이제 100퍼센트 확실해졌어. 난 당신을 죽일 거야." 발렌틴은 슬픈 얼굴로 메메트를 보았다. 그러고는 웃음을 터트렸다. "오늘 내가 본 얼굴 중 제일 침통한 얼굴이군! 물론 이해는 가지만, 잊지 마. 좋은 소식도 있어. 어떻게 죽을지를 직접 고를 수 있다는 거야. 자, 선택지를 줄 테니 잘 들어. 내 말 듣고 있나? 좋아. 머리에 총을 맞고 싶나, 아니면 목에 이 관을 꽂아주기를 원하나?" 발렌틴이 커다란 금속 빨대처럼 생긴 것을 들었다. 한쪽 끝이 비스듬히 잘려서 뾰족했다.

메메트는 그냥 발렌틴을 보았다. 이 모든 것이 너무나도 해괴해서 꿈을 꾸는 건가 싶기도 했다. 아니면 이 모든 게 앞에 있는 이 남자가 꾸는 꿈인가? 그러다 발렌틴이 빨대 모양의 관을 그에게 찌르려 하자 메메트는 저절로 한발 물러나 싱크대에 부딪혔다.

발렌틴이 쏘아붙였다. "관은 아니야? 그럼?"

메메트는 조심스럽게 고개를 끄덕이면서 거울 선반의 불빛에 번쩍이는 뾰족한 금속의 끝을 보았다. 주삿바늘. 그가 평생 제일 무서워하는 물건이었다. 살갗을 뚫고 몸에 뭔가를 삽입하는 것. 어릴 때

예방접종을 받을 때는 집에서 도망쳐서 산속으로 숨기까지 했다.

"계약은 계약이지, 그럼 관은 아니고." 발렌틴이 빨대를 카운터에 내려놓고 골동품 같은 검은 수갑을 주머니에서 꺼냈다. 그러는 동안 리볼버의 총구는 메메트에게서 1인치도 움직이지 않았다. "이걸 거울 선반의 쇠봉 뒤로 넘겨서 손목에 채우고 머리를 싱크대에 숙여."

"난……."

메메트는 뭔가가 날아오는 걸 보지 못했다. 그저 머리에 부딪히는 소리가 나고 순간 앞이 캄캄해지고 다시 앞이 보일 때는 다른 방향을 보고 있었다. 리볼버로 맞았고 이제 총구가 그의 관자놀이를 누르고 있었다.

"관이야." 발렌틴이 그의 귀에 바짝 대로 속삭였다. "당신의 선택은?"

메메트는 유난히 묵직한 수갑을 집어서 한쪽을 쇠봉 뒤로 넘겼다. 그리고 자신의 손목에 채웠다. 뜨끈한 뭔가가 코와 윗입술로 흘러내렸다. 피의 달큼한 쇠맛.

"맛있어?" 발렌틴이 고음의 목소리로 물었다.

메메트가 고개를 들자 거울 속에서 그와 눈이 마주쳤다.

"난 그걸 못 참겠어." 발렌틴이 미소를 지었다. "쇠와 폭력의 맛이 나. 그래, 쇠와 폭력. 자기 피는 괜찮아, 그런데 남의 피는? 그 사람이 뭘 먹고 살았는지 맛볼 수 있지. 먹는 얘기가 나와서 말인데 사형수의 마지막 소망 있잖아? 그렇다고 내가 지금 마지막 만찬을 차려주겠다는 건 아니고, 그냥 궁금해서."

메메트는 눈을 깜박였다. 마지막 소망? 이 말이 머릿속에 들어왔고, 꿈결처럼 대답을 떠올리지 않을 수 없었다. 언젠가는 젤러시 바를 오슬로 최고의 근사한 바로 만들기를 소망했다. 갈라타사라이가 축구 리그에서 우승하기를 소망했다. 폴 로저스의 "Ready for Love"가 그의 장례식에서 연주되기를 소망했다. 그리고 또 뭐가 있더라? 머리를 짜내도 더는 떠오르지 않았다. 마음속에 비통한 웃음이 올라오는 느낌이 들었다.

해리는 젤러시 바로 다가가면서 누군가가 급히 떠나는 걸 보았다. 커다란 창문의 불빛이 인도로 떨어졌지만 음악 소리가 들리지 않았다. 그는 창문 끝으로 가서 안을 들여다보았다. 카운터 앞에 누군가의 등이 보였지만 메메트인지는 알 수 없었다. 그 형체 말고는 아무도 없는 것 같았다. 문으로 가서 손잡이를 살짝 밀었다. 잠겨 있었다. 이 바는 자정까지 열려 있어야 한다.

해리는 조각난 플라스틱 심장이 달린 열쇠고리를 꺼냈다. 천천히 열쇠를 꽂았다. 오른손으로 글록 17을 꺼내고 왼손으로는 열쇠를 돌려 문을 열었다. 그는 두 손으로 총을 앞에 들고 안으로 들어가면서 문에 발을 대서 조용히 닫게 했다. 하지만 그뤼네르뢰카의 저녁의 소리가 따라 들어왔고, 카운터 앞의 형체가 몸을 펴고 거울을 보았다.

"경찰이다." 해리가 말했다. "꼼짝 마."

"해리 홀레." 그 형체는 야구모자를 쓰고 있었고, 거울의 각도로 얼굴이 보이지 않았지만 볼 필요도 없었다. 그 고음의 목소리를 들은 지 3년 이상 지났지만 어제 일처럼 생생했다.

"발렌틴 예르트센." 해리는 이렇게 말하면서 자신의 목소리가 떨리는 걸 들었다.

"드디어 다시 만났군, 해리. 당신 생각을 했어. 당신도 내 생각을 한 적 있나?"

"메메트는?"

"흥분했군, 내 생각을 한 게 분명해." 새된 웃음소리. "왜지? 내가 이룬 성과 때문인가? 아니, 당신네가 부르는 식으로라면 희생자들 이지. 아니, 잠깐. 물론 네 성과 때문이겠지. 난 네가 잡지 못한 자이고, 아냐?"

"난 너 같은 인간이 아니야, 발렌틴." 해리는 총을 고쳐 쥐고 겨냥하면서 자기가 왜 더 다가가지 못하는지 생각했다.

"아니라고? 너도 네 주변 사람들을 생각하느라 정신이 흐트러지지 않잖아? 너도 상에서 눈을 떼지 않아, 해리. 지금 너 자신을 봐. 네가 원하는 건 트로피밖에 없어. 그 어떤 대가를 치르고서라도. 다른 사람들의 목숨이든, 너 자신의…… 까놓고 말해서 이런 건 다 부수적인 거 아닌가? 너랑 나, 우리 같이 앉아서 서로를 더 알아봐야 해, 해리. 우리 같은 인간이 많지는 않으니까."

"닥쳐, 발렌틴. 그 자리에 서서 내 쪽으로 보이게 손을 들고 메메트가 어디에 있는지나 말해."

"메메트가 네 첩자 이름이라면 내가 움직여야 너한테 보여줄 수 있는데. 그러면 우리가 처한 상황이 훨씬 선명해질 거고."

발렌틴 예르트센은 옆으로 한발 비켜섰다. 메메트가 반은 서 있고 반은 팔에 매달려 있었다. 팔은 카운터 안쪽 거울 위에 가로로 붙은 쇠봉에 매달려 있었다. 머리를 싱크대로 숙이고 있어서 짙은 색의 긴 곱슬머리가 얼굴을 가렸다. 발렌틴은 총신이 긴 리볼버로 그의 뒤통수를 겨누고 있었다.

"그 자리에 가만히 있어, 해리. 보다시피 여기 재미난 공포의 균형이 이루어졌으니까. 네가 서 있는 곳에서 여기까지, 8미터에서

10미터쯤 되려나? 첫발에 내가 움직이지 못할 정도가 되어 메메트를 죽일 시간마저 없앨 가능성은 아주 희박해. 안 그런가? 하지만 내가 메메트를 먼저 쏘면 내가 너한테 총을 겨누기 전에 네가 날 쏠 가능성은 적어도 두 배가 돼. 나로선 불리한 확률이야. 한마디로 모두가 지는 게임이란 거야. 그러니 결국엔 이거야. 네 첩자를 희생시켜서 날 잡을 준비가 됐나? 아니면 이자를 구하고 난 나중에 잡을 텐가? 어떤가?"

해리는 총의 가늠쇠 너머로 발렌틴을 보았다. 그 말이 맞았다. 실내가 어둡고 거리가 멀어서 발렌틴의 머리를 명중할 수 있을지 자신이 없었다.

"말이 없는 걸 보니 내 말에 동의하나 보군, 해리. 게다가 멀리서 경찰 사이렌이 들리는 것 같으니 우리에겐 시간이 얼마 없다는 뜻이겠지."

해리는 경찰에 사이렌을 울리지 말라고 할까도 생각했지만 그러면 출동하는 데 더 오래 걸렸을 것이다.

"총 내려놔, 해리. 난 여기서 나갈게."

해리는 고개를 저었다. "네가 여기 온 건 저 사람이 네 얼굴을 봐서야. 그러니 넌 저 사람과 나를 쏠 거야. 이젠 나도 네 얼굴을 봤으니까."

"그럼 5초 안에 의견을 내든가. 안 그러면 난 저 친구를 쏘고 나서 내가 널 맞히기 전에 네 총알이 빗나갈 확률에 도박을 걸어볼 테니."

"공포의 균형을 유지하지." 해리가 말했다. "단, 둘 다 무기를 내려놓고."

"시간을 끌려는 모양인데 카운트다운은 시작됐어. 4, 3······."

"우리 둘 다 동시에 총을 돌려서 총신을 오른손으로 잡아서 방 아쇠와 자루가 보이게 하는 거야."

"2……."

"네가 저쪽 벽을 따라 문 쪽으로 이동하면 나는 반대편의 부스석 을 지나서 이동할 거야."

"1……."

"우리 사이의 거리는 지금과 똑같이 유지하고, 누구도 상대를 쏘 고 나서 반응할 시간이 없을 거야."

바 안에 정적이 감돌았다. 사이렌이 점점 가까워졌다. 그리고 그 가 시킨 대로(아니, 명령한 대로) 올레그가 해줬다면 두 블록 떨어진 차에 꼼짝하지 않고 앉아 있을 것이다.

갑자기 빛이 사라졌다. 발렌틴이 카운터 안쪽에 있는 조광기를 돌린 것이다. 발렌틴이 처음으로 해리를 향해 돌아섰을 때는 어두 워서 야구모자 아래 그의 얼굴이 보이지 않았다.

"셋을 세면 총을 돌린다." 발렌틴이 손을 들었다. "하나, 둘…… 셋."

해리는 왼손으로 손잡이를 잡고 오른손으로 총신을 잡았다. 허 공을 향해 총을 들었다. 발렌틴도 똑같이 했다. 제헌절 어린이 행 진에서 깃발을 든 것처럼. 루거 레드호크의 독특한 붉은 손잡이가 기다란 총열에서 튀어나와 있었다.

"거봐." 발렌틴이 말했다. "서로를 진실로 이해하는 두 남자 말 고 대체 누가 이런 걸 할 수 있겠어? 난 당신이 좋아, 해리. 진심으 로 좋아해. 그러니 이제 슬슬 움직여볼까……."

발렌틴이 벽을 따라 이동하는 사이 해리는 부스석 쪽으로 이동 했다. 몹시 조용해서 발렌틴의 부츠에서 나는 삐그덕 소리만 들렸다. 두 사람은 각자 반원을 그리며 돌면서 첫 충돌로 적어도 한쪽은 죽을 걸 아는 두 검투사처럼 서로를 응시했다. 해리는 낮게 웡웡대는 냉장고 소리와 싱크대에 물이 뚝뚝 떨어지는 소리와 스테레오 앰프에서 벌레 소리처럼 지직거리는 소리를 듣고 카운터에 다다른 걸 알았다. 그는 어둠 속에서 여기저기 더듬으면서 창문으로 새어드는 불빛을 받은 형체에서 눈을 떼지 않았다. 카운터 안쪽으로 이동하면서 문이 열리고 들어오는 거리의 소리, 뛰어가다가 사라지는 발소리를 들었다.

해리는 주머니에서 전화기를 꺼내서 귀에 댔다.

"들었니?"

"다 들었어요." 올레그가 대답했다. "순찰차에 알릴게요. 인상착의는요?"

"짧은 검정 재킷, 어두운색 바지, 로고 없는 야구모자. 그건 벌써 벗었을 거야. 얼굴은 못 봤어. 왼쪽으로, 토르발 메위에르스 거리로 뛰어갔으니까, 그럼—"

"—사람과 차가 많은 곳으로 이동하네요. 그렇게 전할게요."

해리는 전화기를 주머니에 넣고 메메트의 어깨에 손을 댔다. 반응이 없었다.

"메메트……."

이제 냉장고와 앰프 소리가 들리지 않았다. 일정하게 뚝뚝 떨어지는 소리만 남았다. 그는 조광기를 돌려 실내를 밝혔다. 메메트의 머리카락을 잡고 싱크대에서 조심스럽게 머리를 들었다. 메메트의 얼굴이 창백했다. 너무나 창백했다.

목에 뭔가가 튀어나와 있었다.

금속 빨대 같았다.

그 끝에서 붉은 방울이 떨어지며 싱크대로 떨어졌고, 싱크대는
피로 막혀 있었다.

25

화요일 밤

카트리네 브라트는 차에서 급히 뛰어내려 젤러시 바 앞 경찰 저지선으로 갔다. 경찰차에 기대 서서 담배를 피우는 남자를 발견했다. 빙빙 돌아가는 푸른 경광등이 그 남자의 못생기게 잘생긴 얼굴을 깜빡깜빡 비추어 어둠 속으로 뿌렸다. 카트리네는 몸을 오돌오돌 떨면서 그에게 다가갔다.

"춥네요." 카트리네가 말했다.

"겨울이 오고 있어." 해리가 담배 연기를 위로 내뿜자 연기가 푸른 경광등 불빛에 잡혔다.

"에밀리아가 오고 있어요."

"잊고 있었네."

"허리케인이 내일 오슬로를 강타해요."

"음."

카트리네는 그를 보았다. 이제껏 해리의 온갖 모습을 다 본 줄 알았다. 그런데 이번 얼굴은 아니었다. 이렇게 공허하고 구겨지고 체념한 얼굴은 본 적이 없었다. 그의 뺨을 어루만져주고 그를 안아주고 싶었다. 하지만 그럴 수 없었다. 그러지 못하는 데에는 많은 이유가 있었다.

"저 안에서 무슨 일이 있었어요?"

"발렌틴이 루거 레드호크를 들고 있었고, 사람 목숨을 걸고 나한 테 협상을 제안했어. 그런데 내가 들어갔을 때 이미 메메트는 죽어 있었고. 경동맥에 금속관이 꽂혀 있었어. 죽은 물고기처럼 그에게 서 피가 다 빠져나갔어. 단지 그가…… 내가…….." 해리는 눈을 빠르게 깜박거리며 말을 끊고는 혀에서 담뱃가루를 집는 척했다.

카트리네는 뭐라고 말해야 할지 몰랐다. 그래서 아무 말도 하지 않았다. 대신 길 건너에 서 있는 줄무늬가 그려진 낯익은 검정 볼 보 아마존을 보았다. 그 차에서 비에른이 내렸고, 아무개 리엔이 보조석에서 내리는 것을 보자 심장이 쿵 내려앉는 느낌이 들었다. 비에른의 상사가 여기, 현장에서 뭐 하는 거지? 비에른이 살인사건 현장들을 로맨틱하게 안내해주겠다고 데리고 온 건가? 젠장. 비에른이 그들을 발견했고, 카트리네는 그 두 사람이 가던 길을 수정해서 자기네 쪽으로 오는 걸 보았다.

"전 들어갈게요, 나중에 더 얘기해요." 카트리네는 이렇게 말하고 저지선 밑으로 들어가서 깨진 플라스틱 심장 모양의 간판 아래 문으로 급히 다가갔다.

"여기 계셨네요." 비에른이 말했다. "계속 연락했어요."

"난……." 해리가 담배를 길게 빨았다. "……좀 바빴어."

"이쪽은 베르나 리엔, 과학수사과의 새 팀장님이에요. 베르나, 이 쪽은 해리 홀레."

"말씀 많이 들었습니다." 여자가 빙긋 웃었다.

"전 들은 게 없군요." 해리가 말했다. "잘하는 거 있습니까?"

베르나가 비에른을 보았다. 잘 모르겠다는 표정으로. "잘하는 거라면?"

"발렌틴 예르트센은 잘하네요." 해리가 말했다. "전 그만큼 잘하지 못하니, 여기 있는 다른 사람들이라도 더 잘하기를 바라는 겁니다. 안 그러면 이 피의 숙청이 끝나지 않을 테니까요."

"가져온 게 있어요." 비에른이 말했다.

"어?"

"그것 때문에 계속 연락한 거예요. 발렌틴의 재킷요. 그걸 잘라보니 안감 속에 몇 가지가 들어 있었어요. 10외레짜리 동전 하나랑 종잇조각 두 개. 재킷을 세탁해서 겉면의 잉크는 다 지워졌지만 그중 하나를 펼쳐보니 안쪽에 내용이 남아 있었어요. 많이 남은 건 아니지만 오슬로의 현금인출기 영수증인 건 알아볼 수 있었어요. 그가 카드를 안 쓰고 늘 현금만 낸다는 가설과 맞아떨어져요. 아쉽게도 카드번호나 등록 번호나 인출 시각은 보이지 않지만 날짜는 일부 보여요."

"얼마나?"

"올해 8월인 것까지는 나오고, 날짜의 마지막 숫자가 보이는데 그건 분명 1이에요."

"그럼 1, 11, 21, 31일이군."

"가능한 날이 나흘이고…… DNB 현금인출기를 관리하는 노카스 직원한테 연락했는데요. 그 직원 말이, 보안카메라 이미지는 3개월까지 보관할 수 있으니까 인출하는 장면이 남아 있을 거래요. 오슬로 중앙역에 있는 인출기 중 한 대인데, 거긴 노르웨이에서 가장 붐비는 지점 중 하나죠. 공식적인 이유는 근처에 온갖 쇼핑센터가 모여 있어서고요."

"비공식적인 이유는?"

"요새는 다 카드를 받잖아요. 예외는?"

"음. 역 주변과 강변의 마약상."

"가장 분주한 인출기에서 하루에 200번 이상 거래가 발생해요." 비에른이 말했다.

"나흘이니까 1천 건에 조금 못 미쳐요." 베르나 리엔이 열심히 설명했다. 해리는 아직 꺼지지 않은 담배를 밟았다.

"내일 당장 보안카메라 영상을 받아서 빨리감기와 멈추기 같은 효율적인 기능을 이용하면 분당 적어도 두 명의 얼굴을 확인할 수 있어요. 그러니까 일고여덟 시간, 그보다 덜 걸릴 수도 있어요. 일단 발렌틴을 확인하면 녹화된 시각과 현금인출기의 인출 시각을 대조하면 됩니다."

"그리고 짠, 발렌틴 예르트센의 정체가 확인됐네요." 베르나 리엔이 부서를 대표해서 자랑스러운 듯 들뜬 목소리로 말했다. "어떻게 생각해요, 홀레 씨?"

"제 생각엔, 리엔 씨, 발렌틴을 확인해줄 수도 있는 남자가 지금 저 안에서 싱크대에 머리를 박고 엎드린 채 맥도 잡히지 않으니 참 안타까운 일입니다." 해리가 재킷의 단추를 채웠다. "그래도 와줘서 고마워요."

베르나 리엔은 화가 난 얼굴로 해리에게서 비에른에게로 시선을 옮겼다. 비에른은 못마땅한 듯 헛기침을 하고 말했다. "발렌틴을 직접 보신 것 같던데요."

해리는 고개를 저었다. "새 얼굴은 못 봤어."

비에른은 해리에게서 눈을 떼지 않은 채 천천히 고개를 끄덕였다. "그렇군요. 안타깝네요. 정말 안타까워요."

"음." 해리는 신발 앞에 짓이겨진 꽁초를 보았다.

"좋아요. 안에 가서 둘러볼게요."

"잘해봐."

그들이 안으로 들어갔다. 사진기자들이 이미 저지선 앞에 모여 있었고, 기자들도 속속 도착했다. 그들이 뭔가를 알아서인지, 아무것도 몰라서인지, 그냥 엄두가 나지 않아서인지 몰라도, 누구도 해리를 건드리지 않았다.

여덟 시간.

내일 아침부터 여덟 시간.

또 하루가 지나는 사이 발렌틴이 또 누군가를 죽일 수도 있었다. 빌어먹을.

"비에른!" 그가 문손잡이를 잡은 순간 해리가 불렀다.

"해리." 스톨레 에우네가 현관 앞에 나와 있었다. "비에른."

"이렇게 늦은 시간에 찾아와서 죄송해요." 해리가 말했다. "들어가도 될까요?"

"물론." 스톨레는 문을 열어주었고, 해리와 비에른은 집 안으로 들어갔다. 자그마하고 남편보다 말랐지만 남편처럼 머리가 센 여자가 빠르고 날렵한 걸음으로 뛰어나왔다. "해리!" 그녀가 경쾌하게 불렀다. "당신인 줄 알았어요. 진짜 오랜만이네요. 라켈은 어때요? 치료에 진전이 있어요?"

해리는 고개를 저으며 잉그리드에게 볼을 내주었다. "커피, 아니 너무 늦었나요? 녹차 어때요?"

비에른과 해리는 동시에 각각 '좋다'와 '괜찮다'라고 답했고, 잉그리드는 주방으로 갔다.

세 사람은 거실로 가서 낮은 안락의자에 앉았다. 거실 벽에 책꽂

433

이가 둘러 있고, 여행서와 오래된 지도책부터 시집, 그래픽 노블, 묵직한 학술서까지 갖가지 책이 꽂혀 있었다. 하지만 주로 소설이었다.

"자네가 준 책 읽는 거 봤지?" 스톨레가 안락의자 옆 탁자에 책등이 위로 향하게 엎어져 있는 얇은 책을 들어 비에른에게 보여주었다. "에두아르 르베.《자살》. 해리가 예순 살 생일에 선물한 책이야. 이걸 할 때라고 생각한 모양이야."

비에른과 해리는 웃었다. 스톨레가 인상을 찌푸려서 웃어야 할지 말아야 할지 애매한 채로. "무슨 일 있나?"

해리가 헛기침을 했다. "발렌틴이 오늘 저녁에 또 사람을 죽였어요."

"그 소리를 들으니 괴롭군." 스톨레가 고개를 저었다.

"게다가 그가 멈출 거라고 볼 근거도 없어요."

"그럼. 그럼. 없지." 스톨레가 동의했다.

"그래서 온 겁니다. 상황이 좋지 않아요, 스톨레."

스톨레 에우네는 한숨을 쉬었다. "할스테인 스미스로 안 되니 나더러 맡아달라는 거군, 그렇지?"

"아뇨. 저희에게 필요한 건……." 해리는 말을 끊었다. 잉그리드가 나와서 말없는 남자들 사이의 테이블에 차 쟁반을 내려놓았다. "비밀 얘긴가 봐요." 잉그리드가 말했다. "또 봐요, 해리. 올레그에게 안부 전하고 우리 모두 라켈을 걱정하고 있다고 말해줘요."

잉그리드가 나가자 해리가 말했다. "발렌틴 예르트센을 알아볼 수 있는 사람이 있어요. 저희가 아는 한 살아 있는 사람 중에 그자를 본 마지막 사람은……."

해리가 극적 침묵으로 긴장감을 높이려고 의도한 건 아니었지만, 스톨레는 신속하게, 거의 무의식적이지만 무섭도록 정확하게 추론할 시간을 얻었다. 그렇다고 정확히 맞힌 것은 아니었다. 그는 연신 주먹이 날아오는 링 위에 서서 10분의 1초 동안 체중을 옮겨서 주먹을 정면으로 맞지 않고 옆으로 살짝 피하는 복서 같았다.

"……에우로라예요."

침묵이 이어지고 스톨레가 아직 들고 있던 책이 손끝에서 빠져나가 책 옆이 긁히는 소리가 났다.

"무슨 소리야, 해리?"

"라켈과 제가 결혼한 날, 박사님과 잉그리드가 결혼식장에 온 그날. 발렌틴이 에우로라가 참가한 핸드볼 경기장에 갔어요."

둔탁한 쿵 소리를 내며 책이 카펫에 떨어졌다. 스톨레는 무슨 영문인지 모르겠다는 듯 눈을 깜박였다. "우리 애가…… 그자가……."

해리는 기다려주었다.

"그자가 우리 애를 건드렸다고? 상처를 입혔어?"

해리는 스톨레와 눈을 마주쳤지만 대답하지 않았다. 스톨레가 주어진 정보를 짜 맞추는 동안, 지난 3년을 새로운 관점으로 바라보는 동안 묵묵히 지켜보았다. 그가 답을 깨달아가는 관점으로 볼 때까지.

"그랬군." 스톨레는 중얼거리며 고통으로 얼굴을 일그러뜨렸다. 그는 안경을 벗었다. "그래, 그랬던 거야. 난 아무것도 몰랐고." 그가 허공을 보았다. "그럼 자네는 어떻게 알았지?"

"에우로라가 어제 절 찾아와서 말해줬어요." 해리가 말했다.

스톨레 에우네의 눈이 슬로모션처럼 해리를 향했다. "자네…… 자네는 어제부터 알고도 나한테 아무 말도 안 했다는 건가?"

"에우로라하고 약속했어요."

스톨레 에우네는 언성을 높이지 않았다. 목소리가 낮게 깔렸다. "열다섯 살짜리 여자애가 폭행을 당했다는데, 도움이 필요한 걸 알면서도 비밀을 지켜주기로 했다는 건가?"

"네."

"빌어먹을, 해리, 왜지?"

"누구한테든 말하면 박사님을 죽이겠다고 발렌틴이 협박했으니까요."

"나?" 스톨레가 눈물을 흘렸다. "**내가** 무슨 상관이야? 난 예순도 한참 넘긴 데다 심장도 부실한 사람이야, 해리. 걘 앞날이 창창한 어린애고!"

"박사님은 그 애가 세상에서 가장 사랑하는 사람이에요. 전 그 애와 약속했고요."

스톨레 에우네는 안경을 쓰고 떨리는 손가락을 해리에게 들었다. "그래, 자네가 그 애와 약속했다고! 그 약속은 자네한테 의미가 없을 때까지만 지켜지는 거고! 그런데 이제, 이제 그 애를 이용해서 또 하나의 해리 홀레 사건을 해결할 수 있게 되니까 그런 약속 따위는 아무 의미가 없어진 거군."

해리는 항변하지 않았다.

"꺼져, 해리! 자네는 우리 집안의 친구도 아니야. 더는 반겨주지 못하겠네."

"시간이 없어요, 스톨레."

"나가, 당장!" 스톨레 에우네가 일어섰다.

"그 애가 필요해요."

"경찰을 부를 거야. **진짜** 경찰을."

해리는 고개를 들어 스톨레를 보았다. 무슨 말도 소용이 없는 걸 알았다. 기다리면서 상황이 흘러가는 대로 놔두어야 하고, 그저 스톨레 에우네가 아침이 오기 전에 더 큰 그림을 봐주기를 바라는 수밖에 없었다.

그는 고개를 끄덕였다. 의자에서 몸을 일으켰다.

"저희가 어떻게든 해보겠습니다." 그가 말했다.

해리는 주방을 지나면서 말없이 문간에 서 있던 잉그리드의 창백한 얼굴을 보았다.

현관에서 신발을 신고 나가려다가 가냘픈 음성을 들었다.

"해리?"

그는 돌아보았지만 처음에는 어디서 들리는 소리인지 알 수 없었다. 그녀가 계단 위 어둠 속에서 밝은 곳으로 나왔다. 체구에 비해 한참 큰 줄무늬 파자마를 입고 있었다. 아빠 옷일 수도 있겠다고 해리는 생각했다.

"미안하다." 해리가 말했다. "어쩔 수 없었어."

"알아요." 에우로라가 말했다. "인터넷에서 보니까 죽은 남자 이름이 메메트라면서요. 그리고 아저씨 얘기를 들었어요."

그 순간 스톨레가 거실에서 뛰어나오며 팔을 휘저었다. 그의 눈에서 눈물이 줄줄 흘렀다. "에우로라! 그건 안 돼―." 말이 끊겼다.

"아빠." 에우로라가 차분하게 계단 위에 앉았다. "제가 돕고 싶어요."

26

화요일 밤

모놀리트 조각상 옆. 모나 도는 어둠 속에서 급히 걸어오는 트룰스 베른트센을 보았다. 모나는 프롱네르 공원에서 만날 약속을 잡으면서 야간에도 관광객이 많이 찾는 모놀리트 대신 좀 더 은밀하고 사람들이 덜 찾는 다른 조각상을 몇 가지 제안했다. 하지만 트룰스 베른트센이 세 번이나 '어디라고요?' 하고 대꾸하는 걸 보고 그나마 그에게 모놀리트가 익숙할 거라고 판단했다.

모나는 그를 데리고 모놀리트의 서쪽으로 돌아가서 동쪽으로 교회 첨탑을 바라보던 커플에게서 멀어졌다. 그녀는 돈이 든 봉투를 건넸고, 그는 아르마니 롱코트 안주머니에 봉투를 넣었다. 어째서인지 그가 입으니 아르마니처럼 보이지 않았지만.

"새로운 거 있어요?" 모나가 물었다.

"이젠 제보할 거 없어요." 트룰스가 주위를 흘끔거렸다.

"없다뇨?"

트룰스는 모나가 농담하는 건지 확인하려는 듯 그녀를 보았다. "그 남자, 살해당했잖아요."

"그럼 다음엔 덜…… 위험한 걸로 가져오면 되잖아요."

트룰스 베른트센은 코웃음을 쳤다. "세상에, 나보다 더한 사람들일세."

"그래요? 당신이 우리한테 메메트라는 이름을 줬지만 우린 아직 이름을 공개하거나 그 사람 사진을 내보내지 않기로 했어요."

트룰스는 고개를 절레절레 흔들었다. "대체 뭐라는 겁니까, 모나? 우리가 발렌틴을 그 사람한테 인도한 겁니다. 잘못이라곤 딱 두 가지밖에 없는 사람한테요. 발렌틴의 희생자가 우연히 들른 바를 운영한 거랑 경찰을 돕기로 한 거."

"그래도 '우리'라고는 하네요. 죄책감이 든다는 건가요?"

"내가 무슨 사이코패스인 줄 압니까? 나도 물론 이게 나쁜 짓이라고 생각해요."

"그 질문엔 답하지 않을게요. 그리고 맞아요, 나쁜 짓이라는 말에는 동의해요. 그러니까 이제 정보원 노릇을 못 하겠다는 건가요?"

"못 하겠다고 하면 앞으로는 내 신원을 보호해주지 않을 겁니까?"

"아뇨." 모나가 말했다.

"좋아요. 당신도 양심은 있나 보군요."

"정보원을 위해서라기보다는, 정보원을 밝히면 다른 기자들이 뭐라고 할지 신경이 쓰여서요. 또 당신네 사람들은 뭐라고 할까요?"

"아무 말도. 내가 첩자인 건 이미 들통나서 따돌림당하고 있으니까. 회의에도 못 들어가고 수사에 관해서도 아는 게 없고."

"그래요? 그러니까 당신한테 흥미가 떨어지네요, 트룰스."

트룰스는 코웃음을 쳤다. "쌀쌀맞기는 해도 그나마 솔직하군요,

모나 도."

"그동안 고마웠다는 말을 해야겠죠?"

"좋아요, 마지막으로 제보 하나 드리죠. 그런데 이건 전혀 다른 주제예요."

"말해봐요."

"경찰청장 미카엘 벨만이 유명인과 자는 사이예요."

"그런 제보에는 돈을 못 드려요, 트룰스."

"알아요. 공짜예요. 다만 꼭 기사로 내요."

"저희 주간이 불륜 기사는 좋아하지 않지만, 증거가 확실하고 당신이 그 사실을 보장해준다면 설득해볼 수 있어요. 다만 그런 경우라면 당신 말을 인용하고 이름도 밝혀야 해요."

"내 이름요? 그건 자살행위죠. 아시잖아요? 다만 그들이 어디서 만나는지는 말해줄 수 있어요. 그쪽으로 파파라치를 보내면 되잖아요."

모나 도가 웃었다. "미안하지만 그런 식으로 되는 게 아니에요."

"아니라뇨?"

"해외 언론에서는 그렇게들 한다지만 여기, 이 작은 노르웨이에서는 안 돼요."

"왜 안 돼요?"

"공식적으로는 우리가 그런 수준까지 추락하지는 않았다고 설명하죠."

"사실은?"

모나는 어깨를 으쓱하며 몸을 떨었다. "실제로는 얼마나 밑바닥까지 내려갈지는 한도 끝도 없어요. 내 생각엔 그저 '누구나 비밀은 있다' 신드롬의 한 예가 되지 않을까 싶어요."

"무슨 뜻입니까?"

"우리 신문사의 결혼한 주간들도 남보다 외도를 덜 하지 않는다는 거죠. 누군가의 불륜을 밝혔다가는 노르웨이처럼 공적 영역의 규모가 작은 곳에서는 모두에게 불똥이 튈 수 있어요. 거대한 '해외'의 불륜에 관해서는 쓸 수 있어요. 여기 안방에 앉아서 해외의 어느 공인이 다른 공인에 관해 함부로 떠드는 얘길 다룰 수 있겠죠. 그래도 권력을 가진 사람들끼리의 불륜에 관한 탐사보도라?" 모나 도는 고개를 저었다.

트룰스는 비웃듯이 콧방귀를 뀌었다. "그럼 대중에 공개할 방도가 없다?"

"그걸 꼭 밝히고자 하시는 건 미카엘 벨만이 경찰청장 자리에 있으면 안 될 사람이라서인가요?"

"뭐요? 아니, 그건 아닙니다."

모나는 고개를 끄덕이고 모놀리트를, 정상을 향해 끝없이 오르려고 안간힘 쓰는 사람들의 형상을 올려다보았다. "그 사람을 진짜 싫어하는군요."

트룰스는 대꾸하지 않았다. 그저 조금 놀란 표정을 지었다. 여태 그런 생각은 해본 적이 없다는 듯. 모나는 마맛자국이 있고 딱히 매력적이지 않은 그 얼굴, 넓적한 턱과 번들거리는 작은 눈의 그 얼굴 속에 무슨 꿍꿍이가 들어 있는지 궁금했다. 그가 거의 딱하게 느껴질 지경이었다. 거의.

"그만 가볼게요, 트룰스. 연락하고 지내요."

"그래요?"

"안 할 수도 있고."

모나는 공원 쪽으로 걷다가 돌아보았다. 트룰스 베른트센이 모놀리트를 비추는 조명 속에 있었다. 손을 주머니에 찔러넣고 등을 구부정하게 웅크린 채로 가만히 서서 뭔가를 찾고 있었다. 거기 그렇게, 주위의 돌덩이들처럼 우두커니 서 있는 모습이 한없이 쓸쓸해 보였다.

해리는 천장을 쳐다보았다. 유령들이 찾아오지 않았다. 오늘 밤엔 안 올 수도 있었다. 알 길이 없었다. 하지만 그들 틈에 새로운 인물이 들어갔다. 메메트는 어떤 모습으로 찾아올까? 해리는 이런 생각을 떨쳐내고 정적에 귀를 기울였다. 홀멘콜렌은 확실히 조용했다. 그건 부정할 수 없었다. 지나치게 조용했다. 그는 도시의 소음이 들리는 게 더 좋았다. 정글 속의 밤처럼, 어둠 속에서 경고하고 뭔가가 올 때와 오지 않을 때를 알려주는 갖가지 소음이 가득한 게 좋았다. 정적에는 정보가 부족했다. 하지만 그래서가 아니었다. 침대 옆자리에 아무도 없어서였다.

생각해보면 살면서 누군가와 함께 침대에 누운 밤은 얼마 되지 않았다. 그런데 왜 그렇게 외로운 걸까? 그처럼 늘 고독을 찾고 누군가를 필요로 한 적이 없는 남자가?

그는 옆으로 돌아누워 눈을 감아보려 했다.

지금도 딱히 누가 필요한 건 아니었다. 아무도 필요하지 않았다. 그에게는 **아무도** 필요하지 않았다.

오직 그녀만이 필요했다.

삐걱거리는 소리. 목조주택의 벽에서 나는 소리. 아니면 마룻장에서. 어쩌면 허리케인이 이미 왔는지도 몰랐다. 아니면 유령들이 뒤늦게 찾아왔거나.

그는 반대쪽으로 돌아누웠다. 다시 눈을 감았다.

삐걱거리는 소리는 침실 방문 바로 앞에서 났다.

그는 일어나서 그쪽으로 가서 문을 열었다.

메메트였다. '그자를 봤어요, 해리.' 눈이 있던 자리의 검은 구멍 두 개에서 불꽃이 일어나고 연기가 피어났다.

해리는 깜짝 놀라서 눈을 떴다.

전화기가 침대 옆 탁자에서 고양이처럼 가르랑거렸다.

"네?"

"스테펜스 박사입니다."

가슴에 갑작스러운 통증이 일었다.

"라켈 얘깁니다."

당연히 라켈 얘기겠지. 스테펜스는 해리가 마음의 준비를 할 시간을 주려는 모양이었다.

"라켈을 코마에서 깨우지 못했습니다."

"뭐라고요?"

"깨어나지 않습니다."

"그럼…… 언제?"

"모르겠습니다, 해리. 궁금한 게 많을 줄은 압니다만 저희도 같은 처지입니다. 다만 저희가 할 수 있는 최선의 노력을 다하고 있다고밖에 드릴 말씀이 없습니다."

해리는 볼 안쪽을 깨물어서 이게 새로운 악몽 세계의 초연은 아닌지 확인했다. "그래요, 그래. 볼 수 있나요?"

"지금은 안 됩니다. 환자는 집중 치료실에 있습니다. 저희도 더 알게 되면 바로 연락드리겠습니다. 다만 시간이 좀 걸릴지도 모릅니다. 한동안은 코마 상태가 지속될 것 같으니, 너무 기대하지는 마세요, 네?"

해리는 스테펜스 말이 맞다는 걸 알았다. 기대가 컸다.

그들은 전화를 끊었다. 해리는 전화기를 보았다. '깨어나지 못할 거야.' 당연하지, 라켈은 원하지 않아, 누군들 깨어나고 싶겠어? 해리는 침대에서 나와 아래층으로 내려갔다. 주방 찬장을 열었다. 아무것도 없었다. 텅 비어 있다, 텅 비어 있다. 그는 전화로 택시를 부르고 위층으로 올라가 옷을 갈아입었다.

그는 파란 간판을 보고 이름을 읽고 브레이크를 밟았다. 갓길에 차를 대고 시동을 껐다. 주위를 둘러보았다. 숲과 도로. 핀란드에서 본 어느 이름 모를 단조로운 도로, 나무의 사막을 가로질러 달리는 기분이 들던 도로가 생각났다. 나무들이 침묵의 벽처럼 도로 양옆으로 죽 늘어서서 시체 하나쯤은 바다에 가라앉히듯 그 속에 간단히 숨길 수 있을 것 같았다. 그는 차 한 대가 지나가길 기다렸다. 백미러로 지나갔는지 확인했다. 이제 앞에도 뒤에도 불빛 하나 보이지 않았다. 그는 도로로 내려서 차를 돌아 트렁크를 열었다. 여자는 몹시 창백했다. 주근깨마저 옅어졌다. 겁먹은 두 눈이 콧잔등 위에 크고 검게 박혀 있었다. 그는 여자를 들어서 끌어내리고 일으켜 세워야 했다. 수갑을 잡고 끌어서 도로를 건너고 도랑을 지나 시커먼 나무의 벽으로 향했다. 손전등을 켰다. 여자가 너무 떨어서 수갑이 흔들리는 느낌이 전해졌다.

"자, 자, 널 해치지 않아." 그가 말했다. 그 말이 진심처럼 느껴졌다. 사실은 그녀를 해치고 싶지 않았다. 더 이상은. 어쩌면 그녀도 알았는지도, 그가 그녀를 사랑하는 걸 아는지도 몰랐다. 어쩌면 여자가 몸을 떠는 건 그녀가 속옷과 그의 일본 여자친구가 입던 네글리제만 입고 있어서인지도 몰랐다.

그들은 숲속으로 들어갔다. 마치 건물 안으로 들어가는 것 같았다. 다른 종류의 정적이 내려앉았고, 새로운 소음이 들렸다. 작지만 더 선명한, 정체 모를 소음들. 툭 소리와 한숨과 울음. 숲속 바닥은 부드러웠다. 솔잎이 카펫처럼 기분 좋게 폭신해서 그들은 발소리를 내지 않고 앞으로 나갔다. 꿈속 교회 안의 신랑과 신부처럼.

그는 100걸음까지 세고 멈췄다. 손전등을 들어 주위를 비추었다. 불빛이 이내 그가 찾던 것을 비추었다. 번갯불에 새카맣게 탄 채 둘로 쪼개진 키 큰 나무. 그는 여자를 그 나무로 끌고 갔다. 그가 수갑을 풀고 여자의 팔을 나무에 감고 다시 수갑을 채우는 사이 여자는 저항하지 않았다. 새끼 양. 여자가 무릎을 꿇고 나무를 끌어안은 모습을 보고 떠올린 이미지. 희생양. 그는 신랑이 아니었으므로. 그는 자식을 제단에 바치는 아비였다.

그가 여자의 뺨을 마지막으로 어루만지고 돌아나가려 할 때 숲속에서 누군가가 소리쳤다.

"여자가 살아 있어, 발렌틴."

그는 걸음을 멈추고 곧바로 그 소리가 나는 쪽을 비추었다.

"그거 치워." 어둠 속의 목소리가 말했다.

발렌틴은 그 목소리가 시키는 대로 했다. "저 여자는 살고 싶어 했어."

"그 바텐더는? 아니야?"

"그자는 날 알아봤어. 위험을 감수할 수는 없었어."

발렌틴은 귀를 기울였지만 마르테가 숨을 쉴 때 콧구멍에서 조용히 나오는 휙휙 소리밖에 들리지 않았다.

"이번 한 번만 네 뒤치다꺼리를 해주지." 목소리가 말했다. "너한테 간 리볼버는 가져왔나?"

"그래." 발렌틴이 말했다. 어디서 들어본 목소리가 아닌가?

"여자 옆에 내려놓고 가. 조만간 다시 너한테 갈 거야."

발렌틴에게 어떤 생각이 스쳤다. 리볼버를 뽑고 손전등으로 그 남자를 찾아서 쏴죽인다. 그렇게 이성의 소리를 죽이고 그에게 연결될 흔적을 깨끗이 지워 없애고 다시 한번 악마가 지배하게 놔둔다. 그러다 나중에 그자가 다시 필요해질 수도 있다는 반론이 고개를 들었다.

"언제, 어디서?" 발렌틴이 외쳤다. "그 목욕탕 사물함은 이제 못 써."

"내일. 연락이 갈 거야. 이제 내 목소리를 들었으니 내가 전화하지."

발렌틴은 총집에서 리볼버를 꺼내서 여자 앞에 내려놓았다. 마지막으로 여자를 한번 보았다. 그리고 그 자리에서 떠났다.

차로 돌아와 머리를 운전대에 세게 두 번 찧었다. 그리고 차에 시동을 걸고 다른 차가 보이지 않는데도 비상등을 켜고 침착하게 차를 몰았다.

"저기서 세워주세요." 해리가 택시기사에게 손으로 가리키며 말했다.

"새벽 3시예요. 저 바는 문을 닫은 것 같고요."

"내 거예요."

해리는 요금을 내고 내렸다. 몇 시간 전만 해도 뜨겁게 활기가 넘치던 그 거리에 지금은 아무도 보이지 않았다. 현장 감식반이 작업을 마쳤지만 문을 가로질러 흰색 테이프가 쳐져 있었다. 테이프에는 노르웨이 사자 그림이 있고 '경찰'이라고 찍혀 있었다. '출입

금지. 들어오지 마시오. 위반 시 형법 343조로 처벌함.' 해리는 잠 금장치에 열쇠를 꽂고 돌렸다. 테이프가 찢어지는 소리를 들으며 문을 당겨서 열고 안으로 들어갔다.

거울 선반 아래 불이 켜져 있었다. 해리는 한쪽 눈을 감고 문 옆에 서서 검지로 술병들을 겨냥했다. 9미터. 그때 총을 쐈다면 어땠을까? 지금 어떻게 됐을까? 알 수 없었다. 엎질러진 물이었다. 돌이킬 방법이 없었다. 잊어버리는 수밖에. 손가락 끝이 짐빔을 발견했다. 짐빔에는 이제 술 양을 재는 기구까지 달려 있다. 불빛을 받은 내용물이 황금색으로 빛났다. 해리는 그쪽으로 가로질러 가서 카운터 안쪽으로 들어가 술잔을 짐빔 병 아래에 댔다. 잔이 넘치도록 채웠다. 왜 스스로를 속이려 하지?

온몸에 근육이 긴장하는 느낌이 들었고, 첫 모금을 넘기기 전에 뱉을까 잠깐 생각했다. 하지만 위장에 든 내용물과 술을 모두 누르고 세 번째 잔까지 이르렀다. 그리고 휘청거리며 싱크대를 찾았다. 연두색 토사물이 싱크대에 닿기도 전에 응고된 피로 시뻘겋게 물든 싱크대 바닥을 보았다.

27

수요일 아침

오전 8시 5분 전이었다. 보일러실의 커피머신이 벌써 두 번째로 덜거덕거렸다.

"해리는 어떻게 됐어요?" 안데르스가 다시 손목시계를 보면서 물었다.

"몰라." 비에른 홀름이 말했다. "해리 없이 시작해야겠어."

할스테인과 안데르스가 고개를 끄덕였다.

"그럼." 비에른이 말했다. "지금 에우로라가 아버지와 함께 노카스 본사에서 기록을 확인하고 있어요. 노카스 사람과 범죄단속반의 보안카메라 전문가도 같이요. 계획대로만 된다면 나흘 분량의 영상을 보는 데 길어야 여덟 시간이 걸릴 겁니다. 우리가 찾은 영수증이 정말로 발렌틴이 직접 현금을 인출한 내역이라면, 약간의 운이 따라준다면, 네 시간 후 그의 새 신원을 확보할 수 있습니다. 늦어도 오늘 저녁 8시 전에는 확실히 나올 겁니다."

"대단해요!" 할스테인이 외쳤다. "안 그래요?"

"네, 그래도 미리 좋아하진 말자고요." 비에른이 말했다. "카트리네하고는 얘기했나, 안데르스?"

"네, 델타를 동원해도 된다는 허락이 떨어졌대요. 출동 준비 중이랍니다."

"델타라면 반자동화기를 들고 가스마스크를 쓴 사람들…… 맞나요?"

"감 잡으셨군요, 스미스 선생님." 비에른이 킬킬거리다가 다시 시계를 흘끔거리는 안데르스를 보고 말했다. "걱정되나, 안데르스?"

"해리한테 연락해야 하지 않을까요?"

"어서 해."

9시. 카트리네는 수사팀 회의를 마쳤다. 서류를 취합하다가 문 앞에 서 있는 남자를 발견했다.

"네, 스미스 선생님?" 카트리네가 물었다. "흥미진진한 날이죠? 아래층은 어떻게 됐어요?"

"해리한테 연락하는 중입니다."

"아직도 안 왔어요?"

"전화를 받지 않네요."

"병원에 있을 거예요. 전화기를 들고 들어가지 못하는 곳이죠. 통신 전파가 장비와 설비를 간섭할 수 있다고는 하는데, 사실 항공기의 항법 시스템을 방해할 수 있다는 말만큼 잘못된 인식이에요."

카트리네는 할스테인이 그녀 말을 듣지 않고 그녀를 지나쳐 뒤쪽을 보는 걸 알았다.

돌아보니 랩톱 컴퓨터에서 연 사진이 아직 스크린에 떠 있었다. 젤러시 바의 사진이었다.

"알아요." 카트리네가 말했다. "보기 좋지는 않죠."

할스테인은 화면에서 눈을 떼지 않은 채 몽유병자처럼 고개를 저었다.

"괜찮으세요, 스미스 선생님?"

"아뇨." 그가 천천히 말했다. "괜찮지가 않네요. 피 나오는 장면은 영 못 보겠어서요. 폭력도 못 보겠고, 더 이상의 고통을 감당할 수 있을지 모르겠어요. 이 사람…… 발렌틴 예르트센을…… 심리학 전문가로서 하나의 사례로 대하려고 노력은 하는데 솔직히 혐오감이 드네요."

"누구도 **그렇게** 전문가로만 보지는 못하죠. 전 혐오감이 든다고 크게 신경 쓰진 않으려고 해요. 미워할 사람이 있는 것도 좋지 않나요? 해리 말대로?"

"해리가 그런 말을 했나요?"

"네. 아니면 라가 로커스*인지도…… 또 뭐가 있었죠?"

"〈VG〉의 모나 도와 통화했어요."

"우리가 미워할 사람이 또 있군요. 그 여자가 원하는 게 뭐래요?"

"제가 연락했어요."

카트리네는 서류를 정리하다 멈췄다.

"발렌틴 예르트센에 관해 인터뷰를 해주는 대신 조건을 걸었습니다." 할스테인이 말했다. "발렌틴 예르트센에 관해 일반적인 관점에서 얘기할 거고, 수사에 관해서는 한마디도 안 하겠다고요. 팟캐스트라는 건데, 일종의 라디오 프로그램—."

"팟캐스트가 뭔지는 알아요."

* 노르웨이의 록 밴드.

450

"그래야 내 말을 엉뚱하게 인용하는 일이 없을 테니까요. 무슨 말을 하든 실제로 방송으로 나가는 거니까요. 그래도 될까요?"

카트리네는 고민했다. "우선 제 첫 질문은, 왜요?"

"사람들이 무서워하니까요. 제 아내가 무서워하고 우리 아이들이 무서워하고, 이웃들이, 학교의 다른 학부모들이 무서워하니까요. 그리고 이 분야의 연구자로서 사람들의 두려움을 조금이라도 덜어줄 책임이 있다고 생각합니다."

"사람들이 조금 무서워할 권리도 있는 게 아닐까요?"

"신문 안 봤어요, 카트리네? 지난주에 마트에서 자물쇠며 경보기 사재기가 벌어졌다고요."

"누구나 미지의 뭔가를 두려워해요."

"그 이상이에요. 사람들이 겁먹은 이유는, 우리가 상대하는 자가 내가 처음에 순전히 뱀파이어병 환자라고 짐작한 자라고 믿기 때문이에요. 병들고 혼란에 빠진 자, 심각한 성격장애와 성적 도착으로 사람들을 공격하는 자요. 하지만 이 괴물은 냉혹하고 냉소적이고 계산에 능한 전사입니다. 이성적으로 판단할 줄 알고 목욕탕에서처럼 필요하면 뛰기도 하는 자. 그리고 저…… 저 사진처럼 공격하는 자." 할스테인은 눈을 감고 고개를 돌렸다. "그리고 인정합니다. 나도 무서워요. 밤새 잠도 못 자고 어떻게 이런 살인이 한 사람에 의해 자행될 수 있는지에 대해 고민합니다. 어떻게 그런 게 가능할까? 내가 어떻게 그렇게 헛짚을 수가 있나? 도저히 이해가 가지 않아요. 그래도 전 이해해야 해요. 누구도 나보다 더 잘 이해할 위치에 있지 않으니까요. 그걸 설명하고 사람들에게 그 괴물을 보여줄 수 있는 사람은 나밖에 없어요. 일단 괴물을 보면 이해하게 되고 두려움도 다스릴 수 있을 테니까요. 두려움이 완전히 사라지지는 않겠지만 적어도 이성적으로 판단할 수는 있을 테고 그러면 더 안전해질 겁니다."

카트리네는 두 손으로 허리춤을 짚었다. "제가 선생님을 옳게 이해했는지 들어보세요. 그러니까 선생님은 발렌틴 예르트센이 어떤 자인지 제대로 이해하지 못하면서도 대중에게 설명하고 싶다는 건가요?"

"네."

"거짓말을 하겠다는 건가요? 상황을 진정시키기 위해?"

"거짓말인지는 몰라도 상황을 진정시키는 데에는 효과적일 겁니다. 행운을 빌어주시겠습니까?"

카트리네는 아랫입술을 깨물었다. "그 말씀이 맞아요. 선생님은 전문가로서 정보를 알릴 책임이 있고, 사람들을 안심시킬 수 있다면 물론 좋겠죠. 수사에 관해 발설하지 않는다면."

"물론입니다."

"더는 새는 구멍이 없어야 해요. 우리 층에서 에우로라가 지금 뭘 하는지 아는 사람이 저밖에 없어요. 청장님한테도 보고하지 않았어요."

"명예를 걸고 약속합니다."

"저게 그 사람이니? 저게 그 사람이야, 에우로라?"

"아빠, 또 그러시네요."

"박사님, 저랑 잠깐 나가시죠. 그래야 에우로라가 마음 편히 볼 수 있을 것 같네요."

"마음 편히? 얜 내 딸이야, 안데르스. 얘가 원하는 건—."

"저분 말대로 하세요, 아빠. 전 괜찮아요."

"괜찮겠어?"

"괜찮아요." 에우로라는 은행에서 나온 여자와 범죄단속반 소속 남자를 돌아보았다. "그 사람이 아니에요, 넘기세요."

스톨레 에우네는 일어섰다. 조금 급하게 일어섰는지 머리가 핑 돌았다. 아니면 간밤에 한숨도 못 자서였을지도. 아니면 온종일 아무것도 먹지 못해서일지도. 게다가 3시간 내내 잠시도 쉬지 않고 화면을 들여다보았다.

"이 소파에 앉아 계세요. 커피를 찾아볼게요." 안데르스가 말했다.

스톨레 에우네는 고개만 끄덕였다.

안데르스가 자리를 뜨고, 스톨레 에우네는 소파에 앉아서 유리 벽 너머로 딸을 지켜보았다. 딸은 그들에게 넘기라거나 멈추라거나 되감으라고 손짓했다. 딸이 무언가에 이렇게 몰두하는 걸 본 게 언제였는지 기억나지 않았다. 그의 첫 반응과 불안은 과도한 건지도 몰랐다. 최악의 상황은 이미 지나갔고 딸은 가까스로 극복했는지도 몰랐다. 그러는 동안 그와 잉그리드는 무슨 일이 일어났는지도 모른 채 태평했던 것일까.

어린 딸은 그에게 비밀유지 서약에 관해, 심리학 교수가 신입생에게 설명하듯 차근차근 설명했다. 그리고 자기가 해리에게 비밀유지 서약을 요구했다면서, 해리는 서약을 지키려다가 사람들의 목숨을 구하려면 어쩔 수 없다고 판단한 것뿐이라고도 말했다. 스톨레가 비밀유지 서약을 적용하는 방식과 동일하다면서. 에우로라는 그 모든 일을 겪고도 살아남았다. 죽음. 스톨레는 최근에 죽음에 관해 생각했다. 그의 죽음이 아니라 언젠가는 딸도 죽을 거라는 생각이었다. 어째서 그 생각이 그렇게 견디기 힘들었을까? 그와 잉그리드가 할아버지, 할머니가 되면 조금은 다르게 보게 될까? 인간 정신은 물리적 요구만큼이나 생물학적 요구에도 복종한다. 유전자를 보존하려는 충동이 종의 생존의 전제 조건이기 때문이다. 오래전에 해리에게 생물학적으로 그의 것인 아이를 원하지 않느냐고 물은 적이 있는데, 해리는 마치 대답을 준비해둔 듯 바로 대답했다. 자신에게는 행복한 유전자가 없고 알코올의존증 유전자만 있으며, 그런 유전자를 물려받아 마땅한 사람은 없다고. 어쩌면 그 사이 또 생각이 바뀌었을 수도 있다. 지난 몇 년간 해리도 행복을 누릴 수 있다는 것을 보여주었다. 스톨레는 전화기를 꺼냈다. 해리에게 전화해서 그에게 말해줄까 생각했다. 그는 좋은 사람이고 좋은 친구이자 아버지이자 남편이라고. 그래, 다소 부고처럼 들리기는 하지만 해리는 그런 말을 들어야 했다. 그가 살인자를 쫓는 일에 강박적으로 매달리는 것이 그의 알코올중독과 같은 맥락이라는 생각은 틀렸다고. 그것은 도피 행위가 아니라고. 그가 행동하게 만드는 동력은 개인주의자 해리 홀레가 인정하는 것보다 훨씬 큰 무리 본능이라고. **선한** 무리 본능. 모든 인간을 향한 도덕과 책임감이 더해진 본능이라고. 해리가 이 말에 그냥 웃어넘길 수도 있지만 스톨레는 친구로서 꼭 말해주고 싶었다. 그가 그 빌어먹을 전화를 받기만 한다면.

갑자기 에우로라의 등이 펴지고 근육이 긴장하는 듯 보였다. 혹시? 하지만 이내 다시 긴장이 풀리고 계속 넘기라고 손짓했다.

스톨레는 전화기를 다시 귀에 댔다. 받으라고, 젠장!

"제가 일과 스포츠와 가정생활에 성공했다고요? 네, 아마도." 미카엘 벨만이 테이블 주위에 둘러앉은 사람들을 둘러보았다. "하지만 전 그저 망레루드 출신의 단순한 남자입니다."

그는 미리 연습해온 이 말이 진부하고 공허하게 들릴까 우려했지만 이사벨레가 옳았다. 감정을 조금만 실으면 낯부끄러울 만큼 시시한 말도 확신에 차서 전달할 수 있었다.

"짧게나마 이렇게 대화를 나눌 시간을 내주셔서 기쁩니다, 벨만." 당 비서실장이 냅킨을 입에 가져가 점심이 끝난 걸 알리면서 다른 두 대표에게 고개를 끄덕였다. "절차는 진행 중이고, 말씀드렸다시피 긍정적으로 검토해주실 거라는 의사를 표명해주셔서 저희는 무척 기쁩니다."

미카엘은 고개를 끄덕였다.

"'저희'라면," 이사벨레 스퀘엔이 끼어들었다. "총리님도 포함되는 건가요?"

"총리실의 긍정적인 태도가 없었다면 저희는 이 자리에 오는 데 동의하지도 않았을 겁니다." 비서실장이 말했다.

처음에 그들은 미카엘을 정부청사로 불렀다. 하지만 미카엘은 이사벨레에게 자문을 구한 후 중립적인 장소로 그들을 초대했다. 경찰청장이 대접하는 오찬의 형식으로.

비서실장이 손목시계를 확인했다. 미카엘은 그 시계가 오메가 시마스터인 걸 알아보았다. 무거워서 실용적이지 않은 시계. 제3세계의 모든 도시에서 노상강도의 표적이 되기 십상인 시계. 게다가 하루 이상 두면 시계가 돌아가지 않아서 태엽을 감고 또 감아 시간을 재설정해야 하고, 감는 걸 잊고 있다가 수영장에라도 뛰어들면 고장이 나서 수리비로 다른 괜찮은 시계 네 개 이상을 살 수 있는 금액이 들어간다. 한마디로, 미카엘 역시 그 시계를 사야 한다는 뜻이다.

"다만 말씀드렸다시피 다른 후보들도 물망에 올라 계십니다. 법무부장관 자리는 무게감이 막중한 자리이고, 솔직히 말해서 정식으로 정치권에서 올라오지 않은 분에게는 약간 험난한 절차가 남아 있는 것도 사실입니다."

미카엘은 타이밍을 절묘하게 맞춰서 비서실장과 동시에 의자를 뒤로 밀고 일어나 먼저 손을 내밀며 '조만간 다시 뵙지요'라고 말했다. 그는 경찰청장이었다, 빌어먹을. 두 사람 중에 당장 책임 있는 자리로 돌아갈 사람은 고가의 시계를 찬 따분한 관료가 아니라 그였다.

집권 여당의 대표들이 떠난 후 미카엘과 이사벨레 스퀘엔은 다시 자리에 앉았다. 그곳은 쇠렝가의 맨 끝에 있는 아파트 단지에 새로 문을 연 레스토랑의 특실이었다. 뒤에는 오페라하우스와 에케베르그소센이 있고, 앞에는 맑은 물이 찰랑이는 새 수영장이 있었다. 피오르에서 잔잔한 파도가 일렁이고, 요트들이 흰색 쉼표처럼 떠 있었다. 최신 일기예보에 따르면 허리케인이 자정 전에 오슬로를 강타할 예정이었다.

"잘된 거, 맞지?" 미카엘이 남아 있는 보스 미네랄 워터를 컵에 따르며 물었다.

"총리실의 긍정적인 태도가 없었다면." 이사벨레가 관료의 말을 흉내 내면서 코를 찡긋했다.

"그게 왜 문제야?"

"'뭐가 없었다면'은 그쪽에서 여태 내건 적이 없는 단서야. 게다가 총리가 아니라 총리실이라고 한 건 거리를 둔다는 뜻이고."

"왜 그러려고 할까?"

"내 말 안 들었어? 그 사람들이 점심 먹는 내내 뱀파이어병 살인사건에 관해서만 묻고 얼마나 빨리 잡을 수 있을 것 같냐고 물었어."

"왜 그래, 이사벨레, 이 도시에서 지금은 **다들** 그 얘기를 하잖아."

"저 사람들이 물어보는 건 모든 게 그 사건에 달려 있어서야, 미카엘."

"그렇지만—."

"저 사람들한테는 당신이나 당신의 경쟁력이나 정부 기관 하나를 운영하는 능력이 필요한 게 아니야. 모르겠어?"

"자기가 너무 과장하는 거 같아, 그래도 좋아, 그렇다면—."

"저들이 원하는 건 당신의 안대와 영웅의 지위와 인기와 성공이야. 그게 당신이 가진 거고, 지금 이 정부에 부족한 거야. 그걸 벗으면 저 사람들한테 당신은 아무것도 아니야. 그리고 솔직히 말해서……." 이사벨레는 컵을 밀어내고 일어섰다. "……나한테도 그래."

미카엘은 경계하듯 미소 지었다. "뭐?"

이사벨레는 모자걸이에 걸려 있던 짧은 모피코트를 꺼냈다.

"나 역시 마찬가지야. 패배자와 거래할 순 없어, 미카엘. 자기도 잘 알잖아. 내가 언론에 나가서 당신이 이 난국을 헤쳐나가기 위해 해리 홀레를 다시 데려왔다고 알렸어. 그런데 지금까지 그 작자가 한 거라곤 아흔 먹은 알몸의 노인네를 체포하려 들고 무고한 바텐더가 살해당하게 만든 거밖에 없어. 그래서 자기만 패자로 보이는 게 아니라 **나까지** 그렇게 보여. 난 그런 건 싫어. 그래서 자기를 떠나려는 거고."

미카엘 벨만이 웃었다. "기한을 두겠다는 거야, 뭐야?"

"전에는 기한이 언제인지 재깍 알았잖아."

"좋아." 미카엘이 한숨을 쉬었다. "곧이라는 거군."

"자기가 '떠난다'는 말을 너무 좁게 해석하는 것 같아."

"이사벨레……."

"잘 가. 성공적인 가정생활을 언급한 부분은 좋았어. 그쪽에 집중해."

미카엘 벨만은 앉은 채로 이사벨레가 나가고 문이 닫히는 걸 보았다.

그는 방에 들어온 웨이터에게 계산서를 달라고 하고 다시 피오르를 내다보았다. 해안가를 따라 이런 아파트 단지를 건설하기로 계획한 사람들은 기후변화와 해수면 상승을 고려하지 않았다고 한다. 사실 그는 울라와 회옌할의 높은 지대에 빌라를 지으면서 그 요소를 고려했다. 그 위는 안전할 테고, 바닷물에 잠기지 않을 테고, 보이지 않는 누군가가 몰래 다가오지 못할 테고, 폭풍우에 지붕이 날아가지도 않을 거라고. 그런 정도로는 끄떡없을 거라고. 그는 물을 마셨다. 얼굴을 찡그리고 물컵을 보았다. 보스. 수돗물보다 나을 것도 없는 맛이 나는 물에 왜들 그렇게 비싼 값을 치르려고 안달이지? 물맛이 더 좋다고 생각해서가 아니라 남들이 그 물맛이 더 좋다고 생각한다고 믿어서였다. 그래서 따분하기 짝이 없는 트로피 와이프를 대동하고 한없이 무거운 오메가 시마스터 시계를 차고 근사한 레스토랑에 가서는 보스 미네랄 워터를 주문하는 것이다. 그래서 그도 가끔 옛날이 그리운 건가? 망레루드가 그립고, 토요일 밤에 올센스에서 술을 마시다가 올센이 한눈팔 때 바 너머로 슬쩍 맥주잔을 채우던 게 그리웠다. 울라와 마지막 느린 곡에 춤을 추는 동안 망레루드의 잘나가는 스타 군단과 폭주족 녀석들이 이글거리는 분노의 눈길로 그를 노려보지만, 그는 잠시 후 울라와 단둘이 밤으로 나가 플로그베이엔을 따라 아이스링크와 외스텐시에반네트로 걸어가서 별들을 가리키며 그들이 어떻게 그 별들로 갈지 설명할 것임을 알았던 그때가 그리웠다.

그들의 삶은 성공한 삶일까? 아마도. 하지만 어렸을 때, 아버지와 등산하다가 지친 몸으로 마침내 정상에 올랐을 때와 같았다. 정상 너머에는 더 높은 정상이 있다는 사실을 깨닫는 순간과 같았다.

미카엘 벨만은 눈을 감았다.

그때와 똑같았다. 그는 지쳤다. 여기서 멈출 수 있을까? 그냥 누워서 산들바람을 맞고 헤더 꽃잎에 간지럼을 타고 햇빛에 달궈진 바위를 피부로 느끼면서. 그냥 여기에 머무를까 생각했다. 울라에게 전화해서 그렇게 말하고 싶었다. '우리 여기서 머무를 거야.'

대답이라도 하듯이 주머니에서 전화기가 진동했다. 물론 울라여야 했다.

"네?"

"카트리네 브라트입니다."

"그래."

"발렌틴 예르트센이 사용한 신원을 알아냈습니다."

"뭐?"

"발렌틴이 8월에 오슬로 중앙역에서 돈을 인출했더군요. 6분 전, 보안카메라에 녹화된 화면과 대조해 그의 신원을 확인했습니다. 그가 사용한 카드는 1972년생 알렉산데르 드레위에르의 명의로 발행되었습니다."

"그리고?"

"그리고 이 알렉산데르 드레위에르라는 사람은 2010년에 교통

사고로 사망했고요."

"주소는? 주소는 확보했나?"

"했습니다. 지금 델타팀이 그쪽으로 출동했습니다."

"또 다른 건?"

"아직은 없지만 상황이 진전되는 대로 청장님께 보고드리겠습니다."

"그래. 상황이 진전되는 대로."

그들은 전화를 끊었다.

"실례합니다." 웨이터가 말했다.

미카엘은 계산서를 내려다보았다. 휴대용 카드 리더기에 터무니없이 높은 금액을 입력하고 'Enter'를 눌렀다. 그리고 자리에서 일어나 급히 나갔다. 발렌틴을 잡으면 모든 문이 열린다.

피로가 싹 달아나는 것 같았다.

존 D. 스테펜스는 불을 켰다. 네온등이 잠시 깜빡거리다가 고르게 윙윙거리는 소리를 내면서 차가운 빛을 발산했다.

올레그는 눈을 깜박이며 헉 하고 숨을 쉬었다. "저게 다 피예요?" 그의 목소리가 실내에서 울렸다.

뒤에서 철제 미닫이문이 닫히는 사이 스테펜스는 미소를 지었다. "피바다에 온 걸 환영한다."

올레그는 몸을 부르르 떨었다. 실내 온도가 낮게 유지되고 푸르스름한 불빛이 금이 간 흰색 타일을 비추어서 냉장고에 들어간 느낌이 더 강해졌다.

"얼마나…… 얼마나 있는데요?" 올레그는 스테펜스의 뒤를 따라 붉은 혈액 주머니가 4열 횡대로 걸린 철제 스탠드 한가운데를 지나갔다.

"오슬로가 라코타족의 공격을 받아도 며칠은 너끈히 버틸 수 있을 만큼은 돼." 스테펜스는 낡은 욕조로 향하는 계단을 내려갔다.

"라코타족요?"

"아마 수^{Sioux}족이라고 알고 있을 거야." 스테펜스가 혈액 주머니 하나를 꽉 쥐었고, 올레그는 혈액이 어두운색에서 밝은색으로 변하는 걸 보았다. "백인들이 만난 아메리카 원주민들이 유독 피에 굶주렸다는 얘기 들어봤지? 다 거짓말이야. 라코타족만 빼고."

"정말요?" 올레그가 말했다. "백인들은요? 피에 굶주리는 정도는 어느 종족에나 고르게 분포하지 않나요?"

"요새는 학교에서 그렇게 배우겠지." 스테펜스가 말했다. "누가 더 낫거나, 누가 더 모자라지 않다고. 그런데 말이야, 라코타족은 더 낫기도 하고 더 모자라기도 해. 그들은 최고의 전사였어. 아파치족은 만약 샤이엔족이나 블랙풋족이 오면 소년들과 노인들을 내보내서 싸우게 할 거라고 말하곤 했어. 그런데 라코타족이 오면 아무도 내보내지 않을 거라고 했어. 대신 죽음의 노래를 부를 거라고 했지. 어서 끝나기만을 바라면서."

"그들이 고문이라도 하나요?"

"라코타족은 전쟁 포로를 태울 때 작은 숯 조각으로 서서히 태웠어." 스테펜스는 혈액 주머니가 더 빼곡하게 걸려 있고 빛이 적게 드는 곳으로 들어갔다. "포로들이 견디지 못하는 지경에 이르면 잠시 중단하고 물과 음식을 줘서 고문을 하루 이틀 더 지속했어. 음식에는 가끔 포로들 자신의 살이 섞여 있었지."

"그게 사실이에요?"

"역사책에 그렇게 쓰여 있어. '구름 뒤의 달'이라는 이름의 라코타족 전사는 그가 죽인 모든 적의 피를 남김없이 마신 걸로 유명했지. 물론 역사적 과장일 거야. 그가 죽인 사람의 수가 어마어마해서 피를 그렇게 많이 마셨다가는 살아남지 못했을 테니까. 사람 피는 독성이 있어서 많이 마시면 중독되거든."

"그래요?"

"몸에서 배출할 수 있는 양 이상의 철분을 섭취하게 되니까. 아무튼 그가 사람 피를 마시긴 했어. 그건 확실해." 스테펜스는 어느 혈액 주머니 옆에 섰다. "1871년에 우리 고조부께서 유타에 선교사로 갔다가 구름 뒤의 달이 속한 라코타족 진영에서 몸에서 피가 다 빠져나간 채 발견됐거든. 우리 할머니의 일기장에는 고조할머니가 1890년에 라코타족이 운디드니에서 대학살당할 때 하느님께 감사의 기도를 올렸다고 적혀 있었어. 할머니들 얘기가 나와서 말인데……."

"네?"

"이 피는 네 어머니 거야. 음, 이젠 내 거고."

"엄마가 수혈받으시는 줄 알았는데요?"

"네 어머니는 희귀한 혈액형이야, 올레그."

"그래요? 그냥 평범한 혈액형인 줄 알았는데."

"음, 피는 혈액형으로만 나뉘는 게 아니야, 올레그. 다행히 네 어머니가 A형이라 여기 있는 평범한 혈액을 수혈할 수 있어." 그는 두 손을 내밀었다. "네 어머니의 몸은 평범한 혈액을 흡수해 라켈 페우케의 혈액이라는 황금 방울로 바꾸는 거야. 그리고 올레그 페우케, 난 널 병간호에서 잠깐 쉬게 해주려고 여길 데려온 게 아니야. 네 혈액샘플을 채취해서 너도 어머니와 같은 혈액을 생성하는지 확인해도 될지 물어보려는 거야."

"저요?" 올레그가 고민했다. "안 될 건 없죠. 제가 도움이 될 수 있다면야."

"도움이 돼, 진심으로. 준비됐니?"

"여기서요? 지금요?"

올레그는 스테펜스 박사와 눈이 마주쳤다. 잠시 망설였지만 그게 무엇 때문인지는 확실하지 않았다.

"좋아요. 뽑으세요." 올레그가 말했다.

"좋아." 스테펜스가 흰 가운의 오른쪽 주머니에 손을 넣고 올레그에게 한 걸음 다가왔다. 그러다 왼쪽 주머니에서 경쾌한 벨소리가 울리자 짜증스러운 듯 인상을 찌푸렸다.

"이 아래에서도 신호가 잡히는 줄 몰랐네." 그가 투덜대면서 전화기를 꺼냈다. 전화기 화면의 불빛이 스테펜스의 얼굴을 비추고 안경에 반사되었다. "여보세요, 경찰청에서 온 거 같구나." 그는 전화기를 귀에 댔다. "존 도일 스테펜스 고문의사입니다."

올레그는 전화기 너머의 웡웡거리는 말소리를 들었다.

"아뇨, 브라트 경위님, 해리 홀레 씨는 오늘 못 뵈었습니다. 여기는 안 계시는 것 같네요. 여기가 전화기를 꺼둬야 하는 곳은 아니죠. 혹시 비행기를 타신 건 아닐까요?" 스테펜스는 올레그를 보았고, 올레그는 어깨를 으쓱했다. "'그를 찾았다'고요? 네, 브라트 경위님, 홀레 씨가 오시면 그렇게 전해드리겠습니다. 궁금해서 그러는데 누굴 찾았다는 건가요? 아…… 고맙습니다. 저도 비밀유지 서약에 관해서는 잘 압니다만, 암호처럼 전하지 않아도 되면 홀레 씨한테 도움이 될까 싶어서요. 그래야 홀레 씨도 경위님이 무슨 말을 하는지 아실 테고…… 알겠습니다, 그분을 보면 그냥 '우리가 그를 찾았다'고만 전하겠습니다. 들어가세요, 브라트."

스테펜스는 전화기를 다시 주머니에 넣었다. 그리고 올레그가 셔츠를 걷어 올리는 걸 보았다. 그는 올레그의 팔을 잡고 욕조 계단으로 데려갔다. "고맙다. 그런데 방금 전화를 받다가 생각보다 많이 늦어진 걸 알았어. 기다리는 환자가 있거든. 피는 다음에 뽑자, 페우케."

경찰특공대 '델타'의 대장인 시베르트 폴카이드는 트론헤임스베이엔을 따라 덜컹거리며 달리는 차량 뒷자리에서 악을 쓰며 구체적인 명령을 내리고 있었다. 차에는 8인조 팀이 타고 있었다. 남자 일곱 명에 여자 한 명. 여자는 신속대응팀 소속이 아니다. 그 팀에는 여자가 들어온 적이 없다. 델타는 이론상으로는 성별 제한을 두지 않지만 올해 지원한 100여 명 중 여자는 단 한 명도 없었다. 역대 지원자 중에는 총 다섯 명이고 그나마도 지난 세기에 끊겼다. 그리고 지원자 중 누구도 바늘구멍을 통과하지 못했다. 그래도 누가 알겠는가? 시베르트의 앞에 앉은 여자는 강인하고 단호해 보이니 가능성이 있지 않을까?

"그래서 이 드레위에르라는 자가 집에 있는지 어쩐지 모른다는 거죠?" 시베르트 폴카이드가 말했다.

"확실한 건, 이자가 발렌틴 예르트센, 그 뱀파이어병 살인사건의 범인이라는 겁니다."

"농담한 겁니다, 브라트." 시베르트가 씩 웃었다. "그러니까 이 사람이 휴대전화를 가지고 있지 않아서 위치추적을 할 수 없다는 거죠?"

"가지고 있을 수는 있지만 드레위에르나 예르트센으로 등록된 전화는 없었어요. 그게 문젠가요?"

시베르트는 카트리네를 보았다. 시의회 건축관리부에서 설계도를 다운받아서 확인해보니, 느낌이 괜찮았다. 3층에 위치한 면적 45제곱미터에 방 두 개짜리 아파트, 뒷문도 없고 곧장 연결된 지하실도 없다. 네 명을 정문으로 들여보내고 그가 발코니에서 뛰어내릴 경우에 대비해 두 명을 건물 외부에 배치할 계획이었다.

"문제 없습니다." 시베르트가 말했다.

"좋아요, 조용히 들어가나요?" 카트리네가 물었다.

그가 더 환하게 웃었다. 카트리네의 베르겐 억양이 마음에 들었다. "발코니 창문에 깔끔하게 구멍을 뚫어서 정중히 신발을 닦고 들어갈 거라고 생각하시는 건가요?"

"전 그저 무장하지 않았을 수도 있고 우리가 오는 줄도 모르는 사람 하나를 잡으려고 수류탄과 연막을 낭비할 이유는 없지 않을까 싶어서요. 조용하고 요란하지 않은 방식이 스타일 면에서 높은 점수를 받지 않나요?"

"비슷합니다." 시베르트가 GPS와 앞의 도로를 살피면서 말했다. "그래도 폭파하면서 진입해야 부상 위험이 낮아집니다. 우리 쪽이나 그쪽 모두. 열에 아홉은 수류탄을 던질 때 발생하는 폭발과 빛에 마비되거든요. 스스로 아무리 강하다고 여기는 사람도 마찬가집니다. 사실 이런 전술로 우리보다 용의자들의 목숨을 더 많이 구했을 겁니다. 사용기한이 만료되기 전에 써버려야 하는 충격 수류탄도 많고요. 우리 애들이 워낙 들썩거리는 친구들이라 로큰롤도 필요해요. 요새 너무 발라드만 들었어."

"농담하시는 거죠? 그 정도로 마초에다 유치하신 건 아니죠?"

시베르트는 씩 웃으며 어깨를 으쓱했다.

"그거 알아요?" 카트리네가 그에게 가까이 다가가 붉은 입술에 침을 바르고 목소리를 낮췄다. "저도 그런 거 좋아해요."

시베르트가 웃었다. 화목한 가정을 꾸린 처지만 아니었어도 카트리네 브라트와 저녁 데이트를 즐기면서 그 짙은 색의 위험한 눈을 들여다보고 맹수의 으르렁거림과 같은 베르겐 억양의 굴러가는 'rrs' 발음을 들을 기회를 마다하지 않았을 것이다.

"1분!" 시베르트가 큰 소리로 외쳤고, 일곱 남자가 거의 완벽하게 일치하는 동작으로 헬멧 바이저를 얼굴로 내렸다.

"루거 레드호크, 범인이 그걸 가지고 있다고 했죠?"

"해리 홀레가 그랬어요. 바에서 그걸 지니고 있었다고."

"다들 들었지?"

모두 고개를 끄덕였다. 신형 바이저 제조사는 바이저가 9밀리미터 총알은 막지만 더 큰 구경의 레드호크 총알은 막지 못한다고 했다. 시베르트는 그것도 괜찮다고 생각한 듯했다. 안전하다고 착각하면 오히려 집중력이 떨어질 수 있다.

"저항하면요?" 카트리네가 물었다.

시베르트는 헛기침을 했다. "그럼 쏩니다."

"꼭 그래야 하나요?"

"누군가는 나중에 왈가왈부하겠지만 우리는 선제적으로 접근해서 우리를 쏘려는 사람들을 먼저 쏘는 쪽을 선호합니다. 그래도 괜찮다는 걸 아는 건 직장 만족도에서 중요한 역할을 하죠. 다 온 것 같군요."

그는 창가에 서 있었다. 유리창에 기름진 손자국 두 개가 찍혀 있었다. 시내 전경이 보이지만 아무 소리도 들리지 않고 오직 사이렌 소리만 들렸다. 불안해할 이유는 없었다. 사이렌은 늘 들렸다.

사람들은 집에 불이 나거나 욕실 바닥에서 미끄러지거나 배우자를 괴롭힌다. 그럴 때마다 사이렌이 울렸다. 짜증스럽고 성가시게 울려대면서 길을 비키라고 명령하는 소리.

벽 너머에서 누군가가 섹스를 하고 있었다. 한창 일하는 시간대에. 부정^{不貞}. 배우자에게든, 회사에든, 아마 양쪽 모두에게 부정을 저지르는 중일 것이다.

뒤에 있는 라디오에서 흘러나오는 윙윙거리는 목소리 너머로 사이렌 소리가 커졌다 작아지기를 반복했다. 그들이 오고 있었다. 제복과 권위를 입은 자들이 다가오고 있었지만 목적도 의미도 없었다. 그들이 아는 거라고는 긴급상황이라는 것과 제때 도착하지 않으면 끔찍한 일이 벌어지리라는 것뿐이었다.

공습 사이렌. 드디어 뭔가를 의미하는 사이렌이 울렸다. 최후의 심판일의 소리. 털이 쭈뼛 서게 만드는 경이로운 소리. 그 소리를 들으며 시간을 확인하고 정확히 정오가 아닌 걸 보고 훈련이 아닌 걸 알았다. 그가 오슬로를 폭파시켜야 했을 시각, 낮 12시 정각이었다. 누구 하나도 피할 곳을 찾아 뛰지 못한 채 그냥 그 자리에 서서 놀란 얼굴로 하늘만 쳐다보며 무슨 날씨가 이 모양이냐고 생각했을 것이다. 아니면 그냥 그 자리에 누워서 죄책감을 안고 섹스나하면서 다르게 행동할 수 없었을 것이다. 우리는 그럴 수 없는 존재이므로. 생겨먹은 대로, 해야 할 일을 할 뿐이다. 의지의 힘으로 생겨 먹은 것과 다르게 행동할 수 있다는 생각은 착각이다. 오히려 의지력의 유일한 기능은 주어진 환경이 험난할 때도 본능에 충실하게 만드는 것이다. 여자를 강간하거나, 여자의 저항을 무너뜨리거나 여자보다 한 수 앞서거나, 경찰서에서 도망치거나, 복수하거나, 밤낮으로 숨어 지내는 것, 이 모든 것은 바로 온갖 장애물을 뛰어넘어 이 여자와 사랑을 나누기 위한 행동이 아닌가?

사이렌이 멀어졌다. 연인들도 사랑을 끝냈다.

그는 그게 어떤 소리였는지 기억해내려 했다. 그러니까 '중요
한 메시지, 라디오를 들어라'라고 말하는 경고 신호가 뭐였는지 기
억해내려 했다. 요즘도 그 신호를 쓰나? 어릴 때는 라디오방송국
이 하나밖에 없었지만 이제 그 메시지를, 그러니까 중요하긴 하지
만 피신처로 뛰어야 할 만큼 극적이지는 않다는 메시지를 들으려
면 어느 방송을 들어야 할까. 어쩌면 계획은 그들이 모든 라디오방
송국을 인수해서 방송으로 알리는 것이었을지…… 그런데 무엇을
알리지? 이미 늦었다고. 대피소는 폐쇄되었다고, 대피소에 들어간
다 해도 목숨을 구할 수도 없고 무엇으로도 살아남을 수 없어서 그
렇게 됐다고. 지금 중요한 건 사랑하는 사람들과 모여서 서로 작별
인사나 나누고 담담히 죽음을 맞이하는 거라고. 그는 이런 걸 많이
배웠다. 사람들은 오직 한 가지 목표를 위해 평생 준비한다는 것을
배웠다. 혼자 죽지 않겠다는 목표 하나를 위해. 목표를 달성한 사
람은 거의 없지만 최선을 다해 노력한다. 손을 잡아주는 사람 하나
없이 죽음의 문턱을 넘을까 봐 두려워하는 절박한 심정으로. 하.
그는 그들의 손을 잡아주었다. 몇 명이나? 스물? 서른? 그렇다고
그들이 덜 무섭거나 덜 외로워 보이지는 않았다. 그가 사랑한 사람
들조차도. 이제는 그들이 그에게 사랑을 갚아줄 시간이 없지만 그
들은 한결같은 사랑에 둘러싸여 있었다. 그는 마르테 루드를 생각
했다. 더 잘 대해줬어야 했는데. 그렇게 질질 끌려다닐 게 아니라.
그녀가 지금쯤 죽었기를, 빠르고 고통 없이 떠났기를 바랐다.

벽 너머에서 샤워하는 소리가 들리고 그의 전화기에서 라디오
소리가 들렸다.

"……학술 논문의 일부 영역에는 뱀파이어병 환자가 지적이고 정신질환이나 사회병리 징후를 보이지 않는다고 기술되어 있습니다. 그러면 마치 우리가 강인하고 위험한 적을 상대한다는 인상을 주죠. 하지만 발렌틴 예르트센의 경우는 일명 '새크라멘토의 흡혈 살인마'인 리처드 체이스라는 뱀파이어병 환자 유형에 비유하는 게 더 맞을 겁니다. 둘 다 어린 시절에 정신질환과 야뇨증을 보였고, 불에 미치고 성불구였어요. 둘 다 편집증과 조현병 진단을 받았고요. 체이스는 물론 동물 피를 마시는 등 보다 일반적인 경로를 거쳤습니다. 게다가 자기 몸에 닭 피를 주사해서 앓기도 했고요. 한편 발렌틴은 어릴 때 고양이를 괴롭히는 데 관심이 더 많았습니다. 할아버지 농장에서 갓 태어난 새끼고양이들을 몰래 숨겨서 어른들 모르게 괴롭히려고 비밀 우리에 가뒀습니다. 그런데 발렌틴과 체이스 둘 다 첫 번째 뱀파이어병 공격을 저지른 후 강박적으로 변해갔습니다. 체이스는 희생자 일곱 명 모두를 단 몇 주 만에 살해했습니다. 그리고 발렌틴처럼 그도 희생자들 대부분을 그들의 집에서 살해했고요. 1977년 12월에 새크라멘토를 돌아다니면서 문을 열어보고 문이 열리면 그걸 초대로 여기고 안으로 들어갔습니다. 훗날 그가 심문에서 말한 대로라면요. 테레사 월린이라는 희생자는 임신 3개월이었고, 체이스는 그녀가 집에 혼자 있는 걸 알고 총을 세 발 쏘고 시신을 강간하면서 도살장의 칼로 찌르고 피를 마셨습니다. 어디서 들어본 얘기 아닌가요?"

그래, 그는 속으로 말했다. 그런데 리처드 트렌튼 체이스가 그 여자의 장기 일부를 꺼내고 유두를 자르고 뒷마당에서 개똥을 주워다가 여자의 입에 쑤셔 넣은 얘기는 차마 못 하는군. 체이스가 어느 희생자의 페니스를 빨대 삼아 다른 희생자의 피를 빨아먹은 얘기도 빠트렸고.

"둘의 유사점은 여기서 끝나지 않습니다. 체이스처럼 발렌틴 예르트센도 이제 막바지에 이르렀습니다. 더 이상은 사람들을 죽이지 않을 겁니다."

"어떻게 그렇게 자신 있게 말씀하시는 거죠, 스미스 선생님? 경찰과 함께 일하시는데, 혹시 구체적인 단서라도 나온 건가요?"

"제가 이렇게 확신하는 건 수사와는 무관합니다. 물론 수사에 관해서는 직접적으로든 간접적으로든 언급할 수 없고요."

"그럼 왜죠?"

그는 할스테인이 숨을 깊이 들이쉬는 소리를 들었다. 그 얼빠진 심리학자가 그의 앞에 앉아서 받아 적던 장면이 떠올랐다. 유년기와 야뇨증, 조기 성 경험, 그가 불을 지른 숲, 특히 그가 직접 이름을 붙인 고양이 낚시에 관해 열심히 물어보던 장면이 떠올랐다. 그는 할아버지의 낚싯줄을 던져서 헛간 들보에 걸고 바늘을 새끼고 양이의 턱에 꽂아서 고양이가 공중에 매달리도록 줄을 다시 감은 다음 고양이가 기어 올라가며 풀려나려고 가망 없이 안간힘 쓰는 걸 구경하곤 했다.

"발렌틴 예르트센은 특별할 게 없습니다. 지독히 악랄하다는 것 말고는. 바보는 아니지만 영리하지도 않습니다. 특별히 성취한 것도 없습니다. 뭔가를 창조하려면 상상력과 비전이 있어야 하지만 파괴하는 데에는 아무것도 필요하지 않습니다. 맹목적인 행위일 뿐이죠. 발렌틴이 지난 며칠간 잡히지 않은 건 노련해서가 아니라 순전히 운이 좋아서였습니다. 그가 잡힐 때까지, 조만간 잡히겠지만, 발렌틴 예르트센은 가까이 있으면 위험한 자입니다. 입에 거품을 무는 개를 조심해야 하듯이. 하지만 광견병에 걸린 개는 죽어가는 중이고, 발렌틴 예르트센이 아무리 사악해도 (해리 홀레의 말을 빌리면) 찌질한 변태에 불과합니다. 현재는 통제 불능이라, 조만간 큰 실수를 저지를 겁니다."

"그러면 오슬로의 시민들을 안심시켜드리려면……."

그는 어떤 소리가 들려서 팟캐스트를 껐다. 가만히 귀를 기울였다. 문 앞에서 서성이는 발소리였다. 누군가가 뭔가에 집중하고 있었다.

짙은 색 델타 제복을 입은 네 남자가 알렉산데르 드레위에르의 집 문 앞에 서 있었다. 카트리네 브라트는 복도에서 20미터 떨어져서 지켜보았다.

네 남자 중 하나는 커다란 프링글스 통처럼 생기고 손잡이가 두 개 달린, 1.5미터 길이의 벽을 부수는 망치를 들고 있었다.

헬멧을 쓰고 바이저를 내린 네 남자를 구분하기란 불가능했지만 장갑 낀 손으로 손가락 세 개를 든 남자가 시베르트 폴카이드일 것이다.

말없이 카운트다운하는 동안 안에서 음악이 들렸다. 핑크플로이드? 카트리네는 핑크플로이드를 싫어했다. 아니, 그보다는 핑크플로이드를 좋아한다는 사람들이 심히 못 미더웠다. 비에른은 자기는 그저 핑크플로이드의 트랙 하나를 좋아한다면서, 털북숭이 귀처럼 생긴 사진이 실린 앨범을 꺼내서 그 밴드가 위대해지기 전에 나온 앨범이라면서 개가 울부짖는 소리가 섞인 평범한 블루스 트랙을 틀어주었다. 텔레비전 프로그램에서 아이디어가 떨어졌을 때 틀어주는 종류의 음악. 비에른은 자기는 원래 괜찮은 보틀넥 기타가 조금이라도 나오는 트랙에는 완전한 사면을 내려준다면서, 이

트랙에 더블베이스 드럼과 거친 보컬과 어둠의 힘과 썩어가는 시체에 대한 찬사가 (카트리네가 좋아하는 식으로) 나온다는 점은 플러스 요인이라고 했다. 비에른이 그리웠다. 그리고 지금 시베르트가 마지막 손가락을 접어 주먹을 쥐고 그들이 망치를 휘둘러 문을 부수려 하고 문 안에는 지난 이레 동안 적어도 네 명을 살해했고 희생자의 수가 다섯 명이 될 수도 있는 자가 있는 이 순간, 카트리네는 자신이 떠나온 남자를 생각했다.

잠금장치가 부서지고 문이 박살이 났다. 세 번째 남자가 섬광탄을 던졌고, 카트리네 브라트는 귀를 막았다. 안에서 터지는 빛을 받은 델타 대원들이 복도에 그림자를 드리웠고, 카트리네가 순식간에 안을 훑은 후 두 차례의 폭발이 이어졌다.

세 남자가 어깨에 MP5를 메고 안으로 사라졌고, 네 번째 남자가 입구에서 지시받은 대로 총을 들고 밖에 서 있었다.

카트리네는 귀에서 손을 뗐다.

수류탄이 핑크플로이드를 때려눕혔다.

"이상 무!" 시베르트의 목소리였다.

밖에 있던 요원이 카트리네를 돌아보고 고개를 끄덕였다.

카트리네는 숨을 크게 들이쉬고 문으로 향했다.

집 안으로 들어갔다. 아직 수류탄 연기가 자욱하지만 놀랍게도 냄새는 거의 나지 않았다.

현관. 거실. 주방. 처음에 스친 생각은 아주 평범해 보인다는 것이다. 지극히 평범하고 깔끔하고 정돈된 사람이 사는 집처럼. 음식을 만들고 커피를 마시고 텔레비전을 보고 음악을 듣는 사람. 천장에 갈고리가 매달려 있지도 않고 벽지에 핏자국이 튀지도 않았으며 살인사건에 관한 신문 스크랩과 희생자들의 사진이 붙어 있지도 않았다.

그리고 그 생각이 스쳤다. 에우로라가 틀렸다.

카트리네는 열린 욕실 문 안을 들여다보았다. 비어 있었다. 샤워 커튼도 없고 세면도구도 없고, 거울 아래 선반에 물건 하나만 있었다. 카트리네는 욕실 안으로 들어갔다. 그 물건은 세면도구가 아니었다. 검은 페인트가 칠해지고 적갈색으로 녹슨 쇳덩이였다. 지그 재그 모양으로 닫힌 쇠이빨.

"브라트 경위님!"

"네?" 카트리네가 거실로 나왔다.

"여깁니다." 시베르트의 목소리가 침실에서 들렸다. 차분하고 신중한 목소리였다. 상황이 끝난 것처럼. 카트리네는 문틀에 닿지 않게 해서 문지방을 넘었다. 그곳이 범죄현장인 것을 이미 아는 듯. 옷장 문이 열려 있고 델타 대원들이 더블베드 양옆에 서서 생명 없는 눈으로 천장을 응시하는 벌거벗은 몸에 반자동화기를 겨누고 있었다. 처음에는 어디서 나는지 알 수 없는 냄새가 풍겨서 카트리네는 조금 가까이 몸을 기울였다. 라벤더 향.

카트리네는 전화기를 꺼내서 번호를 눌렀고, 곧바로 상대가 전화를 받았다.

"잡았어?" 비에른 홀름이 숨이 찬 목소리로 물었다.

"아니. 그런데 여기 여자가 있어."

"죽었어?"

"살아 있진 않아."

"젠장. 마르테 루드야? 잠깐, 무슨 소리야, '살아 있지 않다니'?"

"죽지도 않고 살아 있지도 않아."

"무슨……?"

473

"섹스돌이야."

"뭐?"

"자위 인형. 비싼 거야, 얼핏 봐서는, 일본제고, 꼭 살아 있는 거 같아. 처음엔 사람인 줄 알았어. 알렉산데르 드레위에르가 발렌틴이야. 여기 쇠이빨이 있어. 그러니 여기서 기다리면서 그가 나타나는지 봐야 해. 해리한테선 무슨 소식 있어?"

"아니."

카트리네의 시선이 코트걸이와 옷장 앞 바닥에 떨어진 팬티에 꽂혔다. "느낌이 안 좋아, 비에른. 해리가 병원에도 없어."

"느낌은 다 안 좋지. 경보를 발령할까?"

"해리를 찾기 위해? 그런다고 무슨 소용이 있겠어?"

"당신 말이 맞아. 그리고 현장을 너무 어지럽히지는 마. 거기 마르테 루드에 관한 증거가 있을 수도 있으니까."

"알았어. 그런데 증거가 말끔히 치워진 거 같아. 이 집을 보면 해리 말이 맞아. 발렌틴은 청소와 정리정돈에 극도로 신경 써." 카트리네의 시선이 다시 코트걸이와 팬티로 돌아갔다. "혹시……."

"뭐?" 비에른이 말했다.

"젠장."

"왜 그러는데?"

"발렌틴이 급하게 옷가지를 가방에 쑤셔 넣고 욕실에서 세면도구를 가져갔어. 우리가 올 줄 알고 있었던 거야……."

발렌틴은 문을 열었다. 그리고 문 앞에 서성이던 사람을 보았다. 청소부가 몸을 숙이고 그의 호텔방 카드키를 들고 있다가 일어섰다.

"아, 죄송해요." 청소부 여자가 미소 지었다. "방에 계신 줄 몰랐어요."

"그건 내가 가져갈게요." 그는 여자가 들고 있던 수건을 받아들었다. "이 방 청소를 다시 해줄 수 있습니까?"

"네?"

"청소 상태가 마음에 들지 않아요. 창문에 손자국이 있어요. 다시 청소해줄 수 있나요, 1시간쯤 있다가?"

그가 문을 닫자 여자의 놀란 얼굴이 문 뒤로 사라졌다.

그는 테이블에 수건을 놓고 안락의자에 앉아서 가방을 열었다.

사이렌이 잦아들었다. 그가 들은 게 그들의 소리가 맞다면 지금쯤 그의 아파트에 들어갔을 것이다. 신센까지는 직선거리로 2킬로미터도 안 되었다. 다른 자가 전화해서 경찰이 그가 어디에 사는지, 어떤 이름을 쓰는지 알아냈으니 당장 그 집에서 나가라고 알려준 지 벌써 30분이 지났다. 발렌틴은 중요한 물건들만 챙겨서 나왔다. 경찰이 이미 가명으로 등록된 차량도 확보했을 테니 차는 그곳에 두었다.

그는 가방에서 서류철을 꺼내 넘겨보았다. 사진과 주소를 보았다. 그리고 아주 오랜만에 뭘 할지 모르겠다는 생각이 들었다.

그 심리학자의 목소리가 귓가에 맴돌았다.

'……찌질한 변태에 불과합니다. 현재는 통제 불능이라, 조만간 큰 실수를 저지를 겁니다.'

발렌틴 예르트센은 일어서서 옷을 벗었다. 수건을 집어서 욕실로 들어갔다. 샤워기에서 뜨거운 물을 틀었다. 거울 앞에 서서 물이 펄펄 끓듯이 뜨거워지기를 기다리며 거울에 물방울이 점점 넓게 맺히는 것을 보았다. 문신을 보았다. 전화기 울리는 소리가 들렸다. 그였다. 이성. 구원. 새로운 지시사항, 새로운 명령. 못 들은 척해야 할까? 이제 탯줄을, 생명선을 끊을 때일까? 완전히 자유로워질 때일까?

그는 폐에 공기를 가득 채웠다. 그리고 비명을 질렀다.

28

수요일 오후

"섹스돌은 새로울 게 없습니다." 할스테인이 플라스틱과 실리콘 재질로 된 침대 위의 여자를 내려다보았다. "네덜란드가 7대양을 지배하던 시절에 선원들은 가죽을 꿰매서 만든, 인공 질을 가지고 다녔습니다. 일상적으로 널리 퍼져서 중국에서는 그걸 '더치 와이프'라고 불렀고요."

"그래요?" 카트리네는 흰옷 입은 과학수사과의 천사들이 침대를 조사하는 모습을 지켜보았다. "그럼 그 사람들이 영어를 했다는 거 네요?"

할스테인이 웃었다. "제가 졌습니다. 학술지 논문은 영어로 실리 니까요. 일본에는 섹스돌만 있는 사창가도 있죠. 제일 비싼 건 온 도를 높여서 사람의 체온 정도로 유지할 수 있고, 골격도 있어서 팔다리를 구부려 자연스러운 자세와 부자연스러운 자세도 만들 수 있고 자동 윤활유가 나오기도—."

"고맙습니다, 그거면 충분해요." 카트리네가 말했다.

"그렇죠, 죄송합니다."

"비에른은 왜 보일러실에 남아 있는지 말하던가요?"

할스테인이 고개를 저었다.

"리엔하고 할 일이 있다던데요." 안데르스가 말했다.

"베르나 리엔? **할 일**?"

"그냥 살인사건 현장이 아니라면 다른 사람들한테 맡기겠다고 했어요."

"할 일." 카트리네가 중얼거리며 침실에서 나갔고, 두 사람이 바짝 뒤따라 나갔다. 집에서 나와서 아파트 앞 주차장으로 간 그들은 파란색 혼다 뒤에 멈췄다. 감식반원 두 명이 트렁크를 조사하고 있었다. 집 안에서 열쇠가 발견되었고, 차량은 알렉산데르 드레위에르 이름으로 등록된 것으로 확인되었다. 머리 위 하늘이 우중충한 잿빛이고 저 멀리 토르스호브달렌의 풀밭이 덮인 산비탈에서 바람이 우듬지를 휘어잡았다. 최신 일기예보는 에밀리아가 고작 몇 시간 후에 상륙한다고 알렸다.

"영리하게도 차를 가져가지 않았어요." 안데르스가 말했다.

"응." 카트리네가 말했다.

"무슨 뜻입니까?" 할스테인이 물었다.

"톨게이트랑 주차장이랑 교통 카메라요." 안데르스가 말했다. "비디오 녹화 화면에 번호판 인식 소프트웨어를 실행하면 몇 초면 추적 가능하거든요."

"멋진 신세계죠." 카트리네가 말했다.

"오, 멋진 신세계여, 이런 아름다운 사람들이 사는 곳!"* 할스테인이 외쳤다.

카트리네는 할스테인을 돌아보았다. "발렌틴 같은 사람이 도망

---

* 셰익스피어 〈템페스트〉의 한 구절.

치면 어디로 갈지 상상해볼 수 있어요?"

"아뇨."

"모르겠다는 건가요?"

할스테인은 콧잔등의 안경을 올렸다. "아뇨, 그가 도망치는 게 상상이 안 간다는 뜻입니다."

"왜요?"

"그는 화가 나 있으니까요."

카트리네는 몸을 떨었다. "그가 선생님이 모나 도와 같이 진행한 팟캐스트를 들었다면, 화가 가라앉지는 않았겠네요."

"그래요." 할스테인이 한숨을 쉬었다. "제가 너무 멀리 간 걸 수도 있습니다. 이번에도. 다행히 지난번 헛간 침입 사건 후 자물쇠를 튼튼한 걸로 바꿔 달고 보안카메라도 설치해뒀습니다. 그래도 혹시……."

"혹시 뭐요?"

"내가 권총이든 뭐든 무기를 가지고 있으면 더 안전한 느낌이 들 거 같아서요."

"규정상 면허가 없고 총기 연습을 받지 않은 사람에게는 화기를 제공할 수 없어요."

"비상 화기요." 안데르스가 말했다.

카트리네가 그를 보았다. 비상 화기 제공 기준에 맞을 수도 있고, 아닐 수도 있었다. 하지만 할스테인이 총에 맞고 그가 비상 화기를 요청했다가 거절당한 사실이 밝혀졌다는 헤드라인이 눈앞에 보이는 것 같았다. "스미스 선생님이 총을 지급받으시는 걸 도와줄 수 있나?"

"네."

"좋아. 일단 망누스 스카레한테 열차, 선박, 항공기, 호텔, 하숙집을 확인해보라고 할게. 발렌틴이 알렉산데르 드레위에르 이외에 다른 신분을 이용하는 데 필요한 서류를 아직 마련하지 못했기를 바라야지." 카트리네는 하늘을 올려다보았다. 전에 패러글라이딩에 빠진 남자친구가 있었는데, 그가 땅에는 바람이 없어도 지상 200미터만 올라가도 고속도로 제한속도를 넘어서는 바람이 분다고 말한 적이 있다. 드레위에르. 더치 와이프. '할 일?' 권총. 분노.

"그리고 해리가 집에 없다고?" 카트리네가 말했다.

안데르스가 고개를 저었다. "초인종을 누르고 집 주변도 돌아보고 창문도 다 들여다봤어요."

"올레그한테 물어봐. 개한테 열쇠가 있을 거야."

"연락해볼게요."

카트리네는 한숨을 쉬었다. "거기서 해리를 찾지 못하면 텔레노르에 가서 해리 전화로 위치추적을 해보는 것도 한 방법이야."

흰옷의 감식반원이 카트리네에게 다가왔다.

"트렁크에 피가 있습니다."

"많아요?"

"네. 그리고 이거랑." 그는 커다란 증거품 비닐백을 내밀었다. 안에는 흰색 블라우스가 들어 있었다. 찢어진. 피 묻은. 레이스가 달려 있었다. 마르테 루드가 실종되던 날 밤에 입었다고 바의 손님들이 진술한 대로.

29

수요일 저녁

해리는 눈을 뜨고 어둠을 응시했다.

어디지? 어떻게 된 거지? 얼마나 의식을 잃었던 걸까? 누가 쇠파이프로 머리를 내리친 것만 같았다. 맥박이 단조로운 리듬으로 고막을 때렸다. 기억나는 거라고는 갇혔다는 것뿐이다. 그리고 겨우 알아낸 거라고는 차가운 타일 바닥에 쓰러져 있다는 것이다. 냉장고 속처럼 차가웠다. 축축하고 끈적한 곳에 누워 있었다. 손을 들어 가만히 들여다보았다. 이건 피인가?

그러다 서서히, 그의 고막을 치는 게 그의 맥박이 아니라는 생각이 들었다.

베이스 기타 소리였다.

카이저 치프스? 아마도. 그가 잊어버린 영국의 잘나가는 밴드 중 하나였다. 카이저 치프스가 나쁘다는 건 아니었다. 다만 특별할 게 없어서, 그가 1년 이상 20년 미만 사이에 들은 음악의 회색 잡탕 속으로 들어갔다. 1980년대 음악은 최악의 곡들도 음정과 가사까지 모두 기억나지만 그때부터 지금까지는 백지상태였다. 어제와 지금 사이처럼. 텅 비었다. 끊임없이 쿵쾅거리는 저 베이스처럼. 아니면 그의 심장박동인가. 아니면 누가 문을 두드리는 건가.

해리는 다시 눈을 떴다. 손의 냄새를 맡으면서 피나 오줌이나 토사물만은 아니기를 바랐다.

베이스 음악과 박자가 엇나가기 시작했다.

문에서 나는 소리였다.

"끝났습니다!" 해리가 소리를 질렀다. 그리고 후회했다. 머리가 터질 것만 같았다.

그 트랙이 끝나고 더 스미스가 나왔다. 문득 자신이 배드컴퍼니에 질려서 스마트폰을 스테레오에 연결했을 거라는 생각이 들었다. "There is a light That Never Goes Out(절대로 꺼지지 않는 빛이 있는 법이지)." 제발 그랬으면. 하지만 문 두드리는 소리가 계속 이어졌다. 해리는 손으로 귀를 막았다. 트랙이 현악기만으로 막바지로 달려갈 때 그의 이름을 부르는 목소리가 들렸다. 젤러시 바의 새 주인이 해리인 걸 아는 사람이 있을 리 없고 아는 목소리여서 그는 카운터 끄트머리를 잡고 몸을 일으켜 세웠다. 처음에는 무릎으로. 그다음에는 몸을 앞으로 기울인 자세로. 어쨌든 구두 밑창이 끈적한 바닥에 붙어 있는 걸로 봐서는 서 있는 모양이었다. 그는 짐빔 두 병이 쓰러져 있고 병의 입구가 카운터 가장자리 밖으로 돌아가 있는 걸 보고는 그가 그곳에 누워서 그만의 버번위스키에 절여지고 있었다는 걸 깨달았다.

창밖에 여자의 얼굴이 보였다. 혼자 있는 것 같았다.

그는 뻣뻣한 검지로 목을 긋는 시늉을 해서 가게 문을 닫았다고 알렸지만, 여자는 뻣뻣하게 중지를 들어 답하고는 다시 창문을 두드리기 시작했다.

안 그래도 녹초가 된 뇌에서 망치질을 해대는 소리가 나서 그냥 문을 열어주는 게 나을 것 같았다. 해리는 카운터를 놓고 한 걸음 뗐다. 넘어졌다. 두 발이 모두 잠에서 깨지 않았다. 어떻게 이럴 수가 있지? 그는 다시 일어나 테이블과 의자를 짚고 비틀비틀 문 쪽으로 걸어갔다.

"세상에." 그가 문을 열자 카트리네가 신음하듯 내뱉었다. "술 마셨군요!"

"아마도. 차라리 내가 술꾼이었으면 좋겠어."

"다들 얼마나 찾았는데, 뭐 하는 짓이에요! 내내 여기 있었던 거예요?"

"'내내'가 얼마나 되는진 모르지만 카운터에 빈 술병이 두 개 있어. 차라리 내가 술이나 마시면서 느긋하게 **내 시간**을 보낸 거였으면 좋겠어."

"저희가 계속 전화했어요."

"음. 비행모드로 해놨나 봐. 플레이리스트는 괜찮아? 들어봐. 지금 화가 난 저 여자는 마사 웨인라이트야. 'Bloody Mother Fucking Arsehole.' 생각나는 사람 없어?"

"뭐예요, 해리, 지금 무슨 생각하는 거예요?"

"무슨 생각하는지는 나도 모르겠어. 보다시피 나도 지금 비행모드야."

카트리네는 그의 재킷의 옷깃을 움켜잡았다. "밖에서는 지금 사람들이 살해당하고 있어요, 해리. 그런데 지금 여기 서서 재미나 찾게요?"

"제기랄, 난 날마다 재미있게 살려고 해, 카트리네. 그리고 그거 알아? 내가 그렇게 살아도 사람들이 더 나아지지도, 더 나빠지지도 않아. 살인사건 통계에도 아무런 영향을 주지 않고."

"해리, 해리……."

그는 비틀거렸다. 애초에 카트리네가 옷깃을 잡은 건 그가 쓰러지지 않게 하려던 거였다는 생각이 들었다.

"우리한테는 선배가 필요해요. 모두 해리 홀레를 기다리고 있어요."

"좋아. 일단 술 한잔 마시고."

"해리!"

"목소리가…… 너무…… 커……."

"당장 가요. 밖에 차 세워놨어요."

"우리 바에는 해피 아워가 있고, 난 지금 일할 준비가 되지 않았어, 카트리네."

"일하러 가자는 게 아니에요. 일단 집에 가서 술부터 깨라는 거예요. 올레그가 기다리고 있어요."

"올레그?"

"올레그한테 홀멘콜렌의 집 문을 열어달라고 했어요. 그 애가 집 안에 무슨 일이 일어났을까 봐 겁이 났는지 비에른한테 먼저 들어가서 봐달라고 했대요."

해리는 눈을 감았다. 젠장, 젠장. "못 하겠어, 카트리네."

"뭘 못 한다는 거예요?"

"올레그한테 전화해서 난 괜찮다고, 엄마한테 가보라고 전해줘."

"선배가 갈 때까지 거기서 기다리겠대요, 해리."

"이런 꼴을 올레그에게 보일 순 없어. 그리고 자네한테도 도움이 안 돼. 미안해, 이건 의논할 문제가 아니야." 그가 문을 잡았다. "이제 가봐."

"가다뇨? 선배를 여기다 두고요?"

"난 괜찮을 거야. 지금부터 음료수만 마시면. 어쩌면 콜드플레이도 조금 들으면서."

카트리네는 고개를 저었다. "집으로 가요."

"집에는 **안 가**."

"선배 집 말고요."

30

수요일 밤

자정까지는 한 시간이 남았다. 올센스에는 성인 남녀가 가득하고, 스피커에서 흘러나오는 제리 래퍼티와 그의 색소폰 소리에 스피커 가까이 있던 사람들의 포니테일 머리가 날렸다.

"1980년대 사운드야." 리즈가 큰소리로 말했다.

"1970년대 같은데?" 울라가 말했다.

그들이 웃었다. 울라는 어떤 남자가 그들의 테이블을 지나치면서 어떠냐는 식으로 리즈를 보고, 그녀가 고개를 젓는 걸 보았다.

"실은 이번 주에 여기 두 번째야." 울라가 말했다.

"그래? 그때도 재밌었어?"

울라는 고개를 저었다. "너랑 노는 것만큼 재밌는 건 없어. 세월이 흘러도 넌 변한 게 없다."

"응." 리즈가 고개를 갸웃하고 친구를 살폈다. "넌 변했네."

"그래? 내가 날 잃어버렸나?"

"아니, 그게 사실 짜증 나는 일이긴 해. 그보다 넌 이제 웃지 않아."

"내가?"

"웃긴 웃는데 진짜로 웃지 않아. 망레루드의 울라 같지 않아."

울라는 고개를 옆으로 기울였다. "우리 이사했어."

"응, 넌 남편도 있고 애들도 있고 저택도 있지. 그런 걸 얻고 **그 미소**를 잃는 건 손해야, 울라. 무슨 일 있었어?"

"응, 무슨 일 있었냐고?" 울라는 리즈에게 미소를 짓고 술을 마셨다. 그리고 주위를 둘러보았다. 연령대가 그들과 비슷해 보였지만 아는 얼굴이 하나도 없었다. 망레루드가 커지고 사람들이 들어와 살았다. 누군가는 죽고 누군가는 그냥 사라졌다. 그리고 누군가는 집에 앉아 있었다. 죽고 사라진 것이다.

"나보고 맞혀보라는 거야?" 리즈가 물었다.

"맞혀봐."

래퍼티가 노래를 마쳤고, 리즈는 색소폰이 터지는 소리 너머로 다시 소리를 질러야 했다. "망레루드의 미카엘 벨만. 걔가 네 미소를 앗아간 거야."

"말이 너무 심해, 리즈."

"그래도 맞는 말이지?"

울라는 와인잔을 다시 들었다. "응, 그런 것 같네."

"바람 피웠니?"

"리즈!"

"딱히 비밀도 아니고……."

"뭐가 비밀이 아니라는 거야?"

"미카엘이 여자 좋아하는 거. 너 그 정도로 순진하지 않잖아."

울라는 한숨을 쉬었다. "아마도. 이제 내가 뭘 어째야 하지?"

"나처럼 해." 리즈는 얼음통에서 화이트와인을 꺼내서 두 사람의 잔에 가득 따랐다. "받은 만큼 갚아줘. 건배!"

울라는 물로 바꿔 마셔야 할 것 같았다. "그러려고 해봤지만 그게 안 돼."

"다시 해봐!"

"그래 봐야 무슨 소용이야?"

"일단 해보고 말해. 불안정한 성생활에는 끝내주는 하룻밤 섹스만 한 게 없거든."

울라가 웃었다. "섹스 문제가 아니야, 리즈."

"그럼 뭔데?"

"이건…… 내가…… 질투가 나."

"울라 스바르트가 질투를 해? 그렇게 아름다우면서도 질투를 하는 건 불가능하지."

"사실이야." 울라가 항변하듯 말했다. "그리고 마음이 아파. 많이. 갚아주고 싶어."

"당연히 갚아주고 싶지, 애! 아픈 데다가 그 자식을 꽂아 넣고…… 내 말은……." 그들이 웃음을 터뜨리는 통에 와인이 튀었다.

"리즈, 너 취했어!"

"난 지금 취했고 행복해, 경찰청장 사모님. 그런데 넌 취했고 불행해. 어서 전화해!"

"미카엘한테? 지금?"

"미카엘 말고, 바보야! 오늘 밤 여자랑 자게 될 그 운 좋은 남자한테 전화하라고."

"뭐? 안 돼, 리즈!"

"아니, 돼! 당장 전화해!" 리즈는 벽에 붙은 전화부스를 가리켰다. "저기 들어가서 해. 그럼 잘 들릴 거야! 실은 저 안에 가서 하는게 꽤 적절해."

"적절하다니?" 울라가 웃으면서 시계를 보았다. 곧 집에 들어가야 했다. "왜?"

"왜냐니? 울라! 저기가 그때 미카엘이 스티네 미카엘센이랑 한데잖아!"

"뭐야?" 해리가 물었다. 방이 빙빙 돌았다.

"카모마일 차예요." 카트리네가 말했다.

"음악 말이야." 빌려 입은 털스웨터에 살갗이 긁혔다. 그의 옷은 욕실에 말리려고 걸어두었고, 욕실 문을 닫았는데도 역겨운 독주 냄새가 나는 것 같았다.

"비치 하우스요. 들어본 적 없어요?"

"몰라." 해리가 말했다. "그게 문제야. 모든 게 나한테서 서서히 빠져나가기 시작해." 거의 2미터 너비의 낮은 침대를 다 덮은 침대보의 꺼슬꺼슬한 감촉이 느껴졌다. 방에 가구라고는 침대와 책상과 의자, 그리고 초 하나가 놓인 낡은 스테레오 캐비닛이 전부였다. 스웨터와 스테레오 모두 비에른 홀름의 물건인 것 같았다. 음악이 방 안에서 떠다니는 것 같았다. 전에도 이런 느낌이 든 적이 몇 번 있었다. 알코올의존증에 빠져들기 직전에 다시 수면으로 올라오면서, 아래로 추락하면서 거쳐 내려간 모든 단계를 다시 똑같이 거쳐서 올라온 때.

"원래 다 그런 것 같은데요." 카트리네가 말했다. "처음에는 모든 걸 가졌다가 하나씩 잃어가죠. 힘. 젊음. 미래. 좋아하는 사람들……."

해리는 비에른이 카트리네한테 뭐라고 전해달라고 했는지 기억을 더듬었지만 생각나지 않았다. 라켈. 올레그. 순간 눈물이 차올랐지만 분노로 꾸역꾸역 눌렀다. 물론 우리는 그들을, 우리가 지키려한 모두를 잃어버리고, 운명은 우리를 저버리고 우리를 한없이 작고 무력한 존재로 만든다. 우리가 잃어버린 사람들을 위해 울 때는 연민이 아니라 그들이 마침내 고통에서 벗어난 사실을 알기 때문이다. 그럼에도 우리는 운다. 다시 혼자가 되기에 운다. 자기에 대한 연민으로 운다.

"어디 있어요, 해리?"

이마를 짚은 그녀의 손길이 느껴졌다. 갑자기 돌풍이 들이쳐 창문이 덜거덕거렸다. 거리에서 뭔가가 쓰러져 땅에 부딪히는 소리가 났다. 허리케인. 허리케인이 다가오고 있었다.

"여기야." 그가 말했다.

방이 빙빙 돌았다. 그녀의 손길에서만 온기가 느껴지는 게 아니라 고작 50센티미터 떨어져 누운 그녀의 몸 전체에서 온기가 느껴졌다.

"내가 먼저 죽고 싶어." 그가 말했다.

"뭐요?"

"그들을 잃고 싶지 않아. 그들이 날 잃는 건 괜찮아. 이번엔 그게 어떤 기분인지 **그들이** 알게 해주고 싶어."

그녀가 나직이 웃었다. "지금 내 대사 따라 하는 거 알아요, 해리?"

"내가?"

"나 병원에 있을 때……."

"그래?" 해리는 눈을 감았다. 그녀의 손이 그의 목덜미로 내려가 부드럽게 꽉 쥐자 찌릿한 감각이 그의 뇌로 올라갔다.

"진단명이 계속 바뀌었어요. 조울병, 경계선, 양극성. 그래도 모든 보고서에 등장하는 단어가 하나 있었어요. 자살성향."

"흠."

"그래도 다 지나가요."

"그래." 해리가 말했다. "그러다 다시 돌아오지. 안 그래?"

그녀가 다시 웃었다. "영원한 건 없어요. 인생은 말 그대로 찰나이고 항상 변해요. 지독하지만 그 덕에 견딜 만하기도 하고요."

"이 또한 지나가겠지."

"그러기를 바라자고요. 저기요, 해리? 우린 같아요, 선배와 나. 우린 외로움과 어울리는 사람들이에요. 외로움에 끌리죠."

"우리가 사랑하는 사람들을 없애면서 그렇다는 뜻인가?"

"우리가 그래요?"

"모르겠어. 내가 아는 거라고는 살얼음판 같은 행복 위를 걸을 때 무섭다는 거야. 어찌나 무서운지 어서 끝나기를, 그냥 물속에 빠지기를 바라지."

"그래서 우린 우리가 사랑하는 사람들한테서 도망치는 거예요." 카트리네가 말했다. "술. 일. 무심한 섹스."

우리가 쓸모 있는 일, 해리는 생각했다. 그들이 피 흘리며 죽어가는 동안.

"우린 그들을 구할 수 없어요." 카트리네가 그의 생각을 읽기라도 한 것처럼 말했다. "그들도 우리를 구할 수 없고요. 오직 우리만 우리 자신을 구할 수 있어요."

매트리스가 흔들리고 그녀가 그를 향해 돌아누운 느낌이 들었다. 그녀의 따스한 숨결이 얼굴에 닿았다.

"선배는 인생에서 그걸 가졌어요. 사랑하는 단 한 사람이 있으니까. 적어도 당신 둘은 서로를 가졌어요. 둘 중에 누구한테 더 질투가 느껴지는지는 모르겠어요."

왜 이렇게 초조하지? 내가 LSD라도 한 건가? 그랬다면 어디서 구한 거지? 전혀 알 길이 없었다. 지난 24시간 자체가 커다란 공백이었다.

"쉽게 타협하지 말라고들 하잖아요." 그녀가 말했다. "그런데 앞에 골치 아픈 문제만 쌓인 걸 알 땐 그냥 타협하는 게 에어백 역할을 해줘요. 문제를 피하는 최선의 방법은 하루하루가 마지막 날인 것처럼 사는 거예요. 안 그래요?"

비치 하우스. 해리는 이 트랙을 기억해냈다. "Wishes." 과연 특별한 뭔가가 있었다. 하얀 베개 위 라켈의 창백한 얼굴, 빛 속에 있지만 동시에 어둠 속에 있고, 초점이 흐려져 가까이 있지만 멀리 있고, 검은 물속에서 얇은 얼음판 밑에 닿은 그 얼굴이 떠올랐다. 그리고 발렌틴의 말이 생각났다. '넌 나랑 같아, 해리, 넌 견디지 못해.'

"어떻게 할 거예요, 해리? 자신이 곧 죽을 걸 안다면?"

"몰라."

"혹시―."

"모른다고 했어."

"뭘 모르는데요?" 그녀가 속삭였다.

"너랑 섹스를 할지."

침묵이 흐르고 밖에서 쇠붙이들이 바람에 날려 아스팔트 위에서 긁히는 소리가 들렸다.

"그냥 느껴봐요." 그녀가 속삭였다. "우리는 죽어가고 있어요."

해리는 숨을 참았다. 그래, 난 죽어가고 있어. 그리고 그녀도 숨을 참는 것이 느껴졌다.

할스테인 스미스는 배수로에서 쌩쌩 일어나는 바람 소리를 듣고 벽을 뚫고 새어드는 외풍을 느꼈다. 단열에 아무리 신경 썼어도 한번 헛간은 여전히 헛간이었다. 에밀리아. 전쟁 때 마리아라는 폭풍우에 관한 소설이 출간되었고, 그 소설이 계기가 되어 허리케인에 여자 이름을 붙이기 시작했다는 얘기를 들은 적이 있다. 하지만 1970년대에 양성평등 개념이 퍼지면서 변화의 바람이 불었고 이같은 자연재해에 남자 이름도 공히 붙여야 한다는 주장이 나왔다. 할스테인은 대형 모니터로 스카이프 아이콘 위의 웃는 얼굴을 보았다. 목소리가 입 모양보다 약간 먼저 나왔다. "필요한 얘기는 들은 것 같습니다. 저희와 함께해주셔서 대단히 감사합니다, 스미스 선생님. 그쪽은 많이 늦은 시간일 텐데요, 아닌가요? 여기 LA는 오후 3시가 다 됐습니다. 스웨덴은 몇 시인가요?"

"노르웨이예요. 자정이 다 됐네요." 할스테인 스미스는 미소를 지었다. "저도 언론에서 드디어 뱀파이어병이 실재한다는 걸 알고 관심을 가져줘서 기쁠 따름입니다."

그들은 대화를 마쳤고, 할스테인은 이메일의 받은 편지함을 열었다.

읽지 않은 메일이 열세 통 있었다. 발신자와 제목을 보니 인터뷰와 강연 요청이었다. 〈사이콜로지투데이〉에서 온 메일도 아직 열어보지 않았다. 급한 용건이 아닌 걸 알아서. 아껴두고 싶어서. 음미하고 싶어서.

그는 시각을 확인했다. 8시 반에 아이들을 재워놓고 평소처럼 메이와 주방 식탁에 마주 앉아 차를 마시면서 하루의 일을 얘기하며 소박한 즐거움을 나누고 자잘한 불만도 나누었다. 지난 며칠은 아내보다 그가 말을 더 많이 했지만, 그는 가정의 작지만 중요한 일들에도 업무 활동만큼이나 관심을 두려고 노력했다. "내가 말이 너무 많았네. 어차피 그 찌질한 뱀파이어병 환자 얘기는 신문에서 상세히 볼 수 있는데, 여보." 그의 말은 사실이었다. 창밖으로 그가 사랑하는 모든 이가 잠들어 있을 농가의 한 귀퉁이가 어렴풋이 보였다. 벽이 삐거덕거렸다. 하늘에서는 점점 더 빠르게 흘러가는 구름 속으로 달이 들어갔다 나오기를 반복했고, 들판에서는 죽은 떡갈나무의 헐벗은 가지가 흔들렸다. 무언가가 다가오고 있다고, 파괴와 더 많은 죽음이 다가오고 있다고 경고하듯이.

그는 이메일 한 통을 열었다. 프랑스 리옹의 심리학회에서 기조연설을 맡아달라는 초대장이었다. 작년에 그의 논문 초록을 거절한 학회였다. 그는 머릿속으로 답장을 구상했다. 일단 감사하다고 말하고 제안해줘서 영광이지만 더 중요한 학회에 참석해야 해서 이번에는 불가피하게 거절하지만 다음에 다시 연락을 달라는 내용으로. 그러고는 껄껄 웃으면서 고개를 저었다. 과도하게 자만할 필요는 없었다. 뱀파이어병에 대한 갑작스러운 관심은 범행이 중단되면 금방 사그라질 터였다. 그는 초대를 수락했다. 더 나은 교통편과 숙소, 강연료를 요구할 수도 있겠다는 생각이 들었지만 굳이 그러지 않기로 했다. 그는 원하던 것을 얻고 있다. 사람들이 그의 말에 귀 기울여주기를, 인간 정신의 미로로 들어가는 그의 여정에 동참해주기를, 그의 연구를 인정해주기를, 그래서 모두가 인류의 삶을 더 낫게 만드는 노력을 이해하고 동참해주기를 얼마나 바랐던가. 그거면 됐다. 그는 시간을 확인했다. 12시 3분 전. 소리가 들렸다. 바람 소리일 것이다, 분명. 아이콘을 클릭해서 보안카메라 화면을 열었다. 처음 나타난 이미지는 대문 옆 카메라에 찍힌 장면이었다. 대문이 열려 있었다.

트룰스는 목청을 가다듬었다.

그녀가 전화했다. 울라가 전화했다.

그는 그릇을 식기세척기에 넣고 와인잔 두 개를 헹궜다. 지난 저녁에 올센스로 울라를 만나러 가기 전, 만일을 위해 사놓은 와인한 병이 있었다. 빈 피자 상자를 접어서 쓰레기봉투에 쑤셔 넣으려했지만 봉투가 찢어졌다. 젠장. 그냥 양동이 뒤에 안 보이게 끼워넣고 행주로 찬장을 닦았다. 음악은 어쩌지? 뭘 좋아했더라? 그는기억을 더듬었다. 뭔가가 머릿속에 맴돌기는 하지만 탁 하고 떠오르지는 않았다. 바리케이드에 관한 것이었는데. 듀란듀란인가? 어쨌든 아하와 비슷한 거였다. 아하의 첫 앨범이 있었다. 양초. 젠장. 전에도 이 집에 여자가 온 적은 있지만 그때는 분위기가 그렇게 중요하지 않았다.

올센스는 시내 한복판에 있어서 폭풍이 몰려오더라도 수요일 저녁에 택시를 잡기가 어렵지 않으므로 그녀가 언제든 도착할 수 있다. 샤워할 시간이 없으니 성기와 겨드랑이만 씻는 정도로 때워야했다. 아니, 겨드랑이와 성기 순서로. 젠장, 압박감에 정신을 차릴수가 없잖아! 전성기의 메건 폭스와 한가하게 저녁 시간을 보낼 계획이었는데 울라가 갑자기 전화해서 잠깐 집에 들러도 되느냐고물었다. **잠깐** 들른다는 게 무슨 뜻이지? 지난번처럼 바람맞힐 거라는 건가? 티셔츠. 태국에서 산 'Same Same, But Different'가 적힌 거? 그녀가 재밌다고 생각하지 않을지도 몰랐다. 게다가 태국은성병을 연상시킬지도 모른다. 방콕 MBK에서 산 아르마니 셔츠는어떨까? 아냐, 합성섬유라서 땀이 차는 데다 싸구려 카피 제품인

게 들통날 수도 있다. 트룰스는 어디서 샀는지 모를 흰색 티셔츠를 입고 급히 욕실로 들어갔다. 변기를 솔로 한 번 더 닦아야 했다. 그래도 중요한 일부터 먼저…….

성기를 잡고 세면대 앞에 섰을 때 초인종이 울렸다.

카트리네는 진동이 울리는 전화기를 보았다.

자정이 다 되었다. 몇 분 사이 바람이 거세지고 밖에서 돌풍이 휘몰아치고 신음하고 사방을 때리는 소리가 들렸지만 해리는 순식간에 잠들었다.

그녀는 전화를 받았다.

"할스테인 스미스입니다." 그가 당황한 듯 속삭였다.

"알아요. 무슨 일이에요?"

"그가 여기 있어요."

"뭐요?"

"발렌틴 같아요."

"그게 무슨 소립니까?"

"누가 대문을 열었고, 난…… 오 맙소사, 헛간 문 소리가 들려요. 어떻게 하죠?"

"아무것도 하지 마세요. 그냥…… 어디 숨을 데 있습니까?"

"아뇨. 보안카메라에 찍힌 그가 보여요. 맙소사, 발렌틴이에요." 할스테인은 우는 것 같았다. "어떻게 해야 해요?"

"젠장, 생각 좀 해보고요." 카트리네가 끙 하는 소리를 냈다.

누가 그녀의 손에서 전화기를 낚아챘다.

"스미스 선생님? 저 해립니다. 제가 받았어요. 사무실 문은 잠갔습니까? 그래요, 당장 잠그고 불도 끄세요. 아주 침착하게."

할스테인 스미스는 컴퓨터 화면을 보았다. "네, 문을 잠그고 불도 껐어요."

"그가 보입니까?"

"아뇨. 네, 이제 보여요." 할스테인은 어떤 형체가 통로 끝으로 들어오는 걸 보았다. 그 형체는 저울에 발이 걸려 비틀거리다가 다시 중심을 잡고 외양간을 지나서 카메라 쪽으로 다가왔다. 그 남자가 전등 아래를 지날 때 얼굴이 보였다.

"아 맙소사, 그가 맞아요, 해리. 발렌틴이에요."

"침착해요."

"하지만…… 그가 문을 땄어요. 열쇠를 가지고 있어요, 해리. 사무실 열쇠도 가지고 있을지 몰라요."

"거기 창문이 있습니까?"

"네, 그런데 너무 작고 높이 있어요."

"그를 때릴 만한 묵직한 물건은요?"

"아뇨. 그게…… 대신 총이 있어요."

"총이 있어요?"

"네, 서랍에요. 그런데 총 쏘는 연습을 할 시간이 없었어요."

"숨 쉬어요, 스미스. 어떻게 생긴 겁니까?"

"어, 검은색이에요. 경찰청에서 글록 뭐라고 하던데."

"글록 17. 탄창이 끼워져 있습니까?"

"네. 장전도 돼 있다고 들었어요. 그런데 안전장치가 보이지 않아요."

"괜찮습니다. 그건 방아쇠에 들어 있으니 그냥 방아쇠를 잡고 쏘면 됩니다."

스미스는 전화기를 입에 바짝 붙이고 최대한 조용히 속삭였다.

"자물쇠에 열쇠 꽂는 소리가 들려요."

"선생님은 문에서 얼마나 떨어져 있습니까?"

"2미터쯤."

"일어나서 두 손으로 총을 잡으세요. 잊지 말아요, 선생님은 어두운 데 있고 전등이 그의 뒤에 있으니까 발렌틴 쪽에서는 선생님이 잘 보이지 않아요. 그가 무기를 들고 있지 않다면 '경찰이다, 무릎 꿇어'라고 소리치세요. 무기가 보이면 세 번 쏘시고요. 세 번. 아셨습니까?"

"예."

할스테인 스미스 앞에 문이 열렸다.

그리고 그가 서 있었다. 헛간 전등 불빛에 비친 형체가 드러났다. 할스테인 스미스는 숨을 헉 들이마셨고 방에서 공기가 다 빠져나간 것만 같았다. 그 남자가 손을 들었다. 발렌틴 예르트센.

카트리네는 화들짝 놀랐다. 전화기 너머에서 탕 소리가 났다. 해리가 전화기를 귀에 바짝 붙이고 있었는데도 들렸다.

"스미스?" 해리가 소리쳤다. "스미스, 내 말 들려요?"

대답이 없었다.

"스미스!"

"발렌틴이 쐈어요!" 카트리네가 신음했다.

"아냐." 해리가 말했다.

"아니에요? 세 번 쏘라고 했고, 지금 대답이 없잖아요!"

"글록이었어, 루거가 아니고."

"그런데 왜?" 카트리네는 전화기에서 목소리가 들리자 입을 닫았다. 진지하게 집중하는 해리의 얼굴을 보았다. 누구의 목소리인지 들어보려 했지만 잘 들리지 않았다. 할스테인인지, 아니면 오래전 심문 녹음테이프에서만 들어봤고 악몽을 꾸게 만든 고음의 그놈 목소리인지. 지금 해리에게 말하는 사람은……

"좋아요." 해리가 말했다. "리볼버를 집었습니까? ……좋아요, 그걸 서랍에 넣어두고 그가 잘 보이는 곳에 앉아 계세요. 그가 문간에 쓰러져 있으면 그 자리에 그대로 두세요. 움직입니까? ……그래요, 아니…… 아니요, 응급처치를 해선 안 됩니다. 다친 거라면 선생님이 가까이 다가오기를 기다릴 겁니다. 죽었다면 이미 늦었고요. 중간 어디쯤이라면 운이 나쁜 거고요. 선생님은 그냥 거기 앉아서 지켜보기만 할 테니까요. 알았습니까, 스미스 선생님? 좋아요. 우리가 30분 안에 도착할 겁니다. 차에 타서 다시 전화할게요. 그에게서 눈을 떼지 말고 부인께 전화해서 반드시 집 안에 있으라고 하고 경찰이 가고 있다고 전하세요."

카트리네는 전화기를 받았고, 해리는 침대에서 빠져나가 욕실로 들어갔다. 카트리네는 그가 무슨 말을 하나 보다 하다가 토하는 중인 걸 알았다.

트룰스는 바지통 옷감을 통해 허벅지에 느껴질 만큼 손에 땀이 흥건했다.

올라는 술에 취했다. 그래도 소파 끝에 걸터앉아 그가 내온 맥주병을 방어용 무기처럼 들고 있었다.

"그러고 보니 너네 집에 온 건 처음이네." 올라가 약간 뭉개진 발음으로 말했다. "우리가 알고 지낸 지가…… 몇 년이나 됐더라?"

"열다섯 살 때부터니까." 트룰스가 말했다. 그 순간에는 머릿속으로 복잡한 계산을 할 수 없었다.

울라는 혼자 미소 지으며 고개를 끄덕였다. 아니, 끄덕였다기보다는 고개가 그냥 앞으로 떨어졌다.

트룰스는 기침을 했다. "밖에 바람이 많이 부네. 에밀리아가⋯⋯."

"트룰스?"

"응?"

"나랑 섹스하는 거 상상이 가?"

그가 마른침을 삼켰다.

울라는 고개를 들지 않고 키득거렸다. "트룰스, 그 침묵의 의미가—"

"상상이 가고말고." 트룰스가 말했다.

"좋아. 좋아." 울라는 고개를 들고 초점 없는 눈으로 그를 응시했다. "좋아." 그녀의 가느다란 목 위에서 머리가 흔들렸다. 무거운 뭔가로 가득 찬 것처럼. 무거운 분위기. 무거운 생각. 그에게는 기회였다. 늘 꿈꾸던 도입부이지만 이 일이 진짜로 일어날 거라고는 상상하지도 못했다. 울라 스바르트와 섹스해도 된다는 허락이 떨어진 것이다.

"침실 있어? 우리가 해치울 만한 곳?"

그는 그녀를 보았다. 고개를 끄덕였다. 그녀는 미소를 지었지만 행복해 보이지 않았다. 그러거나 말거나. 행복은 개나 물어가라지. 울라 스바르트가 흥분했고, 지금 그것 말고 뭐가 중요한가. 트룰스는 손을 내밀어 그녀의 뺨을 어루만지려 했지만 손이 말을 듣지 않았다.

"무슨 문제 있어, 트룰스?"

"문제? 아니, 무슨 문제가 있겠어?"

"너 지금 몹시……."

그는 기다렸다. 하지만 더는 말이 없었다.

"어떤데?" 그가 재촉했다.

"많이 당황한 것 같아." 그의 손이 아니라, 그녀의 손이었다. 그녀의 손이 그의 뺨을 어루만지고 있었다. "불쌍한, 불쌍한 트룰스."

그는 그 손을 뿌리치려 했다. 울라 스바르트의 손을, 오랜 세월이 흘러 경멸이나 역겨운 기색 없이 그에게 내밀어 그를 만지는 그 손을 뿌리치려 했다. 도대체 무슨 문제가 있는 거지? 그녀가 명확하고 단순하게 섹스를 원했고, 그건 그가 할 수 있는 일이었다. 발기에 문제가 있었던 적은 없다. 이제 그는 소파에서 그녀를 일으켜 세우고 침대로 데려가서 옷을 벗기고 거대한 성기를 쓰윽 밀어 넣기만 하면 되었다. 그녀가 비명을 지르고 신음하고 흐느낄 수도 있다. 그는 멈추지 않을 것이다. 그녀가—.

"너 우니, 트룰스?"

운다고? 그렇게 잘못 볼 정도로 울라가 취했나?

그는 그녀가 손을 떼고 자기 입술에 대는 걸 보았다.

"진짜 짠 눈물이네." 그녀가 말했다. "무슨 안 좋은 일 있어?"

트룰스도 느낄 수 있었다. 뜨거운 눈물이 뺨을 타고 흘렀다. 콧물도. 목구멍이 꽉 막히는 느낌도 들었다. 아주 커다란 무언가를, 그를 질식시키거나 터트릴 것 같은 무언가를 삼키려는 것처럼.

"나 때문이야?" 그녀가 물었다.

트룰스는 고개를 저었지만 아무 말도 나오지 않았다.

"그럼…… 미카엘?"

너무 명청한 질문이라 화가 날 지경이었다. 당연히 미카엘 때문이 아니었다. 미카엘 때문일 리가 있겠는가? 제일 친한 친구이기는 해도 어릴 때부터 틈만 나면 남들 앞에서 그를 놀려대고 애들이 때리려고 하면 그의 등을 떠민 남자. 둘 다 경찰에 들어가서는 오늘날의 자리에 오르기 위해 '비비스'에게 온갖 더러운 짓거리를 시켜 먹은 남자. 트룰스가 그런 자식을 위해 울고 앉아 있을 이유가 어디 있겠는가? 아웃사이더 둘이서 어쩔 수 없이 엮여서 하나는 승승장구하고 하나는 한심한 루저로 전락하게 만든 우정을 위해? 말도 안 돼! 그럼 왜지? 도대체 왜 그 루저는 자신의 잃었던 입지를 회복하고 그 자식의 아내와 섹스할 기회를 얻었는데 늙은 할망구처럼 질질 짜는 걸까? 이제 울라의 눈에서도 눈물이 흘렀다. 울라 스바르트. 트룰스 베른트센. 미카엘 벨만. 그들 셋이 있었다. 망레루드의 다른 인간들은 다 소용이 없었다. 그들에겐 아무도 없었다. 서로만 있었다.

울라는 가방에서 손수건을 꺼내서 가만히 눈물을 닦았다. "내가 가주길 바라니?" 그녀가 훌쩍이며 물었다.

"난……." 트룰스는 자신이 내는 낯선 목소리를 들었다. "모르겠어, 울라."

"나도." 울라가 웃으면서 손수건에 묻은 화장품 자국을 바라보고는 다시 가방에 넣었다. "용서해줘, 트룰스. 나쁜 생각이었던 것 같아. 이제 갈게."

그는 고개를 끄덕였다. "다음 기회에. 다음 생애에."

"내 말이." 울라는 이렇게 말하고 일어섰다.

트룰스는 울라가 나가고 문이 닫힌 뒤에도 현관에 그대로 서서 그녀의 발소리가 계단을 내려가 서서히 희미해지는 걸 들었다. 저 아래 멀리서 문이 열리는 소리를 들었다. 다시 닫히는 소리. 그녀가 갔다. 완전히 가버렸다.

지금 그가 품은 감정이…… 정확히 무엇일까? 안도감. 그러면서도 한편으로는 견딜 수 없는 절망감. 가슴과 배에 통증이 느껴질 만큼 깊은 절망감이 일어나서 불현듯 침실 벽장 속의 총이 떠올랐다. 그거만 있으면 지금 여기서 당장 자유로워질 수 있다는 생각마저 스쳤다. 그러다 무릎을 꿇고 앉아 현관 깔개에 이마를 댔다. 그리고 웃음을 터트렸다. 꿀꿀거리는 웃음이 멈추지 않고 점점 커졌다. 젠장, 무슨 놈의 인생이 이 모양이야!

할스테인 스미스는 여전히 심장이 벌렁거렸다.

그는 해리가 시키는 대로 문간에 쓰러져 꼼짝 않는 자에게서 눈을 떼지 않고 총을 겨누었다. 피 웅덩이가 흥건하게 퍼지면서 점점 그가 있는 쪽으로 다가오는 게 보이자 구역질이 올라왔다. 토하면 안 돼, 지금은 집중력을 잃어선 안 돼. 해리가 세 번 쏘라고 했다. 그에게 총알 두 개를 더 박아야 할까? 아니, 그는 죽었다.

할스테인은 떨리는 손으로 메이에게 전화를 걸었다. 메이가 바로 받았다.

"할스테인?"

"자는 줄 알았는데." 그가 말했다.

"애들이랑 침실에 앉아 있어. 애들이 폭풍 때문에 잠을 못 자서."

"그럴 거야. 저기, 경찰이 곧 올 거야. 파란 경광등에 사이렌이 울릴 수도 있으니까 겁내지 말고."

"뭘 겁내는데?" 그녀가 물었다. 목소리가 떨렸다. "무슨 일이야, 할스테인? 탕 소리를 들었어. 바람 소리야, 다른 거야?"

"메이, 걱정하지 마. 다 괜찮아……."

"괜찮지 않은 목소리잖아, 할스테인! 애들이 울어!"

"내가…… 내가 가서 설명할게."

카트리네는 들판과 숲 사이로 난 구불구불한 좁은 자갈길을 따라 차를 몰고 내려갔다.

해리는 전화기를 주머니에 넣었다. "스미스 선생이 농가로 건너가서 가족과 함께 있대."

"괜찮을 거예요, 그럼." 카트리네가 말했다.

해리는 대꾸하지 않았다.

바람이 거칠어졌다. 숲 근처에서는 도로 위에 흩어진, 부러진 나뭇가지와 잔해를 조심해야 했고, 들판으로 나와서는 돌풍이 휘몰아쳐서 핸들을 꽉 잡아야 했다.

해리의 전화기가 다시 울리는 사이 카트리네는 할스테인 집의 열린 대문을 지났다.

"지금 도착했습니다." 해리가 전화기에 대고 말했다. "여기 오는 즉시 저지선부터 치고, 감식반이 올 때까지 아무것도 건드리지 마세요."

카트리네는 헛간 앞에 차를 세우고 급히 내렸다.

"자네가 앞장서." 해리가 이렇게 말하고 카트리네 뒤를 따라 헛간 문을 지났다.

카트리네는 오른쪽으로 사무실로 돌아서다가 뒤에서 해리가 욕하는 소리를 들었다.

"미안, 저울 조심하라고 말해준다는 걸 깜빡했어요." 카트리네가 말했다.

"그게 아니라." 해리가 말했다. "바닥에 피가 보여서."

카트리네는 사무실의 열린 문 앞에 멈췄다. 바닥에 피가 흥건했다. 젠장. 발렌틴은 거기 없었다.

"스미스 선생네 가족을 지켜봐줘." 해리가 뒤에서 말했다.

"뭐라고요……?"

카트리네가 돌아본 순간 해리는 왼쪽으로, 문 밖으로 사라졌다.

돌풍이 불어닥쳐 해리를 휘감았고, 그는 전화기의 손전등 기능을 켰다. 그는 간신히 중심을 잡았다. 연회색 자갈밭에 피가 선명하게 보였다. 그는 가느다란 핏자국을 따라 발렌틴이 달아난 방향을 쫓아갔다. 바람이 등 뒤에서 불었다. 농가 쪽으로.

안 돼…….

해리는 전화기를 돌리며 손전등으로 비춰보다가 안도의 한숨을 내쉬었다. 핏자국이 농가에서 멀어졌다. 누렇게 메마른 풀밭을 가로질러 들판으로 이어졌다. 여기서도 핏자국은 추적하기 쉬웠다. 이제는 바람이 최대 등급으로 거세졌는지, 빗방울이 탄환처럼 뺨을 때렸다. 정말로 비가 내리기 시작한 거라면 핏자국이 씻겨나가는 것은 순식간일 것이다.

발렌틴은 눈을 감고 바람을 향해 입을 벌렸다. 바람이 그에게 생명을 불어 넣어주기라도 할 것처럼. 생명. 왜 모든 것은 정점에 이르자마자 쇠락의 길로 들어서는 걸까? 그녀. 자유. 그리고 이제는 생명.

생명. 그에게서 빠져나간다. 신발에 차가운 피가 홍건했다. 그는 피가 싫었다. 피를 사랑하는 건 다른 자였다. 그와 계약을 맺은 자. 악마는 그 자신이 아니라 계약의 상대인 블러드맨이란 걸 깨달은 게 언제더라? 자신이 영혼을 팔아넘겼다는 사실을 깨달은 게 언제더라? 발렌틴 예르트센은 하늘로 얼굴을 향한 채 웃음을 터트렸다. 허리케인이 여기에 왔다. 악마가 풀려났다.

해리는 한 손에 글록을 쥐고 다른 손에 전화기를 들고 뛰었다.

들판을 가로질렀다. 바람을 등지고 비탈길을 내달렸다. 발렌틴은 부상을 입었으니 자신을 쫓아올 사람들과의 거리를 최대로 벌리면서도 가장 쉬운 길을 택했을 것이다. 해리는 발밑에서 출렁하는 감각이 머리로 올라와 다시 속을 게워내고 싶어졌지만 침을 삼키며 구토를 억눌렀다. 숲속의 길을 생각했다. 새 언더아머 장비를 갖추고 그 길에서 앞에 가는 자를 생각했다. 그리고 달렸다.

숲에 다다르자 속도를 늦추었다. 방향을 바꾸어 맞바람을 받으며 나아가야 했다. 나무들 사이로 허물어져가는 작은 판잣집이 나왔다. 썩은 목재에 구불구불한 양철 지붕. 장비를 보관하는 창고일지도, 아니면 짐승들이 비를 피해 숨어드는 곳이거나.

해리는 전화기로 판잣집을 비추었다. 바람 소리 말고는 아무 소리도 들리지 않았다. 사방이 어둡고, 따스한 날 특유의 바람이 정면으로 불어와 피 냄새도 나지 않았다. 그래도 상관없었다. 그는 발렌틴이 여기에 있는 걸 **알았다**. 일정한 간격으로 **알고** 잘못 알기를 반복하는 식이었다.

그는 불빛으로 다시 바닥을 비추었다. 핏방울의 간격이 줄어들었다. 발렌틴도 여기서 속도를 늦춘 것이다. 상황을 파악하고 싶어서. 지쳐서. 혹은 그냥 멈춰야 해서. 그리고 피가, 이제까지 일직선으로 죽 이어지던 핏방울이 여기서 끊겼다. 판잣집 방향으로. 이번엔 잘못 안 게 아니었다.

해리는 판잣집 오른쪽의 숲으로 향했다. 나무들 사이로 달리다가 멈추고는 손전등 기능을 끄고 글록을 들고 판잣집의 반대편에서 다가갈 수 있도록 호를 그리며 걸었다. 바닥으로 숙이고 살금살금 다가갔다.

바람이 얼굴을 때리는 것으로 보아 발렌틴이 그가 다가가는 소리를 들을 가능성도 희박했다. 바람이 소리를 해리 쪽으로 실어왔고, 멀리 돌풍 속에서 커졌다 작아지는 경찰 사이렌 소리가 들렸다.

해리는 쓰러진 나무를 기어서 넘었다. 소리 없이 번갯불이 번쩍했다. 그리고 거기에, 판잣집을 배경으로 누군가의 형체가 보였다. 그였다. 그가 나무 두 그루 사이에 해리를 등진 채 앉아 있었고, 고작 5미터나 6미터 떨어져 있었다.

해리는 그 형체를 향해 총을 겨누었다.

"발렌틴!"

그의 외침이 우르릉거리는 천둥소리에 일부 잘리기는 했지만 앞에 있는 형체가 순간 뻣뻣해졌다.

"넌 내 시야에 있어, 발렌틴. 총 내려놔."

바람이 갑자기 잦아든 것 같았다. 그리고 다른 소리가 들렸다. 고음의 웃음소리.

"해리. 또 놀러 나왔군."

"게임이 너한테 유리해질 때까지 포기하지 마. 총 내려놔."

"날 찾아냈군. 내가 여기, 집 밖에 있는 건 어떻게 알았나? 안이 아니라?"

"널 아니까, 발렌틴. 내가 가장 뻔한 데를 들여다볼 줄 알고 마지막으로 목숨을 부지하려고 밖에 앉아 있는 거잖아."

"길동무." 발렌틴이 젖은 기침을 했다. "우린 영혼의 쌍둥이야.

그러니 우리의 영혼은 같은 곳에 있어야 해, 해리."

"이제 총 내려놔. 아니면 쏜다."

"난 가끔 엄마를 생각해, 해리. 너도 그런가?"

발렌틴의 뒤통수가 어둠 속에서 앞뒤로 흔들리는 게 보였다. 번쩍 하는 섬광을 받아 갑자기 환해졌다. 빗방울이 늘어났다. 이번 빗방울은 크고 묵직하고 바람에 휩쓸리지 않았다. 그들은 태풍의 눈 속에 있었다.

"내가 엄마를 생각하는 건 내가 나 자신보다 더 미워하는 단 한 사람이라서야, 해리. 엄마가 한 짓보다 더 파멸시키려고 애쓰는 중이야. 그런데 그게 가능한지 모르겠어. 엄마는 날 파멸시켰거든."

"그 이상이 가능하지 않다고? 마르테 루드는 어딨지?"

"응, 그 이상은 가능하지 않아. 난 특별하거든, 해리. 너랑 나, 우린 남들하고 달라. 우린 특별해."

"실망시켜서 미안하지만, 발렌틴, 난 특별하지 않아. 마르테는 어디 있나?"

"나쁜 소식이 두 가지 있어, 해리. 첫째. 넌 그 빨간 머리 아가씨를 잊을 수 있어. 둘째. 넌 특별해." 웃음소리. "썩 유쾌한 생각은 아니지? 넌 평범함으로, 무리의 평균 속으로 숨어들어 거기에서 소속감을 느끼고 진정한 자아를 발견한 줄 알겠지. 하지만 진정한 너는 지금 여기 앉아 있어, 해리. 날 죽일지 말지 고민하면서. 그리고 넌 이 여자들을, 에우로라, 마르테를 이용해 너의 달콤한 증오에 기름을 끼얹었어. 이제는 네가 누굴 살릴지 혹은 죽일지 결정할 차례이고, 넌 그걸 즐겨. 신이 되는 걸 **즐기는** 거야. 넌 내가 되기를 꿈꾸었어. 넌 뱀파이어가 될 차례를 기다린 거야. 넌 목마름을 알아. 그러니까 그냥 인정해, 해리. 언젠가는 너도 피를 마시게 될 테니."

"난 네가 아니야." 해리가 이렇게 말하고 마른침을 삼켰다. 머릿속에서 으르렁거리는 소리가 들렸다. 다시 세찬 바람이 불었다. 다시 흩뿌리는 빗방울이 총을 잡은 손으로 떨어졌다. 그랬다. 그들은 곧 태풍의 눈에서 벗어난다.

"넌 나랑 같아." 발렌틴이 말했다. "그래서 너도 속는 거야. 너랑나, 우린 우리가 똑똑한 줄 알지만 우린 결국 다 속는 거야, 해리."

"아니—."

발렌틴은 몸을 획 돌렸고, 해리는 얼핏 자신을 향하는 기다란 총신을 보고 글록의 방아쇠를 당겼다. 한 번, 두 번. 다른 불빛이 숲에서 번쩍했고, 해리는 발렌틴의 몸을 보았다. 그의 몸이 꼭 번갯불처럼 삐죽빼죽한 모양으로 하늘을 배경으로 얼어붙었다. 눈이 튀어나오고 입이 벌어지고 셔츠 앞이 피로 붉게 물든 채. 오른손에 든 부러진 나뭇가지가 해리를 향해 있었다. 그리고 그는 쓰러졌다.

해리는 일어나서 발렌틴에게 다가갔다. 발렌틴은 무릎을 꿇고 상체를 나무에 걸친 채 허공을 응시하고 있었다. 그는 죽었다.

해리는 총을 발렌틴의 가슴에 겨누고 다시 한 발 쏘았다. 요란한 천둥소리가 총소리를 집어삼켰다.

세 발.

그래야 하는 이유가 있어서가 아니라 음악이 그렇고 이야기가 그런 식으로 흘러가서였다. 셋이어야 했다.

무언가가 다가오고 있었다. 말발굽 소리가 천지를 뒤흔들며 그 앞의 대기를 떠밀고 나무를 휘어지게 만드는 소리 같았다.

그리고 비가 내렸다.

해리는 할스테인의 주방 식탁에서 두 손으로 찻잔을 들고 목에 수건을 두르고 앉아 있었다. 옷에서 빗물이 뚝뚝 떨어졌다. 바람이 휘몰아치고 빗줄기가 창유리를 때려서 마당에 서 있는 경찰차가 마치 푸른 경광등이 돌아가는 일그러진 UFO 같았다. 마치 모든 물이 기류 속에서 서서히 흐르는 것처럼.

달의 냄새가 났다.

해리는 맞은편에 앉은 할스테인 스미스가 아직 충격에서 헤어나지 못했다고 판단했다. 동공이 팽창했고 얼굴에 표정이 없었다.

"확실한 건지……."

"그는 죽었습니다, 스미스 선생님." 해리가 말했다. "그래도 그를 거기 두고 떠날 때 리볼버를 가져가지 않으셨다면 지금쯤 전 살아 있지 못했을 겁니다."

"저도 제가 왜 그랬는지 모르겠어요. 그가 죽은 줄로만 알았어요." 할스테인이 금속성의 로봇 같은 목소리로 웅얼거리고 식탁 위 총신이 긴 리볼버와 그가 발렌틴에게 쏜 총이 나란히 놓여 있는 쪽을 보았다. "그의 가슴 중앙을 맞힌 줄 알았어요."

"그랬어요." 해리가 말했다. 달. 우주비행사들은 달에서 탄 화약 냄새가 난다고 보고했다. 그 냄새는 해리가 재킷에 넣어 가져온 총에서도 났지만 주로 식탁 위의 글록에서 났다. 해리는 발렌틴의 빨간색 리볼버를 집었다. 총열의 냄새를 맡았다. 거기서도 화약 냄새가 났지만 많이는 아니었다. 카트리네가 주방에 들어왔다. 검은 머리에서 빗물이 떨어졌다. "현장 감식반이 지금 발렌틴을 데리고 내려왔어요."

카트리네는 리볼버를 보았다.

"발사됐어." 해리가 말했다.

"아뇨, 아뇨." 할스테인이 중얼거리며 기계적으로 고개를 저었다. "그는 날 겨누기만 했어요."

"지금 말고요." 해리가 카트리네를 보았다. "화약 냄새는 며칠 전부터 밴 거야."

"마르테 루드?" 카트리네가 물었다. "설마……?"

"내가 먼저 쐈어요." 할스테인이 무표정한 눈을 들었다. "내가 발렌틴을 쐈어요. 그리고 그는 죽었어요."

해리는 몸을 앞으로 기울여 그의 어깨에 손을 얹었다. "그래서 지금 살아 계신 겁니다."

할스테인이 천천히 고개를 끄덕였다.

해리는 카트리네에게 할스테인을 맡아달라고 눈짓하고 일어섰다. "난 헛간에 가볼게."

"안 돼요." 카트리네가 말했다. "선배는 조사를 받아야 할 거예요."

해리는 헛간을 향해 뛰어갔지만 할스테인의 사무실에 도착하고 보니 다시 온몸이 비에 흠뻑 젖었다. 그는 책상 앞에 앉아서 사무실을 찬찬히 둘러보았다. 그러다 박쥐 날개를 단 남자의 그림에 시선이 머물렀다. 그 그림은 괴이하다기보다 외로움을 발산했다. 어딘가 낯익어서였을 수도 있다. 해리는 눈을 감았다.

술이 필요했다. 술 생각을 떨치고 다시 눈을 떴다. 앞에 있는 컴퓨터 모니터 속 화면이 두 개의 면으로 분할되었다. 보안카메라 한 대에 한 면씩. 마우스로 커서를 옮겨서 시계 위에 가져다놓고 시각을 자정에서 몇 분 전으로 돌렸다. 얼추 할스테인이 전화한 시각이었다. 20초쯤 지나서 어떤 형체가 대문 앞에 스윽 나타났다. 발렌틴. 그는 왼쪽에서 나왔다. 도로에서. 버스? 택시? 그는 미리 준비해둔 흰색 열쇠로 문을 열고 살금살금 안으로 들어갔다. 뒤에서 문이 닫혔지만 자물쇠가 잠기지는 않았다. 15초에서 20초 지나서 빈 외양간과 저울이 보이는 다른 화면에 발렌틴이 나타났다. 발렌틴은 철제 저울 위에서 중심을 잃을 뻔했다. 그의 뒤로 눈금판에는 많은 사람을 죽인, 그중 몇 명은 맨손으로 죽인 괴물이 고작 74킬로그램으로, 해리보다 22킬로그램 적게 나가는 것으로 표시되었다. 발렌틴은 카메라 쪽으로 걸어와서 렌즈를 똑바로 쳐다보는 것 같았지만 사실 렌즈를 보고 있지 않았다. 그가 화면에서 사라지기 전에 해리는 그가 코트 주머니에 손을 넣는 걸 보았다. 이제 화면에는 빈 외양간과 저울과 발렌틴의 그림자 윗부분만 보였다. 해리는 그 몇 초를 재구성하면서 할스테인 스미스와 전화로 나눈 대화를 떠올렸다. 그날의 나머지 시간과 카트리네의 집에서 보낸 몇 시간은 모조리 사라지고 오로지 그 몇 초에 집중했다. 늘 그런 식이었다. 술만 마시면 사적인 뇌는 태플론 코팅을 입고 경찰의 뇌는 접착제로 달라붙어서, 마치 한쪽은 잊히기를 원하고 다른 쪽은 반드시 기억해야 하는 것처럼 되었다. 내사과에서 그가 기억하는 내용을 자세히 알고 싶어한다면 조서를 아주 길게 받아 적어야 할 터였다.

화면 속 발렌틴이 문을 열자 문의 모서리가 화면에 나타나고 발렌틴의 그림자가 한쪽 팔을 들었다가 다시 내리는 모습이 보였다.

해리는 화면을 빠르게 돌렸다.

할스테인의 뒷모습이 보이고 그가 비틀거리며 외양간을 지나 밖으로 빠져나가는 것이 보였다.

그리고 1분 후 발렌틴이 몸을 이끌고 온 길로 되짚어 나갔다. 해리는 다시 화면 속도를 늦추었다. 발렌틴이 외양간에 기대 서 있었고, 금방이라도 쓰러질 듯 보였다. 눈금판에는 그가 들어올 때보다 1.5킬로그램 줄어든 것으로 나타났다. 해리는 컴퓨터 화면에서 바닥에 홍건한 피를 보고 다시 발렌틴이 문을 열려고 씨름하는 것을 보았다. 그 장면에서 살려는 의지를 **느낄** 수 있었다. 아니면 단지 붙잡힐까 봐 두려워한 걸까? 문득 이 영상이 언젠가는 유출되어 유튜브에서 크게 히트할 거라는 생각이 스쳤다.

비에른 홀름의 허연 얼굴이 문 앞에 나타났다. "그러니까 여기서 시작된 거군요." 비에른이 들어오는 동안, 해리는 딱히 우아하지 않은 과학수사 전문가가 범죄현장에만 들어오면 발레 댄서처럼 움직이는 광경에 매료되었다. 비에른이 피 웅덩이 옆에 쪼그리고 앉았다. "지금 시신을 옮기고 있어요."

"음."

"사입구가 네 군데예요, 해리. 그중에 몇 개가……?"

"세 개." 해리가 말했다. "스미스는 한 발만 쐈어."

비에른 홀름이 얼굴을 찡그렸다. "그 사람은 무장한 사람을 쏜 거고요, 해리. 내사과에 선배가 쏜 총알을 어떻게 설명할지 생각해

됐어요?"

해리는 어깨를 으쓱했다. "물론 사실대로 말해야지. 어두웠고, 발렌틴이 나뭇가지를 가지고 무기를 든 것처럼 날 속이려 했다고. 그자는 다 끝난 걸 알고 내가 자기를 쏴주기를 **원한** 거야, 비에른."

"그래도요. 무장도 하지 않은 사람의 가슴에 총상이 세 개면……."

해리는 고개를 끄덕였다.

비에른은 숨을 깊이 들이마시고 어깨 너머를 돌아보고 목소리를 낮췄다. "물론 어두웠고 비가 퍼부었고 허리케인이 최고 등급으로 그 숲까지 내려왔어요. 그리고 지금 제가 그리로 가서 살펴본다면 발렌틴이 쓰러져 있던 자리에서 감춰진 총을 발견할 가능성은 언제든 있어요."

둘은 서로를 쳐다보았고 벽이 바람에 삐걱거렸다.

해리는 비에른 홀름의 볼이 벌겋게 달아오르는 걸 보았다. 그가 얼마나 큰 용기를 냈는지 알 것 같았다. 자신이 가진 것 이상을 해리에게 제안한 것이다. 그가 소중히 여기는 모든 것을 걸고 제안한 것이다. 그들이 공유하는 가치관, 도덕률. 그의, 그들의, 정신.

"고맙네." 해리가 말했다. "고마워, 친구. 하지만 거절할게."

비에른 홀름은 눈을 두 번 깜빡였다. 마른침을 삼켰다. 쌕쌕거리며 길게 떨리는 숨을 내쉬고는 상황에 어울리지 않게 짧게 안도한 듯 킬킬거렸다.

"가봐야겠어요." 그가 일어서며 말했다.

"그래." 해리가 말했다.

비에른 홀름은 그 앞에 서서 머뭇거렸다. 할 말이 있는 것처럼, 아니면 한발 다가와 그를 안아주고 싶은 것처럼. 해리는 다시 컴퓨터 화면으로 몸을 숙였다. "곧 다시 얘기하지, 비에른."

비에른이 구부정하게 밖으로 나가는 모습이 화면에 보였다.

해리는 주먹으로 키보드를 내리쳤다. 술. 젠장, 젠장! 딱 한 잔만.

그의 시선이 박쥐 남자에게 못 박혔다.

할스테인이 뭐라고 했더라? '그가 알아요. 내가 어디 있는지 알았어요.'

수요일 밤

미카엘 벨만은 몸 앞으로 팔짱을 끼고 서서 오슬로 경찰청이 새벽 2시에 기자회견을 연 역사가 있는지 생각했다. 그는 강단 왼쪽 벽에 기대서서 좌중을 둘러보았다. 조간신문 편집자와 텔레비전 뉴스팀 사람들, 에밀리아가 훑고 간 참상을 취재하고 있었을 기자들과 자다가 불려 나왔음이 분명한 졸린 얼굴의 기자들이 모여 있었다. 모나 도는 운동복 위에 레인코트를 걸쳤고, 정신이 말똥말똥해 보였다.

강력반 책임자인 군나르 하겐 옆 카트리네 브라트가 신센에서 발렌틴 예르트센의 아파트를 급습한 과정과 할스테인 스미스의 농장에서 벌어진 극적인 상황에 관해 상세히 보고하고 있었다. 연신 플래시가 터졌다. 미카엘은 그가 강단 위에 있지 않아도 카메라가 자신을 주시하는 걸 알기에 이사벨레가 추천한 표정을 지으려고 애썼다. 이사벨레와는 오는 길에 통화했다. 진지하면서도 승자의 내적 만족감이 배어나는 표정. "그러니까 웃지도 말고 대놓고 좋아하지도 마. 당신이 D-데이 이후의 아이젠하워 장군이라고 생각해. 승리와 비극 두 가지 모두에 대한 아이젠하워의 책임감을 떠안은 사람이라고."

미카엘은 하품을 참았다. 울라가 시내에서 친구와 밤늦게까지 놀고 와서 그를 깨운 터였다. 어릴 때 이후로 울라가 취한 건 기억나지 않았다. 취한 얘기가 나와서 말인데, 해리 홀레가 바로 옆에서 있었다. 모르긴 몰라도 해리 홀레가 취했다고 장담할 수 있었다. 그 자리의 기자들보다 더 지쳐 보이는 데다 그의 젖은 옷에서 나는 냄새는 술 냄새가 아닌가?

불쑥 로갈란 주의 사투리가 나왔다. "발렌틴 예르트센을 총으로 쏘아 죽인 경찰의 이름을 공개하고 싶지 않은 건 이해합니다만 발렌틴이 무장한 상태였는지 뒤에서 총을 맞았는지는 말씀해주실 수 있지 않나요?"

"말씀드린 바와 같이 구체적인 내용은 사실관계를 명확히 파악한 후 공개하겠습니다." 카트리네는 이렇게 말한 후 손을 흔드는 모나 도를 지목했다.

"그래도 할스테인 스미스가 개입한 정황에 관해서는 말씀해주실 수 있잖아요?"

"네." 카트리네가 말했다. "그 부분에 관해서는 자세히 알고 있습니다. 그 사건이 녹화되어 있고 사건이 벌어졌을 때 저희가 스미스 씨와 통화 중이었으니까요."

"그렇다면 스미스 씨는 누구와 통화했나요?"

"저요." 카트리네가 잠시 말을 끊었다. "그리고 해리 홀레와도."

모나 도가 고개를 갸웃했다. "그럼 경위님과 해리 홀레는 사건이 벌어졌을 때 여기 경찰청에 있었습니까?"

미카엘 벨만은 카트리네가 도움을 구하듯 군나르 하겐을 흘끔거리는 것을 봤지만 강력반 책임자는 카트리네가 뭘 원하는지 눈치채지 못하는 듯 보였다. 미카엘도 모르기는 마찬가지였다.

"현재로서는 경찰의 수사 방법을 구체적으로 밝히고 싶지 않습니다." 군나르 하겐이 말했다. "증거만이 아니라 향후 사건에서 저희의 전략이 노출될 위험이 있으니까요."

모나 도와 그 자리의 다른 사람들은 이 답변에 만족한 것 같았지만 미카엘은 군나르가 자기가 뭘 숨기는지도 모르는 것을 눈치챘다.

"늦었습니다. 여기 계신 모두에게 할 일이 있습니다." 군나르가 시계를 보면서 말했다. "다음 기자회견은 정오에 있을 예정입니다. 그때는 말씀드릴 내용이 더 생기면 좋겠군요. 일단 안녕히 주무십시오. 이제 다들 조금 더 푹 잘 수 있겠네요."

플래시가 공세를 퍼붓듯 터지고 군나르와 카트리네가 일어섰다. 사진기자 몇은 카메라 렌즈를 미카엘 쪽으로 돌렸고, 미카엘은 자리에서 일어선 사람들이 그와 카메라 사이에 끼어들자 앞으로 한 발 나와서 걸리적거리는 방해물 없이 포즈를 취해주었다.

"잠깐만, 해리." 미카엘이 돌아보지도, 아이젠하워 얼굴을 풀지도 않고 말했다. 플래시 세례가 끝나자 그제야 팔짱을 끼고 서 있는 해리 홀레를 돌아보았다.

"자네를 늑대 무리에 던지지는 않을게." 미카엘이 말했다. "자네는 할 일을 했고, 위험한 연쇄살인범을 쐈으니." 그는 한 손을 해리의 어깨에 얹었다. "그리고 우린 우리 자신을 돌봐야 하고. 그렇지?"

키가 더 큰 해리가 어깨 위의 손을 쏘아보자 미카엘이 손을 치웠다. 해리의 목소리가 평소보다 걸걸했다. "자네는 승리를 즐겨, 벨만. 난 내일 아침 눈 뜨자마자 조사를 받을 테니. 잘 자."

미카엘은 해리 홀레가 출입문으로 나가는 걸 지켜보았다. 갑판 위에서 거친 바다를 항해하는 선원처럼 널찍한 보폭으로 해리가 걸어나갔다.

미카엘은 이미 이사벨레와 상의했다. 이번 성공이 씁쓸한 뒷맛을 남기지 않게 하려면 무엇보다도 내사과가 해리 홀레를 비난할 이유가 거의 혹은 전혀 없다고 결정하는 쪽이 최선이라는 데에 동의했다. 그렇다고 내사과에 대놓고 뇌물을 줄 수는 없다. 내사과가 이런 결론에 도달하도록 유도할 방법이 무엇일까. 아직 그는 알지 못했다. 하지만 생각이 있는 사람들이라면 일정 수준의 상식을 선뜻 받아들일 것이다. 그리고 언론과 대중에 관해서라면 이사벨레의 생각으로는 최근 몇 년간 다중 살인에서 범인이 경찰에게 살해당하는 일이 다반사였던 데다 언론과 대중이 이런 종류의 사건을 처리하는 우리 사회의 한 가지 방식을 이미 암묵적으로 수용했다. 이를테면 빠르고 효율적인, 보통 사람의 정의감에 호소하고 주요 살인사건에서 법정 소송에 따른 막대한 소송비가 들어가지 않는 방식으로.

미카엘은 카트리네 브라트를 찾았다. 둘이 같이 있으면 사진기자들한테 좋은 모델이 될 것이다. 하지만 카트리네는 이미 떠나고 없었다.

"군나르!" 미카엘은 사진기자 둘이 돌아볼 만한 소리로 불렀다. 강력반 책임자는 출입문에서 멈추어 그에게 돌아왔다.

"심각한 표정을 지어요." 미카엘은 이렇게 속삭이고 손을 내밀었다. 그리고 큰 소리로 말했다. "축하합니다."

해리는 보르그 가의 가로등 아래, 죽어가는 에밀리아의 마지막 숨결 속에서 담뱃불을 붙이려 했다. 추워서 이가 덜덜 떨렸고, 입에 문 담배가 위아래로 깐닥거렸다.

그는 경찰청 입구를 보았다. 방송국과 신문사 기자들이 나오고 있었다. 그들도 그만큼 지쳤다. 그래서인지 평소처럼 시끄럽게 떠들지 않고 그뢴란슬레이레로 향한 길을 따라 말없이 느릿느릿 이동했다. 혹은 그들도 느꼈는지도 모른다. 공허함. 사건이 해결되고 길의 끝에 다다라 더 갈 길이 없음을 깨닫는 순간의 공허감. 더 이상 밭을 갈 땅이 없다. 그런데도 아내는 아직 집 안에 의사와 산파와 함께 있고 나는 할 수 있는 게 없다. 내가 쓸모 있는 곳이 없다.

"뭐 기다려요?"

해리가 돌아보았다. 비에른이었다.

"카트리네." 해리가 말했다. "집까지 데려다준대서. 주차장에서 차 빼고 있어. 자네도 같이 타고 가도……."

비에른은 고개를 저었다. "카트리네한테 지난번에 한 얘기 전했어요?"

해리는 고개를 끄덕였고, 다시 담뱃불을 붙여보려 했다.

"'했다'는 거예요?" 비에른이 물었다.

"아니." 해리가 말했다. "자네를 어떻게 생각하는지 물어보지 않았어."

"안 했어요?"

해리는 잠시 눈을 감았다. 물었는지도 모른다. 여하튼 카트리네의 대답이 기억나지 않았다.

"둘이서 자정 즈음에 경찰청 아닌 곳에 같이 있었다면 일 얘기만 하지는 않았을 거 같아서 묻는 거예요."

해리는 손으로 담배와 라이터를 가리면서 비에른을 보았다. 어린애 같고 창백한 푸른 눈이 평소보다 더 튀어나와 있었다.

"일 얘기 말고는 기억나는 게 없어, 비에른."

비에른 홀름은 땅을 보고 발을 굴렀다. 피를 돌게 하려는 듯. 그 자리에서 움직일 수 없는 것처럼.

"나중에 알려줄게, 비에른."

비에른 홀름은 눈도 들지 않고 고개를 끄덕이고는 뒤돌아서 떠났다.

해리는 그가 가는 걸 보았다. 비에른이 뭔가를 알아챈 느낌이 들었다. 그 자신은 알아채지 못한 뭔가를. 됐다! 불이 붙었다, 드디어!

차가 그의 옆에 와서 멈췄다.

해리는 한숨을 쉬고 담배를 땅에 던지고 문을 열고 차에 탔다.

"둘이 무슨 얘기 했어요?" 카트리네가 비에른 쪽을 보고 물으며 밤의 고요한 그뢴란슬레이레를 달렸다.

"우리가 같이 잤나?" 해리가 물었다.

"뭐라고요?"

"아까 저녁때 일이 전혀 기억이 안 나. 섹스를 하진 않았지?"

카트리네는 대답하지 않고 빨간 신호등 앞에서 하얀 정지선에 맞춰 차를 세우는 데 집중했다. 해리는 기다렸다.

신호등이 초록색으로 바뀌었다.

"네." 카트리네가 발을 누르고 클러치를 풀었다. "하지 않았어요."

"좋아." 해리가 나직이 휘파람을 불었다.

"선배가 너무 취했어요."

"뭐?"

"너무 취했다고요. 잠이 들었잖아요."

해리는 눈을 감았다. "젠장."

"그래요, 나도 그렇게 생각했어요."

"그게 아니라. 라켈이 지금 혼수상태야. 그런데 난—."

"라켈과 같은 상태가 되려고 발악하고 있죠. 잊어요, 해리. 더 나쁜 일들이 일어났잖아요."

라디오에서 건조한 목소리가 발렌틴 예르트센, 일명 뱀파이어 살인마가 자정에 총에 맞아 죽었다고 보도했다. 오슬로가 최초로 열대성 허리케인에 강타당하고 살아남았다고도 전했다. 카트리네와 해리는 말없이 마요르스투엔과 빈데렌을 지나 홀멘콜렌으로 향했다.

"요새는 비에른을 어떻게 생각해?" 해리가 물었다. "그 친구한테 한 번 더 기회를 줄 가능성은 있나?"

"그 사람이 물어봐달래요?"

해리는 대답하지 않았다.

"그 여자, 이름이 뭐더라, 그 리엔이란 여자랑 뭔가 있는 줄 알았죠."

"그건 몰라. 여기서 내려줘."

"집까지 올라가는 건 싫어요?"

"올레그가 깰 거야. 여기가 좋아. 고마워." 해리는 문을 열고도 움직이지 않았다.

"왜요?"

"음. 아냐." 그가 내렸다.

해리는 차 후미등이 사라질 때까지 지켜보다가 진입로를 따라

집으로 올라갔다.

집이 캄캄한 밤보다 더 시커멓게 어른거렸다. 불빛이 없었다. 숨소리도 없었다.

그는 열쇠로 문을 열었다.

올레그의 신발이 보였지만 아무 소리도 들리지 않았다.

그는 세탁실에서 옷을 벗어 바구니에 넣었다. 침실로 올라가 깨끗한 옷을 꺼냈다. 잠이 오지 않을 걸 알기에 주방으로 내려갔다. 커피 물을 올리고 창밖을 내다봤다.

생각에 잠겼다. 그러다 생각을 떨쳐내고 커피를 따르면서 그걸 마시지 않을 걸 알았다. 당장 젤러시 바로 달려갈 수도 있었지만 술을 마시고 싶은 것도 아니었다. 그래도 마실 것이다. 나중에.

생각이 돌아왔다.

두 가지 생각만이 남았다.

가장 단순하고 가장 요란한 생각.

한 가지 생각은 라켈이 살아남지 못한다면 그도 라켈을 뒤따라갈 거라고 말했다.

다른 생각은 라켈이 살아남는다면 그녀를 떠날 거라고 말했다. 라켈은 더 잘 살아야 마땅하고 떠날 사람은 라켈이 아니어야 하므로.

세 번째 생각이 일어났다.

해리는 두 손에 머리를 괴었다.

라켈이 살기를 바라는지 아닌지를 묻는 생각.

젠장, 젠장.

그리고 네 번째 생각이 이어졌다.

발렌틴이 숲에서 한 말.

'우린 결국 다 속는 거야, 해리.'

그를 속인 게 해리라는 뜻으로 한 말이었을 것이다. 아니면 다른 누군가를 의미한 건가? 다른 누군가가 발렌틴을 속였다는 건가?

'그래서 너도 속는 거야.'

발렌틴은 이 말을 하고 곧바로 총을 겨누는 것처럼 해리를 속였지만, 그걸 말하는 건 아니었을 것이다. 그 이상의 무언가에 대한 말이었다.

목덜미에 누군가의 손이 닿아서 그는 흠칫 놀랐다.

돌아보면서 눈을 들었다.

올레그가 의자 뒤에 서 있었다.

"들어오는 소리를 못 들었어요."

해리는 말을 하려 했지만 목소리가 떨릴 것 같았다.

"잠드셨었어요."

"내가?" 해리가 몸을 세웠다. "아니, 난 그냥 여기 앉아—."

"잠든 거 맞아요, 아빠." 올레그가 어렴풋이 미소 지으며 말했다.

해리는 눈을 깜빡여 눈앞의 안개를 떨쳐냈다. 주위를 둘러보았다. 커피잔을 만져보았다. 차가웠다. "빌어먹을."

"생각을 좀 해봤어요." 올레그가 해리 옆 의자를 꺼내서 앉았다.

입맛을 다시듯 입술을 빨자 입안에 침이 돌았다.

"아빠 말이 맞아요."

"내 말?" 해리는 담즙의 쓴맛을 지우려고 식은 커피를 한 모금 마셨다.

"네. 아빠는 가장 가까운 사람들을 넘어서까지 책임을 지려고 해요. 그렇게 가깝지 않은 사람들을 위해서도 일해야 해요. 아빠에게 모두의 기대를 저버리라고 요구할 권리가 나한테는 없어요. 살인사건이 아빠한테 마약이 된다고 해도 그것만은 변하지 않아요."

"너 혼자 이런 결론에 이르렀다고?"

"헬가의 도움을 좀 받았어요." 올레그는 자신의 두 손을 내려다보았다. "그 친구가 사안을 다른 각도에서 보는 건 저보다 낫거든요. 그리고 제가 했던 말은 진심이 아니었어요. 아빠처럼 되고 싶지 않다는 말."

해리는 올레그의 어깨에 손을 얹었다. 올레그가 입고 자던 옷은 그의 낡은 엘비스 코스텔로 티셔츠였다. "아들?"

"네?"

"나처럼 되지 않겠다고 약속해줘. 내 부탁은 그거 하나야."

올레그가 고개를 끄덕였다. "하나 더요."

"응?"

"스테펜스 박사님이 전화했어요. 엄마 일로."

해리는 강철 까마귀가 심장을 움켜잡는 느낌에 숨을 멈췄다.

"엄마가 깨어났대요."

33

목요일 아침

"네?"

"안데르스 빌레르?"

"네."

"법의학연구소입니다."

"안녕하세요."

"분석을 의뢰하신 머리카락에 관해서입니다."

"네?"

"보내드린 자료는 받아보셨나요?"

"네."

"아직 분석이 마무리된 건 아니지만 보시다시피 그 머리카락의 DNA가 저희가 뱀파이어병 살인사건에 올린 DNA 프로파일 중 하나와 연결됩니다. 정확히 말해서 DNA 프로파일 201번요."

"네, 그러네요."

"201번이 누구인지는 모르지만 적어도 발렌틴 예르트센은 아닙니다. 다만, 부분 일치이고 그쪽에서 아무 말도 없으셔서 일단 결과를 받아보셨는지 확인하려고 전화드렸습니다. 분석을 마무리하기를 원하실 것 같아서요."

"아뇨, 괜찮습니다."

"그래도—."

"사건은 해결됐고, 다른 일도 많으실 테니까요. 그나저나 그 자료를 저 말고 다른 사람한테도 보냈습니까?"

"아뇨, 그런 쪽으로 들어온 요청이 없습니다. 혹시 알아봐—?"

"아뇨, 그럴 필요 없어요. 그 사건은 종결해도 됩니다. 도와주셔서 감사합니다."

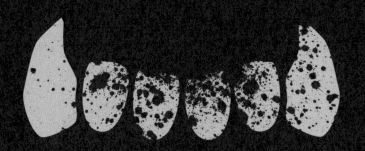

THE THIRST

PART 3

34

토요일 낮

마사 가나가와는 가마 속 달궈진 쇠를 집게로 꺼냈다. 쇠를 모루에 올려놓고 작은 망치로 두드리기 시작했다. 머리 부분이 교수대 모양으로 튀어나온, 일본 대장장이들의 전통 망치였다. 마사는 아버지와 할아버지에게 이 작은 대장간을 물려받았지만, 와카야마의 다른 대장장이들처럼 수지를 맞추기가 쉽지 않았다. 예전부터 이 도시의 경제를 지탱해온 철강업은 중국으로 넘어간 터라 마사는 틈새시장 제품에 주력해야 했다. 이를테면 미국에서 인기 있는 가타나*처럼 세계 곳곳의 고객이 주문한 물건들. 일본의 법에 따라 칼을 만드는 대장장이는 면허를 받아야 하고, 5년간 도제 기간을 거쳐야 하며, 한 달에 장검 두 자루만 제작할 수 있고, 전부 신고해야 한다. 평범한 대장장이인 마사는 공인 대장장이가 부르는 값의 일부만 받고 좋은 칼을 제작했지만, 적발될 위험이 있다는 것을 알기에 눈에 띄지 않으려고 늘 애썼다. 자신이 만든 칼을 고객들이 어디에 쓰는지 모르고, 알고 싶지도 않았다. 그저 연습용이나 장식

---

* 사무라이들의 검(일본도).

용, 수집품이기를 바랐다. 그가 아는 거라고는 그 덕에 그의 가족이 먹고살고 그의 작은 대장간이 굴러간다는 것뿐이다. 하지만 아들에게는 다른 직업을 찾으라고, 공부하라고, 대장장이로 사는 건 무척 힘들고 보수도 짜다고 말했다. 그의 아들은 아버지의 조언을 따라주었고, 아들을 대학에 보내려면 돈이 필요하기에 마사는 들어오는 주문을 다 받았다. 헤이안 시대의 쇠이빨을 복제해달라는 주문처럼. 노르웨이의 고객이 주문한 물건으로, 같은 주문이 두 번째로 들어왔다. 첫 주문은 6개월 전이었다. 마사 가나가와는 고객의 이름 대신 우편사서함 주소만 받았다. 그래도 괜찮았다. 대금을 선불로 받은 데다 가격을 세게 불렀다. 고객이 보내준 디자인에 맞춰서 작은 이빨을 만드는 작업이 복잡해서만은 아니었다. 왠지 해서는 안 되는 일을 하는 느낌이 들어서였다. 어째서 칼을 만드는 것보다 더 잘못하는 느낌이 드는 것인지 이유를 설명할 수는 없었지만, 쇠이빨을 보자 섬뜩해졌다. 370번 고속도로를 타고 집으로 돌아가는 길, 차가 경계선을 넘지 않도록 울퉁불퉁하게 만들어진 도로면에 타이어가 닿을 때 나는 선율이 더 이상 아름답고 편안한 합창곡으로 들리지 않았다. 경고음으로 들렸다. 낮게 우르릉거리는 경고음이 점점 커지다가 비명이 되었다. 악마의 것 같은 비명.

해리는 잠에서 깼다. 담배에 불을 붙이고 돌이켜보았다. 이런 식으로 잠이 깨는 건 뭐였더라? 일하려고 깬 건 아니었다. 오늘은 토요일이고, 겨울방학 후 시작될 첫 강의는 월요일까지 없었다. 게다가 오늘은 외위스테인이 바를 봐주기로 했다.

혼자 깬 것도 아니었다. 라켈이 옆에 있었다. 퇴원하고 처음 몇 주 동안은 잠든 라켈을 볼 때마다 혹시 깨어나지 않을까 봐, 의사들이 끝내 밝혀내지 못한 불가사의한 '그것'이 다시 돌아올까 봐 두려웠다.

"사람들은 의심을 감당하지 못합니다." 스테펜스의 말이었다. "사람들은 당신이나 나 같은 사람들이 안다고 믿고 싶어해요, 해리. 피의자는 유죄이고, 진단은 확실해야 한다는 식이죠. 우리가 의심한다고 고백하면 우리의 무능을 인정하는 셈이 됩니다. 불가사의한 현상의 복잡성이나 직업의 한계로 봐주지 않습니다. 사실 라켈에게 무슨 문제가 있는지 확실히 알 수 없는 게 현실이에요. 라켈의 비만세포* 수치가 미세하게 올라가서 처음에는 희귀한 혈액병인가 의심했어요. 그런데 모든 징후가 사라지고 독성 중독을 의미하는 징후만 남았죠. 이런 경우라면 재발할까 봐 우려하지 않아도 됩니다. 이번 뱀파이어병 살인사건처럼요. 아닌가요?"

"적어도 우리는 누가 그 여자들을 죽였는지 **압니다**."

"맞는 말씀이에요. 제 비유가 잘못됐네요."

몇 주가 흐르고 라켈의 병이 재발할까 봐 걱정하는 마음이 드는 간격이 점점 길어졌다.

전화가 올 때마다 뱀파이어병 살인사건이 또 터졌나 생각하는 간격도 점점 길어졌다.

그러니 불안에 찬 마음으로 깨어난 것도 아니었다.

발렌틴 예르트센이 죽은 후 몇 번인가 이렇게 깨어났다. 이상하게도 내사과에서 조사받는 기간에는 그러지 않았다. 내사과는 조사 끝에 위험한 살인범이 도발하는 불확실한 상황에서 해리에게 발포의 책임을 지울 수는 없다고 결론 내렸다. 발렌틴과 마르테 루

---

* 천식, 고초열, 아토피성 습진 등의 알레르기 반응을 유발하는 세포.

드가 꿈속에서 쫓아오기 시작한 건 그 이후였다. 그리고 그의 귀에 대고 속삭인 사람은 그가 아니라 그녀였다. '그래서 당신도 속은 거예요.' 해리는 이제 그녀를 찾는 일은 자신의 몫이 아니라고 스스로를 다독였다. 몇 주가 몇 달이 되고, 그들의 방문도 뜸해졌다. 그가 경찰대학 강의실과 가정의 일상으로 돌아가고 술을 입에도 대지 않는 데 도움이 되는 나날이었다.

마침내 그가 있어야 할 자리로 돌아왔다. 이것은 다섯 번째 종류의 깨어남, 즉 만족하면서 깨어나는 경우이므로. 세로토닌 수치도 딱 적당한 날들을 복사해 다시 붙여넣는 듯한 나날이었다.

해리는 최대한 조용히 침대를 빠져나와 바지를 입고 아래층으로 내려가 에스프레소 머신에 라켈이 좋아하는 캡슐을 넣고 스위치를 누른 다음 바깥 계단으로 나갔다. 맨발로 눈을 밟고 기분 좋게 얼얼한 채로 겨울 공기를 마셨다. 흰옷을 입은 도시는 아직 어둠에 잠겨 있지만 동녘에서 새로운 하루가 붉게 밝아오고 있었다.

〈아프텐포스텐〉은 우리가 뉴스를 보면서 예상하는 것보다 미래가 밝을 거라고 했다. 미디어에서 살인과 전쟁과 잔혹 행위를 갈수록 상세히 그리는데 비해 최근 발표된 연구에서는 살해당하는 사람의 수가 역사상 최저 수준을 기록했고 더 감소하는 추세라고 밝혔다. 그렇다, 언젠가는 살인이 종식될 날이 올 수도 있다. 〈아프텐포스텐〉에 따르면 다음 주에 법무부장관으로 확정될 내정자 미카엘 벨만은 야심찬 목표를 세우는 것도 좋겠지만, 그의 개인적 목표는 완벽한 사회가 아니라 **더 나은** 사회라고 말했다. 해리는 실소를 금치 못했다. 이사벨레 스퀘옌은 유능한 안내자이다. 해리는 언젠가는 살인이 종식될 거라는 문장을 다시 읽었다. 어째서 이렇게 막연한 주장이 (그가 느끼는 만족감에도) 지난달에 느꼈던, 어쩌면 그보다 더 오래전부터 느꼈다고 인정할 수밖에 없는 불안감을 자극하는 걸까? 살인. 그는 살인자들을 잡는 일을 평생의 업으로 삼았다. 하지만 그가 성공했다면, 그들이 모두 사라졌다면, 그 역시 그들과 함께 사라지지 않았을까? 그의 일부를 발렌틴과 함께 땅에 묻지 않았을까? 그래서 며칠 전에 발렌틴 예르트센의 묘지 앞에 서 있었나? 아니면 다른 이유가 있었나? 의심을 감당하지 못하는 현상에 관해 스테펜스가 뭐라고 했더라? 대답이 불충분해서 괴로운 건가? 젠장, 라켈은 좋아졌고, 발렌틴은 사라졌으니, 이제는 놓아줄 때다.

눈밭이 뽀드득거렸다.

"겨울방학 좋죠, 해리?"

"우린 살아남았군요, 쉬베르트센 부인. 아직 스키를 충분히 타지 못하셨나 봐요."

"스키 날씨는 스키 날씨죠." 그녀가 엉덩이를 내밀며 말했다. 그녀의 몸에 스키복을 그려놓은 것처럼 보였다. 그녀는 크로스컨트리 스키를 들었다. 헬륨처럼 가벼운 듯, 젓가락을 들듯 한 손으로.

"같이 한 바퀴 돌고 오지 않을래요, 해리? 다들 자는 시간이라 트리반까지 전력질주할 수 있어요." 그녀가 생긋 웃었다. 전등 불빛이 그녀의 입술에 반사되었다. 추위를 막아주는 크림을 바른 것 같았다. "좋아요…… 잘 미끄러지고."

"전 스키가 없어요." 해리가 마주 미소를 지어주었다.

그녀가 웃었다. "농담이죠? 노르웨이 사람이 스키 하나 없다고요?"

"반역죄죠, 저도 잘 압니다." 해리는 신문의 날짜를 보았다. 3월 4일.

"댁에는 크리스마스트리도 없는 것 같던데."

"충격적이죠? 누가 저희 집을 신고해야 해요."

"그거 알아요, 해리? 가끔은 부러워요."

해리가 눈을 들었다.

"그냥 무심하게 규칙을 다 깨버리니까요. 가끔은 나도 그렇게 멋
대로 살 수 있으면 좋겠다고 생각해요."

해리가 웃었다. "그렇게 말씀을 잘하시는 걸 보니 가시는 길에
마찰도 살짝 있고 쭉쭉 잘 미끄러지면서 스키를 타실 수 있을 것
같네요, 쉬베르트센 부인."

"네?"

"스키 잘 타시라고요!" 해리가 접힌 신문으로 경례를 붙이고 집
으로 들어갔다.

그는 사진 속 미카엘 벨만을 보았다. 애꾸눈 덕분에 그렇게 눈빛
이 당당해 보이는 건지도 몰랐다. 진실을 안다고 확신하는 사람의
표정이었다. 성직자의 표정. 사람들을 능히 개종시킬 수 있는 표정.

'진실은 우리가 확실히 알지 못한다는 겁니다.'

'우린 결국 다 속는 거야, 해리.'

그게 드러났나? 그의 의심이 드러났나?

라켈이 주방 식탁 앞에 앉아서 커피를 두 잔 따르고 있었다.

"벌써 일어났어?" 그가 그녀의 이마에 입을 맞추었다. 머리에
서 은은한 바닐라향과 잠든 라켈의 냄새, 그가 좋아하는 냄새가
풍겼다.

"스테펜스 박사님이 방금 전화했어." 라켈이 그의 손을 잡았다.

"이렇게 일찍 무슨 일로?"

"어떻게 지내나 궁금해서 전화했대. 올레그한테 전화해서 크리

스마스 전에 혈액샘플 채취한 건으로 추후검사를 받으러 오라고. 걱정할 건 없지만 '그것'을 설명해줄 만한 유전적 연결점이 있는지 확인하고 싶대."

'그것.'

라켈과 그와 올레그는 그녀가 병원에서 집으로 돌아온 후 서로 더 많이 안아주었다. 대화도 더 많이 나누었다. 계획을 덜 세웠다. 그냥 같이 있었다. 그러다 누가 물에 돌을 던졌던 것처럼 수면이 원래대로 돌아갔다. 얼음. 그런데도 발밑의 심연에서 뭔가가 움직이는 것만 같았다.

"걱정할 거 없어." 해리가 라켈에게만이 아니라 그 자신에게도 말하듯이 그 말을 반복했다. "그래도 걱정돼?"

라켈이 어깨를 으쓱했다. "바에 대해서는 생각해봤어?"

해리는 앉아서 인스턴트커피를 한 모금 마셨다. "어제 거기 가보니까 꼭 팔아야겠다는 생각이 들더라고. 바 운영에 대해 아는 것도 없고, 나쁜 유전자를 타고났을 젊은 애들한테 술 파는 일이 천직이란 생각도 안 들고."

"그래도⋯⋯."

해리는 플리스 재킷을 입었다. "외위스테인이 거기서 일하는 걸 좋아해. 내가 알기론 재고품도 멀리하고 있고. 무제한으로 손쉽게 접할 수 있는 여건이 되면 정신을 차리는 사람들이 있나 봐. 수지도 잘 맞고."

"뱀파이어병 살인사건 두 번, 거의 총격전이 될 뻔한 사건 한 번, 그리고 카운터 뒤의 해리 홀레로 홍보한다면 그리 놀랄 일도 아니지."

"내 생각엔 올레그의 플레이리스트가 먹힌 거 같아. 오늘 밤만 해도 스타일리시한 쉰 넘은 여자 가수들의 노래만 나오잖아. 루신다 윌리엄스, 에밀루 해리스, 패티 스미스, 크리시 하인드……."

"나 태어나기도 전이야, 여보."

"내일은 1960년대 재즈야. 재밌는 건 펑크 음악을 트는 날 오는 손님이 이런 날도 온다는 거야. 메메트를 기리는 의미로 일주일에 한 번 폴 로저스의 밤도 있어. 외위스테인은 음악 퀴즈 대회도 열자고 하고. 또—."

"해리?"

"응?"

"젤러시 바를 지키고 싶다는 말로 들려."

"그런가?" 해리는 머리를 긁적였다. "이런, 그럴 시간이 없어. 나나 외위스테인같이 얼빠진 인간들한테는."

라켈이 웃었다.

"다만……."

"다만?"

해리는 대답하지 않고 그냥 웃었다.

"아니, 아니, 됐어!" 라켈이 말했다. "그게 아니어도 신경 쓸 게 많아."

"일주일에 딱 하루만. 금요일에는 일하지 않잖아. 회계 조금, 다른 서류작업 조금. 주식도 배당받고 이사회의 체어맨도 될 수 있어."

"체어우먼."

"그래."

그녀는 그가 내민 손을 툭 쳤다. "싫어."

"생각해봐."

"알았어, 생각해보고 나서 싫다고 할게. 방으로 올라갈까?"

"피곤해?"

"……아니." 그녀는 반쯤 감은 눈으로 커피잔 너머를 보았다. "쉬베르트센 부인이 못 갖는 걸 누려볼까 해서."

"흠. 엿듣고 있었군. 그럼, 먼저 올라가시죠, 체어우먼."

해리는 신문 앞면을 다시 보았다. 3월 4일. 그가 석방된 날이다. 그녀를 따라 계단을 올라갔다. 거울을 보지 않고 지나쳤다.

'약혼자' 스베인 핀네가 구세주의 묘지로 들어갔다. 새벽이라 아무도 없었다. 불과 한 시간 전 자유의 몸으로 일라 교도소 정문을 통과한 그가 처음으로 한 일은 바로 이곳에 오는 것이었다. 흰 눈을 배경으로 작고 검고 둥근 묘비들이 종이 위에 점점이 찍힌 것 같았다. 그는 미끄러운 길을 따라 조심스럽게 발을 내디뎠다. 그리고 유난히 작은 묘석 앞에 멈췄다. 십자가가 새겨진 아래 특색 없는 이니셜. VG.

발렌틴 예르트센^{Valentin Gjertsen}.

추모의 말 한마디 없었다. 당연히. 아무도 추모하고 싶어하지 않았다. 꽃 한 송이 없었다.

스베인 핀네는 코트 주머니에 든 깃털을 꺼내어 무릎을 꿇고 묘비 앞 눈밭에 꽂았다. 체로키 인디언들은 죽은 사람의 관에 독수리 깃털을 올려놓는다. 발렌틴이 일라에 있던 시절, 그는 일부러 접촉을 피했다. 발렌틴을 두려워한 다른 재소자들과 같은 이유에서는 아니었다. 스베인 핀네는 그 젊은이가 자신을 알아보는 걸 원하지 않았다. 언젠가는 그렇게 되겠지만. 스베인은 발렌틴이 일라에 들어온 첫날, 한눈에 그를 알아보았다. 그는 제 어미의 좁은 어깨와 고음의 목소리를 가졌다. 그들이 '약혼'했을 때 기억 속의 그 모습처럼. 스베인이 다른 일로 바쁜 틈을 타 낙태하려 해서 그 집에 들어가 살면서 그의 자식을 낳을 때까지 감시한 여자들 중 하나였다. 그녀는 밤마다 옆에 누워 벌벌 떨면서 울다가 마침내 방을 엄청난 피바다로 만들면서 아들을 낳았고, 그가 칼로 탯줄을 끊었다. 그의 열세 번째 아이, 일곱 번째 아들. 하지만 스베인이 100퍼센트 확신한 건 새로 들어온 그 재소자의 이름을 듣고, 발렌틴이란 자가 무슨 죄로 들어왔는지 상세히 듣고서였다.

스베인 핀네는 다시 일어섰다.

죽은 자는 죽었다.

산 자도 곧 죽을 것이다.

그는 숨을 깊이 들이쉬었다. 그 남자가 그에게 연락해왔다. 그 안의 목마름을 일깨웠다. 세월이 흘러서 치료된 줄 알았던 목마름을.

스베인 핀네는 하늘을 보았다. 곧 해가 떠오를 것이다. 도시가 깨어나 눈을 비비고 지난가을 난동을 피운 살인자에 대한 악몽을 떨쳐낼 것이다. 도시는 미소 지으며 태양이 비추는 것을 보면서 닥쳐올 일을 까맣게 모른 채 더없이 행복해할 것이다. 지난가을을 지루한 서곡처럼 보이게 만들어줄 일들. 그 아버지에 그 아들. 그 아들에 그 아버지.

그 경찰. 해리 홀레가 저 바깥의 어딘가에 있었다.

스베인 핀네는 돌아서 걷기 시작했다. 걸음이 더 길고 더 빠르고 더 확신에 찼다.

할 일이 많았다.

◆◆◆

트룰스 베른트센은 7층에 앉아 에케베르그소센 산마루 위로 꾸역꾸역 올라오는 붉은 해를 바라보았다. 12월에 카트리네 브라트가 개집 같던 자리에서 그나마 창문이 있는 자리로 옮겨주었다. 그건 좋았다. 지금도 종결된 사건이나 미제 사건에 관한 보고서와 수신 자료를 정리하고 있는 것만 빼면. 그가 이렇게 일찍 출근한 건 영하 12도의 날씨에는 그의 아파트보다 사무실이 더 따뜻해서였다. 아니면 요새 잠을 잘 이루지 못해서였거나.

최근 몇 주 동안 그가 정리해야 했던 자료는 당연하게도 대부분 뱀파이어병 살인사건에 관한 뒤늦은 제보와 불필요한 목격자 진술이었다. 발렌틴 예르트센을 봤다고 주장하는 사람도 있었다. 그런 사람은 엘비스 프레슬리도 살아 있다고 믿을 것이다. 시신의 DNA 검사로 해리 홀레가 죽인 사람이 발렌틴 예르트센이라는 확실한 증거가 나왔다는 팩트도 그들에게는 중요하지 않았다. 어떤 사람들에게 팩트는 자신의 집착을 방해하는 사소하고 성가신 정보일 뿐이다.

'집착을 방해하는.' 트룰스 베른트센은 이 말이 머릿속에 새겨진 이유를 알지 못했다. 이 말은 입 밖으로 나오지 않고 머릿속에서만 맴돌았다.

그는 서류 더미에서 다음 봉투를 집었다. 나머지 봉투처럼 다른 경관이 봉투를 열어보고 내용을 목록으로 정리해둔 것이다. 봉투에는 페이스북 로고가 찍혀 있고 빠른 우편 스탬프가 찍혀 있고 파일 보관 순서가 클립으로 붙어 있으며 사건번호 옆에 '뱀파이어병 사건'이라고 적혀 있고 '사건 담당자' 옆에 망누스 스카레의 이름과 서명이 있었다.

트룰스 베른트센은 봉투 속 서류를 꺼냈다. 맨 위에는 영어로 된 서신 한 통이 있었다. 트룰스는 내용을 전혀 이해하지 못했지만 이 것이 법정 공개 명령과 관계가 있다는 것, 동봉된 서류는 뱀파이어 병 사건으로 살해된 모든 희생자와 아직 실종 상태인 마르테 루드 의 페이스북 자료라는 것 정도는 알아보았다. 그는 서류를 그냥 휘 리릭 넘기려다가 몇 장씩 붙어 있는 걸 보고 망누스가 서류를 끝까 지 확인한 게 아니리라 짐작했다. 상관없었다. 어차피 사건은 해결 되었고 범인은 피고인석에 앉지 못할 테니. 하지만 트룰스는 망누 스 그 자식이 당혹해하는 꼴을 기어이 보고 싶었다. 그래서 희생자 들과 연락한 사람들 이름을 다시 확인했다. 그리고 발렌틴 예르트 센이나 알렉산데르 드레위에르가 주고받은 페이스북 메시지를, 망 누스가 빠트렸다고 비난할 만한 자료를 다소 낙관적인 자세로 찾 아보았다. 서류를 넘기면서 발신자와 수신자만 확인했다. 그리고 마지막 장에 이르러 한숨을 쉬었다. 실수한 부분은 없었다. 희생자 들 외에 보이는 이름이라고는 그들에게 전화로 직접 연락한 사람 들이라 그와 안데르스도 그냥 넘긴 두 명뿐이었다. 게다가 전화로 연락한 사람들 중 일부가, 가령 에바 돌멘이나 레뉘 헬 같은 사람 들이 페이스북으로도 연락한 건 지극히 자연스러웠다.

트룰스는 서류를 다시 봉투에 집어넣고 일어서서 서류 캐비닛 으로 갔다. 맨 위 칸을 당겼다가 놓았다. 서랍이 미끄러지면서 나 오는 것이, 화물 열차처럼 탄식하면서 스르륵 나오는 것이 좋았다. 갑자기 그가 한 손으로 서랍을 막았다.

그 봉투를 보았다.

돌멘이다. 헤르만센은 아니다.

그는 서랍에서 전화 연락처 서류철을 찾아서 꺼내고 봉투를 다

542

시 책상으로 가져왔다. 서류를 넘겨 보다가 다시 그 이름을 만났다. '레뉘 헬.' 트룰스가 그 이름을 기억하는 이유는 레미*가 생각나서였다. 하지만 그는 경찰에서 걸려온 전화를 (죄가 있든 없든) 떨리는 목소리로 받는, 지레 겁먹은 작자였을 뿐이다. 그러니까, 레뉘 헬은 페이스북으로 에바 돌멘, 2번 희생자와 연락한 적이 있다.

트룰스는 서류철을 열었다. 그가 직접 레뉘 헬과 짧게 통화한 내용이 있었다. 오네뷔 피자 앤드 그릴의 주인과 통화한 내용도 있었다. 그리고 이해가 가지 않는 메모도 나왔다. 안데르스가 보고한 내용으로, 니테달 경찰서가 레뉘와 피자집 주인의 신원을 보증해주었으며, 엘리세 헤르만센이 살해당한 시각에 레뉘는 그 피자집에 있었다고 확인해주는 내용이었다.

엘리세 헤르만센. 1번 희생자.

레뉘가 조사받은 이유는 엘리세 헤르만센에게 몇 번 전화를 걸어서였다. 그리고 에바 돌멘과는 페이스북으로 연락했다. 실수가 **있었다**. 망누스 스카레의 실수. 어쩌면 레뉘 헬의 실수일 수도 있었다. 단순한 우연이 아니라면. 어쨌든 인구 밀도가 상당히 낮은 나라의 동일 지역에서 서로를 찾는 비슷한 또래의 싱글 남녀. 그보다 더 있음직하지 않은 우연들도 있었다. 사건은 종결되었고, 더 고민할 게 없었다. 딱히. 하지만…… 신문들은 여전히 뱀파이어병 범인에 관해 써대고 있다. 미국에는 발렌틴 예르트센을 추종하는, 이해하기 힘든 작은 팬덤이 생겼다. 누군가는 그의 인생사에 관한 책과 영화 판권을 사들였다. 더는 신문 1면을 장식하지 않을지 몰라도 다시 1면에 오를 여지는 있었다. 트룰스 베른트센은 전화기

---

* 영국의 헤비메탈 밴드 '모터헤드'의 리드 싱어.

를 꺼냈다. 모나 도의 번호를 찾았다. 그 번호를 보았다. 그리고 일
어서서 코트를 집어 들고 엘리베이터로 갔다.

모나 도는 인상을 쓰며 덤벨을 가슴께로 들었다. 날개를 펼치고
여기서 날아간다고 상상하면서 두 팔을 쭉 뻗었다. 프롱네르 공원
을 가로질러, 오슬로를 가로질러. 모든 것을 볼 수 있다고 상상하
면서. 완벽하게 모든 것을.
　그리고 그녀는 그들에게 보여주고 있었다.
　좋아하는 사진작가 돈 맥컬린에 관한 다큐멘터리를 본 적이 있
다. 그는 인도주의적 종군기자로 잘 알려졌는데, 값싼 흥분이 아니
라 성찰과 자아탐구를 촉구하기 위해 인간의 최악의 단면을 보여
주었다. 모나는 자기도 그렇다고 말할 수 없었다. 그리고 칭송 일
색의 그 다큐멘터리에 언급되지 않은 한마디가 있다고 생각했다.
야망. 맥컬린은 최고가 되었고, 전투와 전투 사이에 그야말로 수천
의 추종자들을 만났을 것이다. 그처럼 되고 싶어하는 사람들, 베트
남전쟁 테트 대공세 중 후에시에서 병사들과 함께 남은 신화 같은
이야기나 베이루트, 비아프라, 콩고, 키프로스에서의 일화를 들은
젊은 기자들을 만났을 것이다. 이 다큐멘터리는 인간이 가장 갈망
하는 '인정'과 '찬사'를 받는 사진작가에 관해 이야기하면서도 그
것이 한 인간을 얼마나 최악의 시도로 몰고 가는지, 다른 이유라면
꿈도 꾸지 않았을 위험을 감수하게 만들 수 있는지에 관해서는 언
급하지 않았다. 그리고 그가 기록하는 대상에게 비슷한 범죄를 저
지를 수 있다는 언급도 없었다. 완벽한 사진을 찍고 획기적인 이야
기를 얻기 위해서.
　모나는 우리 안에 앉아 뱀파이어병 범인을 기다리는 데 동의했

다. 경찰에 알려서 사람들의 목숨을 구하려고 나서지 않았다. 위험을 알리는 건 차라리 쉬웠을 것이다. 그때 누군가가 그녀를 감시했다고 해도 테이블 너머로 노라에게 슬쩍 쪽지를 건네서 알릴 수도 있었다. 그럼에도 모나는 (해리 홀레가 자기를 강간하도록 허락하겠다는 노라의 성적 환상처럼) 끝까지 가봐야 한다는 의무감에 사로잡혔다. 물론 모나는 원했다. 인정과 찬사, 그리고 저널리즘 시상식에서 자기는 북부 소도시 출신으로, 그저 운이 좋고 열심히 일하는 여자일 뿐이라고 겸손하게 연설할 때 어린 기자들의 눈에서 반짝일 선망의 눈빛을 원했다. 그러다 약간 덜 겸손하게 유년기와 왕따의 기억과 복수와 야망도 언급할 터였다. 그렇다, 그녀는 야망에 관해서 거침없이 망설임 없이 말할 것이다. 그녀는 날고 싶었다. 날자.

"좀 더 버텨야 해."

바벨을 들어 올리는 데 힘이 더 들어갔다. 눈을 떠보니 두 손이 바벨을 조용히 누르고 있었다. 그 사람이 바로 뒤에 서 있어서 커다란 거울에는 마치 그녀가 팔 네 개 달린 가네샤 신인 것처럼 보였다.

"자자, 두 번 더요." 그녀의 귀에 속삭이는 목소리. 아는 목소리였다. 그 경찰의 목소리. 이제 그녀는 눈을 들어 자기 얼굴 위에 있는 그의 얼굴을 보았다. 그는 미소를 짓고 있었다. 하얀 앞머리 아래 푸른 눈. 하얀 치아. 안데르스 뷜레르.

"여기서 뭐 해요?" 그녀는 팔을 드는 걸 잊었지만 그래도 날아가는 기분이었다.

"여기서 뭐 하냐?" 외위스테인 아이켈란이 손님 앞에 맥주 500시시를 놓았다.

"허?"

"손님 게 아닙니다, 저기 저 친구 거예요." 외위스테인이 엄지로 어깨 너머를, 방금 바 뒤로 돌아가 체즈베에 커피와 물을 담는 짧은 머리의 키 큰 남자를 가리켰다.

"인스턴트커피는 더는 못 참겠어." 해리가 말했다.

"농땡이도 더는 못 참겠다." 외위스테인이 말했다. "네가 사랑하는 바에 결근하는 것도 더는 못 참겠어. 이거 뭔지 들려?"

해리는 잠시 빠르고 경쾌한 음악에 귀를 기울였다. "노래를 해야 알지, 모르지."

"노래는 안 해, 그게 멋진 거고." 외위스테인이 말했다. "테일러 스위프트, '1989'야."

해리가 고개를 끄덕였다. 테일러 스위프트의 결정인지 음반사의 결정인지는 몰라도, 앨범을 스포티파이 스트리밍 서비스에 올리고 싶지 않아서 대신 노래 없는 버전을 공개했다는 얘기를 들었다.

"쉰 넘은 여가수의 노래만 틀기로 하지 않았나?" 해리가 말했다.

"내 말 안 듣냐? 노래를 안 한다니까."

해리는 그 말의 논리에 반박하려다 말았다. "오늘은 일찍부터 사람들이 오네."

"악어 소시지." 외위스테인이 바 위에 걸린 긴 훈제 소시지를 가리켰다. "첫 주에는 특이해서였는데 지금은 한번 맛본 사람들이 또 먹고 싶다면서 다시 와. 가게 이름을 '악어 조Joe의 바'로 바꿔야 할까 봐. 아니면 에버글레이드*나—."

"젤러시도 좋잖아."

---

* 미국 플로리다 주의 습지. 악어 떼가 자주 출몰한다.

"알았어, 알았다고. 그냥 미리 손쓰자는 거야. 누가 이 아이디어를 슬쩍할 테니까."

"그때가 되면 또 다른 게 생기겠지."

해리가 체즈베를 가스레인지에 올리고 돌아서는데 낯익은 형체가 문으로 들어왔다.

해리는 팔짱을 끼었고, 그 남자는 부츠를 쿵쿵 울리며 앞을 응시했다.

"문제가 생긴 거야?" 외위스테인이 물었다.

"아닐 거야." 해리가 말했다. "커피 넘치지 않는지 좀 봐줘."

"너랑 저 끓지 않는 터키 물건, 둘 다 봐줄게."

해리는 카운터를 돌아서 그 남자에게 다가갔다. 그는 코트 단추를 풀었다. 그에게서 더운 김이 났다.

"홀레." 그가 말했다.

"베른트센." 해리가 말했다.

"당신한테 줄 게 있어."

"왜지?"

트룰스 베른트센은 꿀꿀거리며 웃었다. "뭔지는 안 궁금한가?"

"첫 질문의 답이 만족스럽다면."

해리는 트룰스 베른트센이 무심하게 히죽거리려다가 말고 마른침을 삼키는 걸 보았다. 홍진 얼굴이 벌게진 건 추운 바깥에 있다가 막 들어와서겠지.

"당신은 역시 개자식이야, 홀레. 그래도 그때 내 목숨을 구해줬지."

"그걸 후회하게 만들지 마. 어서 말해."

트룰스는 코트 안주머니에서 서류철을 꺼냈다. "레미, 아니 레뉘 헬이 엘리세 헤르만센과 에바 돌멘 둘 다와 연락했다는 내용이야."

"그래?" 해리는 트룰스가 내민, 고무줄로 묶인 노란 서류철을 보았다. "왜 이걸 가지고 카트리네한테 가지 않았지?"

"그 여자는, 당신하고는 달리 경력도 생각해야 하고, 이걸 미카엘한테 보고해야 할 테니까."

"그리고?"

"미카엘은 다음 주면 법무부장관으로 임명돼. 완벽한 이력에 오점을 남기려 하지 않을 거야."

해리는 트룰스 베른트센을 보았다. 그가 보기보다 멍청한 인간이 아니란 걸 안 지는 꽤 되었다. "미카엘이 이 사건을 다시 끄집어내는 걸 원하지 않을 거란 말인가?"

트룰스는 어깨를 으쓱했다. "뱀파이어병 살인사건이 잘 굴러가던 미카엘의 바퀴에 꼬챙이를 꽂을 뻔했잖아. 결국에는 최고의 업적이 됐지만. 미카엘은 자신의 이미지를 망치고 싶어하지 않아."

"흠. 이 서류를 나한테 주는 건, 잘하면 경찰청장실 서랍에 들어갈까 봐 걱정이 되어서인가?"

"문서절단기로 들어갈까 봐 걱정되어서지, 해리."

"좋아. 그런데 아직 내 질문에는 답하지 않았어. 왜지?"

"뭘 들은 거야? 문서절단기."

"왜 트룰스 베른트센이 그걸 걱정하냐고. 난 당신이 누구고 뭐하는 작자인지 잘 알아."

트룰스가 뭐라고 꿀꿀거렸다.

해리는 기다렸다.

트룰스는 그를 흘끔 보고는 시선을 돌리고 신발에 눈이 남아 있다는 듯 발을 굴렀다. "몰라." 그가 마침내 입을 열었다. "진심이야,

548

나도 모르겠어. 전화와 페이스북을 연결하지 못한 걸로 망누스 스카레를 한 방 먹이면 좋겠다고 생각하긴 했지만, 딱히 그런 것만은 아니야. 모르겠어. 그냥 난…… 아냐, 젠장, 나도 몰라." 그는 기침을 했다. "싫다면 캐비닛에 도로 갖다놓겠어. 그 속에서 썩든말든 나랑은 상관없으니."

해리는 창에 맺힌 물방울을 닦았다. 트룰스 베른트센이 밖으로 나가서 고개를 푹 숙이고 길을 건너 차가운 겨울 빛 속을 걸어가는 걸 보았다. 저자가 어쩌다 실수하는 걸까? 아니면 트룰스 베른트센이 부분적으로는 선량한 질병인 경찰이라는 병의 증상을 보이는 걸까?

"그게 뭐냐?" 해리가 카운터를 돌아서 안쪽으로 들어가자 외위스테인이 물었다.

"경찰 포르노." 해리가 노란 서류철을 카운터에 놓았다. "인쇄물하고 녹취록."

"뱀파이어병 살인사건? 다 끝난 거 아니었어?"

"끝났지. 형식상 몇 가지 미진한 부분이 남아서. 커피 끓는 소리 안 들려?"

"테일러 스위프트가 노래하지 않는 건 안 들려?"

해리는 입을 벌리고 뭐라고 말하려다가 웃음을 터트렸다. 이 친구가 좋았다. 이 바가 좋았다. 그는 망친 커피 두 잔을 따르고 "Welcome to Some Pork"의 박자에 맞춰 서류철을 톡톡 두드렸다. 서류를 보면서 그가 그냥 조용히 앉아서 시간을 준다면 라켈은 결국 예스라고 말할 거라고 생각했다.

그러다 그의 시선이 멈췄다.

발밑의 얼음에 금이 가는 것 같았다.

심장박동이 빨라지기 시작했다. '우린 결국 다 속는 거야, 해리.'

"뭔데 그래?" 외위스테인이 물었다.

"내가 뭘?"

"너 꼭 무슨…… 음……."

"귀신이라도 본 거 같아?" 해리는 이렇게 물으며 서류를 다시 읽었다.

"아니." 외위스테인이 말했다.

"아냐?"

"아니, 그보다는 꼭…… 깨어나는 것 같아."

해리는 서류에서 눈을 들어 외위스테인을 보았다. 그리고 느껴졌다. 불안이 사라졌다.

"60이야." 해리가 경고했다. "빙판길이고."

올레그는 엑셀러레이터를 살짝 풀었다. "운전은 왜 안 하세요? 차도 있고 면허도 있잖아요."

"너랑 라켈이 운전을 더 잘하잖아." 해리가 샛눈을 뜨고 눈과 나무로 덮인 야트막한 산비탈에 반사되는 쨍한 햇빛을 보았다. 도로 표지판에 오네뷔까지 4킬로미터 남았다고 적혀 있었다.

"그럼 엄마가 왔어도 됐겠네요?"

"지방 경찰서를 방문하는 게 너한테도 도움이 될 것 같았어. 너도 언젠가 이런 데로 발령받을 수 있으니까."

올레그는 트랙터 뒤에서 브레이크를 밟았다. 트랙터 바퀴의 체인이 아스팔트를 밟으며 눈을 토해내고 있었다. "전 강력반에 들어갈 거예요. 이런 촌구석이 아니라."

"오슬로는 시골이나 마찬가지야. 여기도 반시간밖에 떨어져 있지 않아."

"저 시카고 FBI 과정에 지원했어요."

해리가 미소 지었다. "네가 그렇게 야심만만하다면 지방 경찰서에서 한 2년 보낸다고 겁낼 거 없잖아. 여기서 좌회전."

"지뮈Jimmy입니다." 건장하고 활기차 보이는 남자가 니테달 경찰서 문 앞에 서 있었다. 바로 옆에는 사회복지과와 직업센터가 있고, 모두 노르웨이 전역에서 공공서비스를 제공하는 평범한 현대식 건물 안에 있었다. 그의 피부를 보니 태닝한 지 얼마 안 된 듯했다. 겨울 휴가를 카나리아 제도에서 보낸 것처럼. 이름이 'y'로 끝나는 니테달 사람들이 잘 가는 곳에 대한 편견으로 'Lanzagrotty'*를 떠올리긴 했지만.

해리는 악수를 했다. "토요일인데 시간을 내주셔서 감사합니다, 지뮈. 여긴 올레그, 경찰대학 학생입니다."

"경찰서장이 될 재목으로 보이는군요." 지뮈가 키 큰 청년을 아래위로 훑어보았다. "해리 홀레 씨가 직접 여기까지 와주시다니 영광입니다. 괜한 걸음 하신 건 아닌지 우려됩니다만."

"네?"

"전화로 레뉘 헬한테서 답이 없다고 하셨잖아요. 그래서 오시는 동안 제가 확인해봤습니다. 조사받은 직후에 태국으로 떠났더군요."

"그 얘기는 누구한테?"

"떠나기 전에 동네 사람들과 단골 고객들에게 한동안 떠나 있을 거라고 얘기했대요. 지금쯤은 태국 전화번호를 가지고 있을 겁니

---

* 란사그로티. 에스파냐의 휴양지 란사로테의 다른 이름.

다. 제가 만난 사람 중 번호를 아는 사람은 없었지만요. 그 친구가 어디서 지내는지도 아무도 모르고요."

"주로 혼자 지내나 보군요?"

"그럴 겁니다."

"가족은요?"

"독신이에요. 외동아들이고. 집을 떠난 적이 없고, 부모님이 돌아가신 뒤로는 그 돼지 저택에서 혼자 살았어요."

"돼지 저택요?"

"여기선 그렇게 불러요. 헬 씨 집안이 몇 대에 걸쳐서 돼지를 치는데, 돈을 꽤 많이 벌어서 저 위에 으리으리한 3층 저택을 지었거든요. 돼지 저택이라고." 서장이 킬킬거렸다. "분수를 모르는 짓 아닙니까?"

"흠. 그렇다면 레뉘 헬은 태국에서 이렇게 오래 뭘 하고 지낼까요?"

"글쎄요, 레뉘 같은 사람들이 태국에서 주로 뭘 하나요?"

"제가 레뉘를 잘 몰라서." 해리가 말했다.

"좋은 친구예요." 서장이 말했다. "똑똑하기도 하고. IT 기술자예요. 집에서 프리랜서로 일하고, 저희도 가끔 컴퓨터가 말썽을 부리면 그 친구를 부르곤 해요. 약도 안 하고, 멍청한 짓은 안 하는 친구죠. 돈 문제도 없고요, 제가 알기론. 그런데 여자 문제에는 젬병이더군요."

"그게 무슨 뜻입니까?"

지뮈는 두 사람에게서 나온 입김이 공기 중에 떠 있는 걸 보았다. "여기 춥죠. 잠깐 들어가서 커피라도 한잔하실까요?"

"레뉘가 태국으로 신붓감을 구하러 간 것 같아요." 지뮈가 흰색 사회복지 머그 두 잔과 자신의 릴레스트룀 스포츠클럽 머그에 커피를 따랐다. "이 나라에서는 낙오됐거든요."

"그런가요?"

"네. 말했다시피 레뉘는 외로운 늑대형 인물입니다. 늘 혼자 지내고 말도 많지 않은 데다 애초에 여자가 따르는 부류가 아닙니다. 게다가 질투심을 다스리는 데 문제가 있고요. 제가 알기론 파리 한 마리 (여자도) 다치게 하지 못하는 친구이지만, 한번은 이런 일이 있었어요. 어떤 여자가 저희한테 전화로 신고를 했는데, 레뉘가 첫 데이트 후 조금 집요해졌다는 내용이었습니다."

"스토킹요?"

"요새는 그렇게 부르죠, 맞아요. 여자가 진도를 더 나갈 생각이 없다고 말했는데도 레뉘가 문자랑 꽃을 잔뜩 보냈다더군요. 퇴근할 때 기다리고 있고요. 여자가 다시는 보고 싶지 않다고 단단히 못 박았고 다시 안 보기는 했답니다. 그런데 자기가 출근한 사이 집 안의 물건들이 옮겨진 느낌이 들기 시작했다더군요. 그렇게 신고가 들어온 겁니다."

"그 여자는 레뉘가 자기 집에 들어왔다고 의심했군요?"

"제가 레뉘한테 물어봤는데 부인하더군요. 그 뒤로는 그 일로 더 들은 얘기는 없고요."

"레뉘 헬이 3D 프린터를 가지고 있습니까?"

"뭐요?"

"열쇠를 복사하는 데 사용하는 장치요."

"모르죠. 다만 말했다시피 그 친구는 IT 기술자예요."

"그 사람, 질투가 얼마나 심한가요?" 올레그가 물었다. 나머지 둘이 그를 돌아보았다.

"1부터 10으로 보면요?" 지뮈가 물었다. 해리는 그가 비꼬는 투로 말하는 건지 알 수 없었다.

"그냥, 병적 질투심으로 볼 수 있을지 궁금해서요." 올레그가 자신 없이 해리를 흘깃거리며 물었다.

"이 청년이 뭐라는 겁니까, 홀레 씨?" 지뮈가 카나리아색 머그를 들고 커피를 소리 내어 마셨다. "레뉘가 누굴 죽였냐고 묻는 건가요?"

"좋아요. 전화로 말했다시피 우린 그냥 뱀파이어 사건에서 몇 가지 미진한 부분을 확인하려고 온 겁니다. 레뉘가 희생자 두 명에게 연락했거든요."

"그리고 그 발렌틴이란 자가 그 사람들을 죽였고요." 지뮈가 말했다. "혹시 거기에 의심할 만한 구석이라도 있다는 건가요?"

"의심의 여지는 없습니다." 해리가 말했다. "말했다시피 단지 레뉘 헬을 만나서 그들과 연락한 일에 관해 묻고 싶었습니다. 우리가 미처 몰랐던 게 나올까 해서요. 지도로 보니 그 친구 주소지가 여기서 고작 몇 킬로미터 떨어져 있더군요. 그리로 가서 문을 두드려볼까 했어요. 당장 해결하려고요."

서장은 큼직한 손으로 머그에 새겨진 로고를 만지작거렸다. "신문에 보니까 홀레 씨가 요새는 학생들을 가르치신다면서요. 수사관이 아니라."

"레뉘처럼 프리랜서라고 할 수 있겠네요."

지뮈는 팔짱을 꼈다. 왼쪽 소매를 걷자 나체의 여자를 새긴, 흐릿해진 문신이 드러났다. "그래요, 홀레 씨. 잘 아시겠지만 니테달 경찰서 관할에서는 별일이 일어나지 않습니다. 하느님께 감사하게도. 그래서 전화를 주셨을 때 저도 그냥 앉아서 전화만 돌린 게 아

554

니라 차로 직접 레뉘의 집까지 가봤습니다. 가능한 한 가까이 접근해봤어요. 돼지 저택이 숲길 끝에 있어서 이 동네의 마지막 집을 지나고도 1.5킬로미터 더 들어가야 하거든요. 게다가 눈이 0.5미터 정도로, 도로 옆 가로대 높이까지 쌓여 있고 바퀴 자국도 발자국도 없었습니다. 엘크랑 여우들 발자국만 있고요. 어쩌면 그 이상한 늑대거나. 무슨 뜻인지 아시겠습니까? 몇 주 동안 그쪽으로는 아무도 들어가지 않았다는 뜻입니다. 홀레 씨. 레뉘를 찾고 싶으면 태국행 항공권을 끊으셔야 해요. 파타야가 태국 여자를 찾는 남자들한테 인기라고 들었습니다."

"스노모빌." 해리가 말했다.

"네?"

"내일 영장을 받아오면 스노모빌을 구해주실 수 있습니까?"

서장의 쾌활함이 사라졌다. 서장은 커피나 같이 마시면서 대도시에서 온 경찰들에게 이런 시골에서도 경찰 업무를 효율적으로 하고 있는 걸 보여주려 했을 것이다. 그런데 그들이 그의 판단을 조롱하며 그를 비품 관리자 정도로 취급하면서 차량이나 구해놓으라고 요구한 것이다.

"1.5킬로미터는 스노모빌까지 필요하지 않습니다." 지뮈가 햇빛에 그을려 벗겨지기 시작한 코끝을 문질렀다. "스키로 가시죠, 홀레 씨."

"전 스키가 없습니다. 스노모빌을 구해줘요. 운전할 사람하고."

침묵이 영원처럼 이어졌다.

"아까 보니까 젊은 친구가 운전을 하던데." 지뮈가 고개를 모로 기울였다. "운전면허 없습니까, 홀레 씨?"

"있어요. 그런데 운전하다가 경찰을 죽인 적이 있어서요." 해리가 머그를 비웠다. "그런 일이 또 생기지 않게 하려고요. 커피 잘 마셨습니다. 내일 뵙죠."

"아까 왜 그랬어요?" 간선도로로 진입하라는 표지판이 있는 교차로에서 기다리면서 올레그가 물었다. "지방 경찰서장이 토요일에 자진해서 도와주겠다고 나섰는데 긁어먹으려고 했잖아요."

"내가 그랬나?"

"네!"

"음. 좌회전 깜빡이 켜."

"오슬로는 오른쪽인데요."

"내비게이션을 보니 오네뷔 피자 앤드 그릴이 여기서 좌회전하면 2분 거리야."

오네뷔 피자 앤드 그릴의 주인은 자신을 토뷔라고 소개하고 앞치마로 손가락을 닦으면서 해리가 내민 사진을 유심히 보았다.

"아마도요. 그런데 그때 레뉘의 친구가 어떻게 생겼는지는 기억나지 않습니다. 그냥 레뉘가 여기 왔었고, 오슬로에서 그 여자가 살해당한 날 밤에 일행이 있었다는 정도만 기억나요. 레뉘는 외로운 늑대라 늘 혼자 다녀서 여긴 잘 안 오거든요. 그래서 지난가을에 전화를 주셨을 때 그날 저녁이 기억난 겁니다."

"사진 속 남자의 이름은 알렉산데르 혹은 발렌틴입니다. 혹시 그들이 대화할 때 레뉘가 상대를 두 이름 중 하나로 부르는 걸 들었습니까?"

"그 사람들이 하는 얘기를 들은 기억은 없어요. 그리고 그날 밤에는 제가 홀에 혼자 나와 있었고, 아내는 주방에 있었어요."

"두 사람이 언제 나갔습니까?"

"모르겠어요. 페페로니와 햄이 들어간 크누트 스페셜 XXL를 나눠 먹었어요."

"그걸 기억해요?"

토뮈가 씩 웃으면서 손가락으로 관자놀이를 두드렸다. "지금 피자 한 판 시키시고, 석 달 후 다시 와서 뭘 시켰나 물어보세요. 가격은 이곳 경찰 할인가와 똑같이 해드릴게요. 피자 베이스는 모두 저탄수화물에 견과류가 들어가요."

"구미는 당기지만 아들이 차에서 기다려서요. 도와주셔서 감사합니다."

"별말씀을요."

올레그는 이른 황혼 속으로 출발했다.

둘 다 말없이 각자의 생각에 빠졌다.

해리는 머릿속으로 계산했다. 발렌틴이 레뉘와 피자를 먹고 오슬로로 돌아가 엘리세 헤르만센을 죽였을 가능성은 충분했다.

화물차가 옆으로 빠르게 지나가서 차체가 흔들렸다.

올레그가 목청을 가다듬었다. "영장은 어떻게 받으려고요?"

"어?"

"애초에 강력반에서 일하시는 것도 아니잖아요. 영장을 청구할 법적 근거가 없어요."

"그런가?"

"제가 절차를 정확히 아는 게 맞는다면요."

"어디 한번 들어보자." 해리가 미소를 지었다.

올레그가 속도를 늦추었다. "발렌틴이 여자들을 죽였다는 사실에는 확실한 증거가 있어요. 레뉘 헬은 이 여자들을 우연히 만난 거고요. 이걸로는 레뉘 헬이 태국에서 휴가를 보내는 동안 경찰이 그 사람 집에 쳐들어갈 권리가 없어요."

"동의해. 그걸로는 수색영장을 받아내기 어렵지. 그러니 그리니로 가자."

"그리니요?"

"할스테인 스미스를 만나서 얘기 좀 할까 해서."

"오늘 밤엔 헬가랑 같이 저녁을 요리해 먹기로 했어요."

"좀 더 정확히 말하면 병적 질투심에 관한 얘기야. 저녁이라고? 그래, 이해해. 난 그리니까지 알아서 갈게."

"그리니는 가는 길목에 있어요. 그러니까 알았어요."

"넌 가서 저녁이나 요리해. 스미스 선생하고 얘기가 좀 길어질 것 같아."

"이미 늦었어요. 벌써 같이 가도 된다고 했잖아요." 올레그가 속도를 높이고 옆으로 빠져서 대형 트럭을 앞지르고 상향등을 켰다.

그들은 한동안 말없이 달렸다.

"60이야." 해리가 전화기를 누르면서 말했다.

"빙판길이고요." 올레그가 속도를 늦췄다.

"안데르스? 나 해리 홀레야. 토요일 오후에 집에 들어앉아 따분해하고 있으면 좋을 텐데. 어? 그럼 그 사랑스러운 여자분께, 그분이 누구든, 한물갔지만 전설적인 수사관을 도와 몇 가지 확인해야 한다고 설명 좀 해줘."

"병적 질투심이라." 할스테인 스미스가 방금 도착한 손님들을 물끄러미 바라보았다. "재밌는 주제군요. 그런데 정말 그 얘길 하

려고 여기까지 오신 건가요? 이런 건 스톨레 에우네 전문 아닌가
요?"

올레그는 고개를 끄덕이며 동의하는 듯 보였다.

"선생이 의심을 거두지 않기에 같이 얘기해보고 싶었습니다."
해리가 말했다.

"의심?"

"그날 발렌틴이 여기 온 날 밤에 이렇게 말씀하셨어요. 그가 안
다고."

"뭘 말이죠?"

"뭔지는 말하지 않았고요."

"전 그때 놀란 상태였어요. 아무 말이나 튀어나왔을 겁니다."

"그땐 말을 그리 많이 하지 않았어요, 스미스 선생님."

"저 소리 들었어, 메이?" 할스테인 스미스가 그들에게 차를 따라
주던 가냘픈 여자를 향해 웃었다.

그녀는 미소 짓고 고개를 끄덕이고는 찻주전자와 잔 한 개를 들
고 거실로 들어갔다.

"난 '그가 안다'고 했는데 내가 뭔가를 의심한다고 해석하시네
요?" 할스테인이 물었다.

"설명하기 어려운 뭔가가 있는 것처럼 들렸어요." 해리가 말했
다. "선생님도 발렌틴이 어떻게 알 수 있는지 이해가 가지 않는다
는 듯한 투였죠. 제가 틀렸습니까?"

"모르겠네요, 해리. 내 잠재의식에 관한 거라면 당신이 나만큼,
아니 나보다 더 잘 답할 수도 있겠죠. 그런데 그걸 왜 묻죠?"

"난데없이 어떤 남자 하나가 튀어나왔거든요. 급히 태국으로 떠
났다고 알려진 남자. 그런데, 안데르스가 확인한 결과 해당 기간에

떠난 승객 명단에 그 남자의 이름은 없어요. 게다가 지난 석 달 동안 그의 은행 계좌나 신용카드에 어떤 활동도 없었고요. 태국이든 어디서든. 그런데 흥미롭게도 안데르스가 작년에 3D 프린터를 구입한 고객 명단에서 그 남자 이름을 찾았어요."

할스테인은 해리를 보았다. 그리고 주방 창문으로 고개를 돌려 창밖을 내다보았다. 어둠 속, 하얀 눈이 소복이 쌓여 반짝이는 이불처럼 들판을 덮었다. "발렌틴은 내 사무실이 어딘지 알았어요. '그가 안다'고 말한 건 그 얘깁니다."

"선생님의 주소 말인가요?"

"아뇨. 그자는 대문으로 들어와 곧장 헛간으로 왔습니다. 내 사무실이 거기 있는 것만 아는 게 아니라 내가 밤중에 주로 헛간에 머무는 것도 안 겁니다."

"창문에서 나오는 불빛을 본 건 아닐까요?"

"대문에서는 헛간 쪽 창문 불빛이 보이지 않아요. 같이 가보시죠. 보여드릴 게 있습니다."

그들은 헛간으로 가서 잠긴 문을 열고 사무실로 들어갔다. 할스테인이 컴퓨터를 켰다.

"여기 보안카메라 영상이 들어 있어요. 검색만 하면 됩니다." 할스테인이 키를 누르기 시작했다.

"그림이 멋지네요." 올레그가 벽에 붙은 박쥐 남자를 향해 고개를 까딱했다. "음산하고요."

"알프레드 쿠빈이야." 할스테인이 말했다. "'뱀파이어.' 아버지가 쿠빈 화집을 가지고 있었거든. 다른 애들이 극장에 가서 형편없는 공포영화를 볼 때 난 집에 들어앉아 그 화집을 들여다봤지. 하지만 안타깝게도 아내가 쿠빈의 그림을 집 안에 두지 못하게 했어. 그 그림 때문에 악몽을 꾼다나. 악몽 얘기가 나와서 말인데 여기 발렌틴의 영상이 있군요."

할스테인이 손으로 가리켰고, 해리와 올레그는 그의 어깨 너머에서 몸을 숙였다.

"여기, 그가 헛간으로 오고 있어요. 보세요, 머뭇거리지 않고, 어디로 갈지 명확히 아는 사람처럼. 하지만 어떻게? 발렌틴을 상담한 곳은 여기가 아니라 시내에 임대한 사무실이었어요."

"누가 발렌틴에게 지령을 내렸다는 건가요?"

"그랬을 **수도 있다**는 겁니다. 이게 이 사건에서 처음부터 문제였습니다. 뱀파이어병 환자들은 애초에 이런 살인을 계획할 능력이 없거든요."

"흠. 발렌틴의 아파트에는 3D 프린터가 없었으니 다른 사람이 대신 열쇠를 복사해줬을 **수도 있어요**. 그러니까 그전까지 열쇠를 복사해 여자들 집에 몰래 숨어든 사람이죠. 자신을 차버리고, 자신을 거절하고, 다른 남자들을 만나러 간 여자들."

"더 큰 남자들." 할스테인이 말했다.

"질투심." 해리가 말했다. "병적 질투심. 그런데 파리 한 마리 다치게 한 적 없는 남자의 질투심."

"자신이 누굴 다치게 할 수 없다면 대신해줄 사람이 필요했겠죠. 자기가 하지 못하는 일을 할 수 있는 사람."

"살인자." 할스테인이 천천히 고개를 끄덕였다.

"살인 그 자체를 즐기는 준비된 살인마, 발렌틴 예르트센. 그러니까 계획하는 사람 따로, 행동하는 사람 따로였군요. 에이전트와 아티스트처럼."

"빌어먹을." 할스테인이 두 손으로 얼굴을 문질렀다. "이제야 내 논문이 진정으로 타당성을 얻기 시작하는군요."

"어떤 면에서요?"

"얼마 전에 프랑스 리옹에서 뱀파이어 살인사건에 관해 강의를 했습니다. 다른 연구자들도 나의 선구적인 연구에 열성적으로 관심을 보였지만 난 계속 뭔가가 빠져 있어서 진실로 획기적인 연구가 될 수 없으며, 이 살인사건들은 내가 확인한 뱀파이어병 환자의 전반적인 프로파일에 들어맞지 않는다는 점을 지적해야 했어요."

"그건 왜죠?"

"조현병과 편집증 양상을 보인 환자라면 피에 대한 갈증에 압도되어 가까이 있는 아무나 죽였겠죠. 그런 사람은 정밀한 계획과 인내심이 요구되는 살인을 저지를 수 없어요. 그런데 그 뱀파이어 살인사건의 범인은 계획하는 성격에 더 가까워요."

"두뇌." 해리가 말했다. "발렌틴에게 접근한 자, 발렌틴이 경찰에 잡히지 않고 자유롭게 돌아다닐 수 없는 처지라 그의 활동을 제지해야 했던 사람. 그 두뇌가 발렌틴에게 혼자 사는 여자들의 아파트 열쇠를 준 거군요. 사진, 그녀들의 일상에 관한 정보, 그녀들이 오가는 시간, 발렌틴이 자기를 노출하지 않고도 그녀들에게 접근하는 데 필요한 모든 것. 발렌틴이 그런 제안을 거절할 수 있었겠어요?"

"완벽한 공생이죠." 할스테인이 말했다.

올레그가 헛기침했다.

"왜?" 해리가 물었다.

"경찰은 몇 년이나 발렌틴을 찾았잖아요. 대체 레뉘는 그를 어떻게 찾아냈을까요?"

"좋은 질문이야." 해리가 말했다. "어쨌든 두 사람은 감옥에서 만난 사이는 아니야. 레뉘의 과거는 성직자의 칼라만큼 깨끗해."

"방금 뭐라고 했어요?" 할스테인이 물었다.

"성직자의 칼라."

"아뇨, 이름요."

"레뉘 헬이에요." 해리가 말했다. "왜요?"

할스테인 스미스는 대답하지 않고 입을 벌린 채 해리를 보았다.

"맙소사." 해리가 차분히 말했다.

"대체 뭔데요?" 올레그가 물었다.

"환자들." 해리가 말했다. "발렌틴 예르트센과 레뉘 헬은 환자 대기실에서 만난 사이로군요. 그렇죠, 스미스 선생님? 어서요, 살인이 더 일어날지도 몰라요. 이 위험성이 비밀유지 서약보다 중요합니다."

"그래요, 레뉘 헬은 예전 제 환자였어요. 그때는 환자가 이리로 올 때라 내가 밤에 헛간에서 일하는 것도 알았죠. 그렇다 해도 레뉘와 발렌틴이 여기서 만났을 리는 없어요. 발렌틴은 시내에서 상담받았거든요."

해리는 의자에 앉은 채 몸을 앞으로 내밀었다. "그래도 레뉘 헬이 병적 질투심을 가진 사람이라 발렌틴 예르트센과 손잡고 자기를 차버린 여자들을 죽였을 가능성이 있지 않습니까?"

할스테인 스미스는 생각에 잠긴 채 턱을 문질렀다.

해리는 의자에 기대앉았다. 컴퓨터 화면을, 부상당한 발렌틴이 헛간을 빠져나가는 장면이 담긴 정지 화면을 보았다. 저울의 화살표가 그가 들어올 때는 74.7킬로그램을, 나갈 때는 73.2킬로그램을 가리켰다. 사무실 바닥에 피를 1.5킬로그램 흘렸다는 뜻이다. 기초적인 산수였다. 발렌틴 예르트센과 레뉘 헬. 답은 2였다.

"사건 파일을 다시 열어야겠네요." 올레그가 말했다.

"그건 안 돼." 군나르 하겐이 손목시계를 보았다.

"왜 안 됩니까?" 해리가 리타에게 계산서를 가져다달라고 손짓했다.

강력반의 하겐 반장은 한숨을 쉬었다. "그 사건은 해결됐으니까, 해리. 자네 얘기도 무슨 음모론처럼 들리고. 레뉘 헬이란 자가 두 희생자에게 연락한 것과 같은 우연의 일치와 발렌틴이 그 농장의 대문에서 오른쪽으로 돌아야 하는 걸 아는 것 같다는 말에 기초한 심리학적 추측? 그건 기자나 작가들이 케네디가 CIA의 총에 맞았다거나 진짜 폴 매카트니는 죽었다고 주장하는 거랑 같아. 뱀파이어 사건은 아직 세간의 이목을 끌고 있어. 그 정도 증거로 이 사건을 다시 파헤친다면 우린 어릿광대가 돼서 세간의 이목을 끌고 말 거야."

"그런 게 걱정됩니까, 보스? 어릿광대로 보일까 봐?"

군나르 하겐은 미소 지었다. "자네가 날 '보스'라고 부를 때야말로 어릿광대가 된 기분이야. 자네가 진짜 보스인 건 세상이 다 아는데. 그래도 괜찮았어. 감수할 수 있었어. 자네가 성과를 올리니까 마음대로 우리를 놀려먹어도 괜찮았지. 그런데 이번 사건은 이미 뚜껑이 덮였어. 나사까지 아주 단단히 죄었다고."

"미카엘 벨만." 해리가 말했다. "그 사람은 자기가 법무부장관이 되기 전에 누구도 자신의 이미지를 망치기를 원하지 않죠."

군나르는 어깨를 으쓱했다. "토요일 저녁 늦게 커피를 마시자고 불러줘서 고맙군, 해리. 집은 어떤가?"

"좋아요. 라켈은 건강해요. 올레그는 여자친구랑 저녁 준비하고 있고요. 보스는 어때요?"

"아, 나도 좋아. 카트리네랑 비에른이 얼마 전에 집을 샀던데, 그건 자네도 알 테고."

"아뇨, 몰랐어요."

"잠깐 떨어져 지내기는 했지만, 둘이 다시 잘해보기로 했대. 카트리네가 임신했어."

"그래요?"

"응, 6월이 예정일이야. 세상은 계속 돌아가지."

"어떤 사람들한테는." 해리는 리타에게 200크로네를 건넸고, 리타가 잔돈을 셌다. "아닌 사람들도 있어요. 여기 슈뢰데르는 그대로 멈춰 있죠."

"그런 것 같군." 군나르 하겐이 말했다. "요샌 현금이 법정 통화가 아닌 줄 알았거든."

"그런 뜻이 아니에요. 고마워, 리타."

군나르는 웨이트리스가 갈 때까지 기다렸다. "그래서 여기서 만나자고 한 건가? 생각나게 하려고. 나라고 다 잊었을 거 같아?"

"아뇨, 아니에요. 그런데 마르테 루드한테 무슨 일이 있었는지 알기 전에는 이 사건이 해결된 게 아니에요. 그녀의 가족을 위해서도 아니고, 여기서 일하는 사람들을 위해서도 아니고, 절 위해서도 아니에요. 보스를 위해서도 아닌 것 같고요. 그런데 미카엘 벨만이 이 사건을 단단히 봉인해서 다시는 못 열게 해놨다면 제가 그 유리를 박살 낼 겁니다."

"해리……."

"제게 필요한 건 수색영장이랑 미진한 부분 한 가지를 수사할 권한이에요. 그러고 나서는 그만두겠다고 약속합니다. 이번 한 번

565

만 들어줘요, 군나르. 그런 다음에는 그만둘게요."

군나르가 숱 많은 눈썹 한쪽을 치떴다. "**군나르?**"

해리는 어깨를 으쓱했다. "이제 제 보스가 아니라면서요. 어서요. 항상 선한 쪽에 서셨잖아요. 경찰로 일하는 내내."

"아첨하는 소리로 들리는 거 알지, 해리?"

"그래서요?"

군나르는 깊은 한숨을 내쉬었다. "약속은 못 해. 그래도 생각해보지. 됐나?" 강력반 책임자는 일어나 코트 단추를 채웠다. "내가 처음 사건을 수사하기 시작했을 때 들었던 조언이 생각나는군, 해리. 살아남고 싶으면 놓아줄 때를 알아야 한다고."

"좋은 조언이네요." 해리가 커피잔을 입으로 가져가며 군나르를 보았다. "살아남는 게 그렇게 중요하다면요."

35

일요일 아침

"저기 있네요." 해리가 할스테인 스미스에게 말했다. 할스테인은 숲길 한가운데에 팔짱을 끼고 서 있는 두 남자 앞에 차를 세웠다.

"어휴." 할스테인이 알록달록한 블레이저 주머니에 손을 찔러 넣었다. "당신 말이 맞아요. 옷을 더 껴입고 올걸 그랬어요."

"이거 쓰세요." 해리가 해골과 대퇴골이 그려지고 아래에는 '장 크트파울리*'라고 새겨진 검은 털모자를 벗었다.

"고맙습니다." 할스테인이 그 모자를 받아 귀까지 내려 썼다.

"좋은 아침입니다, 홀레 씨." 경찰서장이 말했다. 그의 뒤로 차가 다니지 못하는 길에 스노모빌 두 대가 서 있었다.

"안녕하세요." 해리가 선글라스를 벗었다. 햇빛이 눈밭에 반사되어 눈을 찔렀다. "긴급하게, 통보하듯 부탁드렸는데도 수락해주셔서 감사합니다. 이분은 할스테인 스미스 선생님이에요."

"할 일을 하는 건데요 뭐." 서장이 이렇게 답하고 자기처럼 몸만 자란 아이 같은, 파란색과 흰색의 오버롤을 입은 남자에게 고개를

---

* St. Pauli, 독일 함부르크의 축구팀.

까딱했다. "아르투르, 자네가 블레이저 입은 분을 태워드려."

해리는 할스테인과 경관이 탄 스노모빌이 숲길을 따라 사라지는 것을 보았다. 차고 청명한 공기를 가르며 전기톱 같은 소리가 났다.

서장은 스노모빌의 길쭉한 좌석에 올라타서 기침을 하고 키를 돌려 시동을 걸었다. "지방 경찰서장이 스노모빌 운전해드리는 걸 허락해주시겠습니까?"

해리는 선글라스를 쓰고 뒷자리에 올랐다.

두 사람은 전날 저녁에 짧게 통화했다.

'지뷔입니다.'

'해리 홀레입니다. 필요한 걸 받았습니다. 스노모빌을 준비해서 내일 아침에 그 저택까지 안내해주실 수 있습니까?'

'아.'

'여기서 두 명이 갈 겁니다.'

'대체 그걸 어떻게 받아냈는지—?'

'11시 반?'

침묵.

'알았습니다.'

그들은 앞서간 스노모빌이 남긴 자국을 따라갔다. 저 아래 계곡에 집들이 듬성듬성 흩어진 마을에서 창문과 교회 첨탑에 반사된 햇살이 반짝거렸다. 소나무가 빽빽하게 자라서 볕이 차단된 숲속으로 들어가자 급격히 추워졌고, 얼음 밑으로 강이 흐르는 곳으로 더 내려가자 기온이 더 뚝 떨어졌다.

3, 4분밖에 걸리지 않았지만 웃자란 울타리가 얼어붙은 곳 옆에 서 있던 할스테인과 경관 옆에 스노모빌을 세웠을 때 해리는

이가 덜덜 떨렸다. 그들 앞에 눈이 쌓여 얼어붙은 연철 대문이 나타났다.

"여기가 돼지 저택입니다." 서장이 말했다.

대문에서 30미터쯤 들어가자 다 허물어져가는, 크고 정교하게 지은 3층 저택이 키 큰 소나무에 둘러싸인 채 흐릿하게 서 있었다. 벽면 판자에는 페인트칠이 되어 있었겠지만 지금은 다 지워졌고, 집 전체가 회색과 은색의 다채로운 농담農談으로 물들었다. 창문 안쪽 커튼은 거친 시트와 캔버스로 만들어진 듯 보였다.

"집을 짓기에는 음침한 곳이네요." 해리가 말했다.

"전통적인 고딕 양식의 3층 집이군요." 할스테인이 말했다. "이곳 건축 규정을 어긴 거죠?"

"휄 씨 집안은 규정이란 규정은 다 어겼어요." 서장이 말했다. "그래도 법을 어긴 적은 없죠."

"공구를 좀 가져가도 될까요, 서장님?"

"아르투르, 쇠지렛대 있나? 어서, 해치우자고."

해리는 스노모빌에서 내렸다. 눈이 허벅지까지 올라왔지만 가까스로 대문까지 걸어가 대문을 넘었다. 나머지 셋도 뒤따라 대문을 넘었다.

집의 전면에는 지붕이 길게 쳐진 베란다가 있었다. 남향이라 여름철 한낮에는 햇빛을 조금 받았을 법했다. 그렇지 않고서야 굳이 왜 베란다를 만들었겠는가? 설마 깔다구들에게 피나 빨아 먹힐 공간으로 쓰려고? 해리는 현관문으로 가서 성에 낀 유리창 안을 들여다보다가 구식 초인종의 녹슨 붉은색 버튼을 눌렀다.

작동은 하는지 집 안 깊은 곳까지 벨이 울렸다.

세 사람이 와서 옆에 섰고, 해리는 다시 초인종을 눌렀다.

"그 친구가 집에 있었다면 벌써 현관 앞에 나와서 우리를 기다리고 있었을 겁니다." 서장이 말했다. "스노모빌 소리가 2킬로미터 밖에서도 들리는 데다가 길이 여기로밖에 나있지 않거든요."

해리가 다시 눌렀다.

"태국에 있는 레뉘 헬에겐 안 들리겠죠." 서장이 말했다. "우리 집 식구들이 스키 타러 가려고 기다리고 있어서 그러는데, 그냥 유리창을 깨죠. 아르투르!"

아르투르가 쇠지렛대를 휘두르자 문 옆의 창이 와장창 깨졌다. 그는 장갑 한 짝을 벗어서 손을 안쪽으로 집어넣고 집중하는 표정으로 잠시 더듬었다. 자물쇠 돌아가는 소리가 났다.

"먼저 들어가시죠." 서장이 문을 열고 손을 내밀었다.

해리는 안에 들어섰다.

사람이 살지 않는 집 같군, 그의 머릿속에 처음으로 스친 생각이었다. 현대적인 물건이 보이지 않아서 흡사 유명인의 집을 개조한 박물관 같았다. 해리가 열네 살일 때 부모님이 그와 여동생 쇠스를 모스크바에 데리고 가서 표도르 도스토옙스키가 살았던 집에 방문한 적이 있다. 그곳은 그가 본 가장 영혼이 없는 집이었다. 그래서 3년 후 《죄와 벌》을 읽고 큰 충격을 받았는지도 모른다.

해리는 현관을 지나 널찍한 거실로 들어갔다. 벽에 붙은 전등 스위치를 눌렀지만 아무 일도 일어나지 않았다. 회색으로 칙칙해진 흰 커튼 사이로 스며드는 햇살로 그에게서 나오는 입김이 보였고, 구식 가구 몇 점이 아무렇게나 흩어져 있어서 마치 험악한 유산 분쟁이 벌어진 후 짝이 맞는 테이블과 의자들은 싹 털리고 남은 잔해처럼 보였다. 온도 변화 탓인지 무거운 그림들이 삐뚜름하게 걸려 있었다. 그리고 레뉘 헬이 태국에 있지 않은 것도 보였다.

영혼이 없는.

레뉘 헬이, 아니 적어도 해리가 본 레뉘 헬의 사진과 닮은 누군 가가 등받이가 높은 안락의자에 앉아 있었다. 해리의 할아버지가 얼큰하게 취해서 잠들었을 때처럼 위풍당당한 자세로. 오른발은 바닥에서 살짝 들려 있고 오른쪽 팔이 팔걸이에서 몇 센티미터 들려 있는 것만 달랐다. 사후 경직이 일어난 이후에 몸이 왼쪽으로 살짝 기운 것이다. 그것도 오래전, 그러니까 다섯 달쯤 전에.

머리는 부활절 달걀이 연상되었다. 부서질 듯 메마르고 속이 텅 빈. 머리가 쪼그라들어서 입이 벌어지고 치아를 붙잡은 메마른 회색 잇몸이 드러났다. 이마에 검은 구멍이 하나 있고 피는 없었다. 레뉘 헬은 고개를 뒤로 젖힌 채 얼빠진 얼굴로 천장을 노려보았다.

의자 뒤로 가보니 등받이의 높은 곳으로 볼트가 관통해 있었다. 그리고 검은 쇳덩이로 된 손전등 모양의 물건이 의자 옆 바닥에 떨어져 있었다. 해리는 그 물건을 알아보았다. 그가 열 살 때쯤 할아버지가 그에게 크리스마스 만찬용 돼지갈비가 어디서 나는지 보여주려고 그를 헛간 뒤로 데려갔다. 큰 암퇘지 헤이드룬의 이마에 씌울, 가면은 아니지만 도살가면이라고 불리는 커다란 장치가 있는 곳이었다. 그리고 할아버지가 뭔가를 누르자 날카로운 탕 소리가 나고 헤이드룬이 놀란 듯 몸을 비틀면서 바닥에 쓰러졌다. 그러고 나서 할아버지가 돼지 피를 뺐는데, 해리에게 가장 선명하게 남은 기억은 화약 냄새와 함께 헤이드룬의 다리가 한참 지나서야 씰룩이기 시작한 장면이었다. 할아버지는 몸이란 게 원래 그런 식으로 작동한다고, 헤이드룬은 한참 전에 죽었다고 설명했지만, 해리는 그 뒤로도 오랫동안 돼지 다리가 씰룩거리는 악몽을 꾸었다.

해리 뒤에서 마룻장이 삐걱거리고 누군가의 숨소리가 들리더니 이내 거칠어졌다.

"레뉘 헬입니까?" 해리가 돌아보지도 않고 물었다.

서장은 헛기침을 두 번 하고 나서야 겨우 답했다. "예."

"가까이 오지 마세요." 해리가 쪼그리고 앉아서 거실을 둘러보았다.

그 공간은 아무것도 말해주지 않았다. 이 범죄현장은 말이 없었다. 너무 오래되어서이거나 범죄현장이 아니기 때문일 수도 있다. 아니면 그곳에 살던 남자가 스스로 더 이상 살고 싶지 않다고 결심한 공간이기 때문일 수도 있었다.

해리는 전화기를 꺼내서 비에른 홀름에게 전화했다.

"니테달의 오네뷔에 시신이 한 구 있어. 아르투르라는 분이 다시 전화해서 정확한 위치를 알려줄 거야."

해리는 전화를 끊고 나가서 주방으로 들어갔다. 전등을 켜려고 스위치를 눌렀지만 역시 켜지지 않았다. 주방은 정돈되어 있었지만 싱크대에 소스가 딱딱하게 굳은 접시가 하나 들어 있었다. 냉장고 앞에는 얼음의 댐이 있었다.

해리는 복도로 나갔다.

"두꺼비집을 찾아요." 해리가 아르투르에게 말했다.

"전기가 끊겼을 수도 있어요." 서장이 말했다.

"초인종은 울렸잖아요." 해리는 복도에서 휘감아 올라가는 계단을 올라갔다.

2층에서 침실 세 개를 들여다보았다. 모두 정리정돈이 잘되어 있었지만 방 하나에는 이불이 젖혀 있고 의자에 옷가지가 걸려 있었다.

3층에서는 서재로 쓰였을 법한 방에 들어갔다. 책장에 책과 서류철이 꽂혀 있고, 창문 앞 직사각형 테이블들 중 하나에는 컴퓨터 한 대와 대형 모니터 세 개가 놓여 있었다. 해리는 뒤돌아보았다. 문 앞 테이블에 상자가 하나 놓여 있었다. 75제곱센티미터 정도로, 검정 철제 프레임에 옆면이 유리판이었으며 그 안에는 작은 흰색 플라스틱 열쇠가 들어 있었다. 3D 프린터.

멀리서 종이 울렸다. 해리는 창문으로 다가갔다. 창밖에 교회가 보였다. 일요일 예배를 알리는 종소리 같았다. 헬 집안의 집은 너비보다 높이가 긴 구조로, 숲 한가운데에 탑처럼 서 있어서 마치 이 집 사람들이 볼 수 있지만 보이지는 않는 장소를 원한 것 같았다. 그의 눈길이 앞에 있는 테이블에 놓인 서류철로 향했다. 서류철 앞면의 이름. 그는 서류철을 펼쳐서 첫 페이지를 읽었다. 그리고 눈을 들어 책장에서 똑같은 서류철을 보았다. 그는 계단 끝으로 갔다.

"스미스 선생님!"

"네?"

"여기로 올라와보세요!"

할스테인은 30초 후 그 방에 들어서면서 해리가 서류철을 넘겨 보던 테이블로 곧장 가지 않고 놀란 얼굴로 문간에 멈춰 섰다.

"알아보시겠어요?" 해리가 물었다.

"네." 할스테인은 책장으로 가서 서류철 하나를 꺼냈다. "맞아요. 이건 제 녹음테이프이고 제가 도둑맞은 물건이 맞습니다."

"이것도 그런 거 같은데요." 해리는 서류철을 들어서 할스테인 스미스에게 라벨을 보여주었다.

"알렉산데르 드레위에르. 제 필체가 맞습니다."

"여기 적힌 용어를 다 이해할 수는 없지만 드레위에르가 'Dark

Side of the Moon' 앨범에 집착한 건 알겠군요. 그리고 여자들한
테도. 또 피에도. 이 사람이 뱀파이어병으로 발전할 수도 있다고
쓰여 있고, 그런 경우라면 비밀유지 서약을 깨고 경찰에 우려스러
운 상황을 알릴 것을 고려해야 한다고도 쓰여 있네요."

"말했다시피 드레위에르는 상담을 중단했어요."

해리는 문이 열리는 소리를 듣고 창밖을 내다보았다. 때마침 아
르투르 경관이 베란다 난간 너머로 고개를 내밀고 눈밭에 토하는
모습이 보였다.

"두꺼비집을 찾으러 간 곳이 어딥니까?"

"지하실요." 할스테인이 말했다.

"여기서 기다리세요." 해리가 말했다.

그리고 아래층으로 내려갔다. 이제 복도에 불이 들어왔고 지하
실 문이 열려 있었다. 그는 몸을 한껏 웅크리고 좁고 어두운 지하
실 계단을 내려가다 뭔가에 머리를 부딪혀 피부가 찢겼다. 수도관
모서리였다. 발밑에 단단한 바닥이 느껴지고 창고 앞에 전구가 보
였다. 서장이 두 손을 옆으로 축 늘어뜨린 채 우두커니 안을 보고
있었다.

해리는 그에게 다가갔다. 위층의 거실에서는 시신에서 이미 부
패가 시작된 징후가 보이는데도 추위로 인해 냄새가 묻혔다. 하지
만 지하실은 달랐다. 눅눅한 데다 아무리 추워져도 지상처럼 영하
로 내려가지 않았다. 해리는 가까이 다가가면서 썩은 감자 냄새인
줄 알았던 것이 사실은 다른 시체의 냄새인 걸 알았다.

"지뮈." 그가 나직이 불렀고, 서장이 움찔하며 돌아보았다. 그는
눈을 휘둥그레 떴고 그의 이마에도 작은 상처가 있었다. 해리는
상처를 보고 화들짝 놀라다가 서장 역시 수도관에 부딪혔음을 알

왔다.

서장이 비켜섰고, 해리는 창고 안을 들여다보았다.

우리였다. 3×2미터. 전체에 철망이 덮여 있고 문에는 자물쇠가 풀린 채 달려 있었다. 지금은 아무도 갇혀 있지 않다. 껍데기 안에 무엇이 들어 있었든 이미 오래전에 떠났다. 다시, 영혼이 없는. 하지만 해리는 조금 전 젊은 경관이 왜 그렇게 격하게 반응했는지 알 수 있었다.

부패 상태로 보아 죽은 지 오래됐지만, 쥐들은 우리 속 철망 지붕에 매달린 벌거벗은 여자에게 다다르지 못했다. 시신이 고스란히 보존된 덕분에 그녀가 무슨 짓을 당했는지 세세히 볼 수 있었다. 칼. 주로 칼이었다. 해리는 이제껏 온갖 방식으로 훼손된 시신을 무수히 보았다. 그러면 단련될 줄 알았다. 단련되었다. 무작위적 폭력과 격렬한 싸움과 치명적이고 효율적으로 찌른 상처와 제의적 광기의 결과를 보는 일에 익숙해졌다. 그래도 이런 광경에는 준비가 되지 않았다. 가해자가 무엇을 얻으려 했는지 고스란히 드러나는 유형의 훼손에는. 희생자가 무슨 일이 일어날지 깨달은 순간의 육체적 고통과 절박한 공포. 살인자의 성적 쾌락과 창조적 만족감. 시체를 발견한 사람이 받았을 충격, 무력한 적막감. 살인자는 원하던 것을 얻었을까?

뒤에서 서장이 기침을 시작했다.

"여기선 안 됩니다." 해리가 말했다. "나가서 토해요."

해리는 뒤에서 서장이 비틀거리며 걸어가는 발소리를 들으며 우리 문을 열고 안으로 들어갔다. 거기 매달린 여자는 깡마르고 피부는 바깥의 눈처럼 희었으며 붉은 자국이 있었다. 피는 아니었다. 주근깨. 그리고 윗배에 검은 구멍, 총알로 생긴 구멍이 있었다.

여자가 스스로 매달려 고통에서 벗어나려 한 건가 싶기도 했다. 사인은 물론 복부의 총상일 수도 있지만, 여자가 죽은 뒤에 범인이 당혹감에 쏜 것일 수도 있었다. 여자가 더 이상 작동하지 않아서, 아이들이 고장 난 장난감을 망가뜨리듯이.

해리는 여자의 얼굴로 흘러내린 빨강머리를 옆으로 넘겼다. 의심의 여지가 없었다. 여자의 얼굴에는 아무런 표정이 없었다. 다행이다. 조만간 그녀의 유령이 밤에 찾아올 때 그렇게 표정 없는 얼굴로 나타날 테니.

"누…… 누구예요?"

해리는 돌아보았다. 할스테인 스미스가 얼어 죽겠다는 듯 장크트파울리 모자를 귀까지 끌어내린 채 서 있었다. 그가 떠는 건 추워서가 아니리라.

"마르테 루드."

36
일요일 저녁

　해리는 두 손으로 머리를 감싸고 앉아서 위층에서 오가는 사람들의 말소리와 둔탁한 발소리에 귀를 기울였다. 그들은 거실에 있다. 주방과 복도에도. 경찰 저지선을 두르고 작고 흰 증거품 깃발을 꽂고 사진을 찍고 있다.

　해리는 간신히 고개를 들고 다시 보았다.

　서장에게는 감식반이 도착할 때까지 마르테 루드의 몸을 바닥으로 내려서는 안 된다고 일러두었다. 물론 마르테는 발렌틴의 차 트렁크에서 피를 많이 흘려 죽었을 수도 있었다. 트렁크에 그렇게 짐작할 만큼의 피가 있었다. 하지만 우리 왼쪽 바닥의 매트리스는 다른 이야기를 들려주었다. 매트리스가 시커멓게 변색되었고, 오랜 시간에 걸쳐 인체에서 빠져나온 무언가로 인해 흠뻑 젖었다. 게다가 매트리스 바로 위에는 수갑이 있고, 수갑은 철망에 매달려 있었다.

　계단에서 발소리가 들렸다. 귀에 익은 목소리가 거칠게 욕설을 내뱉었고, 비에른 홀름이 이마에 피를 흘리며 나타났다. 그는 해리 옆에 서서 우리를 보고는 해리를 돌아보았다. "이제야 왜 두 사람의 이마에 똑같은 상처가 있는지 알겠네요. 선배도요. 그런데 아무도 나한테 경고해주고 싶지 않았나 보죠?" 그는 얼른 돌아보며 계단을 향해 외쳤다. "수도관 조심해—."

"아야!" 누군가가 소리 죽여 외쳤다.

"누가 왜, **반드시** 이마를 찧도록 계단을 설계했을까요?"

"자네는 저 여자를 보고 싶지 않은 거군." 해리가 나직이 말했다.

"네?"

"나도 보고 싶지 않아, 비에른. 한 시간 가까이 여기 있었는데도 조금도 괜찮아지지 않아."

"그런데 왜 여기 앉아 있죠?"

해리는 일어섰다. "여자가 오래 혼자 있었어. 그래서 난⋯⋯." 그의 목소리가 숨길 수 없이 떨렸다. 그는 황급히 계단으로 가서 이마를 문지르는 감식반원에게 고개를 까딱했다.

서장이 복도에서 전화기를 들고 통화하고 있었다.

"스미스 선생님은요?" 해리가 물었다.

서장이 위층을 가리켰다.

할스테인 스미스가 컴퓨터 앞에 앉아 알렉산데르 드레위에르의 이름이 붙은 서류철을 읽고 있을 때 해리가 들어왔다.

할스테인은 고개를 들었다. "저 아래의 것, 알렉산데르 드레위에르 짓이에요."

"발렌틴이라고 부릅시다. 확실해요?"

"내가 쓴 노트에 다 들어 있어요. 자상¹ⁱ⁰⁰. 여자를 고문해서 죽이는 환상에 관해 자세히도 묘사했네요. 무슨 예술작품을 구상하는 것처럼."

"경찰에는 알리지 않았군요?"

"알릴까도 생각해봤어요, 물론. 그런데 내담자가 상상 속에서 저지르는 온갖 괴상망측한 범죄를 신고한다 해도 우리든 경찰이든 손쓸 방법이 없잖아요, 해리." 할스테인은 두 손으로 머리를 감쌌다. "살릴 수도 있었을 그 모든 목숨을 생각할 뿐이에요. 내가 진작에……."

"너무 자책하지 마세요, 스미스 선생님. 그렇다고 경찰이 나섰을 거라는 보장도 없어요. 여하튼 레뉘 헬이 선생님한테서 훔친 노트로 발렌틴의 환상을 실행에 옮긴 걸 수도 있습니다."

"불가능하진 않아요. 가능성이 높지는 않지만 불가능한 건 아니에요." 할스테인은 머리를 긁적였다. "그런데 레뉘 헬이 어떻게 내 노트를 훔쳐서 같이 작업할 살인자를 찾았는지는 아직 모르겠어요."

"선생님은 말이 꽤 많으신 편이죠."

"네?"

"생각해보세요. 선생님이 레뉘 헬과 병적 질투심에 관해 이야기하면서 살인 환상을 가진 다른 환자들을 언급했을 가능성은?"

"그랬겠네요. 늘 환자들에게 그들만 그런 생각을 하는 게 아니라고 말해주려 하거든요. 평온하고 평범하게 느끼게 해주려고—." 할스테인은 말을 끊고 손을 입에 댔다. "맙소사, 그러니까 내가…… 내 가벼운 입이 화근이라는 거군요?"

해리는 고개를 저었다. "자책할 방법은 수백 가지입니다. 저도 수사관으로 일하면서 연쇄살인범을 빨리 잡지 못해 살해당한 사람이 적어도 십수 명은 될 겁니다. 그래도 살아남으려면 내려놓는 법도 배워야 해요."

"그 말이 맞아요." 할스테인이 공허하게 웃었다. "그런데 그런 말은 심리학자가 할 소리 같은데요. 경찰이 아니라."

"가족들이 있는 집으로 돌아가 일요일 저녁을 드시고 이 일은 잠시 잊으세요. 곧 토르가 와서 컴퓨터를 확인할 겁니다. 뭐가 나오는지 보자고요."

"그래요." 할스테인은 일어서서 털모자를 벗어 해리에게 건넸다.

"그건 그냥 가지세요. 누가 그 모자에 관해 물어보면 오늘 우리가 왜 여기에 왔는지 기억하실 수 있게요."

"그럴게요." 할스테인은 모자를 다시 썼다. 해리는 의도한 건 아니지만 심리학자의 쾌활한 이목구비 위에 자리 잡은 장크트파울리의 해골 문양이 희극적이면서도 불길한 분위기를 풍긴다고 생각했다.

"수색영장도 **없이**, 해리!" 군나르 하겐이 소리를 질러서 해리는 전화기를 귀에서 뗐다. 레뉘 헬의 컴퓨터 앞에 앉아 있던 토르가 시선을 들었다.

"그 주소지로 가서 허락도 없이 무단침입한 거야! 내가 안 된다고 똑똑히 말하지 않았나!"

"**제가** 무단침입한 게 아닙니다, 보스." 해리가 창밖으로 계곡을 내다보았다. 어둠이 내리기 시작하고 전등이 켜졌다. "여기 경찰서장이 한 겁니다. 전 그냥 초인종만 눌렀어요."

"그 양반하고는 통화했어. 그 사람 말로는 자네가 그 집에 대한 수색영장을 가지고 있다는 인상을 팍팍 풍겼다던데."

"전 그냥 '필요한 걸 얻었다'고만 했습니다. 사실이 그렇고."

"그게 뭔데?"

"할스테인 스미스는 레뉘 헬을 상담한 심리학자예요. 걱정되는 환자를 방문할 자격이 충분하죠. 레뉘 헬이 두 가지 살인사건의 희생자들과 연결된 정황이 드러난 만큼, 스미스 선생은 우려할 만한 근거가 있다고 보신 겁니다. 그분이 저한테 같이 가자고 한 건 제가 전직 경찰이기 때문이고요. 레뉘 헬이 폭력적으로 돌변할 경우에 대비해서."

"스미스 선생도 그 말을 지지해주겠지?"

"당연하죠, 보스. 우리가 이런 심리학자-환자 관계에 개입해서는 안 됩니다."

군나르 하겐이 비아냥거리는 웃음으로 분노를 토해냈다. "자네는 서장을 속였어, 해리. 게다가 법정에서 이 사실이 밝혀지면 무엇도 증거로 채택되지 않으리라는 거 자네도 알잖─."

"그런 얘긴 그만하고 입 닫으시죠, 군나르."

잠시 침묵이 흘렀다. "방금 뭐라고 했나?"

"아주 친근하게, 입 닫으시라고 부탁드렸습니다." 해리가 말했다. "법정에서 알아낼 리도 없고, 우리가 안에 들어간 방법은 완벽히 올바르니까요. 게다가 재판을 받을 당사자가 없어요. 다 죽었으니까. 오늘 벌어진 일이라고는, 마르테 루드가 무슨 일을 당했는지 밝혀진 것뿐이에요. 발렌틴 예르트센이 혼자가 아니었다는 것도. 반장님이든 벨만이든, 이 일로 골치 아파질 건 없습니다."

"그게 걱정이 아니라─."

"아뇨, 그걸 걱정하시잖아요. 경찰청장의 다음 기자회견 보도자료는 이렇게 나가면 됩니다. '경찰이 마르테 루드를 찾으려고 부단히 노력했고, 그 집요함이 마침내 결실을 맺었다. 그리고 우리는 마르테의 유가족과 망할 노르웨이 전체가 이런 결실을 누릴 자격이 있다고 믿어 의심치 않는다.' 받아 적었어요? 레뉘 헬은 발렌틴을 잡은 청장의 업적에 흠집을 내지 않아요, 보스. 이건 그냥 보너스예요. 그러니 긴장 푸시고 보스 몫을 누리세요." 해리는 전화기를 바지 주머니에 넣었다. 두 손으로 얼굴을 문질렀다. "뭐가 좀 나왔나, 토르?"

IT 전문가 토르가 고개를 들었다. "이메일요. 말씀하신 게 맞는 것 같은데요. 레뉘 헬이 처음 알렉산데르 드레위에르한테 연락하면서 스미스 선생의 환자 파일에서 주소를 알아냈다고 말하네요. 그리고는 곧장 본론으로 들어가서 협업을 제안하는군요."

"'살인'이라는 말을 쓰나?"

"네."

"좋아. 계속해."

"이틀 후 드레위에르, 아니 발렌틴이 답장을 보내요. 환자 파일을 훔친 게 맞는지, 아니면 이게 경찰이 파놓은 함정은 아닌지 확인해야 한다고 적었네요. 그러고는 자신은 어떤 제안에도 열려 있다고 말해요."

해리는 토르의 어깨 너머로 화면을 보았다. 마침 화면에 떠 있는 말에 몸서리를 쳤다.

'친구, 난 매력적인 제안에 열려 있네.'

토르가 스크롤을 내리면서 말을 이었다. "레뉘 헬은 이메일로만 연락하자고 제안하고 어떤 상황에서든 자기가 누구인지 알아내려고 해서는 안 된다고 적었어요. 그리고 발렌틴한테 여자들 아파트 열쇠와 지시사항을 전달하면서 서로 마주치지 않을 장소를 제안해보라고 하네요. 발렌틴이 카갈로글루 하맘의 탈의실을 제안하고……."

"터키식 목욕탕."

"엘리세 헤르만센이 살해당하기 나흘 전에는 레뉘가 엘리세의 아파트 열쇠와 지시사항이 탈의실 사물함 안에 들어 있고, 파란 페인트가 찍힌 자물쇠로 잠갔다고 보냈어요. 자물쇠 비밀번호는 0999이고요."

"레뉘 헬은 발렌틴에게 지시만 내린 게 아니야. 리모콘으로 조종하고 있었지. 또 뭐라고 했나?"

"에바 돌멘과 페넬로페 라쉬도 비슷해요. 그런데 마르테 루드를 죽이라는 지시는 없어요. 정반대예요. 어디 보자…… 여기 있네요. 마르테 루드가 실종된 다음 날 레뉘 헬이 이렇게 썼어요. '해리 홀레의 단골술집에서 그 여자를 납치한 게 당신인 거 알아, 알렉산데르. 그건 우리 계획에 없던 일이야. 그 여자는 아직 당신 집에 있겠지. 그 여자 때문에 경찰에 덜미를 잡힐 거야. 서둘러 조치를 취해야 해. 여자를 데려와, 내가 사라지게 해줄 테니. 지도에서 60.148083, 10.777245로 찾아와. 밤에는 차가 거의 다니지 않는 외딴 도로야. 오늘 밤 1시에 거기로 가서 '하델란 1km'라고 적힌 표지판 앞에 차를 세워. 거기서부터 걸어서 오른쪽 숲으로 정확히 100미터 들어가서 여자를 불에 탄 큰 나무 앞에 놓고 떠나."

해리는 화면을 보면서 스마트폰 구글 지도에 좌표를 입력했다. "여기서 몇 킬로미터밖에 떨어져 있지 않군. 다른 건?"

"없어요. 이게 마지막 이메일이에요."

"그래?"

"음, 이 컴퓨터에서 다른 건 아직 나오지 않았어요. 아마 전화로 연락했을 거예요."

"흠. 다른 걸 찾으면 알려줘."

"그럴게요."

해리는 아래층으로 내려갔다.

비에른 홀름이 복도에서 감식반원과 얘기 중이었다.

"사소한 거 하나." 해리가 말했다. "수도관에서 DNA 샘플을 채취해줘."

"네?"

"누구든 저 아래로 처음 내려갈 때는 수도관에 부딪히잖아. 피부와 혈액이 남았을 거야. 커다란 방명록인 셈이지."

"알았어요."

해리는 현관문으로 향했다. 가다 말고 돌아보았다.

"참, 축하해. 어제 하겐한테 들었어."

비에른이 멍하니 보았다. 해리는 손으로 배 위에 둥그런 모양을 만들었다.

"아, 그거요." 비에른이 씩 웃었다. "고마워요."

해리는 밖으로 나가서 숨을 깊이 들이쉬었고, 겨울의 어둠과 추위에 감싸였다. 정화되는 느낌이었다. 그는 소나무가 빽빽히 검은 벽을 이룬 곳으로 향했다. 스노모빌 두 대는 그 집과 길이 뚫린 도로까지 오가는 셔틀로 쓰였다. 해리는 그쪽으로 나가면 교통편이 있을 거라고 확신했다. 하지만 지금은 근처에 아무도 없었다. 해리는 스노모빌에 눌린 흔적을 찾아서 가면 길을 잃지는 않을 거라고 보고 따라 걷기 시작했다. 그 집이 그의 뒤에서 어둠 속으로 사라질 때 어떤 소리가 들려서 걸음을 멈추었다. 가만히 들어보았다.

교회 종소리. 지금?

장례식 종인지 세례식 종인지는 알 수는 없지만 그 소리에 전율이 일었다. 순간 그의 앞 짙은 어둠 속에 뭔가가 보였다. 노란색의 강렬한 눈 두 개가 움직였다. 짐승의 눈. 하이에나의 눈. 그리고 낮게 으르렁거리는 소리가 점점 커졌다. 그것이 빠르게 다가오고 있었다.

해리는 손을 앞으로 들었지만 스노모빌 전조등에 앞이 보이지 않았다. 스노모빌이 바로 앞까지 와서 섰다.

"어디로 가세요?" 불빛 뒤에서 목소리가 들렸다.

해리는 전화기를 꺼내서 앱을 열고 스노모빌 운전자에게 건넸다. "여기요."

60.148083, 10.777245.

간선도로 양옆에 숲이 있었다. 차는 없었다. 파란 표지판.

해리는 그 표지판에서 숲속으로 정확히 100미터 들어간 곳에서 그 나무를 발견했다.

그는 숲을 헤치며 새카맣게 타서 쪼개진 검은 나무로 갔고, 거기엔 다른 곳만큼 눈이 높이 쌓여 있지 않았다. 그는 쭈그리고 앉아서 스노모빌 불빛으로 나무에 옅게 팬 자국을 보았다. 밧줄. 체인일지도. 마르테 루드가 여기서는 아직 살아 있었다는 뜻이었다.

"그들이 여기 왔었군." 해리가 주위를 둘러보며 말했다. "발렌틴과 레뉘. 둘 다 여기 있었어. 두 사람이 만났을까?"

나무들이 좀처럼 입을 열지 않으려는 목격자들처럼 말없이 그를 지켜보았다.

해리는 스노모빌로 돌아가 경관 옆에 앉았다.

"감식반을 이리로 데려와줘요. 남은 게 있는지 확인해야 합니다."

경관이 반쯤 돌아보았다. "어디로 가십니까?"

"시내로 돌아갑니다. 나쁜 소식을 전하러."

"마르테 루드의 가족한테는 이미 소식이 전해졌을 텐데요."
"슈뢰데르의 가족한테는 아니에요."
숲속에서 새 한 마리가 뒤늦게 경고하듯 꽥꽥 울어댔다.

37
수요일 오후

해리는 책상 앞에 앉은 두 소년을 보려고 50센티미터 높이로 쌓여 있는 답안지를 치웠다.

"데빌스 스타 사건에 대한 너희 답안지는 읽었다. 졸업 학기 학생들한테 낸 과제를 일부러 시간 내서 수행한 건 칭찬할 만하고⋯⋯."

"그런데요?" 올레그가 물었다.

"그런데가 아니야."

"아뇨, 저희가 제출한 답안지가 다른 학생들 것보다 나아서 그러시는 거 아니에요?" 예수스가 손을 깍지 끼고 머리 뒤로 넘겨서 길게 땋은 검은 머리 뒤를 받쳤다.

"아니." 해리가 말했다.

"아니에요? 그럼 다른 학생들 중 어느 팀 게 나은데요?"

"안 그림세의 팀. 내 기억이 맞다면."

"뭐라고요?" 올레그가 말했다. "그 팀은 주요 용의자도 못 맞혔잖아요!"

"그건 사실이야. 그 팀은 주요 용의자가 없다고 했어. 주어진 정보 안에서 보면 그게 맞는 결론이었고. 너희는 정답을 지목하기는 했지만, 구글로 12년 전 범인이 누구였는지 검색한 결과였지. 결국 너희는 틀에 맞추려고 안달한 끝에 몇 가지 잘못된 결론을 이끌어 냈어."

"그러니까 답도 없는 문제를 냈다는 거예요?" 올레그가 물었다.

"주어진 정보를 이용하지 않기." 해리가 말했다. "미래를 미리 맛 보는 거야. 너희가 정말로 수사관이 되고 싶다면."

"저희가 어떻게 했어야 하는데요?"

"신선한 정보를 찾아야지. 아니면 이미 아는 정보를 다른 식으로 짜 맞추든가. 해답은 대개 이미 아는 정보에 숨겨져 있어."

"뱀파이어병 살인사건은 어때요?" 예수스가 물었다.

"신선한 정보도 있고. 이미 나온 것도 있고."

"〈VG〉에서 오늘 뭐라고 했는지 아세요?" 올레그가 물었다. "레뉘 헬이 발렌틴 예르트센한테 자기가 질투심으로 집착하는 여자들을 죽이라고 지시했대요. '오셀로'처럼."

"음. 너희는 오셀로의 살해 동기가 기본적으로 질투심이 아니라 야망이라고 했던 거 같은데."

"오셀로 **증후군**요. 그 기사는 모나 도가 쓴 게 아니더라고요. 재미는 있지만, 그나저나 모나 도가 쓴 글을 못 본 지 한참 됐어요."

"모나 도가 누군데?" 예수스가 물었다.

"전체 그림을 볼 줄 아는 유일한 범죄전문기자." 올레그가 말했다. "북부 출신의 이상한 여자. 한밤중에 헬스장에 가고 올드스파이스를 바르는 여자. 그러니까 사건 이야기 좀 해주세요!"

해리는 앞에 앉은, 열정 넘치는 두 청년의 얼굴을 보았다. 그리고 자기가 경찰대학에 다니던 시절에 저렇게 열성적으로 강의에 몰두한 적이 있는지 기억을 더듬어보았다. 허구한 날 숙취에 시달리고 다시 술 마시고 싶어서 안달이었다. 여기 두 청년이 더 나았다. 해리는 목청을 가다듬었다. "좋아. 그렇다면 이건 강의야. 거듭 말하지만 너희는 경찰학교의 학생으로서 비밀유지 서약을 지켜야 해. 알았나?"

둘은 고개를 끄덕이고 몸을 앞으로 기울였다.

해리는 의자에 등을 기댔다. 담배 생각이 났고, 바깥 계단에 나가서 피우면 맛이 좋으리란 것도 알았다.

"우리가 레뉘 헬의 컴퓨터를 샅샅이 훑었고, 모든 게 그 안에 들어 있었어. 범죄 실행계획, 메모, 희생자들에 관한 정보, 발렌틴 예르트센, 일명 알렉산데르 드레위에르와 할스테인 스미스, 그리고 나에 대한 정보도—."

"교수님요?" 예수스가 물었다.

"말 끊지 마." 올레그가 말했다.

"레뉘는 여자들의 집 열쇠를 복제한 수법에 관해 상세히 썼어. 틴더에서 만난 여자들 중 열에 여덟은 화장실에 갈 때 가방을 자리에 두고 가. 그중 대다수가 가방 속 지퍼로 여는 작은 주머니에 열쇠를 넣어둔다는 걸 알아냈지. 열쇠 세 개의 양면을 밀랍으로 본뜨는 데 평균 15초가 걸리는데, 몇 종류는 사진만으로는 3D 프린터로 복제본을 만들기 위한 상세한 3D 파일을 생성할 수 없다는 것도 알았어."

"첫 데이트에서 이미 자기가 상대 여자한테 질투를 느낄 거라는 걸 **알았다**는 거예요?" 예수스가 물었다.

"몇 사람한테는, 아마도." 해리가 말했다. "그가 적은 건, 그렇게 간단한데 여자들 집에 들어갈 방법을 확보하지 **않을** 이유가 없다는 게 전부였어."

"섬뜩하네요." 예수스가 중얼거렸다.

"그자가 발렌틴을 선택한 이유는 뭐고, 어떻게 찾아냈대요?" 올레그가 물었다.

"필요한 정보는 레뉘가 스미스 선생에게서 훔친 환자 기록에 다들어 있었어. 그 안에는 알렉산데르 드레위에르라는 환자가 살인에 강렬하고 구체적인 뱀파이어병적 환상을 품고 있고, 스미스 선생이 그 환자를 정신병원에 입원시키는 것을 고려한다는 내용이 기술되어 있었지. 드레위에르가 높은 수준의 자제력을 보이고 정리정돈이 잘된 생활을 유지한다는 의외의 면도. 아마 이렇게 살인욕구와 자제력이 결합된 인물이라서 레뉘에게 완벽한 후보가 됐을 거야."

"그런데 레뉘 헬은 발렌틴 예르트센한테 뭘 제안했을까요?" 예수스가 물었다. "돈?"

"피." 해리가 말했다. "알렉산데르 드레위에르 같은 인간과 절대로 엮이지 않을 여자들의 젊고 따뜻한 피."

"뚜렷한 살해 동기가 없고 범인이 희생자들과 접촉한 적이 없는 살인사건이 가장 해결하기 까다롭죠." 올레그가 말했고, 예수스가 고개를 끄덕였다. 해리는 그 말이 자신이 강의에서 한 말임을 깨달았다.

"음. 발렌틴에게 가장 중요한 건 그의 새로운 신분인 알렉산데르 드레위에르가 사건에 연루되지 않게 하는 거였어. 새로운 얼굴에 그 이름을 더하면 영원히 잡히지 않고 사람들 사이를 돌아다닐 수 있다는 뜻이었지. 발렌틴 예르트센이 살인의 배후에 있다고 밝혀지는 건 별로 걱정하지 않았어. 자신이 범인이라고 우리한테 알리고 싶은 유혹도 끝내 떨치지 못했지만."

"우리한테요, 아니면 아빠한테요?" 올레그가 말했다.

해리는 어깨를 으쓱했다. "어느 쪽이든, 사실 우리는 그렇게 오랫동안 찾아 헤맸음에도 발렌틴에게 접근하지 못했어. 그자는 레뉘 헬의 지시만 따르면서 살인을 저지를 수 있었지. 그것도 매우 안전하게. 레뉘 헬이 복제한 열쇠로 희생자의 집에 들어갈 수 있었으니까."

"완벽한 공생 관계네요." 올레그가 말했다.

"하이에나와 독수리처럼." 예수스가 조용히 말했다. "독수리가 부상당한 먹잇감 위를 맴돌면서 하이에나에게 어디로 가라고 알려주면 하이에나가 그 먹잇감을 죽이거든요. 결국 둘 다 먹이를 얻죠."

"그렇게 발렌틴이 엘리세 헤르만센과 에바 돌멘과 페넬로페 라쉬를 죽였군요." 올레그가 말했다. "그런데 마르테 루드는요? 레뉘 헬이 그 여자를 알았을까요?"

"아니, 그건 발렌틴이 독단적으로 한 짓이야. 나를 겨냥한 범죄였지. 신문에서 놈을 두고 찌질한 변태라고 했거든. 그걸 보고 나와 가까운 사람을 노린 거지."

"단지 교수님이 자기를 찌질한 변태라고 불렀다는 이유로요?" 예수스가 코를 찡긋했다.

"나르시스트는 사랑받는 것을 사랑해." 해리가 말했다. "아니면 미움받거나. 사람들의 공포가 그들의 자아상을 확인하고 부풀려주지. 반면 모욕당하면 무시당하거나 하찮은 취급을 당했다고 생각해."

"스미스 선생님이 팟캐스트에서 발렌틴을 모욕했을 때도 같은 상황이 벌어졌어요." 올레그가 말했다. "발렌틴이 화가 치밀어서 당장 농장으로 달려가 스미스 선생님을 죽이려고 했잖아요. 발렌틴이 정신증을 보인 걸까요? 사실 그자는 오랫동안 자기를 절제해 왔고 이번에도 초기의 살인은 냉정하고 계산적이었어요. 그에 반해 스미스와 마르테 루드는 즉흥적인 반응이었고요."

"어쩌면." 해리가 말했다. "아니면, 첫 살인에 성공해서 자기가 물 위를 걸을 수 있는 존재라도 되는 줄 아는 연쇄살인범들처럼 발렌틴도 자만심에 부풀었는지도 모르지."

"그럼 레뉘 헬은 왜 자살한 걸까요?" 예수스가 물었다.

"글쎄." 해리가 말했다. "의견 있나?"

"뻔한 거 아니에요?" 올레그가 말했다. "레뉘는 자기한테 모멸감을 안겨준, 죽어 마땅한 여자들을 살해할 계획을 세웠는데 어느새 돌아보니 마르테 루드와 메메트 칼라크의 피를 손에 묻히고 있는 거죠. 이 일과 아무 상관 없는 무고한 사람들요. 그의 양심이 깨어난 거예요. 자기로 인해 벌어진 상황을 더 이상 감당할 수 없었던 거예요."

"아냐." 예수스가 말했다. "레뉘는 처음부터 모든 일이 끝나면 자기도 죽을 계획이었어. 그가 죽이고 싶었던 여자 세 명을 다 죽였으니까. 엘리세, 에바, 페넬로페."

"그런 것 같진 않아." 해리가 말했다. "레뉘 헬의 노트에 더 많은 여자가 언급되고 복제한 열쇠도 더 있었거든."

"좋아요, 그자가 스스로 죽은 게 아니라면?" 올레그가 말했다. "발렌틴이 그자를 죽인 거라면? 메메트와 마르테를 살해한 걸로 둘의 사이가 틀어졌을 수도 있잖아요. 레뉘가 두 사람을 무고한 희생자로 봤다면요. 그래서 레뉘는 경찰에 자수하고 싶어했고, 발렌틴이 그걸 안 걸 수도 있어요."

"발렌틴이 그냥 레뉘한테 질렸던 건 아닐까요." 예수스가 말했다. "독수리가 너무 가까이 오면 하이에나가 독수리를 잡아먹는 것도 그렇게 이상한 일은 아니죠."

"볼트건에 남아 있는 유일한 지문은 레뉘 헬의 것이었어." 해리가 말했다. "물론 발렌틴이 레뉘를 죽이고 자살로 위장하는 것도 가능하지. 그런데 왜 굳이 그런 수고를 하지? 어차피 경찰에는 발렌틴을 평생 감옥에서 썩게 할 증거가 많았어. 게다가 발렌틴이 자신의 흔적을 덮는 데 관심이 있었다면 마르테 루드를 지하실에 방치하거나 그와 레뉘가 함께 범행을 저지른 사실을 입증하는 컴퓨터와 파일을 위층에 그대로 두진 않았을 거야."

"그래요." 예수스가 말했다. "저도 앞부분은 올레그 말에 동의해요. 레뉘 헬이 자기로 인해 벌어진 상황을 깨닫고 그런 걸 감당하고 살 수는 없다고 판단했다는 거요."

"처음 든 생각을 과소평가해서는 안 돼." 해리가 말했다. "그런 건 주로 우리가 인지하는 수준 이상의 정보에서 나오는 생각이거든. 게다가 가장 단순한 해결책이 정답일 때가 많아."

"그런데 이해가 안 가는 게 하나 있어요." 올레그가 말했다. "레뉘와 발렌틴은 둘이 같이 있는 모습을 남에게 보이지 않으려 했어요. 그런데 왜 이렇게 복잡한 절차를 거쳐서 서로 물건을 주고받은 걸까요? 그냥 둘 중 한 사람 집에서 만나도 되잖아요?"

해리는 고개를 저었다. "레뉘는 발렌틴에게서 자신의 정체를 숨겨야 했어. 발렌틴이 체포당할 위험이 여전히 상당히 높았으니까."

예수스가 고개를 끄덕였다. "발렌틴이 혹시라도 감형을 노리고 그를 경찰에 넘길까 봐 걱정한 거죠."

"발렌틴 역시 레뉘에게 자기가 사는 곳을 알리고 싶지 않았을 거야." 해리가 말했다. "발렌틴이 그렇게 오랫동안 숨어 지낼 수 있었던 이유 중 하나는 그런 부분에서 신중을 기해서였을 테니."

"그럼 사건은 해결됐고, 이젠 미진한 부분이 없네요." 올레그가 말했다. "레뉘 헬은 자살했고, 발렌틴은 마르테 루드를 납치했어요. 그런데 발렌틴이 마르테를 죽인 범인이라는 증거는 있어요?"

"강력반에서는 그렇게 생각해."

"왜요?"

"슈뢰데르에서 발렌틴의 DNA가 나왔고 발렌틴의 차 트렁크에서 마르테의 혈흔이 나왔으며, 마르테가 복부에 맞은 총알도 발견됐으니까. 총알이 레뉘의 집 지하실 벽돌벽에 박혔고, 시신의 위치와 비교한 각도를 보면 마르테가 천장에 매달리기 전에 총을 맞은 것으로 보였거든. 총알은 발렌틴이 스미스 선생을 쏘려고 가져간 것과 같은 루거 레드호크에서 나온 거고."

"그런데 아빠는 동의하지 않는군요." 올레그가 말했다.

해리가 눈썹을 올렸다. "내가?"

"'강력반에서는 그렇게 생각해'라고 말한 건, 아빠는 다르게 생각한다는 뜻이잖아요."

"흠."

"그래서 어떻게 생각하는데요?" 올레그가 물었다.

해리는 한 손으로 얼굴을 쓸었다. "그녀를 죽여서 고통을 덜어준 사람이 누군지가 그렇게 중요한지 모르겠다. 이 경우가 딱 그래. 구조의 행위. 우리 안 매트리스에서 DNA가 잔뜩 나왔어. 피, 땀, 정액, 토사물. 그녀의 것도 있고, 레뉘 헬의 것도 있고."

"세상에." 예수스가 말했다. "레뉘가 그 여자를 강간까지 했다는 거예요?"

"그들 말고도 더 있었을 수도 있어."

"발렌틴과 레뉘 말고도?"

"지하실 계단 위에 수도관이 있어. 처음 온 사람은 누구나 부딪힐 수밖에 없는 위치에. 그래서 과학수사과의 수석요원 비에른 홀름한테 그 수도관에서 검출된 DNA를 분석해 명단을 뽑아달라고 했어. 아주 오래된 건 분해되었겠지만, 고유한 프로파일 일곱 개를 찾았어. 범죄현장에서 일하는 사람들은 DNA 샘플부터 등록하게 되어 있으니 그 지역 경찰서장과 경관과 비에른, 스미스 선생, 나, 그리고 경고를 제때 듣지 못한 다른 감식반원 한 명과 일치하는 결과가 나왔지. 하지만 일곱 번째 프로파일의 주인은 아직 찾지 못했어."

"발렌틴 예르트센이나 레뉘 헬이 아니었다고요?"

"응. 우리가 아는 거라고는, 해당 DNA의 주인이 남자이고 레뉘 헬과 혈연 관계가 아니라는 것 정도야."

"그 집에서 일한 누군가였을 수도 있잖아요?" 올레그가 말했다. "전기기사라든가 배관공이라든가?"

"맞아." 해리가 말했다. 그의 시선이 앞에 펼쳐놓은 〈다그블라데〉와 곧 법무부장관에 오를 미카엘 벨만의 사진에 꽂혔다. 그는 헤드라인을 다시 읽었다. '경찰의 인내심과 끈질긴 노력으로 마침내 마르테 루드를 찾게 되어 다행스럽습니다. 유가족과 경찰 모두 마땅한 결과를 얻었습니다. 덕분에 저도 경찰청장직을 홀가분하게 내려놓을 수 있게 되었습니다.'

"이제 가봐야겠다, 얘들아."

그들이 함께 경찰대학에서 나와서 샤토 뇌프 학생회관 앞에서 헤어지려던 순간 해리는 초대장을 떠올렸다.

"스미스 선생이 뱀파이어병 논문을 완성했다는구나. 금요일에 공개논쟁이 있을 거야. 우리도 초대받았어."

"공개논쟁요?"

"가족과 친구들이 좋은 옷을 차려입고 모인 자리에서 구두시험을 치르는 거야." 예수스가 말했다. "망치지 않기가 힘든 자리지."

"네 엄마랑 나도 갈 거야." 해리가 말했다. "너도 가고 싶은지 모르겠구나. 시간 되니? 스톨레 박사님도 반론자로 나올 예정이고."

"와!" 올레그가 말했다. "시간이 너무 이르지 않으면 좋겠어요. 금요일에 울레볼 병원에 가기로 했거든요."

해리가 얼굴을 찡그렸다. "뭐 하러?"

"스테펜스 박사님이 혈액샘플을 더 채취하고 싶으시대요. 비만세포증이라는 희귀한 혈액질환을 연구하시는 중인데 만약 엄마가 그 병에 걸린 거라면 엄마의 혈액이 저절로 치료된 거래요."

"비만세포증?"

"c-키트 변이라는 유전자 결함으로 생기는 병이에요. 유전병은 아니지만 스테펜스 박사님은 혈액 속에 치료에 도움이 되는 성분이 있기를 바라세요. 그래서 제 피를 뽑아서 엄마 거랑 비교하려는 거고요."

"그럼 그게 네 엄마가 말하던 유전적 연관성이란 거니?"

"스테펜스 박사님은 아직 중독 문제로 보고 계시고 일단은 막연한 추측일 뿐이라고 했어요. 막연한 추측. 위대한 발견 대부분이 그런 식으로 나온 거라면서요."

"그건 그 선생 말이 맞아. 공개논쟁은 2시야. 끝나고 연회가 열릴 예정이라 원하면 가도 좋지만 난 그 자린 패스할 거다."

"왜 아니겠어요." 올레그가 미소를 짓고 예수스를 돌아보았다. "아빠는 사람들을 좋아하지 않거든."

"난 사람들을 좋아해." 해리가 말했다. "그저 사람들이랑 어울리는 걸 좋아하지 않는 거지. 특히 사람이 많은 자리는." 그는 손목시계를 보았다. "말이 나와서 말이지만."

"늦어서 미안, 과외 좀 해주느라." 해리가 바 뒤로 스윽 들어가면서 말했다.

외위스테인이 신음하며 카운터에 맥주 두 잔을 내려놓으며 맥주를 흘렸다. "해리, 여기 사람이 더 필요해."

해리가 바를 가득 메운 사람들을 보았다. "이미 많은 거 같은데."

"카운터 안쪽에 말이야, 바보야."

"농담 좀 한 거잖아. 아는 사람 중에 음악 취향 괜찮은 사람 있냐?"

"트레스코."

"자폐증은 아닌 애로."

"없어." 외위스테인이 맥주를 새로 따르면서 해리에게 계산을 받으라고 신호를 보냈다.

"좋아, 생각해보자고. 그런데, 스미스 선생이 다녀갔어?" 해리가 갈라타사라이 배너 옆 유리잔을 덮은 장크트파울리 모자를 가리키며 물었다.

"응, 빌려줘서 고맙대. 외국 기자 몇 명을 데리고 와서 여기가 모든 일이 시작된 곳이라면서 구경시켜주더라고. 모레 박사학위와 관련된 뭔가를 한다던데?"

"공개논쟁." 해리는 손님에게 카드를 돌려주고 고맙다고 말했다.

"응. 어떤 친구가 그 사람들 쪽으로 가더라고. 스미스 선생이 그 친구를 강력반 동료라고 소개했고."

"어?" 해리가 힙스터 수염을 기르고 케이지 더 엘리펀트 티셔츠를 입은 남자에게 다음 주문을 받았다. "어떻게 생긴 친군데?"

"이빨." 외위스테인이 자신의 누런 이빨을 가리키며 말했다.

"트룰스 베른트센은 아니지?"

"이름은 모르겠어. 그런데 여기서 몇 번 본 친구야. 보통 저쪽 부스석에 앉고. 주로 혼자 오고."

"그럼 트룰스 베른트센인데."

"여자들이 다 그 친구한테 들이대."

"그럼 트룰스 베른트센이 아니고."

"그래도 그 친구는 혼자 집에 가. 이상한 녀석이야."

"여자를 집으로 데려가지 않아서?"

"너라면 공짜 떡을 마다하는 작자를 믿겠냐?"

수염 난 힙스터가 한쪽 눈썹을 올렸다. 해리는 어깨를 으쓱하고 그 앞에 맥주를 놓고는 거울로 가서 장크트파울리 모자를 썼다.

그리고 돌아서려다 그대로 얼어붙었다. 가만히 서서 거울 속의 그를, 이마의 해골을 보았다.

"해리?"

"음."

"여기 좀 도와줄래? 스프라이트 라이트 넣은 모히토 두 잔."

해리는 천천히 고개를 끄덕였다. 그리고 모자를 벗고 카운터를 돌아 급히 문으로 향했다.

"해리!"

"트레스코 불러!"

···

"네?"

"밤늦게 전화해서 죄송합니다. 법의학연구소가 밤에는 닫는 줄 알았는데요."

"원래는 닫아요. 그래도 여기처럼 시스템이 딸리는 곳에서 일하려면 어쩔 수 없죠. 게다가 경찰만 이용하는 내선으로 전화하셨고요."

"네, 전 해리 홀레이고, 제가 소속된 부서는—."

"당신인 줄 알았어요, 해리. 저 파울라예요. 지금 소속이 없잖아요."

"아, 당신이군요. 그래요. 지금은 뱀파이어병 살인사건을 수사하는 중이라 전화하는 겁니다. 수도관 샘플에서 일치하는 결과가 있는지 확인해주면 좋겠어요."

"제 담당은 아니긴 하지만 봐드릴게요. 그런데 발렌틴 예르트센 말고는 뱀파이어 사건의 DNA 프로파일에 이름은 없어요. 번호만 있죠."

"괜찮습니다. 모든 범죄현장의 이름과 번호 리스트가 지금 제 앞에 있으니 번호를 불러줘요."

파울라가 일치하는 DNA 프로파일을 불러주었고 해리는 하나씩 지워나갔다. 경찰서장, 경관, 해리, 할스테인, 비에른, 과학수사과의 비에른의 동료. 그리고 마지막으로 일곱 번째 사람.

"아직 일치하는 사람이 없는 건가요?" 해리가 물었다.

"네."

"레뉘 헬의 집의 다른 구역은요? 발렌틴의 프로파일과 일치하는 DNA가 발견됐습니까?"

"어디 보자…… 아뇨, 그런 것 같지 않아요."

"매트리스에도, 시신에도 없습니까? 연결할 만한 게 전혀—?"

"네."

"알겠습니다, 파울라. 고마워요."

"연결이라고 하셔서 말인데요, 그 머리카락은 어떻게 된 건지 확인하셨나요?"

"머리카락?"

"네, 지난가을에. 안데르스가 머리카락 한 올을 가져와서 당신이 분석해달라고 했다면서 줬어요. 당신 이름을 대면 신속히 처리해준다는 걸 아는 거 같았어요."

"그랬나요?"

"당연하죠, 해리. 여기 여자들이 해리에게 약한 거 아시잖아요."

"그런 말은 아주 늙은 남자들한테나 하는 말 아닌가요?"

파울라가 웃었다. "결혼하면서 그렇게 되잖아요, 해리. 자발적 거세."

"흠. 그 머리카락은 아내가 입원한 울레볼 병원 병실 바닥에 있던 거예요. 그냥 제가 좀 예민했던 것 같아요."

"그렇군요. 안데르스가 그냥 두라고 해서 중요한 건 아닌가 보다 했죠. 부인께 애인이 있을까 봐 걱정하신 거예요?"

"그런 건 아닌데. 그러고 보니 의심이 드네요, 아무튼."

"남자들은 순진하다니까요."

"그렇게 살아남은 거죠."

"지구는 우리가 지배하고 있어요. 당신들은 알아채지 못했겠지만."

"음, 한밤중에 일하고 계시다니 그거 참 별일이네요. 잘 자요, 파울라."

"잘 자요."

"잠깐만요, 파울라. 그런데 뭘 그냥 두라는 거죠?"

"네?"

"안데르스가 그냥 두라고 한 게 뭔데요?"

"연결점."

"뭐와 뭐의 연결점이죠?"

"머리카락과 뱀파이어 사건 DNA 프로파일 중 하나."

"어느 겁니까?"

"모르겠어요. 말씀드렸다시피 여긴 번호만 있어요. 우린 그 사람들이 용의자인지 현장에서 일하는 경찰관인지조차 모르고요."

해리는 잠시 아무 말도 하지 않았다. "그 번호를 압니까?" 한참 후 그가 물었다.

"안녕하십니까." 나이 든 긴급의료원이 응급센터 직원실에 들어서면서 말했다.

"안녕하세요, 한센." 사무실에 남아 있던 한 사람이 대꾸하면서 컵에 커피를 따랐다.

"박사님의 경찰 친구한테 방금 전화가 왔는데요."

존 도일 스테펜스 고문의사가 돌아보며 한쪽 눈썹을 올렸다. "제가 경찰에 친구가 있었던가요?"

"박사님을 안다던데요? 해리 홀레라고."

"용건이 뭐래요?"

"피 웅덩이 사진을 보내고는 양이 얼마나 되느냐고 물었어요. 박사님이 범죄현장 사진을 보고 추정하셨다면서, 현장에 출동하는 저희도 그런 계산을 하도록 훈련받았을 것 같다나요. 저야 뭐 그 양반 기대를 저버려야 했지만요."

"재미있네요." 스테펜스가 이렇게 말하고 어깨에서 머리카락 한 올을 집었다. 그는 머리가 빠지는 것이 자신이 쇠퇴하고 있다는 신호라고 여기지 않았다. 오히려 그 반대라고 생각했다. 그는 더욱 만개하고 있으며, 전시 체제에 돌입한 몸이 더 이상 쓸모없어진 것을 제거하는 과정이라고 보았다. "왜 저한테 직접 연락하지 않았을까요?"

"고문의사가 오밤중에 일하시는 줄 몰랐나 보죠. 게다가 시급한 일 같았어요."

"그렇군요. 무슨 일 때문인지 말하던가요?"

"자기가 맡은 일 때문이라던데요."

"그 사진은 지금 있습니까?"

"여기요." 긴급의료원이 전화기를 꺼내서 문자 메시지를 보여주었다. 스테펜스는 나무 바닥의 피 웅덩이 사진을 보았다. 피 웅덩이 옆에는 자가 있었다.

"1리터 반이군요." 스테펜스가 말했다. "거의 정확하게. 그 사람한테 다시 전화해서 말해주세요." 스테펜스는 커피를 한 모금 마셨다. "한밤중에 일하는 대학 강사라. 요새 세상이 어떻게 돌아가는 건가요?"

긴급의료원이 클클 웃었다. "박사님도 같은 처지이신 거 같은데요."

"네?" 스테펜스가 커피 머신 앞으로 길을 내주었다.

"매일 밤요. 진짜 여기서 뭐 하시는 건가요?"

"중상 환자들을 돌보고 있잖습니까."

"그건 압니다. 그런데 왜요? 혈액학과 고문의사라는 본업이 있는데도 이곳 응급센터에서 추가로 교대근무를 하시잖아요. 흔한 일은 아니죠."

"누가 흔한 걸 원한답니까? 누구나 자신이 가장 큰 도움을 줄 수 있는 자리에 서고 싶은 욕구가 있는 법이죠."

"박사님이 집에 계셔주기를 바라는 가족이 없나요?"

"네, 그런데 동료들 중에는 가족들이 제발 나가줬으면 하고 바라는 집도 있던데요."

"하! 그런데 결혼반지를 끼고 계시네요."

"그나저나 소매에 피가 묻었네요, 한센. 피 흘리는 사람을 싣고 왔습니까?"

"네. 결혼하셨나요?"

"상처했어요." 스테펜스가 커피를 더 마셨다. "환자가 누굽니까? 여자, 남자, 젊은 사람, 노인?"

"삼십 대 여자요. 왜요?"

"그냥 궁금해서요. 환자는 지금 어디 있습니까?"

"네?" 비에른 홀름이 속삭였다.

"나 해리야. 잠자리에 들었나?"

"새벽 2시예요, 뭐예요?"

"그 사무실 바닥에 발렌틴의 피가 1리터 반쯤 있었어."

"네?"

"간단한 산수야. 그자의 체중이 너무 많이 나갔어."

침대가 삐걱거리는 소리가 나고 수화기에 침대보가 쓸리는 소리가 나더니 비에른이 다시 속삭였다. "무슨 소리예요?"

"보안카메라 화면에서 발렌틴이 떠날 때 저울을 보면 알 수 있어. 들어올 때보다 체중이 1.5킬로그램 줄었어."

"혈액 1.5리터가 1.5킬로그램이에요, 해리."

"그건 알아. 아직 증거가 부족해. 증거를 확보하면 설명할게. 이건 아무한테도 말하지 말아줘, 알았나? 지금 옆에 누워 있는 사람한테도."

"잠들었어요."

"그런 것 같군."

비에른이 웃었다. "코를 두 사람 몫으로 고네요."

"8시에 보일러실에서 만날 수 있을까?"

"아마도요. 스미스 선생님하고 안데르스도 같이요?"

"스미스 선생은 금요일에 공개논쟁 자리에서 볼 거야."

"안데르스는요?"

"그냥 자네하고 나만. 그리고 레뉘 헬의 컴퓨터랑 발렌틴의 리볼버도 가져오고."

38

목요일 아침

"일찍 왔네, 비에른." 증거품 보관실 카운터 뒤에서 나이 든 경관이 말했다.

"안녕하세요, 옌스. 뱀파이어병 살인사건 증거품을 가져가려고요."

"그 사건, 다시 주목받는 거 맞죠? 강력반에서도 어제 와서 뭘 가져가던데. G선반에 있던 거였어요. 이 망할 기계는 어떻게 생각하나 어디 한번 봅시다……." 그는 키보드가 아주 뜨거운 물건이라도 되는 양 누르고는 화면을 훑었다. "어디 보자…… 망할 놈의 기계가 또 멈춰버렸네……." 그는 체념하고 다시 무력한 표정으로 비에른을 보았다. "어떻게 할까요, 비에른? 차라리 서류철을 보고 찾는게?"

"강력반에서는 누가 다녀갔습니까?" 비에른 홀름이 애써 초조한 마음을 누르면서 물었다.

"그 사람 이름이 뭐더라? 이가 그런 사람요."

"트룰스 베른트센?"

"아뇨, 아뇨, 치열이 **고른** 사람. 새로 온 친구요."

"안데르스 뷜레르예요." 비에른이 말했다.

"음." 해리가 보일러실에서 의자에 등을 기댔다. "그 친구가 발렌틴의 루거 레드호크를 가져갔다?"

"쇠이빨이랑 수갑도요."

"그리고 옌스는 안데르스가 그 물건들을 어디다 쓰려고 가져간 건지 말해주지 않았고?"

"그 사람도 몰라요. 제가 사무실로 전화해서 안데르스를 찾았더니 휴가를 냈다고 해서 그 친구 휴대전화로 걸어봤어요."

"그래서?"

"전화를 안 받아요. 자는 걸 수도 있고요. 지금 다시 해보려고요."

"아니." 해리가 말했다.

"하지 말아요?"

해리는 눈을 감았다. "우린 결국 다 속는 거야." 그가 중얼거렸다.

"네?"

"아냐. 그냥 가서 안데르스를 깨우자고. 강력반에 전화해서 그 친구 어디 사는지 확인해."

30초 후 비에른은 전화기를 다시 책상에 내려놓고 주소지를 또박또박 말했다.

"지금 장난치는 거지?" 해리가 말했다.

비에른 홀름의 볼보 아마존이 한적한 거리로 접어들어 차들이 겨울잠에 들어간 것 같은 눈더미 사이로 들어갔다.

"여기군." 해리는 몸을 앞으로 기울여 5층 건물을 올려다보았다.

3층과 4층 사이의 연푸른색 벽에 낙서가 있었다.

"소피스 가 5번지." 비에른이 말했다. "홀멘콜렌과는 딴판인 곳……."

"딴판인 삶." 해리가 말했다. "여기서 기다려."

해리는 차에서 내려서 문까지 계단 두 개를 올라가서 초인종 옆 이름들을 보았다. 오래된 이름 몇 개가 바뀌었다. 안데르스의 이름은 한때 해리의 이름이 있던 자리에서 한참 아래쪽에 있었다. 그는 초인종을 눌렀다. 기다렸다. 다시 눌렀다. 대답이 없었다. 세 번째로 초인종을 누르려 할 때 문이 열리고 젊은 여자가 급히 나왔다. 해리는 문을 잡고 있다가 안으로 들어갔다.

계단통에서 예전과 같은 냄새가 났다. 노르웨이와 파키스탄 음식 냄새가 섞여 있고 2층에 사는 늙은 센헤임 씨의 지독한 냄새가 났다. 정적. 그는 계단을 오르면서 자기도 모르게 여섯 번째 계단을 건너뛰었다. 그 칸이 삐걱거리는 걸 알기에.

그는 2층 층계참의 문 앞에 섰다.

반투명 유리창 너머에는 불빛이 없었다.

해리는 노크했다. 잠금장치를 보았다. 안으로 들어가는 게 어렵지 않아 보였다. 문틈에 신용카드를 밀어넣어 열 수 있을 것이다. 그럴까도 생각했다. 무단침입을 할까. 그러다 심장박동이 빨라지고 그의 숨결에 유리창에 김이 서렸다. 그런 감질나는 흥분, 발렌틴이 희생자들의 아파트 문을 열 때도 이런 느낌이었을까?

해리는 다시 노크했다. 잠시 기다리다가 단념하고 돌아가려는 순간 문 안쪽에서 발소리가 들렸다. 그는 돌아보았다. 반투명 유리창에 그림자가 어른거렸다. 문이 열렸다.

안데르스 뷜레르는 청바지를 입었지만 맨 가슴을 드러내고 면도도 하지 않았다. 그래도 방금 자다 깬 것 같지는 않았다. 동공이 크고 짙었고, 이마는 땀에 젖었다. 해리는 안데르스의 어깨에서 불그스름한 뭔가를 보았다. 벤 자국일까? 어쨌든 피가 살짝 비쳤다.

"해리." 안데르스가 말했다. "여긴 웬일이세요?" 평소 고음의 소년다운 목소리와는 다르게 들렸다. "어떻게 들어왔어요?"

해리는 헛기침을 했다. "발렌틴의 리볼버 일련번호가 필요해서. 초인종은 눌렀어."

"그리고요?"

"자네가 대답하지 않았지. 자나 싶어서 일단 들어온 거야. 전에 이 건물 4층에 살아서 초인종 소리가 별로 크지 않은 걸 알거든."

"맞아요." 안데르스가 기지개를 켜고 하품을 하면서 말했다.

"그래서." 해리가 말했다. "자네가 가져왔나?"

"뭘요?"

"루거 레드호크. 리볼버 말이야."

"아, 그거요? 네. 일련번호요? 잠시만요."

안데르스는 문을 당겼고, 해리는 유리창 너머로 그가 현관을 가로질러 사라지는 걸 보았다. 이 건물은 모든 집이 동일한 구조이니 그쪽 방향에 침실이 있을 것이다. 형체가 다시 현관으로 왔다가 왼쪽으로 돌아서 거실로 들어갔다.

해리는 문을 당겨서 열었다. 냄새가 났다. 향수? 침실 문이 닫혀 있었다. 안데르스가 조금 전에 한 일은 돌아가 침실 문을 닫는 것이었다. 해리는 자동으로 현관에 걸린 옷가지나 신발이 들려주는 이야기를 들어보려 했지만 아무것도 없었다. 침실 문을 보고 귀를 기울였다. 그리고 길게 세 걸음에 거실로 들어섰다. 안데르스 뷜레르는 아직 그가 들어오는 소리를 못 듣고 테이블 앞에서 해리를 등진 채 무릎을 꿇고 앉아 메모지에 적고 있었다. 메모지 옆에는 피자 한 조각이 든 접시가 있었다. 페페로니. 그리고 총자루가 붉은 색인 큼직한 리볼버가 있었다. 수갑이나 쇠이빨은 보이지 않았다.

거실 한쪽 구석에는 빈 우리가 하나 있었다. 토끼를 넣어두는 종류의 우리. 그런데 잠깐. 회의시간에 망누스 스카레가 〈VG〉에 정보가 새어 나간 일로 안데르스를 압박하자 안데르스가 고양이를 키운다고 말하지 않았던가? 고양이는 어디 있지? 그리고 고양이를 우리에 넣어서 키우던가? 해리의 시선이 돌출벽으로 옮겨갔다. 그 자리의 좁은 책꽂이에는 경찰대학 교재 몇 권이 꽂혀 있고 그중에는 비에르크네스와 호프 요한센의 《수사 방법론》이 있었다. 강의 계획서에 없는 책도 있었다. 존 더글러스와 앤 버제스, 로버트 레슬러가 공저한 《성적 살인—양상과 동기》라는 연쇄살인에 관한 책도 있었다. FBI에서 최근에 만든 ViCAP*팀에 관한 정보가 들어 있어서 최근 해리가 강의에서 소개한 책이었다. 해리는 다른 선반을 보았다. 가족사진으로 보이는 것이 있었다. 어른 두 명과 소년 안데르스 뷜레르의 사진. 아래 칸에는 책이 더 꽂혀 있었다. 아툴 B. 메타, A. 빅터 호프브랜드의 《한눈에 보는 혈액학》. 그리고 존 D. 스테펜스의 《기초 혈액학》. 혈액질환에 관심이 많은 젊은 남자? 안 될 것 없지. 해리는 그쪽으로 다가가 가족사진을 자세히 들여다보았다. 소년은 행복해 보였다. 부모는 덜 행복해 보였다. "발렌틴의 물건을 왜 가져왔나?" 해리가 묻자 안데르스의 등이 긴장했다. "카트리네 브라트가 부탁한 건 아닐 테고. 원래 증거품은 집에 가져오는 게 아닌데. 이미 해결된 사건이라고 해도."

---

* Violent Criminal Apprehension Program. 폭력 범죄 수사 프로그램.

안데르스는 돌아보았고, 해리는 그의 시선이 저절로 오른쪽으로 향하는 걸 보았다. 침실 쪽으로.

"전 강력반 수사관이고 당신은 경찰대학 강사입니다, 해리. 그러니 엄밀히 말하면 일련번호를 왜 알고 싶으신지는 제가 물어야 하는 게 맞습니다."

해리는 안데르스를 보았다. 대답을 들으려는 게 아닌 걸 알았다. "총의 원래 주인을 추적하기 위한 일련번호가 확인되지 않았더군. 그리고 발렌틴 예르트센은 모르긴 몰라도 총기면허를 소유하지 않았을 테니 그자가 주인일 리 없고."

"그게 중요한가요?"

"그렇게 생각하지 않나?"

안데르스는 맨 어깨를 으쓱했다. "제가 알기로 이 리볼버가 누굴 죽이는 데 쓰이진 않았습니다. 마르테 루드도요. 사후 경직으로 보아 총을 맞기 전에 이미 사망한 상태였으니까요. 이 리볼버의 탄도학 데이터가 나왔고, 우리 데이터베이스에 올라온 사건들 가운데 일치하는 사건은 없습니다. 그래서 일련번호를 확인하는 게 중요해 보이지 않았어요. 우리에게 관심을 가져달라고 아우성치는 다른 일들이 많으니까요."

"그렇군." 해리가 말했다. "그렇다면 이 강사는 일련번호가 우리를 어디로 데려다주는지 보고 쓸모 있는 사람이 될 수 있겠군."

"그러시죠." 안데르스가 메모지를 뜯어서 해리에게 건넸다.

"고맙네." 해리가 그의 어깨의 피를 보면서 말했다.

안데르스는 해리를 문까지 따라갔다. 해리는 층계참에서 잠깐 돌아보다가 안데르스가 문 앞에서 몸을 쫙 펴고 서 있는 걸 보았다. 문 앞을 지키는 경비처럼.

"그냥 궁금해서 그러는데," 해리가 말했다. "거실에 있는 우리 말이야, 거기다 뭘 넣어두나?"

안데르스는 두 번 눈을 깜빡였다. "아무것도요." 그러고는 가만히 문을 닫았다.

"그 친구 만났어요?" 해리가 거리로 나오자 비에른이 물었다.

"응." 해리는 수첩에서 한 페이지를 뜯었다. "일련번호야. 루거는 미국 회사인데, ATF에 확인해줄 수 있나?"

"그 회사라고 그 리볼버를 추적할 수 있을 것 같지 않은데요."

"왜 아니지?"

"미국인들은 총기 소유자를 등록하는 문제에 있어서는 건성이잖아요. 게다가 미국에는 총기가 3억 자루 이상 있어요. 사람보다 총이 더 많아요."

"무섭군."

"진짜 무서운 건," 비에른 홀름이 액셀러레이터를 더 세게 밟아서 조심스럽게 미끄러지면서 필레스트레데를 향해 언덕을 내려 갔다. "범죄자가 아니라 그냥 호신용으로 총기를 소유하는 사람들 조차 엉뚱한 사람들을 쏜다는 거죠. 〈로스앤젤레스타임스〉에서는 2012년에 오발사고로 죽은 사람이 정당방위 총기 사고로 사망한 사람의 두 배가 넘는다고 밝혔어요. 총으로 자살하는 사람의 40배에 가까운 숫자죠. 살인사건 통계는 아직 들여다보기도 전이고요."

"자네가 〈로스앤젤레스타임스〉를 읽는다고?"

"로버트 힐번이 거기다 음악에 관한 글을 실어요. 조니 캐시의 전기를 읽어보셨어요?"

"힐번이라, 섹스피스톨스의 미국 투어에 관해 쓴 사람이지?"

"네."

그들은 블리츠 하우스* 앞 빨간 신호등 앞에 멈췄다. 한때 노르웨이 펑크족의 교두보였고 요즘도 간간이 모호크족 머리를 볼 수 있는 곳. 비에른 홀름이 해리에게 환하게 웃어주었다. 지금 그는 행복하다. 아빠가 되어서 행복하고, 뱀파이어병 살인사건이 종결돼서 행복하고, 1970년대 기분을 낼 수 있는 차로 미끄러지듯 달리면서 오래된 음악에 관해 말할 수 있어서 행복하다.

"12시 전에 알아봐주면 좋겠는데, 비에른."

"제가 착각한 게 아니라면 ATF는 워싱턴 D.C.에 있어요. 지금은 한밤중이고요."

"헤이그에 인터폴이 있어. 그쪽에 알아봐."

"알았어요. 안데르스가 왜 그걸 가져갔는지 알아냈어요?"

해리는 신호등을 쳐다보았다. "아니. 레뉘 헬의 컴퓨터는 확보했나?"

"토르가 했어요. 보일러실에서 기다리고 있을 거예요."

"좋아." 해리가 빨간불이 초록불로 바뀌기를 초조하게 기다렸다.

"해리?"

"응?"

"발렌틴이 자기 집에서 급히 떠난 것 같다고 생각해본 적 있어요? 카트리네와 델타팀이 들이닥치기 직전에?"

"아니." 해리는 거짓말을 했다.

신호등이 초록불로 바뀌었다.

* 1982년 무정부주의자들이 오슬로에 세운 지역 공동체로 다양한 콘서트와 문화 행사가 열린다.

◆◆◆

토르가 손가락으로 가리키며 해리에게 상황을 설명하는 동안 뒤에서 커피머신이 씩씩거렸다.

"이건 레뉘 헬이 발렌틴한테 보낸 이메일이에요. 엘리세와 에바와 페넬로페가 살해당하기 전에요."

이메일은 짧았다. 희생자의 이름과 주소와 날짜만 있었다. 살인 날짜. 그리고 모두 같은 말로 끝났다. '지시사항과 열쇠는 약속한 위치에. 지시사항은 읽고 태울 것.'

"말이 많지 않았어요." 토르가 말했다. "그래도 충분했어요."

"흠."

"왜요?"

"왜 지시사항을 태워야 하지?"

"당연한 거 아니에요? 레뉘의 정체가 들통날 만한 내용이 있었잖아요."

"그래놓고 컴퓨터에서 이메일을 삭제하지 않았어. 어차피 자네 같은 IT 전문가가 이메일을 복원하리란 걸 알아서였을까?"

토르는 고개를 저었다. "요즘은 그렇게 단순하지 않아요. 보낸 사람과 받는 사람 모두 이메일을 완전히 삭제하면 복구가 불가능해요."

"그럼 레뉘는 이메일을 완벽하게 삭제하는 법을 알았을 거야. 그런데 왜 안 했지?"

토르는 넓은 어깨를 으쓱했다. "우리가 자기 컴퓨터에 접근할 정도면 어차피 게임은 끝났다고 생각한 거겠죠."

해리는 천천히 고개를 끄덕였다. "어쩌면 레뉘는 처음부터 알았는지도 몰라. 언젠가는 자신이 벙커에서 치르는 전쟁에서 패할 거고, 그날이 오면 머리에 총알이 박히리라는 걸."

"그럴지도요." 토르가 손목시계를 보았다. "다른 건 없어요?"

"스타일로메트리가 뭔지 아나?"

"네. 문체를 분석해서 작성자를 구별하는 방법. 엔론 사태 이후 스타일로메트리에 관한 연구가 쏟아졌어요. 수십만 통의 이메일이 공개되어 연구자들이 이메일을 보낸 사람을 확인하려고요. 그리고 80에서 90퍼센트 정도의 비율로 정확히 찾아냈어요."

토르가 떠난 후 해리는 〈VG〉 범죄면 데스크 번호로 전화를 걸었다.

"해리 홀레입니다. 모나 도와 통화할 수 있을까요?"

"오랜만이에요, 해리." 해리는 나이 든 범죄전담기자의 목소리를 알아들었다. "그런데 모나가 며칠 전에 사라졌어요."

"사라져요?"

"며칠 휴가를 내고 전화기도 꺼두겠다는 메시지를 받았어요. 작년에 모나가 고생 많았잖아요. 그런데도 주간은 미리 의논도 없이 메시지 하나 달랑 보내놓고 사라졌다면서 잔뜩 화가 났어요. 요새 애들 어쩌고 하면서. 해리? 제가 도와드릴 일이 있을까요?"

"아니, 괜찮습니다." 해리는 전화를 끊었다. 잠시 전화기를 보다가 주머니에 넣었다.

11시 15분쯤 비에른 홀름이 루거 레드호크를 노르웨이로 수입한 남자의 이름을 확보했다. 파르순의 한 선원이었다. 그리고 11시 반에 해리는 그 남자의 딸과 통화했다. 그녀는 어렸을 때 1킬로그램 이상 나가는 그 무거운 리볼버를 아버지의 엄지발가락에 떨어뜨린 일을 기억했다. 하지만 지금은 총이 어디로 갔는지 모른다고 했다.

"아버지가 은퇴하시고 저희와 가까이 살려고 오슬로로 이사왔어요. 그런데 돌아가시기 전에 아프셔서 이상한 행동을 많이 하셨어요. 당신 물건을 남들한테 나눠주기도 했고요. 나중에 유언장을 정리하다가 알게 된 거예요. 그 리볼버를 다시 본 적이 없으니 분명 누구한테 줬을 거예요."

"누구한테 줬는지는 모르는 거죠?"

"네."

"아버님께서 아프셨다고 하셨는데요. 그 병으로 돌아가신 건가요?"

"아뇨, 폐렴으로 돌아가셨어요. 빠르고 비교적 고통 없이 가셨어요. 감사하게도."

"그렇군요. 그럼 다른 병은 뭐고, 의사는 누구였습니까?"

"그냥 그뿐이었어요. 상태가 썩 좋지 않으신 건 알았지만 아버지는 늘 당신이 크고 강인한 선원이라고 자신하셨거든요. 아마 창피하다고 여기고 비밀로 하신 거 같아요. 아버지한테 생긴 병도, 그걸로 진찰받는 의사도. 장례식장에서 아버지가 속내를 털어놓은 옛 친구분한테서 들었어요."

"그럼 그 친구분은 아버님의 주치의가 누군지 아실까요?"

"모를걸요, 아버지가 병명만 말하고 자세한 건 말하지 않으셨대요."

"그럼 그 병은 뭔가요?"

해리는 받아 적었다. 그 단어를 보았다. 라틴어 일색인 의학 용어들 사이 다소 외로워 보이는 그리스어.

"고맙습니다." 해리가 말했다.

39

목요일 밤

"확실해." 해리가 침실의 어둠 속에서 말했다.

"동기는?" 라켈이 옆에서 몸을 웅크린 채로 물었다.

"오셀로. 올레그가 맞았어. 애초에 질투의 문제가 아니었어. 야망의 문제야."

"아직도 오셀로 얘기야? 창문 닫고 싶지 않은 거 맞아? 오늘 밤에 영하 15도로 내려갈 텐데."

"응."

"창문을 닫아야 하는지는 모르겠지만 뱀파이어병 살인사건의 설계자가 누군지는 안다는 거지?"

"응."

"당신은 증거라는, 그 작고 어리석은 걸 확보하지 못했어."

"그래." 해리가 그녀를 가까이 끌어당겼다. "그래서 자백이 필요한 거야."

"그럼 카트리네 브라트한테 그 사람을 불러서 조사하라고 해."

"말했듯이 미카엘이 아무도 그 사건을 못 건드리게 해."

"그래서 어쩌려고?"

해리는 천장을 응시했다. 라켈의 몸에서 열이 났다. 그거면 충분할까? 창문을 닫아야 할까?

"내가 직접 심문할 거야. 상대는 그게 심문인 줄 모르는 채로."

"변호사로서 하나만 말할게. 당신한테 일대일로 비공식적으로 자백하는 건 아무 가치가 없어."

"그러니 그 얘기를 나 혼자 들으면 안 되지."

스톨레 에우네가 침대에서 몸을 굴려 전화기를 집었다. 누구한테 온 건지 확인하고 버튼을 눌렀다. "네?"

"주무실 줄 알았어요." 해리가 갈라지는 목소리로 말했다.

"그런데도 전화했고?"

"절 도와주실 일이 있어요."

"여전히 **우리**가 아니라 **자네**군."

"그래도 여전히 인류애죠. 《선禪과 모터사이클 관리술》에 관해 얘기했던 거 기억하세요?"

"응."

"스미스 선생의 공개논쟁에서 교묘하게 함정을 파주세요."

"그래? 자네, 나, 할스테인, 또 누구?"

스톨레 에우네는 해리가 한숨을 길게 내쉬는 소리를 들었다.

"의사요."

"이 사람이 자네가 그 사건과 연결하려는 사람이지?"

"어느 정도는요."

스톨레는 팔뚝의 털이 쭈뼛 서는 느낌을 받았다. "그래서?"

"제가 라켈의 병실에서 머리카락 한 올을 발견했거든요. 어쩐지 의심스러워서 분석을 맡겼어요. 결과적으로 그 머리카락이 그곳에서 나온 건 의심할 문제가 아니었어요. 의사의 것이었으니까요. 그런데 머리카락의 DNA 프로파일이 뱀파이어병 살인사건 현장과 연결돼요."

"뭐?"

"게다가 이 의사는 우리하고 계속 같이 일한 젊은 수사관과도 연결점이 있고요."

"무슨 소릴 하는 거야? 이 의사와 젊은 수사관이 뱀파이어병 살인사건에 연루된 **증거**가 있다는 거야?"

"아뇨." 해리가 한숨을 쉬었다.

"아니야? 설명하게."

스톨레 에우네는 20분 후 전화를 끊고 집 안의 정적에 귀를 기울였다. 평온했다. 모두가 잠들었다. 하지만 그는 더 이상 잠들지 못하리란 걸 알았다.

40
금요일 아침

벤케 쉬베르트센은 프롱네르 공원을 내다보면서 스텝퍼를 밟았다. 그걸 하면 엉덩이가 더 커진다면서 말리던 친구가 있었다. 그 친구는 요점을 파악하지 못했다. 벤케는 큰 엉덩이를 **원했다**. 인터넷에서 운동하면 엉덩이가 예쁘게 커지는 게 아니라 근육만 커질 뿐이라서, 그에 대한 해결책으로 에스트로겐 보조제나 식사를 더 많이 하거나 (가장 간단하게는) 이식하는 방법이 있다는 글을 본 적이 있다. 하지만 벤케는 마지막 방법을 배제했다. 그녀의 원칙 중 하나는 몸을 자연스럽게 관리하고 절대로 (**절대로**) 칼을 대지 않는 거였다. 가슴을 손보기는 했지만 그건 예외로 했다. 게다가 그녀는 원칙을 지키는 여자였다. 남편 몰래 바람을 피운 적도 없었다. 이런 헬스장에서 받는 그 많은 제안에도. 대개는 그녀를 쿠거*로 여기는 젊은 남자들이었다. 하지만 벤케는 늘 성숙한 남자를 원했다. 옆에서 사이클을 타고 있는 주름이 자글자글하고 늘어빠진 노인네 말고 옆집 남자 같은 사람. 해리 홀레. 그녀보다 지적으로 모자

* cougar, 젊은 남자와의 연애나 성관계를 원하는 중년 여성.

라고 미성숙한 남자들에게는 구미가 당기지 않았고, 정신적으로나 물질적으로나 그녀를 자극하고 즐겁게 해줄 수 있는 남자가 필요했다. 사실은 그렇게 단순했고, 아닌 척할 이유도 없었다. 게다가 쉬베르트센 씨는 그런 면에서 주어진 역할에 최고로 충실했다. 하지만 해리를 가지는 건 어려워 보였다. 그녀의 원칙도 마음에 걸렸다. 게다가 지독하게 질투가 심해진 쉬베르트센 씨가 아내가 부정을 저지른다면 그녀의 특권과 라이프스타일에 개입하겠다고 협박한 터였다. 그녀가 부정을 저지르지 않겠다는 원칙을 세우기도 **전부터**.

"당신처럼 아름다운 여성분이 왜 결혼을 안 하셨습니까?"

이딴 소리는 땅볼을 치고 아웃되는 소리로 들렸다. 벤케는 사이클을 타는 늙수그레한 남자를 돌아보았다. 그가 미소 지었다. 얼굴이 야위고 주름이 깊은 계곡처럼 패어 있고 입술이 크고 머리는 길고 숱이 많고 기름이 껴 있었다. 말랐지만 어깨는 넓었다. 믹 재거와 살짝 비슷했다. 빨간색 반다나와 트럭 운전사 콧수염은 빼고.

벤케는 미소를 지으며 반지 없는 오른손을 들었다. "결혼했어요. 운동할 때는 빼요."

"아쉽네요." 늙은 남자가 미소를 지었다. "난 결혼하지 않아서요. 당장 약혼을 신청할 수도 있었을 텐데."

그가 자신의 오른손을 들었다. 벤케는 깜짝 놀랐다. 순간 뭔가가 보이는 줄 알았다. 정말로 손에 커다란 구멍이 뚫린 건가?

"올레그 페우케가 왔습니다." 인터컴에서 목소리가 나왔다.

"들여보내요." 책상 앞의 존 D. 스테펜스가 의자를 밀치고 일어나 연구동 수혈의학 부서의 창밖을 내다보았다. 주차장에서 어린 페우케가 아직 시동이 걸린 작은 일본 차에서 내리는 것을 본 터였다. 운전석에는 다른 청년이 앉아 있었고, 히터를 최대로 틀어놓았을 것이다. 춥고 햇살 가득한, 반짝이는 날이었다. 사람들이 6월의 구름 한 점 없는 하늘은 더위를 약속하지만 1월의 똑같은 하늘은 추위를 약속한다고 여기다니 참 모순이다. 사람들은 기초 물리학과 기상학과 세계의 본질을 이해하려 하지 않는다. 스테펜스도 이제는 사람들이 추위를 하나의 현상으로 여기고 그것이 단지 더위가 없는 상태인 점을 이해하지 못한다고 해서 거슬려하지 않았다. 추위는 자연스럽고 지배적인 상태다. 더위야말로 예외이다. 살인과 잔혹성은 자연스럽고 논리적이고 자비롭다. 그것은 종種의 생존 가능성을 높이기 위해 인류가 정교하게 고안해낸 변칙적인 방식의 결과이다. 자비는 종 내부에서 끝나므로 종이 생존하게 하는 요인은 다른 종에 대한 인류의 끝없는 잔혹성이다. 예를 들어 인간이 하나의 종으로 발전하려면 고기를 사냥만 해서는 안 되고 **생산**해야 한다. 그 단어, **고기 생산**, 그 아이디어! 사람들은 동물을 우리에 가두어 생의 모든 행복과 쾌락을 박탈하고, 교배시켜서 우유와 연하고 어린 고기를 생산하게 만들고, 또 새끼를 낳으면 어미가 고통으로 울부짖는 동안 새끼들을 빼앗고 어미를 최대한 빨리 다시 임신시켰다. 개든 고래든 돌고래든 고양이든, 특정 종이 잡아먹히는 걸 보면 사람들은 분개한다. 하지만 인간의 자비는 어떤 알 수 없는 이유로 거기에서 끝난다. 이런 동물들보다 머리가 훨씬 더 좋은 돼지에게는 굴욕감을 주고 잡아먹고, 오랫동안 반복한 나머지, 이제는 현대 식품 생산의 본질인 계산된 잔혹성에 관해 고민조차 하지 않는다. 세뇌당한 것이다!

스테펜스는 잠시 후 열릴 문을 보았다. 그들이 이해하기나 할까 의아해하면서. 도덕성, 하느님이 주시고 영원해 보이는 그 도덕성이란 것이 사실은 아름다움과 적과 패션 트렌드만큼이나 쉽게 변하고 학습된 것이라는 사실을. 이해할 것 같지 않았다. 그래서 그들 자신의 뿌리 깊은 생각을 거스르는 급진적인 연구를 이해하고 받아들일 수 없으리라는 것도 그리 놀랍지 않았다. 잔인한 만큼 타당하고 필요하다는 사실도 이해하지 못할 것이다.

문이 열렸다.

"안녕, 올레그. 들어와 앉으렴."

"감사합니다." 청년이 앉았다. "피를 뽑기 전에 부탁 하나 드려도 될까요?"

"부탁?" 스테펜스가 흰색 라텍스 장갑을 꼈다. "내 연구가 너와 네 어머니와 나중에 네가 이룰 가족 모두에게 도움이 될 수 있단 거 알지?"

"그 연구가 박사님한테 제 수명을 약간 더 늘려주는 것보다 더 큰 의미가 있다는 것도 알고요."

스테펜스가 미소를 지었다. "어린 친구치고 지혜로운 말이네."

"저희 아버지가 부탁하셨는데요. 저희 아버지 친구분의 박사 논문 공개논쟁에 참석해주실 수 있으세요? 오셔서 전문가로서 의견을 내주시면 저희 아버지가 매우 감사할 거래요."

"공개논쟁? 아무렴, 큰 영광이지."

"문제는……." 올레그가 말을 꺼내고 헛기침을 했다. "그게 지금, 곧 시작되니까 혈액샘플을 뽑자마자 출발해야 한다는 거예요."

"지금?" 스테펜스가 앞에 펼쳐진 다이어리를 보았다. "아쉽지만 회의가 있어서―."

"저희 아버지가 진짜로 고마워하실 거예요." 올레그가 말했다.

스테펜스는 올레그를 보면서 턱을 문지르며 생각에 잠겼다. "그러니까…… 네 피를 뽑게 해주는 대신 내 시간을 달라는 거지?"

"비슷해요." 올레그가 말했다.

스테펜스는 진료실 의자에 기대어 입술 앞에 손바닥을 맞댔다. "하나만 말해봐, 올레그. 너는 어떻게 해리 홀레와 그렇게 가까운 사이가 됐지? 어쨌든 그분이 네 생물학적 아버지는 아니잖아."

"저도 모르겠어요." 올레그가 말했다.

"대답하고 네 피를 주면 그 논쟁에 같이 가주지."

올레그는 생각했다. "그분이 정직해서라고 말할 뻔했어요. 세상에서 제일 좋은 아버지 같은 건 전혀 아니지만 그분이 하는 말은 믿을 수 있어서라고요. 그런데 생각해보니까 그게 제일 중요한 건 아닌 거 같아요."

"그럼 뭐가 제일 중요한데?"

"우리가 같은 밴드를 싫어한다는 거요."

"뭐라고?"

"음악요. 우린 같은 음악을 좋아하진 않지만 같은 음악을 싫어해요." 올레그가 패딩 재킷을 벗고 소매를 걷었다. "준비되셨죠?"

41

금요일 오후

라켈은 해리의 팔짱을 끼고 그를 바라보면서 대학 광장을 가로질러 오슬로 대학교의 캠퍼스 건물 세 동 중 하나인 도무스 아카데미카로 향했다. 라켈은 해리를 설득해서 런던에서 사온 맵시 있는 구두를 신겼다. 그가 이런 날씨에는 너무 미끄럽다고 투덜대긴 했지만.

"당신은 정장을 더 자주 입어야 해." 라켈이 말했다.

"그럼 시에서 모래를 더 자주 뿌려야 할 거야." 해리는 다시 미끄러지는 시늉을 했다.

라켈은 웃으면서 그를 더 꽉 붙잡았다. 그의 안주머니에 들어 있는, 잘 접힌 뻣뻣한 노란색 서류철이 느껴졌다. "저기 비에른 홀름 차 아냐? 저렇게 주차하는 건 불법이잖아."

그들은 계단 바로 앞에 주차된 검정 볼보 아마존을 지나쳤다.

"앞유리에 경찰 허가증이 붙어 있어. 경찰력 오용의 확실한 사례지." 해리가 말했다.

"카트리네 때문일 거야." 라켈이 미소 지었다. "카트리네가 넘어지기라도 할까 봐, 그 걱정만 하잖아."

감레 대강당 앞 대기실에서 웅성거리는 소리가 들렸다. 라켈은 아는 얼굴을 찾아보았다. 주로 연구자들과 가족들이었다. 하지만 반대편 끝에 아는 얼굴이 있었다. 트룰스 베른트센. 공개논쟁에는 정장을 입고 와야 한다는 걸 모르는 모양이었다. 라켈은 해리와 함께 사람들 사이로 길을 내면서 카트리네와 비에른에게 갔다.

"축하해요!" 라켈이 두 사람을 꼭 안았다.

"고마워요!" 카트리네가 불룩한 배를 쓰다듬었다.

"언제?"

"6월요."

"6월."

미소 짓던 카트리네의 입가가 갑자기 씰룩였다. 라켈은 몸을 숙이며 카트리네의 팔에 손을 대고 속삭였다. "그런 생각 말아요, 다 괜찮을 거예요."

카트리네가 놀란 얼굴로 라켈을 보았다.

"경막외마취. 그거 아주 대단한 거예요. 모든 고통을 일순간에 없애주거든요!"

카트리네가 눈을 두 번 깜박였다. 그리고 웃었다. "전 이런 논쟁에는 와본 적이 없어요. 비에른이 제일 좋은 넥타이를 골라서 매는 걸 보기 전까진 얼마나 공식적인 행사인지도 몰랐고요. 어떻게 하는 거예요?"

"단순해요." 라켈이 말했다. "일단 강당에 들어가서 의장과 후보자와 반론자 둘이 입장하는 동안 서 있어요. 스미스 선생님은 어제나 오늘 아침에 그 사람들한테 논문심사 강연을 마쳤을 테지만 그럼에도 무척 긴장해 있을 거예요. 아마 스톨레 에우네가 곤란하게 굴까 봐 걱정하겠지만 그러지는 않을 거고요."

"그럴까요?" 비에른 홀름이 말했다. "에우네 박사님은 뱀파이어 병을 믿지 않는다고 하셨어요."

"스톨레는 진지한 학문을 믿어요." 라켈이 말했다. "반론자들은 비판적이어야 하고 논문의 주제를 꿰뚫어야 하지만 주제의 경계와 이 자리의 전제 안에서 머물러야지, 자기를 내세우려고 해서는 안 돼요."

"와, 예습을 열심히 하셨네요!" 카트리네가 감탄하는 사이 라켈이 숨을 깊이 들이쉬었다.

라켈이 고개를 끄덕이고 말을 이었다. "반론자는 각각 한 시간의 4분의 3을 쓰고, 그사이에는 객석에도 간단한 질문이 허용되는데, 이것을 **엑스 아우디토리오**라고 해요. 이건 항상 있는 건 아니고요. 그다음에는 후보자가 마련한 만찬이 열리는데, 우린 그 자리에는 참석하지 않아요. 해리가 엄청 불편한 자리일 거라고 해서요."

카트리네가 해리를 돌아보았다. "정말요?"

해리는 어깨를 으쓱했다. "고기랑 그레이비 소스, 그리고 잘 알지도 못하는 사람의 친척이 30분간 연설하는 걸 들으면서 조는 걸 싫어할 사람이 어딨어?"

그들 주위의 사람들이 움직이기 시작하고 카메라 몇 대가 플래시를 터뜨렸다.

"차기 법무부장관이 오시네요." 카트리네가 말했다.

바다가 갈라지듯 사람들이 갈라지고, 그 사이로 미카엘과 울라 벨만 부부가 팔짱을 끼고 걸어왔다. 두 사람은 웃었지만 라켈의 눈에는 울라가 진심으로 **미소** 짓는 것 같지 않았다. 원래 잘 웃는 사람이 아닌지도 몰랐다. 아니면 울라 벨만처럼 아름답고 수줍음이 많은 여자라면 과장된 미소는 원치 않는 관심만 끌 뿐이고 걸으로 냉랭해야 인생이 편해진다는 것을 터득한 건지도 몰랐다. 그런 거라면 라켈은 울라가 장관 부인으로서 어떻게 헤쳐나갈지 궁금했다.

미카엘 벨만이 그들 옆에 와서 섰을 때 누군가 큰소리로 질문하며 그의 얼굴에 마이크를 들이밀었다.

"전 그저 뱀파이어병 살인사건을 해결하는 데 일조하신 학자를 축하하기 위해 이 자리에 참석한 겁니다." 미카엘이 영어로 대답했다. "오늘 같은 날은 스미스 박사님과 말씀을 나누셔야죠. 제가 아니라." 그러면서도 미카엘은 질문을 받고 사진기자들이 요구하는 대로 행복하게 포즈를 취해주었다.

"국제적인 언론이네." 비에른이 말했다.

"요새 뱀파이어병이 핫하잖아." 카트리네가 사람들을 둘러보며 말했다. "범죄전문기자란 기자는 다 왔어."

"모나 도는 빼고." 해리가 둘러보면서 말했다.

"보일러실 사람들도 다 왔어요." 카트리네가 말했다. "안데르스 뷜레르만 빼고요. 그 친구 어디 있는지 알아요?"

모두 고개를 저었다.

"오늘 아침에 전화가 왔더라고요." 카트리네가 말했다. "단둘이 얘기 좀 해도 되냐고요."

"무슨 얘기?" 비에른이 물었다.

"모르지. 아, 저기 있네!"

안데르스 뷜레르가 사람들 무리 저쪽에서 나타났다. 숨이 가쁜 듯 벌건 얼굴로 목도리를 풀고 있었다. 그때 강당 문이 열렸다.

"맞다, 자리를 잡아야 해요." 카트리네가 서둘러 문 쪽으로 갔다. "비켜주세요. 임신부가 지나갑니다!"

"참 예쁘단 말야." 라켈이 속삭이면서 해리의 팔 밑으로 손을 집어넣고 그의 어깨에 기댔다. "난 늘 당신하고 저 친구 사이에 뭔가가 있는지 궁금했어."

"뭐?"

"그냥 작은 거. 우리가 같이 있지 않을 때."

"유감스럽게도 아니야." 해리가 침울하게 말했다.

"유감스럽게도 아니야? 무슨 뜻이야?"

"가끔은 우리의 작은 틈새를 더 이용하지 못한 게 후회된다는 뜻."

"농담 아니야, 해리."

"나도 마찬가지야."

할스테인 스미스가 대기실 문을 빼꼼히 열고 내다봤다. 대강당을 가득 메운 사람들 위로 샹들리에를 보았다. 가장자리 통로에 서 있는 사람들도 있었다. 이 공간에서 한때는 노르웨이 의회가 열렸고, 지금은 그가, 작은 할스테인이 연단에 올라가 그의 연구를 방어하고 박사학위를 받는다! 그는 메이를 보았다. 긴장하기는 했어도 맨 앞줄에 어미닭처럼 자부심 넘치는 표정으로 앉아 있었다. 해외에서 온 연구자들도 보였다. 공개논쟁이 노르웨이어로 진행될거라고 공지했는데도 많이들 와주었다. 기자들이 보이고, 아내를 대동하고 맨 앞줄의 정중앙에 앉아 있는 벨만도 보였다. 해리, 비에른, 카트리네. 경찰청에서 같이 일한 새로운 친구들, 뱀파이어병에 관한 그의 논문에 크게 기여한 사람들이다. 발렌틴 예르트센 사건이 주요 쟁점이 된 건 물론이다. 요 며칠간의 사건으로 발렌틴의 이미지가 극단적으로 바뀌기는 했지만 그 덕에 뱀파이어병적 성격에 관해 그가 내린 결론이 오히려 더 설득력을 얻었다. 그가 뱀파이어병 환자들이 주로 본능에 따라 행동하고 욕구와 충동으로 움직인다고 주장한 상황에서, 마침 레뉘 헬이 살인을 정교하게 계획한 배후 조종자였음이 밝혀진 것이다.

"시작하겠습니다." 의장이 대학 가운에 내려앉은 먼지를 집으면서 말했다.

할스테인은 숨을 깊이 들이쉬고 걸어 나왔다. 청중이 기립했다.

할스테인과 반론자 두 명이 착석하는 동안 의장이 논쟁이 진행되는 방식을 설명했다. 그리고 할스테인에게 무대를 내주었다.

첫 번째 반론자인 스톨레 에우네가 몸을 기울이며 행운을 빈다고 속삭였다.

할스테인은 연단으로 올라가 청중을 둘러보았다. 순간 정적이 내려앉았다. 오전의 논문심사 강의는 꽤 잘 풀렸다. 아니, 환상적이었다! 논문심사 위원회가 모두 만족한 듯 보였고, 스톨레 에우네마저 그의 주요 논점에 감탄한 듯 고개를 끄덕였다.

이번에는 길어야 20분 정도 간략한 강의를 진행할 것이다. 그는 강의를 시작했고, 얼마 못 되어 오전에 느낀 것과 같은 감정이 들어서 앞에 있는 대본에서 눈을 뗐다. 생각이 곧바로 단어가 되어 술술 나왔다. 그는 마치 자기 몸에서 빠져나가 그 자신을 바라보고 청중을 둘러보고 모두의 얼굴에서 단어 하나하나에 몰두하는 표정을 보고 모두가 뱀파이어병 교수 할스테인 스미스에게 몰입한 현장을 보는 것만 같았다. 물론 아직은 그렇게 보이지 않지만 그가 바꿀 것이고 오늘 드디어 그 시작을 알렸다. "해리 홀레가 이끄는 독립 수사팀에서 일한 짧은 시간에 많은 것을 배웠습니다. 그중 하나는 모든 살인사건의 핵심 질문은 '왜?'라는 겁니다. 하지만 '어떻게?'라는 질문에 답하지 못한다면 별로 도움이 되지 않는다는 것도 배웠습니다." 할스테인은 연단 옆 테이블로 갔고, 그곳에는 세 가지 물건이 펠트 천으로 덮여 있었다. 그는 천의 끄트머리를 잡고 잠시 기다렸다. 약간의 연극적 요소는 용서받을 수 있으리라.

"이렇게요." 그가 선언하듯 말하면서 덮개를 벗겼다.

객석에서 탄식이 퍼지고 커다란 리볼버와 기괴한 수갑과 검은 쇠이빨이 나타났다.

할스테인은 리볼버를 가리켰다. "협박하고 강요하는 도구입니다."

그리고 수갑을 가리켰다. "통제하고 법적 자격을 박탈하고 투옥시키는 도구입니다."

그리고 쇠이빨. "피의 공급자에게 다가가 피에 접근해서 의식을 수행하는 도구입니다."

그는 고개를 들었다. "안데르스 뷜레르 수사관님께 감사드립니다. 경찰청에서 이 도구를 빌려와서 제가 이 논점을 설명할 수 있도록 도와주셨습니다. 이 세 가지 물건은 '어떻게' 이상이기 때문입니다. '왜'이기도 합니다. 하지만 어떻게 '왜'가 될까요?"

여기저기서 다 안다는 듯한 웃음이 터졌다.

"여기 모든 도구가 오래되었기 때문입니다. 쓸데없이 오래되었다고 할 수 있겠군요. 뱀파이어병 살인사건의 범인은 일부러 특정 시대 유물의 복제품을 구했습니다. 이로써 제가 논문에서 의식의 중요성에 관해 지적한 부분, 그리고 흡혈 행위는 신들을 숭배하고 신들의 화를 달래야 했던 시대로 거슬러 올라갈 수 있고 그 시대의 통화는 피였다는 대목이 부각됩니다."

할스테인은 리볼버를 가리켰다. "이건 200년 전 아메리카 대륙

과의 연관성을 보여줍니다. 아메리카 원주민 부족이 적의 원기를 빨아들일 수 있다는 믿음으로 적의 피를 마시던 시대죠." 그리고 수갑을 가리켰다. "이건 중세와 연결됩니다. 마녀와 마법사들을 잡아 악령을 내쫓고 화형에 처한 시대죠." 이어서 쇠이빨을 가리켰다. "그리고 이건 고대 세계와 연결됩니다. 희생을 바치고 인간의 피를 뽑는 행위가 신들을 달래기 위해 널리 행해지던 시대입니다. 제가 오늘 제 답으로……." 그는 의장과 반론자 두 명을 향해 고갯짓했다. "여기 계신 신들을 달랠 수 있기를 바라는 것처럼요."

웃음소리가 한결 편안해졌다.

"감사합니다."

박수가, 할스테인 스미스의 귀에는 우레같이 들려왔다.

스톨레 에우네가 일어서서 물방울무늬 나비넥타이를 매만지고 배를 내밀며 연단으로 올라갔다.

"후보자님, 사례 연구를 토대로 박사학위 논문을 쓰셨는데요, 제가 궁금한 건, 후보자님 연구의 주요 사례인 발렌틴 예르트센이 연구의 결론을 지지하지 않았는데도 어떻게 그런 결론에 도달할 수 있었느냐는 겁니다. 그러니까 레뉘 헬의 역할이 밝혀지기 이전에 말입니다."

할스테인 스미스가 목청을 가다듬었다. "심리학은 다른 대부분의 학문 분야보다 해석의 폭이 넓습니다. 저도 당연히 발렌틴 예르트센의 행동을 제가 이미 설명한 전형적인 뱀파이어병의 틀 안에서 해석하고 싶었습니다. 하지만 연구자는 정직해야 합니다. 며칠 전까지만 해도 발렌틴 예르트센은 제 이론에 완벽히 들어맞지 않았습니다. 심리학의 미개척 영역이라고 해도 당혹스러운 것이 사실입니다. 레뉘 헬의 비극에서 기쁨을 찾기는 어렵습니다. 하지만 적어도 발렌틴의 사례는 제 논문의 이론을 강화해주었고, 따라서 뱀파이어병 환자에 관한 보다 선명한 예시와 정확한 이해를 제공합니다. 나아가 앞으로는 뱀파이어병 범인을 더 빨리 잡게 해서 미래의 비극을 막는 데 일조할 수 있기를 바랍니다." 할스테인이 목청을 가다듬었다. "논문심사 위원회에 감사드려야겠습니다. 이미 많은 시간을 할애해서 제 원래 논문을 봐주셨고, 또 이번 사건에서 레뉘 헬의 역할이 밝혀진 이후에 일어난 변화를 다시 통합해서 모든 것이 맞아떨어지게 정리할 수 있도록 허락해주신 점에……."

의장이 첫 번째 반론자에게 허락된 시간이 다 됐다고 알리는 신호를 보냈지만 할스테인에게는 고작 5분이 지난 것 같았다. 45분이 아니라. 시간이 꿈처럼 흘러갔다!

이어서 의장은 연단에 올라 잠시 쉬는 시간을 갖고, 청중에게 질문을 받는 엑스 아우디토리오가 이어질 거라고 알렸다. 할스테인은 사람들에게 자신의 환상적인 연구를 빨리 보여주고 싶어서 조바심이 났다. 이 모든 암울한 현실에서도 여전히 가장 위대하고 가장 아름다운 것, 곧 인간 마음에 관해 이야기하는 연구 말이다.

할스테인은 쉬는 시간에 대기실에서 사람들과 어울리면서 만찬에 초대받지 못한 사람들과 담소를 나누었다. 그는 짙은 색 머리의 여인과 나란히 서 있는 해리 홀레를 보고 그쪽으로 다가갔다.

"해리!" 그는 해리의 이름을 부르고 손을 잡았다. 그 손은 대리석처럼 단단하고 차가웠다. "이분이 라켈이군요."

"그래요." 해리가 말했다.

할스테인은 라켈과 악수하면서 해리가 손목시계를 보고는 문 쪽을 보는 걸 보았다.

"누구 기다리세요?"

"네." 해리가 말했다. "드디어 왔네요."

할스테인은 반대편 끝에 있는 문으로 들어오는 두 사람을 보았다. 키가 크고 가무잡잡한 청년과 금발에 얇고 테 없는 사각형의 안경을 쓴 50대 남자였다. 청년은 라켈과 닮아 보였지만 다른 남자도 어딘가 낯이 익어 보였다.

"안경 낀 분은 제가 어디서 봤을까요?" 할스테인이 물었다.

"모르죠. 저분은 존 D. 스테펜스라는 혈액학자입니다."

"저분이 여기서 뭘 하시는 건가요?"

할스테인은 해리가 숨을 깊이 들이마시는 것을 보았다. "저분은 이 이야기를 끝내려고 오셨습니다. 본인은 아직 모르지만."

의장이 종을 울리고 쩌렁쩌렁한 목소리로 강당으로 돌아오라고 알렸다.

존 D. 스테펜스가 좌석 두 줄 사이로 들어가고, 올레그 페우케가 뒤를 따랐다. 스테펜스는 강당을 둘러보며 해리 홀레를 찾으려 했다. 그러다 뒷줄에서 옅은 금발 청년을 보고는 심장이 멎는 듯했다. 순간 안데르스도 그를 보았고, 스테펜스는 그 청년의 얼굴에서 공포를 읽었다. 스테펜스는 올레그를 돌아보고 회의가 있는 걸 깜빡했다면서 그만 가봐야겠다고 말했다.

"알아요." 올레그는 이렇게 말하면서도 길을 터줄 생각이 없어 보였다. 청년은 그의 가짜 아버지 해리 홀레만큼 키가 컸다. "그래도 이제는 흘러가는 대로 두시죠, 스테펜스 박사님."

올레그는 스테펜스의 어깨에 가만히 손을 얹었지만 스테펜스는 자기를 의자로 내리누르는 느낌을 받았다. 자리에 앉자 맥박이 느려졌다. 품위. 그래, 품위. 올레그 페우케는 안다. 해리도 안다는 뜻이다. 그리고 그에게 도망칠 기회를 주지 않았다. 안데르스의 반응을 보니 그 역시 이런 상황을 몰랐던 듯했다. 그들이 속았다. 이 자리에 함께 있도록 속았다. 이제 어쩌지?

카트리네 브라트가 해리와 비에른 사이에 앉을 때 연단에서 의장이 말하기 시작했다.

"후보자에게 질문하는 엑스 아우디토리오가 들어왔습니다. 해리 홀레, 어서 하세요."

카트리네가 놀라서 해리를 돌아보았고, 그가 일어섰다. "고맙습니다."

카트리네는 다른 사람들의 얼굴에서도 놀란 표정을 보았다. 일부는 농담을 기대하는 듯 입가에 미소를 걸었다. 할스테인 스미스도 유쾌한 표정으로 연단에 올랐다.

"축하드립니다." 해리가 말했다. "목표지점에 거의 다 오셨군요. 게다가 뱀파이어병 살인사건을 해결하는 데 공헌하신 데 대해서도 감사의 말씀을 드려야 할 것 같군요."

"제가 더 감사드려야죠." 할스테인이 가볍게 고개를 숙였다.

"네, 아마도." 해리가 말했다. "물론 우리가 발렌틴의 배후에서 조종하고 지시한 자를 찾아냈으니까요. 그리고 에우네 박사님이 지적하셨듯 선생의 논문은 전적으로 그 부분에 근거를 두고 있으니까요. 그런 면에서 운이 좋으셨네요."

"그렇죠."

"그런데 이 자리의 모두가 대답을 듣고 싶어하는 두 가지가 더 있습니다."

"최선을 다해 답해드리죠, 해리."

"발렌틴이 선생의 헛간에 들어가는 장면이 녹화된 화면을 봤을 때가 생각납니다. 발렌틴은 자기가 어디로 가는지 정확히 알았지만 문 안쪽에 있는 저울에 관해서는 몰랐습니다. 성큼성큼 무심히 들어가면서 당연히 발밑에 단단한 땅이 있을 줄 알았어요. 그러다가 중심을 잃을 뻔했어요. 왜 그랬을까요?"

"사람들은 어떤 건 당연하게 받아들여요." 할스테인이 말했다. "심리학에서는 그걸 합리화라고 하는데, 기본적으로 우리가 사물을 단순화한다는 의미입니다. 합리화가 없다면 세상은 감당할 수 없게 되고 뇌는 우리가 처리해야 할 모든 불확실한 정보로 인해 과부하에 걸릴 겁니다."

"그래서 또 지하실 계단을 내려가면서 별다른 걱정 없이, 그러니까 수도관에 머리를 부딪치지는 않을까 걱정하지 않고 내려가는 거죠."

"맞습니다."

"하지만 한 번 부딪치면 다음번에는 (적어도 대다수는) 기억하고요. 그래서 카트리네 브라트가 선생의 헛간에 두 번째로 방문했을 때 저울을 건너면서 조심했던 거고요. 그러니 레뉘 헬의 지하실 수도관에서 나온 혈액과 피부 조직이 선생과 제 것이지만 레뉘 헬의 것이 아닌 것도 이상할 건 없어요. 그자는 오래전부터…… 음, 어렸을 때부터 머리를 숙이고 내려가는 법을 익혔을 테니까요. 안 그랬다면 거기서 레뉘 헬의 DNA가 나왔을 겁니다. DNA는 대개 수도관 같은 데 묻은 후 몇 년 뒤에도 추적이 가능하니까요."

"그 말이 맞아요, 해리."

"이 얘기는 나중에 다시 돌아오기로 하고 우선 수수께끼부터 다

뤄보죠."

카트리네는 등을 펴고 꼿꼿이 앉았다. 아직 무슨 일이 벌어지는지 종잡을 수 없지만 해리를 잘 알기에 그의 목소리에 깔린 으르렁거리는 진동을 느낄 수 있었다.

"발렌틴 예르트센이 한밤중에 선생의 헛간으로 들어갈 때는 체중이 74.7킬로그램입니다." 해리가 말했다. "그런데 거기서 나갈 때는 체중이, 보안카메라 화면으로는, 73.2킬로그램이에요. 정확히 1.5킬로그램 가벼워졌습니다." 해리는 손짓했다. "물론 체중의 차이가 선생의 사무실에 피를 흘려서라고 설명할 수 있습니다."

카트리네는 의장이 조심스럽고도 짜증스럽게 기침하는 소리를 들었다.

"그러다 깨달았습니다." 해리가 말했다. "리볼버를 잊고 있었다! 발렌틴이 가지고 들어갔고 그자가 떠날 때는 사무실에 남아 있던 그 물건. 루거 레드호크는 무게가 1.2킬로그램쯤 나갑니다. 그러니 모두 더하면 발렌틴은 피를 0.3킬로그램만 흘린 게 되고……."

"홀레 씨," 의장이 말했다. "여기 후보자에게 하실 질문이 있다면……."

"우선 혈액 전문가에게 질문하겠습니다." 해리는 이렇게 말하고 청중을 돌아보았다. "존 스테펜스 고문의사님, 박사님은 혈액학자이고 페넬로페 라쉬가 병원으로 이송될 때 마침 당직이었는데……."

존 스테펜스의 이마에서 땀이 삐질삐질 솟았다. 순간 모두의 눈길이 그에게 쏠렸다. 증인석에서 아내가 어떻게 죽었는지 설명할 때 그를 쳐다보던 눈길들처럼. 아내가 어떻게 칼에 찔리고 어떻게 말 그대로 그의 품 안에서 피 흘리며 죽어갔는지. 그때도 지금 같았다. 그날 본 안데르스의 시선도 지금 같았다.

그는 마른침을 삼켰다.

"네, 그랬습니다."

"그때 박사님은 피의 양을 정확히 추정할 수 있다고 하셨습니다. 그리고 범죄현장 사진을 보고 그 환자가 손실한 피가 1.5리터라고 추정하셨어요."

"네."

해리는 재킷 주머니에서 사진을 한 장 꺼내서 들었다. "그리고 할스테인 스미스의 사무실에서 찍힌 이 사진, 긴급의료원이 보여준 이 사진을 보고도 피의 양이 1.5리터라고 추정하셨습니다. 그러니까 1.5킬로그램이죠. 맞습니까?"

스테펜스는 마른침을 삼켰다. 안데르스가 뒤에서 그를 보고 있다는 걸 알았다. "맞습니다. 1, 2데시리터 정도의 차이는 있겠지만요."

"혹시나 해서 그러는데, 피를 1.5리터 흘리고도 혼자 일어나서 도망치는 게 가능합니까?"

"사람마다 다르지만, 네, 체격이 좋고 의지가 확고하다면 가능합니다."

"그러니 아주 단순한 질문으로 돌아가겠습니다." 해리가 말했다. 스테펜스는 이마에서 땀방울이 굴러 떨어지는 걸 느꼈다.

해리는 연단을 돌아보았다.

"어째서죠, 스미스 선생님?"

카트리네는 헉 하고 숨을 내쉬었다. 이어지는 침묵이 강당을 무겁게 짓누르는 것만 같았다.

"그 질문은 그냥 넘겨야겠네요, 해리. 저도 모르겠습니다." 할스테인이 말했다. "그렇다고 제 박사학위가 위태로운 것도 아니고, 변명하자면 제 논문의 틀을 벗어나는 질문인 것 같군요." 그는 미소를 지었지만 이번에는 좌중의 웃음을 이끌어내지 못했다. "하지만 경찰 수사의 범위 안에 있으니 그 질문에는 직접 답하셔야 할 것 같군요, 해리?"

"물론이죠." 해리는 숨을 깊이 들이마셨다.

아냐, 카트리네는 속으로 말하며 숨을 죽였다.

"발렌틴 예르트센은 처음부터 리볼버를 가져오지 않았습니다. 그 총은 이미 선생의 사무실에 있었습니다."

"뭐라고요?" 할스테인의 웃음소리가 강당 안에서 외로운 한 마리 새의 울부짖음처럼 들렸다. "그게 대체 어떻게 거기에 있을 수 있답니까?"

"선생이 가져갔으니까요." 해리가 말했다.

"제가요? 전 그 리볼버와 아무 상관이 없습니다."

"당신의 리볼버였어요, 스미스 선생님."

"저요? 전 평생 리볼버를 소유한 적이 없습니다. 총기 등록을 확인해보시면 알 것 아닙니까."

"거기에는 이 리볼버가 파르순의 한 선원의 이름으로 등록되어 있더군요. 선생한테 치료받은 사람이죠. 조현병으로."

"선원요? 무슨 소리를 하는 겁니까, 해리? 당신 입으로 그랬잖아요. 발렌틴이 바에서 그 리볼버로 당신을 협박했다고요. 메메트 칼라크를 죽였을 때."

"선생이 그 후 그 총을 다시 가져간 겁니다."

강당에 불안의 파도가 퍼지고 낮게 웅성거리는 소리와 의자가 덜거덕거리는 소리가 들렸다.

의장이 일어서서 깃털을 펼치는 어린 수탉처럼 대학 가운을 입은 팔을 들어 좌중을 진정시키려 했다. "죄송합니다만 홀레 씨, 여기 논쟁의 자리입니다. 경찰 수사에 필요한 정보가 있다면 관계 당국에 제기하시고 여기 학문의 세계로는 가져오지 않는 게 좋을 듯합니다."

"의장님, 반론자 여러분," 해리가 말했다. "이 박사학위 논문이 잘못 해석된 사례 연구를 기초로 작성되었다면 논문을 심사하는 데 근본적으로 중요한 문제가 아닐까요? 논쟁에서 분명히 밝혀야 할 문제가 아닐까요?"

"홀레 씨―." 의장이 호통하듯이 말했다.

"―맞습니다." 스톨레 에우네가 말했다. "존경하는 의장님, 논문 심사 위원회의 위원으로서 홀레 씨가 후보자에게 무슨 말을 하려는지 더 들어보고 싶습니다."

의장이 스톨레를 보았다. 그리고 해리를 보았다. 마지막으로 할스테인을 보고 다시 자리에 앉았다.

"자, 그럼." 해리가 말했다. "후보자에게 묻고 싶습니다. 후보자가 레뉘 헬을 그의 집에 인질로 잡아둔 걸까요? 그리고 발렌틴 예르트센에게 지시를 내린 게 레뉘 헬이 아니라 후보자 본인이었을까요?"

거의 들리지 않는 탄식이 강당 안에 퍼졌고, 실내의 공기를 모두 빨아들일 듯 숨 막히는 침묵이 이어졌다.

할스테인은 믿기지 않는다는 듯 고개를 저었다. "장난하는 거죠, 해리? 논쟁 자리에 활기를 더하려고 보일러실에서 꾸민 거고, 지금은—."

"답변하시죠, 할스테인."

할스테인은 해리가 그의 성이 아니라 이름을 부르는 걸 듣고 장난이 아닌 것을 알았다. 카트리네는 그가 연단에 서 있는 동안 뭔가가 가라앉는 걸 본 것만 같았다.

"해리," 그가 나직이 말했다. "전 일요일에 당신이 데려가기 전에는 레뉘 헬의 집에 가본 적이 없습니다."

"아니, 있습니다." 해리가 말했다. "당신은 지문과 DNA를 남길 만한 모든 곳에서 증거를 지우는 데에 신중을 기했어요. 하지만 당신이 잊어버린 곳이 하나 있었습니다. 수도관."

"수도관요? 우리 모두 일요일에 그 빌어먹을 수도관에 DNA를 남겼잖아요, 해리!"

"선생은 아니에요."

"아뇨, 나도 남겼어요! 비에른 홀름에게 물어봐요, 저기 앉아 계시네!"

"비에른 홀름이 확인한 바로는, 선생의 DNA가 수도관에서 나오기는 했지만 일요일에 남긴 건 아닙니다. 일요일에 선생은 제가 이미 지하실에 있을 때 내려왔어요. 조용히. 전 선생이 오는 소리를 못 들었고요. 기억나십니까? 조용히, 선생은 수도관에 머리를 부딪히지 않았으니까요. 선생은 고개를 숙였어요. 선생의 뇌가 기억했으니까요."

"웃기는 소리 마요, 해리. 나도 부딪혔어요, 당신이 못 들은 겁니다."

"아마 선생이 이걸 쓰고 있어서겠죠. 이게 쿠션 역할을 해서……." 해리는 주머니에서 검은 털모자를 꺼내서 이마에 댔다.

모자 앞에 해골이 있었다. 카트리네는 장크트파울리라는 이름을 읽었다. "그런데 어떻게 그곳에 피부든 혈액이든 머리카락이든 DNA를 남길 수 있었을까요? 이 모자를 이마까지 푹 내려쓴 사람이?"

할스테인은 눈을 끔뻑거렸다.

"후보자가 대답하지 않으시니," 해리가 말했다. "제가 대신 대답해드리죠. 할스테인 스미스는 처음 그곳에 갔을 때 그 수도관에 부딪혔습니다. 아주 오래전에, 뱀파이어병 범인이 활동을 시작하기도 전에요."

이어지는 침묵 속에서 할스테인 스미스가 낮게 낄낄거리는 소리만 들렸다.

"제가 뭐든 말씀드리기 전에," 할스테인이 말했다. "전직 수사관 해리 홀레에게 이런 굉장한 이야기를 들려주신 것에 대해 큰 박수를 쳐드려야 할 것 같습니다."

할스테인이 손뼉을 치기 시작했고, 몇몇이 따라 쳤다. 그리고 박수가 잦아들었다.

"그런데 그 얘기가 단순한 이야기를 넘어서려면 박사학위 논문과 동일한 요건이 필요합니다." 할스테인이 말했다. "증거죠! 당신에게는 증거가 없어요, 해리. 당신의 모든 추론은 두 가지 매우 의심스러운 전제를 토대로 합니다. 헛간의 오래된 저울이 그 위에 1초도 안 되게 서 있는 사람의 체중을 정확히 보여준다는 겁니다. 보아하니 그 저울에 꽤 집착하시는군요. 그리고 제가 털모자를 쓰고 있어서 일요일에 수도관에 DNA를 남길 수 없다는 전제요. 모자는 지하실 계단을 내려갈 때 수도관에 머리를 부딪치기 전에 벗었다가 지하실이 추워서 다시 썼습니다. 지금 이마에 흉터가 없는 건 상처가 빨리 치료돼서고요. 제 아내도 제가 집에 돌아갔을 때 이마에 상처가 있었다고 확인해줄 수 있습니다."

카트리네는 집에서 만든, 칙칙한 색상의 드레스를 입은 여자가 수류탄 폭발로 충격받은 것 같은 텅 빈 얼굴에 짙은 색 눈으로 남편을 바라보는 걸 보았다.

"안 그래, 메이?"

여자가 입을 벌렸다가 닫았다. 그리고 천천히 고개를 끄덕였다.

"보셨죠, 해리?" 할스테인은 고개를 갸웃하고 애처롭게 동정하는 표정으로 해리를 보았다. "당신 이론에 구멍을 내는 게 얼마나 간단한지 보셨습니까?"

"음." 해리가 말했다. "부인의 마음은 이해하지만 안타깝게도 DNA 증거에는 반론의 여지가 없습니다. 법의학연구소의 분석에서 수도관에서 나온 조직이 선생의 DNA 프로파일과 일치할 뿐만 아니라, 두 달 이상 된 것으로, 그러니까 일요일에 생긴 것일 수가 없는 것으로 나왔거든요."

카트리네는 의자에 앉은 채 흠칫 놀라며 비에른을 보았다. 그는 거의 보이지 않게 고개를 저었다.

"결과적으로, 스미스 선생님, 선생이 지난가을 언젠가 레뉘 헬의 지하실에 내려간 건 가설이 아닙니다. 명백한 사실입니다. 선생이 루거 레드호크를 소유했고 무장하지 않은 발렌틴 예르트센을 쏘았을 때 그 총이 선생의 사무실에 있었던 것이 사실인 것도요. 게다가 스타일로메트리 분석도 마쳤습니다."

카트리네는 해리가 재킷 안주머니에서 꺼낸 너덜너덜한 노란 서류철을 보았다. "컴퓨터 프로그램으로 단어 선택과 문장 구조와 문체와 구두점을 비교해서 작성자를 찾아내는 겁니다. 셰익스피어가 실제로 쓴 희곡이 어느 작품인지에 관한 논쟁에 새로이 활기를 불어넣은 바로 그 기술이죠. 텍스트를 통해 실제 작성자를 찾아낼 확률이 80에서 90퍼센트입니다. 말하자면 증거로 채택할 만큼의 정확도는 아니라는 뜻이죠. 그런데 특정 저자를, 가령 셰익스피어 같은 저자를 정확히 배제하는 비율은 99.9퍼센트입니다. 저희 IT 전문가 토르 그렌이 이 프로그램으로 발렌틴에게 전송된 이메일과 레뉘 헬이 이전에 다른 사람들에게 보낸 이메일 수천 통을 비교 분석했습니다. 결론은…….” 해리가 파일을 카트리네에게 건넸다. “……레뉘 헬은 발렌틴이 이메일로 받은 지시사항을 작성하지 않았습니다.”

할스테인은 해리를 보았다. 땀이 흐르는 이마로 앞머리가 내려왔다.

“이 문제는 경찰 심문에서 자세히 얘기합시다.” 해리가 말했다. “다만 지금은 논쟁 시간입니다. 그리고 선생에게는 아직 논문심사 위원회에 설명을 내놓을 기회가 남아 있습니다. 안 그런가요, 에우네 박사님?”

스톨레 에우네가 목청을 가다듬었다. “맞습니다. 이론상 과학은 시대의 도덕성에 눈이 멉니다. 도덕적으로 의심스럽거나 불법적인 수단으로 박사학위를 받은 예가 이번이 처음은 아닐 겁니다. 논문심사 위원회가 논문을 승인하기 전에 알아야 할 것은 실제로 발렌틴을 조종한 사람이 존재하는지의 여부입니다. 그렇지 않다면 저희가 이 논문을 어떻게 받아들일 수 있을지 모르겠습니다.”

“고맙습니다.” 해리가 말했다. “자, 어떤가요, 스미스 선생님? 지금 여기서 체포되기 전에 심사위원회에 설명하시겠습니까?”

할스테인 스미스는 해리를 보았다. 그의 거친 숨소리만 들렸다.

강당 안에서 아직 호흡하는 사람이 그 하나인 양. 플래시 하나가
터졌다.

　화가 난 의장이 스톨레 에우네 쪽으로 몸을 기울이고 씩씩거리
며 속삭였다.
"맙소사, 에우네, 이게 다 무슨 일입니까?"
"원숭이 덫이 뭔지 아십니까?" 스톨레 에우네가 이렇게 묻고 의
자에 기대어 팔짱을 끼었다.

　할스테인 스미스는 전기충격이라도 맞은 것처럼 홱 움직였다.
그는 웃음을 터트리며 팔을 들어 천장을 가리켰다. "내가 잃을 게
뭔데요, 해리?"
　해리는 대꾸하지 않았다.
"네, 발렌틴은 조종당한 겁니다. 나한테. 물론 그 이메일도 내가
쓴 겁니다. 하지만 중요한 건 그 배후에 있던 사람이 누구냐가 아
닙니다. 학문적 논점은 발렌틴이 내 연구에서 입증하듯 진정한 뱀
파이어병 환자이고 당신의 발언이 내 연구 결과의 타당성을 뒤집
을 수 없다는 겁니다. 그리고 내가 환경을 조종해서 연구 조건을
재현했다고 해도 그건 연구자들이 늘 하는 일에 지나지 않습니다.
아닌가요?" 그는 청중을 둘러보았다. "하지만 그 점에서 그의 행동
을 선택한 건 내가 아니라 그자입니다. 그리고 여섯 명의 목숨이
그렇게 터무니없이 큰 희생은 아닙니다. 이─." 할스테인은 인쇄해
서 묶은 논문을 검지로 톡톡 두드렸다. "─장차 살인과 고통의 측
면에서 인류를 구제할 수 있는 연구에 비하면요. 징후와 프로파일
이 모두 여기에 있습니다. 희생자들의 피를 마시고 그들을 죽인 자

는 발렌틴 예르트센이지, 제가 아닙니다. 전 다만 그자가 좀 더 수월하게 활동하도록 도왔을 뿐입니다. 진짜 뱀파이어병 환자를 만나는 행운이 딱 한 번 주어진다면 학자로서 그 기회를 최대한 이용해야 할 의무가 있습니다. 근시안적 도덕관으로 멈출 수는 없습니다. 더 큰 그림을 보고 인류에 무엇이 최선인지 고민해야 합니다. 오펜하이머에게 물어보세요. 마오쩌둥에게 물어보세요. 암을 앓는 수많은 실험쥐에게 물어보세요."

"그럼 선생은 우리를 위해 레뉘 헬을 죽이고 마르테 루드에게 총을 쐈다는 겁니까?" 해리가 물었다.

"그래요, 그래! 연구의 제단에 바쳐진 희생양들!"

"그래서 선생 자신과 선생의 인간성을 희생시켰다는 겁니까? 인류를 **이롭게 하기** 위해서?"

"바로 그겁니다, 그래요!"

"그러면 그 사람들은 선생이, 할스테인 스미스가 연구의 정당성을 입증받기 위해 죽은 게 아닙니까? 원숭이가 왕좌에 앉고 역사책에 이름을 남길 수 있도록? 그것이 바로 당신을 이끌어온 원동력이라서?"

"난 여러분한테 뱀파이어병 환자가 어떤 사람이고 무엇을 할 수 있는지 보여줬어요! 그에 대한 경의를 받을 자격이 있지 않나요?"

"음." 해리가 말했다. "그보다 선생은 굴욕당한 남자가 어떤 짓을 할 수 있는지 보여줬습니다."

할스테인 스미스는 머리를 다시 홱 꺾었다. 입을 벌렸다가 닫았다. 하지만 더는 아무 말도 나오지 않았다.

"충분히 들었습니다." 의장이 일어섰다. "이번 논쟁은 끝났습니다. 그리고 경찰관이 계시면 체포해주시길 부탁드려도 될까요—?"

할스테인 스미스는 놀란 듯 재빨리 움직였다. 빠르게 두 걸음에 테이블로 가서 리볼버를 잡아채고는 길게 한 걸음에 청중을 향해서 몸을 돌려 가장 가까이 있는 사람의 이마에 리볼버를 겨누었다.

"일어나!" 그가 으르렁거렸다. "나머지 사람들은 그대로 앉아!"

카트리네는 금발 여자가 일어서는 걸 보았다. 할스테인은 그 여자를 돌려세워 방패처럼 앞에 서게 했다. 울라 벨만이었다. 그녀는 입을 벌리고 말없이 간절하게 앞에 앉은 남자를 보았다. 카트리네는 미카엘 벨만의 뒤통수를 보았지만 그의 얼굴에 어떤 표정이 떠올랐는지는 알지 못했다. 그저 그가 얼어붙은 듯 꼼짝 않고 앉아 있는 것만 보았다. 훌쩍거리는 소리가 들렸다. 메이 스미스였다. 그녀가 의자에서 몸을 옆으로 살짝 기울였다.

"그 여자는 놔줘."

카트리네는 걸걸한 목소리가 들리는 쪽을 돌아보았다. 트룰스 베른트센이었다. 뒷줄에 앉았던 그가 자리에서 일어나 계단으로 내려오고 있었다.

"멈춰, 베른트센." 할스테인이 소리쳤다. "아니면 이 여자를 쏘고 널 쏠 거야!"

하지만 트룰스 베른트센은 멈추지 않았다. 옆에서 본 턱이 평소보다 더 묵직하지만 두툼한 스웨터 속으로 새로운 근육이 도드라졌다. 그는 앞으로 내려와 돌아서서 앞줄을 따라서 할스테인과 울라 벨만 쪽으로 곧장 걸어갔다.

"한 발짝만 더 가까이 오면—."

"나부터 쏴, 스미스, 시간이 없을 테니."

"정 그러시다면."

트룰스는 코웃음을 쳤다. "너 같은 한심한 민간인이 그럴 수 있을 리가—."

카트리네의 귀에 별안간 압력이 느껴졌다. 항공기가 갑자기 하강할 때처럼. 한참 지나서야 그것이 묵직한 리볼버에서 나온 폭발음인 것을 알았다.

트룰스 베른트센은 걸음을 멈추고 그 자리에 서서 흔들렸다. 입이 벌어지고 눈이 튀어나왔다. 카트리네는 그의 스웨터에 난 구멍을 보고 피가 나오기를 기다렸다. 그리고 나왔다. 트룰스는 마지막으로 꼿꼿이 서려고 안간힘을 쓰면서 올라 벨만을 똑바로 보는 듯했다. 그리고 뒤로 넘어갔다.

강당 어디선가 여자가 비명을 질렀다.

"아무도 움직이지 마." 할스테인이 소리치면서 올라 벨만을 앞에 두고 뒷걸음질로 출입구로 향했다. "한 명이라도 일어나는 게 보이면 이 여자를 쏠 거야."

물론 그건 허세였다. 당연히 누구도 위험을 무릅쓰지 않을 터였다.

"볼보 열쇠." 해리가 속삭였다. 그는 아직 서 있었다. 그는 비에른에게 손을 내밀었고, 비에른은 잠시 꾸물거리다가 그의 손에 차 열쇠를 쥐여주었다.

"할스테인!" 해리가 그를 부르고 열 맞춰 놓은 의자들을 따라 움직이기 시작했다. "당신 차는 대학교 방문객 주차장에 있어. 지금 감식반이 그 차를 조사 중이지. 나한테 이 건물 바로 앞에 세워둔 차 열쇠가 있어. 인질로는 내가 나을 거야."

"왜지?" 할스테인이 물으면서 계속 뒷걸음질했다.

"난 침착하니까. 당신에겐 양심이 있고."

할스테인은 멈췄다. 잠시 해리를 물끄러미 보았다.

"저기로 가서 수갑을 차." 할스테인이 테이블 쪽으로 고개를 까딱했다.

해리는 줄줄이 늘어선 좌석 구역에서 빠져나와 바닥에 꼼짝없이 쓰러진 트룰스를 지나고 할스테인과 나머지 사람들을 등진 채 테이블 앞에 섰다.

"내가 볼 수 있게!" 할스테인이 소리쳤다.

해리는 그를 돌아보고 손을 높이 들어 가운데가 체인으로 된 모조품 수갑이 채워진 것을 보여주었다.

"이쪽으로 와!"

해리는 그를 향해 걸었다.

"잠깐!"

카트리네는 할스테인이 총을 잡지 않은 손으로 키가 더 큰 해리의 어깨를 잡고 돌려세워서 그가 살짝 열어둔 문으로 밀고 가는 걸 보았다.

울라 벨만은 반쯤 열린 문을 보다가 남편을 보았다. 미카엘이 손짓으로 울라를 불렀다. 울라는 보폭이 짧고 불안정한 걸음으로 살얼음판을 걷듯 걸었다. 하지만 트룰스 베른트센 앞에서 무릎을 꿇고 주저앉았다. 그리고 피 묻은 스웨터에 머리를 묻었다. 대강당의 정적 속에서 울라의 울부짖음이 총성보다 더 크게 울려 퍼졌다.

해리는 총구가 등에 닿는 걸 느끼며 할스테인 앞에서 걸었다. 젠장, 젠장! 어제부터 구체적으로 계획하면서 온갖 시나리오를 구상했지만 이런 상황이 올 줄은 몰랐다.

해리는 문을 밀었고, 3월의 차가운 공기가 얼굴을 때렸다. 대학 광장이 겨울 햇살 아래 휑했다. 비에른의 볼보 아마존의 검은 페인트가 햇빛 속에서 반짝였다.

"걸어!"

해리는 계단을 내려가 광장에 섰다. 두 번째 걸음에 아래에서 발이 사라지며 옆으로 넘어졌지만 어쩔 수 없었다. 어깨가 빙판에 부딪히면서 통증이 팔과 등을 훑고 내려왔다.

"일어나!" 할스테인이 씩씩거리며 수갑 체인을 잡고 그를 일으켜 세웠다.

해리는 할스테인이 주는 운동량을 이용하면서 그보다 더 좋은 기회가 없을 걸 알았다. 그는 일어서자마자 머리로 할스테인을 들이받았고, 할스테인은 비틀거리며 두 걸음 뒤로 떠밀리다가 뒤로 넘어갔다. 해리가 한 걸음 다가갔지만 할스테인은 땅에 등을 댄 채로 두 손으로 리볼버를 쥐고 해리를 똑바로 겨냥하고 있었다.

"어디 해보시지, 해리. 난 이런 거에 익숙해. 학교 다닐 때 쉬는 시간마다 땅바닥에 쓰러졌거든. 그러니 어디 해봐!"

해리는 리볼버의 총열을 보았다. 그가 할스테인의 코를 들이받아서 찢어진 피부 사이로 허연 뼈가 조금 드러났다. 한쪽 콧구멍 옆으로 피가 줄줄 흐르고 있었다.

"무슨 생각하는지 알아, 해리." 할스테인이 웃었다. "'저자는 2.5미터 떨어진 데서 발렌틴을 쏴 죽이지 못했어.' 그럼 어디 해보셔! 아니면 차 문이나 열든가."

해리는 머릿속으로 필요한 계산을 마쳤다. 그리고 돌아서서 천천히 운전석 문을 열면서 할스테인이 몸을 일으키는 소리를 들었다. 해리는 차에 타고 뜸을 들이며 시동 장치에 열쇠를 꽂았다.

"내가 운전해." 할스테인이 말했다. "비켜."

해리는 그가 시키는 대로 천천히 어설프게 기어를 지나 조수석으로 넘어갔다.

"발을 수갑 위로 넘겨."

해리는 그를 보았다.

"운전하는 동안 그 체인에 목이 감기긴 싫거든." 할스테인은 이렇게 말하면서 리볼버를 들었다. "요가 수련을 안 했다면 그거 아쉽게 됐군. 일부러 시간 끄는 거 알아. 5초 줄 테니, 당장 시작해. 4……."

해리는 딱딱한 좌석이 허용하는 한에서 최대한 뒤로 기대어 수갑 찬 두 손을 앞으로 들고 무릎을 구부렸다.

"3, 2……."

말끔하게 닦인 구두가 어렵게 수갑 체인 너머로 끼워졌다.

할스테인은 차에 타고 해리 너머로 몸을 기울였다. 구식 안전벨트를 끌어당겨서 해리의 가슴과 허리를 가로질러 채우고는 단단히 잡아당기자 해리는 사실상 등받이에 묶인 신세가 되었다. 할스테인은 해리의 재킷 주머니에서 휴대전화를 찾았다. 그리고 운전석의 안전벨트를 채우고 열쇠를 돌렸다. 엔진 속도를 높이고 기어와 씨름했다. 그리고 클러치를 찾아서 반원을 그리며 후진했다. 창문을 내리고 해리의 전화기를 내던지고 자기 것도 던졌다.

그들은 칼 요한스 가로 나가서 우회전했고, 왕궁이 시야에 가득 들어왔다. 신호등이 초록불이었다. 왼쪽으로 돌아서 로터리를 돌고 다시 초록불을 만나고 콘서트하우스를 지났다. 아케르 브뤼게. 차량 흐름이 원활했다. 지나치게 원활한데. 해리는 생각했다. 그와 할스테인이 너무 멀리 가버리면 순찰차와 경찰 헬리콥터가 수색할 구역이 넓어지고 도로에 방어벽도 더 많이 세워야 할 터였다.

할스테인은 피오르를 내다봤다. "오슬로는 이렇게 아름다운 날이 드물어, 안 그런가?"

그가 콧소리로 말했고, 이어서 희미하게 휘파람 같은 소리가 났다. 코가 부러진 것 같았다.

"참 조용한 길동무로군." 할스테인이 말했다. "하긴 오늘 할 말은 다 하셨겠지."

해리는 눈앞의 고속도로를 보았다. 카트리네가 휴대전화로 그들을 추적할 수는 없지만 할스테인이 간선도로를 타기만 한다면 곧 발견될 거라는 희망이 있었다. 헬리콥터에서 내려다보면 지붕에서 트렁크까지 레이싱카 줄무늬가 그려진 차량은 다른 차들 사이에서 쉽게 눈에 띌 터였다.

"그자가 날 찾아왔어. 알렉산데르 드레위에르라고 이름을 대고는, 핑크플로이드와 자기가 듣는 목소리들에 관해 말하고 싶다더군." 할스테인이 고개를 저었다. "그런데 당신도 알다시피 난 사람들을 읽는 재주가 뛰어나. 곧바로 요놈은 예사 인간이 아니라 아주 희귀한 사이코패스란 걸 알았지. 그래서 나는 그자가 자신의 성적 기호에 대해 한 말을 이용해서 도덕성 문제를 전문으로 하는 심리학자들에게 확인했고, 결국 내가 어떤 작자를 상대하는지 알았어. 그자의 딜레마가 뭔지도 알았지. 자신의 사냥 본능을 절박하게 따르고 싶어하면서도 단 하나의 실수, 하나의 희미한 의심, 하나의 어리석고 사소한 부분으로 인해 덜미를 잡혀서 경찰이 알렉산데르 드레위에르를 추적할 수 있다는 걸 알았지. 바로 그거였어. 내 얘기 듣고 있나, 해리?" 할스테인이 해리를 흘끔 보았다. "놈이 다시 사냥에 나서려면 완벽히 안전하다는 확신이 필요했어. 선택권이 없는 완벽한 사례였지. 줄을 매달고 우리를 열어놓기만 하면 던져주는 건 닥치는 대로 먹고 마시게 되어 있었으니. 하지만 먹이를 던져주는 사람이 나라는 걸 밝히면 안 됐지. 그래서 발렌틴이 체포되어 자백할 때 발각될 가상의 조종자, 피뢰침이 필요했어. 언젠가는 잡혀서 지도와 현실의 지형이 일치한다는 것을 입증해줄 사람, 충동적이고 유아적이고 혼란스러운 뱀파이어병 환자에 관한 내 논문의 주장을 확인시켜줄 사람. 레뉘 헬은 찾는 이 하나 없는 외딴집에 혼자 사는 은둔자였어. 어느 날 담당 심리치료사의 가정방문을 받았지. 머리에는 닭매 탈을 쓰고, 손에는 커다란 붉은색 리볼버를 든 심리학자. 까악, 까악, 까악!" 할스테인은 큰소리로 웃었다. "레뉘가 내 노예가 된 걸 깨달았을 때 그 친구 얼굴을 봤어야 하는데. 우선 내 환자 기록을 그 친구 서재로 갖고 올라가게 했어. 그리고 그 집 사람들이 돼지를 옮길 때 쓰던 우리를 지하실로 옮겼어. 그때였을 거야. 내가 그 망할 수도관에 머리를 찧은 게. 우리 안에 레뉘와 매트리스를 넣고, 레뉘에게 수갑을 채우고 사슬로 묶었어. 그리고 레뉘를 거기에 앉혔지. 그 녀석이 스토킹한 여자들에 관한 정보를 캐내고 그 여자들의 아파트 열쇠를 복사하고 이메일 비밀번호를 알아내서 레뉘의 컴퓨터에서 발렌틴에게 이메일을 보낼 수 있게 되자 레뉘는 더 이상 필요하지 않았어. 그래도 그자를 죽이고 자살로 꾸미려면 기다려야 했어. 발렌틴이 잡히거나 죽어서 경찰이 레뉘를 너무 빨리 찾아낼 경우 첫 번째 살인에 대한 레뉘의 알리바이를 빈틈없이 짜둬야 했거든. 레뉘가 엘리세 헤르만센에게 전화로 연락해서 경찰이 레뉘의 알리바이를 확인할 게 뻔했으니까. 그래서 내가 발렌틴한테 엘리세를 죽이라고 지시한 시각에 레뉘를 동네 피자집으로 데려가서 사람들이 그 친구를 보게 했지. 사실 테이블 밑으로 그 볼트건을 레뉘에게 겨냥하는 데 집중하느라 피자 베이스에 견과류가 들어간 줄 몰랐어. 하지만 너무 늦었지."

웃음소리. "그래서 레뉘는 그 우리 안에서 혼자서 긴 시간을 보내야 했어. 당신이 매트리스에서 레뉘 헬의 정액을 발견하고 그 친구가 거기서 마르테 루드를 성폭행한 걸로 결론을 내릴 때 어찌나 우습던지."

그들은 뷔그뙤위를 지났다. 그리고 스나뢰야를 지났다. 해리는 자기도 모르게 초를 헤아렸다. 그들이 대학 광장을 빠져나온 지 10분이 지났다. 해리는 아무것도 없는 파란 하늘을 보았다.

"마르테 루드는 강간당한 적이 없어. 내가 그 여자를 숲에서 지하실로 끌고 내려와 바로 쐈거든. 발렌틴이 그 여자를 망가뜨려놔서 자비를 베푸는 마음으로 죽여준 거야." 할스테인이 해리를 돌아보았다. "그건 고마워해주길 바라네, 해리. 해리? 내가 말이 너무 많은 것 같나, 해리?"

그들은 회비코덴에 가까워졌다. 왼편으로 오슬로 피오르가 다시 나타났다. 해리는 계산했다. 경찰이 아스케르에 방어벽을 설치할 시간이 있었을 테고, 10분 후면 그곳에 도착할 것이다.

"당신이 나한테 수사에 참여해달라고 부탁했을 때 그게 나한테 얼마나 큰 선물이었을지 상상이 가나, 해리? 어찌나 놀랐던지 처음에는 싫다고 거절했지. 그러다가 내가 그 자리에 앉아 모든 정보를 얻는다면 당신들이 발렌틴한테 접근해서 그자가 더 이상 작업을 수행할 수 없게 될 때 미리 경고해줄 수 있겠다는 생각이 들었어. 그러면 내 뱀파이어병 환자가 퀴르텐, 하이, 체이스 같은 자들을 능가하고 가장 위대한 환자가 될 테니까. 그런데 그자의 목욕탕을 감시할 줄은 몰랐지. 그때 우리가 이 차를 타고 그리로 갈 때까지도. 게다가 난 발렌틴에 대한 통제력을 잃기 시작했어. 녀석은 바텐더를 죽이고 마르테 루드를 납치했지. 다행히 알렉산데르 드레위에르의 정체가 그 현금인출기에서 발각되었다는 소식을 듣고 늦지 않게 도망치라고 경고할 수 있었어. 그쯤 되자 발렌틴도 배후에서 조종하는 사람이 바로 나, 자신의 옛 심리학자란 걸 알아챘지만, 그런들 어쩌겠어? 자기와 한 배를 탄 사람이 누군지 안다고 해봐야 달라질 게 없었어. 하지만 난 그물망이 점점 좁혀오는 걸 느낄 수 있었어. 오래전부터 계획한 대단원의 막을 내릴 때가 왔다는 걸 알았지. 그에게 당장 아파트에서 나와서 플라자 호텔에 투숙하라고 했어. 물론 오래 머물 수 있는 장소는 아니지만 그래도 헛간과 사무실 열쇠를 복제한 열쇠가 담긴 봉투를 보내고 모두가 잠자리에 든 자정까지 숨어 있으라고 지시할 수 있었지. 그가 뭔가를 의심하기 시작할 수도 있다는 걸 배제할 수 없었지만 자신의 정체가 드러난 마당에 발렌틴에게 무슨 대안이 있겠어? 내가 믿을 수 있는 사람이라는 쪽에 거는 수밖에. 그래도 함정을 파놓은 내 공로 하나는 인정해줘야 할 거야, 해리. 당신과 카트리네한테 전화해서 목격자를 만든 데다 보안카메라 화면까지 확보해줬잖아. 그래, 물론 냉혈한 같은 방법이라고 볼 수도 있겠지. 공개적인 발언으로 연쇄살인범을 들쑤시고 정당방위로 범인을 죽인 영웅적인 학자의 이야기를 날조하면서. 그래, 사실 완벽히 정상적인 공개논쟁에 각국의 언론이 참석하고 열네 개 회사가 내 논문의 판권을 사들인다는 뜻이기도 했지. 결국에는 모든 건 연구, 학문으로 귀결돼. 이게 발전이야, 해리. 지옥으로 가는 길을 선한 의도로 닦을 순 있지만 그 길은 계몽적이고 인도적인 미래로 가는 길이기도 해."

올레그는 차에 시동을 걸었다.

"울레볼 병원 응급센터로!" 뒷좌석에서 금발의 젊은 수사관이 소리쳤다. 그의 무릎에 트룰스 베른트센의 머리가 있었다. 둘 다 트룰스의 피로 흠뻑 젖었다. "액셀 밟고 사이렌 울려!"

올레그가 클러치를 풀려고 할 때 뒷문이 홱 열렸다.

"안 돼요!" 안데르스가 무섭게 소리쳤다.

"비켜, 안데르스!" 스테펜스였다. 그는 억지로 차에 타면서 젊은 수사관을 옆으로 밀쳤다.

"다리를 위로 들어." 스테펜스가 소리치면서 트룰스의 머리를 잡았다. "그래야—."

"피가 심장과 뇌로 가죠." 안데르스가 말했다.

올레그는 클러치를 풀고 주차장에서 빠져나와 도로로 나가면서 땡땡 종을 울리는 전차와 성난 택시 사이로 달렸다.

"어때 보이나?"

"직접 보시죠." 안데르스가 으르렁거렸다. "의식이 없고 맥박이 약하지만 호흡은 있어요. 보시다시피 총알이 오른쪽 흉곽에 박혔어요."

"그건 괜찮아." 스테펜스가 말했다. "문제는 등이야. 이 사람을 뒤집게 도와줘." 올레그는 백미러로 보았다. 그들이 트룰스 베른트센을 옆으로 돌리고 스웨터와 셔츠를 찢었다. 올레그는 다시 도로에 집중하고 경적을 울리며 화물차를 지나치고 빨간불 앞에서 더 밟아서 교차로를 통과했다.

"아, 젠장." 안데르스가 신음했다.

"그래, 구멍이 크군." 스테펜스가 말했다. "총알에 갈비뼈 일부가 날아간 것 같아. 울레볼에 도착하기 전에 피를 다 잃을 거야. 만약……."

"만약……?"

올레그는 스테펜스가 숨을 깊이 들이쉬는 소리를 들었다. "네 엄마 때보다 더 잘하지 못하면 말이지. 손등을 상처 부위 양 옆에 대고, 그래, 꾹 눌러. 상처 부위를 최대한 닫아야 해. 다른 방법은 없어."

"손이 자꾸 미끄러져요."

"이 사람 셔츠를 찢어서 그걸로 마찰력을 만들어."

올레그는 안데르스의 무거운 숨소리를 들었다. 백미러로 다시 보았다. 스테펜스가 손가락 하나를 트룰스의 가슴에 대고 다른 손가락으로 톡톡 두드리고 있었다.

"타진법을 시도하려는데, 좁아서 귀를 댈 수가 없어." 스테펜스가 말했다. "네가 어떻게 좀……?"

안데르스는 상처 부위에서 손을 떼지 않은 채 몸을 앞으로 숙였다. 머리를 트룰스의 가슴에 댔다. "소리가 아주 약해요. 공기가 없는 걸까요, 혹시?"

"응, 혈흉증인 것 같아." 그의 아버지가 말했다. "흉강 내에 피가 가득 차서 폐가 곧 무너질 거야. 올레그……."

"알았어요." 올레그가 대답하고 액셀러레이터를 꾹 밟았다.

카트리네는 대학 광장 한가운데에 서서 전화기를 귀에 대고 구름 한 점 없는 텅 빈 하늘을 쳐다보았다. 아직은 보이지 않았지만 가르데모엔의 경찰 헬리콥터에 북쪽에서 오슬로로 내려오면서 E6 고속도로를 살펴보라고 지시한 터였다.

"아뇨, 추적 가능한 휴대전화는 없습니다." 카트리네가 도시의 각 구역에서 다가오면서 한데 섞이는 사이렌 소리 너머로 소리쳤다. "톨게이트에서 들어온 신고도 없고요. 남쪽 방향의 E6와

E18에 방어벽을 설치하는 중이에요. 뭐라도 들어오면 전달할게요."

"알았습니다." 시베르트 폴카이드가 전화선 너머에서 말했다. "대기하고 있습니다."

카트리네는 전화를 끊었다. 다른 전화가 왔다.

"아스케르 경찰입니다. E18에 있습니다. 여기에 트레일러 트럭을 세워두고 아스케르로 들어가는 진입로 바로 뒤의 도로를 막고 그쪽에서 나가는 교통량과 교차로에서 고속도로로 들어오는 교통량을 걸러내고 있습니다. 레이싱카 줄무늬가 있는, 검은색 1970년대 볼보 아마존 맞죠?"

"네."

"도주용 차량으로는 세계 최악의 선택이라고 볼 수 있군요."

"그러기를 바라야죠. 계속 연락해주세요."

비에른이 가볍게 뛰어왔다. "올레그랑 그 의사가 트룰스를 울레볼 병원으로 데려가고 있어." 그가 숨을 헐떡이며 말했다. "안데르스 뷜레르도 같이 갔고."

"살아날 가능성이 얼마나 될까?"

"나야 죽은 시신만 봐서."

"트룰스도 그렇게 보였어?"

비에른 홀름이 어깨를 으쓱했다. "피를 흘리고 있었으니 아직은 피가 다 빠져나간 건 아니라는 뜻이지."

"라켈은?"

"강당에서 벨만 부인과 같이 있어. 이 일로 무척 상심했을 거야. 벨만은 어디선가, 상황의 개요를 파악할 수 있는 곳에서 작전을 지휘해야 한다면서 급히 떠났어."

"개요?" 카트리네가 코웃음을 쳤다. "개요라는 걸 파악할 수 있는 곳은 **여기**뿐이라고!"

"알아, 그래도 진정해, 자기, 우리 꼬마가 스트레스 받으면 안 되잖아."

"빌어먹을, 비에른." 카트리네는 전화기를 움켜잡았다. "해리가 뭘 계획하는지 왜 말해주지 않았어?"

"나도 몰랐어."

"자기도 몰랐어? 해리가 과학수사과를 불러서 할스테인의 차량을 검사하라고 했다면 뭐든 알았을 거 아니야."

"그런 적 없어. 허세야. 수도관에서 발견된 DNA의 날짜도 그렇고."

"뭐?"

"법의학연구소에서는 DNA가 얼마나 오래되었는지 판별하지 못해. 해리가 할스테인의 DNA가 두 달 이상 된 것으로 밝혀졌다고 한 말은 거짓이야."

카트리네는 비에른을 보았다. 자신의 가방에 손을 집어넣어 해리가 준 노란색 서류철을 꺼냈다. 펼쳐보았다. A4 용지 석 장이 나왔다. 모두 백지였다.

"허세라니까." 비에른이 말했다. "스타일로메트리로 뭐든 밝혀낼 수는 있지만, 그러려면 텍스트가 적어도 5천 자는 돼야 해. 발렌틴에게 보낸 짧은 이메일로는 작성자의 신원에 관해 아무것도 밝히지 못해."

"손에 쥔 게 아무것도 없었군." 카트리네가 중얼거렸다.

"하나도 없었어!" 비에른이 말했다. "그냥 자백을 받아내려고 한 거야."

"젠장!" 카트리네는 전화기를 이마에 댔다. 따뜻하게 하려고 하는지 열을 식히려 하는지 몰랐다. "그런데 왜 아무 말도 해주지 않은 거야? 망할, 밖에 무장경찰을 배치할 수도 있었잖아."

"아무것도 말할 수 없었으니까요."

스톨레 에우네의 목소리였다. 그가 어느새 그들 옆에 와서 서 있었다.

"왜죠?"

"간단합니다." 스톨레가 말했다. "해리가 경찰에 있는 누군가에게 계획을 알렸다면, 그럼에도 경찰이 이미 개입하지 않았다면 아까 강당에서 벌어진 상황은 사실상 경찰 심문이 됐을 겁니다. 규정에서 한참 벗어난 심문요. 심문받는 당사자에게 권리를 통보하지 않고 심문하는 사람이 의도적으로 거짓말을 해서 엉뚱한 방향으로 이끌어간 거죠. 그랬다면 오늘 스미스가 한 말은 법정에서 전혀 채택되지 못할 겁니다. 하지만 지금 상황이라면……."

카트리네 브라트가 눈을 깜빡였다. 그리고 천천히 고개를 끄덕였다. "해리 홀레는 민간인 강사로서 논쟁에 참여한 거고, 스미스는 자유 의지로 여러 증인이 보는 앞에서 털어놓은 거죠. 알고 계셨어요, 스톨레?"

스톨레 에우네는 고개를 끄덕였다. "해리가 어제 전화했어요. 할스테인 스미스를 향하는 모든 정황에 관해 들려줬어요. 그런데 증거가 없다고 하더군요. 그래서 공개논쟁을 이용해서 원숭이 덫을 놓겠다며 내 도움이 필요하다고 했습니다. 스테펜스 박사를 전문가 증인으로 이용할 거라고."

"뭐라고 대답하셨어요?"

"할스테인 스미스, 그 '원숭이'는 전에도 한번 스스로 덫에 들어간 적이 있어서 또 그럴 것 같지는 않다고 했어요."

"그런데요?"

"해리가 이론으로 반박했죠. 스톨레 에우네의 논문을 인용하면서."

"인간은 악명이 높다." 비에른이 말했다. "같은 실수를 저지르고 또 저지르는 걸로."

"맞아요." 스톨레가 고개를 끄덕였다. "게다가 스미스는 경찰청 엘리베이터에서 해리에게 길게 사는 것보다 박사학위를 받는 게 낫다고 말한 적이 있고요."

"원숭이 덫으로 곧장 걸어 들어갔군요, 멍청하게." 카트리네가 으르렁거렸다.

"자기 별명에 걸맞게 행동한 거죠."

"해리 말이에요."

스톨레가 고개를 끄덕였다. "난 이만 강당으로 돌아가봐야겠어요. 벨만 부인께 도움이 필요해요."

"저도 같이 가서 범죄현장을 보존할게요." 비에른이 말했다.

"범죄현장?" 카트리네가 물었다.

"트룰스 베른트센."

"아, 그래. 그래."

남자들이 떠나고 카트리네는 하늘을 보았다. 헬리콥터는 어디로 갔지?

"빌어먹을, 빌어먹을, 해리 홀레." 카트리네가 중얼거렸다.

"그분 잘못일까요?"

카트리네가 돌아보았다.

모나 도가 서 있었다. "방해하고 싶지 않습니다만. 사실 제가 지금 근무하는 건 아니지만 인터넷에서 보고 왔습니다. 〈VG〉를 이용해서 뭐든 하실 말씀이, 할스테인 스미스에게 보낼 메시지든 뭐든 있으신지……."

"고마워요, 모나, 연락할게요."

"좋아요." 모나 도는 돌아서서 예의 그 펭귄 걸음으로 떠나려 했다.

"사실 공개논쟁 자리에 기자님이 안 보여서 놀랐어요." 카트리네가 말했다.

모나 도가 걸음을 멈추었다.

"뱀파이어병 사건의 담당 기자셨잖아요." 카트리네가 말했다.

"안데르스가 말씀드리지 않았군요."

모나 도가 안데르스 뷜레르의 이름을 언급하는 어조에 뭔가가 있어서 카트리네는 한쪽 눈썹을 올렸다. "말하다뇨?"

"네, 안데르스랑 저요, 우린……."

"농담이죠?" 카트리네가 말했다.

모나 도가 웃었다. "아뇨. 실질적인 문제, 그러니까 직업적인 문제가 걸린 건 알지만 농담하는 거 아니에요."

"둘이 언제……?"

"지금요. 저희 둘 다 며칠 휴가를 내서 안데르스의 작은 아파트에서 밀실 공포를 느낄 만큼 붙어 지내면서 우리가 서로 잘 맞는지 알아봤어요. 일단 알아본 다음에 누구한테든 말해야 할 것 같았거든요."

"그럼 아무도 몰라요?"

"해리가 갑자기 들이닥치는 바람에 현장에서 걸릴 뻔했죠. 안데르스는 해리가 눈치를 챘을 거래요. 그러고는 해리가 〈VG〉로 전화해서 절 찾았다더군요. 확인하려고 그랬던 거 같아요."

"그 사람이 의심하는 거 하나는 뛰어나거든요." 카트리네가 하늘을 쳐다보며 헬리콥터를 찾았다.

"알죠."

해리는 할스테인이 숨을 들이쉬고 내쉴 때 나는 희미한 휘파람 소리를 들었다. 그리고 피오르에서 이상한 뭔가를 보았다. 물 위를 걷는 것처럼 보이는 개. 해빙수. 영하의 날씨인데도 얼음판의 갈라진 틈새로 바닷물이 올라왔다.

"내 눈에 뱀파이어병이 보이는 건 단지 내가 그것이 존재하기를 원해서라는 비난을 들었지." 할스테인이 말했다. "그런데 이제 그게 최종적으로 입증됐고, 곧 전 세계가 스미스 교수의 뱀파이어병이 뭔지 알게 될 거야. 난 어떻게 되든 상관없이. 게다가 발렌틴이 유일한 사례가 아니고 더 나타날 거야. 세계가 뱀파이어병에 주목하게 될 거야. 장담해, 이미 시작됐어. 전에 나한테 물었지? 인정받는 게 목숨보다 중요하냐고. 물론이야. 인정받으면 영생하는 거야. 당신도 영생을 얻게 될 거야, 해리. 할스테인 스미스, 한때 원숭이라 불리던 사나이를 잡을 뻔한 남자로. 내가 말을 너무 많이 하는 것 같나?"

그들은 이케아 매장으로 다가가고 있었다. 5분 안에 아스케르에 도착할 터였다. 할스테인은 도로가 정체되어도 개의치 않을 것이다. 원래 자주 막히는 길이므로.

"덴마크." 할스테인이 말했다. "거긴 봄이 더 빨리 와."

덴마크? 할스테인이 이제 정신증으로 넘어간 건가? 건조하게 딸깍하는 소리가 났다. 표시등이 켜졌다. 아니, 아니다. 간선도로에서 벗어나고 있었다! 네쇠야라는 지명이 적힌 교통 표지판이 보였다.

"해빙수가 충분해서 얼음판 끝까지 나갈 수 있을 거야. 안 그래? 초경량 알루미늄 보트에 한 사람만 타면 너무 깊이 가라앉지는 않을 테고."

보트. 해리는 이를 악물고 나직이 욕을 했다. 보트 창고. 할스테인이 아내가 물려받은 유산이라고 말한 그 보트 창고. 그들은 그곳으로 가고 있다.

"스카게라크 해협은 130해리*야. 평균속도 20노트**. 얼마나 걸릴까, 해리? 수학을 잘한다며?" 할스테인이 웃었다. "내가 이미 계산을 마쳤지. 계산기로. 여섯 시간 반. 거기서 덴마크까지는 버스로 갈 수 있고, 그건 얼마 안 걸려. 그리고 코펜하겐. 뇌레브로. 붉은 광장. 벤치에 앉아서 버스 티켓을 들고 여행사 직원을 기다리는 거야. 우루과이 어때? 괜찮은 나라지. 다행히 보트 창고까지는 내가 이미 길을 치우고 차 한 대가 들어갈 공간을 마련해놨어. 안 그랬으면 이렇게 지붕에 줄무늬가 떡하니 그려진 차는 헬리콥터에 금방 포착됐을 거야, 안 그래?"

해리는 눈을 감았다. 할스테인이 진즉에 도주 경로를 짜놓은 것이다. 만일에 대비해서. 그리고 해리에게 지금 그 계획을 말하는 이유는 하나밖에 없었다. 해리가 다른 누구에게 말할 가능성이 없으므로.

"좌회전해서 곧장 가." 스테펜스가 뒷좌석에서 말했다. "17번 건물."

---

* 1해리는 1.852킬로미터. 130해리는 240.76킬로미터.
** 1노트는 한 시간에 1해리를 운동한 속력의 단위. 20노트는 시속 37.04킬로미터.

올레그는 차를 돌리다가 바퀴가 얼음판에서 잠시 떨어졌다가 다시 붙는 느낌을 받았다.

병원 부지 안에는 속도제한이 있을 것 같았지만 트룰스에게는 시간과 피 모두 부족했다.

올레그는 출입문 앞에서 브레이크를 밟았다. 노란 긴급의료원 튜닉을 입은 남자 둘이 이동식 병상을 대기시켜놓았다. 그들은 능숙한 동작으로 트룰스를 뒷좌석에서 꺼내서 병상에 실었다.

"맥이 잡히지 않아요." 스테펜스가 말했다. "곧장 하이브리드 수술실*로 데려가요. 심폐소생술 전담팀이—."

"이미 와 있습니다." 나이 많은 긴급의료원이 말했다.

올레그와 안데르스는 병상을 따라갔고, 스테펜스는 문 두 개를 지나 여섯 명이 한 팀으로 모자와 고글과 은회색 튜닉을 입고 기다리는 방으로 들어갔다.

"고맙습니다." 여자가 이렇게 말하고 어떤 몸짓을 했고, 올레그는 그와 안데르스가 더 들어갈 수 없다는 뜻으로 알아들었다. 이동식 병상과 스테펜스와 의료진이 흔들리며 닫히는 두 개의 넓은 문 뒤로 사라졌다.

"강력반에서 일하시는 건 알았지만." 다시 주위가 조용해지자 올레그가 말했다. "의학을 공부하신 줄은 몰랐네요."

"안 했어요." 안데르스가 닫힌 문을 보면서 말했다.

"그래요? 아까 차에서 그렇게 들렸는데."

"대학 시절에 혼자 의학서적 몇 권을 읽긴 했지만 제대로 공부한 적은 없어요."

---

* 한 장소에서 혈관 내 시술과 외과 수술이 모두 가능하게 하는 혈관조영장비와 수술 장비를 갖춘 첨단 수술실.

"왜요? 성적 때문에?"

"성적은 괜찮았어요."

"그럼요?" 올레그는 정말로 궁금해서 묻는 건지, 해리에게 무슨 일이 생겼을까 걱정하는 마음을 잊으려고 묻는 건지 몰랐다.

안데르스는 자신의 피 묻은 손을 보았다. "그쪽이나 나나 사정이 비슷한 거 같군요."

"저요?"

"저도 아버지처럼 되고 싶었어요."

"그런데요?"

안데르스가 어깨를 으쓱했다. "그러다 그렇게 되고 싶지 않아졌어요."

"대신 경찰에 들어가고 싶었던 건가요?"

"적어도 그러면 그분을 구할 수 있었을 테니까요."

"그분?"

"어머니요. 아니면 어머니와 같은 처지의 사람들. 그렇게 생각했어요."

"어떻게 돌아가셨는데요?"

안데르스는 다시 어깨를 으쓱했다. "집에 강도가 들고 인질극이 벌어졌어요. 아버지와 저는 멍하니 서서 구경만 했고요. 아버지가 극도로 당황했고, 강도가 어머니를 찌르고 달아났어요. 아버지는 이성을 잃고 뛰어다니면서 저한테 가위를 찾을 때까지 어머니를 건드리지 말라고 소리를 질렀어요." 안데르스가 마른침을 삼켰다. "내 아버지, 고문의사인 분이 가위를 찾아다니는 동안 전 가만히 서서 어머니가 피 흘리며 죽어가는 걸 지켜보기만 했죠. 나중에 의사들이랑 얘기하다가 그때 바로 응급처치만 했어도 어머니를 살릴 수 있었다는 걸 알았어요. 아버지는 혈액학자예요. 아버지한테 피에 관해 알아야 할 모든 것을 교육하는 데 국가가 막대한 돈을 투자했죠. 그런데도 어머니가 피를 잃는 걸 막는 간단한 조치조차 취하지 못했죠. 배심원단이 아버지가 생명을 살리는 일에 관해 얼마나 많이 아는지 알았다면 살인죄로 유죄판결을 내렸을 거예요."

"아버지가 실수하셨군요. 실수하는 게 인간이죠."

"그런데도 진료실에 앉아서 자기가 남들보다 우월한 줄 알죠. 단지 고문의사라고 자신을 소개할 수 있다는 이유로." 안데르스의 목소리가 떨렸다. "보통 수준의 자격을 갖추고 한 일주일 근접 전투 훈련을 받은 경찰이라면 강도가 어머니를 찌르기 전에 제압할 수 있었을 겁니다."

"오늘은 실수하지 않으셨어요." 올레그가 말했다. "스테펜스 박사님이 아버지 맞죠?"

안데르스가 고개를 끄덕였다. "부패하고 나태한 트룰스 같은 인간의 목숨을 살릴 때는 실수하지 않으시죠."

올레그는 손목시계를 보았다. 전화기를 꺼냈다. 엄마에게 온 메시지가 없었다. 다시 전화기를 넣었다. 엄마는 그가 해리를 도울 수 있는 일은 없다고 했다. 대신 트룰스 베른트센을 도울 수 있다고 했다.

"제가 상관할 바는 아니지만," 올레그가 말했다. "아버지한테 얼마나 많은 걸 포기했는지 물어본 적 있어요? 혈액에 관한 모든 것을 이해하기 위해 얼마나 오래 노력하셨는지, 그걸로 살려낸 사람이 얼마나 많은지?"

안데르스는 고개를 숙인 채 가로저었다.

"안 해봤어요?" 올레그가 물었다.

"아버지랑 대화를 안 해요."

"전혀?"

안데르스는 어깨를 으쓱했다. "집에서 나왔어요. 이름도 바꿨고."

"뷜레르는 어머니 성인가요?"

"네."

그들은 문이 닫히기 전에 은색 옷을 입은 남자가 수술실로 급히 들어가는 걸 보았다.

올레그는 헛기침을 했다. "말했다시피 내 알 바 아니에요. 다만 아버지한테 너무하다고 생각하지 않아요?"

안데르스는 고개를 들었다. 올레그의 눈을 보았다. "그쪽 말이 맞아요." 그리고 천천히 고개를 끄덕였다. "그쪽이 상관할 일이 아니에요." 그러고는 일어나서 출구로 향했다.

"어디 가요?" 올레그가 물었다.

"대학으로 돌아가려고요. 데려다줄래요? 아니면 버스 타고 갈게요."

올레그는 일어서서 그를 따라갔다. "거긴 이미 사람이 많아요. 하지만 여기에는 곧 죽을지도 모르는 경찰이 있어요." 올레그는 안데르스를 따라잡고 그의 어깨에 손을 얹었다. "지금 당장은 경찰인 당신이 보호자예요. 그러니 가면 안 돼요. 저 사람한테는 당신이 필요해요."

올레그는 안데르스를 돌려세우다 그의 눈가가 젖은 것을 보았다.

"두 사람 모두에게 당신이 필요해요." 올레그가 말했다.

해리는 뭐든 해야 했다. 신속히.

할스테인은 간선도로에서 벗어나 양옆에 눈이 높이 쌓인 비좁은 숲속 도로를 따라 조심스럽게 차를 몰았다. 그들과 언 바다 사이에 빨간색 보트 창고가 있었다. 보트 창고의 이중문에 흰색 나무 판이 끼워져 있었다. 도로 양쪽에 하나씩 집 두 채가 보이기는 했지만 나무와 바위로 가려진 데다 멀리 떨어져 있어서 도움을 요청할 방법은 없었다. 해리는 숨을 깊이 들이마시고 혀로 윗입술을 핥았다. 비릿한 쇠 맛이 났다. 몹시 추운데도 셔츠 속에서 땀이 흐르는 것 같았다. 생각을 짜냈다. 할스테인이 생각하는 방식대로 생각해보려 했다. 덴마크까지 실어다줄, 갑판 없는 작은 배. 완벽하게 가능하면서도 아주 대담해서 경찰은 고려조차 하지 않을 도주로. 그리고 그는 어떤가? 할스테인은 그에 관한 문제를 어떻게 해결할 생각일까? 해리는 해를 입지 않기를 바라는 절박한 목소리를 애써 차단했다. 자신이 이미 모든 것을 잃었으며 불가피한 상황에 맞서봐야 고통만 커질 뿐이라고 말하는 차분하고 무덤덤한 목소리 역시 차단했다. 대신에 냉정하고 논리적인 목소리에 귀를 기울였다. 그 목소리는 해리가 더 이상 인질로서 가치가 없고 할스테인이 보트에 올라타는 걸 지체시킬 뿐이라고 말해주었다. 할스테인은 총을 쓰는 데 두려움이 없고 이미 발렌틴과 경찰을 쏜 일이 있다. 그리고 여기서도, 차에서 내리기도 전에 그럴 것 같았다. 그래야 소음이 최대한 덮일 테니.

해리는 몸을 숙여보려 했지만 세 포인트로 고정된 안전벨트에 묶여 옴짝달싹할 수 없었다. 게다가 수갑에 등허리의 잘록한 부분이 눌리고 손목 살갗이 쓸렸다.

보트 창고까지 약 100미터.

해리는 고함을 질렀다. 배 속 깊은 곳에서 올라오는 투박하고 덜커덕거리는 소리였다. 그리고 몸을 옆으로 흔들면서 머리를 옆 창문에 박았다. 창문에 금이 가고 유리창에 하얀 장미 문양이 생겼다. 그는 으르렁거리며 다시 머리를 받았다. 장미 문양이 더 커졌다. 세 번째도. 유리 한 조각이 떨어졌다.

"닥쳐, 아니면 당장 쏜다!" 할스테인이 고함을 지르고 해리에게 리볼버를 겨냥하면서 한 눈은 도로를 보았다.

해리가 물었다.

잇몸이 눌려서 고통이 느껴지고 금속성의 맛이 났다. 대강당에서 할스테인을 등지고 테이블 앞에 섰을 때 재빨리 쇠이빨을 집어 입에 끼우고 수갑을 찼다. 그때부터 계속 쇠 맛이 났다. 날카로운 쇠이빨이 할스테인 스미스의 손목에 이상할 정도로 쉽게 박혔다. 할스테인의 비명이 차 안에 울려 퍼졌고, 리볼버가 해리의 왼쪽 무릎에 부딪혀 두 발 사이로 떨어졌다. 해리는 목 근육에 힘을 주어 할스테인의 팔을 오른쪽으로 당겼다. 할스테인은 운전대를 놓고 해리의 머리를 쳤지만 그 역시 안전벨트에 묶여서 팔을 제대로 뻗지 못했다. 해리는 입을 벌리고 꾸르륵 소리를 들으며 다시 물었다. 입 속에 뜨끈한 피가 가득했다. 동맥을 건드렸을 수도 있고 아닐 수도 있었다. 그는 입에 든 걸 삼켰다. 걸쭉해서 브라운소스를 마시는 느낌이 들었고 구역질나게 달았다.

할스테인은 왼손으로 다시 운전대를 잡았다. 해리는 그가 브레이크를 밟을 줄 알았지만 그는 오히려 액셀러레이터를 밟았다.

볼보 아마존이 빙판에서 빙 돌다가 비탈길로 질주했다. 보트 창고 문에 걸린 나무 빗장은 1톤이 넘는 차체에 부딪혀 성냥개비처럼 부러지고 문이 경첩에서 떨어져나갔다.

해리는 안전벨트에 묶인 채 앞으로 쏠렸고, 차가 4미터 가까운 금속 보트의 뒤쪽을 들이받아 보트가 보트 창고의 바다 쪽 문으로 떠밀려나갔다.

해리는 시동장치에 꽂힌 열쇠가 부러지고 시동이 꺼진 걸 알았다. 할스테인이 팔을 빼려 하자 이빨과 입에 지독한 통증이 일었다. 그래도 계속 물고 있어야 했다. 그런다고 치명적인 손상이 가기 때문은 아니었다. 동맥을 뚫었다 해도, 자해해본 사람들은 알겠지만, 손목의 동맥은 얇아서 할스테인이 피 흘리다 죽기까지 몇 시간이 걸릴 수도 있다. 할스테인이 다시 팔을 비틀었지만 이번에는 힘이 더 약했다. 그의 낯빛이 창백했다. 그가 피를 못 보는 사람이라면 기절시킬 수도 있지 않을까? 해리는 있는 힘껏 더 꽉 물었다.

"나 피 흘리는 거 알아, 해리." 할스테인의 목소리는 힘이 없지만 차분했다. "페터 퀴르텐, '뒤셀도르프의 뱀파이어'가 처형되기 직전에 카를 베르그 박사에게 질문을 던진 거 아나? 퀴르텐은 베르그 박사에게 의식을 잃기 전에 자신의 잘린 목에서 피가 뿜어져 나오는 소리를 들을 시간이 있겠냐고 물었어. 그렇다면 그 쾌락이 다른 모든 쾌락을 압도할 거라면서. 아쉽게도 이건 처형 축에도 못 끼고, 내 쾌락의 시작일 뿐이야."

할스테인은 재빨리 왼손으로 안전벨트를 풀고 해리 쪽으로 몸을 숙여서 그의 무릎으로 머리를 들이밀고 바닥으로 손을 뻗었다. 몸을 더 기울이며 머리는 해리 쪽으로 돌리고 팔을 좌석 밑으로 더 깊이 뻗었다. 해리는 할스테인의 입술에 미소가 번지는 걸 보았다. 리볼버를 잡은 것이다. 해리는 발을 들었다가 세게 밟았다. 얇은 구두 밑창으로 쇠붙이와 할스테인의 손이 느껴졌다.

할스테인이 으르렁거리며 해리를 쳐다보았다. "발 치워, 해리. 안 그러면 도축용 칼을 가져와서 그걸로 죽여줄 테니. 내 말 들리나? 치우라니ㅡ."

해리는 턱 힘을 조금 풀고 배에 단단히 힘을 주었다. "그러시다면야."

해리는 두 발을 홱 들고 팽팽한 안전벨트의 도움으로 무릎에 힘을 주어 할스테인의 머리를 그의 가슴으로 끌어당겼다.

할스테인은 해리의 구두 밑에서 리볼버가 풀려난 걸 알았지만 몸이 해리의 무릎에 들려서 총을 놓쳤다. 팔을 더 아래로 뻗어야 했다. 손가락 두 개가 총 자루에 닿으려는 순간 해리가 그의 오른팔을 놓았다. 이제는 리볼버를 집어서 해리를 향해 돌려서 겨냥하기만 하면 된다. 그러다 할스테인은 무슨 일이 벌어졌는지 깨달았다. 그리고 해리의 입이 다시 벌어지는 것을, 금속이 반짝이는 것을, 그가 자신을 향해 몸을 숙이는 것을 보고 뜨거운 입김이 목에 닿는 것을 느꼈다. 고드름이 살갗을 뚫고 들어오는 느낌이었다. 해리의 턱이 그의 후두를 감쌌다. 이어서 해리의 발이 그의 손과 리볼버를 밟았다.

할스테인은 오른손으로 해리를 치려고 했지만 각도가 나오지 않아 주먹에 힘이 실리지 않았다. 해리가 아직 그의 경동맥을 문 건 아니었다. 그랬다면 피가 천장으로 튀었을 것이다. 하지만 그의 기도를 막고, 할스테인은 머리에 압력이 쌓이는 느낌을 받았다. 그럼에도 리볼버를 놓고 싶지는 않았다. 그는 늘 이런 식이었다. 포기를 모르는 소년. 원숭이. 원숭이. 그래도 숨은 쉬어야 했다. 아니면 머리가 터질 것만 같았다.

할스테인 스미스는 리볼버를 놓았다. 나중에 다시 잡으면 된다. 오른손을 들어 해리의 옆머리를 때렸다. 왼손으로 해리의 귀를 가로질렀다. 그리고 다시 오른손으로 해리의 눈을 가격했다. 결혼반지에 해리의 눈썹이 찢어지는 느낌이 들었다. 적의 피를 보자 분노가 치밀었고, 불길에 석유를 부은 듯 새로운 힘이 샘솟았다. 싸웠다. 계속 싸웠다.

"그래서 난 뭘 하지?" 미카엘 벨만이 피오르를 내다보며 말했다.

"우선, 당신이 모든 걸 쏟아부었다는 생각이 들지 않아." 이사벨레 스퀘엔이 그의 뒤에서 이리저리 오가면서 말했다.

"너무 순식간에 벌어진 일이라." 미카엘이 유리창에 비친 자기 모습에 집중했다. "생각할 시간이 없었어."

"생각할 시간은 있었어." 이사벨레가 말했다. "그저 길게 생각할 시간이 없었을 뿐. 자기가 나섰다가는 총을 맞을 거라 생각할 시간은 있었지만, 나서지 않으면 미디어 전체가 자기를 쏠 거라는 데까지는 미치지 못한 거야."

"난 무기가 없고 그에게는 리볼버가 있었어. 그 멍청한 트룰스 베른트센이 영웅놀이를 하기 딱 좋은 기회라는 생각을 해내지 않았다면 그 상황에서 나서는 것이 하나의 선택지라는 생각은 아무도 못했을 거야." 미카엘은 고개를 절레절레 흔들었다. "그 한심한 자식은 늘 올라에게 빠져 있었지."

이사벨레는 끙 하는 소리를 냈다. "트룰스가 아무리 용을 써도 당신의 경력에 그 이상으로 흠집을 내지는 못했을 거야. 사람들이 제일 먼저 떠올리는 건, 공정하든 아니든, 비겁함이야."

"잠깐!" 미카엘이 말을 끊었다. "나만 나서지 않은 게 아니잖아. 다른 경찰들도―."

"자기 아내잖아, 미카엘. 자기는 맨 앞줄에, 그 여자 바로 옆에 앉아 있었어. 임기가 다 끝나간다고는 해도 경찰청장이고. 자기는 그들 모두의 지도자여야 해. 곧 법무부장관이 될 예정이고—."

"그럼 내가 총이라도 맞았어야 했다는 거야? 할스테인이 정말로 총을 쐈잖아. 트룰스가 울라를 구한 것도 **아니고**! 그러니 내가 경찰청장으로서 올바른 판단을 내렸고, 베른트센 순경은 자발적으로 잘못된 판단을 내린 게 입증된 거 아냐? 사실 그 자식은 울라의 목숨을 더 위험에 빠트린 거야."

"물론 우린 그런 쪽으로 이야기를 만들어가겠지. 그래도 어려울 거라고밖에 말하지 못하겠어."

"뭐가 그렇게 어려운데?"

"해리 홀레. 그 사람은 인질이 되겠다고 나섰고, 자기는 아니잖아."

미카엘은 두 팔을 던졌다. "이사벨레, 이 모든 상황을 촉발한 건 해리 홀레였어. 인형술사처럼 할스테인의 가면을 벗겨서 바로 앞에 있던 리볼버를 집게 만들었다고. 인질을 자청한 건 단지 자신이 벌여놓은 상황에 책임감을 느껴서고."

"그래도 감정이 먼저고 이성은 나중이야. 아내를 구하려고 나서지 않는 남자를 보면 비난하고 싶어지는 게 인지상정이지. 그런 다음에 냉정하고 객관적으로 반성하는 시간이 있어야 하지만, 현실적으로 첫 느낌을 정당화해줄 새로운 정보를 찾으려고만 하지. 어리석고 경솔한 사람들의 비난일 수도 있어, 미카엘. 하지만 난 실제로 사람들이 그렇게 느낄 거라는 확신이 드는데."

"왜?"

이사벨레는 대답하지 않았다.

미카엘은 그녀의 눈을 보았다.

"알았어." 그가 말했다. "자기도 지금 날 경멸하는 거지?"

이사벨레 스퀘옌이 콧구멍을 벌름거리면서 숨을 깊이 들이쉬었다. "자기는 가능성이 많은 사람이야." 이사벨레가 말했다. "자기를 지금 이 자리로 이끌어준 자질이 아주 많아."

"그리고?"

"그리고 그중 하나는 숨어들어야 할 때, 남들에게 타격이 가게 할 때, 비겁함이 진가를 발휘할 때를 아는 능력이야. 그런데 이번에는 지켜보는 눈이 많다는 걸 잊었어. 그것도 평범한 청중이 아니라 최악의 청중이."

미카엘 벨만은 고개를 끄덕였다. 내외신 기자들. 그와 이사벨레 앞에 할 일이 잔뜩 쌓였다. 그는 창턱에 있던 동독의 쌍안경을 들었다. 그를 추종하는 어떤 남자에게 받았을 것이다. 피오르를 보았다. 뭔가가 보였다.

"우리한테 최선의 결과가 뭐라고 생각해?" 그가 물었다.

"다시 말해줄래?" 이사벨레가 말했다. 그녀는 이 나라에서 자랐는데도, 아니면 바로 그 이유에서 여전히 오슬로 서쪽 상류층이 쓰던 말을 하면서도 어색하게 들리지 않게 말했다. 미카엘은 아무리 노력해도 잘되지 않았다. 오슬로 동쪽에서 보낸 성장기가 그에게 회복되지 않는 손상을 남긴 것이다.

"트룰스가 죽어야 할까, 살아나야 할까?" 그가 쌍안경의 초점을 맞추면서 말했다. 한참 후 그녀의 웃음소리가 들렸다.

"이것 또한 자기가 가진 또 하나의 자질이야. 상황이 요구하면 감정을 모두 꺼버릴 수 있는 거. 그게 당신을 훼손시키겠지만 그래도 살아남긴 할 거야."

"죽는 게 최선이겠지? 그래야 그 자식이 잘못 판단하고 내가 옳았던 게 확실해지잖아. 그래야 그 자식이 인터뷰 같은 것도 못하고, 모든 게 곧 잊히겠지."

그녀의 손이 그의 벨트 버클에 닿았고, 바로 귓가에서 속삭이는 소리가 들렸다. "그러면 다음번에 당신 전화로 들어오는 문자가 마음에 들겠지. 제일 친한 친구가 죽었다는 문자."

개였다. 피오르 저 멀리. 대체 어디로 가는 거지?

다음 생각이 자동으로 떠올랐다.

새로운 생각이었다. 경찰청장이자 법무부장관 내정자 미카엘 벨만의 사십 평생에서 한 번도 해본 적이 없는 생각.

대체 우리는 어디로 가는 건가?

해리의 귀에서 고음으로 쌩쌩 소리가 들리고 한쪽 눈에는 자신의 피가 있었다. 그리고 아직 주먹이 날아오고 있었다. 더는 고통이 느껴지지 않았다. 차 안이 더 추워지고 어둠은 더 짙어졌다.

그래도 그는 포기하지 않으려 했다. 그전에 수없이 포기했다. 고통과 공포와 죽음에 대한 동경에 굴복했다. 하지만 다른 한편으로는 고통 없는 무無, 수면, 어둠에 대한 갈망을 외치는 원시적이고 자기중심적인 생존 본능에도 굴복했다. 그리고 그 덕에 여기에 있다. 아직 여기에. 그리고 이번에는 포기하지 않을 것이다.

턱 근육이 지독하게 아파서 온몸이 떨렸다. 그리고 아직 주먹이 날아오고 있었다. 그래도 그는 놓지 않았다. 70킬로그램의 압력. 그가 목을 더 꽉 물었다면 뇌로 가는 피를 막아서 할스테인은 의식을 잃었을 것이다. 공기의 흐름만 차단되어서 몇 분이 걸릴 수 있었다. 관자놀이에 다시 한 방. 해리는 의식이 흔들리는 느낌이 들었다. 안 돼! 그는 몸을 홱 틀었다. 이를 더 꽉 물었다. 참아내. 버텨내. 사자. 물소. 해리는 코로 숨을 쉬면서 숫자를 세었다. 100. 계속 주먹이 날아들지만 그 간격이 길어지지 않았나, 힘이 약해지지 않았나? 할스테인의 손가락이 해리의 얼굴을 움켜잡고 밀치려 했다. 그러다 포기했다. 해리를 놓아주었다. 할스테인의 뇌에 결국 산소가 부족해서 기능이 멈춘 건가? 해리는 안도감을 느끼며 할스테인의 피를 조금 더 삼켰고, 그 순간 발렌틴의 예언이 뇌리에 스쳤다. '넌 뱀파이어가 될 차례를 기다린 거야. 언젠가는 너도 피를 마시게 될 테니.' 그 생각으로 집중이 흐트러진 건지, 순간 해리는 신발 밑에서 리볼버가 움직이는 것을 느끼고 어느샌가 총을 밟던 발의 힘이 빠진 걸 깨달았다. 할스테인이 주먹질을 멈춘 건 총을 집기 위해서라는 것도. 그리고 그가 성공한 것도.

카트리네는 강당 입구에서 멈췄다.

강당은 텅 비었고, 앞줄에 앉아 서로 끌어안은 두 여인만 있었다. 카트리네는 그들을 보았다. 이상한 조합. 라켈과 울라. 철천지원수인 두 남자의 아내들. 여자들이 남자들보다 서로에게서 위로를 구하기 쉬워서였을까? 카트리네는 몰랐다. 자매애 따위에는 관심 없었다.

카트리네는 그들에게 다가갔다. 울라 벨만의 어깨가 흔들렸지만 울음소리는 나지 않았다.

라켈이 카트리네를 쳐다보며 어떻게 됐는지 표정으로 물었다.

"아직 소식이 없어요." 카트리네가 말했다.

"그렇군요." 라켈이 말했다. "그이는 괜찮을 거예요."

카트리네는 그 말이 자기가 할 말이라고 생각했다. 라켈이 아니라. 라켈 페우케. 짙은 머리색에 강인한 여자, 부드러운 갈색 눈의 여자. 카트리네는 그녀에게 늘 질투를 느꼈다. 그 여자처럼 살고 싶거나 해리의 여자가 되고 싶어서가 아니었다. 해리는 여자를 잠시 아찔하고 행복하게 만들어줄 수 있을지 몰라도 길게 보면 슬픔과 절망과 파멸만 안겨주는 사람이다. 길게 보면 비에른 홀름과 함께하는 게 맞다. 그럼에도 카트리네는 라켈 페우케가 부러웠다. 해리 홀레가 원하는 여자인 게 부러웠다.

"미안합니다." 스톨레 에우네가 들어와 있었다. "얘기를 나눌 수 있는 방을 찾았습니다."

울라 벨만이 아직 훌쩍이며 고개를 끄덕이고는 일어서서 스톨레와 함께 강당에서 나갔다.

"응급 상담요?" 카트리네가 물었다.

"네." 라켈이 말했다. "이상한 건 효과가 있다는 거예요."

"그래요?"

"저도 그런 적이 있어요. 당신은 괜찮아요?"

"저요?"

"네. 이런 막중한 책임을 맡은 데다 임신 중이고. 그리고 당신도 해리랑 가까웠잖아요."

카트리네는 배를 쓰다듬었다. 그리고 이상한 생각, 적어도 전에는 해본 적 없는 생각이 스쳤다. 두 가지가 얼마나 가까이 있는지, 탄생과 죽음. 마치 하나가 다른 하나를 예고하는 것 같았다. 삶의 영원히 끝나지 않는 의자 뺏기 놀이에서 새로운 생명이 탄생하기 전에 죽음을 요구하는 것만 같았다.

"아들인지 딸인지 알아요?"

카트리네는 고개를 저었다.

"이름은요?"

"비에른은 행크가 어떻겠냐고 해요." 카트리네가 말했다. "행크 윌리엄스*를 따서."

"그럼 아들이라고 생각하는 거네요?"

"성별에 상관없어요."

둘은 웃었다. 그리고 그것이 불합리하다고 생각하지 않았다. 그들은 웃으면서 임박한 죽음이 아니라 곧 시작될 삶을 이야기했다. 삶은 황홀하고 죽음은 사소하므로.

"전 이제 가봐야 돼요. 무슨 소식이 들어오면 바로 연락할게요." 카트리네가 말했다.

라켈은 고개를 끄덕였다. "난 여기 있을게요. 그래도 내 도움이 필요하면 바로 알려줘요."

카트리네는 머뭇거리다가 마음을 정했다. 다시 배를 쓰다듬었다. "가끔은 이걸 잃어버릴까 봐 걱정돼요."

"자연스러운 거예요."

"그러다 나중에 나한테 뭐가 남을지 의문이 들어요. 계속 살아갈 수 있을지도."

"그럴 거예요." 라켈이 힘주어 말했다.

"당신도 그러겠다고 약속해요." 카트리네가 말했다. "해리가 괜찮을 거고 희망이 중요하다고 하시지만, 사실 델타팀과 얘기했는데 그 사람들 평가로는 인질범인 할스테인 스미스가 그다지…… 아마도……."

"고마워요." 라켈이 카트리네의 손을 잡았다. "난 해리를 사랑하지만 지금 그를 잃는다 해도 계속 살아갈 거라고 약속할게요."

"올레그는요, 그 애는 어떻게……?"

* 미국 컨트리 가수 겸 작곡가.

카트리네는 라켈의 눈에 고통이 스치는 걸 보고는 곧 괜히 물었다고 생각했다. 라켈이 무슨 말인가 하려다 말고 결국 어깨를 으쓱하는 걸 보았다.

카트리네는 다시 밖으로 나와서 털털거리는 소리를 듣고 하늘을 보았다. 하늘 높이 햇빛 속에서 헬리콥터의 형체가 어른거렸다.

존 D. 스테펜스는 응급센터의 문을 밀고 찬 공기를 마셨다. 그리고 긴급의료원에게 다가갔다. 나이 든 긴급의료원은 벽에 기대어 따스한 햇살에 얼굴을 녹이며 천천히 담배를 피우면서 눈을 감고 음미하는 듯 보였다.

"저기요, 한센?" 스테펜스가 그 옆에서 벽에 기대며 말했다.

"좋은 겨울이네요." 긴급의료원이 눈도 뜨지 않고 말했다.

"저도……?"

긴급의료원은 담뱃갑을 꺼내서 내밀었다. 스테펜스는 담배 한 개비와 라이터를 받았다.

"그 사람이 살아남을까요?"

"두고 봐야죠." 스테펜스가 말했다. "혈액을 보충하기는 했지만 아직 몸속에 총알이 있으니."

"박사님은 얼마나 많은 목숨을 구해야 한다고 생각하십니까?"

"네?"

"야간 당직을 서고도 남아 계시잖아요. 평소처럼. 그러니 이제껏 얼마나 보았고, 앞으로 얼마나 구해야 잘하는 건가요?"

"지금 무슨 얘기하는 건지 잘 모르겠습니다, 한센."

"사모님요. 박사님이 구하지 못한 분."

스테펜스는 대답하지 않고 그저 숨을 들이마셨다.

"박사님을 지켜봤습니다."

"왜요?"

"걱정돼서요. 어떤 기분인지 알거든요. 저도 아내를 잃었습니다. 아무리 야근을 하고 수많은 목숨을 구해도 아내는 돌아오지 않아요. 아시잖아요? 그러다 언젠가는 실수하고 말아요. 몸이 지쳐서. 양심 때문에 또 하나의 삶을 사는 겁니다."

"제가 그럴까요?" 스테펜스는 이렇게 말하고 하품을 했다. "응급 센터에서 저보다 나은 혈액학자를 아십니까?"

스테펜스는 긴급의료원의 발소리가 멀어지는 걸 들었다.

눈을 감았다.

잠.

잠을 잘 수 있으면 좋겠다.

2154일이 되었다. 그의 아내이자 안데르스의 엄마인 이나가 죽은 이후의 시간이 아니다. 그건 2912일 전이다. 마지막으로 안데르스를 본 뒤로 흐른 시간이다. 이나가 죽은 후 처음 얼마간은, 안데르스가 화를 내고 비난해도 가끔 통화했다. 좋은 이유로. 그러다 안데르스가 집을 나가고 도망치고 그와의 거리를 최대한 벌렸다. 의학을 공부하려던 계획도 접고 대신 경찰이 되겠다며 공부했다. 화가 난 채로 어쩌다 한 번씩 나누던 통화에서 안데르스는 그의 강사이자 전직 살인사건 수사관인 해리 홀레처럼 되는 편이 낫겠다고 말했다. 안데르스는 예전에 아버지를 우러러본 것처럼 해리 홀레를 추앙했다. 스테펜스는 경찰대학으로 찾아가 안데르스를 만나려고 시도했지만 번번이 거절당했다. 결국 아들을 스토킹하기 시작했다. 그들이 서로를 잃지 않아야 이나를 조금이나마 덜 잃게 되는 거라고 깨우쳐주기 위해. 그들이 함께 있으면 이나의 일부가 계속 살아 있는 거라고. 하지만 안데르스는 그의 말을 들으려 하지 않았다.

그래서 검사를 받으러 온 라켈 페우케가 해리 홀레의 아내라는 걸 알았을 때 스테펜스는 자연히 그에게 호기심을 느꼈다. 해리 홀레라는 사람의 어떤 면이 안데르스에게 그렇게 큰 영향을 줄 수 있었을까? 해리 홀레라면 그가 안데르스에게 다가가는 데 도움이 될 방법을 알려줄 수 있을까? 그러다 해리의 의붓아들 올레그도 해리가 엄마의 목숨을 구할 수 없는 걸 알고 안데르스와 같은 반응을 보이는 걸 보았다. 양쪽 모두 끝나지 않는 부모의 배신이었다.

잠.

오늘 안데르스를 본 건 충격이었다. 처음에는 속은 줄 알았다. 올레그와 해리가 부자 상봉의 자리를 마련한 줄 알았다.

이제 잠을 자자.

날이 어두워지고 얼굴에 한기가 느껴졌다. 구름이 해 앞을 지나가는 건가? 존 D. 스테펜스는 눈을 떴다. 그의 앞에 어떤 형체가 서서 햇살을 후광처럼 두르고 있었다.

존 D. 스테펜스는 눈을 깜빡였다. 후광에 눈이 부셨다. 헛기침을 하고서야 겨우 말이 나왔다. "안데르스?"

"베른트센이 살 거 같아요." 침묵. "아버지 덕분이래요."

클라스 하프슬룬은 겨울 정원에 앉아 피오르를 내다보았다. 빙하 위로 완벽하게 잔잔한 독특한 수면이 거대한 거울처럼 보였다. 그는 신문을 내려놓았다. 언론이 다시 페이지마다 뱀파이어 사건을 다루기 시작했다. 그마저도 곧 지치지 않을까? 여기 네쇠야에는 감사하게도 그런 괴물들이 없다. 1년 내내 세상이 순조롭고 평화

롭다. 바로 그 순간 어디선가 귀에 거슬리는 헬리콥터 소리가 들렸
지만. E18 도로에서 사고라도 났나. 클라스 하프슬룬은 갑자기 탕
소리를 듣고 깜짝 놀랐다.

그 음파가 피오르로 흘러왔다.

총소리.

이웃집에서 나는 소리 같았다. 하겐의 집이든 레이네르트센의
집이든. 두 사업가는 몇 년째 두 집 사이의 경계가 수백 년 된 떡갈
나무의 왼쪽인지 오른쪽인지를 두고 다투었다. 레이네르트센은 지
역 신문과의 인터뷰에서 안 그래도 넓은 토지의 끄트머리에 고작
몇 제곱미터를 두고 다투는 것이 우스꽝스러워 보일지 몰라도, 사
실은 사소한 문제가 아니라 소유권의 원칙에 관한 중요한 문제라
고 말했다. 그리고 네쇠야의 주택 소유자들은 이 원칙을 지키기 위
해 싸우는 것이 시민의 의무라는 데에 동의할 거라고 했다. 그 나
무가 그의 토지에 속하는 것은 의문의 여지가 없고, 그가 그 땅을
사들인 가문의 문장만 봐도 알 수 있다고 했다. 그 문장에 거대한
떡갈나무가 그려져 있고, 그 나무가 분쟁의 핵심인 바로 그 나무
인 건 누구나 알 수 있다고. 레이네르트센은 더 나아가 그 웅장한
나무를 보고 있으면, 그것이 **그의 것**임을 알기에 영혼 깊은 곳까지
따스해진다고 단언했다(여기서 기자는 레이네르트센이 그 나무를 보려
면 지붕에 올라가 앉아야 한다고 언급했다). 이 인터뷰가 실린 다음 날,
하겐은 그 나무를 베어 땔감으로 쓰고 나서 같은 신문에 그 나무
는 자신의 영혼만이 아니라 엄지발가락까지 따스하게 해주었다고
말했다. 이제부터는 레이네르트센이 그의 집 굴뚝에서 나오는 연
기를 감상해야 할 거라고 했다. 앞으로 몇 년간은 난로를 피울 때
마다 그 떡갈나무 장작만 넣을 테니까. 물론 도발적인 사건이고 그

탕 소리가 의심의 여지없이 총소리이기는 해도, 클라스 하프슬룬은 설마하니 레이네르트센이 망할 나무 한 그루 때문에 하겐을 쐈을 거라고는 생각할 수 없었다.

하프슬룬은 그의 땅과 하겐과 레이네르트센의 땅 모두에서 150미터쯤 떨어진 낡은 보트 창고에서 어떤 움직임을 보았다. 남자였다. 정장 차림의 남자. 그는 얼음판 위를 힘겹게 터덜터덜 걸으며 뒤에 알루미늄 배를 끌고 있었다. 하프슬룬은 눈을 깜빡였다. 그 남자가 비틀거리다 차가운 물속으로 넘어져 무릎을 꿇었다. 그리고 누군가가 자기를 지켜보는 걸 알아챈 듯 클라스 하프슬룬 쪽으로 돌아보았다. 남자의 얼굴이 검었다. 난민인가? 이제 난민이 네쇠야까지 올라온 건가? 그는 모욕감에 뒤쪽 선반의 쌍안경을 집어 들어 그 남자를 향해 들었다. 아니다. 검은 게 아니었다. 남자의 얼굴에 피 칠갑이 되어 있었다. 이제 남자는 두 손으로 보트 옆을 잡고 몸을 일으켜 세웠다. 그리고 다시 비틀거렸다. 다시 밧줄을 잡고 배를 끌었다. 종교와는 거리가 먼 클라스 하프슬룬은 자신이 예수를 보고 있다고 생각했다. 물 위를 걷는 예수. 십자가를 끌고 골고다로 올라가는 예수. 죽음에서 살아나 클라스 하프슬룬과 네쇠야를 찾아온 예수. 큼직한 리볼버를 손에 든 예수.

시베르트 폴카이드는 고무보트 앞쪽에 앉아서 얼굴로 바람을 맞으며 네쇠야의 전경을 보았다. 그는 마지막으로 한 번 손목시계를 확인했다. 그와 델타팀이 메시지를 받고 곧바로 인질극 상황으로 판단한 후 정확히 13분이 흘렀다.

"네쇠야에서 총성이 울렸다는 신고 전화."

대응 시간은 괜찮았다. 네쇠야로 출동한 긴급구조 차량보다 먼저 도착할 터였다. 하지만 어느 쪽이든 총알이 더 빠르게 날아가리라는 건 자명했다.

그는 알루미늄 보트와 함께 얼음판이 시작되는 물가의 윤곽선을 보았다.

"지금이다." 그는 이렇게 말하고 그들이 탄 보트 뒤쪽의 다른 요원들 쪽으로 이동해서 뱃머리가 들리고 배의 속도를 이용해 해빙수가 고인 얼음판 위로 미끄러져 올라가게 했다.

배를 조종하던 요원이 프로펠러를 물에서 끌어올렸다.

보트가 휘청하면서 얼음판 가장자리에 닿았고, 시베르트는 배 바닥에 마찰이 이는 소리를 들었지만 속도가 충분히 빨라서 걸을 수 있는 얼음판까지 올라갈 수 있었다.

부디.

시베르트 폴카이드는 머뭇머뭇 한 발을 보트 밖 얼음판에 디뎠다. 해빙수가 발목 바로 위까지 찼다.

"내 뒤로 20미터 떨어져서 따라와." 시베르트가 말했다. "10미터씩 간격을 두고."

시베르트는 알루미늄 보트를 향해 철벅철벅 걸음을 옮겼다. 거리를 300미터 정도로 추정했다. 그 배는 버려진 듯 보였지만 신고자에 따르면 총을 쏜 것으로 추정되는 남자가 할스테인 스미스 소유의 보트 창고에서 그 배를 끌고 나왔다고 했다.

"얼음에 걸렸다." 그가 무전에 대고 속삭였다.

델타 요원은 모두 얼음송곳을 끈에 매달아 제복 가슴에 달고 있어서 얼음이 나오면 빠져나갈 수 있었다. 그리고 그 끈이 시베르트의 반자동총 총신에 감겨 있어서, 그는 총을 꺼내기 위해 고개를 숙여야 했다.

그래서 총성을 들었을 때는 어디서 나는 소리인지 알 길이 없었다. 그는 반사적으로 물속으로 엎드렸다.

다시 총성이 울렸다. 이번에는 멀리 알루미늄 보트에서 연기가 조금 올라오는 것이 보였다.

"보트에서 총성." 그는 이어폰에서 이 말을 들었다. "모두 시야를 확보했다. 공격하기 전에 명령을 기다린다."

그들은 할스테인이 리볼버를 가지고 있다는 정보를 입수한 터였다. 할스테인이 200미터 이상 떨어진 곳에서 시베르트를 맞힐 위험은 희박하지만 여전히 가능성은 있었다. 시베르트 폴카이드는 그 자리에 엎드려 숨을 골랐다. 감각이 마비될 듯 차가운 해빙수에 옷이 흠뻑 젖고 몸이 잠겼다. 이 연쇄살인범의 목숨을 구하기 위해 국가에서 얼마의 비용을 치를지 알아내는 것은 그의 일이 아니었다. 재판과 간수와 5성급 감방의 하룻밤 요금으로 치러질 비용. 그가 할 일은 이 사람이 그의 부하와 다른 사람들의 목숨에 얼마나 큰 위협이 되는지 파악하고 그에 따라 대응을 조율하는 것이다. 요양 시설과 병상과 무너져가는 학교 보수에 관해 생각할 필요가 없었다.

"각개사격." 시베르트 폴카이드가 말했다.

반응이 없다. 바람과 멀리 헬리콥터 소리뿐.

"발사." 그가 다시 명령했다.

여전히 아무런 반응이 없다. 헬리콥터가 다가오고 있었다.

"들립니까?" 이어폰에서 목소리가 나왔다. "부상당했습니까?"

시베르트는 다시 명령을 내리려다가 호콘스베른 해군 기지에서 훈련할 때 일어난 현상이 다시 발생한 걸 깨달았다. 소금물에 젖어 마이크가 망가지고 수신기만 작동한 것이다. 그는 그들이 타고 온 보트를 돌아보고 소리를 질렀지만 그의 목소리는 바로 위에 떠 있는 헬리콥터 소리에 잠식당했다. 그래서 그는 수신호로 사격 개시를 알렸다. 오른손 주먹을 꽉 쥐고 아래로 두 번 빠르게 움직였다. 여전히 반응이 없었다. 도대체 뭐지? 시베르트가 다시 미끄러지듯이 고무보트 쪽으로 기어가기 시작할 때 부하 둘이 표면적을 줄이기 위해 엎드리지도 않은 채 얼음판 위로 걸어서 그에게 다가왔다. "엎드려!" 그가 고함쳤지만 그들은 계속 침착하게 그에게 걸어왔다.

"헬리콥터에서 명령이 내려왔습니다!" 둘 중 하나가 소음 너머로 소리쳤다. "그자가 보인답니다, 보트에 누워 있습니다!"

그는 보트 바닥에 누운 채 쏟아지는 햇살에 눈을 감았다. 아무 소리도 들리지 않았지만 등 밑의 알루미늄판으로 물이 철썩거리는 것을 상상했다. 여름이라고 상상했다. 온 가족이 그 보트에 앉아 있다고. 가족 소풍. 아이들의 웃음소리. 계속 눈을 감고 있을 수만 있다면 거기 그대로 머물 수 있을 것 같았다. 보트가 물에 떠 있는 건지, 얼음에 걸린 건지는 알 수 없었다. 그게 중요한 게 아니었다. 그는 아무 데도 가지 않았다. 시간이 멈추었다. 어쩌면 늘 그랬는지도, 아니면 시간이 그냥 멈춰버린 건가? 그에게. 볼보 아마존에 앉아 있는 그 남자에게는 멈추었다. 그에게도 여름일까? 그도 지금은 더 나은 곳에 있을까?

무언가가 해를 가렸다. 구름인가? 얼굴인가? 그래, 얼굴이다. 여자의 얼굴. 어두운 기억이 갑자기 환해진 것처럼. 그녀는 그의 위에 앉아 있었다. 올라타고 있었다. 그를 사랑한다고, 늘 그랬다고 속삭였다. 이때를 기다려왔다고. 그도 같은 느낌인지, 그에게도 시간이 멈추었는지 물으면서. 그는 보트에서 진동을 느꼈고, 그녀가 점점 더 크게 신음하다가 연속적으로 비명을 내질렀다. 마치 그가 그녀에게 칼을 꽂은 것처럼. 그는 자신의 폐에서 공기를 다 빼내고 고환에서 정액을 다 짜냈다. 그리고 그녀는 그의 위에서 죽었다. 그녀의 머리가 그의 가슴으로 떨어지는 사이 바람이 아파트 침대 위의 창문을 때렸다. 그리고 시간이 다시 흐르기 시작하기 전에 둘 다 잠이 들고 의식을 잃었다. 기억도 없이, 양심도 없이.

그는 눈을 떴다. 큰 새가 하늘에서 맴도는 것 같았다.

헬리콥터였다. 그것이 그의 위로 10, 20미터 높이에서 맴돌았지만 여전히 아무 소리도 들리지 않았다. 그래도 그것이 진동을 일으키는 원인인 건 알았다.

카트리네는 보트 창고 밖 그늘 속에서 몸을 떨면서 경찰들이 창고 안 볼보 아마존으로 다가가는 것을 보았다.

그들이 앞문을 열었다. 한쪽 문에서 정장 입은 팔이 떨어졌다. 잘못된 쪽, 해리 쪽에서. 그 손에 피가 흘렀다. 경관이 차 안으로 머리를 집어넣었다. 호흡이나 맥박을 확인하려는 것 같았다. 잠시 시간이 흘렀다. 결국 카트리네는 더 참지 못하고 떨리는 목소리로 물었다. "그 사람, 살아 있어요?"

"아마도." 경관이 물 위에 떠 있는 헬리콥터 소음 너머로 소리쳤다. "맥이 잡히지는 않지만 호흡은 있는 거 같습니다. 그런데 살아 있다고 해도 시간이 얼마 남지 않은 것 같아요."

카트리네는 몇 걸음 다가갔다. "구급차가 오고 있어요. 총상이 보이나요?"

"피가 너무 많아요."

카트리네는 보트 창고 안으로 들어갔다. 문 밖으로 나와 있는 손을 보았다. 뭔가를, 뭔가 잡을 것을 찾는 듯 보였다. 다른 손을 잡으려는 듯이. 카트리네는 배 위에 얹은 자신의 손을 쓰다듬었다. 그에게 해줄 말이 있었다.

"자네가 틀린 거 같은데." 다른 경관이 차 안에서 말했다. "이 사람은 이미 죽었어. 동공을 봐."

카트리네는 눈을 감았다.

그는 보트 양옆에서 그의 위로 나타난 얼굴들을 쳐다보았다. 그중 하나가 검은 복면을 벗었고, 입이 벌어지며 말을 했다. 목 근육이 긴장한 걸로 봐서 소리를 지르는 것 같았다. 리볼버를 버리라고 소리치는 것 같았다. 그는 그의 이름을 외쳤을 것이다. 복수하겠다고 소리쳤을 것이다.

카트리네는 차에서 해리 쪽 문으로 다가갔다. 숨을 깊이 들이마시고 안을 보았다. 가만히 보았다. 각오한 것보다 더 충격적이었다. 이제 구급차 사이렌이 들렸지만 카트리네는 두 경관보다 시신을 더 많이 본 터라 잠깐 보고도 이 시신이 영구히 빈 상태인 것을 알았다. 카트리네는 그를 알았고, 이것은 그저 그가 남긴 껍데기라는 것을 알았다.

카트리네는 마른침을 삼켰다. "그 사람은 죽었어요. 아무것도 건드리지 마세요."

"그래도 소생시키려고 시도는 해봐야 하지 않을까요? 어쩌면—"

"아뇨." 카트리네가 단호히 말했다. "그냥 놔둬요."

카트리네는 그 자리에 서 있었다. 충격이 서서히 가라앉는 것을 느끼면서. 의외의 놀라움에 사로잡혔다. 할스테인 스미스가 인질에게 운전을 시키지 않고 직접 운전하기로 했다는 사실에 대한 놀라움. 해리가 앉은 줄 알았던 자리가 해리의 자리가 아니었다는 사실에 대한 놀라움.

해리는 보트 바닥에 누워서 위를 보았다. 사람들의 얼굴, 태양과 푸른 하늘을 가린 헬리콥터. 해리는 할스테인 스미스가 리볼버를 빼내기 전에 겨우 다시 밟았다. 그러자 할스테인은 포기하는 듯 보였다. 해리는 단지 상상일지도 모르지만 이빨을 통해 전해지는 맥박이 서서히 약해지는 것을 느꼈다. 그러다 결국 사라진 것 같았다. 해리는 두 번 의식을 잃었다가 손과 수갑을 다시 앞으로 빼서 안전벨트를 느슨하게 만들고는 상대의 재킷 주머니에서 수갑 열쇠를 찾았다. 차 열쇠는 시동 장치에서 부러져나갔다. 해리는 얼음 덮인 가파른 비탈길을 기어 올라가서 간선도로로 돌아가거나 도로 반대편 사유지의 높은 담장을 넘을 힘이 없었다. 도움을 요청해봤지만 할스테인이 그에게서 목소리를 빼앗아간 것 같았고, 그나마 미약한 외침은 어딘가에서 들리는, 아마도 경찰 헬리콥터일 듯한 헬리콥터 소리에 묻혔다. 그래서 하늘에서 그를 볼 수 있도록 할스테인의 보트를 얼음판으로 끌고 나가 그 안에 누워서 허공에 대고 몇 발을 쏘았다.

그는 루거 레드호크를 버렸다. 총은 할 일을 다했다. 끝났다. 그는 이제 물러나도 된다. 그해 여름으로. 열두 살의 그가 보트에서 어머니의 무릎을 베고 누워 있고, 아버지가 그와 동생 쇠스에게 베네치아와 터키 전쟁 당시의 질투심 많은 장군에 관한 이야기를 들려주던 시절로. 해리는 나중에 자러 들어가서 그 이야기를 쇠스에게 다시 설명해주어야 한다는 걸 알았다. 해리는 내심 기뻤다. 아무리 오래 걸려도 쇠스가 연결성을 이해할 때까지 그들은 포기하지 않을 것이므로. 그리고 해리는 연결성이 좋았다. 마음속 깊은 곳에서는 아무런 연결성이 없다는 걸 알면서도.

그는 눈을 감았다.

그녀가 아직 거기에 누워 있었다. 그의 옆에 누워 있었다. 이제 그녀가 그의 귀에 속삭였다.

"당신도 생명을 줄 수 있는 거 같아, 해리?"

에필로그

해리는 유리잔에 짐빔을 따랐다. 술병을 다시 선반에 올렸다. 잔을 들었다. 그리고 그 잔을 카운터 앞 안데르스 빌레르 앞에 놓인 화이트와인 옆에 놓았다. 안데르스 뒤로 손님들이 주문을 받으려고 아우성이었다.

"지금이 훨씬 좋아 보이네요." 안데르스는 위스키잔을 흘끔 보기만 하고 건드리지 않았다.

"자네 아버지가 치료해주셨어." 해리는 이렇게 말하고 외위스테인을 보았다. 그가 고개를 끄덕이며 잠시 혼자 일을 맡겠다고 알렸다. "강력반은 어떤가?"

"좋아요." 안데르스가 말했다. "태풍이 지나간 뒤의 고요 같은 거죠."

"그걸 뭐라고 하는지ㅡ."

"알아요. 강력반 책임자인 군나르 하겐이 오늘 저한테 임시 수사 부책임자를 맡을 생각이 있느냐고 묻더군요. 카트리네가 자리를 비운 동안에요."

"축하하네. 그런데 그러기엔 좀 어리지 않나?"

"반장님은 이게 교수님 아이디어였다던데요."

"내 아이디어? 내가 뇌진탕에서 아직 회복이 덜 됐을 때였나 보군." 해리는 앰프의 볼륨을 높였고, 제이혹스가 "Tampa to Tulsa"를 조금 더 크게 불렀다.

안데르스는 빙긋 웃었다. "네, 아버지 말로는, 많이 맞으셨다고. 참, 그분이 제 아버지인 건 언제 알아내셨어요?"

"알아내고 말고 할 것도 없었어. 증거가 모든 걸 말해줬으니. 그분 머리카락으로 DNA 분석을 의뢰했을 때 과학수사과에서 범죄현장의 DNA 프로파일 중 하나와 일치하는 것을 발견했어. 용의자가 아니라 수사관의 프로파일과. 범죄현장에 가는 사람에게 반드시 필요한 절차니까. 자네, 안데르스의 프로파일 말야. 하지만 일부만 일치했지. 가족 관계. 부자 일치. 결과지는 자네가 먼저 받았지만 나나 강력반의 누구에게도 보내지 않았잖아. 그러다 내가 뒤늦게 일치하는 결과를 보고 스테펜스 박사의 사망한 부인의 결혼 전 성이 뷜레르인 걸 알아내는 건 어렵지 않았어. 왜 나한테 말하지 않았나?"

안데르스는 어깨를 으쓱했다. "사건과는 아무런 관계가 없는 결과라고 생각했어요."

"게다가 그분과 연결되고 싶지 않았던 거지? 그래서 어머니의 결혼 전 성을 쓴 건가?"

안데르스는 고개를 끄덕였다. "사연이 길지만 나아지고 있어요. 서로 얘기도 나누고. 아버지가 조금 더 겸손해지셨어요. 당신이 완벽한 사람이 아닌 걸 깨달으신 거죠. 그리고 전…… 음, 조금 더 나이를 먹고, 조금 더 현명해진 거 같아요. 그럼, 모나가 제 아파트에 온 건 어떻게 아셨어요?"

"추론."

"그야 뭐. 예를 들면?"

"현관의 냄새. 올드스파이스. 애프터셰이브. 그런데 자네는 면도를 하지 않았더군. 그리고 올레그한테서 모나 도가 올드스파이스를 향수처럼 쓴다는 소문을 전해 들었거든. 그리고 고양이 우리가 있었지. 집사들은 고양이를 우리에 넣지 않아. 고양이 알레르기가 있는 여자가 자주 오지 않는 한."

"아이디어가 넘치네요, 해리."

"자네도 그래, 안데르스. 그래도 아직 난 자네가 그 일을 맡기에는 어리고 경험도 부족하다고 생각해."

"그러면 왜 저를 추천하셨어요? 전 아직 수사관도 아닌데."

"자네가 충분히 고민해보고 어떤 영역을 더 개발해야 할지 깨달은 다음에 거절하라고."

안데르스는 고개를 절레절레 흔들며 웃었다. "딱 그렇게 했습니다."

"잘했네. 그 짐빔은 안 마시나?"

안데르스 뷜레르는 술잔을 보았다. 숨을 깊이 들이쉬었다. 고개를 저었다. "위스키 별로 안 좋아해요. 솔직히 말하면 해리 홀레를 따라하려고 시켜본 거예요."

"그리고?"

"이제 저만의 술을 찾아야죠. 치워주세요."

해리는 뒤에 있는 싱크대에 술을 버렸다. 그리고 스톨레 에우네가 뒤늦은 개업 선물로 사다준 스텀브라스 999 로도노스 데뷔네리오스라는 오렌지 비터스 술을 추천해줄까 고민했다. 스톨레는 그 술을 선물하는 이유는 대학 시절 학생 바에 있던 술이고, 그 바가

693

바로 매니저가 금고의 비밀번호를 받아서 할스테인 스미스가 원숭이 덫에 걸리게 유도한 가게였다고 설명했다. 해리는 안데르스에게 이 얘기를 해주려다가 바에 막 들어선 사람을 보았다. 그와 눈이 마주쳤다.

"잠깐만. 국빈 방문이군." 해리가 말했다.

그녀가 바에 가득 찬 사람들을 헤치고 걸어왔다. 마치 바 안에 그녀만 있는 것 같았다. 그녀는 그들이 처음 만난 날 그 집 앞의 진입로를 가로질러 그에게 다가오던 모습 그대로 걸었다. 발레리나처럼.

라켈이 다가와 미소 지었다.

"그래." 그녀가 말했다.

"그래?"

"당신 말에 찬성이야. 그거 할게."

해리는 환하게 웃으면서 카운터에 놓인 그녀의 손 위에 손을 포갰다. "사랑해, 당신네 여자들을."

"잘됐네. 우린 유한책임회사를 설립할 거야. 내가 이사장이고 주식의 30퍼센트를 가져가고 업무의 25퍼센트를 하고, 매일 저녁에 PJ 하비의 트랙을 한 번은 틀 거니까."

"찬성. 들었어, 외위스테인?"

"라켈이 여기서 일할 거면 당장 카운터 안쪽으로 모셔와!" 외위스테인이 투덜댔다.

라켈은 외위스테인에게 갔고, 안데르스는 밖으로 나갔다.

해리는 전화기를 들어 전화를 걸었다.

"하겐입니다."

"여보세요, 보스. 해리예요."

"알아. 그럼 나 이제 다시 보스인가?"

"안데르스한테 그 자리 다시 제안하세요. 꼭 하라고 해요."

"왜지?"

"제가 틀렸어요. 준비가 됐던데요."

"그래도—."

"수사 부책임자가 일을 망칠 수 있는 데는 한계가 있고, 그 친구는 배울 게 아주 많아요."

"그래, 그래도—."

"그리고 지금이 완벽한 시기예요. 태풍이 지나간 후의 고요."

"그걸 뭐라고 하는지—."

"알아요."

해리는 전화를 끊었다. 그 생각을 애써 떨쳐내려 했다. 할스테인이 차 안에서 앞으로 무슨 일이 생길지에 관해 했던 말. 그 얘기를 카트리네에게 전했고, 그들이 할스테인의 메일을 확인했지만 새로운 뱀파이어병 환자가 포섭된 증거는 발견하지 못했다. 따라서 그들이 할 수 있는 건 많지 않았고, 할스테인이 남긴 말은 그냥 미친 자의 허황된 소망에 불과할 수도 있었다. 해리는 볼륨을 두 눈금 높였다. 그래, 그게 더 나았다.

'약혼자' 스베인 핀네는 샤워실에서 나와서 가인 헬스장의 빈 탈의실에서 벗은 몸 그대로 거울 앞에 섰다. 그곳이 좋았다. 공원이 내려다보여서 좋고, 널찍하고 자유로운 느낌이 좋았다. 아니, 경고를 받았던 만큼 무섭지는 않았다. 그는 물기가 마르게, 살갗에서 수분이 서서히 증발하게 놔두었다. 긴 시간이었다. 그는 감옥에서의 시간에 익숙해졌다. 매시간 호흡하고 땀 흘리고 그가 가진 모든 것을 내주었다. 그의 몸은 감당할 수 있었다. 감당해야 했다. 그의 앞에 오랜 시간이 필요한 일이 놓여 있었으므로. 그는 그에게 연락한 사람이 누군지 몰랐고, 한동안은 그에게서 소식이 들리지 않았다. 하지만 그 제안을 거절하기란 불가능했다. 아파트. 새로운 신분. 그리고 여자들.

그는 가슴의 문신을 어루만졌다.

돌아서서 분홍색 페인트 한 방울이 묻은 자물쇠가 채워진 로커로 갔다. 0999가 되도록 번호를 돌렸다. 자신이 받은 그 번호가 무슨 의미인지 알 길이 없지만 자물쇠가 열렸다. 안에는 두툼한 서류봉투가 들어 있었다. 그는 봉투를 열고 거꾸로 들었다. 흰색 플라스틱 열쇠가 손바닥에 떨어졌다. 안에 있는 종이도 꺼냈다. 주소 하나가 적혀 있었다. 홀멘콜렌.

봉투 안에 다른 것도 들어 있었다. 뭔가가 봉투에 끼어 있었다.

그는 봉투를 찢었다. 그 물건을 보았다. 검은색. 지독한 단순함이 주는 아름다움. 그는 그걸 입 안에 넣고 꽉 물었다. 짜고 쓴 쇠 맛이 났다. 불길이 느껴졌다. 목마름이 느껴졌다.

목마름 – 글쓰기, 해리,
그리고 대형 여객기를 모는 일에 대하여

책 한 권을 쓰기 전에 나는 무슨 생각을 할까? 우선 불가능하다는 생각이 든다. 내 생각과 느낌을 언어로 조탁하는 사이 어느 것 하나 빠트리지 않고 고스란히 독자에게 전달하기란 불가능하다는 생각. 언어라는 모호해 보이는 기호로는 무슨 수로도 독자를 유혹해 내가 원하는 곳으로 데려가지 못할 것만 같다. 그런 의미에서 나는 대형 여객기 조종석에 앉은 조종사 같다. 길게 뻗은 활주로를 앞에 두고, 어쩌다 몇 번은 불가능한 기적을 일으켰을지 몰라도, 두 날개와 엔진 하나로 여객기를 하늘로 띄우기란 상식적으로 불가능하다고 생각하는 조종사. 하늘로 날아올랐다가 예정된 지점에 정확히 착륙하는 일. 착륙 지점에 대해서는 뒤에 다시 이야기하겠다.

여객기를 하늘로 띄우는 일이란 무엇일까? 물론 회의적이고 겁먹은 조종사가 혼자서 할 수 있는 일은 아니다. 마찬가지로 작가 혼자서는 이야기를 만들지 못한다. 어쨌든 작가(나)는 문학의 전통이라는 맥락에서 '읽히는 이야기'를 만든다. 장르를 불문하고 알고든 모르고든 작가는 앞선 시대의 사람들과 동시대 사람들에게 말을 건다. 내가 범죄소설 작가로서 에드거 앨런 포, 코넌 도일, 레이

697

먼드 챈들러, 짐 톰슨에게만 신세를 진 것은 아니다. (그리고 내 책이 이들이 쓴 작품의 전통에서만 읽혀야 하는 것도 아니다.) 나는 칼 오베 크나우스고르, 존 어빙, 아스트리드 린드그렌, 찰스 디킨스, 그리고 한참 거슬러 올라가 미겔 데 세르반테스에게도 빚을 졌다. 당연한 말이지만 나도 읽히고 싶다. 작가가 꼭 문학의 전통에서만 쓰는 것은 아니다. 쓰기 전까지 책을 한 권도 읽지 않은 작가도 있다. 그러나 책은 결국 독자에게 가서 닿으므로 작가의 글은 문학의 전통 안에서 읽히고 경험되며 독자의 삶과 문학의 경험, 미적 취향, 도덕관, 문학과 장르에 대한 기대에 반향을 일으킨다. 작가가 조종사라면 문학의 전통은 날개이고 독자는 엔진이다.

이것은 적어도 이륙 속도에 이르고 활주로 끝에 다다르면서 내가 바라는 바이다.

《목마름》을 쓰기 시작한 것은 2015년이다. 형사 해리 홀레 시리즈의 열한 번째 작품이라 이제는 내가 아주 잘 아는 인물이 나온다. 너무도 잘 알아서 과연 그에 관해 할 이야기가 남아 있기는 한지, 솔직히 지겹지는 않은지, 하는 물음이 늘 따라다닌다. 책 표지에 '형사 해리 홀레 시리즈'가 찍히면 독자가 많이 읽어줄 것 같아서 계속 해리의 이야기를 쓰는 건 아닐까? 나 자신에게 이런 질문들을 던진다. 중요한 물음이다. 단 한 문장이라도 흥미가 동해서가 아닌 다른 이유로 쓰기 시작한다면 의무적으로 하는 섹스와 다를 바 없기 때문이다. 말 그대로 끝이 시작되는 것이다. 하지만 해리 홀레는 여전히 내게서 흥미를 이끌어낸다. 내가 그에게 관심 있는 이유는 그를 아주 잘 알기 때문이다. 절친한 옛 친구가 질리지도 않고 세월이 흐를수록 더 소중한 존재로 남는다. 한 인간의 복잡다단한 내면을 더 깊이 들여다볼 수 있기 때문이고, 이 같은 통찰에 나라는 인물이 담겨 있을 뿐만 아니라 호기심이 충족되기는커녕 더 커지기 때문이다. 방 너머의 방 너머에는 무엇이 있는지 궁금해지는 것이다. 물론 해리와 그의 세계가 조금도 지겹지 않다는 뜻은 아니다. 어쨌든 둘 다 한없이 어둡고, 우리에겐 빛이 필요하니까. 그럼에도 한동안 눈부시게 밝은 세상에서 살다 보면 어김없이 해리의 우울하고 비관적인 허무주의로 돌아가고 싶은 마음이 간절해진다.

따라서 《목마름》의 첫 부분에 행복한 해리가 등장하는 건 역설적이다. 나도 행복한 해리가 낯설어서 글을 쓰기가 힘들었다. 바로 전 작품인 《폴리스》의 마지막 챕터에서 라켈과 결혼한 해리는 라켈의 아들 올레그가 공부하는 경찰 학교에서 강의를 한다. 해리 자신도 새로 얻은 행복을 '얇은 얼음판 위를 걷는 기분'이라고 표현한다. 매일 아침 눈을 뜨면서 현재가 지속되기를, 새로운 하루가 어제의 반복이기를, 얼음판이 버텨주기를 바란다. 그러나 조화로운 나날이 영원히 계속되기를 꿈꾸는 한 사람의 시민인 해리와는 반대로, 경찰이자 살인사건 수사관인 해리는 여전히 불안하다. 그가 놓친 범인이 어딘가에 살아 있다. 이렇게 조화와 불안이 대립하고, 가까운 사람들과 이룬 작은 공동체에 대한 책임감과 더 큰 공동체인 사회 속에서 경찰로서의 의무가 충돌한다.

얄궂게도 이 대립에서는 해리가 겉돌기만 하던 공동체인 사회가 이긴다. 이로써 소설이 제기할 수 있는 가장 원대한 질문에 이른다. 해리 같은 인간에게 '행복' 추구가 삶의 주요한 원동력이 아니라면 무엇이 원동력이 될 수 있을까? 공동체에 기여하고 싶은 욕구가 배우자와 자녀를 사랑하는 마음보다 크다면 우리 인간은 공동체의 동물인가? 해리처럼 무리에서 겉돌기만 하는 사람조차도 가족보다 동료들의 인정을 더 필요로 할까? 삶에서 사적인 영역의 '행복'은 과대평가되었을까?

나는 《목마름》의 대부분을 오슬로의 한 카페에서 썼다. 지난 17년 동안 나의 아지트였지만 이 여행을 마치고 오슬로로 돌아가면 존재하지 않을 곳이다. 늘 앉던 벽에 붙은 테이블에서 나는 '목마름'이라는 이름의 여객기를 띄우고 얼마 후 항로를 바꾸었다. 두 가지 이유에서였다. 하는 옆 테이블에서 들려온 남녀의 대화였다. 처음에는 취업을 위한 면접을 보는 줄 알았는데("5년 후 당신은 어떻게 되어 있을 것 같아요?" "당신의 가장 두드러진 특징은 뭐죠?") 알고 보니 온라인으로 알게 되어 처음 만나는 자리인 것 같았다("고양이와 강아지 중 뭘 좋아하느냐고요? 흠, 그쪽은 뭘 좋아하는데요?") 난 데이트 자리의 위태위태한 분위기보다 점점 더 가관으로 당혹스러워지는 두 사람의 대화에 마음을 빼앗겼다. 두 사람 다 사회적 통념과 진부한 이야기 뒤에 숨고 싶은(그러나 실패한) 듯했고, 둘 다 서로의 시선과 판단 앞에 발가벗겨진 채 꾸며낸 자신을 보여주려 했다. 그들은 번갈아 작가와 독자가 되었고, 그 자리에서 나온 이야기가 가장 가까운 문학의 맥락에서 제발로 내 키보드로 걸어 들어왔다. 항로가 바뀌어 내가(그리고 독자들이) 원래 예정된 착륙 지점이 아닌 다른 곳에 도착하게 된 두 번째 계기는 흡혈 행위였다. 내가 무얼 찾고 있었던 것인지 기억나지는 않지만 정신의학의 가장 밑바닥, 후미진 구석의 이야기였을 것이다. 독일 뒤셀도르프의 흡혈 살인마 페터 퀴르텐과 미국에서 '뱀파이어의 강림'으로 불린 리처드 트렌튼 체이스의 이야기를 접하자 다양한 주제들을 연결하고 그리는 데 빠져 있던 무언가를 찾았다는 생각이 들었다. 평소 나는 실화에 바탕한 범죄소설에 관심이 없었다. 그러나 내가 도발적이고 충격적으로 받아들인 부분은 범죄 행위가 아니었다. 철분 수치가 급격히 상승해서 죽을 수 있는데도 무모한 충동에 이끌려 피를 마시는 살인마는 알코올의존증인 해리와 무척이나 닮았다. 흡혈 인간 역시 해리처럼, 비록 문학적인 의미이기는 하지만 상대의 밑바닥 후

미진 구석으로 파고든다. 나는 항상 해리를 범죄자가 될 수도 있는 인물로 그렸지만, 피를 빨아먹을 수도 있는 사람으로 그린 적은 없다. 자, 스포일러다.《목마름》에서 해리는 피를 마신다.

그래서 책을 끝낸 후, 그러니까 기적적으로 여객기를 착륙시켰으며 살아남았다는 사실을 알고 나서 나는 무슨 생각을 할까? 음…… 그 순간 나는 충동적이고도 초조하게 다음에 띄울 여객기를 생각한다. 목마름이라고 불러도 좋다. 작가가 작품 속 인물을 닮았을 가능성을 배제할 수는 없지 않은가. 다만 이번에는 정말로 닮았을까 봐 걱정이 된다. 그럼에도 작가는 해리처럼, 흡혈 인간처럼 끊임없이 시도해야 한다. 다른 방법이란 없다. 글을 쓰고, 날아오르는 수밖에.

목마름

1판 1쇄 발행 2020년 9월 3일 **1판 2쇄 발행** 2020년 9월 4일

지은이 요 네스뵈
옮긴이 문희경
펴낸이 고세규
편집 이승희 **디자인** 윤석진
발행처 김영사
주소 경기도 파주시 문발로 197(문발동) 우편번호10881
등록 1979년 5월 17일(제406-2003-036호)
구입 문의 전화 031)955-3100 **팩스** 031)955-3111
편집부 전화 02)3668-3292 **팩스** 02)745-4827 **전자우편** literature@gimmyoung.com
비채 카페 cafe.naver.com/vichebooks **인스타그램** @drviche **카카오톡** @비채책
트위터 @vichebook **페이스북** facebook.com/vichebook
ISBN 978-89-349-9230-1 03890 책값은 뒤표지에 있습니다.

비채는 김영사의 문학 브랜드입니다.
이 도서의 국립중앙도서관 출판시도서목록(CIP)은 서지정보유통지원시스템 홈페이지
(http://seoji.nl.go.kr)와 국가자료공동목록시스템(http://www.nl.go.kr/kolisnet)에서
이용하실 수 있습니다. (CIP제어번호: CIP20200034721)